星宫

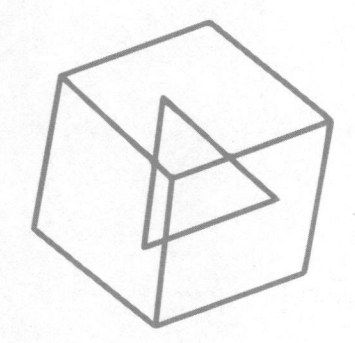

冯时 著

陕西新华出版
太白文艺出版社·西安

图书在版编目（CIP）数据

星宫 / 冯时著. -- 西安：太白文艺出版社，2024.
10. -- ISBN 978-7-5513-2791-6
Ⅰ. I247.5
中国国家版本馆CIP数据核字第2024CW9504号

星宫
XINGGONG

作　　者	冯　时
责任编辑	张　笛
封面设计	刘柏宸
出版统筹	东方文汇（北京）出版咨询有限公司
版式设计	建明文化
出版发行	太白文艺出版社
经　　销	新华书店
印　　刷	三河市腾飞印务有限公司
开　　本	787mm×1092mm　1/16
字　　数	410千字
印　　张	28.25
版　　次	2024年10月第1版
印　　次	2024年10月第1次印刷
书　　号	ISBN 978-7-5513-2791-6
定　　价	68.00元

版权所有　翻印必究
如有印装质量问题，可寄出版社印制部调换
联系电话：029-81206800
出版社地址：西安市曲江新区登高路1388号（邮编：710061）
编辑部电话：029-81205120

目录
Contents

楔子

001　梦醒梦回

榕树城

003　首都
018　先生
032　怀表
047　黑猫
061　入城
075　白鸽
090　围殴
105　觉醒
120　合作
134　疲惫

金色勋章

151　马脚
166　侥幸
181　暂停
196　喝茶
210　新年
224　逃避
238　戏精
253　追逐
267　卓越
281　束缚

盛宴

297　钥匙
312　龙殇
327　魔界
342　囚笼
357　回归
371　危机
385　成长
398　邀请
413　帷幕
428　恐惧

楔子

梦醒梦回

　　清晨，正是梦醒时分，琉月拉开窗帘，未见阳光。窗前风铃幽幽作响，却不见青鸟问安。

　　琉月眨眨眼，窗外的风景被薄雾笼罩着，或是自己睡眼蒙眬，看不清远端的事物，宛若身处梦境。清风吹过，正是凉秋，落叶翩翩起舞。

　　依稀回忆那场梦时，琉月还是有些不敢相信，关上窗，退回房间。换上校服，她对着镜子淡淡微笑。灯光微暗，犹如她轻声对自己说的一声"早安"那样，轻柔平静。

　　　　　　　　　　　　　　——是谁为你编织梦境？

　　晨读结束了，琉月坐在自己的位置上，眼睛出神地望着窗外，看着雾气渐渐消散。

　　原来，这场梦真的醒了啊。

　　　　　　　　　　　　　　——是谁给予你逐梦的勇气？

　　午休时，琉月却没有一点睡意。阳光透过玻璃窗，穿过手边的水杯，在她的笔记本上，留下一道彩色的流光。

　　琉月伸出手，试图抓住这片美丽而梦幻的光影，它却只从指尖流过了。

　　　　　　　　　　　　　　——是谁赋予生命最高的荣誉？

　　下午课间，无意听见身边的男同学们对着直播光屏里的角色指指点点。

"又抓错时机啦""这个人好厉害"之类的感叹声接连不断。

现在的电竞行业还是那样受欢迎呢。琉月这样想着,突然想起今天有哥哥的赛程。

回家看重播吧。

——每当光明被黑夜吞噬……

回家时,天色已暗。合上作业本,琉月放松了一下,起身去了客厅。她轻声与还在看报纸的人打了声招呼,又转身对沙发边正吵着谁来吃最后一块曲奇的两个小男孩比画了一个"安静"的手势,待两人安静下来后,才缓缓端起茶壶为自己斟上一杯茶。

——你梦中的光明,必然如约而至。

月亮高高挂起。琉月从厨房拿出猫寿司放在院子里的小猫屋子的门口,揉揉它们毛茸茸的小脑袋,仰起头,眼睛正对上了被灯光冲淡光芒的月亮。

——无论你身在何处……

回到房间,琉月在手机上找出了今天比赛的转播。在她看到那个名字之后,时间仿佛不再重要了。戴上耳机,视频开始播放……

终于在飞机上坐下的琉辉,将窗口的遮光板拉上,眼里透露着有些困顿的神色。他只想飞机快点起飞。

——我们都能够一起……

身边柠荼的手机突然响了起来,是视频电话。见他并未睡着,柠荼递出了手机,说道:"是你家小月月的。"

琉辉使劲眨眨眼,手在自己的脸上揉了两下,深吸一口气,再回头,却看到两个姑娘已经隔着手机屏幕聊了起来。

——期待属于我们自己的光明。

柠荼压低音量,琉月也懂事地很快聊完,结束了通话。转头看见已经仰着头睡去的琉辉，柠荼压抑着心中的笑声……

"咔嚓。"

"大小姐，你偷拍我啊？"

"啊，删了，删了。"太累了吧，自己连静音都忘了设了，柠荼遗憾地想着。

琉月给手机充上电，手机屏幕停留在"梦境空间"网游论坛上，游戏ID：【星宫之月】。

——晚安，祝你有个好梦。

✦ 楔
✦ 子

榕树城

首都

街道上，车水马龙。午后的阳光落在首都郊区的石板路上，反射着略微刺眼的光晕。轻风精灵们将云彩拉开，蔚蓝天空中的太阳越发耀眼。

琉月坐在马车里，看着窗外，轻轻地放下窗帘，躲闪着路人那些小心翼翼投射过来的目光。马车悠悠地向前行进着，她的身体随着马车的颠簸微微摇晃着。就快要到达首都了，阿纳斯特，一个充满梦想和野心的地方……

琉月几日前投递给公会联合的申职信得到了回复，这也是她来到首都的原因。这里是一个游戏世界，正如那些"外面世界"的人所说的那样，这个世界是"梦境空间"。琉月是这个世界的NPC（游戏中的一种角色类型，指非玩家角色，是电子游戏中不受玩家操控的角色）。在这个随时都会有成千上万人出现的游戏世界里，首都便是整个游戏里最为光荣的地方。琉月作为NPC被分配的任务，是做一个特殊公会的指导员和负责人，这个公会的名字也是系统设定的，叫"星宫"。

虽然带着一些疑惑，但琉月还是有些小兴奋。至少接下来的日子里她可以正式独立地使用魔法来帮助一群新人实现梦想了，她还可以真正地去看一看这个世界。毕竟不是所有的NPC都是有势力保护并可以自由行动的，尤其是公会势力中的首都公会势力。

马车停了，车门也在魔法光粉的映衬下自动打开了，琉月缓缓地从马车上走了下来。突然射入眼眸的阳光令她有些不适，她伸出手在额前挡住了些许光线。这辆首都的全自动共享马车便关闭了车门，继续用无人驾驶的模式离开了。

琉月的眼睛渐渐适应了阳光，她重新抬起头来，伸出手将掌心的公会联合文书和魔法印记对上院落的大门。这扇雕花的铁栅栏门便在稀稀落落的魔法光粉的映衬下打开了。

　　星宫，一个并不算大的院落，只有两座楼宇，其中一座是低调奢华的四层建筑，与周围那些现代化的建筑相比，显得有些格格不入。楼宇大门与院落的栅栏门之间，铺着笔直的石子路，大约两步宽，两旁都是草坪。左侧正是盛夏时节开放的美丽的蔷薇花，花丛中还有一座白色的小亭子，靠一步宽的小路连接主干道；右侧的草坪上有另一座独立的小楼，也是同样的窄路连接，除此之外就是一片宽阔的空地了。

　　琉月环视院落，缓步走向了那座主建筑，掌心的公会联合文书飘向主建筑的大门。在一片魔法光影之下，大门随即自动打开，门口出现了一位女招待员，是全息投影。

　　招待员微微俯身，向琉月行礼，带着标准的数据化微笑，开口说道："琉月小姐，您好。公会联合数据招待员，编号13650，正在为您服务。请出示您的魔法印记，谢谢。"

　　琉月伸出手来，手心向上，招待员用手腕上的手表扫描了魔法印记，正式转接至人工服务。招待员向琉月做出了请进的手势。

　　琉月对着全息投影微微一点头，回应着同样的微笑。接着，她走进了这座建筑，开始浏览参观。招待员为琉月介绍了起来："这里是星宫，属于首都元首公会下令所创建的新手公会，初始成员一共十二人，基础信息已经在您的书房准备好了。整座建筑已经接受魔法记忆，只有公会内部成员的魔法印记才可以开启大门。院落里的小建筑是公会邮箱，可以接收与发送物资和信件。这座主建筑一共有四层，每层五个房间，除顶楼以外，每层有一间浴室、四间卧室，是为公会成员准备的，但是还没有具体分配，这就是您的工作了。您的卧室和书房被安排在顶楼，还为您的公会配置了会议室，除浴室以外，顶楼还剩余一个空房间，您可以自行安排。预计其他公会成员会在今晚八点登录游戏，请您提前做好准备。"

　　"您的工作和其他的公会指导员和负责人一样：为公会挑选集体任务，

培养人才和后备力量，管理每一个公会成员，等等。

"顺带一提，为了保障您未来的工作便利与质量，公会联合已经为您分配了特殊法器和星光符，可从书房领取。如果没有什么其他问题，您可以取回公会联合文书，祝您工作愉快。"

琉月听完了招待员的介绍以后，简单道谢，微笑着收回了自己的公会文书，伴随着全息影像的消失，琉月自己开始参观。

进来以后她才发现，主建筑内部还是比较宽敞的，壁炉、家庭沙发、木质地板、地毯，还有彩色落地窗，可以说，这些在首都的建筑里是比较精致的配置了。看得出来首都对星宫公会有一定的特殊关注，毕竟能把这个世界四个种族都能够接受的风格凑出一整套来也的确不容易。星宫应该还是个杂居公会，未来的沟通工作自然不会少。正对着大门的是一条横向的走廊，其中一端是餐厅和厨房，另一端是公共洗手间；正中间，也是对着大门的地方，是向上的楼梯。

琉月顺着楼梯向四楼走去，推开了自己卧室的门，房间的主色调是简约的白色，这倒很符合首都对NPC的心态。房间足够精致干净，甚至还有可以通向楼顶的阳台，配备了茶几和椅子，但仍然是白色，就连衣柜里的工作服都是白色。

再到隔壁书房，琉月迎面看到了自己的办公桌，还有靠墙的两个书柜。一个书柜里摆着的都是历史书，自己显然没什么兴趣；另一个书柜里，除了两本食谱和几本花卉图鉴，就是一些办公文具和收纳盒了。办公桌前的茶几上有世界地图全息投影仪，上面会显示各地区发布的委派任务，琉月以后必定会经常面对着地图抢任务。

琉月走近办公桌，翻开办公桌上的一本并不算厚的羊皮书。首页是魔法星光符的几个样本。后面就是星宫成员的名单，每一页都记录着一名公会成员的基本信息，包括游戏ID和游戏角色的身世背景，甚至包括星座，只是没有照片，这里以后还会写下每个人的活动记录。

除此之外，每一页资料的一角都有一张副页，可以撕下来，在副页对应的位置上写下房间门牌号，再交到对应的人手中，那人也就会有魔法标记了，可以进入自己的房间。当然这些标记在自己申职信的回信当中就已经印回一份了，也就是说自己可以随意地进入别人的房间。虽然是为了方便管理，但是玩家们不会介意吗？想到这儿，琉月不禁皱了皱眉头。这时书房门口传来了敲门声。

琉月合上手中的羊皮书，抬起头对着门外那位未知的人问道："请问，是哪位？"能够进入院落的，应该只有上级和公会成员了，不过会是谁呢？

"你好，我是来报到的玩家'楚霸王'。公会的成员有些特殊的行李，我就顺便也传送过来了。"门外是一名男子的声音，语气像是有些紧张，却也很有礼貌。

"请在客厅等我一下，我会尽快去楼下找你的。"琉月隔着门回应道。

"好嘞。"门外的人应了一声。随后琉月便听到他的鞋子在楼梯地板上发出来的脚步声，清脆又有力，她将那份名单拿在手上去了楼下客厅……

现在才下午一点多，能在这时候上线的应该不是什么上班族或者学生。既然来了就要好好接待，因为这可是琉月的第一份工作，还是首都很重视的。

"你好，我是公会管理员琉月。"

"琉月？"就在琉月刚刚说完了自我介绍，那个人就突然露出惊喜的表情来。

琉月的话也戛然而止，偏着头疑惑地问道："你认识我吗？"

"啊，不是，就现实世界有一个朋友，也是这个名字……抱歉，你继续。"他重新站直身子，拍拍后脑勺，向琉月道歉。

琉月点点头，继续说道："我记得公会的第一次集合时间按照现实时间来算的话应该是……今晚八点？"

"啊，对对对，我就比较闲，提前上来刷刷经验什么的，客套话也不用说了。那个……"【楚霸王】抬起手来，大拇指指向房外，"外面草坪上有我们的行李，今晚我们回来之前会先做点新手任务，在那之前，希望你可以帮我们整理好，不过……"他突然不说话了，上下打量着琉月。而琉月也同时重新仔细打量着他。

他有些高大，肩膀很宽，黑色的卫衣上有很多口袋，迷彩裤上的口袋更是数不清，每一个都鼓鼓囊囊的，让人很好奇里面装了什么。

"不过什么？"

"不过你一个女孩子整理那么多东西，会不会很辛苦？"

"噗，谢谢你的关心。请不要忘了，这个世界还有魔法啊。"琉月淡淡一笑，轻轻耸肩，表示很轻松，心下却对这个【楚霸王】的绅士风度产生了一些好感。

"啊，对。我就不瞎操心了。"【楚霸王】点点头，表示放心，随后就准备下线了，"那就晚上见。"

"晚上见。"琉月微微鞠躬，目送着【楚霸王】离开了星宫。这个玩家还真是来去匆匆，不过琉月按他的装束来判断，应该是个散人。所谓散人，就是游戏角色没有加入任何特殊势力的人族，而且这个人的行装有些随性，带了些机械城的风格，却又顶着一个历史名人的 ID，想来也是个随性的家伙吧。

琉月去了外面的传送屋，才知道"特殊行李"还真是不少，虽说每人有小秘密都可以理解，但是一次性都送到货，也的确是有些费时间了。琉月抽出一张星光符，那是一张像是蝉翼一般薄薄的有些粗糙的纸张，五颜六色的，将愿力和魔力一同汇聚到上面，就可以施展魔法了。

和这张星光符一样颜色的几道魔光出现之后，纸张自行叠成了小纸人的模样，随后便自己动了起来。纸人飘到地面上，向着琉月鞠了个躬，接着又自己复制自己，许许多多的星光符纸人合力抬起行李，向着主建筑缓缓移动过去。

琉月回到房间放回了名单，又换了一身简单的洋装，风格总算和首都这个奢华的大城市有些搭调了。她决定出门采购些必要的食材回来，为第一次集合准备一次体面的晚宴，让这只有初始资金的公会能够尽快运转起来。

琉月走在街上，总觉得有人跟在身后，虽然大街上人来人往的，没什么危险，但是刚刚成立的公会可不能出什么乱子。正当她放慢脚步，想打开一个意念系感知结界，试探一下是什么人的时候，路边一个占卜的小铺子里，一名女子主动与她打了招呼。

那女子身着一袭蓝色的礼服，配着蝴蝶兰更是显得神秘，长发打理得非常整齐，一直顺到她的脚踝，那双好看的眼睛微微眯着，透着浅淡的蓝色。

"这位小姐是遇到什么麻烦了吗？"那名女子带着令人安心的微笑，端端正正地站在占卜小铺的门口，手上正捧着一瓶刚刚从这家占卜小铺带出来的魔法药粉。

琉月只是微微看了一眼，便礼貌地摇摇头，继续向前走去，当她打开感知结界的时候，身后的气息已然消失。而那位蓝衣女子淡淡地说道："你会再遇见我的，我会等你。"

待到琉月回头看向那名女子的方向时，人已经消失了。她只好无奈地摇摇头，继续朝着商业街走去。

虽然是游戏世界，但是每个角色都需要正常进食，因为食物会影响他们的战斗体力和魔法施展。虽然效果甚微，却的确是不可或缺的部分。新手任务中也不乏奔波跑腿和战斗的情节，玩家回到公会以后需要补充能量也就理所当然了。

魔法素材，即魔法材料和道具，存放在公会内做基础材料和居家工具也是必要的，未来即使玩家不在线上，他们的游戏角色也会继续生活在游戏世界里，照常生活起居。这也是公会管理者要负责的事情，演一个游戏世界 NPC 的同时，还要管理好另外一群人工智能。

采购结束后，琉月又吩咐小纸人们按照自己书房里的几本食谱，开始准备晚餐。

虽然自己的数据中并没有关于料理方面的资料，但是书房里有几本食谱，还有小纸人们。自己只需要看着小纸人们把一道又一道佳肴盛放到餐盘中。琉月的嗅觉系统给出了"美味"的判断，小纸人们便把食谱送回书房，端着菜肴向餐厅移去。

琉月不经意间看了看天空，首都南岸的热风早早吹散了火烧云，夕阳也显得异常耀眼。琉月拉上了厨房的窗帘，风从窗外冲破窗帘的束缚，一阵入秋的凉意扑面而来，晚霞在窗帘上留下好看的红晕。

正当琉月把各种餐具摆上桌面的时候，房子的大门被推开了，紧接着是一阵吵闹声。顺着走廊走向了通往客厅的拐角，琉月便看到了正陆续走进公会的一行人。

"好了，一次失误而已。等以后执行集体任务时，不就可以好好磨合了吗？"说话的人正是刚刚推开大门的男子，他对着身后的其他人说道。他的语气中透露着和气，显然是想要让身后正在争执着"刚刚是谁战斗失误"的少年们都停一停。他的头上，顶着个游戏ID【青空】。

其中一个脸上还带着些许稚气的少年，头上也带着ID【凯】。他刚刚一进门，将挂在自己背后的草帽摘了下来，顺手挂在了客厅的衣架上，就开始说了起来："刚刚一拨连招补控制，都盯好了怎么会让那个血魔银虎跑了？"

"冰冻和减速这么长时间的控制，还不够你瞄准吗？"说这话的是早早坐在沙发上的一个白发少年，ID却是个别有风味的【凤求凰】。他的身边是一只浑身蓝色绒羽的鸟儿，此刻化作人形，变成一个美丽女子的模样，正坐在地板上，靠在主人脚边，看着刚刚在抱怨的【凯】，附和着点了两下头，以示对主人的支持。只是这鸟妖的头上并没有带着ID，应该只是玩家的一只宠物或者坐骑，也是个NPC。

这一句嘲讽还没结束，一个慢慢飘进来的少年继续说道："玩偶的线都快扯断了，也没见你把这一箭发出去。"说这句话的玩家头上带着ID【无心者】。

"你们怎么这么讨厌啊？大哥都说了，新手，新手，我这不是不适应吗？知不知道那星时……"刚刚正在纠结没丢控制的是谁，现在【凯】却搬出了所谓大哥的话为自己辩护起来。与那满面冰霜的【凤求凰】不同，【凯】的表情丰富得像个孩子，此刻脸已经红到了脖子根。他话还没说完，就被人打断了。

"欸？琉月小姐，晚上好啊。"一直在盯着走廊入口，等待琉月的【楚霸王】终于看见了琉月的身影，马上露出笑容走过来，和琉月打着招呼。

琉月先是礼貌地点点头回应【楚霸王】一声"晚上好",又扫了一眼他身后的其他人,确认都到齐了以后,便向后退一步,做出邀请的姿势,说道:"大家晚上好,第一次集合的餐食已经准备好了,请大家进入餐厅吧。"

【楚霸王】抬起手来摸摸自己的脖子,缓解了一下尴尬,回过头来向身后的队友说:"走吧,吃饭去。"

"走了,走了,走了,走了。"【凯】可是不想和这个【凤求凰】继续待下去了,嘴里重复了四声走了,带头朝着走廊跑去,一阵风似的冲向餐厅。

大家也对视一眼,陆陆续续地向着餐厅走去,直到最后【楚霸王】才和琉月一起走向餐厅。

大家也并不见外,就像在自己家一样找了位置坐下,还很自觉地将长桌的一端留给了琉月,旁边的两个位置也空出来了,其中一个正是留给【楚霸王】的。两人进入餐厅,互相客气了一下,便坐了下来。

长桌共十六个位置,一端是琉月,琉月左手边是【楚霸王】,右手边却空了出来,除此之外,空出来的位置还有另一端和【无心者】右手边的位置。至于原先那只鸟妖,已经变回了鸟儿的样子,被【凤求凰】派遣回了房间。

琉月再次确认人数,随后便站起身来,原本窃窃私语或正猜着桌上餐食都有些什么buff(游戏中的增益效果)的少年们便都停了下来,看向琉月的方向。

"在进餐之前,请允许我向大家自我介绍一下,我是星宫公会的负责人兼指导员——琉月。接下来的游戏中,我会帮助公会为大家创造良好的团战氛围,希望大家积极参与和配合,也祝大家在接下来的公会活动中有良好的游戏体验。"

听完琉月的自我介绍,少年们点点头,只余一片沉默,气氛有些微妙。直到与琉月相距不远的一个人突然开始轻轻鼓掌,说道:"会的,希望接下来我们合作愉快。"大家这才稀稀拉拉地鼓起掌来,以示礼貌。这位带头鼓掌的玩家,有着一个有些犀利的ID:【金钱至上】。

琉月对这位高情商的玩家投去感激的目光，对方也礼貌地微微一笑。琉月重新坐下，说道："大家奔波了一天，刚刚还经历了团战，相信大家一定都累坏了，这些菜品的恢复效果都不错，还可以帮助大家炼化魔力，希望可以帮到大家。"

　　"嗯，是不错，要是再有点小酒就好了。"说这话的是坐在离琉月最远的位置上的那个男子，一身典型青丘的装束，ID【将进酒】也带有一股深厚的诗意。和身边那些现代或者魔幻风的队友们坐在一起，他就像是个外地人。但是仔细一看就会发现，他是这一群人中状态最好的，显然是一个有辅助技能或者技术老练的玩家。正说着，他便起身去了厨房，不知道从哪里摸出来了一个厚啤酒杯，嘴里还悠悠说道："虽然没情调，不过酒是不能不喝的。来，天天啊，给你三哥倒上一杯。"说罢，【将进酒】顺手把刚刚留在座位上的玉质葫芦酒壶朝着对面的男孩轻轻一丢，又坐回了自己的位置上，把酒杯推了过去。

　　坐在【将进酒】对面的男孩，头上顶着个ID【星期天】。他略显慌乱地接过飞过来的酒壶，打开了塞子，什么话都没说，乖巧地往对方推过来的酒杯里倒满了酒，他惊奇地发现，这看似仙里仙气的酒葫芦竟然能倒出来啤酒。【星期天】将装满酒的杯子递了回去，随后好奇地小声问道："三哥，这……怎么回事啊……"

　　"噗！哈哈哈……"看着【星期天】像小仓鼠一样探过头来，【将进酒】一边接过酒杯一边收了酒壶，大笑了几声，随后降低音量，"别见怪，这是你三哥的神器，你嫂子给的。"说这话时还不忘冲着一脸蒙的【星期天】眨眨右眼，然后就喝酒用餐去了。

　　【星期天】迷茫地看着【将进酒】的表情，随后又不自觉地看向琉月的方向，刚好和注视着这边的琉月来了个四目相对，【星期天】立刻尴尬得脸红起来，闪开了视线，埋头用筷子夹起了布丁，慌乱地放进嘴里。

　　琉月也不是故意想要关注他的，这一桌的公会成员基本都是一边吃着，一边聊着。因为游戏外的现实世界里，他们都是戴着耳机，看着而已，用餐本身并不会影响他们说话，而且想要求打游戏的玩家干坐着等进食结束，的确不太现实，所以自然会有一些对话。

这游戏的设计十分逼真，玩家的语音都会被录入游戏，在游戏世界里也有音速的计算，就连声音的大小也是有不同影响的。所以，要想听清离琉月比较远的位置上的两个人的谈话，琉月需要屏蔽掉十个人的声音，尤其是那个嘘寒问暖、热情得有些过头的【楚霸王】。【将进酒】站起来去厨房找杯子，琉月当然是要朝这边瞅上一眼的，却仍旧没有听清他们在说什么，反而是那酒葫芦能倒出啤酒的一幕。

【楚霸王】看琉月没有聊天的意思，还朝着【将进酒】的方向看着，心里感到很别扭，却也识趣地主动换了话题："【将进酒】是从青丘之国那边来的，确实是个比较有意思的人，这法器在他手里也够实用了。"

虽然琉月对这些话题也没什么兴致，不过她想趁机了解自己的公会成员，所以她并没有像之前一样只是出于礼貌地应付几句，而是转过身来反问道："那他的法器只能倒酒吗？"

"嗯……目前为止，我也没见过他倒出来别的东西。"【楚霸王】认真地回应着，以为琉月这是感兴趣了，立刻就讲了起来，"他每次战斗似乎都不是很积极。"

"是吗？"琉月真的对他说的不感兴趣。

【楚霸王】没反应过来，但后来他与琉月的对话表明，除了知道别人叫【将进酒】三哥，其他情况他也是一概不了解。

就这样，在这热热闹闹的场景下，大家完成了第一次集合，玩家们一个一个从琉月这位负责人手里领取了公会新手的福利，便陆陆续续下线休息去了。游戏里的那些角色当然是系统判定，回房间睡觉去了。

琉月却来到了书房，在那羊皮书册子上书写了起来，这册子有魔法加持，可以自己随着主人的意念添加页数，这本册子是专供公会负责人记录成员信息和档案用的。公会第一次集合，看起来只是给新手添加补给和奖励的一次简单集会，其实也是公会负责人对每个人的初次观察，譬如，每个人的存在感高低，初始定位，还有状态不同而可以表现出的不同实力等。负责人对成员的这些观察信息，是有必要记录下来的。

玩家【将进酒】：实力未知，初步认定为比较高深；从持有法器上来看定位辅助，法器看起来是通过特殊途径换来的，与系统中判定的橙色五星武器比起来，杀伤力有些低；特殊效果未知，将来的战斗中应该多加注意对他的试探和配合……

这是琉月最为注意的玩家，自然是最先记录了下来，随后对其他玩家多多少少都写了些东西。虽然册子的模样古朴了些，但是琉月还是表现出了少女应有的气质，排版和字迹都像是个花季的女孩儿写的手账本一样。

其他成员的基本信息都填上之后，就只剩下最后一位了——【楚霸王】。

这位成员可谓是足够吸引琉月的注意了，包括集合之前过来打了一声招呼，还有在饭桌上对着琉月这个NPC一个劲儿地嘘寒问暖，问着游戏世界的一些常识问题。其实琉月对他并不反感，可是这些问题只要用现实世界里那个被称作"搜索引擎"的东西就能搜出来答案，【楚霸王】还是问了琉月，可见这是多想来和自己搭话了。不过，NPC是不会有什么大的情绪起伏的，更别说对什么事情格外感兴趣了。所以琉月也就拿出了对新手的一万点耐心来，对这个没意识且没经验的新人，将问题一一回答清楚。礼貌是有了，可亲近感是一点没增加，想来【楚霸王】肯定苦恼透了。

琉月想到这儿，微笑着摇摇头，继续写了起来。

【楚霸王】：定位战士，武器未知；对游戏极度热情，存在感较高，精力充沛，会是一个……

琉月犹豫了一下，但是依然写下了"不错的坦克"，最后满意地画上一个圆滚滚的句号，合上了册子。

书房的座钟显示：晚上11:30。她正准备离开书房洗个澡睡觉，自己的移动终端却突然响起了"玩家私信"提示音。

移动终端就是目前游戏世界里比较常见的通信工具，可以简单理解为现实世界的智能手机，最多也就多出来一套云操作光子键盘和屏幕，因为首都吸纳了一些机械城的风格。

琉月看到了一个非公会成员的名字——【星辰之辉】。她觉得很奇怪：自己这是刚刚来首都不到一天啊，怎么就有玩家找来了？她再点开信息一看，是让她去传送屋里取个东西。

快递？带着些许疑惑，琉月悄悄地下了楼，去传送屋取回了个纸盒子，收件人的名字真的是自己，拆开包装一看，那是一块巴掌大小的金色怀表，装饰算不上奢华，不过可以看出，长期在人的掌心摩挲，表面光滑而反射着光辉。周围一圈十二个钟点对应的地方，改成了十二个黄道星座的罗马符号。再打开表盖，表面没有玻璃隔离，内部的齿轮也暴露在外，但也像正常的钟表一样，一刻不停地运转着。

琉月虽然好奇，也向那位玩家发了消息，询问有什么问题，可是对方只是发来一个好友申请，再然后就下线了。下线了？琉月不明白这玩家要做什么，可是她并不排斥，毕竟这怀表上并没有什么未知的魔法气息，只是一块带着一些封印的魔法铭文的普通怀表。琉月想："就带在身边吧，没准未来能帮上什么忙。至于这个未知的玩家，料他也没有做出一个潘多拉魔盒的本事，等他上线，自然就知道缘由了。"

总算可以休息了，琉月舒舒服服地洗了个澡，最后回到房间，又打开怀表看了一眼——00：01，该待机了。她收起怀表，默默地闭上了眼睛。

她很清楚，接下来的日子里，她要和这个首都格外关注的公会——星宫，同甘共苦，生死相依。

非系统操作提示：玩家【琉月】数据已生成，正在进入游戏……

"马上，就能见到你了。"坐在网吧的少年，在敲击键盘的手指终于停了下来，保存数据之后，退出游戏卡，关闭电脑离开了座位。

几场秋雨过后，天气比先前冷了不少，秋意渐浓。游戏世界里的气温对不同的玩家也是具有不同影响的，比如冰系法师的伤害加强；水系法师的攻速降低，防具耐性降低；等等。这倒是带动了商业街的服装店和道具店的生意，各种过冬衣物和防冻保暖装备的购买热度居高不下，真是一点点让这些店的老板暖心了。

公会已经正式运转了几天，玩家们会偶尔上线，都在各自适应着游戏世界中的身份和生活，闲下来也不忘和琉月寒暄几句。

琉月也同样在努力地投入工作，每日都需要整理好十二个人的日程表，还要在登记册上记录他们完成的个人任务的报告，用各种文书证明从首都公会联合会换取属于他们的任务奖励。那本记录册子，每天都会多出来几页，只是公会集体活动的那一部分里，除了第一次集合时小纸人拍下的一张照片，就没有更多的内容了。

"该安排集体任务了。"琉月这样想着。

这一天，琉月写完【将进酒】在青丘溪客栈的新任务报告，递交给小纸人，由它们送往寄送信件的传送屋。她看了一眼书房里的座钟，正是上午十点，再低下头看了一眼今天每个人的日程：下午，空白。终于有了机会，琉月赶紧用自己的移动终端给每个人发了"下午集合"的公会公告。

集体任务其实不只限于公会内部，好友甚至陌生人都可以组队做任务。集体任务的奖励和个人任务的奖励那当然是不可相提并论的，抛开经验和金币不谈，完成公会联合会集体任务的保底是送一个紫色品质五星素材，这条规定就足以让每个玩家都重视集体任务了，即便奖励分配有时并不令人满意。

公会内部是不存在这种问题的，因为集体任务的物资属于公会，再由负责人按照团队贡献的数据来分配。集体任务对公会的发展当然有着不容小觑的作用，虽然很多公会挑挑拣拣，但是至今也没见过哪个公会誓死不接集体任务的，包括如今首都最大的话事人元首公会和地下城的黑暗公会，也会让专人来负责集体任务的相关事宜。

这个游戏世界的任务菜单是流动的，有时候自己还在犹豫，一个刷新下去，任务就被别的人领走了。哪个公会不是争着抢着地寻找那些集体任务的？星宫自然也不能落下。

下午三点，正是周末的下午茶时间，也是这次大家集合的时间。正当琉月独自坐在会议室里一张沙发上，看着世界地图上的各种任务，思考着该选择怎样的任务时，会议室的门被敲响了。

"请进。"琉月没有抬头，只是对着门外回应了一声。现在的她正在最后三个绝对不会被人抢走的任务上犹豫着。

门被轻轻地推开了，走进来的正是那天餐桌上捧场的【金钱至上】。

看到琉月在工作，他轻轻地走过来，尽量降低皮鞋在木质地板上发出的声响，直到走上了地毯。他扫了一眼琉月身前的世界地图全息投影，看着最后圈着红圈的三个任务，冷不丁地问了一句："你在选集体任务？"

琉月一下没反应过来他是在对自己说话，迟疑了几秒，赶紧抬起头来对人礼貌地微笑了一下，回答道："是的。"随后她又看向了自己手头的工作。几天的来往下来，琉月也简单了解了大家的性格，熟悉以后自然就不必说什么客气话了，这也是眼前这位【金钱至上】的特点。

"是时候做集体任务了，辛苦了。"

"没什么，这是我的职责。"

"嗯，对了，公会有专用飞船吗？"

"【楚霸王】联系了一个，我去看了一下，设备都不错，成员都是新手，没什么势力背景牵扯。船长叫【亚丽姗大】，有航海协会的执照。"

"是她啊，没问题。"【金钱至上】站在椅子后面，手臂撑着椅子背，右手摸了自己的下巴，像是在回忆什么，然后点点头，继续说道，"楚江这个人的人缘还是很好的。"

"他是自来熟，要是战斗的时候也很可靠就好了。"琉月不自觉地说着，最后确认了一遍还有没有合适的任务。她从【金钱至上】的语气里可以听得出来，他和【楚霸王】和【亚丽姗大】应该都是比较熟悉的，琉月还是礼貌地回避了对玩家现实信息的提问。

琉月抬头看了一眼挂钟，对方也意识到自己是早来了一刻钟，再低头看看认真工作的琉月，眼睛一时间失了焦距。几天下来，大家都陆陆续续上了15级，或高或低，相差不多。他在现实世界里本来是对这种游戏没什么兴趣的，但是自己还是来了，带着自己的目的，关于琉月的目的。他想："总之都到了现在这个样子，也不能找这游戏世界的制作组打官司吧？反而不如……试一把？"

"我去泡壶茶，等一下大家来了也好恢复状态。"他站直身子，深吸了一口气，习惯性地推了一下眼镜。

"我让【彩星】去吧。"琉月这才抬起头来朝他看了一眼，至于她口中的【彩星】,是她给自己用自制星光符做的小纸人取的名字,因为带了琉月的一点思绪,也就有了一点意识,琉月自然是把它们留着待机了。

　　【金钱至上】摇摇头,认真地说:"这是我喜欢的事情,就不要和我争了。"

　　"那好吧,注意茶水温度,烫伤会影响角色状态的。"

　　"啧,这游戏这么讲究?"

◆ 榕树城 ◆

先生

"当然，我们都是活着的人。"说罢，琉月继续投入工作。

【金钱至上】一边走到了会议室的门口，一边说着："那我先下去了。""你们到了？"门一开，正好撞见了要敲门的【楚霸王】和另一位小朋友【米娜】，公会里唯一的一个女性玩家。

"秦哥早啊。"【米娜】主动和【金钱至上】打了个招呼，那乖巧的模样就像是邻家妹妹一样。声音和这数据设定的小姑娘的脸搭配在一起，还真是个活泼可爱的萝莉形象。

"已经下午了。"【金钱至上】却对这种可爱一点反应也没有，之前饭桌上的情商已荡然无存，接着又问【楚霸王】："大家都到了吗？"

"夏晴哥那还要一点时间，剩下的都在路上了。哦，今天做任务，掉了一个没见过的素材……"【楚霸王】说着从自己的私人空间元里取出来一个果子，"不知道是什么，倒是长得挺像我们现实世界中的百香果的。问问琉月吗？"

"她正工作呢，你们还是等人都到了就开会吧，不要打扰她。"【金钱至上】特地嘱咐了一句，拿着果子就出去了。

这边的【金钱至上】刚关了门，【楚霸王】马上就朝着琉月的方向贴了过来，开口就问："小月月，在干吗呢？"之前【金钱至上】嘱咐过的"不要打扰她"早就成耳旁风了。

琉月只好一边继续比对信息，一边礼貌地回答了一声："我在工作。"

也不知道从什么时候开始的，这位玩家开始叫自己"小月月"，琉月不知道该说什么，但是她并不讨厌这个称呼。

只是【楚霸王】没个消停，继续问东问西，时不时感叹一句"这地球仪真有意思"。这一幕让站在一旁的【米娜】真正无语了：这示好也要适可而止吧？

虽然琉月知道，【楚霸王】的热情源于他之前说过的一个现实世界的朋友，但是这种扑面而来横冲直撞的热情，的确让琉月有些招架不住。最后【米娜】实在看不下去了，说是要到楼下等大家，顺便给泡茶的秦哥搭把手，这才把这【楚霸王】给扯了出来。

琉月偷偷向这位可爱的女孩子投去感激的目光，然后继续安心地工作。至于【楚霸王】感叹的那个特别的地球仪，其实就是世界地图全息投影。

为什么说很特别呢？是因为游戏世界的地球是方形的。

这个全息投影仪是这个游戏世界的特色之一，只要是公会，都会有一个。首先它是一目了然的世界地图，然后它有云端光子屏的比例缩放和标记功能，最后它是公会联合会发布集体任务的接收终端，一体多用，非常便捷。至于起源，当然又是那个万能的机械联城了。

一刻钟很快就过去了，没有人迟到。七点一到，茶和人，全都齐了。【金钱至上】和【星期天】一起给大家分着茶水，不过不难看出，大家对这茶水没什么兴趣，放在一边就不再理会了。

反而是琉月，对放在茶几上的茶水感知到了一点魔力。出于对辛苦备茶的人应有的礼貌，她接过茶水后就一直端在手中。

待大家都落座后，那位忙前顾后的秦哥自己也总算坐下了。琉月安放好全息投影仪，双手抱着茶杯，长舒一口气，看了看在座的各位，开始了会议。

"今天召集大家来，是为了讨论我们公会的第一次集体任务。在会议之前，我已经为大家筛选了一些只有我们公会才能做的任务，任务完成获得的收益和公会声望都不低，希望各位经过慎重考虑后，一起来决定更加适合的任务。"琉月将之前挑选出来的任务从云端光子屏里拖了出来，投影仪上方立刻显示出三个标着红色圆圈的任务地点。

为什么说是只有星宫才能做呢？不同公会因为种族和职业的限制，一

◆ 榕树城 ◆

些任务的阻力很大。就比如让一个全是猎手的公会去魔族领域做任务，只怕连地方还没到就已经被当地的魔族当作黑户圈起来，查清了祖宗八代才肯放人走，耽误的时间没法弥补；再比如，让一个全是仙族人的公会去机械联邦的沙漠遗迹做任务，要是仙人掌花灵去了还好说，可要是昙花去了，刚到沙漠就得生病。

而星宫最大的特点就是这世界的四大种族——人族、魔族、仙族、血族都有，职业更是不缺。虽然等级不高，但每个人之间可以取长补短，需要处理的障碍的难度会小很多，做的任务当然比同级的其他公会要多出不少。

现在有三个任务：魔族榕树城城防任务、血族紫雾清除任务、亚特兰蒂斯遗迹探索任务。这三个任务不高不低的，都是15级的任务，大多有后备补给和支援，可以说比较适合新手。

就像刚才所说的，每个公会都会因为不同的限制而在任务上有所取舍，而星宫刚好没有这个顾虑，任务地带偏远也可以用刚找到的专用飞船解决，但是琉月没办法最终决定的原因恰恰也在于此。

去魔族榕树城吧，队里有【凯】这么一个猎手；去血族领域吧，公会里有【无心者】这么一个血族倒是个助力，但是同样也有【海】和【凤求凰】这么两个血猎存在着；去古城遗迹呢，他们签约的大飞船在亚特兰蒂斯附近的珊瑚岛这样的小型岛屿上很难找到受当地居民支持的降落点，除非是有中央势力介入的飞船。

大家都沉默了下来，因为他们都是新手，根本不知道有什么区别，更不知道怎么取舍。琉月很清楚这一点，她只是想借此机会试探一下大家对于游戏的理解罢了。

坐在旁边的【金钱至上】看着好像正端着茶杯喝茶，却是一口都未喝下去，水蒸气在他的单片眼镜上留了一层雾，但是那只并没有戴眼镜的左眼，却没什么影响。他此刻正静悄悄地看向【将进酒】的方向，像是等他发话一样。

电脑屏幕前的【将进酒】本人正百无聊赖，打了个呵欠，揉了揉眼睛，鼠标就这样随便地拖着,注意力完全没在会议里。他正在家里,开着游戏,耳机也在脖子上挂着。电脑屏幕的荧光映在他脸上,桌上放着一个出门证——梦幻俱乐部内部成员,姓名:百里墨湘。

这视角转着倒是不要紧,但转着转着,就和游戏里的【金钱至上】撞了个四目相对。虽说秦哥眼镜后面的右眼因为水蒸气看不见,但对方另一只眼盯着自己,让隔着屏幕的百里墨湘很不舒服……

"老秦,怎么了?"百里墨湘私信过去,敲了一串文字,然后又补了一句,"盯着我做什么?"

"你不说点什么?"对面私信回复得很快,一点也不客气。

"咱们秦哥这么聪明,用得着我吗?去,在月儿姑娘跟前露一手。你不是一直很期待?"这边百里墨湘也回复了过去,他对游戏理解得也很深刻,只是大多用于提出电竞战队的建设性意见,少在游戏之中体现,这个现象让人感到很疑惑,因为百里墨湘知道琉月的事同样也很重要。

而百里墨湘的这一段话说得一点也没错,他和【金钱至上】很熟,熟得就差住在一起了,他非常了解对方是什么样的心态。

至于琉月……

在他的眼里,或者说他们的眼里,说好听了,是一个"计划";说难听了,就是个"临时替代品"。至于原因,只有他们自己知道。而【金钱至上】对琉月的态度,百里墨湘自然也是心知肚明的。

他敢拿"戒酒"做赌注,看得出这位兄弟虽然不是职业电竞玩家,但是在打游戏以前绝对做了功课。

正这么想着,耳机里传来人说话的声音,正是【金钱至上】。百里墨湘的耳机磨得耳朵疼,所以把耳机挂在脖子上,声音开得很大。还好是在家里,这要是在俱乐部的训练室,又要被某个女队长数落"闲得没事干"了。

"这三个任务对比起来,我认为可以选择去魔族榕树城。"【金钱至上】总算是发话了,眼镜上的水蒸气渐渐消去,有一种领导风范。可以看出,他在星宫这个小团体里还是很有话语权和威望的,就这么一句话,大家纷纷将视角转向他,等他接下来的解释,他反而静静地等着接茬的人。

终于，底下的年轻人总有那么一个按捺不住的，【凯】跟着问了一句："为什么？"

"等一下。"【金钱至上】放下茶杯起身去了琉月的方向，问道，"你手上的这个东西，方便借我一下吗？"

琉月看着面前的【金钱至上】，她心中有了很多关于【金钱至上】的标签：珍惜时间，不是职业电竞玩家，能很自然地接下不同方位传来的信息，以及对她无条件的帮助……

【金钱至上】顺势在琉月身边的空位上坐了下来，然后开始了自己的一番演讲："我想大家最初的想法一定是古城遗迹，因为不会有敌对势力阻挠。不过我要提醒大家，公会刚刚运作，你们充公的资源有多少？亚特兰蒂斯是个以机关密道著称的大势力，再加上遗迹内部可能会有迷宫。我们还没有做攻略，大概率是走不出来的。"

【金钱至上】说完停顿了下来，等着有人提意见。果不其然，【青空】忍不住插了一句："如果是药品的话，巫师协会可以买到便宜的。"【青空】是个很不起眼的辅助，游戏上线时间是所有人中最短的，琉月都看得出来他是找了代打帮他练级，才能勉强跟上其他人的等级。虽说不起眼，但他在巫师协会混出了一个小诊所。

巫师协会也是有要求的，学习生活技能才能混出名堂，巫师协会的主修项目是医学、药学、生物学和化学。【青空】在医药学上高人一头，才能混出一个诊所。这让琉月一定程度上确信：他在现实世界中应该是个医生，至少是学医的或者在医学上有一定造诣，否则他怎么能在这个游戏里轻轻松松地就拿下了高级医师的特权——开诊所呢？

他说的从巫师协会买药倒是真的能做到。至于为什么自己不做，因为巫师协会经营的是公有物资，如果拿去给个人或者公会随便花销，那么首都的物资早就被耗完了。不过即使能买到药品，一想到公会现在的内部流动资金量，电脑前的【青空】也有点后悔自己说出了这句话。星宫的流动资金：327金币，86银币。

不过，【金钱至上】并没有否定这一提议，而是反问道："那研究攻略耽误的时间呢？如果为了一个15级的任务而耽误了我们升级的速度，不是有点得不偿失了吗？"

【青空】不再多问，他点了点头，随后一想到点头人家也看不见，便"哦"了一声，等着对方继续说。

【金钱至上】在古城遗迹的地方画了一个红色的叉，随即又滑动云端设备，操作着地图移动到血族领域上，放大几分后继续说道："再看血族的任务，血族领域充满紫雾的地方就是黑森林，那里人员势力冗杂，有血族、狼人、血猎，一旦混进那里的乱世，想脱身就十分困难了。再加上这游戏是允许掠夺的，到时候我们可没办法防备离那里最近的地下城里的黑暗公会。"

听到这儿，【凯】忍不住探出头来说了一句："打呗。"年轻人的思维还是太简单，这黑暗公会虽然名声不好，但毕竟是有着悠久历史的官方公会，还能说打就打了？要是这么容易让一个全是15级玩家的小公会轻而易举地揍一顿，那么官方为了剧情需要而配备的东西也未免太低端了。

和【凯】隔着一个人坐的【凤求凰】忍不住皱了一下眉头，倒是坐在他们中间的【米娜】踩了一下【凯】的脚。

这个操作在游戏里还是做得出来的，也不会有什么攻击力，倒是会提醒一下受动的玩家，玩家本人当然不会疼，但是屏幕会显示"玩家【米娜】踩了你一脚"。【凯】很不淡定，视角朝【米娜】一转，正要说话，【金钱至上】就继续说话了。

"那你认为，以你这种两秒不能瞄准的操作，还能应付得了等级压制和装备压制吗？"

"升级、氪金啊。"他本人倒是真不缺钱。

"那还是15级任务吗？"

"呃……"

【凯】没话说了，就算再一根筋，这笔账还是算得清楚的。

玩家为了一个新手任务，氪金凑装备，再练个20级，怎么算都是亏，还真不如做点别的任务，一边做一边长经验、凑装备，还能自己熟练一下操作。刚刚觉得对方说得有道理而安静下来的【凯】，突然想起哪里不对劲。他想狡辩两句，但是很快人家又继续说话了，只好等会议结束之后再说。

在血族领域的位置画下红叉以后，【金钱至上】继续说道："最后就是我比较支持的魔族了。"

"我还是猎手呢，怎么去啊？"【凯】可算是逮到机会说他的漏洞了。要知道魔族最见不得的就是猎手了。猎手也不是人们以往认知的猎人，在游戏世界中，猎手协会可以和现实世界的雇佣兵画上等号。但是和巫师协会这种纯中立性质的组织不同，猎手协会只有人族，而且大多还是接赏金任务的自由猎手，所以只要一提到个人任务，猎手们第一个想到的地方，自然是物产丰富的魔族领域。

即使是和平年代也不乏这种政府允许的开采任务，时间久了猎手们也就把搅乱魔族内部的资源配置当成了理所应当，魔族已经向首都上报了这件事，可是即使元首公会是最大的话事人，但首都里面的政治环境自然还是人族说了算。回答永远是"有待考虑"或"正在商议"。魔族依然没有放弃挣扎，但自那以后，只要是带着猎手徽章的人族一进入魔族领域，魔族人就会非常警惕，最后无论是做任务的一方还是本土人都过于紧张，谁都不愉快，更何况要推进任务了。

【金钱至上】平淡地回复道："你没拿到诚信勋章吗？"

他这一句话让大家顿时明白了他的自信从何而来。诚信勋章是猎手协会特设的一个身份象征，专门用于区分普通猎手和金牌猎手。

因为自由佣兵的性质，猎手中当然也会有横行霸道的猎手，有买方护着，猎手协会也没法制衡，这种猎手被玩家们俗称为"黑猎手"。但是一旦事情暴露，协会有权除名玩家，从而树立组织威信；金牌猎手不同，他们都是氪金或者凭借特殊任务获得诚信勋章的，倒并不是证明他们有多诚信，而是一种令咒，一旦发现该玩家有黑猎手的行为，猎手协会有权定位追踪，依法处置。虽然只是多了一个限制，听起来没什么用，但是资深猎手玩家都知道，有了这东西，再去魔族领域就会畅通无阻，对自己和所属公会都是一个非常大的便利条件。

【凯】转了转眼珠,似乎是想起来,协会里是有这么一个东西,但是自己还真没接到可以拿到勋章的任务,于是耿直地说道:"还没有啊。"

"氪金买。"【金钱至上】不假思索地回答道,这种一人氪金造福全公会的事情当然比全员氪金听起来更具性价比了。

【凯】也没生气,反正他不缺钱,他其实一直想知道诚信勋章到底有什么作用,点点头"哦"了一声之后,一遍一遍地嘟囔着:"我要买勋章,我要做金猎手。"

接下来别人说了什么,【凯】全然忘记了听,就连之前想要为自己被嘲讽的事发个牢骚也都忘在了脑后。坐在他附近的【米娜】有点烦了,转视角看了一眼【凤求凰】,发现【凤求凰】竟然没有反应,再仔细一看,原来【凤求凰】把【凯】的语音给屏蔽了……

【金钱至上】视角又重新转回来,继续做最后的结论:"魔族的人口是游戏世界最多的,占据了三分之一左右,如果可以得到魔族的信任,星宫未来的活动范围和权限会很可观,大家应该能够明白我的意思。榕树城是弗朗特王国附近最新出现的小城镇,不会有历史积淀,没有暗道机关,更不会有黑暗公会盯上这种完全没有积累的小城镇,就算会遇见,按照魔族人的个性也绝不会拿自己的家园做牺牲。"

"所以选择魔族榕树城的任务是最为合适的,风险和投资最低,而受益又与前两项基本相同。"琉月很快就明白了他的意思,接上他的话,不自觉地把应该做出的结论说了出来。

【金钱至上】点了点头,最后说道:"这只是个人意见,不知道是否有用。"琉月知道,这是他的谦辞,他其实对自己的这通演说感到满意极了。

琉月点了点头,虽然【金钱至上】一直背对着自己,但是她可以从背后看见,投影的蓝色微光在他的侧颜上留下了一道剪影,轮廓逐渐与琉月脑海中的一个人影重叠起来,却无法显示出真真切切的样子。现在,琉月该做决定了,她恢复一下状态,眨了眨眼,手掌在茶杯的边缘摩挲了几下,开口道:"如果没有什么问题,这次的集体任务,我们就选择去榕树城……啊！"

话还没说完，琉月忽然尖叫了一声，随后握着茶杯的手一松，迅速地缩了回来，茶杯立刻被甩脱了手，摔在地上。【金钱至上】也是一听到声音，直接丢了个位移技能，再把视角转过来的时候才发现……

系统提示：玩家【琉月】右手手心处出现烫伤。

大家一时间不知道到底怎么了：按照游戏世界设定，这茶水应该是越放越凉啊，怎么还突然搞出烫伤了？

【金钱至上】赶紧上前询问琉月的伤势。电脑前的百里墨湘也是被耳机里的声音给拉了回来，刚刚他可是把游戏窗口拉在一边，正在聊天软件上回复一个队员的防具搭配选择，有他认可的老秦在，他放一万个心。可是耳机里突然传来了尖叫声，他立马抬起头进行了几个操作转过去才看见系统提示，又转转视角从茶几上找了一杯茶。

游戏里的【将进酒】将茶几上的茶杯一翻，只见茶水立刻倾泻在桌子上，然后迅速蒸腾消失了，这是玩家所说的再沸腾现象，游戏世界里只有一个玩意儿有着延缓加热的魔咒：岩浆果。

【将进酒】慢悠悠地移动到了琉月附近，对着【金钱至上】徐徐开口："这茶里加了岩浆果吗？"

"什么？"

"啊？"在一边焦急地操作了半天才移动过来的【楚霸王】也疑惑了。这果子就是他带回来的，因为当时觉得果子颜色漂亮，还判定可食用，他就加进了茶里，为此他被【金钱至上】说了很久。

"岩浆果？那是什么？为什么游戏世界里的未知物品都不标注名称啊？"

"楚江，你加进去的？"【将进酒】听【楚霸王】这个语气，又转过来问了一句。

"我……唉，是我加的。"

"你学厨师初级技能了吗？"

"没有。"

"这果子是做火锅底料用的，回锅、复热专用。你加进茶里，幸亏我们这个时候没有人喝，不然都得食道烧伤，全去医院了。"【将进酒】的语气还是这样不徐不疾、平平淡淡的，仿佛只是在教育一个涉世未深的孩子，完全没有半点生气的样子。

【楚霸王】一时间不知道说什么，生活技能的任务他一直没有碰，不然也不可能连这个常见的果实都不知道啊。他挠挠后脑勺不再说话，愧疚地转过视角，瞄了一眼琉月的伤，又开口道歉。琉月也没计较，新手玩家无视了生活技能学习的任务是很常见的事情，而且NPC烫伤也不影响什么，反正都是些虚无的数据罢了。琉月微笑着摇摇头，表示没关系。【楚霸王】这才撇撇嘴，看向其他地方。

"有冰吗？"【金钱至上】没空计较是谁的责任，要是能让这个总是没头没脑的"霸王"改变他的风格，他们之前自然也不会受那些苦，现在他只想让琉月先好起来。

主修元素系冰系魔法的【凤求凰】站了出来说："我修冰系，我来吧。"他蹲下身子，和坐在原位的琉月对视着，伸出手来对着琉月的手掌施展了一个小小的降温魔法，确定琉月感觉好点了才转身退回到人群中去，连让琉月道谢的机会都没给。

游戏世界里，烫伤是可以利用冰敷来缓解疼痛的，但是伤口还在，会和现实世界一样过几天才会慢慢愈合。今天的会议就这样结束了，每个人都确认加入了榕树城的集体任务后，陆陆续续地问候了一下，琉月就下线了。

大家又去睡觉了，琉月回到自己的书房，她要给首都公会联合会写报告信，申请去魔族弗朗特王国的榕树城的活动权限，还要上交名单，再送到传送屋去。只是刚刚拿起笔来，她右手心里的烫伤就开始发疼了。

这个游戏世界当年就是制作人按照现实世界中应该有的情况设计的，很细致，也让人头疼。烫伤、擦伤、旧伤、心理作用，甚至连虚弱状态都得按大自然的规律熬上几天。

琉月摇摇头，就算是疼，这报告也得交上去。任务明天就要开启了，哪怕是带着一群AI操作的玩家角色，也得报告。她的指尖在羽毛笔上摩挲了两下，便开始写了。

现实世界里，晚上8:00，夜幕已经降临，笼罩着这座有些破旧的医院的老住院部。住院部的一间病房里，趴在病床边上的名叫琉辉的少年迷迷糊糊地解开手机屏锁，忽然从余光中看见，病床上琉月那正扎着输液针管的右手，手指突然抽搐了一下。琉辉立刻转移了注意力，打开了病房的灯，全神贯注地向那位病人的脸看去，那病人分明和游戏世界里那位NPC琉月有着一模一样的脸……

看了半天也没见病床上的人再动一下，少年摇摇头，打开了手机的一个App（应用程序）：梦境空间。虽然这个游戏是个端游，但是手机客户端也可以挂机、聊天、修炼经验，唯独不能战斗。

他刚一进入游戏，就看见了来自好友【将进酒】的消息。

"你那边有什么异样吗？"是文字消息。

"能有什么异样？她要是醒了，我第一时间给你们所有人打电话。"看着那条信息，少年有些不悦，在那九宫格的键盘上敲了一串，然后就关闭对话框，挂机去了。少年趴在病床边上呆呆地看着病床上姑娘的脸。

但是过了几秒，对方又发来了消息，还连续响了好几下。他不快地重新打开对话框，【将进酒】的手速还真是令人操心，消息基本上是一小句一小句发过来的，过了将近半分钟才把整句话发完，连起来大概是："琉辉，琉月烫伤了，如果我们成功，她应该会有反应的。"

看完这句话，少年一下又来了精神，赶紧问道："哪只手？"

"右。"【将进酒】只回复了一个字。但这足以让坐在病床边上的少年欣喜好久了，刚刚病床上的琉月的确是右手动了。但是怎么还烫伤了呢？他不明白，又是一阵手速爆发，问了一连串的问题："怎么烫伤的？谁干的？处理了没有？"

对面半天都没有回复，少年也失去了耐性。反正游戏里的琉月受伤并不会影响大局，反而很好地证明了他们的计划第一步成功了。

他又重新看向病床上的那张脸，深吸了一口气，鼻子一酸，眼睛也有些发痛，然后又眨眨眼平复了一下情绪，双手握住了病人刚刚抽搐的右手，额头贴在手背上，几个深呼吸过后，喃喃道："就快带你回家了，琉月。"

【将进酒】这一边是开了隐身状态，从星宫溜出来，想刷怪练级，路上还顺便给琉月那个不省心的哥哥发着消息，说完就去打怪了。正打着，他就听见手机响了，手头操作继续，然后朝手机瞥了一眼，顿时没能忍住，着急忙慌地推开了鼠标，左手在键盘上一拍，一下子按下去七个键位，然后赶紧挪了一下转椅，接通了这个电话。

游戏里【将进酒】也是一阵抽搐，定在了原地，被招惹的小怪见到破绽马上冲了上去。

"喂？"百里墨湘对着电话那头故意带有困意地"喂"了一声。

"睡着了吗？"电话那头是一名女子的声音，问道。

"我要是说睡着了，你信吗？"百里墨湘打趣一般回复了一句。

"……"电话那头沉默了。

"什么事？"百里墨湘深吸一口气，问道。

"你们做集体任务了吗？"

"刚接。"

"【青鸟】已经接到琉月的报告了。不过，你们注意些。"

"嗯？"

"榕树城最近出了些状况，需要的时候可以随时叫我去演戏。"

"嘻，你把地下城管好就成了。"

"切，当时还不知道是谁让我开了个黑暗公会。"

"是啊，是谁竟然让咱们堂堂梦幻俱乐部战队的主力刺客兼队长柠茶大小姐开了黑暗公会啊？太黑心了，人家还是个少女呢。不过话说回来，我们队长还真听话，你说这人……是不是她男朋友啊？"

"滚！"电话那头的女孩听着他唠叨半天，最后还是要了个贫嘴，一声怒吼之后就把电话给挂了。

百里墨湘瞅瞅手机，意料之中一般，淡淡一笑，转回原来的位置，放下手机，打算继续打怪，再一看自己的血量，一半的血条都被眼前这几头红眼野猪啃没了。无奈摇头，一个操作，退开些距离，"醉仙觞"瞬间满上，治疗技能对自己一放，上前继续刷怪去了。

游戏世界里，公会联合会的负责人【青鸟】正在核实星宫发来的报告。看着看着，忍不住皱了皱眉。每个角色都有自己独有的字迹，而星宫作为首都内部高层关注的焦点，她自然也是关注了一段时间，但是很奇怪，这字迹不是琉月的。她的宿主柠荼这才给星宫内部的百里墨湘打了个电话，以免有人冒用了星宫的名字。最后宿主传来了消息，她才放心地在报告上盖了印章。

时间再倒回琉月写报告的时候，她手握着羽毛笔有些发颤，【彩星】已经把会议室的地板重新收拾了，但是不能代替她写字，此刻她的字迹歪歪扭扭，书写过程中还不住地出现笔误。正当这时，书房外传来了敲门声。

"请进。"琉月抬起头看向门口。

从门外走进来的是【金钱至上】，见琉月朝着这边看，自然是没有顾忌，走过来问道："在写什么？"

"申请报告。"琉月对于【金钱至上】这种长辈一般的语气已经习惯了，她将拿着羽毛笔的手轻轻挪开，露出纸上的字迹。

看着纸上的字迹，电脑屏幕前的人微微皱眉，叹了口气："需要我帮你。"说完这句话用的是句号而不是问号，完全没想给琉月拒绝的机会。

"嗯……"不过琉月也真的没办法拒绝，因为这份报告在天亮之前要交上去，否则过了晚上十二点，信件只能到明天审理，任务就只能后天开启。她最终点点头："那我来念，麻烦您……"

"好。"对于眼前的琉月接受了自己的帮助，【金钱至上】松了一口气。随后他从自己的私人空间元中取出了一支金色的钢笔，用一个意念系魔法换了一张新的纸，将钢笔移动到了纸张上空，随后【金钱至上】说了一句，"你念吧。"

"公会联合会：我们是首都在籍公会，星宫。将于明天……"

就这样，在【金钱至上】扎实的意念系技能基础上，这份报告没用多久就写完了，【彩星】将信件送到了花园的传送屋里寄出了。琉月再看看书房的座钟，现实世界时间晚上 8:15。

"谢谢你。"琉月感激地看了一眼【金钱至上】，微笑着点点头。然后她将桌上的钢笔拿起来递给对方。

　　【金钱至上】摇摇头，收回了钢笔，回应着："没什么，以后遇到麻烦，尽管来找我吧。"

　　在这一刻，琉月之前在会议室的感觉又一次冒头："这一幕似曾相识，我却无论如何也想不起来。难道自己以前见过他？"

　　其实在游戏世界中，即使玩家不操作，这个游戏角色也会存在，只是玩家不会有这一段记忆。很多玩家在打游戏之前省略了观看以前的回忆录像，因此错过许多缘分，这是非常错误的做法。琉月呆呆地看着【金钱至上】即将要走出书房的背影，在自己的数据库中疯狂地搜索着，也许不同名，但是长相错不了……

　　"先生？"琉月试探性地叫出口。

　　听到这声称呼的【金钱至上】动作一顿，重新把视角转回琉月的方向，问道："你……是琉月？"

　　"当然是我……嗯，我想知道，你以前是不是认识我？"琉月试探性地问着，因为这些记忆数据十分零散，没有玩家的真实姓名，无法搜索查询，因此只能一个一个比对外貌，这才勉强找到了一个匹配的文件，可是依然没有宿主玩家的真实姓名。

　　玩家的数据是玩家实名制时录入自己的真实相貌，再经过一些数据加工才出来的模样，所以游戏里的角色和现实的角色外貌基本一致。当然，数据处理时会帮玩家处理痘痘、伤疤和胎记，要是想留着点特色也可以自定义保留，所以才有了这种看脸的设定。

怀表

"嗯。"没有否定，【金钱至上】迟疑了很久，才"嗯"了一声。

这令琉月有些尴尬，但还是有些窃喜，继续问道："那，我以后就一直叫你先生了？"

"虽然我想说，年龄上，叫哥哥会更好，但是随你开心。"电脑屏幕前的【金钱至上】微微一笑，继续说道，"我让小白在厨房留了冰，你手上如果还疼的话，记得去取。我先下线了，晚安。"【金钱至上】说的小白就是那位冰系玩家了。

"等一下，请您至少告诉我您的姓名……"

"嗯，我姓秦。剩下的，就真的要等你自己找了。晚安。"【金钱至上】回答道。

他说得没错，记忆必须自己找到，否则自己主观的记忆会对琉月的人格有所覆盖。而琉月对网游玩家的隐私意识感到理解，点点头回复了一声"晚安"，看着对方离开了书房。

琉月在自己的座位上发了一会儿呆，因为她正在整理有关这位秦先生的那点残缺不全的记忆数据，只有这么一点点……

而现实世界的琉月呢，就在这时候，手指动了一下，这让日日夜夜守在她身边的哥哥琉辉兴奋了许久。

【金钱至上】关闭了游戏界面，退出了自己的游戏账号卡，将书桌上的文件夹一合，其中的一张纸在夹缝边缘处露出一角。那是一张工作人员出入证，上面是前些天刚刚去H市大学法学院举办讲座的年轻律师的名字——秦空。

秦空将键盘推回抽屉里，端起放在一旁的茶杯，喝了一口茶。瓷杯的温度传到指尖来，一想到游戏里琉月烫伤，还是忍不住皱了皱眉。可是自己无能为力，他倒是精通法律，但不是学电子编程的，更改变不了现实世界里烫伤就会疼的设定。

最后想了半天，秦空摇摇头，起身将茶杯放下，戴上放在电脑旁的眼镜，又翻开文件夹，满满的一本用正楷字体打印出来的梦境空间世界观，然后打开了网页，输入了"梦境空间游戏攻略，如何快速消除烫伤"，点击回车键……

看来百里墨湘是没有戒酒的必要了……

而游戏世界呢，琉月洗完澡回到自己的卧室，正准备休息，忽然感应到了一股魔力的波动，寻寻觅觅，最后发现竟然是放在床头柜的怀表。

琉月在床边坐下，拿起了怀表，发现表盘上那些露在边缘外的数字位，其中一个数字位周围的三条封印铭文之中，有一条变得若隐若现，仿佛马上要消失了。从那道即将消失的铭文中，不断有空间系魔力泄露出来。

琉月将怀表打开，原本应该正常转动的指针静止着。琉月只是想将罗盘的指针先调到现在的时间，然后再注入点魔力给怀表"充电"，因为游戏世界的一切事物的能量起源都是魔力。

琉月最初得到怀表以后，研究了一下，表盘正中心有一颗固定指针的螺丝，顶上是一块非常小的白水晶。开始时琉月还以为，怀表的魔力来源是这块白水晶，但是慢慢才发现魔力的来源是这些铭文。

正当指针经过那个即将消失的铭文的时候，白水晶却突然闪出白光，仿佛是因为指针走到特定的角度才能让白水晶接收到这些魔力而开始发光的。琉月就继续调着怀表的指针，白光又消失了，再调回原来的位置时，又出现了。

她转过身靠在床头，对着怀表左右端详着。那道之前快要消失的铭文和白水晶闪耀着同样的光，节奏不疾不徐，光芒也并不强烈。琉月若有所思，如果铭文是为了封印，那么一定是封印了一些特殊的东西，铭文上的空间系魔法的波动就是这么来的。

她低下头，看着眼前的怀表，想要进一步探究时，这股魔力的波动突然失去了原有的规律，似乎是被另一种波动淹没了，是意念系的幻象魔法。这种波动甚至体现出了光的形态。

金色光波一层层荡漾开去，将周围的环境悄无声息地改变了。这种魔法并无杀伤力，琉月也只能顺其自然，看着手中的怀表改变着身边的一切，直到光芒将周身的事物全部吞没，她不得不闭上眼睛去缓解光带来的眩晕感，等波动逐渐减弱，她再睁开眼，场景已经换到了书房。

和隔壁的书房一模一样，只是原本不应该有人的书桌上，现在却坐着一个和自己一样，或者可以说和几年前的自己一样的姑娘。琉月感到有些不可思议，试图靠近一些，但是幻境中的其他人是看不见自己的。这是意念系幻境的特点，只播放影像，无法做出改变。

于是琉月不敢合上怀表，一点点凑近过去，发现那个年幼的自己正在写着什么东西，好像是游戏要求的生活技能中的文化课，可是又简单许多。正在端详着眼前的小琉月时，身后的门突然被打开了。

琉月转过身看去，下意识就喊出了"秦先生"，但是随后才意识到，这里是幻境，和【金钱至上】并不是同一个秦先生。但是这位幻境中的秦先生并没有像往日一样礼貌地敲门。这可以说明，这个幻境里的小琉月和他是很熟的。

想到这，琉月默默为原先那位秦先生的坦诚感到愉快和感激，但同时对于他的有所保留有些担忧。

自己现在也许是在记忆幻境中，如果秦先生有所隐瞒，那么现在的自己不就做了和侵犯隐私一样的行为了吗？不过随即琉月释怀了：既然两个人都出现在这份记忆中，那么就是共同的记忆，自己本身就应该知道才对。

琉月暗自肯定着，然后向着房间的角落退开了一些距离。她想将这份记忆完整地回顾一遍。

幻境中的影像继续着……

小琉月抬起头来看着进来的人，突然露出一副灿烂的笑容，站起身来把座位让出来，还顺手接过了对方正端着的托盘，上面摆着玻璃茶壶和玻璃杯。

对方也没客气，绕过来坐在了小琉月之前坐的位置，低下头来开始翻起了桌上的书，忽然指着上面的某一道题，问道："这题不会？"

"嗯，先生最聪明了，一定知道。"小琉月站到对方身后，手上端着刚刚倒上茶水的茶杯递到对方跟前，讨好一样甜甜地说着。

这份记忆之中的小琉月十二三岁的样子，面前练习册是白底黑字手写的题目，字很秀气，至少比小孩子写出来的字好看，应该是长辈给她出的题目，也就是说小琉月还没有上学……

对方用手指轻轻地叩击了两下桌面，示意琉月放在这儿便好。小琉月也不黏人，乖乖地把茶杯放在指定的地方就又去给自己也倒了一杯茶。等到对方伸手示意她上前来时，她又赶紧凑了过去。

动作一着急，满杯的热水便从杯口洒了出来，琉月尖叫一声，想快点甩掉茶杯，但是又很快收回手将茶杯放在了桌子上，而后才甩着手缓解疼痛感。

秦空慌忙起身，拉过小琉月的手，问着："你怎么都不知道快点放手？"

"茶具对先生很重要的……"

小琉月也是一时不知所措，她不知道是什么能让对方慌成这样，或者有什么能把对方吓一跳的事情。她茫然地看着对方，回答了这个问题。

秦空摇了摇头，拉着她离开了房间，嘴里念叨着："先去找冰。"

一推门却突然撞见了要进门的另一个人，相貌……好像是【将进酒】。躲在角落看幻象的琉月也是一呆：这里还有人认识自己吗？她正琢磨着，幻象里的【将进酒】便开口了："在下方才听到书房有动静，不知秦兄所为何事？"

"等下再和你说，你先让一下，谢谢。"没想到秦先生却没客气，敷衍了一句便绕过了对方离开了，留下【将进酒】在原地陷入一阵尴尬。

琉月呆住了几秒，看着这位刚刚进房间的【将进酒】，但忽然又意识到记忆里的人看不到自己，再转头看向房门，发现两人已经关上门了，这才想要追上去。

可是她刚刚迈出一步，怀表突然又发出了原先的光波，与之前不同的是，这次没有渐强的过程。因此，强光突然出现，琉月一个踉跄，赶忙用手挡住了眼睛，等波动消失的时候，幻境已经消失了。

场景仍然是自己的卧室，自己也仍然坐在原来的位置上，手中的怀表却已经恢复了最初的状态，继续准确地转动着，只是那道铭文已经消失了。空气中还带着原先意念系魔法的波动气息，其中夹杂着刚刚解除封印后残存的空间系魔法粉尘。

琉月现在明白了，这个送来怀表的人一定也是认识自己的。怀表被很多空间系铭文封印着，似乎需要一些特定的方式才可以解除，其中封印的很有可能就是自己的记忆。

看魔法粉尘的浓度，对方做封印应该付出了不小的代价。

正当琉月想要更加深入地思考时，自己的移动终端响起了提示音。琉月转过身来从床头柜上拿起终端查看，信息来源是【星辰之辉】，就是之前把这块奇怪的怀表送来的玩家，现在还挂在自己的一个好友列表里。

因为当时收到怀表的时候感到很好奇，琉月就很礼貌地给对方发过一些问候，想着对方上线了就会回信息。

可是对方在这段时间里根本就没上线，琉月还以为他开了"隐身"状态，故意无视自己。怀表用了一段时间没什么异样，琉月也就一直没有在意，直到现在才记起来，自己的好友里有这么一个人……

点开了信息，对方发过来的消息只有一句：

【星辰之辉】：怎么样？

怎么样？还要问自己怎么样，看来是知道这怀表的真实用途了。琉月莫名感到一丝不满，就好像自己在被利用，但是琉月并没有冲动，只是仔细地回味了刚刚的幻象，然后回复了消息。

【琉月】：那是我的记忆？

【星辰之辉】：是啊，封印的都是你的记忆。

对方平淡的语气让琉月很难猜测他的心思。

【琉月】：请问，你为什么会有这件东西？

【星辰之辉】：你失忆了，东西丢在我这儿不记得，星时罗盘，我送过去了。

【星辰之辉】：别让其他人知道，自己赶紧找回记忆！

星时罗盘？应该就是现在她手上的怀表了。

对方也说了一个无懈可击的理由，说是自己因为失忆不记得原先发生的事情了，这让琉月不知道该如何反驳。

说不信任也是理所当然的，刚建立的新手公会里混进几个卧底来打探消息也是很常见的，公会之间为了竞争资源和声望而互相使绊子也很正常。只要没搞出人命来，公会联合会都是发一些补助就算是善后了。

和现实世界意义上的公会不同，网游的公会有两种，一种是首都内部由NPC来担任管理并负责推动世界剧情的公会，另一种是玩家自发组成的公会。星宫属于前者。

莫名其妙地蹦出一个公会以外的人，送来封印有自己的记忆的东西，这难免有些唐突，不得不令人怀疑是不是有可能触发什么剧情。但是，把记忆还回来又不会引发世界末日，当然也不存在害人的可能性了，就算是没给自己解封，也算是帮助了自己。还是先道谢吧，琉月想着。

【琉月】：谢谢你。

【星辰之辉】：小事。

从一开始就是这样，只是很简短的回答。但是让琉月警惕不起来，一种说不出的熟悉感油然而生，先前的不满也不复存在了。

就如自己刚刚判断的，对方应该认识自己，但是应该是有什么特殊的原因没办法直接承认，才会送来怀表让自己慢慢解封。所以像什么"你是不是认识我"的问题，琉月也就不打算再问了。

【琉月】：晚安。

【星辰之辉】：安。

还是很简短的回答，这次的通信就算结束了。

最后琉月又思考了起来，梦境空间的最大的特色就是剧情收集，自己在注册账号并匹配角色的时候，游戏世界内那个被自己操作的游戏角色，其实就已经活了一段时间，剧情当然会为他设定自己的记忆和人格。

【金钱至上】和【星辰之辉】这两名玩家在游戏的途中得到了与自己相关的记忆，所以现在会认识琉月。那自己的记忆，是怎么消失的呢？是被其他人抽取走了，还是自己封存了呢？

琉月现在有太多的未知，可是她现在也没有办法一次性揭开，也没有时间出去寻找真相，因为她现在是公会负责人，一个首都非常重视的公会的负责人。她低下头看了一眼手上的怀表，已经是现实世界的晚上9:03。公会成员应该不会再上线了，自己该待机了……

现实世界中，在一道有些破旧的院墙里，是这座城市的市级医院的设备最老的一个分院，因为这里是精神科的住院部。此时的夏医生正坐在主任的对面，等待着主任审阅自己的年假申请表，时不时地瞟一眼自己的手机。他敢保证对方不会说他心不在焉的，这是他的一个特殊本领：不论从什么角度看都能让对方认为自己在盯着他，这是精神科和心理学共同的催眠小伎俩，教会他这么做的人已经很多年都没见过了。

主任坐在自己的位置上，眼睛扫过文件上的字，徐徐开口道："小夏啊，我没记错的话，你是孤儿啊。家里有事，说的是哪个家？"他抬起头来，扶正自己的老花镜，看着对面年轻的夏晴医生。

"……"夏晴摇了摇头，没有直接开口回答，他一边关了手机锁屏，一边抬起头来与对方对视，嘴角带着一丝略显苦涩的微笑。

他不太愿意对那些帮助自己的人说谎，但是如果为保守秘密而拒绝回答，应该并不算过分，毕竟他都已经笑着向对方表达自己的困苦和歉意了。

主任没做什么猜疑，只是摇摇头，长叹一口气："唉，年轻人，的确应该把更多的时间放在自己身上。去吧，别让对自己重要的人等着急了。"

"谢谢主任。"看着主任在自己的申请表上盖了章，夏晴十分礼貌地把手机放回了白大褂的口袋里，站起身来接过对方递过来的证明，鞠了一躬表示感谢。

主任不住地点头，像是对着自己的孩子一样感慨了一声："你不用担心医院人手的事情，赶紧办完事，我这把老骨头在这儿等你回来。"最后他还不忘开玩笑一样地祝福一句。

夏晴再次道谢，然后匆匆地与对方道别，离开了办公室。刚一关上门，他便拿出手机，一边朝着自己熟知的病房赶去，一边回复着手机上的消息。

他堂堂一个精神科医生，现在请年假是为了打游戏……

一想到这个，夏晴便自嘲地又笑了一下，刚刚主任也是够照顾他的，看他像是有什么难言之隐，也就不继续追问了，毕竟精神科这边的确是这样，需要的医生少，更大的需求量都集中在护士、护工这些人身上了，尤其是这家分院。偌大的住院部里躺着的大多是植物人……

夏晴走到了病房门口，没敲门，直接就进去了。里面是趴在病床边上看着手机正要回复他消息的琉辉。

听见推门的声音，琉辉当然猜到了是谁，放下手机，坐直了身子，转过头来看着对方，说道："成了？"

"嗯，已经批准了。"夏晴简单地回答了一句，随后又走上前去，问道，"真的动了？"

"真的，我也有些难以置信，不过现在或许真的可以救她。"琉辉使劲点点头，对于这个回答，他自己也十分兴奋。病床上的植物人，那具两年没有动过的躯体，就在一个小时以前，右手的手指突然动了一下。

琉辉当时打电话给夏晴的时候，夏晴正在住院部教一个新来的实习护士给一个病人量血压，要知道夏晴医生的耐心可是连精神科的病人都不敢不服的。最后接连错过了两通电话，夏晴直到回到办公室想喝口水的时候，才接到了这第三次打过来的电话。当时琉辉的语气就像是琉月已经醒过来了一样，但是夏晴知道这是不可能的，不然琉辉第一步一定是按病床边上的呼叫铃。

琉月的确是动了，是身为植物人的这个琉月。得知这件事的夏晴也做出了很大的决定，他要去拿出整段的时间去……打游戏，把这个游戏玩下去，直到最后她醒过来……

琉辉刚开始有些反对：作为医生，工作很重要，那么多病人需要医生，可这位医生却为了打游戏，连自己攒了很多年的年假都用上了。

夏晴说了自己的理由：琉月这样的植物人是特例，一是琉月对于他们来说是重要的人，二是能够把意识送进游戏世界进行植物人唤醒的治疗方法他们也是首次使用，如果能够成功，就意味着无数和琉月症状相似的病人可以因为这个游戏而被唤醒。

这是重要的医学研究，只是这种治疗方法和网络游戏相关，他们没有任何方法去解释，也很难找到对于游戏技巧和医学知识都精通的人，就算有，也不会把保护琉月放在第一位。

这年假留着也是留着，不用在这里，夏晴也不知道能干点什么，夏晴并不是个喜欢旅游的人。就这样，在确认了这件事做得有意义的时候，夏晴果断写了年假申请。

夏晴微微俯身看着病床上那张有些苍白的脸，在白炽灯灯光的照射下，白色的病床上的女孩脸色惨白，令人怜惜。夏晴长叹一口气，又拍了拍琉辉的肩膀说道："唉，不过说起来，有些对不住你。游戏里那个星时罗盘，被我们大家弄丢了。"

"没事，就算真的遗忘了，我也相信她一定会以她的毅力找回来的。"琉辉笑着摇摇头，双手正握着琉月刚刚动过的右手，安慰着他。

看到对方的表现，夏晴松了一口气，准备离开了："我先走了，回家以后会经常上线，你有空也和大家轮班一下，我暂时不方便出现在医院，有什么事电话联系。你早点休息，拜拜。"

"哦，好。那到家报个平安。"琉辉点点头回应着，目送对方离开了病房。现在的他，除了电竞俱乐部的训练，晚上回家休息，其余的时间全部都在这儿守着琉月——自己最心爱的妹妹……

琉辉知道该回家了。他关了病房的灯，穿上了自己的外套，离开了病房，去和前台的护士打了声招呼。住院部的所有护士见他天天来，自然是认识他。毕竟一个看起来像是没有固定工作的少年每天把大部分时间耗费在医院的植物人身上的确少见，她们也礼貌地回应了一声道别，就准备收拾东西换夜班了。

今天晚上有象征着希望的好消息让琉辉感到愉悦，于是他在回家的路上在街头吃了顿即食火锅当夜宵，这是他两年以来最轻松的一天。

其实星时罗盘是他拿回去的，然后他在刚刚手机上线游戏的时候又送回去了。至于不想让其他人知道琉月拿回去了，是希望那些人能演得逼真一点。

希望这个东西，你要专注，但是不能握得太紧，一旦许多人开始争先恐后，对于希望本身来说就是一种痛苦。

琉辉回到家的时候快要晚上十一点了，看见继母给自己添的那位只有五岁的妹妹正趴在客厅沙发上睡觉。电视里正播着演唱会，因为空调温度开得有些低，小女孩蜷缩成一团，就像是正在冬眠的穿山甲。

父母都是生意人，虽然宅子很大，但是像这样没人照顾的日子也很多，经过两年的磨合，自己与这个新家的隔阂已经不像以前那么深了。

琉辉弯下腰来看了一眼，知道自己是叫不醒刘家的这位小姐的。为了不招人闲话，他去继母的房间里找了条毯子盖在妹妹身上。然后他站起身来看了一眼电视，无奈地撇撇嘴、摇摇头，电视上的人正是他熟悉的艺人——凯文。

现在的凯文年纪并不大，但早在两年前就已经作为演员出道，开始参与一些电视节目的录制。不过这两年来，琉辉本以为这位少年会快点改掉他原本的人设，就像大多数艺人一样去转型，可没想到这些年凯文的画风一直没变。

以前凯文是少女们认为萌中带着点少女心的弟弟，现在呢？他是少女们眼中阳光可爱的小哥哥，也不知道这孩子什么时候才能拥有一点成熟的气质。或许有些气质真的就是天生的吧。

这时管家也刚好来了客厅，想招呼一下自家少爷，刚要开口，琉辉却将食指放在唇前，示意对方安静。管家点点头，轻轻走近，小声问道："少爷，要让小姐回房间吗？"

"就这样吧，小孩子起床气挺重的，把电视关了吧。我回房了，要是我爸回来，让他不要叫醒小姐，还有让他别进我屋。"琉辉挠挠后脑勺，吩咐了管家几句，见管家去关电视机，自己也就回房间去了。

进了房间，锁了房门之后，琉辉先开了电脑，这才脱下外套挂在门口的衣架上，再倒了一杯热水过来，刷了游戏卡上线，游戏界面加载结束后，系统提示：

玩家【星辰之辉】，欢迎登录游戏……

琉辉这一上线也没闲着，他要快一点下本打怪，刷素材和经验，因为现在的【星辰之辉】是一个只有12级的主修空间系的魔族角色——血魔银虎。再打开武器页面，自制装备方舟，等级10级。

俱乐部的公会还没那么多资源掏给他，反正也没别的事，不如也自己上手练练。琉辉上来就去了15级副本弗朗特森林附近开了五只怪，自顾自地打了起来。眼看着红眼野猪的血量快没了的时候，突然被远处飞过来的空间碎片抢了其中三只的最后一刀……

"抢怪"，琉辉脑海里瞬间就浮现了这个词，打死了最后两只小怪后，他把视角转向刚刚空间碎片飞过来的方向，应该是个和自己一样主修空间系的玩家，一回想起现在的时间点，还能有这远程预判的操作，琉辉立马把这个欠揍的人猜得八九不离十了……

"手贱，你要死？"

"嘻……我手贱了一下，收掉了。"

听着耳机里百里墨湘这么嘲讽的语气，琉辉没脾气了。他自己也当了两年代打，这事儿也没少干过，索性就不追究什么责任了，随口说了一句："无聊。"然后他继续开怪去了。

百里墨湘也没这么无聊，这种玩笑开一次就好了，顺手也开了两只，一边走位打着，一边语音聊着天："今天回来得晚一点啊？"

"吃了夜宵。"琉辉没好气地回答了一声。

"心情不错？"百里墨湘一边艰难地操作着键盘跟上对方的走位，一边语音问着。他还顺手开了个组队邀请，免得等会儿又被谁抢了怪。

"还行。"

"呵，她要是醒过来，你肯定比联赛夺冠还兴奋。"

"第一届联赛不是刚定时间吗？夺什么冠？"琉辉回答着，看出了对方的聚怪思路，便主动配合起了对方。

其实他自己对这次联赛的确很上心，虽然平日里大部分时间在琉月那里待着，但是自己也不忘手机挂机，还有大把的训练时间和晚上自己升级的时间。

柠荼是个信心十足的女孩儿，给他的时间就只有一年……

"就打个比方而已。方舟等级多少了？要不要素材？"百里墨湘自然是知道对方在这方面的热情，他也不再纠缠这些问题，只是相比对方到底能不能在联赛开始的时候好好发挥副队长的作用，他现在更想知道的是计划进行得如何。

"你省省吧，星宫才开几天你就出来败家……"

琉辉这话还没说完，却看见对方开了私人空间元的物品展示。

"挑吧，以后打工把钱给我补上。"百里墨湘说着。

"你哪来的这么多素材？"琉辉不明白：这网游才开了没到两年，怎么就有这种妖孽，拥有着相当于一个公会的私人财产。不说那琳琅满目的稀有素材，光那个惊人的金币数量，就会让人以为他把全家的财产都用来充值了。

百里墨湘心下偷笑了一声："不偷不抢，君子之财。"

"你给人当代打之前，我就在梦里打游戏了。要不要？"百里墨湘还是没有解释。

琉辉无话可说，面对这个从不讲究逻辑且性格奇怪的家伙，他早就已经习惯了。他是给人当过代打，而知道他当过代打的人里，就包括眼前这位所谓的家人。

几个技能施展，迅速处理了眼前的五只怪之后，对方开了交易系统，琉辉也不客气，盘点着自己会用得到的素材，在对方的空间元里把能用到的全都点了出来，自己足够升到满级的材料都有了。

这空间元的东西不仅种类全，数量也多，让琉辉有种正在接受"你把东西拿走，好好办事"被差遣的感觉。因为他很明白，这些是梦幻俱乐部战队在联赛开始之前必要的准备，他这个未来的副队长要尽快把角色和武器磨合到最佳状态，不能有半点代打的心态。

"星时罗盘那事儿，是你自导自演的吧？"百里墨湘见对方乖乖把东西领完了，最后还不忘记说一声"谢谢"，关了交易界面，继续聊起来。

"是啊，不过话说回来，你当时怎么一眼就认出来是我了？"拿够了东西，琉辉自然是轻松了不少，剩下的就是自己升级了。

当时他突然想起了星时罗盘，虽然凭借着自己的意识虐十几个新手并不是什么难事，但是这一群新手如果有百里墨湘这么一个指挥和辅助，那么琉辉即使有很强的意识和操作，也不可能全身而退，所以他知道百里墨湘一定是放水了。

"你的打法。"

"啊？"

"柠荼说的那种打法。"

琉辉没话说，从游戏体验服开始的时候，自己是最早的一拨玩家，正式服一开，自己就当代打赚钱，两年下来可以说没有玩不动的键位和角色。

这种打法是一个陌生的网友教给他的，是一名女玩家，但不是柠荼。不过，他可以肯定这名女玩家的游戏技巧比自己甚至联盟里很多狂战士职业的选手都要高超，可惜他们不认识。

琉辉刚刚成年的时候，和家里的关系真的很差劲，他不愿意拿家里一分钱。他一直把游戏代打当成自己的职业，直到俱乐部正式建立起来他才辞了代打的工作，但是自己的打法已经形成了，还是那个网友教他的。现在的打法虽然有些小改变，但是大体的风格没怎么变。

至于他现在手上的账号卡，那还真是说来话长了，不过可以简单理解为是队长柠荼为他匹配到的账号卡。

能有这样敏锐的观察力和准确的分析能力，还有能够放水但不被人发现的意识，百里墨湘不愧是能被柠荼认可的人。

最后两个人就这样一边打怪，一边聊天，打到了晚上十一点，这时百里墨湘来了一句"你明天还要照顾琉月"，琉辉这才想起来该睡觉了。他今天的确太兴奋了，正如百里墨湘先前所说的那样。最后两个人道别下线以后，琉辉就卷起睡衣，洗澡去了。

这是一个很重要的计划，赌上几个人的性命和一个"游戏世界"的计划。

伴随着新世纪的科技发展，电子技术当然是越来越先进了，电子游戏当然不会错过这个机会，云端光子屏和电子模拟体感技术已经推出了，正赶上了"梦境空间"网游的更新换代，很多玩家甚至幻想自己打游戏真的像这个游戏的名字一样，通过五官的第一视角去"同一个梦"里进行游戏，不仅省去了很多打工人的时间，还能有体验不同人生的快感。

这一切似乎并不是没有可能，梦幻俱乐部是游戏官方自己推出的第一个电竞俱乐部，要的就是激发玩家的电竞意识，提高游戏热度，将电子游戏变成一种竞技项目。

游戏的剧情策划，正是这个俱乐部里的队长柠荼。

因为属于开发者之一，所以举办电竞联赛的事情，大家也都会对"内定冠军"这种事抱有怀疑。所以柠荼就在游戏发布了一年之后又花了一年时间，赶紧将这个网游的背景故事全部完结了。

联盟也要求职业选手们用官方制定的空白账号卡重新练级，资源和原先的剧情可以申请导入现有账号，但是要求每一个选手进入联赛之前都从"新人"开始。

琉辉和百里墨湘都在柠荼的战队里，这个战队的名字叫"梦幻"。

"梦境空间"网游上线将近两年，联赛却才刚刚有个计划，俱乐部还没几个，只是将联赛时间初步确定在三周年，还确定了一些联赛大纲。

很多人怀着满腔热情加入俱乐部，或是自己开了新的俱乐部。在记者发布会上，不少记者都向这位官方内部人员发出了疑问："梦境空间"游戏在未来会不会与现代前沿科技接轨，使用神经体感模拟器来提升游戏体验？

那位内部人员只是含糊地回答了这个问题，便转到了下一个话题上。至于这个答案，琉辉知道，柠荼也知道，星宫的所有人都知道……

游戏处于"实验期"，而琉月就是那个试验品。这一点上，琉辉感到十分对不起他的妹妹，因为在这个项目研究的最初阶段就是需要真人去实验的。不会有人天生就喜欢被别人当作小白鼠的感觉，但是琉月不同，在两年前，她就已经是一个植物人了。

黑猎

琉辉关掉了水龙头，随手把还沾着水的头发向后一抓，擦了擦身子就裹上了睡衣，最后又用毛巾擦了擦湿漉漉的头发。他将洗脸池前镜子上的水汽一抹，又擦干了脸，长舒一口气。

他也曾经想过这件事做得对不对，但是一想到最初的愿望是救人，自己也就宽慰了许多。他希望琉月醒来以后能够明白这些事情。

他挂上毛巾，离开了蒸腾着热气的浴室，爬上了床，平躺下来，尽力合上了眼睛。

现实世界00：00，【青鸟】将所有的公会集体任务申请批准的章盖完后寄了出去，眼前出现了一个蓝色光子屏显示着：

系统提示：任务进度100%。

这代表【青鸟】完成了任务，她微微点头，眨了眨有些困倦的眼睛，随后便关了电脑。接着她又抬起头来，眼中的蓝光越发强烈，口中用AI自带的标准女声说道：

"时间已归零，系统自动更新……"

"更新完成，正在安排新一天的工作日程……"

"日程表自动排版完成，现在时间，现实世界凌晨00：01。"

"最新时间校对完毕，开始工作……"

随后蓝光一点点减弱，直到【青鸟】恢复了最初的样子，然后继续打开电脑，操作了起来。时间在夜色的笼罩下流逝着。一切归于最初的平静，等待着黎明的到来……

第二天，琉月很早就醒来了。因为公会的集体任务今天就要开始了，准备出任务的所有素材、食物和药品、必要的工具，琉月都清点好后装进了自己的空间元里。

大家的时间都是十分宝贵的，有些公会要从百忙之中才能找出来一个所有人都能上线的时间。琉月一点也不怀疑有人会在工作或学习时请假。有些集体任务每天下午花两个小时都要一周才能做完，其中还有不少成员是断断续续上线。所以，琉月也暗自下定决心要尽量快点推动剧情。

琉月再次确认自己带了通行令状，等来了全部的成员，清点好人数，出发……

她依然对昨晚有关星时罗盘的事情有所顾虑，但是既然对方提出了不要让其他人知道的要求，作为对方帮自己找回记忆的报答，自己也应该遵守承诺，虽然并没有确定地提出承诺这种事。

暗自在口袋里摩挲着星时罗盘的表面，琉月手指时不时地在消失铭文的地方停留着。接下来，她要努力地将这一道道的铭文消除掉才行。

午后本该是系统判定阳光最为温和的时段，而此时在现实世界的"星宫"里，夏晴医生却是被一双几乎要将他看穿的眼睛盯得全身发寒。

"你是不是上班太久了，也快精神病了？工作都不要了是吗？"秦空语气里带着不满。其实他也想真正看透这个医生到底在想什么，遗憾的是，他看不透。

客厅的茶几上是秦空刚刚接待了一位同事还没来得及收起来的茶具，杯中的茶水在秋日有些微凉的空气中，早已变得和此刻秦空的心情一样，凉透了。除此之外，茶几上还摆着两人的手机，同时开着一个App——手游"梦境空间"。

夏晴就是游戏里那位ID为【青空】的玩家。之前因为工作他一直拖着自己的剧情任务，昨天刚请了年假，一到家，他就拿出了在医院精神科当医生的耐性，按照攻略上说的如何做到一次旅程跑完全部新手任务，熬了一个通宵。其实夏晴之前雇的代打早就已经替他把新手任务做得差不多了，唯独剧情任务一点都没动，就连医生的生活技能都是夏晴平时闲下来看手机的时候答题通过的。

今天早晨他刚一出房间准备去洗漱，却和住在"星宫"的秦空撞了个正着。人家是要去事务所上班，他呢？要不是以前都住在"星宫"里彼此熟悉，任谁也猜不出眼前这个黑眼圈重得像熊猫的人，就是市级医院精神科里出了名的主治医生夏晴。夏晴平时是不住在"星宫"的，但他自己住的公寓离医院太近，容易暴露，他就决定回来住了。

当时看到夏晴的第一眼，秦空半天没反应过来，等想起来是有这么一号人的时候，他积攒了一肚子的疑问。下午处理完工作的事情，秦空这才有空就问了起来。一打听才知道，夏晴请年假回来住了。

这已经是秦空所知道的第三个为了这个计划停下原有工作的人。前两个人，一个是琉辉，一个是百里墨湘。现在他是越来越不能理解了，为了个游戏，大家真是要疯了。

夏晴没反驳什么，他白天一直都在睡觉，剧情推进一直没怎么参与，下午刚醒过来，这位律师就对他发泄了一番工作压力。他保持着微笑，不温不火，还突兀地来了一句："剧情到了。"

秦空也不再纠结。都是成年人了，自己的决定当然自己承担后果。他拿起手机看了眼任务进度，显示好几个电脑在线：这世界怎么了？玩游戏都玩疯了吧？"哗啦"一声，他起身回自己房间去了，连平时最宝贝的茶具都没收。

正好和刚刚沿着走廊回来的米苏擦肩而过，米苏回过头瞅了瞅他的背影，然后又转回身来走到茶几这边，规规矩矩地收拾起了茶具，装作不经意地问了一声："秦哥哥怎么了？"这位看起来只有十五岁的小孩，就是游戏里的【米娜】。此时的他留着到脖颈处的中长发，还穿着平日里在花店干活的便装，样貌上分辨不出性别，除了单纯的好看，竟想不起来用什么词去形容。

夏晴耸耸肩，拿起了自己的手机，随口说了一句："可能正傲娇着呢。"

"哦……"对于这个回答，米苏立刻就展开了想象，但没表现在脸上。他暂时放下手中的茶具凑过去想看看夏晴在做什么，对方抬起脸与他四目相对。看着大哥那眯起眼来浅浅微笑的表情，不知为何他背后生出一阵寒意，赶紧掩饰了一句："我就想看看大哥角色的设定，还有面板什么的。"

其实米苏是真的好奇，因为都是百里墨湘送的账号，但是夏晴和秦空的账号和他们的不一样，给出的理由是他们太忙没时间创建新角色。米苏却不这么认为。"职业玩家送的角色总得有点不一样的东西才行，或者有个bug（计算机程序错误）什么的？"

"这样啊，那不如我和你交换一下？"

"也成。"

"巫师协会小诊所的医生，记忆不完全。用他们职业圈对技能配点的总结来说，战斗职业是个巫师。你呢？"

"哦，一点有价值的东西都没有吗？那我突然不想和你换了。"米苏说完这句话就一边躲避着来自大哥的"死亡凝视"，一边抱起茶具托盘溜进厨房去了。

夏晴无奈，毕竟是年轻人。等他再低头看手机时，屏幕上赫然出现一条蓝字打出的消息：

系统提示：战斗胜利……

不是，什么战斗？什么胜利？自己就一会儿没看手机，怎么就打完了？夏晴迷茫，无奈地耸耸肩。他不想再错过剧情，和厨房的米苏打了声招呼就回到自己房间，准备开电脑，登录网页游戏。

游戏世界里的琉月正在飞船的驾驶舱里，和那位几日前与自己的公会签好了专属飞船租用合同的船长【亚丽姗大】闲聊着。

"知道我为什么喜欢这个游戏，还有这个职业吗？"【亚丽姗大】的中文说得还不错，但是琉月还是听得出，她和身边那些游戏角色说英语似乎更加流利，和一些角色说中文的时候带有一点口音。所以琉月猜测她是个外国人。

正想着，琉月就感觉到，飞船准备开始下降了。

"你看。"在【亚丽姗大】说完这句话之后，琉月也抬起头看向窗外，想要去见证这个答案。

太阳跃出云层，在晴空上涂抹出灼热的烈焰色，灿金光芒将阴影驱逐殆尽，露出被群山围绕的森林。高崖下是一望无际的树海，在那中央傲然耸立高及苍穹的是一棵庞大得超乎想象的榕树。它的树冠如同巨大的冠冕，即使远远地望，琉月也感受到了自身的渺小。

【亚丽姗大】说的原因大概就是这样吧。此时此刻，相信无论在现实生活里遭遇了什么不幸的人，都会在这一刻折服于自然的造化，想要用华丽的辞藻来发出感叹，可最后说出的话也许只有："实在是太壮观，太绚丽了……"

琉月悄悄退出了驾驶舱，给公会成员发消息提醒该上线了，倘若她不是在游戏世界里被命运随意摆布的浮萍，她也会拥有足够的勇气与爱去驻足欣赏身边各式各样的美，就当这些是自己遗憾的希望吧。

因为当地的城内并没有专供飞船降落的降落点，所以飞船降落在了离小城有一定距离的草地上。此时那些等待的玩家大多像夏晴他们一样，用手机 App 挂机，琉月的这条消息也就只是提醒一下玩家接下来的行程可能会有战斗剧情，希望有更多人去电脑那边上线罢了。

与其他网游相比，网游"梦境空间"最大的特色就是手游绑定制度。游戏中许多剧情推进部分，例如文字对话、修炼挂机、交易等等都可以通过手游这种简易的面板实时关注和操作；只有一小部分，比如剧情副本、战斗、竞赛这些考验实战操作的事情，PC（个人电脑）端才是必要的条件，而官方成立的电子竞技赛事联盟就是将竞赛这个部分扩大化和规范化，从而有了现如今开始兴起的产业链。

新时代的人们对游戏的接受程度也逐渐有所改观，电竞行业逐渐形成了自己的产业链，但是游戏毕竟是游戏。考虑到那些不可能 24 小时在线的上班族和学生党，官方推出来 App 这种可以用零碎时间参与游戏的方法。当然这种方法是不能和端游上实时操作战斗的乐趣相提并论的。

如何辨认玩家的角色呢？游戏角色的外貌都是玩家自己捏造的外貌，自己选择的人物定位创建的角色，在一开始就和自己的性格有着很高的契合度。因此，在玩家下线之后，游戏角色也会被 AI 操作着去休息、等待挂机，看起来就像是虚拟世界的活物一般。区分挂机还是端游在线的方法很简单：通过头顶上括号标明的 ID 颜色来分辨，绿色即为 PC 端在线，灰色是手机端在线。完全消失则是离线状态或是隐身状态。

这点让很多网游玩家十分头疼，因为游戏人口设定的角色是有本名的，而又好巧不巧，这款网游又和其他网游一样不允许重名。游戏角色有了重名，玩家就得另外取一个游戏 ID 来区分一下。这才有了星宫现在最显眼的 ID：【听说有人夸我帅】。

走在人群之中，长长的一串绿色的文字顶在他的脑袋上，分外显眼。

公会成员的 ID 陆陆续续地亮起来几个，琉月下达了全员下飞船的指令，和船长【亚丽珊大】打了个招呼，跟公会成员一起下了飞船。接下来的行程是要自己走过去了。

每个玩家都是单纯地想做完任务，不想遭到伏击，但是人生能有多少事是天遂人愿的呢？

忽然，一个顶着 ID 的玩家率先停下了脚步，说了一声"有人"。路上没什么人说话，要不然没几个人能听见他说话。几天的观察下来，琉月知道他是个话很少的玩家，ID 也十分独特：【阎王】。

琉月立刻打开了意念系魔法结界，地面上的白色光圈还没蔓延出去多少，就突然被一支箭矢击碎了，这一下让大家始料未及。

此时，最先给出提示的【阎王】一个横向移动跨步过来，右臂上已然展开了一块骑士系列的装备——盾牌。这才及时救了场，没让这一箭正打在感知结界中心的琉月身上。

可是还不等大家反应，第二支，第三支……箭矢接连不断地从树林深处袭来，大家只能感谢身边还有魔法师的魔法盾和骑士的盾牌作为掩护。

有些年轻气盛的【凯】已经完全看不下去了，大家隔着耳机都听见他一声叫嚣："有种出来单挑！躲在暗处放箭恶不恶心？鄙视你！"最后突然按下了一个技能：元素系风属性特有的小范围干扰技能"驱风"。

这技能实质上也没什么伤害，只是射手系职业的玩家最为反感的，因为会扰乱射手系职业的远程攻击轨道。被【凯】施展出来，就像是气场突然排开一般，吹飞了所有的暗箭。身边剩下几个在线的也没有闲着，【无心者】朝着箭矢飞来的方向丢了个"傀儡炸弹"进去，听见里面像是有人喊了一句"这是什么东西？"，随后就"轰隆"一声爆炸，几个披着猎手协会新人专属套装的玩家飞快地从炸弹扬起的尘土碎石中跑了出来。

这些人一出来和星宫的成员碰面，立刻提弓，准备射击。星宫的人哪会再给他们机会，【楚霸王】立刻争取了积极表现的机会，手中一柄长矛甩出，矛头闪出几道电光，伴随着几声脆响，【楚霸王】忽然一个箭步冲上，绕开了正退后的【阎王】，一击"雷枪破"伴随着矛头处镶嵌的元素系雷属性的蓝色铭文一闪，便准确地打到了那个最先迎面跑出来的猎手身上，打出了这个技能的效果——麻醉。元素系雷属性玩家从低阶就带有这些特有技能，大多时候都会带着这些效果。随后，他立刻打出一个近战角色技能"上挑"，将对方打了一个浮空效果。

猎手本来想调整身位，奈何角色在麻醉效果下的操作速度已经放缓，还没来得及看清打飞自己的人的 ID，就被一个近战角色技能"穿扬"推了出去。

猎手只能无奈地向后倒飞着，殊不知他的身后刚好出现了被【凤求凰】预判错的一个法术"冰封"，被限制走位不得不绕道的几个队友让出了那个位置，而被击飞的那名猎手就正巧落在了冰阵中。

"漂亮！"【楚霸王】这是叫给自己听的，能把队友预判失败的技能利用起来，其实他也是靠蒙出来的，他喊这么一句就是给自己多一些自信。【凤求凰】也没理会，对于自己的失误似乎是带着点荣辱不惊的态度。

身后琉月提前开了星光符保护盾形态加持在了公会成员身上，几个素不相识的人就在这一刻互相望着。

那几个猎手看着还在转动着手中长矛、虎视眈眈地准备再释放技能的【楚霸王】，一时间有些无语了。

很不幸，他们这一队猎手，没有一个近战角色。他们开始以为能依靠隐藏自身打伏击，却不想中间有个风属性的射手。然后一个人被意念系魔法傀儡抱住了大腿，人直接从埋伏的树上掉了下来，他倒是也有求生欲，却逃向了这个"最差的方向"。

一群人话都不说了，转身就跑。包括那个被冰冻的倒霉家伙，身上的冰冻效果一解除，赶忙顶着个还没消失的麻醉效果，一瘸一拐地跟着队友一起离开了。

【楚霸王】虽然打得痛快，还是回头请示了一下琉月，琉月收回了魔法加持，对着【楚霸王】摇摇头。他们是来做任务的，这些来妨碍的玩家打跑就行了。【楚霸王】心领神会，收起自己的武器，回到队伍中去了。

他表现突出，琉月很欣慰。除此之外，【阎王】的感知能力也是意外惊喜，还有【凯】的驱风技能使用的时机也完全出乎意料。

如果说【楚霸王】和【阎王】给人的惊喜，是天赋，是才能，那么【凯】给人的惊喜让大家有些无法理解，哪有射手玩家配风属性加点技能的啊？"驱风"这个技能从一开始就是用来妨碍射手的，身为射手系职业的人却用了自己最不喜欢别人带的技能，这是游戏思路的清奇，还是思维活跃造成的随性呢？

系统给每个人发送着"首战胜利"的系统消息时，电脑屏幕前的百里墨湘却是摇了摇头，这操作太罕见了。

就在【凯】刚刚放出技能的时候，百里墨湘还在琢磨着，这是射手学了什么法师技能之后的组合新打法吗？但是当看着【楚霸王】冲上前迎战的那一刹那，百里墨湘却证实了自己的确有些高估这个孩子了，应该打配合的远程输出角色，【凯】却自始至终捏着技能在那瞄准，直到战斗结束，这一波输出还是没能打出去。

这操作，太稀罕了。

这个网游还有一大特色就是只要有了攻击，就判定战斗开始，即使没什么正面交锋，也会判定输赢，系统再通过战斗的含金量（如时长、输出量、承受伤害量、团战率等）和战斗类型发点经验什么的，刚刚就是系统判定：团战，敌方逃跑。这场战斗实在没什么含金量，系统也就是给每个人发点经验，公会加两个金币罢了。

这才有了 App 上的提示，所以夏晴和厨房洗茶具的米苏打了声招呼就上楼开电脑去了。

　　游戏世界里的琉月也看着【金钱至上】和【青空】头顶的 ID 忽然亮了起来，两个人的端游都上线了。

　　和其他网游不同，"梦境空间"的游戏任务以剧情为主、战斗为辅。所以就像刚刚那种战斗，即使系统判定生效，但是奖励微乎其微。野图小怪掉落材料也是概率事件。至于副本嘛，战斗副本和剧情副本属于不同的档次。所以这个游戏很明显的一个特色就是：想要变强，就去做剧情任务。

　　即使是那些职业玩家也是如此，再厉害也是从网游里走出来的，技能加点、稀有材料、特殊装备，甚至是特殊的 buff 都是要靠做剧情任务来获得的。其中也会夹杂一些不同难度的战斗任务和副本任务，这些都是非常考验技术的。

　　但是在这种可以手机挂机的游戏中，也有那些全程划水过来蹭金子的。这时就需要公会负责人，也就是 NPC 来负责计算贡献量和分配奖励，其中一个贡献量计算的依据就是端游在线时长。

　　夏晴和秦空两个人也不是多么在意什么奖励，只是有了战斗他们就不放心，毕竟琉月还是他们的一个"大计划"。

　　作为 NPC 的琉月没有过多猜测，只是继续着自己的本职工作。给新上线的两位打了招呼，她也就准备继续前进了。这时最先发现有人跟随的【阎王】却一动不动地站在原地，视角看向刚刚那些猎手们逃出来的方向，又是冷不丁地来了一句："还有人。"

　　还有人？琉月重新打开了感知系结界，随后点点头道："的确有两股微弱的魔法波动，应该是两个魔物。过去看看吧。"跟在猎手身后微弱的魔物气息，琉月已经猜得八九不离十了——偷猎的猎手和奄奄一息的魔种猎物。

　　导致猎手协会和魔族发生直接冲突的，其实并不是什么本身的利害关系，只是猎手大多喜欢接那些利润非常高的赏金任务，然而在上层社会很多奢侈品供不应求的时代，一切矛头都指向了作为"最初生产者"的魔族。那些在人族领域之外的生物，经过很漫长的时间成长修炼才能够得到的肉身，却在猎杀这样残酷的战斗中成为牺牲品。

魔族内部长老院的人口统计部门为此感到十分揪心，长期以来对首都积攒下来的失望，让广大的魔族群众已经有一种战争会随时爆发的心理准备了。这在历史书上有所记载，游戏剧情中每个人都可以阅读，让人听起来就感到有些冷血无情，却又十分真实。

因为这样的历史原因，猎手协会推出了金色勋章政策，希望能够挽回一些诚信狩猎的形象：偷猎的猎手被称为"黑猎手"，对他们严厉打击；诚信打猎的猎手被称为"金猎手"，对他们授予勋章，作为一种表面证明身份、实际限制行动的令咒。但是很多人对这个政策的效果都只有一个概念——作秀。

这个勋章也就是【凯】氪金买来的那个，对战斗真的没有什么帮助，至于剧情里，虽然过"海关"的时候魔族领域依旧很凶险，但是人族的政策待遇确实宽松了不少，魔族即便再有意见也还是按照要求，礼貌放行了。

按照现在的情形，琉月一行人刚刚遇到的很有可能就是俗称的"黑猎手"，那么刚刚偷袭的行为自然也是看着这边在线的人少，想来个奇袭罢了。毕竟黑猎手们狩猎的不只是魔族高等资源，公会这种本身就携带资源的群体也是他们狩猎的目标。

星宫的一队人顺着刚刚战斗留下的痕迹去寻找，发现了一个做工比较粗糙的笼子，里面躺着两只被迫打回原形的苍鹰。

榕树城是弗朗特森林边境的一座小城镇。大家都清楚，即使黑猎手已经司空见惯，魔族领域也并不是没有大城市和国家，只是他们的种族分化太过严重，以至于人口最多的种族也是四分五裂地分散在不同的地区。

其中弗朗特森林已经算是人口比较集中的一个了，它位于首都南向，面积很广，形成一两个小城镇也合情合理，因为魔族生物都有一个统一的习惯——迁徙。

榕树城的魔族也就正好是一波当年与迁徙大队拉开了一定距离而被甩下的小群体，他们在聚集地上越来越团结，最终形成了现在的小城镇。

琉月蹲下身看见这些苍鹰身上还插着不少箭矢，显然，黑猎手们根本就没打算取下来，就这样把它们带回去。听着远处那些人逃走惊动草木的窸窣声响越来越远，琉月可以确定：刚刚他们还是想捡走这个笼子的，但是看见他们一行人都过来了，也就不准备再给自己增添负担了。

【青空】上线，琉月便招呼着辅助职业过来帮忙疗伤。

还好在游戏世界的设定里，没有兽医和人医的区别，把箭矢拔下来，包扎，施展治疗术，这些都没什么特殊要求。不然此时电脑屏幕前的夏晴还真想自己感叹一声"我是精神科的医生啊，他们有精神病吗？"随后琉月招呼几个人带上苍鹰一起上路。

【楚霸王】又是二话没说想要上来表现一把，提起笼子就想走，突然听到后面的【凤求凰】说了一声："带笼子干什么？"

"诶？不带吗？"【楚霸王】点了一个"挠头冒问号"的表情，此时头顶出现一个文字泡。

【凤求凰】没有点表情的习惯，语气也是冰冷冷的，说："会被误会。"

"哦！对对对，差点忘了，还好小白提醒得及时。"【楚霸王】放下笼子，放下也是一个动作，但是此时的这个操作却是游戏设定的丢开的动作。

只听"啪"的一声，笼子就摔在了地上，随后又听见【楚霸王】对着耳麦上的话筒说了一声："不好意思啊，我忘了下蹲。【阎王】快来搭把手。"接着他又像什么事都没发生一样打开笼子，招呼【阎王】和他一起带上两只昏迷不醒的苍鹰。

这操作让刚刚帮忙点过治疗法术的几个辅助感到尴尬，但面对这个大大咧咧的【楚霸王】，他们表示十分无奈，最后只好对着那笼子里的两只可能又被摔掉半条命的伙计投去同情的目光。就这样看着【楚霸王】和那位默不作声的【阎王】一人一只，把那两只苍鹰提了出来。

此时在电脑屏幕前的百里墨湘叹了口气。现在是下午两点半，按照电竞俱乐部的规定时间表，是休息时间。但是此刻的他对屏幕里的一群新人表示担忧，好大一群菜鸟啊……

"在干吗呢？"正当百里墨湘眯起眼想休息一会儿的时候，他那双一直拒绝戴耳机的耳朵，听到了从身后传来的女声，他一下又来了精神，睁眼回头看去。

他身后站着的姑娘正是现在梦幻俱乐部战队队长——柠茶，此时正捧着一盒柠檬茶小口小口地喝着，还顺手把一杯热茶放在了他手边。

两人一对上眼，百里墨湘那一双好看的桃花眼立刻笑了起来，答道："推剧情呢。"柠茶当然知道，百里墨湘这是答非所问了，她明明想知道的是他们在做什么任务。

她也不多说话，从旁边座位扯了把椅子过来坐下，看着电脑里的情景，眨了眨眼之后说道："榕树城。"她没有疑问，因为她本身就熟得很，毕竟这个游戏世界是她只要一闭眼就能见到的世界嘛。

"眼力不错。"百里墨湘随口夸了一句，继续认真地投入游戏。

柠茶耸耸肩，不以为意，继续说道："这个任务很久没人接了，你们怎么挑上的？"

"队友选的。"

"哦，选得还真有点偏，用不用我过去看看？"

"你看心情呗。"

"啧。"作为女孩儿，最讨厌的无非就是男人的一句"你随便了"。她将手上的饮料盒子往桌上一放，发出轻微的声响，翻了个白眼，不想再看百里墨湘和电脑显示器一眼。

"我随时恭候您大驾光临。"百里墨湘见状立刻改口，迎合了一句，那险些要皱起来的眉头这才没再继续原先的趋势。

"没空。"说什么也晚了，即便不生气了也还是要做做样子，柠茶这样想着。她咬着吸管发泄了一番，又把吸管咬成方形，继续喝着饮料。

百里墨湘也没再说什么，手上动作却没停，反倒是柠茶又突然笑出声来："噗，你们这是什么ID啊？"柠茶说的人，正是那个头顶着【听说有人夸我帅】的玩家。

好吧，他们不仅技术菜，百里墨湘继续想着，取名字也是乱七八糟的，不过能让身边的姑娘笑一下，还是要感谢一下这位朋友有趣的灵魂。

"哪天带我认识认识这群人吧，能取这样的名字，亏他能想出来，哈哈哈哈哈……"柠荼继续笑着，随后又拍了拍百里墨湘的肩膀，"诶，有空把青丘的剧情做了，你还有很多前世buff得拿，还有晚上别忘了训练。"

低阶的剧情任务，他早就做完了，而很多需要高级操作和等级限制的剧情任务，他还没法做，要说做剧情任务，他比柠荼还要着急。在"梦境空间"里，需要大量剧情推进，剧情是可以获得buff的，很多神级角色都是用前期的剧情里获得的那些性格buff和属性点技能点堆出来的。

真要细说起剧情任务，那样冗长复杂又精细的过程，当然不会成为那些沉迷于打杀情节的男性们所崇尚的主流。但是百里墨湘不一样，他从创建这个角色开始，就准备倾注心血，而且不仅仅是为了那几个 buff……

百里墨湘现在发愁的都是集体任务的剧情，他们凑不齐人。无奈，百里墨湘只能摇头叹息。

柠荼却开始天南地北地找话题："武器如何？"

"呃，其实我也一直想问问你，这是辅助类职业应该有的武器吗？"百里墨湘听到这个话题，才一下子想起来自己这么久一直都忘记问的问题，"为什么治疗量是用攻击属性和暴击属性来算的？"

"琉辉说的啊，暴力输出，不要奶妈。"柠荼想当然地回答着他。

百里墨湘更是无语：这姑娘什么时候能这么听自己的一句话，他就三生有幸了……

辅助类的角色，剧情里换来的属性点还不能加生命，对于他这种操作废来说，每一次战斗都要浪费一点心神来计算一下生命还剩多少，现在是输出更好还是刷血更好，实在是有些残忍……对于这种信任自己智商的做法，百里墨湘也只能表示：琉辉，我谢谢你。

"噗，以后你就知道了。"谁知柠荼只是笑了笑，没再解释。她看屏幕里的游戏角色们在同一个地方站了半天，像是想起什么来，笑容突然僵住，小声说了一句："我好像在推出榕树城新地图的时候忘了公布一件事……榕树城入口是一个隐藏的索道。"

柠荼说的声音太小，直到最后，百里墨湘把耳机拉远了些，才听见最后的重要部分。难怪榕树城的任务一直没有公会接，因为他们找不到入口啊！

　　百里墨湘这下是真的不知道从何说起了，算了，反正眼前这个女子总是能让自己收获这种莫名的"惊喜"，早就应该习惯了。百里墨湘伸手调了调耳机上的话筒，开始叫身边的队友过来了解情况："喂？喂？"

　　游戏世界里，那些听到【将进酒】在说话的角色纷纷转过视角来看向他，然后就听【将进酒】如此这般解释了一番。现实里柠荼听着百里墨湘的耳机中传出了类似于"官方有病吧"的骂声，只好捂着脸又告诉了百里墨湘那索道的位置，最后灰溜溜地逃跑了。

　　还是很要面子的啊，百里墨湘这样想着。

　　游戏世界中，琉月将新得到的索道坐标标记在了电子地图上，长叹一声，带着大家向新的方向前进了。

　　又是一段山路，因为【阎王】和【楚霸王】的操作并不是十分熟练，此时拿着苍鹰，抱着也不是，扛着也不是，拎着也不是，两个带着苍鹰的人一路受到了来自队友的各种取乐。

入城

他们一会儿被【凯】嘲笑说像村姑抱着山鸡，一会儿被【听说有人夸我帅】吐槽说像扛着坐山雕的黑社会老大……两人一路无话，他们不是矫情的人，反倒觉得同伴们对他们的形容给旅途增添了乐趣，关于游戏里的动作，只要不影响移动，两个人都无所谓。

从榕树城的脚下向上看不到树顶，脚下是从泥土中暴露出来的粗壮的锈褐色树根。很多地方已经有了被人类挖掘后留下的溃烂痕迹和使用火种后留下的烧焦痕迹，阳光通过头顶上树叶的缝隙照耀在树根和土地上，留下斑驳的光影。

琉月的手抚在那深灰色的树皮上，手感绝对不是光滑的，在数据的设定下，这样粗壮的一棵大榕树也是经历过风吹雨打、洪水干旱，甚至是人类对它的贪婪索取，还能这样屹立于此。它距首都南边并不远，在迎接每年袭来陆地的西南风后，这棵树变得那样淡然和沉默，殊不知树冠上已然是另一番生机盎然。

但是……

琉月一想到刚刚遇到的黑猎手，心头不禁有些发凉：魔族人到底要退让到什么地步才能让人族真真正正地满足呢？明明是这个世界上人口数量最多的魔族，为什么要活得这么狼狈？

她不知道，但是，她觉得这次行程会有所收获。琉月停留在树荫下，重新对照了自己的电子地图，又抬头望向不远处的悬崖峭壁：就是那里了……

索道的位置为什么如此隐蔽？这个问题在星宫一行人走到山脚下的时候就得到了答案。索道在这个悬崖上，不是在山顶，而是在半山腰上。琉月仰着头，电子地图标记的红色箭头正指着她头顶上的一个黑点……

她也无语了。

"我的天！"

所有人都在耳机里听见了【凯】的方向传来了一声惊呼，但是只有【星期天】知道，他是后悔没有在出发以前把那个便携式飞行器买下来。现在呢……

系统提示：接下来是攀岩关卡，未完成攀岩技巧教学的玩家可以进入体验教程。

至于【凯】会惊呼出声，最主要的还是……

系统提示：玩家，您好，欢迎进入攀岩技巧教学，祝您体验愉快。

……

现实中，坐在电脑前的百里墨湘操作着角色顺着悬崖脚下走了几步，摇摇头，没有可以钻空子的设定可以利用，再转一转视角，【楚霸王】正在尝试各种方法操作角色，试图找到一个携带着苍鹰还方便攀岩的姿势，但是无果。

除此之外，怎么还有进入教程这一步呢？大家都是分散做任务的，琉月没法统计谁看了新手技巧教学……

【将进酒】向着琉月的身边走去。琉月也看见了他，很礼貌地向对方点了下头。【将进酒】直切主题，小声问起来："着急完成吗？"

"嗯……看大家的意思。"

"唔，不知道我能不能问问大家对跳跃技巧是否熟练呢。"

"你……"

最初，"梦境空间"这款网游是没有战斗职业划分的，每个玩家按照自己习惯的玩法来组搭配技能，搭配武器，渐渐就形成最初的五个流派：战士、法师、射手、刺客、辅助。虽然有一些从其他网游借鉴的意味，但是忠心于游戏的玩家们还是很自然地接受了这套体系，游戏官方却没有清晰地划分职业，这都是缘于最初时总策划柠荼奉行的其中一个宗旨：我们尊崇最自由的玩法。

再后来，玩家们又根据不同流派选择组配出的不同套路和标志性技能，又细分出了更多的流派，一共有二十三类。为了适应电竞的需求，"梦境空间"的官方设置了技能的规范化调整以及职业的划分，正式规范了玩家之间对于不同玩法职业的划分和称呼。

最后，就在两个月之前，当"梦幻"战队正式成立的时候，柠荼也代表官方正式发布了补充的第二十四个职业：辅助派系——咒术师。

而这种新职业的玩家无疑就是这个战队新公布的重要主力队员——百里墨湘。

"凯文，别看了，把教程关了吧。"百里墨湘稍微调整了一下坐姿。在和琦月说完话以后，他就将原本挂在脖子上的耳机戴好，又调整好了麦克风，转了转视角，开口说了起来："我有办法能尽快上去，不过需要一点配合。你们的跳跃能力怎么样？"

"啊？我跳跃能力可好了，最高纪录一米九五。"【楚霸王】停止了动作，立刻回应道。

"不是……咳，你们把你们的人物面板打开，把体力和耐力数据发一下。"百里墨湘轻轻咳嗽一声来掩饰尴尬，跳跃能力是由系统根据体力和公式计算出来的，老玩家靠的是手感，这一群新玩家……自己和他们谈什么跳跃能力？听【楚霸王】这回应，多半是报了自己的跳高纪录啊。

得了，自己算吧。百里墨湘这样想着。

【凯】刚一听到【将进酒】这边发话就赶紧关掉了教学视频，打开了面板，将自己的体力和耐力发送了出去，因为不需要看漫长的教学视频而感到兴奋的他，连队伍频道都忘了切换。信息发布在了公众频道上，一时间底下跟了一群平民玩家发表的"羡煞旁人"。

"嚯，这耐力是氪金砸出来的吧？"百里墨湘看了一眼问道。这也是底下平民玩家所关注的焦点——体力数值很正常，耐力数值十分变态。

"哎呀，那不是重点。低调，低调。"【凯】发了一个戴墨镜的表情，接着说道。

"对啊，现在的重点是，你得发到队伍频道里啊，你的消息被顶上去了。"百里墨湘提醒道。

"哦，不好意思。"【凯】一看，果然自己的消息被楼下一群"贫民""草根"不知道顶到哪里去了。于是，【凯】又换到队伍频道发了一遍自己的两个数据。

所有人中只有【凤求凰】明白【将进酒】的意图，在私聊小窗里，把自己有会飞的坐骑这个情况告知了【将进酒】，表明自己不准备参与接下来的跳板活动了。

少了一个人，百里墨湘当然会更轻松。而另一边的琉月，虽然是NPC，但是定位属于咒术师的范畴，星光符纸变大一点就可以当小飞毯用了。

陆陆续续得到数据之后，百里墨湘默默地将这些记在了手边的纸上，粗略地计算出了跳跃能力，圈出了最低值。他开口组织了起来："各位，攀岩操作有点复杂，我觉得这个方案太费时间。不过我是咒术师，有个技能叫'空间跳板'，我会在前面以跳板的形式铺一条路，跳板有时间限制，我给你们排好顺序，你们跟着在后面往上跳就行了。因为空间跳板的存在时间和体积成反比，所以你们尽量调整好节奏，我会把意外缩减到最低。这样如何？"

"嗯……可以先试两步吗？"谨慎的秦空坐在电脑前认真听完百里墨湘所说的方案以后，为了保险起见还是提出了这个请求。百里墨湘发了一个点头同意的表情便开始准备试跳。

"先跳两步，大家习惯好了就告诉我，我会开始提高度的。准备好了吗？"百里墨湘简单地调整了一下键位，将排序发送到队伍频道中后，问了一句。得到各位肯定的答复后，百里墨湘数了三个数，点出了第一个跳板，然后便借助道士职业低阶技能"御剑飞行"，【将进酒】腰间的佩剑飞出，随即【将进酒】也一个轻跳，站在了剑上，飞到空中了。若不是混在一群画风不同的人之中，他当真是个风度翩翩的修道公子。

编号在第一个的【星期天】,有些局促地操作着角色跳上第一个跳板。而编号在最后一个的【凯】,看到【将进酒】这样飞在空中,忍不住说了一句:"你不是要选咒术师职业的吗?怎么还点道士技能?"

20级以下低阶技能,只要符合地区条件,都可以通学,而"御剑飞行"就是其中的一个,身在青丘之国的角色们是不会嫌弃这种飞行技能的。

对于【凯】的问题,百里墨湘无心去回答,他点出了第二个跳板。【星期天】再次向前跳跃去,紧接着编号在第二个的人跳上了第一个跳板。

这时站在一边的【凤求凰】召唤出了自己的坐骑——冰蓝凤凰,【泠】。又是在【凯】那充满羡慕嫉妒恨的表情下,【凤求凰】跳上了坐骑,驯兽师放出低阶技能"坐骑飞行"。

第三个跳板点出,前两位成员再次向着各自的目标跳跃,而排在第三个的【青空】却没有跟着跳跃,突然说了一句:"我是巫师,是不是也可以……"巫师低阶技能"扫把飞行",夏晴也是刚刚一看才知道,代练是给自己点了这个技能的。

"……"

因为其中一个人的打断,第一次试跳就这样告终了。

百里墨湘在队伍频道里重新确定了一遍没有学习过飞行技能的队友,【星期天】又回答说召唤师有低阶技能"红蜻蜓",可以飞起来。百里墨湘划掉了纸上两个人的数据,重新排序了一番。

第二次试跳开始,因为【星期天】的退出,原先排在第二个的【金钱至上】,排在了第一个上。他像先前一样,不慌不忙地跳跃过去。紧接着第二个,第三个……

试跳中总是掉队的是排在倒数第三个的【听说有人夸我帅】。可能是性格比较跳脱的原因,他的操作和节奏有些脱离团队。在大家陪着他经过三次试跳以后,他很快找到了状态,虽然最后还被【凯】说了一句:"你是不是傻?"

百里墨湘轻轻叹了一口气,瞟了一眼桌子上的闹钟,下午两点十五,耽误的时间还不算多。于是,在得到所有人的同意后,百里墨湘开始抬高了下一个跳板的高度，渐渐地，路线的高度一点点上升，大家继续维持着这样简单而又有些枯燥的操作。

有飞行技能的人早早到了目的地等待着，只留下了【将进酒】和琉月跟随大部队推进着。看着【将进酒】的法器周围不断有节奏地凝聚起淡淡的魔光，琉月感到心里十分踏实，她想不到，本打算在团队任务中见识一下大家的实力，却以这样的形式体现出来。

耐力会随着不断的跳跃，一点点消耗，反过来就会影响跳跃的高度，但是眼前的【将进酒】，不仅节奏掌控得非常到位，而且总是以最快的速度选择出了风险最小的距离和高度的调整，可见他在计算和操作上的果断决绝。

除此之外，第一个跳跃的玩家会极大程度地影响身后队员的节奏，因为身后的人很有可能会把眼前那个人跳离跳板作为自己跳跃的信号，压力还是比较大的，而排在第一个的【金钱至上】，完全没有怯场的样子，经过试跳的他，就连刚开始的不熟练操作也消除得干干净净了，适应能力让人赞叹……

就这样继续着，继续着，却还是出现了失误。

因为跳跃力最高而排在最后的【凯】，操作失误，跟跄了几步，就从跳板前沿飞了出去。他的角色也立刻在空中抽搐了两下，看得出是慌乱操作导致的，但是他也很快反应过来，立刻用了一个低阶技能"驱风直射"，箭矢从武器驱风弩上离弦射出，靠着后坐力，【凯】落到了他需要到达的下一个跳板上，就是差点把前面还未起跳的【阎王】给挤下去。【凯】不好意思地发了一个尴尬道歉的表情，【阎王】没说话，大家继续按原先的节奏上去。

没过多久，队中的【无心者】竟然一脚踩空了，他开始打盹了，他觉得这样的操作单调、枯燥、毫无趣味，于是他精神涣散，很快便出了差错。可他却一点也不慌，一个低阶技能"傀儡抛掷"扔上了他应该落在的跳板，又接了一个"换位契约"，自己和傀儡交换了位置，他又安然无恙地落在了跳板上，跟着眼前的队员，继续跳跃着，仿佛刚才的一切没有发生似的。

反而是把身后跟着的队员们吓了一跳，既有担心他摔死的，也有惊讶于他这高速反应和操作的，其中也包括飞在一边的琉月。

就这样一步一步地跳跃着，一次一次地重复操作着，大家终于靠近了山崖壁上的索道，目的地就在崖壁的山洞，使用飞行技能的几个人已经站在这里等待了，看到队员到达，他们走进山洞里给其他人让出地方来。

就在这最后一步上，【楚霸王】也出了差错，脚一滑从岩壁的边缘一个趔趄，看架势险些要掉下去，但他毫不犹豫，果断地甩出技能"冲锋"，只是这一冲差点撞翻了还在向山洞内部移动的【凤求凰】。【凤求凰】还没反应过来，反倒是身边的【海鹰】一个攻击招架替他挡下了这一个"冲锋"，即使如此，【海鹰】还是受冲锋的冲劲向后滑出了一点。

【楚霸王】停下来后，还没来得及说什么，先被【海鹰】用那个大十字架敲了一下脑袋，然后看着【海鹰】将十字架缩小收起来，听着【海鹰】说了一句"小心点"。【楚霸王】发了个尴尬微笑的表情，收起了武器，说着："不好意思啊。"而当事人【凤求凰】却是一副事不关己的样子，一句话都没说。

等到【凯】最后落地，大家终于全部成功着陆了。百里墨湘也操作着【将进酒】准确落地，随后端起手边的茶杯喝了一口已经微凉的茶水。时间是下午两点四十左右。还不错啊，就是手有点累……

琉月也降落在这里，细细观察着山洞。山洞大概五步宽，岩壁比较粗糙，应该是人为开凿的，还没来得及打磨；所谓的索道，只是两根很粗的绳子和一个竹篓，索道的绳子也没有腐蚀过的痕迹，应该也是建成不久的。

再眺望远处的巨大榕树，已经隐约可以看到幽幽的紫色光晕包围着的树冠，之前在榕树上有些看不清，走到它旁边的时候也没感觉到魔法的波动，直到现在大家才真正看清了巨大榕树的真实面貌。

结界是空间系魔法的特殊形态，但是空间系的魔法又是气息最弱的。琉月走上前来晃了晃那有些粗壮的绳索，手感很粗糙，却很结实，看了一眼悬挂其上的竹篓，目测了一下距离，点点头转身说道："没有问题，可以到达，只是我们的人数……"

还没喝完茶的百里墨湘也没闲着，望了一下远处的榕树，在确定了对面的空间系魔法特效没自己帅后，他又瞅上了这个"破竹篓"，其实也不是破，就是……真的小。

正在电脑前思索着又要怎么办的时候，百里墨湘感觉有人在身后拍了一下他的肩膀，手不自觉地抖了一下，险些呛到自己。他放下水杯再定睛一看，又是柠荼。

柠荼正带着得意的微笑看着他，然后宣布道："我已经在官博上更新了进入榕树城的方法了！"

"那你更新了如何让竹篓变大的方法了吗？"百里墨湘并没有计较刚刚被对方吓到，而是立刻认真地问起来。

柠荼的笑容僵住了……

好吧，虽然没有更新，但是她当然也知道，她又一次尴尬地回答道："这个得用咒术师技能，青丘的'法相天地'或者布兰的'巨化咒'。"

"……"百里墨湘又无语了，他没点这两个中间的任何一个技能。因为每个角色的技能点有限，还要靠技能书来获得技能点，技能书还不能交易，他当然是挑着作战时更实用的来点了。如果他很耿直地说自己没点这些技能，一定会被柠荼义正词严地怼"谁让你不点的"之类的话。

"大小姐，不是全世界都像你一样有钱可以买洗刷技能点的淬炼液的，更不是所有人都像你一样知道剧情发展的。算了吧……"百里墨湘在心里道。

他很快想起来，刚刚从琉月的武器星光符就可以看出琉月应该也是定位咒术师，不如问问琉月有没有学吧。

正打算开口，就在视角里看见琉月将一张星光符贴在了竹篓上，一簇簇白色魔光汇聚，竹篓竟然分出来了一个。这是咒术师低阶技能，"复制贴纸"。

这个技能在必要时可以补上自己放错位置的技能，所以百里墨湘也点了，而且让竹篓变多，也的确比让竹篓变大到十多个人一起在上面要安全保险不少，自己怎么没想到呢？一定是自己太累了，大脑都懒得思考了。

于是，百里墨湘也赶紧操作角色上前帮忙复制起了竹篓，还开口叫住了正准备去重新发公告的柠茶，提醒她还可以复制竹篓。柠茶立刻一脸顿悟的表情，一边怪罪百里墨湘把自己的思维带跑偏了，一边出了房间重新发公告去了。

　　"幸亏自己能提醒她。"百里墨湘这样想着，随后看着复制出来的三个竹篓，像原本的那个一样，也安然地挂在绳索上，心里轻松了不少，毕竟半个多小时放跳板的重复操作，对他这种手残党来说简直是折磨，而且跳板也是有冷却时间的，还要根据体积来计算，他现在身心俱疲，别再跳到对面去了，不然他真要关掉电脑，和柠茶讨论一下榕树城地图游戏体验极差、建议修改的问题了。

　　大家经历了长时间的单调操作以后，眼看终于要到达目的地了，自然是手脚麻利地操作着角色上了"索道"。

　　"天天，愣着干什么？快上来啊。"最先跳上来的【凯】先是好奇地转了半天视角，直到看见了还在最后磨蹭的【星期天】，立刻嚷嚷起来。还生怕对方注意不到或者是他自己刚刚跳跃操作的瘾还没过完，他操作着角色蹦跶了两下，惹得在他身后的【听说有人夸我帅】视野跟着一起跳跃起来。

　　"那个……高不高啊？"【星期天】怯生生地说着，声音都快被系统默认的风声吹没了。

　　"不高，不高，你要不到我这儿来？我这儿还有地儿呢。反正在游戏里，你放心，我保证有本事救你啊。"【凯】一点没有嘲笑的意思，末了还向【星期天】发出了邀请。【星期天】也不是矫情的小姑娘，就是害怕也得过去，不能拖大家的后腿。于是【星期天】也很快向着【凯】所在的那个竹篓走去。上了索道，【凯】先揉了揉【星期天】的头；然后大喊一声："出发喽！"随后他向着身后的岩石放出了一箭，借着后坐力，竹篓脱离了地面，向着对面直掠而去……

　　琉月在风中一点点睁开眼，耳边风声呼呼作响，这种摇摇欲坠的感觉让她有些头晕目眩，抬起眼看看身边的【金钱至上】，视角正是对着自己的方向。

秦空看到琉月的视角转过来，也毫无退避之意，手已经不自觉地做出了操作。游戏中的【金钱至上】就那样把身体在风中隐隐打战的琉月拉了过来，护在怀里。他明知道眼前的只是一组数据，但是他口中却还是没抑制住，小声说道："不敢看的话就不看。"

"嗯……谢谢。"琉月也不知道为什么，在被拉过去的一瞬间，她没有反抗，甚至没有思考，直到她听见这样无法言喻的语气时，她礼貌地道谢，随后也陷入了沉默。

站在同一个竹篓里的【楚霸王】，把视角朝着这边转了过来，随后又很快转走，什么也没说。

琉月感觉耳边的风声减小了许多，她还是很自然地选择了看向前方那不断向他们靠近的巨大榕树。

就快到了……

百里墨湘正打算推完这段剧情就休息一下，连耳机都摘下了，正要放手时，突然感觉指尖的耳机一震。他立刻又升起了不祥的预感：这是多大的声响啊？

他马上抬头看向眼前的榕树城：对面这一波魔法光影是怎么回事？不对啊，既然有结界，那这里应该是处于防御状态的，当时自己怎么又忘了？好心塞。百里墨湘的手正摸回键盘上，准备操作的时候，接下来出现的一幕让他更惊讶了。

【楚霸王】竟然直接从索道跳出去，借助技能"冲锋"就向着对面冲过去了。这小子疯了吧？虽然新手不会目测距离，但是这技能光影也不是闹着玩的。

百里墨湘在努力想办法，放出了技能，又是那一记"空间跳板"。

【楚霸王】的冲锋还没停下，所以跳板的距离也是算好的。预判操作是每个玩家或多或少都能够领悟的技巧。随后就见【楚霸王】顺利踏上落脚点，又是一个10级技能"奔雷踏"跟上，又是一段位移……

完了，那一招"冲锋"是百里墨湘根据刚刚【楚霸王】自救的时候用了一次才知道大概距离的，现在这一个"奔雷踏"，距离……

"啪"的一声，百里墨湘把键盘抽屉推了进去，在他左手边看着番剧的队员高晓天吓了一跳，朝着他的屏幕看了一眼，然后立刻惊叹道："这是哪个咒术师干的啊？"

早早闭上眼睛、几乎要放弃的百里墨湘又重新睁开眼看向屏幕，这一看才发现是咒术师17级技能"鹊桥赋"。纸片折叠出来的无数只千纸鹤在空中组成了线桥梁，【楚霸王】也就是在这样一座纸桥上落脚而后跳跃过去的。

百里墨湘默默在心中叹息着，他知道这只能是琉月发动的技能，但是心里有点五味杂陈。没想到最后临危不乱解决问题的人是琉月。

自己还要再多学习才行呢，感叹一番后，百里墨湘也很快振奋起来，因为接下来可就是新的战斗了。

打头阵的【楚霸王】顶着他那看起来就是一夫当关、万夫莫开气势的ID冲进了对方阵营中，没有半点犹豫，直接"穿扬"起手，扫出一片空地来，刚站稳脚，就开始了技能的衔接。

琉月看着他冲在最前面的背影，心里不知道是什么滋味。因为她明显看出【楚霸王】的操作着急了。

万幸的是，在这次集体任务之前，琉月已经默认到达了20级。和那些玩家不同，身处于这个世界的NPC，24小时里，即使是睡觉都是在提升经验。补上"鹊桥赋"之后，其他人也不是傻子，各种技能铺天盖地地迎了上来，有飞行技能的人更是一跃而起，寻找各种视角，丢出了各类技能。

对面的破绽也很大：远程攻击只有魔法师。在对面的技能光影眼花缭乱地飞过来的时候，秦空是最先注意到的，他毫不犹豫地在琉月的耳边说了这一突破口。

魔法师，初定位是一个法师类型的职业，都是爆发性的地图炮式的大范围覆盖性输出，且具有较长的输出僵直状态，也就是俗称的技能前摇，如果没有团队配合必然是致命的。而这一特点在琉月还没有转达给队伍的时候，【楚霸王】已经冲出去了，这让琉月也有些伤脑筋，在和【将进酒】

相继补上了辅助技能之后，战斗状态就同全面开启了一般，但是很快，他们的错误就被【金钱至上】找出，并及时弥补上了。

正在【楚霸王】放前摇大招都已经显示出来的时候，【金钱至上】在【凤求凰】的防御技能"魔法盾"的掩护下，也使用了一个滑翔技能，顺着"鹊桥赋"的技能残留，接上技能"天使之羽"滑翔着陆。

"停一下，我们是来还人的。"还未完全落地，就听见秦空的角色已经开口了，语毕，【金钱至上】已经亮出了还沉睡着的两只苍鹰。因为【阎王】早就把自己带着的那只也丢到了第一个索道上，秦空毫不犹豫地就当作了筹码。

秦空的研究告诉他：魔族人虽然谈不上多么团结，但是对榕树城这种小聚集点来说，哪怕是一个幼童，都是必须珍惜的人力资源。

果然，攻击停止了，【楚霸王】也收招了，大家陆陆续续登陆了。

真是差点就忘了，琉月不禁在手心捏了一把冷汗，他们的任务是来帮人家守城，不是来攻城的猎手啊。

只用一句话就能够成功解围的"秦先生"，虽然犀利，可总是能最快地找到问题的根源，用高效与和平的方式解决掉问题，大家都能看出这个人是真的很可靠。

"你们是从什么地方来的？"

琉月刚刚踏上这巨大的榕树城，隔着结界微弱的紫光，在人群窃窃私语声中，传来了这样一个严肃又清脆的声音。这个声音在向他们询问，很明显他们已经意识到来榕树城的这群人可能并不是自己的敌人。或许说话的人正是榕树城的某位掌权者。

这时琉月看向声音的来向，却先对上了【金钱至上】那双眼睛，他手上还做着些微操，悄悄比画着动作，示意让琉月到他身边去。琉月点点头，一边接近过去，一边礼貌地回应着人群后的那个声音："您好，我们是从首都来的公会——星宫。这次来榕树城的目的是帮助榕树城守护城池。"

"是吗？"原先那个声音继续问，人群渐渐让出一片空地，走出来一位装束朴素但体面的白鸽魔族。他知道了琉月是话事人，虽然暂时没有放下戒心，但是依然礼貌地上前说道："我是魔卫军榕树城分支骑士团的骑士长兼榕树城现任城主——文森特。感谢贵公会带回我们的同伴，请原谅我们先前的失礼，在入城之前，可以允许我们先检查一下贵公会的成员身份以及公会通行文书吗？"

听到文森特的话，琉月长舒一口气，这个城主是个能够正常交涉的人，看来可以顺利入城了，礼貌回应了城主的问题之后，文森特让守城士兵各自继续巡逻工作去了。他只留下一些必要的人员，先是接走了两只受伤的苍鹰，然后开始对每个来者进行身份确认。

检查的过程大概是不需要担心的，唯一的不确定因素就是身为猎手的【凯】。在检查到【凯】的时候，一看到那猎手协会专属高级装备驱风弩，负责检查的士兵就是一激灵。【凯】马上摘下了胸前那枚金闪闪的诚信勋章，出示给那个士兵看。

也不知道【凯】到底是为了炫耀自己有钱，还是怕别人看不清，或者是自己微操把握得不好，他把勋章一拿下来，直接拍到了那士兵的脸上，站在旁边看到这个画面的另一个士兵忍不住笑出了声。

等到那位被勋章"打脸"的士兵对着【凯】瞪眼时，【凯】立马露出了一个尴尬的笑容，嘴里说着"不好意思啊，不是故意的"。那士兵才用一副"大人不记小人过"的表情，转过身就一手揽过刚刚笑出声的同伴，卡着他的脖子走了。

文森特在细细查看琉月递给他的通行文书，又陆续得到了士兵们的反馈之后，摘下了信封上青鸟图案的蓝色火漆章，在文书内页的通行证副页上盖上了自己的身份章——一个红色的鸽子图案的印泥章。

最后他又向琉月等人做出了"请"的手势，说道："欢迎各位来到榕树城，感谢贵公会在我城危难之时伸出援手，我向我们先前的冒失行为道歉。待各位入城安顿后，我会向大家交代榕树城现在的状况。"随后那淡紫色的结界的颜色逐渐褪去一块，出现了一个入口。

"谢谢。"琉月对他微微鞠躬，随后又转身示意公会的成员可以入城了。

总算是推完这段剧情了……

电脑前的百里墨湘揉揉手，又在队伍频道里发了一个"下线了"之后，关闭了自己的游戏界面，退出了游戏账号卡，捂着脸仰天长舒了一口气。正准备起身活动的时候，他忽然又看见了电脑桌桌角，原先柠茶坐着的方向，放着一盒没有开封的柠檬茶。

轻轻一笑，百里墨湘又伸出手，拿起那盒柠檬茶，和旁边机位上的高晓天打了声招呼，就离开了。

游戏世界里，星宫进入了榕树城，这是他们的第一个任务地点，此时的时间是现实世界下午3:00……

柔黄色的阳光渐渐隐匿在云朵之后，遥远的天边还有漂浮的岛屿，去往那里的人如若没有神明的冠冕，便多是拥有着巨大的羽翼。他们无须咆哮或怒发冲冠，就已经足够展现他们的强大。神明眷顾着天空中高贵的魂灵，于是他们各自借助神的光辉为自己编织着金色橄榄枝头冠，为自己或爱人佩戴，共同沐浴着这份光与热。

就在榕树城的树冠上，淡紫色的屏障魔法微微闪烁着，或许遥远的月亮或潮汐都能够牵动微光的波动。一时间，明媚的日光与这棵树的影子交叠在了一起，魔法屏障的光芒与日晕渲染出靓丽的色彩。

不知道【亚丽姗大】的飞船现在开到了哪里，琉月一边看着在前面引路的白鸽，一边想着。那圣洁的白色大翅膀现如今很内敛地收在一起，一如他的一身军装制服，干干净净，十分利落。除此之外，那些交相辉映的光线之间，文森特城主的金发显得格外耀眼，本就因为翅膀的存在而显得高大的身形，在这一刻共同组成了一种极具神性的光辉。

琉月有种奇怪的直觉，好像面前的这位领袖并不应该属于这里，他应该来自更加遥远的比现在这座狭小城池更加广阔的天空之上。在那里，他接受过良好的教育，有着更加美好的前程和人生规划，但是因为某些变故，才来到了这棵榕树上，和这些民众生活在了一起。

那双湛蓝色的眼睛太过清澈透亮，可偏偏是这种纯粹，让现实里那些混浊的事物轻而易举地蒙蔽了他的双眼，可能……可能是这样吧。

白鸽

在入城以后，大家完成了剧情的第一部分。说起来也很有趣，榕树城的整座城池都是在这棵巨大的榕树上，粗壮又盘根错节的树枝构成了一条条小路，一路上贴心地铺着水泥和鹅卵石，必要的地方搭建着木梯。

身临其境时，周身环绕枝叶，自己仿佛也被大自然拥入怀中。城中的居民大多属于拥有翅膀的鸟类魔种，为了防止在狭窄的道路上会把对方撞下去，除了雏鸟，几乎每个人都选择将翅膀收回来，处处彰显大自然特有的友善与宽容。

夜晚到来之前，琉月在房间里整理起了自己的羊皮书。手上的烫伤还在，但团队里的治疗和冰系法师并不是摆设，伤痕已经消去了不少。

从榕树城的状态来看，这里应该是第一次有非敌人的外来人入城，文森特是一位看上去很有礼貌也很理性的领导者。在将那两只苍鹰还给榕树城的时候，文森特也表现了足够的信任。

与此同时，在进去榕树城之前，遇到了疑似黑猎手的人，但是并没有证实身份。从他们手中救下的两只苍鹰已经足够怀疑他们存在着偷猎行为，并且已经对魔族人采用了非常不友好的手段。如果最终证实了那些人是黑猎，星宫一定会出手阻止这种恶劣行为，同时保证完成榕树城的这次护城任务……

认真地写下笔记，琉月长叹了一口气。先前文森特对她说过会解释为什么会先对他们发动攻击。在求助于首都势力的时候并没有完全奢望真的会有人来帮助他们，然而现在，琉月已然有了自己的想法。

榕树城的魔族成员以鸟类为主，进出榕树城本来就不需要索道，那么索道必然是人类修建的。以索道的新旧程度来看，大约是两个星期之前修建的，但是索道一端的崖壁上是山洞，同样是人工开凿的，另一端却和榕树城内部相连，这么想来……这另一段，应该是榕树城内部的人员里应外合的。

既然索道必然是为人类修建的，那么为什么又要抵御从索道上来的人类呢？榕树城对这条索道应该是防御状态，有人接近结界就会有反应，触发防御状态，那为什么要修建索道呢？

琉月用手指摩挲着羽毛笔的笔杆，看着手边蓝光屏上的行动记录和索道的电脑绘图，羽毛笔的另一段轻轻抖动着，她的脑海中也反复地思索着那些疑点，而所有的问题都只能有一个解释。

那就是榕树城的信息流通已经被人掐断了，而且极有可能是卧底干的……

即使在这样一个游戏世界里，还是会有现实里的残酷桥段吗？琉月不敢妄下结论，她决定先不记录自己的猜想，将羽毛笔插回墨水瓶，并没有合上羊皮书，反而将云端光子屏移到了正前方，继续研究起了索道的其他信息。

索道的麻绳很粗，竹篓也很大，应该是做好了长期出入榕树城的准备。能够不被结界发现就做出这些行动姑且不论，从这次士兵对他们发动攻击的时间来看，榕树城内的士兵也不是摆设才对，怎么躲过的呢？

琉月正在静静思考，忽然传来轻轻的敲门声。

"请进。"琉月迅速关闭了云端光子屏，连同羊皮书一起收进了自己的私人空间元里，立刻礼貌回应。

门被徐徐推开，敲门的【金钱至上】并没有先进入房间，而是侧身让开，对身后的人示意，在他身后的人正是文森特。

"晚上好，文……"

"嘘……"

文森特突然来访，吓了琉月一跳，她正准备站起身来问好，却被文森特做出的一个手势制止了。看着转身就离开又带上门的【金钱至上】，琉月明白了。这次的支援行动不是为了兵力支援，文森特首领和自己想的是一样的。

"突然到访有些唐突，还请您原谅。"

"嗯，我明白。"四处看了一圈之后，琉月转身把身后那扇窗户关上，又使用了一个简单的屏蔽魔法，随后才让出了书桌旁边的椅子。房间很小，既当卧室又当书房用，只有这一把椅子，琉月理所当然地坐在了床离文森特最近的一角。

文森特见琉月的行动显然是知道自己的来意，当然也顺势坐在了椅子上，直切主题，开口道：

"我想你也猜到了我们榕树城现在的情况。内部人员里出现了我们没办法控制的人，事态已经持续了两周时间，直到今天你们到来，我们才知道他们的行动已经深入到了这种地步。你们再晚来一点，或许下一次入城突破的，就是真正危险的敌人了。士兵内部排查得很干净，平民们也早被我们控制在城内了，但是……还是出现了平民受伤被抓的事件，我们已经不知道从何处下手了。"

文森特说榕树城的真实现况时带着一些诉求的口气，但并未到绝望的地步。作为魔卫军的一分子，他无论何时何地都会忠于自己的种族，包括领地。

琉月认真听完以后，微微点头表示理解，这也印证了她刚刚的猜想。但是当她真的面对大人物时，她又不知道如何开口了。琉月思考了一下又说道：

"感谢您对我们的信任，我们会竭尽全力帮助您维护住城池的，呃……"

她卡住了，她也只是猜到了大概有卧底的情况，但是关于其他情况，她也断掉了思路。现在她脑海中那个索道的问题还是没有得到答案，像一个死结绕在同一个点上，正纠结要不要帮助对方做一些推论，证实这件事。

她纠结着，紧张地避开对方的视线，手指偷偷打着圈，忽然想起了不久之前某个人对自己说过的话：遇到什么问题的话，就来找我吧。

琉月忽然像是有了底气，原先堵在咽喉的一口气也长叹出来，继续说道：

"既然让公会来发布任务，那您一定是相信外来人不了解情况，没办法和敌人接应。所以我内部的成员一定是可以了解这些情况的，对吧？"

"是这样没错。"

"那，我可不可以再叫个助手来了解情况？"

"是刚刚在门外的那位吗？"文森特指的自然是门外的【金钱至上】了。

"嗯，没错。"琉月点头。

"可以。"文森特没有反对，外援是他请来的，自然谈不上怀疑了。

琉月的手终于松开了，长舒了一口气。如果能有"秦先生"在的话，会变得轻松很多吧，琉月这样想。

现实世界晚上7:00，伴随着秋季到来，逐渐变长的黑夜降临，冷风也毫不示弱地来到了这座城市。微风吹过时，可听见窗外的树叶沙沙作响，训练室内的灯光很暗，训练刚刚结束，大家各自收拾着东西准备回宿舍。柠茶抱着个文件夹，一边从训练室外面走进来，一边还在跟手机里的人讨论着什么，表情并不轻松。

百里墨湘正准备关掉电脑的手又退了回来，目光追随着不断向自己这边靠近的姑娘，仔细听她在说些什么，好像是……

"其他战队的名单和资料已经被收录完了，你看见了吗？……在官方网站上已经公开了，详细资料我整理了一份，你是过来和我们一起讨论，还是我给你发过去啊？……好的，那我等你一会儿，你路上小心。"

说完以后，柠茶也正好走到了百里墨湘的跟前，挂断了电话。训练室的人陆陆续续离开，只剩下这两人还在这一台亮着屏幕的电脑跟前。百里墨湘会意，伸手给她拉过来旁边机位的椅子，放在了自己身边，还顺便把游戏也登录了上去。柠茶也没见外，直接坐下，没有翻开文件，只说了一句"等会儿琉辉要过来"。两个人就这样安安静静地等着。

琉辉这边是第一次提前离开病房，和前台护士打完招呼，正准备给夏晴发短信过去交代一声，出门时却和进门的人撞了个满怀。

"哎哟！对不起，对不起，没撞疼你吧？"

明明是琉辉踉踉跄跄地后退了两步就站稳了，对方被撞得跌坐在地上，却是对方连连道歉，还是个有些娇弱的女声。琉辉也没多想，把人拉起来，再去捡起自己掉在地上的手机。

屏幕亮了，还显示着信息，琉辉一看也没什么大碍，只是屏幕钢化膜的一角有点磨损，摆摆手说了句"没关系"就走了。

短信消息是百里墨湘给他发过来的："听老夏说医院附近那个超市的速食火锅包挺好吃，方不方便带几份回来当夜宵？路上一定要慢一点，谢谢。"

这个百里墨湘想和自己喜欢的姑娘单独处就直说呗，还要把我当奴隶使唤……琉辉不满地撇撇嘴，把原本想要发给夏晴的短信发出去后，就顺路去买"夜宵"了，买完才继续向俱乐部的方向走去。

训练室里却早就不是先前那么轻松了，百里墨湘和柠茶同时对着那电脑屏幕里游戏界面上显示的场景感到迷茫。柠茶已经准备重打开一台电脑，找找榕树城的文案，等着开机的时间，就坐在原位置上看百里墨湘对着电脑疑惑的表情。

游戏世界里，星宫的众人已经被榕树城的士兵逼到了城门附近。也不知道是怎么回事，原本在房间内平静交谈的文森特先生像是失去了理智一般，突然向琉月和【金钱至上】发动了攻击，也许是谈判破裂了。两人也没陷入被动，防御技能接得也挺顺手的。只是不做反击动作，还阻止了其他人准备反击的动作，就这样几个回合交锋下来，大家又被推回到了原先着陆的地点上……

电脑前的百里墨湘都蒙了：刚刚推进的剧情到底是哪里出了问题？他扭头准备问一下身边的"知情人"，结果却发现柠茶真的开了一台电脑，登录了游戏官方网站的论坛，找自己的文案去了。百里墨湘只好又将问题咽了回去，负责文案的本人都不知道哪里有问题，问了似乎也没什么意义。反正不让自己反击，百里墨湘也就心安理得地慢慢地在键盘上敲出了一行私信:"怎么了?"

接收信息的人自然是参与了谈话的【金钱至上】了。对方也没遮遮掩掩,回答也很简短:"演戏。"

百里墨湘总算把悬着的心放下了,原来是新剧情推动了啊。于是他立马侧过身来和柠茶说了一声:"诶,不用找了。演戏呢。"

"演戏干吗?"柠茶刚把文案看了个开头,听到解释反而更加坚定自己要再看一遍文案的想法了。榕树城是低级副本和练级区,那里还有什么错综复杂的需要演戏的剧情吗?

就在这期间,游戏里的众人已经顺着索道又回到了原先那个山洞。柠茶甚至还能从因为百里墨湘不喜欢戴而扔在桌子上的耳机里听到几声抱怨。那是必然的,莫名其妙地被低级任务折腾这么几个来回,不气到退游才怪吧?

不过很快,这些声音被其中一个男声取代了。柠茶有些好奇,挪了一下转椅就凑过来,伸手勾过桌上的耳机戴上,仔细听起来……

"首先,这个卧底不会是榕树城内部的高层,榕树城内部没有政府,管理层是由魔卫军旗下的骑士团兼任的,所以才会由文森特这种典型的文武双全的人才来担任骑士团团长和城主。我看过大体世界观的设定,可以肯定魔卫军的忠诚度无论是在多么偏远的地带或者遇到怎样的威逼利诱,都是不会改变的……"

听起来像是在冷静分析局势,语气干净利落,还有……现在还有人打网游会看文案吗?柠茶听到这儿,有些想笑,却也只带着好奇和自豪笑了一声,不忍心打断,继续保持安静,认真倾听。

柠茶很少会露出这样的表情,这也让百里墨湘好奇起来,也凑近了些,将耳朵贴在耳机外沿上跟着一起听。两个人的脸就隔着一个耳机听筒,显得格外亲密。

"其次,除士兵外的平民,因为防御状态的开启,也完全失去了作为自由人民应该拥有的自由出行权利,先前的两只苍鹰就是最好的证明,如果是士兵,那么武器应该是他们出城必备的,但是没有,所以一定是平民失去了出城的机会。而且文案里也说过，榕树城是一个完全建立在树上的城市，粮食补给不是通过自己耕种获取的，资源必然是通过采集的方式获取，所以那两只苍鹰，也就是所谓平民多半需要出去寻找资源，才会擅自出城。但是黑猎手伤害的主要人群必然是平民。一个卧底愿意成为卧底必要的动机，就是成为卧底对自身有好处，无论是哪个方面。黑猎手在文案中的定义是'以猎杀魔族生物为获取暴利主要手段的猎手'。"

百里墨湘听得有些发愣：这世上真的有人打网游还看官方文案的吗？他偷偷瞟了一眼依旧保持着那个表情的柠荼，她还是欣慰又安静地听着，就像是有人在替她解说文案一样，而且这个解说一定还很到位，让写文案的本人都露出了认可和愉快的笑容。

正在认真分析的那个人完全想象不到，那个负责写文案的人正安静地听着他那完全凭借自身理解而整理出来的信息。耳机里，秦空的声音还在继续……

"那么接下来，也就是我排除得到的最后一种可能。商人，其实不只是榕树城，整个大世界观的文案中提到过，这个世界的产业形势与现实世界保持大体一致，也就是我们所理解的农业、工业、第三产业。前两项在榕树城这样的环境中显然是不适用的，所以我也仔细研究了一下榕树城的文案，其中有一条是这样说的：我们会用榕树巨大的冠冕宽恕一切外来者。其实最浅显的理解就是，这里作为低级区，不会过分地排斥外来者；而深层的理解是，这里可以接纳外物，那么第三产业也就顺理成章地成了这里的主要产业，如果我没有猜错，在一个鸟类生物众多的城镇，最适合接手的职业，就是快递。那么在防御状态开启导致全面封城的时候，受损失最大的是谁呢？谁会最渴望尽快打开城池的大门呢？"

其实不需要回答，答案已经非常明显了。无论是对游戏文案的理解还是逻辑体系，都完整得让柠荼自愧不如。她在文案中埋下的一些线索是非常隐晦的，导致越来越多的玩家忽略了文案中的线索，全靠自己的摸索实践来整理攻略，这让柠荼无话可说，但是玩家的玩法她是不会随便打扰的。只是在这种情况下，柠荼还是毅然决然地坚持着书写发布文案的习惯，有很多人认为这是浪费时间,但是这其中真正的意义也只有少部分人会理解。

探索世界规则的本质就是探索自由……

而就在今天,柠荼的心里涌动着一种说不清的愉悦:一个人要努力多久才能让人看见自己真的在努力并且让一切努力都有意义呢?她又笑了,没有忍住激动的心情,插话了:

"那你觉得榕树城是什么时候有卧底的?"

连麦克风都没有完全调整好,她就已经问出口了。百里墨湘有些尴尬地看着界面,慢悠悠地打开了对话框,开始敲起字来。而秦空已经和柠荼发起语音对话了。

"你是谁?"秦空听到了陌生的声音,轻轻皱了一下眉,一边调整着视野一边问道。

柠荼自作主张地抢过来鼠标调整视野,找到了之前正在说话的那个人——【金钱至上】。百里墨湘也总算敲好了字,发送到了队伍频道里:"不好意思,朋友在说话。"

秦空这边也显示了队伍频道的消息,也就松了一口气,不等柠荼再回答,继续说道:"你是百里墨湘说过的给游戏世界写故事的那位?"

"哦?他介绍过我吗?嗯……对的,我是想问一下,怎么还有卧底啊?低级本不应该有这种剧情才对啊。"柠荼也不纠结人家认不认识自己,她最关心的是到底什么引发了剧情的错误。

"这不是应该问你吗?"秦空说得理所当然,虽然并没有责备的意思,但是也让刚刚有些激动的柠荼愣住了。

"榕树城是我上个季度刚刚开启的地图,我也想不到在这么短的时间里就有人改变了榕树城的格局。说实话,我写的文案侧重于科普介绍,就是旅行指南,知道吧?但是具体的细节剧情是需要玩家自己触发的。黑猎手倒是容易,但是榕树城内部出现卧底,这种情况一定是有玩家注册了榕树城户籍的游戏角色才会触发的。不过有人注册过的话……怎么会没有人知道索道的事情呢?"柠荼的分析戛然而止,她不是秦空这类擅长归纳总结分析的人,一时半会儿她也说不清楚是哪里出了问题。正陷入尴尬局面时,训练室的门被人推开了。

柠荼和百里墨湘同时抬起头，朝着门口的方向望去。琉辉右手提着一个白色的塑料袋，左手带上身后的门，走进了训练室。

"琉辉，来了？"柠荼摘下耳机站起身去迎接。

百里墨湘也只好又慢吞吞地在对话框里打了一行"有事，等下聊"。

"嗯，在干吗呢？"琉辉简单回应了一声，将塑料袋随手放在旁边的桌子上，就凑过来看百里墨湘的电脑，登录的角色是【将进酒】，视角看着的是【金钱至上】，又随口感慨了一声，"呦，还挺热闹。聊什么呢？"

"咕……"三个人之间也不知道是谁的肚子响了起来，大家莫名地安静了，抬起眼来互相对视一下，直到柠荼悄悄捂着嘴，避开了两个人一起转过来的目光。

"饿了？"琉辉只是一问，转身就去找放在桌子上的塑料袋，一边翻找着一边问，"清汤还是麻辣？"

"麻辣会长痘痘的，酸辣。"

听到柠荼的回答，琉辉的动作顿了一下，无奈地垂下头，笑了一声，又侧过脸来继续问："呃……没有这个味儿，要不清汤加醋？"

"唔，算了，就清汤吧。"

"好嘞，马上给您送过来啊。你呢？"琉辉也没忘了再问一下安静坐在边上的百里墨湘。

百里墨湘看着琉辉挑出来的几个塑料碗，还在键盘上的手收了回来，起身说道："我自己挑，一起去水房。"

琉辉点点头，怀里揣着两个泡面碗，等百里墨湘挑完，两个人一起离开了训练室。

柠荼坐回了百里墨湘原先坐着的位置上，拿起了耳机重新戴上。游戏里的几个人已经开始了交流，自己轻咳了一声："我回来了，继续之前的话吧，我想你应该能听明白我的意思。我能记住的只有世界观，而不是整个世界。这个游戏世界可能因为任何一个人的不同选择而走向不同的未来，但同时又不会改变本质……"说到最后，柠荼也停了下来。

"嗯……我猜你的意思大概是：这个世界是你的，但同时也不是你的；他们可以改变你的世界，但无法改变你。"这时接着柠荼的话，另一个声音响起了。柠荼握着鼠标自己转起了视角，是一个ID叫作【无心者】的人。

柠荼不自觉地点点头，继续说道："是的，那个……"

"好酷啊！"还没等柠荼继续说话，【无心者】已经控制不住激动的语气了，"那你岂不是创造世界法则的master（主宰者）？好想学啊，你怎么做到的啊？"

"韩钰，别打岔。"【金钱至上】当然不会让这个话题继续下去，止住了【无心者】的跑题计划，重新找回了原来的话题，"你是说，在榕树城副本开启之后到现在，这个世界发生了变化，对吗？"

"嗯，而且是我不知道的变化。"柠荼回答道。

"嗯……你的世界总文案里的第三条说过一句：这里的一切都是现实在梦境中的投影。现实里发生了什么大事件吗？和游戏有关联的。"秦空永远改不了他严谨的学术态度，有理有据地分析出了目前的可能性。

柠荼安静下来思考了一会儿，直到琉辉和百里墨湘各自端着泡面碗回来，柠荼才猛然想起来，最近和游戏相关的最大事件。她伸出手抓过了旁边的文件夹，翻开来，电竞联赛参赛名单一览无余，翻看了两页后，她才开口道："网游电竞联赛开始报名，要求所有人使用实名注册的角色，在一年半的时间里在第三区重新练到满级……这么说来，一群妖孽都进了新手区啊……"

柠荼的声音渐渐小下来，却越发肯定这种可能。游戏世界的剧情会被一些人改变，那么这些人在游戏世界里也一定不是实力差劲的人，否则凭什么让世界也跟着他们的意志改变呢？那么，实力很强的人莫名来到新手区这种对他们没有任何挑战性的地方的理由，不正好就是联赛赛制要求的吗？

柠荼长叹一声，感慨道："这个……我可能就不好出面了。"

"因为职业圈的要求吗？"秦空也反应过来了问题的根源在哪，但是并没有说什么多余的。了解了真实情况后，他低下头看着键盘上铺开的文案资料，微微皱眉，将它们重新整理在一起，放在了一边："我了解了，感谢你的提醒。"

"哦，没什么的。"柠荼都没有反应过来这道谢的意味，等到习惯性地回答完了，才发现这个人还挺有礼貌的，不自觉又轻声一笑，"需要我再提供别的帮助吗？"

秦空听到后也没犹豫，直接说出了自己的需求："如果可以的话，帮我找找是什么人，你比较方便让那些职业选手回避一下我们的剧情线。"

"这个嘛……"现在变成柠荼犹豫了，即使她是世界主宰，别人的剧情也不全都是她能一手掌控的。

两人在游戏中谈话的时间里，琉辉和百里墨湘那边已经将那热气腾腾的夜宵送到了书桌上。琉辉接过了百里墨湘递过来的文件夹看起来，一边看一边吃，直到突然被呛到，剧烈地咳嗽起来，才引起了身边两个人的注意。

琉辉背过身去，使劲捶了几下自己的胸口，好半天才缓过劲来。百里墨湘也友好地伸出手，轻轻拍了他的后背两下，问了一句："你怎么了？"

琉辉又喘了几口气，摆摆手，示意自己没事，然后把桌上正摊开的文件夹一把扯过来，指着上面某个战队的成员表格问起来："耀疯子他们队是来搞笑的吧？"

说完，琉辉又咳嗽了两声。柠荼只是和秦空说了一句"有点事儿"，就起身走过去，一边接过百里墨湘拍后背的工作，一边探着头去看百里墨湘接过来的文件夹，随后她和百里墨湘露出了同样诧异的表情……

联赛战队审核通过的名单，战队名"24K"，成员职业：神枪手，枪炮师，机械师……

一个团战，三个射手定位的职业，真亏了没把琉辉给噎住，这是怎样疯狂的战术布置才能搭配出这种阵营来啊？游戏公司在建立电竞体系时已经明确写出了游戏的类型属于MMOACT，也就是所谓的"动作类游戏"，怎么就被这个叫作"24K"的选手们注册出了一种"射击类游戏"的错觉呢？最重要的是联盟怎么给过审的呢？两人同时哑口无言。

"耀疯子"是琉辉给24K战队的队长林耀取的外号，林耀是一名神枪手玩家，打法总是非常激进，对团队成员的默契和各自的发挥都有着很高的要求，因此也常常出现技术失误的情况，琉辉和这人交过几次手之后就这么称呼林耀了。

直到琉辉真正回过神来，才打破了沉默。

"不止阵容奇葩，你们再看这些ID。"

他一边说着一边拿起餐盒里的塑料叉子指了一下账号ID的位置，然后就去吃东西压惊去了。

"这……噗……"柠茶看完后也是没忍住，用手挡住了嘴，然后转过身去回到自己座位去了，随口说了一句，"林耀他们真是……"

她想起之前看到的星宫公会玩家的ID叫【听说有人夸我帅】，现在和这个队伍相比，真是不可望其项背。

林耀（神枪手）：【不好意思走火】。

季辰奕（机械师）：【神说要查电表了】。

王梵言（枪炮师）：【意大利炮】。

盖衡（守卫）：【你有本事开门啊】。

……

"唉，年轻真好啊。"百里墨湘也摇摇头，细看起了这些人的资料，不经意扫过一个位置，目光便停滞下来，"诶，茶茶，职业选手为什么要自己把角色练到满级？"

"啊？"柠茶将刚戴好的耳机又与自己的耳朵拉开了些距离。

"我说为什么一定要职业选手自己练号？"百里墨湘又重复了一遍。

琉辉也擦擦嘴，望向柠茶的方向。

柠茶脱口而出："神级角色的注册需要完成完整的剧情选择。"

神级角色就是指50级满级后，游戏角色可以进行神级登记任务，之后在游戏世界里该游戏角色的宿主下线后就会变成游戏里的某一个boss（在网络游戏中，指难度较大，打败后奖励较高，且出现在最后或剧情关键时刻的角色）。联盟要求每个战队至少要贡献出一个神级角色，这样做一方面是游戏世界可以丰富素材的产出端口，另一方面是让职业选手们对自己进行宣传，也算是联盟和游戏公司的一种互利共赢。这些boss的背景故事和特征将全部由职业选手自己来决定。

但是需要注意的是，神级任务完成仅仅代表着游戏角色可以进入公共服务器，而真正创造boss还需要玩家提前完成名人认证，也就是实名注册之后还可以提交的名人认证材料。这是游戏公司吸收名人为自己做宣传的一种方式，也是这些名人证明自己不光是现实里有名而且游戏打得也很好的另一种宣传。

再加上选手赛前需要更多专业化的训练项目，那些神级任务挑战正好能提供一部分，而且神级角色又自带宣传效果和资源优势，对于职业战队来说当然是多多益善。因此久而久之，联盟大多数的职业选手们就把这个任务当作了一个必做项目，甚至加入了战队日程，梦幻作为本家战队，再加上有柠荼这样一个有远见、有规划的领头人，这个任务就是一个全员必做项目，他们势必要成为联盟里第一支全员神级角色的战队。"那这个……公会势力，在成为神级角色以后也是不会变的吧？"百里墨湘继续问道。

"是啊……嘶……"回答完这个问题，柠荼倒吸了一口凉气。这次在榕树城搞事的，难道是职业选手中属于猎手协会的人？做出黑猎行为的事，虽然有点自毁形象，但是为了高效掠夺资源练级，这种行为听上去好像也不是不行啊。

秦空也从只言片语中得到一些信息，他缜密地分析后，很快也和柠荼想到同一个问题。但是他并没有急于发表言论，只是悄悄地退开些距离，和琉月开了一个聊天窗口……

【金钱至上】：你觉得呢？

【琉月】：应该是所属猎手协会的职业选手，但是毕竟做出了黑猎的行为，可以逮捕的吧。

【金钱至上】：有没有计划？

【琉月】：现在做的事情不是计划之内吗？

【金钱至上】：很聪明，继续加油。

琉月在 NPC 文字聊天界面回复了"好的",然后继续看向【将进酒】的方向。不知道为什么,她觉得或许这次她可以站出来说点什么,但是又有些犹豫地看了一眼【金钱至上】,聊天窗口又闪出了新的消息:

【金钱至上】:相信自己的能力,想好了就去做吧。

琉月看了消息有些无语,又重新向那位"秦先生"确认了一下眼神。明明游戏里的角色不会在面部体现表情,也不会真的自己说话,可是琉月仿佛看见了那个人对自己微笑着,正温柔地抚摸着自己的发顶,轻声细语地安慰并鼓励着自己,甚至还能想象出那双能够映出自己身影的眼睛……

琉月也不知怎的,心里踏实了不少,向【将进酒】的方向移动。琉月的皮鞋也在山洞的岩石地面上踏出了脚步声,柠茶从耳机中听见,转过视角来找到了她的方向,有些诧异,却没有立刻说什么,起身摘下耳机来向身边的百里墨湘招招手。

百里墨湘也终于坐回了自己的位置,将耳机挂在脖子上,看着视角里走近的琉月,也没见外,开口就问:"琉月姑娘寻我何事?"

那角色转变得让人以为换了一个人一般,语气随着用语一起进入了游戏世界的状态,明知故问,好像自己很无辜。幸好晚上有很多人已经下线了,剩下的秦空也不多话,不然不知道又有多少人吐槽他这假戏真做的毛病。

琉月意识到外面的人已经换回去了,并没有介意,只是很平静地说道:"这次任务的难度不大,但是需要大家一起配合,不知道【将进酒】方不方便将所知道的一些有用的信息提供给大家呢?"

"唉,偏心啊,只管秦空叫'先生'。"百里墨湘没有正面回答,先是故作不愉快地假意抱怨了一下。于是很快,他的聊天窗口闪现出了一条来自【金钱至上】的私信消息:你闭嘴。

百里墨湘忍住没笑,瞥了一眼身边的两个人,都在一边吃夜宵,一边翻看着文件,时不时低声谈论一下,又时不时笑着吐槽一下谁的 ID 奇葩,并没有注意这边。他这才继续说起来……

"可以啊,如果能帮你的话。"

"那真是太感谢了。"

"这个说起来有点长，嗯……"

正在思虑着怎样表达的百里墨湘，突然被视野边缘闪过的一道白光打断了。他下意识地转视角确认了一下，却被新的突发事件给扰乱了。

◆榕树城◆

围殴

　　梦境空间网游中有一套关于黑猎的制度，却并没有明确地禁止甚至取消黑猎的设定。有时不只是黑猎行为，这个世界里还有许多boss相关的势力并不属于正派一方，而且玩家都可以自由地选择加入。

　　"咣当……"金属物落地的声音，在百里墨湘瞥见那道白光之后，便在他的耳机里响起。他的笑容立刻淡去，没再去转视角找，而是立刻找到了咒术师3级技能——"护盾符"，紧接着操作角色快速地一把将琉月拉进了怀里。

　　"呼……"在符纸特有的方方形魔法阵扩大的瞬间，他恍惚间感觉有一阵风飘过。

　　随即他听见了一声"小心！"果不其然，爆炸声从耳机里轰然响起，屏幕里已然是一片刺眼的白色。是爆破师5级技能"闪光弹"，光影渐渐散去，他便开始转动视角找送上这份"大礼"的玩家。

　　游戏世界里，琉月有些措手不及。光影一散开，她便挣开怀抱扎进人堆里确认每个人的状态，这才发现"闪光弹"藏着的杀机……

　　"你怎……嗯……"【凤求凰】正被【凯】结结实实地压在身下，他显然有些厌恶，正准备责问一番时却停了下来。

　　【凯】双手撑着【凤求凰】脖颈两边的石壁，视角却正向着他身后的地面，也就是原先【凤求凰】站着的位置。那里的地面在冒烟，是被腐蚀过的痕迹，甚至还残留着飞溅出来的液体，在接触到那大理石地面之后开始迅速沸腾起来……

"是岩浆果的果汁……"琉月蹲下身确认了一番,得到答案时也是后脊发凉。这不正是几天前烫伤自己的东西吗?还好"闪光弹"的爆炸威力不大,否则在场没开防御技能的人全都要进入烧伤状态了。

【海鹰】上前将两个叠在一起的人拉起来,问着:"没事吧?"

【凤求凰】没说话,只是视角对着【凯】看了许久。反倒是【凯】神经大条似的说了句:"没事,我移速高。"

【海鹰】见另一位当事人半天不说话,干咳了一声,也没再说什么。

听见"岩浆果"这个词,【楚霸王】直接进入了战斗状态,气势汹汹地冲到了山洞口,却被【将进酒】从身后叫住了:"别找了,他们已经上索道了。"之后【楚霸王】有些不甘心地"喊"了一声便转回来了。

琉月起身看向那索道,竹篓的消失证实了【将进酒】的说法。琉月简单思考了一下,现在的主要矛盾已经不再是黑猎那边的信息,而是计划是否可以继续推进。

"是目标出现了吧?"琉月问道,随后打开自己的移动终端,准备联系文森特。

"别急,再观察一下。"【金钱至上】直接上前按住了琉月的手,制止了她。虽然琉月有些疑惑,但还是点点头,表示愿意听听他接下来的安排,只是接下来的话是以文字的形式从团队频道里弹出的。

【金钱至上】:隔墙有耳。

【凯】:OK!

【无心者】:那请开始你的表演。

【金钱至上】:其实他们是趁着闪光弹的间隙把竹篓搬走了,目的应该是引诱我们提前过去,黑夜里视线模糊不清,文森特可能会误伤我们,这样计划就失败了。

【凯】:等等,你是怎么知道的?

【金钱至上】:我看见的。

【凯】:???

【无心者】:我觉得此处应该刷一波"666"。

【米娜】：666。

【星期天】：666？

【琉月】：呃……

【凯】：666。

【将进酒】：……

虽然没人觉得他说得有问题，但是没什么大事能够阻挡那些"新青年"们对于吐槽的热爱。玩游戏的人都知道"闪光弹"的作用，它除了致盲，还能和岩浆果放在一起增强威力，谁敢说自己在这个时候"看见"了东西呢？

秦空敢，只有早已看透一切的秦空敢，因为他说的都是实话。

【金钱至上】仿佛没看见一样继续说：现在先引蛇出洞。

【文森特】：然后瓮中捉鳖？

【无心者】：嗯？人群中出现一只鸽子？

【凯】：啥？

然后，只有【米娜】瞥见视角边上的【凯】正在大幅度地转动着视角，寻找鸽子的踪影。

【琉月】：是我邀请的。

【金钱至上】：嗯，打一波时间差。

【文森特】：听上去不错，看来相信你们是正确的选择。

【金钱至上】：谁主修空间系？

【将进酒】：……

【无心者】：为百里墨湘的手默哀两秒。

【米娜】：百里哥走好。

【凯】：哥，我心疼你三秒钟。

【将进酒】：我可以吃个夜宵再来吗？或者换个人？

琉月不明所以，除了知道这个【将进酒】的名字拼起来应该是叫"百里墨湘"，她得不到任何结论了。

【金钱至上】：没吃饭？

【将进酒】：下午还没。

【金钱至上】：时间有点晚，你换人来吧。

【将进酒】：行，那我先走了。

【金钱至上】：嗯。那我来说一下接下来的安排。

此时此刻，坐在电脑前的秦空正在快速地敲击着键盘，在显示器和键盘之间平摊着他的笔记本。笔记本上拼贴了各种各样打印好的资料，里面还有一些手写的分析，无一不是网游资料和公会成员的相关信息，还有他们的名字……

也许是一种习惯，对于决定要做的事情，他总是认真得有些过分，以至于现在房门被人敲了两遍都没听见。直到房门外的人等不及了，胡乱地拍起了门，他才摘下耳机敲了一行"等我一下"起身去开门了。

门外的家伙呢，仿佛一个要打劫的土匪，敲门声惹得秦空有些心烦。他大概猜得出是哪路角色，自然也知道生气是没用的，便抬起手揉平了已经微微皱起的眉心，叹了口气打开了门。不出所料，正是昨日刚刚完成演唱会，风尘仆仆赶回家，还塞了他一箱粉丝送的礼物的少年艺人——凯文。

还没等秦空先开口，少年便像个娃娃一样嚷起来："秦哥！秦哥！秦哥！我也想吃夜宵！"

面对仿佛在说"妈妈，有饭吗"的眼神，秦空一时有些语塞，嘴唇翕动了两下，最后只吐出一句："先把这一段剧情推完。"

"好，我想吃豚骨拉面，加个卤蛋。"凯文也没客气，点完菜转头就冲向自己的房间去了，就像自己过来点了个外卖一样。秦空看着他的背影，有种怒火不知道往哪里发的感觉。

秦空重新回到座位上，心情虽然已经不同了，但是并不影响他做事。而真正影响到他的，是【将进酒】在线下换上来的人。

"喂，听得见吗？"从【将进酒】的方向传来的声音，已经变成了另一个人的。

秦空知道是谁，一反平常谦逊温和的初次见面习惯，直接开麦："是你啊。"

"嗯。"对面回答得更简短了，游戏里的角色扭动着脖子，视角转来转去，其实是现实中的那个人在试探鼠标的灵敏度，果然，下一秒他就说了一句，"百里，你得有多手残，要把鼠标灵敏度放这么低？"说完之后，他就在百里墨湘一脸想拒绝但无奈的表情下，将设置面板里的灵敏度调到了最大。

秦空这边就算打了个招呼，没去理会那家伙在鼓捣什么，继续敲击着文字，交代接下来的打法。经常喜欢插话的【凯】竟然比之前安静了许多，毕竟等下剧情结束要去吃豚骨面。

榕树城内，文森特正在组织士兵们将兵力调动到索道一端。远远看去，巨大的榕树正在向索道的方向倾斜着树冠。调动兵力的动静并不小，他们甚至已经解封了他们的翅膀，"呼啦呼啦"朝着一个方向聚集。树枝上或者掉落在树干上的叶子被扫得飞起后在他们的羽毛间旋转两下，又朝着榕树下那空洞的黑暗飘落下去。

夜空中掠过的云时不时将月光收拢在掌心里，稀稀拉拉的几道光从它们的指缝间流露出来，洒落在这片本属于大自然的土地上。星星陪着月亮一起收敛着光芒，让黑夜更加深邃。

文森特看向索道，除了几十米以内的绳索，什么都看不清。不知道是什么原因，今天的榕树城结界外似乎起雾了……

秦空将打法全部交代完，最后确认了一遍每个人是否明确了自己的任务，才让他们各自开始准备。随后他又重新打开麦克风，继续说："琉月，过来一下。"

游戏世界里，琉月正在准备运转魔力，听见了【金钱至上】在叫自己过去，便收了手势，走过去问："还有什么需要帮助的吗？"

"嗯，琉月。我想把这一次的指挥权交给你。"

"给我？"琉月听着他那不徐不疾的语气，有些疑惑。她想起来之前在讨论打法的时候对方离开过一段时间，应该也是手头有些急事要处理吧。琉月也就不多询问，点点头站回原来的位置。

一转身和【将进酒】四目相对，琉月顿时有一种说不出的亲切感和疏离感涌上心头。那双眼睛几乎可以触碰到她的灵魂。

屏幕前的琉辉识趣地将视角转开了，毕竟他每天面对病床上那个植物人的脸时，已经充分体会到了心酸和怜爱，或者更复杂的情绪……

一切准备就绪。

琉月重新运转起魔力，魔法阵在她的身前结印，召唤出的正是她随身私人空间元中的魔法书。

这段时间里，琉月一直都在提升自己，眼前的魔法书正是这段时间兴起的咒术师认为最合适的装备，咒术师多以符文作为武器，符文的载体大多是作为一次性消耗品的符纸，因为重量轻。那么最方便保存符纸的道具，当然就是前些年就被人当作累赘的东西——魔法书。

书是用来干什么的？当然是用来写写画画的。曾经那些躲在背后默默付出的手绘大佬们的才能可算有了用武之地，说好的符咒全是他们创意涂鸦的特色图案。但琉月不同，她是系统NPC，和那些手绘大佬们画出来的东西不是一个级别的。

在五彩斑斓的魔光映衬下，星光符在夜空中飘浮着、裁剪着、折叠着、拼接着，熠熠的光芒闪烁着，逐渐接近了他们所需要的模样——一个巨大的篮子，最终徐徐落向地面。

没有下一步工作的人便操作着角色跳了进去，只是【凯】的脚一碰到纸篮子的底部就被那纸张摩擦的声音吸引了，操作着角色在纸篮子里奔跑跳跃，听着脚下发出"啪嗒啪嗒"的声音，直到【听说有人夸我帅】将他揽到身边。两人相视一眼，便都没什么动静了。

还"骑"在篮子上的【楚霸王】向正要翻进来的琉月伸出了手，待她平稳地落进了篮子，才迅速收回了护在她腰间的手，自己从篮子边缘上跳下来。他很开心，至少没被拒绝了。

接下来就是按部就班地进行计划。【凤求凰】召唤出了自己的冰凤凰，【星期天】也发动了召唤师技能"红蜻蜓"。现世里的琉辉也服从安排，操作着【将进酒】跟着【凤求凰】一起乘坐冰凤凰。因为这次他的任务比较重要，而且需要视角，"御剑飞行"没办法保护他释放最重要的技能，所以他选择了和鸟类驯兽师乘坐同一个坐骑。不过很快他发现了问题……

"喔，你这 buff 够新鲜的。"琉辉的鼠标停留在屏幕上显示的 buff 图标上——"体寒"：冰凤凰自带严重的体寒，周围的角色都会附带减速效果。

这要是换成百里墨湘的操作，减速的时间应该正好能配合上那家伙的手速。琉辉再扭过头瞅瞅那位正和柠荼一起吃着夜宵的家伙，摇了摇头，还是别打扰人家休息了吧。

【凤求凰】本人却像是没听见似的，没做什么答复，操作着冰凤凰飞升起来。

按照之前乘坐索道的方法，星宫一行人用之前【凯】的那个方法依靠风来推动，但是这次单单一个普攻的后坐力可能就没那么理想了。

于是大家就看着【凯】蹦蹦跳跳地走到后方，还没等琉月说什么指令，一个 15 级大招"惊鸿客"就飞出去了。当看见他箭头聚光时琉月就有一种不好的预感，刚准备说"等一下"时，箭已然离弦……

也不知道他一边操作角色一边蹦蹦跳跳时是怎么蓄力的，总之这一拨的后坐力可真是不小。箭头的白光吸收了周围不少的气，狂风大作之间，那些气最终凝聚成大雁的模样，随后就是惊鸿一声响起，篮子直接朝着箭飞出的相反方向高速旋转，篮子里的人没什么心情欣赏【凯】自认为帅极了的特效，尽可能抓住一切可以抓住的东西，而琉月自然是被身边的【楚霸王】用一只手及时牢牢地扣在了怀里，【楚霸王】又用另一只手抓住了篮子的边缘才避免了让两个人都被甩出去，然后从高空坠落地面的悲惨命运。

但是【凯】就没那么幸运了，他自己都不可能欣赏自己的特效，因为他站的位置正好是篮子翘起来之后的最低点，但幸好他命大，还是抓住了篮子。篮子转回来以后，大家刚从差点被甩出去的惊魂中缓过神来时，就听见【凯】那边传出了求救声。

于是琉月和【楚霸王】根本没有反应时间，就匆匆跑过去了。和两人一起跑到那里的还有【听说有人夸我帅】，然后大家就看到了惊人的一幕：险些掉下去的除了【凯】，竟然还有【金钱至上】，而【金钱至上】正好就是被【凯】拉住的。

赶过来帮忙的人自然不是来看笑话的，能伸手的赶紧伸手，能施咒的赶紧施咒，将【凯】和【金钱至上】都救了上来。琉月心里在疑惑，以【金钱至上】在团队中的各种表现不难看出他对团队的所有人都很了解，没道理对【凯】这一手冒失没有预判，就算没有预料到，也不可能毫无操作准备，就连现在把他拉上来时，游戏角色也像离线了一样死气沉沉、一动不动。

刚救上来的【凯】还没站稳，就听见耳边"咻"的一声闪过一道细长的黑影。再低头一看脚下，他立刻又仰起头对着天上的"罪魁祸首"大声嚷嚷道："辉哥，你幼不幼稚？"

琉月看去，【凯】的脚边是空间粉尘，是主修空间系的玩家专属的特效，自然就是正飞在天上的那位已经被替换下去的【将进酒】放了一个普攻。这位肇事者仿佛没自己的事一样，根本没理会【凯】接下来的抱怨，只有离他最近的【凤求凰】听见他发出了一声"哼"。

任性，这是琉月对这个连真实账号都没见过的人的第一印象，这委实不是什么好印象，但是毕竟对方是来帮忙的，她自然不好多说些什么。

经历了这次宛如游乐园里海盗船的经历，与琉月第一次乘坐索道的不适感相比，第二次显得微不足道。她这次没再需要任何人的保护，只是平平稳稳地走向前方，看似是看向前方，实际上自己的随身终端已经飞向后方提供视野去了。【金钱至上】的反应让她瞬间明白了他为什么要把指挥权交给自己了，人家虽然还在线，但是人根本不在电脑前，换句话说就是"挂机"了。

没了这个唯一可靠的人，她当然要自己更细心谨慎些，谁知道下一秒又会发生什么。而有那个移动终端提供视野，在线的人至少都可以帮助她提前做准备。按照计划，他们的目的就是把那些以为他们已经放松警惕的真正的反派揪出来。文森特那边已经得知了计划，等到对方第一次进入他们的攻击范围时，20米以内，他们不会发动攻击。

那么真正的目标……

✦ 榕树城 ✦

"炸药准备好没？榕树城菜鸟们的远程地图炮真的要提前破坏一下。"一个身着深色迷彩装的男子正蹲在山洞口，看向星宫一行人离开的方向说着。星光符散落的魔光甚至都未曾熄灭，原先的竹篓却已经重新装上了。

"怎么有种不好的预感……"

"不能吧，刚刚才看了完整的攻略，人家柠荼刚刚写出来的，这要是出岔子的话，官方都得炸了。"

刚刚离开的山洞中重新盘踞起来的家伙们，正是所谓的主谋们。这些玩家里有男有女，包括刚刚说话的人在内，个个都穿着花花绿绿的迷彩服。

"准备好了，走吧。"确认队友们都打点好了装备之后，一个背后背着两把枪的男角色从人群中走出来，动作倒是麻利，翻身就跳进了大竹篓里。

他的角色有一头金色的短发，五官是直接录入的现实玩家的相貌。而头上顶着的ID，正是刚刚让琉辉笑得差点被辣汤呛到的字样：神枪手【不好意思走火】。

而那个一身迷彩的男子，显然是和这群人出身不太一样，除了这身全套迷彩装，白色短发打理得整整齐齐，身后背着的是机械师职业的标志：工程箱。而头上的ID也更加让人语塞：机械师【神说要查电表了】。

这位【神说要查电表了】看着队友们一个个跟着那位神枪手跳进了竹篓，自己虽然也操作着，却比其他人更多了些迟疑。他也没掩藏，一边操作一边说："听他们说，好像是个新手公会，人还挺多，有个风系的弓兵让他们吃了不少亏。"

"知道，你刚刚看出点什么来没？"【不好意思走火】转身操作着角色拉了对方一把，问着。

"看见【将进酒】了，我挺奇怪的，他跟着一个驯兽师一起乘着坐骑飞。如果说是为了减轻篮子的重量更快地过去，他也没必要给驯兽师增添操作负担啊。就算咱们知道他手残，但是他也没到"御剑飞行"都操作不了的地步吧……我觉得还是有点问题。"【神说要查电表了】这样分析道。

机械师是目前联盟二十四类职业中视野最远的，除了自身视野，辅助工具是可以帮助扩大视野的。刚刚就是机械师依靠技能"微型无人机"看见了星宫都有些什么人，不过刚好这个无人机被琉辉发现，顺手就普攻点爆了。

【不好意思走火】想了一下，继续说道："刚刚不是听见他们换人了吗？应该是不会玩的人过来帮忙点个技能就走吧。"

"呃，我倒是希望他不会玩。"【神说要查电表了】如是说道。因为琉辉换上来以后语音也没有几个，他们当然是没联想到那个人身上去，据他们所知，这位老哥在医院里照顾家人，每天都要夜里上来练级。

怎么知道的？呵呵……

琉辉一想到以前他在刷怪练级的时候被这群没搞公会建设的人蹲点狙击，他头上的青筋就因为愤怒而充血鼓起来一圈。他们也不是没有进行过"友好交流"，那自然是沿袭了网游世界的不打不相识并继承了"优美文字"，再将二者有机结合过后留下来的"情谊"。

不得不说，这群人还真不是针对琉辉一个，联盟上下好多职业选手都说自己有被狙击过的情况。这群人的枪系职业太多了，再加上一个精于战术的机械师坐镇指挥和打辅助，联盟上下一起送了他们一个"光荣称号"——24K黄金大匪帮。

当然，抢东西归抢东西，他们倒是也懂得欣赏对手，加上某个社交悍匪队长的脸皮厚技能，很多对手也成了他们熟悉的朋友，毕竟在电竞行业里，菜是原罪嘛……

所有人都进了竹篓之后，一个背着手炮的男角色走到后方来，其他人都自动向前方移动，退开了一些。这个角色也是好生耀眼，穿着最花里胡哨的皮衣不说，留着黑色的长发高高束在脑后，头顶的 ID 也是最有特色：枪炮师【意大利炮】。

随后他向后连续几个普攻，和星宫那些人一样靠着后坐力划向榕树城。

炮的后坐力和弓箭的自然不一样，再加上炮自身就具有的集中连发效果，和那一阵风吹过去的结果当然不一样。很快，他们就看见星宫那群人所在的大篮子了。

两者越来越近。他们直到都可以看见榕树城所在的树冠时才开始真正感到不安。先前某个队员说的"不祥的预感"似乎被逐渐地放大了，疑点很快就显露了出来……

对方不是已经进入攻击范围了吗？怎么榕树城的菜鸟们还不攻击他们呢？一种推测瞬间让【神说要查电表了】醒悟过来，他赶紧掏出了自动式手枪，一边向着前方射击，一边大喊着："炮哥，减速！有问题！"

听见队友召唤，【意大利炮】立刻掉转炮口，一边向着竹篓前进的方向移动，一边补着炮，跟着一起减速。

"呵，来不及了。"坐在电脑屏幕前的琉辉轻声笑着，有种大仇得报的喜悦感："24K 的这群枪手们啊，你们也有被我包围的一天。"

在枪炮声掩盖下，就连【凤求凰】都没能够听见琉辉的这句话，只见【将进酒】掌间早早聚起的魔光已经飞出去。紫黑两道，带着空间粉尘的特效"唰"的一声，穿过了众人之间。

现实世界中，琉辉面对着屏幕，嘴角是自信的弧度，指尖的动作却并不着急，毕竟有个 buff 让他减速，手速快了也没用。控制手速，对电竞玩家来说是难事吗？而且，谁说他是一个人在战斗的？

"嗡嗡"两声巨响，时空转换门在索道的绳索上出现，任凭那些主谋们再怎么减速也不可能在短时间内变成反向移动。这个门放置的位置也是刁钻至极，不偏不倚正好打断了机械师的读条，连个反抗的机会都没给他们。索道上，一个竹篓和一个纸篮子，就这么在一个简单的空间系术法的作用下交换了位置。

见到这技能启动的白色魔光亮起，那一行人完全没有绝望的情绪，反而是放心大胆地交换了。他们全然不顾榕树城那边已然飞向他们的各种魔光，还转过身对着星宫的纸篮子发动了进攻。

他们也不负射手的职业，子弹全是冲着纸篮子和索道的连接处去的，除了把篮子打下来，他们还有别的打算。只要绳子一断，所有人都得掉下去。但是身为主谋的他们怎么会完全不做准备呢？

当然，看见飞来的子弹，琉辉立刻了解了对方的意图，只是这也早就被伟大的"先知"先生预料到了。只听见琉月高呼一声："盾！"

除了从她自己掌心飞出的彩色魔光瞬间放出的彩色纸盾，法师的"魔法盾"是来自【凤求凰】和【听说有人夸我帅】还有【青空】的，骑士的"圣盾光环"是来自【阎王】的，召唤师的"精灵守护"是【星期天】的。

当他们阻拦下这一波的攻击时，其他人当然也没闲着，各种投掷或者远程的技能全准备好了。但是事先说好了要抓活人，所以主修火系的法师【海鹰】并没有准备攻击，最主要的原因是他还有其他任务。

琉月手中继续接下来的动作，同时也下达了第一个命令："【海鹰】注意火焰的范围。起！"手中结印，法阵一出，大把的星光符闪烁着七彩的光辉从小法阵中涌出，数量之多一时竟有些数不过来。

大量的星光符在纸篮子的上空飘浮旋转着，迅速聚拢拼接甚至编织在一起，几乎要将纸篮子包裹起来。纸篮子的四个角和新出现的大纸球衔接，在这时原本的各类盾消失，子弹继续向绳索冲击，然而已经失去了意义。

火光在【海鹰】的法器中心凝聚，在绳索断裂的一刹那，火焰顷刻间爆发。热气球随着空气一起膨胀，随后绳索像失了灵魂的蛇一般，径直从空中落下去。热气球颠簸了两下，最后还是稳在了原本的位置，脱离了绳索的篮子真的变成了热气球。

对手那些人就没有这种预想了，随着竹篓向下坠落，这群人的心情估计也沉入了谷底。就在这时，他们之中突然有个人开麦大喊了一声："撤了，撤了。"

"别走啊，上哪去？"接着就听见【将进酒】用一种欠揍的语调对着那群人喊。

琉月只是回头看了他一眼，但是没空去理会，她还要指挥："【星期天】，到你了。"

"好的。"【星期天】调整了一下自己的小法杖，耳机里传来"嗡嗡"两下声效，四个水蓝色的魔法阵就飞了出去。每个法阵中心各有一只蜘蛛探出头来，向着敌人的方向追去——召唤师3级技能，"冰蜘蛛"。

"【凤求凰】，注意范围。"琉月一边继续扩大热气球的气球体积，一边继续指挥。

【凤求凰】回过头看了一眼身边的【将进酒】，说了一声："抓紧。"然后，他就听身下的凤凰坐骑一声鸣叫，寒气凝聚，羽毛雪花般飘落，充满画面感的场景却在寒光追向敌人时放出凛冽的杀气。

遇到寒气的"冰蜘蛛"便癫狂起来，它们释放出蛛丝，疯狂地扩大自己的活动范围，逐渐将本以为坠落就可以逃脱的众人围了起来。

"我说啊，榕树城的菜鸟们还不来抓人，在原地等着种蘑菇呢？"琉辉对着麦克风说道。

他兴奋了，以至于都没注意到身边的电脑是什么时候被柠茶打开并且已经登录游戏的。他看着屏幕里从榕树城里成群地飞出来他也不知道叫什么名字的鸟去抓蜘蛛网了。

他的眼睛睁得很大，嘴角不住地上扬，直到看见鸟群中忽然出现的紫色大型镰刀时，他停顿了。

镰刀来自昨日联盟新公布的第 22 个职业——术士。他没玩过，自然是停顿了。看着那个大镰刀干净利落地划破了蜘蛛网，黑紫色的气息不断升腾起来，琉辉手下开始了行云流水的操作。

琉月也呆住了，因为她也没见过术士，计划被打乱了，一时间不知道如何指挥。直到一道蓝光飞向下方时，她才回过神来：自己在干什么？现在的自己可是指挥啊……

刚刚的光是从【将进酒】的方向来的："时空跳板"？看到跳板出现的时候，琉月很奇怪，随后就听见耳边传来一阵很具有穿透力的女声："'踏红尘'！"声音却是分外耳熟。

跳板继续出现，紧接着又是一个陌生的男声："'平云步'！"两个人那满不在乎的语气仿佛这游戏是声控的一样。

"行啊，看不出来你'轻功'还不错。"

"那是，等我做完神级任务就让你瞻仰瞻仰我的剧情。"

"那我就期待一下。嘿，后面的跟上啊！"

跳板继续出现在看不清的鸟群之中，直到听见一声爆炸，鸟群被迫散开，琉月才来得及看清楚，那是两个古风装扮的玩家，离得太远看不清ID。至于刚刚的爆炸，是枪炮师发现他们靠近时一炮轰到空间跳板上产生的。

琉月见状，赶紧一个"鹊桥赋"补了上去，两个人这才有了落脚的地方。他们却没时间议论，箭步冲向两侧还挂在蜘蛛网上的"待宰羊羔"。

"哈！哈！"两声大喝，红衣女子在空中划过一抹清丽的身影，另一边一身红甲的男子步伐稳健，一剑一枪，同步挑起了那两个还黏着人的蜘蛛网，随后不知从何而来的一堆陌生角色，踏过还未消失的空间跳板，远远甩出一堆技能。五颜六色的光影特效，什么也看不清，直向着那两个飞起的蜘蛛网飞去，直到打在目标上。

那齐刷刷的击飞效果着实让琉月震惊，然后下一个指令也随之更改了："【凯】，'穿云箭'。还有……'水波弹'。"

琉月是很想叫ID来准确指挥的，但是【听说有人夸我帅】这个ID，她实在是不想叫出口来。但收到指令的人自然知道什么意思，击飞嘛，当然是要让他们飞得快点。一群人像打沙袋一样，圈踢两堆缠着人的蜘蛛丝团子，把它们踹到榕树城里，一场激战就这样结束了。

估计也只有琉辉能记得在乱战之中，敌人队里有个熟悉的声音喊了一嗓子："你们这么多人欺负我们一队，好意思吗？"

呵呵，有什么不好意思的？

士兵们迅速扣住敌人时，琉月就震惊地看着【将进酒】把那些陌生玩家一个一个接到榕树城上，过着榕树城的安检。

琉月看见，先前那个打头阵的红衣女子头顶的ID原来是【星雨】。她正在和【将进酒】说着什么，而声音终于被琉月认了出来，不久之前用着【将进酒】的账号和【金钱至上】说过话的，不就是这个声音吗？

"惊不惊喜？"【星雨】发了一个嘻嘻笑的表情问道。

"呵，这么大阵仗。你怎么弄来的？"琉辉瞟了一眼身边的柠茶，摇摇头。

"你看一眼企鹅。"

琉辉将游戏界面最小化，登录了自己的企鹅聊天软件，然后就看自己不知道什么时候进了一个职业选手交流群，而顶着"星雨"马甲的柠茶在群里@了全员，说了一句"有便宜捡，榕树城"。接下来各个职业选手就

✦ 榕树城 ✦

开始了如何让自己炫酷出场或者关于圈踢战术的各种讨论，场面堪称联盟最黑的第一手地下交易。不出所料，群成员包含了联盟目前注册的全部职业战队，唯独没有今天被圈踢的24K。

一下来了这么多"救兵"，文森特自然不能怠慢，将"嫌疑人"关好后就将星宫的一群人先送回原先的住处了。琉月便也懂事地准备叫公会成员离开，却发现【楚霸王】正出神地盯着一个人。

就是另一个打头阵的玩家，那个一身红甲的男角色ID【午踏凡尘】。他正在和另一个角色聊着天，挠着头，笑嘻嘻的，至于聊的是什么，呵，简单概括就是"队长，我刚刚打头阵的时候是不是特别酷？"然后就看见人群中冒出几个擦汗的表情。

"怎么了？"琉月对【楚霸王】问道。

"看着眼熟，回来再问吧。"【楚霸王】回答。

系统提示：战役胜利，开始分配奖励……

觉醒

"这就算是结仇了吧?"琉辉开了罐可乐,对着身边的柠荼调侃起来。晚上八点,天色渐渐暗下,但若不是百里墨湘被人占了账号,这间屋子应该没人想起来开灯,可见围攻打架对于这些职业选手多么有吸引力。

高晓天那边也响起了一声可乐开罐的声音,她摘下耳机,将键盘推回去,转椅后退了些出来,双腿一叠,喝了一口手里的汽水,嘴角轻挑着说道:"怕他们?"

屋子里论谁也提不出什么异议,毕竟游戏里的事,当然是要用游戏的方法解决。这是所有踏入虚拟世界的人都明白的道理。

联盟要求的前期准备中有一条是不得不去游戏里进行的:建立职业战队专属的公会。"梦境空间"是一个不一样的网游,一切都是写实主义,那么公会的建立自然也不意外,有地、有房、有据点、有资金、有合约,这才叫作公会。

看到这个条件的时候,各战队也是几多欢喜几多愁。像角色本身就在游戏世界中有名声的,如飞花、煌妖、菁虹、所罗门,别说物质要求,他们本身具有的影响力本就非同一般,只要在游戏世界频道发一句"我们要成立战队了,请大家积极响应",再找一个负责人来领导,他们一分钱都不用花,粉丝们就能替他们打点好公会的一切;再有像角色所处环境特殊的,如冥宴、极光、紫烟、梦幻,本身具有一定的物质条件,打下一块地皮占为己有,再凭借他们在 PK 榜单上的成绩以及一定的公关配合,也可以很快拉拢玩家、得到认可。这些都是欢喜的。

◆ 榕树城 ◆

至于那些愁的，最愁的可就是24K了，不是他们战力或者资源跟不上，而是他们的游戏角色在游戏世界中没有国籍，哪一片土地都不支持他们占地。于是战队公会的落户成了他们最大的难关，可粉丝们都知道24K绝不是遇到一点困难就垂头丧气的战队，他们一定会想尽办法弄到一块地皮的。

"所以这就是你们来偷猎的理由？"柠荼戴着耳机，正在与24K的小队长视频通话，手里捧着盒柠檬茶，就像正在唠家常一样聊得津津有味。最讽刺的是，她把被圈踢的24K队员拉进了之前的那个企鹅群里，群名称改成了"联盟三好玩家"，群简介里写着"遵守游戏规则，崇尚竞技精神"。她现在那一副看着弟弟的表情，让坐在她身边的队员忍俊不禁。

"不是啊，是我们粉丝说找不到新副本的入口，我们才过来看看来着，昨天还被黑猎手偷袭了，然后我们跟踪那几个黑猎手才发现入口的。"屏幕那头的金发小哥脸上带着无奈和一丝丝冤屈，他正是现在24K战队队长，林耀，他的游戏界面早已变成"监狱"了，可是他还是要解释，"但是我们不确定安全性，所以就没有着急进入，今天看到有一队新人过去了，我们才准备晚上开这个副本试试的。看他们被赶回来，我们还以为是黑猎手呢。嗯，你怎么了？"

看着柠荼低下头去，林耀很疑惑。柠荼感到羞愧，副本入口都没写，她这个负责写文案的人会承认吗？

"呃……"

"哦，话说回来，你不是写文案的吗？你在魔族写黑猎是怎么回事啊？"林耀那灵光一闪的样子让柠荼紧张到了极点，但是还好他的关注点偏离了。

"咳，不是我写的啊。总之，情况我知道了，我先去找那个公会好了。"柠荼赶紧搪塞起来。

"诶，等等，说实话，我玩游戏这么多年，真没见过这么随心所欲的公会，他们是什么人都收吗？要不，我跟他们商量商量收购的问题？"

"你少动歪脑筋，大少爷自己白手起家去开荒，这听起来多励志！还有啊，再让我知道你们没事偷袭我们副队长，我就把你们队的自制武器全爆出来。还有事，挂了。"

琉月是她的"试验品",这只有她这个主创人员知道。

林耀还没对这"大少爷"的帽子反驳什么,这么些天战队的猥琐行为就被人鄙视了,只好委屈地咽了这口气。带战队下个本被好几十人圈踢,还要在游戏官方这儿被数落,作为一个高氪度玩家,他有点想去官网写投诉,但是作为职业战队,被圈踢了这件事,他这个队长会承认吗?呵呵……

"唉……和道理小姐讲道理,我太难了。"24K 的训练室里回响着队长林耀那长长的叹息声。他摇摇头,将游戏操作界面最小化,在"监狱"里也得找点活干嘛,打开装备编辑器和草稿本。

"道理小姐?好像还挺合适的。"队员笑着应和。

对于写游戏文案、创造游戏规则的柠荼,"道理小姐"这个外号确实再合适不过了。

游戏世界里,那些参与过"活动"的战队,有的下山寻找从 24K 这群大户身上掉下来的装备材料,有的顺手就把副本开了,有的留在榕树城内开始考察起来,就像刚刚的大战没发生过一样。

琉月知道,那是因为他们很忙,所以她决定等到这次任务结束再给这些个公会发送谢礼过去。

现在的琉月在发愁:根据【将进酒】带来的消息,他们不仅没能引出黑猎,还误伤了来开副本的职业战队,这下很可能打草惊蛇了……

"遇到什么困难了吗?"

"秦先生,你回来了,是这样的……"

熟悉的声音,熟悉的人。

秦空坐在电脑前耐心听琉月把话说完,视角又时不时转向正在和【将进酒】说话的【星雨】。

"哦,柠荼姐姐!"坐在他身边的凯文将碗里的豚骨面一口气吸溜进嘴,胡乱嚼了嚼咽下去,然后指着屏幕里的【星雨】说道。手里的面碗不大,甚至可以说是个杯子,艺人要保持形象,秦空是这么认为的。

"小心你粉丝看到你现在的吃相。"秦空代替凯文的经纪人提醒道。

"你做得好吃啊,你来一口吗?"凯文笑嘻嘻地舔了一下嘴,还把碗递到秦空眼前，笑容中带了一点示好。

秦空拒绝了，理由是秦大律师自律，晚八点以后不吃东西，只喝茶。

秦空继续问道："这是柠荼自己的号？"

"秦哥，你都不看新闻？哦，对了，你只看政治和经济，不看娱乐和电竞是吧？毕竟她也是游戏本家，要打电竞，她的争议能不大吗？这两天游戏公司准备出月刊了，她还要帮忙选封面的出镜明星来着。我经纪人一直想帮我抢一个名额，但是金麟姐姐抢到了合约，她拿下第一期的封面就是时间问题了。哎呀，毕竟资源丢了，心里还是痒痒。她长得还挺好看的，没来娱乐圈可惜了。"

"哦……这样啊。"秦空还有疑问，但是他觉得问眼前这个少年有些不合适，便没有开口。琉月这边汇报完了工作，秦空也有了办法，但是他也并不着急去实行，而是先反问琉月：

"你觉得那些被误抓的人可信吗？"

"嗯？"琉月本来听到他在和其他人聊天，以为他可能要推辞了，却没想到他既没有像之前一样直接提出方案，也没有拒绝，而是突然问起这句话，琉月感到疑惑。

"可以先请你把那边的【将进酒】叫过来吗？"

"好。"

看着屏幕里的琉月转身去找【将进酒】，凯文手里捧着吃完面的空碗，带着一脸疑惑看着秦空。直到秦空回过头来看着他，说了一句"愣着干吗？洗碗去"，才将筷子"丁零"一声丢到杯子似的碗里头，起身离开了房间。

游戏里，柠荼的【星雨】也还没有下线，顺便就参与了他们的讨论。方案一出，柠荼也忍不住说："利用这些人会不会显得有些无耻啊？"

"你喊人来一起打他们的时候很光明磊落吗？嘶……"百里墨湘在麦克风里说着，游戏里也就是【将进酒】发出一句吐槽，然后大家就听见了他吃痛的吸气声。因为在现实里，柠荼反手在他的手背上狠狠地掐了一下。

"后面是你们的计划了，我就不参与了。要加油啊。"【星雨】说着，点了一个竖大拇指的表情，就离开了榕树城。

现实里的柠荼也很快退出了游戏，和训练室里的其他人打了声招呼，便准备换下队服，离开俱乐部了。

"她这样真的没问题吗？"一旁的高晓天看着百里墨湘手背上刚刚被柠荼用指甲"亲切问候"过的痕迹，又看了看已经关上的门，问道。

琉辉的视线才从资料中跳脱出来，看了看百里墨湘，又看了看门外，回答道："她的精力比你们看到的旺盛多了，况且她的优势也不是靠训练来增加的。"

百里墨湘没有发话，毕竟他们说的话没错，都是为战队考虑。他只当自己戴着耳机什么都没有听见，操作着自己的游戏角色。

时间流逝，训练室里的电脑屏幕陆续熄灭，队员也准备去休息了。琉辉坐过来拍拍百里墨湘的肩头，示意他也应该休息了。此时的百里墨湘正在刷榕树城副本边上的野怪练级。

"说起来，你应该是最想来星宫的人，怎么用这么多精力在战队这边？"百里墨湘问得直接，问得突然。

琉辉直接平静地回答："她两年前就先预约了我这个大金蛋，我又有求于她，也应该信守承诺。"

空气变得有点尴尬，百里墨湘笑而不语，小孩子倔强的时候肯定是不想承认自己有心结的。点完几个野怪，百里墨湘也退出了游戏。他简单收拾一下训练室里剩下的饮料包装，准备和琉辉一起离开训练室。

"还有……我不想第一赛季让梦幻的成绩太惨。"琉辉又补上一句。

看着他打开门离开的背影，百里墨湘呆立在原地，直到听着脚步声在楼道里消失后，才关掉灯，退出房间带上了门。

游戏世界里，榕树城正为成功逮捕"犯人"开着庆功宴，星宫的大部分人已经下线了，琉月自然也要出席。此刻的她就像焦点人物一样，被很多人围着依次寒暄，甚至还有热情一点的人向她敬酒，但喝酒这件事全部都被身旁的【金钱至上】代理了。

直到宴会结束，琉月再看时间，已经是深夜十一点。身边的人却依然没有下线，游戏角色脸上还带着微醺的红，但角色背后的灵魂可没有醉。

琉月只模模糊糊地听到他对别人说了句"早点休息"，应该是没有戴着耳机，所以收音不太好。过了一会儿，游戏里【凯】的ID也灰了下去，之后就没再听到他说话的声音了。

他们是……住在一起？琉月心里正想着，【金钱至上】唤了她一声。琉月反应过来就立刻靠近了过去，【金钱至上】说自己现在的操作受喝完酒以后的buff影响，视角听觉和操作有点不方便，让琉月去弄些醒酒茶来。

琉月答应下来，看来他看出自己等着提问的心思，所以这么晚还要特意消除醉酒的buff挂在线上。她不得不承认，这位先生能力很强，至少在人际交往上是这样。琉月从私人空间元里取出了材料和茶具，一边煎茶一边提出了自己的疑问：

"为什么接下来的计划不和文森特城主商议呢？"

"休息。"

【金钱至上】的回答简单却并不明了。简单在句子本身，却让人不明其中的原因。琉月手中的动作顿了一下，但没有提出什么质疑，相信这个人，对于琉月来说已经是一种习惯。

消除了醉酒buff之后，【金钱至上】头顶的ID也灰暗下去。琉月准备回房间整理今天的保存数据，收拾好茶具，便开始向楼上走去。

熄灭了客厅的油灯，房间内便只有窗口处还剩下几缕白月光，作为离天空最近的树上城市，能够透进来的光变得格外明亮，把黑暗反衬得更加黑暗，犹如埋伏着随时出击的野兽。

琉月不去理会黑暗，摸索楼梯，扶着墙面开始上行。直到口袋里的怀表开始发烫，上楼的脚步也逐渐沉重下来，一阵头晕。她想要抓住些东西稳住身子，伸出手时，眼前竟出现了模糊的影像，直到失去意识……

黑暗中，只听见"咚"的一声，琉月倒下了，她口袋中的怀表闪烁着金色的光芒……

"感受到世界外未知能量异动，正在处理中……"

公会联合社，日月塔中层，房间内，那个曾经在市井街道上与琉月偶遇的女子，本身幽蓝色的长发，在青色的光子屏荧光映照下，泛着像极光一般梦幻的色彩。

"处理完毕，正在监测能量来源点。"

她面对着眼前数不清的光子屏，微微闭上了眼，睫毛颤动了几下。其中正对着她眼前的屏幕中，是已然躺在地板上昏睡过去的琉月。

光子屏上显示出：

任务进度：100%。

【青鸟】这才重新睁开眼，一瞬间关闭了所有的光子屏。

当怀表指向十二点时，翩然落叶停滞在空中，江河的浪花凝固在风中，玩家们的ID也在瞬间变灰。夜色深沉，一切陷入虚无，又重新建立。

"时间已归零，系统自动更新……"

"更新完成，正在安排新一天的工作日程……"

"日程表自动排版完成，开始工作……"

这一幕每天都要上演，而负责这项操作的人却不属于这个世界。此时的她沉睡在原本的时空中，替代这个世界的沉睡，消磨这个世界的这一瞬间。

而这一切，活在游戏里的角色却无法察觉，除了【青鸟】，还有……

"你应该阻止她的。"

模糊的意识逐渐恢复清晰，琉月隐约听到这样一句。她不知道这个世界为何如此，她曾经也尝试过不待机，可每到十二点时，她还是会被强制沉睡，又很快能够醒来，仿佛一个规律。

琉月睁开眼，却发现这并不是自己的世界，是星宫的场景。感知魔法回馈给她的答案是，她在星时罗盘的记忆世界里。

她看见记忆里的自己正躺在床上，紧闭着双眼，而房间里站着的，是"秦先生"和另一个不认识的男孩，而且因为光影的原因，有些看不清楚容貌。

"去打水，我去取药。别去告诉瞳阿姨。"面对那个男孩的责难，秦先生像是已经习惯了这种情况，语气不疾不徐，不冷不暖，让人不舒服。

"为什么？"旁边的男孩情绪有些激动，手直接将对方拉过来。琉月试图换个角度看清这个人的脸，却发现无论如何转动视角移动位置，光影的组合就像是在与她作对一般，她始终都无法看清，最终也只好放弃，开始关注接下来发生的事。

"再这么大声,你就不要在这里待着了。"没有解释,也不是命令,秦先生的语气却异常坚定,不容拒绝和疑问,仿佛"为什么"这个词在他的面前,就是一个禁忌,绝对不允许让他听见。而他手里动作依旧淡定泰然,仿佛是这个家里最有发言权的那一个。

那少年抿了抿嘴,什么也没再说出来,转身就开门离开了房间,刻意控制了关门的声音。尽管如此,如果不想控制的话,它依然可以表达其中的火药味。

躺在床上的那个琉月似乎听到了动静,慢慢睁开眼睛,又缓缓转过头来,看着那个秦先生的背影,开口说话的声音带着些沙哑和虚弱。

"先生……"

"等着吃药。"

桌子上已经放了几颗花花绿绿的药丸,但是还要再等热水来。他转过身看向琉月,眼中带着无奈,那眼睛就像在说"我不听你的解释",然后又转身去拽了一把椅子坐在旁边,看到人安静了一会儿,才开口说道:

"你要学会拒绝别人啊。你也是需要休息的吧,毕竟……"

话还没说完,就看见床上躺着的那个小琉月,眉尾向下一耷拉,嘴角却是忍不住往上翘,双手将被子往头顶提了些许,正好盖住了那流露出俏皮意味的小嘴巴,隔着被子只听见她嘟嘟哝哝地说了一句:

"好啦,好啦,我的秦空哥哥,好哥哥,我知道啦。"

只觉得声音软软糯糯,又因为带着点虚弱感,一时间让对方原本残存的一点点责备之意全然消失,至于后面想说什么,估计已经被这个小机灵鬼搞得断片了。

原来……他叫秦空。

"你先休息,等你好了,我再修理你。"秦空就那样拉着一张脸,站起身来又背过身去,说出这样一句话。

"嘿嘿。"她得意地笑着,眼睛却看向琉月的方向,是那个本来不应该被看见的琉月。

琉月看着那双眼睛，身体一时间僵硬在原地，那双眼睛里琥珀色的流光中，倒映着自己的影子，那个自己的头顶有一行看不清的字，模糊中只能猜测那和玩家的游戏 ID 可能是一样的。

不应该啊，自己的记忆里怎么可能看向这个地方呢？而且被这样死死地盯住，让人背后发毛，像是黑夜中等待捕食的饿猫，满怀着欲望，试图吞噬掉眼中那个倒影的主人。

奈何琉月无论是用力还是用魔法终究没能让自己移动一分一毫，直到门外敲门声打破一片沉寂，秦空过去开门。一切景象便开始模糊起来，渐渐地，那令人不适的感觉消散开来，就像周围的场景一样支离破碎，融入身后的一片虚无，只留下那个记忆中的自己，还是原本的姿势，看着自己，嘴唇动了几下却听不清她说了什么，又是一道强光袭来。

"咦？"内心深处响起了这样一声疑惑，等到再次醒来的时候，眼前已经是卧室的天花板了。

琉月坐直身子，向四周张望一圈，却意外发现了床边一把椅子上坐着那个刚刚梦中遇见的"秦空哥哥"，头顶上的 ID【金钱至上】让她安心了一些，她看不到游戏外那个人的脸，她也不知道为什么会心虚，只是手掌下意识摸向自己胸前的口袋时，发现自己的担心是正确的。

"在找这个？"秦空看着屏幕里那个琉月的动作，一边操作着自己的角色，将物品栏里那个名称上写着"？？？"的怀表拿到手上递了出去，一边问着。

还能是什么？不就是星时罗盘吗？

琉月嘴角抽搐了两下，偷偷咽了口唾沫，伸出手去接过来，拿到手里后又不自觉地用手指摩挲着表盖，轻声道："是的，谢谢。"

随后她打开表盖，封印铭文又消失了一道，的确是记忆，可是……

"我读过这个游戏所有的文案。"身边的【金钱至上】很突兀地开口，让刚刚准备思考一下的琉月一哆嗦，按照回忆，这个语气意味着什么琉月很清楚，不等她反应，眼前的人就提出了她最害怕的问题："能和我讲讲这东西的来历吗？"

"那个……嗯……"琉月看着他的眼睛，虽不会像记忆那么真实，但是模仿语气总不会错的，抱着试一试的心态，轻咳了两声才开口道，"咳咳，秦空哥哥，好哥哥，说完了你可不许生气啊。"

"……"

秦空真的沉默了，看来真的管用。

现实世界里，上午9∶00，梦幻俱乐部的训练室里，敲击键盘鼠标的声音此起彼伏。直到琉辉突然破门而入，走廊里的冷风引起了训练室成员的公愤，他没有理会，"啪"的一声甩上了门，三步并作两步冲到了一台电脑桌前，耳边模糊飘过一声"诶，那台是秦若止的！"游戏账号卡就已经被强制退出了。

电脑上的游戏界面先是一黑，然后弹出一大堆乱码。刚一坐下，琉辉把那张不知道是谁的账号卡甩出去，然后又从口袋里掏出自己的账号卡插入，带着血丝的眼睛紧紧盯着屏幕，手扯着鼠标线将那被迫经历几次剧烈碰撞的鼠标捏在掌心里，紧接着就听到那鼠标开始哀号，而且越来越激烈，直到最后屏幕里的游戏界面恢复，出现了登录界面。

旁边电脑桌上坐着的高晓天无奈目睹了这一切，看着琉辉以迅雷不及掩耳之势输入密码、登录了游戏，她和眼前的几个队友交流了一下，便摘下耳机，捡起那被甩到自己键盘上的可怜的账号卡，看了一眼上面的名字，秦若止。命运多舛啊……高晓天收好了那张账号卡，又戴上耳机继续自己的游戏去了。

琉辉终于如愿登录上了，反正他心里是这么想的。当他打开看到屏幕里的场景时……

刚刚重新戴上耳机的高晓天就听见旁边"啪"的一声，下一秒飞到自己键盘上的玩意，竟然是一个键盘上的 Ctrl 按钮。她抬起手来确认了一下自己的键盘完好无损，跟队友道了个歉，扭过头看向旁边的琉辉，那个拳头还紧紧贴在那个已经被摧残的键盘上。她又瞟了一眼账号卡上秦若止的名字，默哀。

"老秦，你搞什么呢？"琉辉一边粗暴地扯来耳机，还没完全戴好就已经吼出声了。

这时他身后站着面部表情五味杂陈的那个电脑桌的原主人——秦若止。秦若止从外面回来的时候只是奇怪为什么琉辉会坐在自己的位置上，紧接着当他对上高晓天那似笑非笑的眼睛，还有一众队友脸上那又心疼又好笑的表情时，他就有种不好的预感。再低头看了一眼自己的键盘，秦若止准备伸手就给琉辉一个锁喉，结果琉辉的一声怒吼就让他收回了手，因为他还以为那声"老秦"叫的是自己。他细想了一下最近自己没惹他啊，略略抬头看了一眼屏幕，也难怪了。

"你什么意思？"琉辉扯开嗓子喊，手里还操作着，试图让自己的角色动起来。

"别操作，你现在在天灵书的空间里，这里只有光，你动不了。"秦空用文字回复着。

这让琉辉更加恼火，不论和这家伙说些什么，他总是不痛不痒地回答，就像是个神仙一样。他最终还是认了命，就算他再怎么讨厌这个人，也无法否认这个人在他眼里做的所有事总是正确的，某种意义上就是个"神"。

但是这并不妨碍他烦躁的语气，他终于不再去蹂躏键盘和鼠标，向麦克风说："啧，说正事儿。"

"怎么不去见她？"回复的还是文字。

琉辉也平静下来，毕竟他真正担心的只是自己的账号角色没了，确认自己最害怕的事没有发生，他恢复了原本那散漫的态度，甚至已经放弃去蹂躏鼠标和键盘了，从自己的口袋里掏出一包烟来，抖出一根来，嘴里说着："我有我的理由。"说完他就把香烟叼到了嘴上，正在摸打火机，突然感觉自己的椅子被人踹了一脚。

"出去抽烟！"琉辉还没从惊吓中缓过神来，就对上了高晓天那满带着怒意的大眼睛。除了她，还有谁有这么长的腿踹椅子？

琉辉摆摆手，将烟先从嘴里取下来，夹在指间，松开了刚刚抓住的打火机，对着麦克风继续说："你这什么书？借我研究研究呗？这号也是墨湘送的？"

"你知道的,她很想你。这么多年,她从来没有怨恨过什么,你既然愿意冒险去救她,为什么不能真正去陪陪她?你是又在抽烟吗?跟你说正事呢!你给我好好听着!"秦空少有地情绪爆发了。

"嗯,我承认,你读过很多书。"琉辉将香烟放在桌上,手重新放在了键盘鼠标上,只是正常转动视角环顾了一下四周,最后低下视角看了看身周的法阵符文,打了个呵欠,然后继续说,"但是你还是少用自己的那一套来诓我。"

说完,琉辉操作角色打开了私人空间元。只见游戏里站在禁制阵中央的那个角色,身上的装备一件一件替换下来,原本战士职业的特色轻铠甲渐渐换成了刺客职业的皮甲,一身黑色包裹,在这只有光芒存在的书的空间里,仿佛出现了第一道影子,直到他换上了武器,秦空终于不再说话了,因为他知道这意味着什么。

当前还未成型的联盟,目前的官方自己的战队,正是争议最大的梦幻。原因不只是他们的内部成员的组成中有柠荼这一个官方文案,还有其他正在登记考查的战队对他们的评价——风格统一性不高,但是总能清楚自己要干什么。

自己要干什么?琉辉的手在键盘上精准地敲着键位,鼠标摆动,画出一个圆弧。耳机中传来玻璃破碎的声音,随之而来的是屏幕里突然迸发的黑暗。

秦空对此有些迷茫,他也试图操作弥补这个空间的缝隙,但是来不及了。只见视角里那个头顶着【星辰之辉】的角色,渐渐没入那一片黑暗中。他的手停顿了,果断放弃了去追逐那个他多年也未能够完全教化的叛逆少年,他的眼睛顺着自己的笔记本寻找着,看见他记录的文案中,有这样一行没有做标记的文字:

"光明,终将带来一个影子。"

他叹了口气,退出书中的空间,随后打开自己的空间元,鼠标停留在了自己的手持武器上,屏幕里白色的字迹显示着武器的名字——天灵书,而在它的介绍中这样写着:

"光明之神唯一的信徒持有的信物，预言他终能够见证全部的历史并将它们载入史册，用光明照亮全部黑暗；而光明，终将带来一个影子。"

"我出去抽一根。"琉辉将角色安置到安全区，这才安心地退出游戏取走自己的账号卡。烟已经叼在了嘴上，他起身正准备离开，却撞上身后盯了他好久的秦若止，愣了一下，回想起自己刚刚的行为，一拍脑袋说："回来给你赔个新键盘。"

说完他就匆匆离开了训练室，剩下秦若止又气又无语，直到高晓天把他的账号卡递给他时，他才撇撇嘴坐回自己的座位上，重新插入自己的账号卡。

百里墨湘一直都没有戴过耳机，这些动静他都听得清楚，有些思考就要顺着这些线索开始延伸了：琉辉的游戏角色遇难了，没有电脑的琉辉是怎么知道的呢？

游戏世界里，琉月正在研究着自己手中的怀表，忽然表盘中心那颗白水晶闪烁了一下，光芒转瞬即逝，琉月的手停了下来，紧紧地盯着看了许久，还是没有再次看到，心想着应该是错觉，便没再理会。恰好这时自己的移动终端响起了提示音，正是【金钱至上】，打开语音信息后，是他想要继续下一步计划，准备和她一起去见一见几个"嫌疑人"和文森特城主。她回复一句"收到"后便将怀表放回口袋里，离开了小旅馆。

阿纳斯特主城中，公会联合会总部，【青鸟】给数不尽的公会文书做批注和盖章，一封一封装入信封中寄出。忽然抬头看向窗外的信鸽，她轻轻抿起唇角，露出一个微笑，说道："请问一下，【赫尔墨斯】，榕树城驿站的建设，还在继续吗？"

领队信鸽在鸽子群中高声鸣叫了两下，出列飞到窗边落脚，先变回了人的模样，衣着朴素，身后还有一双洁白的翅膀，灵动的蓝色眼睛带着笑意，才坐在窗台上向【青鸟】回答道："那里刚刚传来消息，逮捕了几个黑猎手，托您的福，一直都非常平稳地发展着。"

"哦？是吗？我知道了，谢谢你的消息。祝一路顺风。"【青鸟】微笑不减，只简单招呼了一声便又继续低头工作了。直到【赫尔墨斯】飞远，

◆ 榕树城 ◆

才再次抬头看向窗外渐渐散开的乌云：这个季节快要下秋雨了吧，怎么还会出太阳呢？

"神的预言开始验证了，信徒也该觉醒了。"【青鸟】喃喃自语，今天真是光明的一天呢。

秦空操作着角色准备赶回榕树城，他的游戏角色现在正在阿纳斯特的市中心，为了见一面琉辉，他特地回来将他猜测的【星辰之辉】的 ID 查了一下，虽然是手机在线，但是也同样可以互动。几次沟通无果，他采取了最极端的方式，直接抓人，反正手机又不能操作，要知道琉辉现在一半的心思在琉月身上，还有一半在电竞上。

怎么被破了结界呢？琉辉的那句话令他有点担心，这个游戏的世界观好大，大到他每天一完成工作后就是登录游戏查阅文案，不得不承认他有些精疲力竭了，明明自己之前还数落了沉迷于游戏请年假的夏晴，现在自己也快为这些东西红了眼、皱了眉、熬出了黑眼圈。

这个游戏账号卡的确是百里墨湘拿给自己的，说是半个神级角色，但是玩到现在也并没有觉得有什么特别之处。让他奇怪的是，武器等级一栏显示着无限大的符号，但是真到用的时候又和普通牧师玩家的武器一样平平无奇。是自己的游戏剧情没做的原因吗？等团队任务结束，自己再去好好研究一下剧情任务吧。

头疼，秦空现在真的是这个感受。他现在恨不得找到前两天和自己聊过天的那个叫柠茶的文案写手好好聊聊人生，想问问她游戏彩蛋可不可以写明白。答案当然是不能，不然人家做什么网络游戏，做动画片得了。当然他没有柠茶的电话号码，等会儿找百里墨湘问问好了。

"你回来了？"等待他的当然是琉月。

"嗯。"

"去做什么了啊？"

"你不是 NPC 吗？怎么突然问我这个？"

"你和我不是有共同的记忆吗？那算不算家人呢？我了解一下我的秦空哥哥去忙什么了这不是很正常吗？还有啊，我现在可是……"

"停。我刚刚去教育不听话的小孩儿去了，别再问了。越来越调皮了……"秦空嘴上说着，心情却舒畅了很多，因为眼前这个女孩想起了他们最重要的羁绊，现在学会和自己开玩笑了。他突然有点明白他们为什么会这么沉迷于这个游戏，之前只是一个理论，现在他得以实践，还是挺有意义的，他安慰着自己。

　　琉月听着他说的话，脸上开玩笑的表情收敛了一些。偶尔撒娇就好了，她又不是个不正经的人，所以像个乖孩子一样点点头，表示承诺。

　　看着眼前这个生动的影像，秦空嘴角不自觉上扬起来，说："走吧，和文森特一起去审审'犯人'。"

合作

"你们别拦着我！……啊！真烦人！让不让开？"

在和文森特解释过缘由之后，琉月和【金钱至上】得到许可，跟随文森特来到关押"嫌疑人"的监狱，却看到了现在这一幕——他们星宫的成员【凯】，正在监狱门口不断调整角度准备冲进去，但被守门的两个NPC强制挡在外面。

他开着语音，说的话就像是能给自己加油打气一样。

"让开！让开！让开！让我进去看看我哥，哎呀，就看一眼！我冲！啊……再来一次，再来一次……"

他倒也不是没脑子，即使嘴里抱怨个不停，但并没有开启战斗模式，和人打起来，还是想着依赖自己的移速和闪避冲进去，奈何徒劳无功。琉月和【金钱至上】捂住了自己的眼睛，不知道是应该装作不认识还是应该笑话一下这个毛头小子。

"凯文，你在做什么？"【金钱至上】上前叫住了他。

【凯】听见这个耳熟的声音，视角一转，便像是看到了救星，一溜烟地跑到跟前，说道："秦哥，你可算来了。昨天晚上抓到的那几个人不是坏蛋，我今天早上才知道的，里面有个人是我的哥哥。"

"你不是去S市……"

"哎呀，总之一言难尽啦！你先让我们进去……诶诶诶，就是你，你就是那个什么城主是吧？正好，里面有我一个哥哥，他不是坏人，你把他放了吧。"【凯】打断了他的疑问，视角看到了文森特，又上前去说。

文森特有点蒙，朝着【金钱至上】的方向看了一眼，这才点点头，向守门者出示勋章后，带着三个人一起走进去。

"林耀，你在里面吗？……是你吗，林耀？"

一进入监狱，【凯】的移速才真正释放了，一路带着风从入口开始挨个牢房抻脖子去看，全然不在意被看的人是怎么瞪回来的，一边问候一边跑，整个监狱里都是他的回声。更匪夷所思的事发生了，另一个声音从监狱深处传来：

"诶，林洋，我在这儿呢！"

"不许叫真名！"

【凯】嗷了一嗓子，而后循着那个声音飞驰而去，他竟然在监狱里跑出了过年回家探亲的欢快感觉来。这……

琉月看了看那个飞快远去的背影，又看了看【金钱至上】，没有说话。原来那个人除了"凯文"这个名字，还叫"林洋"，琉月暗自记下来。

等到了牢房门口，就看见【凯】和牢房里的一个人坐在地上，隔着牢门聊起天来，【凯】问着："你不是猎手？"

"我不是啊！"回答这句话的是昨晚那个神枪手——【不好意思走火】，他说这话时头顶上那个大大的哭脸表情已经表达了他内心的委屈。

"那你来这儿干吗？"【凯】又问。

"我来拿快递啊。菜鸟驿站吞了我一个包裹，都一个半月了，物流还不给我提示，我就想过来看看。"神枪手又答。

这回别说琉月和文森特了，秦空也有点蒙圈，仔细一回想榕树城……好像就是个驿站啊。菜鸟驿站，谁带头取的名字？秦空赶紧用笔把这个名字给记了下来。

"还有这事儿？我服了，就这还看我们猎手的诚信勋章，送快递都这么没诚信。"【凯】听到这话立刻为自己的兄弟打抱不平起来，扭过头就对刚刚跟上来的文森特发出了质问："喂，你们怎么这样？"

"我……"

"人家出得去吗？"文森特还没想好道歉的说辞，【金钱至上】就已经用一句话把【凯】的问题回答了。一句反问就将问题的关键点出来了。

【凯】也没有半点羞愧，说了一句"好像也是"，就不再多话了。【金钱至上】这一句话就像一盆凉水，让【凯】从与哥哥相认的兴奋中恢复了理智，操作着角色往后退开两步，等着这几个人开他们的小会。

现实中，凯文坐在电脑桌前，虽然停止了说话，但是手指依然在键盘上跳跃着，他的私聊信息中正是他刚刚在监狱里问候的【不好意思走火】。

这房间是他的工作室，就这一台电脑。今早在公司召集的早会上，他第一次遇见了柠荼。也就是散会之后，凯文应经纪人要求，两个人简单接触了一下。一打听到哥哥在打游戏，还是昨天被圈踢的那个，他赶紧在中午上了线，就是为了去找哥哥。

过了一段时间，他才摘下耳机挂在脖子上，键盘抽屉往里轻轻一推，叹了口气。

"凯文，怎么唉声叹气的？"

工作室里还有另外三个人，一个是柠荼，一个是公司的同事，还有一个是负责接待柠荼的管事。向他提问的是那个公司的女同事，她手里捧着咖啡杯，留着一头清新的短发，举止样貌都透露着优雅的气息。

这个人艺名叫金麟，原名武喆桂，和凯文一样，是这次柠荼到访的目标之一。柠荼是代表游戏公司来这家娱乐公司讨论代言人的，而凯文和金麟都是候选人。

凯文是这家娱乐公司中比较有地位的年轻人，他十五岁出道，已工作七年，在娱乐圈内一直都非常受宠。金麟的工作室就没有他的宽敞，几个人这才一起到凯文的工作室，边喝咖啡休息边等着下午继续开会。

凯文扭过头来，看向三个人围坐着的那张圆桌，先是对着金麟露出了一个无奈的微笑："林叔叔……没了。"

"节哀……"听到这个消息，金麟轻声表达了自己的慰问，脸上的微笑也消失了。

柠荼坐在旁边，她自然知道凯文口中的"林叔叔"是什么人物，就保持沉默，原本轻松的气氛也跟着凝重了几分。

凯文倒是没让这个气氛一直持续下去，说道："我可能要回一趟家。"

凯文身份证上的真名叫林洋，游戏中的那个神枪手【不好意思走火】是他养父的亲生儿子，这也是为什么凯文说那是他哥哥。

柠茶倒是有一种无巧不成书的感慨，自己未来的对手和自己要找的候选代言人竟然还有这么一层关系，这个凯文还挺重情重义的，隔着游戏也要以"我好久没和哥哥见面了"为理由，和这个哥哥见上一面，说上两句话。

"金麟姐姐，我要放弃这次的代言人竞选了。帮我和经纪人打个招呼就行了。"凯文继续说着，这句话是对金麟说的，意思很明显，自己的养父对自己是有养育之恩的，人走了，自己总是要回去上个香的，再走走亲戚什么的，得需要一两周的时间。林家在Ｓ市没错，但是要去奔丧，就得把工作放下一段时间。话里情意深深，凯文表面上却不见沮丧。

"不急，不急。"柠茶这时候开口了，先是深吸了一口气，而后将自己的背包从旁边的椅子上抓过来，取了个文件夹，也没打开，冲着凯文的方向举了举继续说道，"第一赛季明年秋季才开始，中间还不知道会出什么新活动呢。你和金麟现在开始就先准备准备吧，我让你们比试的，可不是你们娱乐圈的东西。"

"真的？"果然，小孩子的不在意都是装出来的。就凯文这刚刚成年的年纪，这么好的机会就这样错过了，他怎么会简简单单就释怀呢？听完柠茶的这句话，凯文的眼睛立刻就亮了。

金麟没什么大反应，她也希望可以公平竞争，为凯文不会错过机会感到高兴。在柠茶点头给凯文一个肯定答复之后，金麟就提问了："那，柠茶姐姐准备从哪方面来考核我们呢？"

"游戏代言人嘛，考考游戏，你们作为候选代言人应该都有自己的账号卡吧。这一年的时间，你们就先准备着，具体的待定，可不是我一个人说了算的。"柠茶一边将那个疑似装着相关文件的文件夹收了起来，一边说着。

"具体的待定"，这话怎么觉得在哪里听过呢？混娱乐圈的人自然理解这醉翁之意，凯文心怀着一点感动，和金麟一起表达了各自的决心和态度，

榕树城

就在柠茶一句"请吃饭"后，一起准备离开工作室。

凯文退出了游戏，取走了账号卡，跟在几人后面，关了灯和门。

游戏里，【金钱至上】了解了情况，还在和两个人谈论着什么。琉月在旁边听着，都能听懂，却插不上话，并不是她的系统配置差劲，是关于社交能力的。这位秦先生总能刷新她的 AI 内存。

还是要多学习啊，琉月这样想着。

"诶，等会儿，你的意思是，再演一出戏？"神枪手打断了一下，至于这个"再"字，前面的一次导致的结果就是他现在坐在监狱里。林耀真不是小气，反正是在游戏里，自己明知道榕树城不好进却还是来了，只是遇到的意外是一个误会罢了，不过现在误会也解开了。他的确没那么着急，他们连自己的公会都还没有，没什么可失去的。

"是的，目的还是引出主谋。我认为这次与间谍合作的不会是简单的黑猎手。具体的我之后会让琉月来解释，现在就想问问，这位……林耀先生，请问你什么时候有时间？"【金钱至上】的视角往上抬了一下，又转回来继续说。他是想看一下对面这位神枪手的 ID，等看到了却真的不想念出来。凯文刚刚怎么叫他来着：林耀对吧？

林耀和他约定了下午的时间，两个人和文森特再次确定后，正经事就算是说完了。既然正事说完了，那就该聊聊其他的了，林耀给旁边站着听了很久的【凯】发去一个好友申请，嘴里还想着用语音打个招呼，但是点开对方界面的时候林耀就看见了那个已经变成灰色的 ID，原本的问好也变成了一句"切，真无情！"

好友申请照发不误。

小会一散，【金钱至上】带着琉月一起礼貌地向人道了个别就离开了这座监狱。一起带出来的还有那个 ID 名灰着的【凯】。离开了那些人，并不意味着休息，琉月的聊天频道已经被【金钱至上】刷屏了，她正在看着秦先生发给她的一大堆分析。等到文森特带着那几个"嫌疑人"出来的时候，她还要给那些人做解释和交代。

【金钱至上】还有其他工作安排，这件事要在他下线后由琉月自己完成。琉月并不矫情，毕竟她才是公会管理员，社交一开始就是她的工作，人家辅助了她这么多，应该感激才对，至少这一点琉月的公会日志里是有所体现的。

　　交代完这些事宜，电脑前的秦空暗自松了口气：一不小心，就把她当成几年前的那个小丫头了，下次可要多注意。游戏登录器里的账号卡缓缓退出来，秦空取走了账号卡，看了一眼手表，离调查组预约的时间还有一个小时，他要从郊区赶回H市市内，时间差不多。他关掉电脑，收好账号卡，拿上外套离开了房间。

　　这里的秋天并不冷，风却很大。叶子终于还是支撑不住，开始遵从风的旨意，脱离树枝的牵制，去寻找那个不知在何处的诗与远方了。

　　天上的云就像从被窝里拆出来的棉花，很厚，却还是留出了一圈金色的轮廓。风吹着它们，吹不散，反倒是越吹越厚了，就像是一个害怕面对黑暗的孩子，渐渐用这被窝盖住了自己的脑袋，让人压抑的天气。

　　琉辉抽完那支烟，又赶回了医院，坐在琉月身边，看着病床上那个沉睡的姑娘，发起了呆。他怎么也想不到秦空会这么无聊，还想着抓他的游戏角色。奇怪归奇怪，游戏角色出了问题，他是不可能不管的。这可是柠荼给他的账号，空间元里带着俱乐部高级机密的自制武器，要是再被林耀那种武器研究狂魔拿回去拆散了，柠荼回来就会把他拆了。

　　不过他更奇怪的是，每次退出游戏的时候，他都是把游戏角色放回自己营地的啊，按照游戏的设定，玩家下线后，游戏角色只会在自己停留的营地里活动，秦空是怎么把这角色带出来的呢？

　　按理说……那就是一般来说，有一般来说，那就有不一般的说法了？琉辉想到这儿，又开始发愁了。这是柠荼给的角色，他好像到现在还没做过剧情任务啊……

　　一个游戏角色的打造，在梦境空间这个网游里是极为特殊化的。这游戏不像其他的，自己的角色就是自己的，除了自己的剧情发展路线，剩下的什么任务啊副本啊，那全是一样的。

　　"梦境空间"这个游戏，在注册游戏账号之前，角色数据库里就有成千上万的游戏角色存在着，创建角色叫匹配角色，这个设定是在游戏发行第二年完成所有背景故事后，系统更新出的东西，听着很玄乎，但是玩家哪管那么多，能玩就行。而且一想到角色全都是专属的，注册冲号的人可带劲了。

匹配出来的角色包括游戏角色在背景故事中作为人的名字，还有一些类似于初始属性、定位和剧情设置什么的。这个操作要么是玩家刷了新游戏账号卡后自己选的，要么就是玩家不会选直接刷了身份证系统自动匹配出来的。不管是哪一个，只要匹配完了角色，剧情任务就是量身打造了。

这东西，琉辉在求着柠荼参加拯救琉月计划时自己也问过，反正是越听越糊涂，什么理科啊、世界观啊、哲学思想啊，讲完以后本来想参加科研的琉辉，最后也只能痛恨自己当年不好好读书、逃课去网吧打游戏。现在好了，他提出来的拯救琉月的计划，最后被分配到的任务竟是好好打游戏。

想到这里，琉辉只能摇摇头。也对，除了打游戏，他还真的什么都不会。"不想让梦幻的成绩太惨"，这是他内心真实的想法。

秋风吹动着病房窗外的那棵歪脖子树，树枝打在玻璃上，伴随着病房里仪器的滴滴作响，声音听上去那么诡异。现在的琉月，心电图是波动的啊，可是为什么……不能睁开眼呢？他趴在病床边上，看着琉月之前动过的那只手，渐渐合上了眼睛。

他，做梦了……

"敖晏，敖晏！别给我装死！快起来！"

他隐隐约约听见一个女人的声音，语气中夹杂着不耐烦和愤怒，一声又一声地叫着"敖晏"这个名字。他带着刚刚睡着又被吵醒的怨气睁开眼，眼前的景象从模糊到清晰，却让他感到陌生，还没来得及惊讶，他就感觉到背后有一股力量顶了上来，刚刚想要爬起来，又被无情地揉成了一副狼狈的模样。这股力量倒不是很大，但是集中点很小。他的视角里慢慢浮现出一双酒红色的高跟鞋，看见跟自己小拇指一样细的鞋跟，大概了解了自己刚刚承受了怎样的物理攻击。

撇撇嘴，坐直了身子，琉辉顺着那双脚往上看去，直到对上那个女人的脸，他的惊讶已经被面前这个女人一脚踢成了愤怒，估计自己现在是一副眼球里带着血丝的恐怖模样。

至于"敖晏是谁"和"我在哪"这种问题，他都没有开口说，只是用一脸懒懒散散的表情看着这个女人，带着一丝杀气。这个女人也没被吓到，反倒是笑了："哎哟，这眼神倒是终于和你们龙族的人对上号了嘛。怎么，被黎羽皓的书记了一笔，终于有点活下去的动力了？"

"你叨叨什么呢？"琉辉听着她那些话，听不懂，也懒得听，站起身扭头扫了一眼周围的环境。这是……黑暗公会啊，"嗯？我怎么到游戏世界来了……"

做梦了？不对啊……琉辉下意识地摸了摸自己刚刚被高跟鞋踩躏过的脊椎骨，还疼着呢。

"哼，还是爱搭不理是吧？我也懒得管你。榕树城来了个菜鸟，明明有神级却落魄成那副样子。不过他既然来了，那就先利用起来吧。"看来这个女人对这个叫敖晏的冷淡态度是习以为常的，自说自话了一会儿，转身踩着高跟鞋，脚步声传到琉辉耳朵里，"这次你受伤是正常的，下次离光明信徒远一点。我先……"

"你等等……榕树城？"琉辉反应过来了，转身叫住女子，见那女子并没有停下来的意思，就直接伸出手去拉住了她的手腕。

不想那个女子竟然在转身的同时，一把甩开了琉辉的手，眼神里满是惶恐，眼睛瞪得老大，直勾勾地看着琉辉，张了张嘴却什么也没说出来。琉辉发现她竟然在发抖，很难想象眼前这个女人之前还踢过自己一脚。

琉辉挑了挑眉毛，没去管她的反应，直接说了自己的需求："什么人？让我也见见。"

榕树城？那不是现在星宫在的那个任务点吗？琉辉一边想着，一边还下意识地仔细打量起这个女子，傲慢的姿态和刚刚的居高临下如出一辙。

这个女人，衣着张扬，黑色抹胸配着一件款式怪异的外套，还不好好穿，露着香肩，肤色雪白，愣是和衣服的黑色形成了鲜明的对比，下身穿着一条黑色纱裙，衬着一双修长匀称的腿，自上而下变深的黑色丝袜，透露着

◆ 榕树城 ◆

一点性感。黑色的短发，右侧鬓角留着一撮小辫子，长度正好到肩，口红的颜色格外艳丽，像是……血的颜色，反正有点保守的琉辉是这样认为的。

这样张扬还有些怪异的搭配再次肯定了琉辉的猜想，他穿越了。

正当他在想自己有没有在黑暗公会里见过这个女人时，他看清了她的脸。眼睛是暗红色的不错，这个脸不是……

不就是柠荼吗？他不自觉地瞳孔一震，但是幅度很微小，没让人察觉，总之他大概知道这个女人的名字了。

"去就去，你什么时候还要给我打报告了？"女子最后甩下这样一句话，转身就走了。这时候琉辉才低下头看见，除了自己趴着的这块地盘，剩下的地面上竟铺满了碎水晶。

琉辉看着她远去的背影，随后还砸上了自己的房门……没错，是砸。他摇摇头，自己淡淡吐出一句"难怪要穿着鞋"。

此人是黑暗公会的老大，律贞。这是柠荼的第六个账号卡，作用就是吸引那些游戏里喜欢烧杀抢掠的玩家，让他们有统一的体系，反派们上缴的物资最后都会汇聚到她这里。没错，游戏里被烧杀抢掠的东西回收到游戏里，那些玩家能体会做"坏事"的快感，需要付出的代价就是喂饱黑暗公会这头时常大张口的狮子，多么"人性化"的设计啊。琉辉记得在游戏里每一次见到律贞的时候，律贞大多数时候是不穿鞋子的。

他基本可以确定，自己现在附身在自己的游戏角色身上，【星辰之辉】这个游戏ID下对应的角色——敖晏。具体是什么设定，那就得等他再做做剧情任务了。总之，敖晏和律贞之间的相处方式就是这么别扭。

琉辉摸着下巴，在脑袋里回忆了一下地图：哦，见菜鸟的地方……那不就是大广场吗？总之不会是主殿，毕竟律贞这个女人傲慢到了极致。

想到这儿，琉辉还不自觉地吐了吐舌头，幸好自己不是真的敖晏。要是柠荼天天这么对他，他一定会想方设法把对方气死。琉辉一边想着，一边找着印象里的那条去往大广场的路。哦，不对，他现在是敖晏，是自己在游戏中的角色。

"神级不是能让我信服的筹码，你要知道，在这个虎狼聚集之地，最不缺的就是神。还是谈谈让我感兴趣的东西吧。"等到敖晏到达的时候，律贞又是一副目空一切的样子。又不想好好站着，还想要居高临下，竟然顺手从自己的"宠物"堆里牵了一只未修成人形的血魔银虎幼崽，坐在了它的身上，鞋子真的不穿了，那双穿着渐变黑丝袜的腿交叠在一起，和身下这只可怜的银虎幼崽的那身银白色皮毛又较上劲了。

血魔银虎体型比现实里的老虎大三倍，现在正趴在那广场中央，看着眼前那个来访者的眼睛，当真是虎视眈眈。律贞坐在它的脖颈间，脚就搭在它的脑袋上，一派风光的模样。

敖晏走过来，装作无所事事的样子，摸了摸这只血魔银虎的脑袋，没插话。老虎虽然不是真的，但手感还是不错的，在梦里多摸一摸。

大家都不是傻子，律贞感兴趣的东西是什么，作为决心想要加入这里的人，怎么可能被难住呢？别说黑暗公会，任何一个势力对于外来者最大的需求，除了力量，不就是情报了吗？榕树城的情报啊，他琉辉不想听吗？

"我已经混进了榕树城，只要黑暗之神大人愿意和我合作，那么这个世界最大的驿站将会为你所用。"这个人的语气不徐不疾，听不出什么不愉快。敖晏跟他是平视的，不难看出，这个人斗篷之下的手在发抖，多半是在隐忍。

关于能不能掌控榕树城，琉辉不关心这个，他关心的是人。他看都没看律贞，直接就说："谈谈时间。"是命令，不是提问。律贞说的，他又不需要打报告。

"替罪羊已经到了，今晚只需要奇袭文森特就可以了。傍晚时我需要……"

"没有你需要，这儿还轮不到你来谈条件，我们会去的，滚吧。"还没等这个人说完，律贞又打断了，是的，之前他不知道被打断了多少次。

这个人终于无法忍受这种蔑视了，反问道："我怎么信任你？"

很显然，不论这个人心理素质多好，下了多大的决心，面对这样的轻视，还是会不耐烦的，而律贞听到这句话之后却是忍俊不禁。这个女人的情绪真的像海底针一样，笑完之后竟还突然大发雷霆，血魔银虎刚刚被敖晏安

◆
榕树城
◆

抚着微微抬起的脑袋，被律贞抬起右脚重重地踩了下去。

那小老虎哀嚎一声，但敖晏没被吓到，又伸手拍了拍它的脸作为安慰，抬头看向律贞。

"你觉得这世上还有比你更假的人吗，我可爱的谎言之神，赫尔墨斯先生？"在虎啸声刚刚沉下去时，律贞那满带着嘲讽和轻蔑的话伴随着她的一个法术飞向那个人。暗红色魔光自她指尖，在空中划出一条直线瞬间卷着风飞来。

对面的家伙也是有神级的啊，运转魔力来抵抗，却没想到这法术只是为了摘掉他的斗篷，绕过他的魔法盾就一阵风过去，他那咬牙切齿的模样暴露无遗。

诶，好眼熟啊。敖晏身体里这个琉辉的灵魂看着那个人的相貌，心里想着。他摸了摸下巴，开始回想起来。

"……我在榕树城等你们的消息。"终于，律贞的傲慢成功达到了送客的效果，赫尔墨斯说完这句话就离开了，他觉得自己不是来谈合作的，而是像给人汇报工作的下属一样。这不是他忍不忍得下去的问题，是他在律贞眼里到底存不存在的问题。

"谁让你答应的？"律贞看着那只鸽子飞远，又转过来问起了敖晏。

"我没答应啊。"敖晏还知道装无辜，反正他没说答应。

"我……"律贞张着嘴，最后又把话咽了回去，对敖晏翻了个白眼，足尖在那银虎的脑袋上轻点了两下。"小宠物"全没了先前对待"客人"时的礼貌，龇着牙晃了晃脑袋，驮着律贞回去了。至于看向敖晏的小眼神，敖晏没心情看。

赫尔墨斯是谁来着？琉辉继续回忆着。

现实中的柠荼睡得正熟，她身边没有一起来的人，飞机早就停下了，乘客们也走了个干净，最后还是乘务人员检查的时候才把她叫醒的。一天连续坐了两次经济舱，还和那些娱乐圈的人应酬了一下午，她真的累坏了，从机舱里出去的时候，她感觉脚下轻飘飘的。

刚刚好像做梦了？柠荼打了个哈欠，她也没有大件行李要取，出了机场就给队里打电话。看了一眼手表，晓天回母校音乐学院有工作出不来，秦若止早就说好了要准时上线抢购手办，叶宋和其他朋友有线下聚会，琉辉在琉月那里吧……那就只能给那个最讨人嫌但又最值得信任的百里墨湘打电话了。

电话拨出去，在"嘟嘟嘟"的提示音下，柠荼又开始放空自己了——梦里刚刚遇见什么了来着？哦，这一次是律贞来着，好像和榕树城还有点关系吧。遇见的是什么人来着……

迷迷糊糊和人交代了位置，她就在机场里找了椅子坐下。正准备停下来好好回忆一下梦里的剧情时，目光却无意间扫过机场那个播放着娱乐新闻的大屏幕，她本意是想要看一眼时间，却意外看见了这条娱乐新闻的标题：预言梦空网游的第一赛季代言人。

梦空网游的游戏公司在梦空网游火爆起来之后，越来越多的权限从身为网游创造者的柠荼手中不得已地交给了别人，其中就包括这种宣传，柠荼无法插足。代言人可以让柠荼自己决策，但是像这样靠特殊宣传效果打破竞争者公平性的做法，很明显就是在变相地削弱柠荼的权力。她明白，就连这次出差都是上头安排好的把自己支开的手段，可是她装着不知道。她真的不想花心思在这种钩心斗角的事情上，她不想用最坏的想法去猜测身边的人。

她坐在原地叹了口气，开始看起新闻来。

电视里的记者正在和所谓梦空重要的公关人员聊得火热，认为凯文作为童星出道至今仍是"小鲜肉"，发展潜力巨大，而金麟小姐虽然文化底蕴很深，但是缺乏发展潜力。他们夸夸其谈，表达梦空联赛作为新生电竞产业，由凯文担任代言人非常合适。

柠荼看着那些所谓的"专家分析"，敢怒不敢言。说了也没用，不如内心毫无波澜来得舒坦。诶？这个"专家"，好像确实在我们梦空网游公司，好眼熟啊。柠荼盯着屏幕里的那张脸，思索了起来：难道是游戏世界里那个榕树城，俗称菜鸟驿站的地方，那个想不起姓名的鸽子，还是乌鸦来着？

"张烁金老师，您说得对啊。"记者说出了这个"专家"的名字。在

◆ 榕树城 ◆

这样一句迎合之后又继续听着那个所谓"专家"大谈梦空的美好未来。那些自以为是的"预言"就让他说去吧，柠茶撇撇嘴，拿出手机给那个叫张烁金的"专家"拍了张图片，发送给了金麟小姐和凯文，问他们是否认识这个人。

这种提问方式放在娱乐圈可以说是非常耿直的，但是柠茶真的不想参与尔虞我诈，就这样吧。直到柠茶等到百里墨湘接走自己，离开了机场，两个人都没回复。

"是【赫尔墨斯】的脸吧？应该是，回去上号看看记录好了。"柠茶想着想着，就又睡着了。

至于她手上的这通电话到底有没有接通，她自己也不知道了……

另一边的琉辉早就醒了，他设了闹钟。输液瓶里的点滴恰好见底，他按下了墙壁上的床铃，和护士姐姐互相打了个招呼，看着护士拔下针头，撤走了空药水瓶，低头看了一眼手机，下午六点。

决定去训练的琉辉捞起刚刚搭在床头的外套披上，抓着衬衣袖子的手顿了一下，他又低头看了看病床上女孩的脸，俯身凑近，低声对她说着："哥哥梦见那个世界了，你等着哥哥去找你。"

说完他继续穿好外套离开病房，又赶去俱乐部了。

他曾经也以为是白日梦，现在他真的梦到了，那个世界一定是真实存在吧？他没有时间再去怀疑，他要了解这个游戏的全部，这对于他来说是迫在眉睫的事情。他坐在自己车上，平复了一下激动的心情。

外面秋风在吹，他打开车窗，很快就达到了冷静的目的，深吸一口气又关上了车窗，搓了搓手，没有先找车钥匙，而是摸出了口袋里的手机，翻找通信录，划到备注开头为D的列表，找到了备注为"多管闲事"的一串电话号码，犹豫了一下，还是拨了过去。

等待的时间让他刚刚冷静下来的心情又有了一丝焦虑。手指在方向盘上轻点了几十下，他烦躁地挂断了电话，先打开车窗让自己吹吹风，平静下来后，自己的手机突然响了起来。

他激动地再次拿起副驾驶座位上的手机，先接了电话。

"没想到，你还会给我打电话。"秦空的声音传了出来，"刚送走客户，你有事吗？"

　　对于秦空这个态度，琉辉只当他是累了，在刚刚梦见律贞以后，他对态度傲慢这件事拥有了最强的抵抗力。琉辉没有计较，直接说了自己的需要："你玩游戏时查的资料还有吗？"

　　"有啊。"秦空也直说。

　　琉辉继续直说："借我。"

　　"这种东西你还需要找我借？"

　　"我只是对战斗有经验，剧情文案这种东西，也就你有做阅读理解的本事。我书读得少，你帮帮我。"

　　"行，明天你自己来拿，我给你复印一份。"

　　"不行，就今晚。"

　　"……好，晚上八点我送过去。"

　　秦空知道琉辉的性格，他很少求人，但是一旦求人了，就说明事态紧急，不想解释。他也没问，反正到了见面的时候，就都能够解答了。

疲惫

柠茶和琉辉是前后脚到俱乐部的,互相点了个头就算是打招呼了,柠茶去宿舍收拾东西,琉辉就直接到训练室去了。其他队员只要外面没有活动的,都在进行着各自的训练内容。

琉辉没像上次那样焦躁,规规矩矩找了自己的位置,开机、刷卡、登录游戏。至于秦若止那个被砸坏的键盘,早就被替换成俱乐部备用的了。

琉辉一上线,先是搜索了【赫尔墨斯】这个角色名字。名字是灰色的,没在线。琉辉就没再理会,踏踏实实训练去了。

柠茶那边,一边收好了那个基本没什么用的文件夹,一边听百里墨湘讲了今天中午的琉辉是如何激动地砸坏了一副键盘。柠茶听在耳朵里,并没做出什么评论。

出了房间从走廊往外面看去,正好看见俱乐部的大门口外面,站着一个陌生的男子,嗯……或者说有点眼熟。柠茶盯着看了半天也没想起来,直到百里墨湘顺着她的眼神向那个方向看去,打开窗户对着外面的那个人喊着:"秦空,你怎么过来了?"

游戏里那个【金钱至上】,难怪眼熟。柠茶暗自点点头,秦空那边应该是被俱乐部门卫拦下来了。至于百里墨湘的反应,柠茶真没想到他还会有大喊大叫的时候,毕竟这里可是三楼。

秦空那边朝着这边挥了挥手,就当是打招呼了,门卫从传达室的窗户里探了个头,还向着百里墨湘的方向比画了个"OK"的手势之后,才放秦空进来。

来了就是客人，柠荼下楼去和人打声招呼也是基本的礼节，这一点是与律贞截然不同的。

下了楼，百里墨湘先是给两个人互相介绍了一下对方，两个人多少是有头有脸的人物，上前礼貌问好，握了握手。然后他们开始了关于"秦空先生为什么来这里"的讨论，朝着俱乐部内部走去。

"秦先生怎么会来这里？"柠荼问归问，其实心里还以为他是来找百里墨湘的，毕竟不是什么朋友都能让这位混在电竞圈以儒雅气质著称的人大喊大叫的，至少不是普通朋友。

只是秦空的回答并非如她所想："琉辉找我帮忙。"

"琉辉？你们也认识？"

"是。"秦空对此没有过多解释。琉辉的性格本来就是典型的无事不登三宝殿，更何况琉辉很少主动和星宫的人来往。走到训练室门口，柠荼也就没再对他发问了。

琉辉和秦空打照面，不需要什么繁文缛节，互相点个头，就直接开始办正事了。秦空从公文包里翻出那个蓝色文件夹，递给琉辉，琉辉又不知道从哪儿扯了张A4纸，密密麻麻地印着字，食指上还挂着一枚小小的U盘。而后他们还是没什么交流，各自转身研究拿到的东西去了，颇有一番一手交钱一手交货的意味。把旁边目睹一切的柠荼给看蒙了，她又不好意思去看秦空拿到的是什么，只能凑到琉辉旁边去看看那个文件夹里面是什么。

真是不看不知道，一看吓一跳。文字配剪贴图标，还有手稿记录和各种突出标记，主要内容竟然是"网游梦境空间文案解读"，柠荼看着那些工工整整的笔记，竟然一下噎着了，说不出话来……

她的感觉就像一位讲师含辛茹苦地备课，就为了台上讲几十分钟，让学生们学到更多知识，可是真正理解的人却寥寥无几。某次检查作业，讲师意外发现了一个认真思考勤奋学习的孩子，即使理解有所偏差，但是精益求精的学习态度让老师感到欣慰。

柠荼看向秦空的方向，他和百里墨湘随意打了声招呼就走了，柠荼半天说不出话，再低头看琉辉的时候才知道自己被盯了半天。为了稍微缓解一下尴尬，也为了满足一下自己的好奇心，她问起来："你给他了什么？"

"敖晏的剧情。"琉辉回答，接着低头研究那份换到手中的"课代表笔记"去了。柠荼默默回到座位，和其他队员开始了今天下午的训练内容。

游戏世界里，榕树城在昨夜的庆功宴之后又萧条了不少，审判即将开始，大家严阵以待。

榕树城在巨大的榕树之上，道路在树枝上延伸，房屋或悬挂或筑基在道路两侧，而无数条道路最终都汇聚在树干，留下来的最为广阔的空间自然成了一座城池最重要的广场。

"犯人"们被押送至此，秋风萧索，配着他们落寞的模样，险些让琉月忘记了他们是演员。她竟然还和他们一起感觉到了冷，想起榕树是离天空最近的树，也就理解了高处不胜寒是什么意思。今早看见榕树上泛黄的树叶时，她就换了秋装出来，深秋到了。

琉月让文森特等，其实她也在等，等着【金钱至上】上线，这时候琉月才发现，这个团队似乎已经离不开他了。他是"先生"啊，那个好像刀枪不入的"先生"。

会议室里只剩下琉月一个人，她面对着自己的移动终端，光子屏上显示着那灰色的ID，等待着，等待着，焦灼的心被巨大的责任感压迫着。

这个公会……就好像是只剩下他一个人，琉月并非否认其他成员的价值，但是总能那么及时站在她身侧的是这位"先生"，记忆里也是。

他们到底是什么关系？他是她的兄长，老师，还是普通的朋友？琉月不知道，但是她知道，他现在这是她全部安全感的来源。

会议室的门窗关闭，窗外的风越来越大，树枝打在玻璃上的声音，还配着像是妖魔呼啸的风声。长桌子边上的书籍图纸乱作一团，全都是昨天"先生"说自己研究过的，为的其实是来推断这个卧底势力所属。

纸张铺满桌面，上面是各种颜色的标记，最后那些有用的信息都被录入了琉月的移动终端做统一的分析计算，只是算到现在，她几乎是一整夜没有合眼。

她发现自己已经不能像以前一样连轴转地工作了，好像失去了作为AI

应该具备的设定。现在的她感受到了作为 AI 所不应该有的感受,她累了。

她想要趴在桌子上休息片刻,自己的终端就那样被随意地丢在桌面上,压着几份比较重要的文件,脸埋在臂弯里,脑袋里都放空了。直到窗户不知道是被风还是人打开,秋风就像万圣节扮成小鬼捣蛋的小孩儿,横冲直撞,先是惊醒了昏昏欲睡的琉月,而后又掀起了桌上的纸张,就连琉月的移动终端都摔在了地上,瞬间会议室就被风搅得狼狈不堪。

肇事者呢?现在正坐在窗台上,头上的发型竟然一点没乱,就是头上带 ID 的【凯】。

【凯】仿佛没看到自己带来的"灾难",开口就问琉月:"琉月小姐姐,在想什么呢?"

小姐姐?琉月对这个新称呼不知道从何说起了。她现在第一反应只有起身去抓回那些翩翩起舞的白色"小精灵",只觉得手忙脚乱,一边将【凯】从窗户上请下来,关上窗户,一边还要礼貌地回答着:"我在想昨天的工作啦,小凯,快下来。"

琉月的眼睛布满了红血丝,应该是昨天的熬夜导致的。【凯】对于自己是否打扰了对方休息开始了思考,不过思考归思考,他是不会有什么愧疚感的,毕竟现在也不是该休息的时候。

"姐姐撒谎。"【凯】直接说了出来,同时也并不是没心没肺,蹲下身子帮琉月一起捡散落了一地的纸张。只是这句话让琉月的动作仿佛卡壳了一样停顿了一下,她……刚刚确实没在想问题,而且差点睡着了,自己为什么会撒谎呢?

琉月抬眼看向眼前这个外表还有些稚气的少年,回想起几次接触,并未觉得他还有什么城府能够一眼看出来别人在说谎,可是现在……

两个人就那样呆立在原地,四目相对,看了许久。窗外依旧是树枝被秋风逼迫,砸在窗玻璃上的声音,现在只觉得像是有人在自己的心脏上敲锣打鼓一样。

琉月几次欲言又止,她现在像是系统程序被清空了一样,脑袋里一片空白,整理不出想要输出的语言来。尴尬的气氛持续着,直到会议室外响起了敲门声，琉月仿佛抓到了一根救命稻草，转身去开门，门外站着的是城主文森特，还有公会的一名成员【凤求凰】。琉月侧身让两位进来，但是门外两个人几乎是找不到落脚点的……

"凯文！你怎么回事？"【凤求凰】是操作着飞过去的，落在刚刚收拾出来的一小片空地上，至于这句话，罕见的，是吼出来的。

琉月是没想到的，但是【凯】是了解【凤求凰】的，他反应过来就是一个位移技能，管它什么三七二十一，拉开距离他就是安全的，诚诚恳恳认错，下次还敢。

"我错了我错了，小白哥，你先别动气。等会儿等会儿，你先站在原地别动，我知道我的兴奋激动给琉月小姐姐带来了工作上极大的不便，我向小姐姐道歉。你先别打！我对我的行为深表歉意，我应该等着小白哥和我一起出发，身体不舒服我也不应该抱怨，对不起！还有……"【凯】的话诚不诚恳不知道，但是确实很长而且一口气说完了，仿佛是没有什么喘息，手头还不忘了点一个道歉拜托的表情。虽然看着似乎不太能打动那个"小白哥"，但是他还有继续说下去的架势。

琉月看见了【凯】的头顶，除了那个系统表情在动，还有那根……好显眼的呆毛，现在竟然可以卷出一个表情，其传神的神态和他头顶的那个黄豆表情相差无几。

她也没责怪【凯】，再加上不想看窝里斗，于是先礼貌地与文森特城主交代了两句，而后就上前去，挡在两人中间，终止了两个人无意义的争斗："凯文，你先帮我把那些文件捡起来吧。然后……你，【凤求凰】，来找我，是发生什么事了吗？"

两个人把这种状态都当成日常了，但是也不是不讲道理，真没有动手打人的想法。只是凯文知道，对面那个总是看他不顺眼的人并不是想刁难自己，是自己总会把事情搞砸，而且他也知道【凤求凰】最讨厌的其实是乱糟糟的景象而已。至于他诚惶诚恐地喊着"别打我"完全是知道小白哥哥是刀子嘴豆腐心，先装一装可怜的样子，再诚心诚意地道歉就好了。

听到了命令，【凯】也不再继续当戏精，开始老老实实收拾散落一地的纸张去了。【凤求凰】那边说明了来意："秦空让我来帮你汇总数据，他有其他的工作。"

说完【凤求凰】停顿了一下，他看向旁边在弥补错误的【凯】，没想到【凯】跟他来了个四目相对，看见他转头过来就心虚地把视角转走了。

"咳咳……"【凯】那边干咳了两声，装作若无其事。

【凤求凰】没有理会，继续对琉月说："还有就是，晚上九点时如果他还没回来，你自己必须开始计划。"

"我？可这是他的计划啊。"

"这是公会的计划，公会是你的公会，他会帮助你，但是他不会替代你，你依然是决策者和负责人。"

【凤求凰】说完后，琉月才恍然大悟，她发现了自己的确产生了依赖性，原来是来自于这里。

就像家长总是帮孩子大包大揽了所有事情，孩子就会把他们的帮助当成理所当然。她应该早点反思，而且不应该把一些责任丢给别人。

"好，谢谢你。那我把昨晚整理的数据给你……"

琉月点点头，转身去取数据，却没发现【凤求凰】的一个小动作。

现实世界里，坐在屏幕前的少年，眼睛也是疲惫得泛着红，手边上放着的是和琉辉一样的文件夹，同样是秦空给的。不一样的是，有一些荧光笔的标记。他的屏幕分了两个窗口，一个是没关的游戏界面，另一个是一张截屏图片，里面是同样眼睛泛红的琉月。

眼睛泛红……少年松开键盘，看着屏幕深吸了一口气，又低下头拿起来自己的那个文件夹，关于琉月的初级设定：人型 AI 生命体。

往后翻了一页，荧光笔标记了一行字：AI 在梦空世界观中并非机械，而是一种特殊的生命体，同样有血有肉，但血液是蓝色的，身体性能比普通人类更加强大。系统设定他们都不会疲倦，所以即使是疲倦状态，他们也不会显现出疲态。

这是不是……矛盾了？

"苍茫的天涯是我的爱，延绵的青山脚下花正开……"（出自歌曲《最

炫民族风》）

　　他正在思考，却突然听到了手机铃声，是从耳机里传出来的。抬起头去把视角转向【凯】时，【凯】已经把麦克风关闭了，原来手机铃声是从【凯】那边传来的。

　　少年皱了皱眉，他讨厌思路被打断。但是这时琉月将资料发到了他的移动终端里，他的游戏界面里出现了和琉月的聊天窗口，其中是一个附件，竟然还是个 word 文档。少年摇头，揉了揉眼睛和琉月打了声招呼就去一边下载资料了。

　　在秦空离开梦幻俱乐部后，琉辉突然想起来了什么，浏览了那些笔记后，就起身去拍了拍正在训练的柠荼。

　　"嗯，怎么了？"

　　"问你个问题，赫尔墨斯是谁？"

　　"谎言之神，在地区传记里面有介绍，他……"

　　"不是，不是。"琉辉打断了柠荼准备背诵的她游戏文案里的话，"我是想问，现实里有没有这个人，我刚查了一下有这个玩家来着。"

　　"有啊，我刚刚还梦见……"柠荼说刚刚梦见了这个叫赫尔墨斯的人，她当时是律贞……律贞？柠荼停顿了下来，律贞是黑暗之神，那赫尔墨斯找她不就是为了……干坏事？

　　柠荼赶紧在游戏里搜索了一下【赫尔墨斯】这个 ID，真的有这个玩家，此刻他头像是灰的，但是并不影响柠荼认脸，这不就是……张烁金吗？

　　从迪莫跳槽来的公关人员，圈里喜欢尊称他为老师，可是柠荼明白，他那对梦空网游娓娓道来的模样都是做戏的，要是真正在网游里遇到什么问题，他一定是跑得最快的那个。这人，柠荼不喜欢，只是她也管不着。就像今天他在直播里对两个艺人一捧一踩，用心昭然若揭，多半也就是拿钱办事。

　　"毕竟人家也要吃饭的。"柠荼自我安慰着。

　　"从迪莫跳槽来的……迪莫？"柠荼拿起了自己的手机。

　　这边的凯文正在 S 市的一家网吧里，他后悔没把自己的手机调成静音，先是想也没想挂断了，向四周一张望确认没人看过来，松了口气，抬手把口罩又往上提了提，这才看向自己手机的来电显示。

完了，自己把"考核官"的电话给挂了。

凯文扶额摘下自己电脑的耳麦，戴上手机的耳机，把电话拨了回去。

"柠荼姐姐，抱歉啊，我刚刚有点事。"凯文先开口道歉，完全没有刚刚在游戏里那个憨憨的样子。

"凯文，你认识张烁金这个人吗？"柠荼并不在乎凯文挂电话的行为，她现在更着急知道的是这个张烁金。

凯文仰着头想了想，这个人他有印象，毕竟以前见过一两次，至于怎么走的呢？凯文回忆起来：

"当时他因为艺人在演出时发生了事故之后就一蹶不振，公司解雇他之前，他就走了。"凯文说着，"我今天上午看见直播了，过了几年他还是玩这一套……"

这段话里，前半段是回答柠荼的问题，后半段虽然不能说没有"摆脱舆论炒作关系"的嫌疑，但是绝对是凯文的真心话。之前网上的舆论风评其实大多是倾向金麟的，现在这个公关就是为了给凯文的粉丝一些优越感，让他们两家粉丝吵得厉害些，话题自然就热一些。

凯文虽然年纪不大，但是娱乐圈的套路还是懂的，等到凯文的粉丝们开开心心地肯定他们要胜利的时候，过不了几天又会有一位别的什么专家分析金麟的优势了。

凯文看着当然想吐：两个人各有利弊还用你们专家分析吗？可这就是公关，必须吵一吵，像挤牙膏似的，让粉丝跟着心慌就完事儿了。他能做的就是安慰安慰粉丝，一点点提升自己，外界再热闹，他和金麟也是公平竞争，这点是毋庸置疑的。

柠荼没说话，本来就讨厌的一个人，现在她更讨厌了。完了，梦里还答应了要帮他去干什么事儿……什么事儿来着？柠荼一边回忆着，一边继续问凯文别的："你不用管了，公关部我也管不着，觉得恶心，就不要搭理他了。哦，对了，再问你一个问题啊，你转职是想做弓兵吗？"

◆榕树城◆

141

"呃……"凯文犹豫了。他看了一眼屏幕里游戏界面的自己，打开了版面就是自己氪随机橙装礼包得出来的武器驱风弩，说实话他还挺喜欢的，有转职做弓兵的想法，但是想到同伴们，尤其是那位"小白哥哥"对于自己要转职做弓兵的态度，大概就是这一声"呃"的来由了。

柠荼也不知道其中有什么典故，她只是有一说一："嗯，我觉得你的手玩双手持武器或许更有潜力。"

"啊？"凯文疑惑。只玩了一个多月游戏，虽然不至于听不懂双手持武器是什么意思，但是听不明白这个"或许更有潜力"是非常理所当然的。

"我只是提个建议，你要是感兴趣可以再来找我问。这边还有事，先挂了。"

"好，柠荼姐姐再见。"凯文还是懂礼貌地道了别，等着柠荼回应了一下挂断了电话。

凯文放下了手机，摘掉手机的耳机，重新戴上耳麦，看向电脑屏幕。双手持武器，他能驾驭吗？想到自己一个单手爆发武器都瞄准不来，双手持武器这种操作性要求更高的路子，他真的能走吗？

他有点发怔，回想着柠荼的话："游戏代言人，考考游戏的……"凯文啊凯文，你想玩好这个游戏吗？

这边挂断电话的柠荼长叹了口气。她听琉辉帮自己回忆了梦里的事，当然那些恶劣态度不需要琉辉来回忆，只提取了重要的消息：谎言之神想借黑暗之神的权力掌握榕树城。

柠荼大概能猜出一些目的，除了榕树城本身的性质和地理位置，还有现实里的一些原因。琉月的事情，她能藏多久呢？为什么现在才动手，多半就是察觉到琉月的特殊了吧。

训练室的其他几个也不是聋子，柠荼不可能在训练室里直接聊剩下的问题。只说先训练，自己出去办点事，她就又回自己房间去了。

琉辉往百里墨湘的方向看了一眼，最后也什么都没说，叹了口气，回到自己座位上去了。本来也想着好好训练的，但是等他看见电脑屏幕里的游戏界面的时候，他就呆住了，环顾四周，确定没人看过来，才装作若无其事地坐下去。

此时琉辉的电脑屏幕里同样也显示着游戏界面，只是漆黑一片。在离开座位之前，他清楚地记得自己把角色放在了地下城的门口准备出门练级的，现在却是什么也看不见。鼠标上移看了一眼状态条——致盲。

电竞圈的人他都认识过一圈的，只因为他总是单独练级的那个，就总有其他战队的喜欢过来"试探"他一下。

能进地下城的角色基本在所罗门战队，会致盲技能的再缩小一下范围……

"幼稚吗，拽根儿？"琉辉戴上耳麦，也不等致盲解除，直接张口就喊起了嫌疑犯的外号。说完这句话，致盲也基本上结束了，眼前出现的果然是老熟人，一个一身黑衣的狂战士，头顶ID【奈落四叶】。

琉辉刚想接着操作角色上前去"叙叙旧"的，却看见了自己的消息盒子像是爆炸了一样出现红点，移动终端显示着简讯：

剧情任务·限时：伟大的律贞大人让你现在去黑暗公会大厅一趟，有重要的事情要你去做。

这个女人……琉辉想起来梦里的情景，有点不想去，可是想到柠荼说有事离开说得也很隐晦，也许应该去看一看。做好决定后，琉辉准备操作着角色回地下城找律贞去，却发现对面的【奈落四叶】和自己转向了同样的方向。

不是巧合，大家角色的势力都属于地下城的黑暗公会，律贞要召唤全员开会那都是可以理解的。结果地下城这么大，"开会"却只有两个人来了。

细想了一下【奈落四叶】的角色设定，魔龙一族；再看看自己的【星辰之辉】，魔族血魔银虎……呃，律贞还当真是左青龙右白虎，有那么一点黑暗公会老大的气场了。

律贞说事也不绕圈，大概就是交代他们两个人去榕树城帮【赫尔墨斯】那只大鸽子做点什么事。琉辉漫不经心地将那些文字飞快地跳过了，然后就开了地图指引，准备跑任务，却被旁边的【奈落四叶】叫住了。

"这个【新月神】你认识吗？"

琉辉手头动作一顿，将视角转向对方，如果隔着屏幕能看见表情，任谁也看不明白琉辉现在的表情，他的嘴角先是往上挑了些，随后又耷拉下去，眉头断断续续皱起好几次，眼皮扯着眉毛也跟着一跳一跳的。最后他食指在鼻头上来回蹭了好几遍，才长出一口气，说了一句："不认识啊。"

【奈落四叶】没再提问，邀请琉辉跟他一路同行，琉辉也不计较之前被人打出的致盲，剧情任务必然是要一起做的，谁也跑不了。

另一边的榕树城会议室里，文件已经都被捡起来了，剩下的琉月让小纸人去整理了。【凤求凰】也浏览完了文件，【凯】干完活就凑到【凤求凰】旁边，想从他背后看见他手上的文件写了什么，奈何个子太矮，就用着风系魔法"飘浮"，要是脚下没有影子那身形就像极了跟在人身边的幽灵。

【凤求凰】全然不去理会余光中那一抹亮丽的粉色，上前来和琉月分析起了数据：

"我看完了，这个结论还只能说是推测吧，疑点太多？"

"是的，现有数据中，只能证明他一定还在榕树城，而且一定还有沟通外界的能力，除了索道之外的这棵大树哪里都能出城，重要的是谁能破这个结界。那么只能从掌握了结界咒印的上层管理开始排查，所以嫌疑人就有这几位了。"琉月认真回答。

【凤求凰】转过视角去找NPC文森特，问道："最近有出城的人吗？"

"一共两位，一位今早给青鸟大人送申请物资的信去了。为了防间谍，我按照贵公会的建议，昨天你们带回来的两位伤员，在治疗痊愈后，选择了其中一位去送这份重要文件。"文森特回答。

"那另一位呢？"【凤求凰】继续问道。

文森特继续回答："另一位是我们内部的一位上级，平日里负责与魔族总部长老院进行联系，他今早出城是去魔族总部申请支援的。"

"上层？"【凤求凰】停住了。屏幕前的少年或许是在思考，他原本握着鼠标的手松开了，扣在键盘的前沿上，食指在键盘上面轻轻敲击着。

他的那双手很漂亮，指甲修剪得就像他本人一样整整齐齐，指关节分明却并不突兀。手上骨肉匀称饱满，多点肉太圆润，少点肉太枯瘦，唯独右手中指第一个关节有些突出，想来应该是握笔时磨出来的茧。指尖上扬下落时，手背上四个窝和皮下的四根骨时隐时现，唯独拇指末端那两根骨却是始终明显。

他在思考，出于严谨，他不想要猜测，而是推测。他继续发问："介意我了解一下这位上层的基本信息吗？"

"他叫赫尔墨斯，比我年长，最早是跟随光明之神的，首都建立后，他才得到自由，只是至今没有受到任何组织的重用。平时负责的就是榕树城和上层魔族长老院总部的联络，原型也是白鸽。"文森特回答。

少年心下默念了一次"赫尔墨斯"这个名字，对耳麦里的人交代了一下："凯文，你去查一查有没有叫这个名字的玩家或者NPC。文森特城主，暂时监视一下这个人。琉月，再过十分钟，开始计划，我先去证实一些事，计划开始的时候我会回来的，你别担心。"而后他摘掉耳麦，起身离开了自己的座位。

他向房间书柜走去，那里除了书籍，在最顶层上还陈列着各种奖杯和奖章，其中一侧各种大小不同的证书和奖状就像下面的书籍一样，按照大小整理得整整齐齐，靠在一边，奖杯的防尘罩下，刻着他的名字——白陌。

他在书柜的最底下一层寻找着，这一排是童话神话类，是他最早读的一些书，同样是分系列按大小排列得整整齐齐。与其说找，不如说是取来了一本书——《古希腊神话·众神相简介》。

"小白哥，我找到了，是个玩家，这个人我还认识。"还没坐回座位，白陌就听见耳麦里传出来了凯文的声音，很大，可见之前小声说话时白陌听不见他有多着急。

还没等白陌坐下来说什么，凯文那边又传来了一声"哎呀！被认出来了！"然后头顶的ID一灰，人就下线了……

凯文刚和柠茶聊过张烁金，搜索出来的这个玩家的脸想不认识也难了，一想到总算能给团队做点贡献，激动的心情让他呼唤白陌的声音越来越大，直到吸引了网吧里一个刚从洗手间回来的姑娘。她只从那握着鼠标的右手手腕上粉红色的手环就联想到一个人，再加上这声音确实有特色，那姑娘脑子都没过一下就直接大声喊出了凯文的名字。

这网吧还不小，算是个网络会所，就在这声尖叫后，凯文一个回头的瞬间，网吧里百十来个网民都看向了尖叫的来源处，再顺着那个女孩儿的目光看过去，凯文那感情丰富的眼睛立刻就被认了出来。谁也没理会他那尴尬紧张又害怕的心情，一个个像是到了粉丝见面会一样，朝着他的方向冲了过来。

凯文直接强制退了游戏，冲着耳麦里喊了一声，就扯掉耳麦，卷着自己的外套和手机，几乎是从桌椅之间翻过去的，灵活地在其中走位，撤离现场，还不忘了在路过前台时高声问一句网管"网费多少钱啊"，然后飞速掏出手机扫了个支付二维码，落荒而逃，消失在商业街里。

粉丝们追到门口，只听见前台传出来一声"××宝到账，10元"，几个粉丝还不忘啧啧称赞两声他不上霸王网的行为，但大部分粉丝不是没交网费就冲出去想再找找人的，就是在还保持一点理智冲着人消失的方向大声再喊两句"我爱你"的。没过多久，网管和保安出来维持秩序，把这些人给安排回去了。

凯文跑得快，路上还不忘再买个新的帽子和围巾，简单换了个行头，外套里的墨镜也掏出来戴上，这才混在人群中离开了商业街。

剩下游戏里的【凤求凰】和琉月回味着他说到一半的话。琉月不敢肯定，因为之前那个叫【不好意思走火】的神枪手，【凯】就认识，并且也帮他们澄清了身份。这个榕树城上级，他又说认识，一时间不知道是澄清还是加大嫌疑了。

这时文森特根据【凤求凰】的意见派遣出去的人也回来了，报告上来的消息却让疑云更加浓重。

"报告城主，现在我们找遍全城，也没能找到【赫尔墨斯】使者。"

"那首都的支援呢？"

"负责的信使也没有回来。"

"什么？"

白陌回想着首都和榕树城的距离，当初选择榕树城就是因为榕树城的地理位置与首都和魔族总部都很接近，方便求援，算一算他们魔族鸟类擅长飞行，如果不是发生了意外，现在早应该回来了。

"文森特城主，请问榕树城第一次受到黑猎手困扰并开始求援是在什么时候？"白陌提问。

"一个月前。"文森特回答。

白陌从秦空那里得知榕树城地图是一个月前新出的，那么能立刻盯上这块肥肉的玩家，除了之前那些职业战队的玩家，还有游戏官方。

这个人可能希望尽快掌握榕树城，借助这个地理优势扩大自己的势力，柠荼不会自己拆自己的世界观，而这个人需要影响力……影响力……现实世界中需要影响力的人，凯文认识的，难道是，娱乐圈的人？还是游戏官方的……

白陌不了解现实世界里的娱乐圈，他的思维也只能止步于此；那么游戏世界，有黑暗公会这种见谁怼谁的势力和天生就喜欢和魔族作对的猎手协会；这个内部成员是魔族人，不可能去猎手协会找刺激，那么接下来会出现的应该就是黑暗公会了吧。

"报告城主！"这时又一个士兵飞奔回来，还没站稳脚，就敬了个不成样子的礼，喊出了报告，"城主，索道从外侧被不知名的几个黑衣人拆毁了，现在城西北方向，有魔龙一族在接近。"

"什么？"一向冷静理智的白陌也叫了出来。琉月虽然没叫出声，但是她明白这是在担心什么。榕树城多是鸟类魔族，一旦开战，能够展开翅膀从各个方向撤离出去，那么索道就是针对他们星宫修建的。

白陌惊却不慌，他一边用手机和秦空汇报情况，一边对琉月说："别等了，琉月，现在开始计划。"

"好！"琉月点头，回身将会议室里的文件全部收回空间元，和文森特城主一起向广场赶去。【凤求凰】并没闲着，接通了秦空打来的电话，一边操作着角色跟上，一边和秦空讨论起来。

审判仪式开始……

秦空正坐在回城郊的公交车上，看了一眼手表，听完了白陌说的话，只是眉头轻皱了两次，一次是因为凯文只说了一半的话，另一次是因为索道被毁，之后他自己长舒了一口气说："我还需要一个半小时，你就按我说的，先进行计划，至于黑暗公会怎么回事，我去问问另一个人。"

白陌那边答应下了安排，秦空认真看起了资料，从他话还没说完时，他的眼睛就已经定格在了一行字上。

角色信息：敖晏，原龙族后裔，死亡原因不详，重生为虎，现黑暗公会黑暗之神的直系手下之一。

早知道计划赶不上变化，刚刚就应该在你们梦幻战队游戏俱乐部喝杯茶再走了，秦空这样想着，翻开了剧情资料。

《榕树城》篇完结。

金色勋章

马脚

　　暮色四合，街道路灯早早亮起，只为了目送远行的夕阳，再迎来渐渐升起的月亮。柠荼在小小的寝室里沉睡着，在那张小小的床上沉睡着。脊背蜷缩，仿佛子宫中还未出世的孩子。仿佛是上苍知道她需要安静，窗外的风声渐歇，房间里清晰地鸣响着时钟嘀嘀嗒嗒的声音，规律的节奏同她均匀起伏的呼吸一般。

　　她在梦中很清醒，头脑和身体都同样清醒。

　　她睁开眼，那是一双如同翡翠一样的绿色的眼睛。长长的睫毛，末端微微向上卷曲，像是刚刚停留在她鼻尖的那只蝴蝶细长的触角。

　　蝴蝶飞走了，在夜空中振翅，仙尘在途中留下一道犹如彗星的拖尾。而后就是草丛中的第二只，第三只……

　　蝴蝶，灵蝶岛，那这副身体应该是【翠鹠】的，柠荼想着。【翠鹠】正趴在地上，她揉了揉眼睛，支撑着身体坐起来。正想眨眨眼适应一下没有灯光的荒郊野岭，周身蝴蝶留下的仙尘落在草地里，浮出星星点点的光，是天然的魔光，此刻却温和灵动，犹如夏夜的萤火虫。

　　她的身后悠悠传来一男子慵懒的声音："翠儿，这次没睡太久呢。"

　　"师父。"柠荼扭过头来看向身后，见到来人便将身子也转过来，但并未起身，只改了个跪姿，向人叩首，恭敬地唤了一声师父。

　　【翠鹠】那一头长发和她的眸子一样，在如萤火的亮光照耀下，颜色就是绿莹莹的，就连指甲都像青苹果味的透明软糖的颜色一样，唯独身上穿的是一件纯白色的真丝连衣裙，背后系的大蝴蝶结像是要和灵蝶岛的蝴蝶们一起翩翩起舞，就连她自己的嗓音也同这副孩童的身躯一起变得稚嫩了许多。

眼前的男子也是坐在地上，只是那地面不是【翠鹬】身旁的草地，他脚下一圈连带他背后的小山坡在发着微弱的白光。男子衣着颇似东方的白衣仙人，和【翠鹬】这西式的连衣裙放一起却一点也不突兀，黛色秀发在周身轻微的白光反衬下，颜色像极了……海苔。

柠荼心底暗自教育了自己一下，现在自己可是【翠鹬】，不许对师父不敬。真是用【翠鹬】的眼，看什么都像吃的。也不是说眼前这男子不好看，那绸缎绑在男子的眼睛上，只留着那秀气的鼻梁和唇，更别提那身段了。

"翠儿，梦见什么了？"

"我梦见一个……"柠荼想了想现实世界的事情，说道，"很懂我的人，那个人可以听懂我说的每一句话，看懂这个世界的所有事情。"说的这个人，就是她刚刚见到的秦空本人，没有描述什么特征，只是说了说自己对他的好感来源。

柠荼在睡着以后，就会到这个游戏世界里扮演不同的角色，【翠鹬】是其中之一。她能零零碎碎地记住一些梦里的情景，其中最重要的就是【翠鹬】每次醒来都会和师父讲自己的梦，如果是柠荼醒过来，为了应付差事她一般会讲讲自己在现实世界里遇见的事情，但是同样只会得到师父的一句听起来让自己似懂非懂的话。

"看来，这个世界终于是有人睁开眼了呢。"

听不懂，真的听不懂。柠荼皮笑肉不笑了一下，没再追问，毕竟这个老师也很随性，喜欢和徒弟玩神秘。【翠鹬】只是点点头，说了一句："师父，翠儿想去外面看看。"

师徒两人沉默片刻，也不知师父到底能不能看见【翠鹬】，直到一只淡黄色的蝴蝶落在他肩头，他才开口道："那便去吧。"

简单行过礼，也不知道他看不看得见，留下一声"师父再见"后，【翠鹬】便离开了灵蝶岛。

与此同时，游戏世界里最高大最茂盛的那棵树上，灯光烛火点亮一座城池，在夜幕下，是那样耀眼明亮，将结界原本的蓝紫色微光掩盖。这里的警戒比平日里更加森严，飞禽们同样是魔族出身，不愧于他们的血统。他们皆在不同角度以最远的视野监视着从远方靠近的巨大魔龙，魔族最不受待见的生命。

殊不知，除却凌空的视野，土地上闪过了银白色的影子。他没有什么同族人，孤身一只，在森林中穿梭着，宛如划破狂风的银色闪电。一路跟随着头顶的魔龙一族，直到平原上，想起自己行事比头顶的"傻大个"们灵活多了，琉辉便操作着血魔银虎转了方向，继续保持高速向榕树城靠近，不再计较关于"拽根儿凭什么说着一起走还不让自己省点操作骑着过来"的问题。

果不其然，他比那些畏首畏尾、不敢硬上的魔龙还要早到，【星辰之辉】在榕树脚下驻足，向上望去：嗯……热闹。琉辉这么想着，而他游戏里的移动终端响起了提示音。

剧情任务·限时：您的任务接头人【赫尔墨斯】已经在榕树城入口处等您，请尽快前往。

琉辉当然已经知道入口在哪，一想到刚刚停下来操作兽化身躯高速走位冲刺跑酷的手，现在又要去操作人形态攀岩，刺激。琉辉摇摇头，右手捂着自己半边脸，为了提神上下摩擦了两遍，末了长出一口气，向那悬崖峭壁赶过去。

魔龙一族这边在空中驻留许久，最终决定先落地修整再想解决方法，这才发现一直在陆地上跟着他们的大老虎不见了。

这个首领【奈落四叶】也不想带这么多大块头的魔龙，主要是律贞说得很明白，要兵力支援。剧情设定里指明了敖晏没有这个东西，所以他这边才点上一批"兵力"，就是因为要操作带着一大堆的NPC，才果断拒绝了那个死皮赖脸想骑着龙过来的幼稚"小屁孩儿"。

他联系琉辉，可是对方就像没看见一样，他都怀疑自己是不是真把他试探致盲了。碰巧他也不是死缠烂打的人，果断让士兵全部原地待命，自己以人类形态向榕树城继续靠近。

榕树城内的主广场上聚集着众多市民，他们的目光汇聚于广场中央那个圆形台上被扣押着的几个"犯人"，却只有台上做戏的人知道他们只是扮演替罪羊的。

琉月和文森特到场，观众仿佛已经看到了榕树城的解放一样，失控起来。文森特做手势，压下了台下此起彼伏的尖叫声。琉月微微点头致谢，和文森特一唱一和。

"让我们感谢这些天外来客吧，没有他们的帮助，榕树城的解放不会来临得如此之快。"文森特作为城主开始了他的演讲，"榕树城陷入被围困的危险时刻，感谢光明之神将这个光荣的组织送往榕树城，将光明送往榕树城……"

要把时间拖得更久，直到卧底等不及站出来催促审判，出言去亵渎光明之神。这是昨晚定下的计划。

在文森特离开以后，琉月也思考过这么做的原因。人族和魔族是敌对的，是对立的……

榕树城外那个本应该有一段索道的山洞里，【星辰之辉】呆愣在原地，原因之一就是他看到索道被毁了。这意味着琉辉比里面那些笨鸟清楚情况多了。

身后站着那个先前梦见过的男子，他已经知道这个人就是【赫尔墨斯】，而且是玩家，不是NPC。但他的真实目的，琉辉现在才知道。谎言之神根本不想掌控这座城池，他想要的是毁掉重建罢了，他不需要兵力支援，因此才会不在乎律贞的决定。面对榕树城这种视野广阔不易攻取的城池，想要单凭自己那张谁也不信的嘴借走更多的兵力支援才是最奇怪的，他要的是一个替罪羊。这个游戏世界最爱干坏事的，不就是他们地下城当家的黑暗公会吗？

"拽根儿，帮个忙。"琉辉并不是有意无视消息盒子的小红点，而是他当时真的在攀岩。现在他得空了，却没空翻前面的消息，身后是抵上脊梁的刀锋，身上是克制兽化的禁锢令咒，如果说这是对待"盟友"的态度，那么这一定是让琉辉呆愣住的第二个原因。

他不是对自己的操作没自信，而是……这是一段剧情杀啊。难怪玩家的剧情任务是玩家最痛恨的玩意。

敖晏剧情设定：脊椎骨受到致命威胁时无法使用魔法。

"啧，拽根儿，你听我的，这么做……"琉辉不敢吱声，毕竟身边的这个危险的人是玩家，还是看过自己剧情的玩家，最主要的是也是长着耳朵的玩家，但是琉辉的键盘却一刻不停地在输入着。

此刻，深夜九点……

"自伟大的阿纳斯特建立至此，近百年之久，每日光明总是如约而至，从未失约。一如光明之神曾经承诺，她会守护这里的每一寸土地和这里的每一位人民。"那慷慨激昂的宣讲词无一不是赞颂着所谓象征光明的神明，并非完全是计划所使，而是来自文森特的心声，"我们为其坚守土地，我们是这里最为光荣的人民！魔族效忠的不灭的光明啊！人族永远都不配在这样的荣光之下享受着这份荣耀……"

琉月站在台下，脸上表情平静，没有人察觉她背在身后的手微微捏紧了一次。这番陈词就像是一根小小的刺，扎进皮肉，融入血液，最后流进了心脏。

"妄想背叛光明的魔族，我们必将代表光荣的光明之神，将他推入无尽的黑暗中！现在就让光明之神送给我们的光明，来为我们揪出那些向往黑暗的叛徒吧！"文森特长长的演讲终于结束了，他又向琉月做出有请的手势。

琉月转过头看了一眼身旁的【凤求凰】，之后才转回去，向着前方走上了广场的台阶，文森特退出位置，让琉月站在了中央。琉月目光扫向台下那些飞禽，或是已经修成人形的魔种人，或是全身或者半身还保持着鸟的形态的生命。

她再抬头看向夜空，如钩的银月，还有时隐时现的薄雾与云，看不清天上有几颗星星。琉月深吸一口气，重新目视前方。再次看到那些魔族的眼睛时，却一个字也说不出了。明明已经准备好了的词，在此刻仿佛自己的内存全部被人清除过一般，什么也想不起来了。

那是一双又一双充满仇恨的眼睛，那些本应该令人充满信仰的话，反射出了一张又一张狰狞扭曲的脸……

他们不是信仰光明，而是渴望人族堕入黑暗。让他们充满希望的不是光明和爱，而是傲慢与偏见。

"无知。"一个稚嫩的童声回响在空中，打破了寂静。众人乱作一团，都在四处寻找这个亵渎神明的异端，却看见银月下，树梢上坐着一位穿着白丝裙的少女。那双马尾辫被高处的风胡乱地吹着，扬在空中，在月光下翠绿的颜色格外显眼，没有人知道她的名字——【翠鹠】。

若说琉月刚刚在那些人眼中看到仇恨，那么现在这个少女在他们眼中看见的也是仇恨，是有针对性的仇恨，或者说应该是敌意。

琉月无法想象她怎么还会有勇气那样居高临下。那少女还在继续说着："今天天不黑，你们明天又想去哪里看日出呢？"

"荒唐！怎么敢对光明之神不敬？"台下已经出现了怒夫。

"你们回答不上来，因为你们愚昧。这不是针对你们的信仰，这是事实！"【翠鹠】的脸上流露出的无畏与她的稚气全然不搭。

奈何群众的力量更大。

"一派胡言！你从没有在永恒的黑暗中活过，你怎么会懂得我们魔族对光明的追求？"

"你们怎么知道我没在黑暗中生活过呢？还有，你们现在迎来了光明，凭什么说黑暗是永恒的？我是不是可以说，你们这是对流光之神的不敬？"【翠鹠】呐喊着，无视眼前那些已经点燃的火把，"救你们的是他们公会，凭什么说是光明？救你们的公会里也有人族，你们却说要将他们推进黑暗？无知！可笑！"

"大胆狂徒！拿下她！"还不等文森特重新上台说话，那些怒夫的导火索已经燃烧到了尽头，犹如他们举起的火把，他们同时举起的武器上反射着冷血的光。他们张开翅膀，怒吼咆哮着，他们挥舞着武器或者汇聚着手中的魔光冲向那个不知名的少女。

此刻，他们每个人都是魔兽。

琉月看在眼中，想要高呼提醒那个女孩小心，却始终不敢叫出声。不是因为怯懦，而是她身后有公会，她不能引火上身。

"琉月小姐。"身后有人说话。琉月转身，看到还被绑在那里的几位"嫌疑犯"，喊她的是那个领头的神枪手。

琉月四顾一圈确认无人注视，就连文森特也被卷入了混乱中，人群中能够看到他纯白色的翅膀，却比不过那些猛禽的戾气之重，很快也力不从心了。琉月这才走近些去问："怎么了？"

"你不敢帮那个姑娘吧？"神枪手说。

"我……"琉月有些犹豫。

"你给我们松开一下，那个姑娘是我们的朋友，我得救她。"

"好，我相信你们不会跑的。"

"24K的纯金誓言，答应帮你们找到真凶再走嘛。"

林耀这边真不是想跑，是因为他的移动终端也有消息了：

剧情任务·限时：救下【翠鹛】。

眼看着攻击就快追上【翠鹛】了，那个看似手无缚鸡之力的女孩，脸上却是毫无惧色，只见她向后轻轻一跃，身后那巨大的蝴蝶结在黑夜中亮起青绿色的光芒，解开丝带舒展，逐渐幻化出翅膀的形状，最终变成精灵那样透明的翅膀，魔法粉尘随着它的抖动不断飘落着。只见少女灵活闪身，几道魔光与她擦身而过，随后是不断接近的锋芒与火光。

"砰！"

枪鸣声响起，只见原本乱作一团、冲向女孩的猛禽们全都变成了惊弓之鸟，骤然停留在空中，齐齐扭头看向这座城池唯一的持枪者——神枪手【不好意思走火】。

此时的琉月已经离开了大广场的台子，计划打乱，她必须先找到自己公会的其他成员。原本跟她一起前来的【凤求凰】，琉月在离开时当然不会忘记先去找他，而了解现状的白陌也很快做出了决定。

琉月是用魔法飞回旅社的，她第一时间按照【凤求凰】的要求，叫醒了还在睡梦中的泠。她气色不太好，但是得知主人召唤也没有犹豫，飞快向广场的方向飞去。

被困在壁崖山洞的琉辉，看见火光亮起时心急如焚，而面上却异常平静，他也没必要回头再去确认是什么人，一副没大没小的样子吊儿郎当地说："柠茶和你有什么仇，要这么针对她啊，张烁金老师？"

"仇倒是没有，就是有人想要她的命。"身后人回复。

"要她命应该去找杀手啊，干吗来游戏世界抓一个数据人啊？"琉辉对这个回答嗤之以鼻，开玩笑一样打着哈哈，"话说你们的计划什么时候推进？我想当队长。"

"呵呵，你还是老样子，没皮没脸。"

"承让承让，我之前看见过那个城主文森特的样子，嗯，刚开始没怎么注意，不过现在我有点想起来了。半年前我有一哥们儿，也特别讨厌。那人吧，没啥爱好，就喜欢到处旅游啊什么的，说叫什么……暴走俱乐部。嘿，我也不是很懂啊，据说他是陪着一个 A 国姑娘一起走，说是每走十英里就可以给她变成植物人躺在病床上的哥哥挣一美元的医疗费，而一直没人知道她这个哥哥是怎么变成植物人的。"

琉辉像是在讲故事一样娓娓道来，没去关注对方什么反应，还控制着鼠标转着视角，表现出一副百无聊赖的样子。视角转得飞快，游戏里的角色【星辰之辉】那脑袋也跟着转得飞快，看得站在他身后的人感觉硌硬，却不知道他是在观察周边的地形。至于琉辉说的暴走二人组张烁金根本不知道是谁，倒是这个植物人让他有点紧张。

不远处有块巨石，沙地上那鞋印有点模糊了，没事儿，有沙子就行，琉辉记在心里，继续一边转鼠标一边说："我这个哥们儿呢，前段时间因为一些不可抗力回来了一趟，我才见到那个 A 国姑娘的哥哥长什么样。兄妹俩是混血儿，长得都挺标致的。哥哥是个艺人，听说当时他经纪人替他接了个综艺，当时是出了什么意外来着，还死了个主持人，他还真是万幸了，只是成了个植物人。最后经纪人离他而去了，太惨了。你说对吧，张烁金老师？"

"我错了，我应该直接捅死你。"

这话一出琉辉立马有了反应，视角也没转，右手一个反手钳制住了对方的一只手。

"我就知道。"

不好！

当耳畔响起敌人阴沉的语调时，琉辉已经看见了屏幕上飞溅出来的血，被他抓住的那只手是没有刀的，而敌人将刀换到了另一只手上。至于血，当然是从他的脖子喷出来的。刺客类通用技能"割喉"。

从出血量和喷射角度来看，是短刀而且会持续出血。嗯？中毒状态？还用了"涂毒"，真是……好幼稚啊。他向上转视角，"银钩月"。

下蹲，后踢腿，前滚翻拉开距离。琉辉键盘上的手开始变快起来，鼠标来回扭动。游戏里的【星辰之辉】侧身，划步，脚后跟都露在了悬崖外面，方舟化矛形态，"冲锋"。

对方侧身回闪，【星辰之辉】侧划步卸掉未命中技能的后摇，随后一记"横扫"。对方来不及转回视角看他时就已经被击飞了，急忙在空中开始受身操作，平稳落地。

这一平稳落地，给了张烁金不知从何而来的自信，职业选手不过如此嘛。他开始转视角抬头去找【星辰之辉】，不想迎面一记"抛沙"从上到下直接照着他的眼睛就撒了上来，从外人的角度来看，琉辉那不紧不慢的操作，轻微抖动着自己的手，像极了街边烧烤摊位上给羊肉串撒上孜然面儿的烧烤师傅。

张烁金不是职业选手，他没什么意识，就连致盲状态操作也是胡乱蒙的。琉辉都看透了他的套路，知道可以抽身了就头也不回，直接兽化回银虎的模样，往悬崖下面跳去，还不忘了大喊一声："拽根儿！"

接着一只巨大的魔龙从悬崖下飞上来，接住了这只老虎，嘴里还说着："不会把你的爪子收一下吗？挠破了我的皮还在流血知不知道？"

"站不稳嘛，让哥瞅瞅，没事儿，掉几片鳞而已。"

"掉龙鳞了？"

"下去！"

"错了，哥！走，我们赶紧过去吧。"

"那个张烁金想干什么？"

"一边打一边解释给你听吧，总之他的阴谋已经露出马脚了，我不会让他得逞的。"

另一边的凯文总算找到了落脚的地方，一进旅馆，连帽子都没摘，坐在电脑前飞快地刷卡上线，正巧碰见了来找其他队员的琉月。琉月没有解释，只是叫他们快点到榕树城主广场上去帮一下【凤求凰】。

至于主广场上的【凤求凰】呢……

"嘿！你配合得挺不错啊。"看见"冰盾"给团里的术士挡下一次攻击，神枪手【不好意思走火】一边高声对着那个他不认识的冰系法师喊了一嗓子，一边开枪射翻了那个敌人手上的武器。他们是劝架救人的，不是来打群架的。

【凤求凰】不理会，搞得神枪手有点尴尬，但还是在继续问："兄弟，是否方便帮我一个忙？"

听完这句话后，【凤求凰】才舍得转过头看他一眼问："是要救那个女孩？"他说的当然是【翠鹬】。

此时的【翠鹬】被飞鸟们车轮战消耗，虽然不落下风，却没有脱身的机会。她躲闪得飞快，像是战火中振翅求生的蝴蝶。她时不时从手心放出魔光反击，或是如同箭矢飞快冲破人群，或是像泡泡一样困住几个人膨胀爆破，却都没有命中要害。显然，她不是为了杀人而来的。

她的真实目的没人在乎，但是显而易见的是，她需要帮助。

"没错，她是我朋友，这人情我先欠你，帮个忙。你是魔法师吗？"神枪手用枪口指了指【翠鹬】的方向，还不忘射落某个远程敌人手中的法杖，继续向这位法师问。

还不等【凤求凰】说"不"，一蓝衣女子便绕到他两人之间说："他是召唤师，我是他的召唤兽，泠。"

"呃……也可以。总之现在请设法让我达到和那个女孩同样的高度，等下我们放个枪封攻击者的走位，那时候我要去接住她，可以吗？"神枪手干咳了一声，继续问。

同时他也在上下打量着这个女子，现在召唤师的召唤兽修成人形都这么漂亮吗？腰细腿长，凹凸有致，看起来不似一般的姑娘那样娇小。衣着富有魔族特色，性感又不失清纯，袒露着后背，裙摆坠着羽毛。再见她背后一双青白色的翅膀，结合她空灵的嗓音，林耀猜测，她也是鸟类魔兽。

　　白陌向上转了一下视角目测高度，虽然不及职业选手准确，却也八九不离十："这距离，我预判跟不上。"他并不是推脱或者谦虚，只是实事求是地说。他预判如果是纵向空间的话的确会很难。

　　"不用，不用，你这儿不是来了一只会飞的嘛，冒昧问一下她变成鸟后会有多大？"林耀给这位刚刚出现的美女魔族人点了一个标记，继续向白陌发问。

　　"泠……"白陌迟疑。

　　"能帮到主人的话就好。"泠面向【凤求凰】点头，待【凤求凰】那边答应下了那几个人，泠这才开始魔化。她张开双臂，逐渐被羽毛隐没直到与身后的翅膀融合，身躯前倾膨胀，羽毛不断生长，尾羽舒展，最终幻化出凤凰的形状，竟然还是一只白凤凰。

　　这一幕愣是把林耀看呆了，最后还是队友提醒了他一声他才免于被从天而降的斧头削到脑袋。召唤师的专属魔兽可以挑选是不错，但是这种神兽多是可遇不可求的，凤凰，还是冰系白凤凰，这个人的运气未免也太好了吧？用网络俗语那就是"脸白得和欧洲人似的"。

　　他猜对了，白陌真的患有先天性白化病，不过后天经过治疗至少不会影响视觉，他连头发都是白的，脸就更不用提了。

　　当然了，林耀没必要知道这些，他继续说明要求："大凤凰，把我带着飞上去应该可以做得到吧？"这句话是说给泠听的。

　　泠还真听得懂，蹲下身来让他上来，直到他爬上来才发现……

　　"太重了吧！"泠的声音带着一丝无奈和抱怨。

　　凤凰被压得站不直身子。白陌让这位神枪手看了看自己身上的负重，一把冲锋枪，两把手枪，背后一把狙击枪，自己还是个机械联邦的人形AI。驮着这么大一坨"铁疙瘩"上去，对于泠这只小凤凰来说，着实残忍了些。

再看周围那些职业枪炮师和机械师，术士要帮忙控场，必然不能飞走了。想要在高空完成任务，一时间没了人选。

"我来！我来！我来！"

没见来人，听见声音时，白陌就已经皱了一下眉头。随后就眼睁睁看着如同疾风一般冲过来的【凯】溜到了泠的身边，先是故作亲密地摸了摸那凤凰头，当然被泠嫌弃地躲开了。【凯】毫不觉得尴尬，继续说："我虽然也是 AI 人设，但是风系有一个可以增强鸟类飞行能力的增益技能'驱风'，我也是射手，我可以去的。"

"凯文！不要胡闹！"白陌在使劲揉过眉头以后，终于按捺不住吼了出来。至少让林耀那边吓了一跳，队友是看着他从座位上弹起来一下的，因为他不敢相信刚刚对自己爱搭不理的冷漠男孩竟然还会咆哮。

凯文这边不甘示弱，嘴里一边说着一边翻身跳上凤凰："你们都不信我，我也懒得解释。泠，我们来帮你主人解决这个麻烦，飞！"

出人意料，那个原本对主人言听计从的凤凰泠，竟然真的听了别人的话展开双翼。【凯】的手中亮起绿色魔光，周围气场开始飞速，直到看着凤凰泠载着【凯】飞向了高空，留下了【凤求凰】在原地焦灼却无话可说。

林耀走过去拍了拍他的肩膀，说道："呃，要对队友有信心啊。"

"做你们该做的。"

行吧，还是那个冷漠男孩。林耀耸了耸肩，让队友开始火力掩护。白陌看着天上的火力线，心下还是非常认可这个职业选手的实力，至少纵向空间的预判，他白陌做不到。

"小白，那是怎么回事？"白陌感觉头顶有声音响起，抬头才发现，一颗巨龙的脑袋不知道什么时候冒了出来，身形之庞大自不必说，能伸进来的竟然只有这一颗龙头，说话的人是正从龙头上走下来的【星辰之辉】。

琉辉在路上给自己点了几个治疗术，这才能维持他的人形。因为之前抢过星时罗盘的事情，他不太方便以银虎的形态见星宫的人。

至于他口中问的"那"，就是正骑着凤凰的【凯】。

"琉月去找星宫的人来阻止这次混乱,他移速高,最先过来了。"白陌知道这是琉辉的账号,这才直接说出来。

"嗨哟,还挺有勇气啊。"

"别凑热闹了,赶紧想办法。"

琉辉还像是在打哈哈似的,和本就心情不好的白陌表扬了一下那位激进行动的不羁少年。

"怎么叫凑热闹呢,我在这儿认人呢……那姑娘谁啊?有点眼熟。"

琉辉真不是不想上,是他显示器右上角还明晃晃地显示着中毒状态呢,现在的他剩下的这一层血皮都是靠自己几个低级治疗术撑着,不是濒危状态也胜似濒危状态了,观察后提出建议才是他能提供的最大帮助。

就在说话间,他听见身后一声大喊:"兔子!"然后就是一抹黑色的身影与他擦身而过,冲进了人群中很快就被隐没了,但是那身形他还不熟悉吗?魔龙领主!这么焦急,琉辉一时想不通,但是刚刚的局势他还有观察的余地,现在魔龙一出,黑暗公会的势力可就全都摆在明面上了,他不上也得上去了,虽然他本想着赶紧出声制止。

"拽根儿,你等……"琉辉看着也着急,动动鼠标,想再确认一遍自己的状态,却发现中毒状态消失了,血量在回升,显然是有专职辅助的玩家在给他使用"治疗术"和"净化术"。视角朝着四周一转才看见【青空】和【金钱至上】那边各自飞过来的魔光,释然一笑:"谢了,两位哥。"

血线回升得差不多,琉辉手下开始操作,也钻进了人群去了。

天上的【翠鹚】还在维持着战斗,她知道这是一场考验耐力和心理的战斗,她是天真,但是不弱。起初可以说游刃有余,现在有些疲态也仅仅是因为枯燥。她不明白为什么她说得明明是对的,还会有人来找她打架,反正她只知道要反击。

【凯】在凤凰泠的身上坐得很稳,手上却抖得厉害,他也知道这完全不是人家召唤师的问题,自己操作着"驱风",现在又要他干自己最不擅长的事——瞄准。

我真不该玩弓兵。凯文这么想着,手中箭矢久久没能离弦,那些目标也在移动,他本身视力并不好,盯久了更是眼花,只在心底默念着"打稳点,求你了",耳机里怎么人声鼎沸他都忘记了,眼里只有驱风弩的准心和一个同【翠鹬】打得最为激烈持久的苍鹰。等等,苍鹰?

"嗖——"

"糟了!"凯文大喊,刚刚那是箭矢飞出的声音,他当然知道,但是刚刚那一恍惚,箭矢要射中谁他就真的不知道了。

正当他心都凉了一半的时候,一抹黑影从人群中犹如异军突起一般,划破长空,黑紫色魔法包裹下,巨龙的翅膀伸展在空中,将那女孩保护起来,那些攻击全被阻隔在外,包括那一发箭矢。

怎……怎么回事儿?凯文呆住,众人呆住。

"兔子,没事吧?"那巨龙发出的是人声,显然是个玩家。他重新张开双翼,想看看那女孩怎么样。正当空气安静时,一道"锁灵咒"的红色魔光从榕树城广场飞出,直朝着那一龙一女劈了过来,暗系魔法属实是快,巨龙准备重新合上翅膀,却遭到了周身那些榕树城市民的针对,一把不知何人刺来的短刀扎在了他的龙脊上。

随后众人就见那巨龙配着系统自带的巨龙咆哮音,在瞬间失去了全部战斗力,直直朝着地面坠了下去。【翠鹬】刚刚茫然于救自己的人是谁,现在当巨龙掉下去时,她对上了那个从背后刺伤巨龙的人。

"骗子!"【翠鹬】那皮囊里的灵魂是一定认识这个家伙的,她完全没带客气,直接就用"骗子"这个称呼抽在那人脸上。

就在榕树城市民众目睽睽之下,本来应该是白鸽的【赫尔墨斯】,现在翕然扇动着自己身后那一双……如同黑夜一般的翅膀,似乎是燃烧着和地狱一样的蓝色火焰。

"小心!"【凯】一边喊着,一边冲出去,他甚至都没顾忌到自己踩了人家凤凰的脑袋,全速冲了出去,又是借助好几发箭矢的后坐力把自己送了过来,在空中又转了半圈,一把从背后将那女孩抱住护在怀中,那"锁灵咒"的魔光也全打在了他的背上。

【翠鹬】又是还来不及反应,自己那一双精灵翅膀立刻形同虚设,像是负重的一头大象，抱在一起的两人和刚刚的巨龙一样直直坠了下去。这时候凯文才想起来，自己是机械联邦的角色，好像人工智能这个群体体重密度的计算都是按照一坨铁等价的来着……

"啊！"

榕树城继巨龙咆哮之后，又传来了一男一女的尖叫声。

侥幸

"啊！别怕，别怕。"

凯文坐在电脑前，看着屏幕里面飞快划过的场景，听着耳机里的风声。要是自己的座位还会动的话，这游戏的代入感一定能和自己第一次坐海盗船的时候相媲美了。

只是他还知道自己在现实里，就算是被刺激的场景吓到，他也能清醒地记得"自己"怀里有一位刚刚被救下来的小丫头。他操作着角色将那个小丫头往怀里揽得更近些，胡乱甩出去两个风系魔法做缓冲阻力，嘴里还说着安慰对方的话。

直到最后砸在地上，都是【凯】先落地的，凯文看着界面显示着直接清零的血条，最后还大大咧咧说了一句："没事儿，'我'是AI嘛。"然后屏幕就灰掉了。角色进入了濒危状态，游戏世界中的【凯】身上多处骨折和外伤，蓝色的血液从伤口渗出来，陷入了昏迷。

他失落地把键盘推开，而后在空荡荡的旅馆房间里，就剩下他一声长长的叹息。

"我把事情搞砸了……"凯文一边想着一边起身，扑在身后的床上，脸埋在枕头里，又抓起另一个枕头压在自己脑袋上，弄得像个夹心饼干似的，然后举起手来隔着枕头使劲捶了几下自己的脑袋，陷入极度自责的状态中……

"抓住他！打倒他！"此时的榕树城终于从混乱变回了一致对外，城主带领着市民们高声呐喊着，分作两拨冲杀向两个方向，一拨向着地面施动了"锁灵咒"的黑衣人飞去，一拨向着那空中振动着黑色翅膀的【赫尔墨斯】冲了过去。

魔族人无法变成人形有三种可能：一是濒危状态，二是法力不够，三就是"锁灵咒"。这种专门针对魔族的魔法，本就是魔族人所深恶痛绝的，出现在他们榕树城，更是格杀勿论。

【赫尔墨斯】本就在人群之外，几个位移又扑腾了几下翅膀就消失不见了。留下那可怜的施咒人，没经过什么激烈的打斗和追击，就被众人按在了地上，等到众人将他的黑色斗篷掀开时才发现——这是星宫救下的两只苍鹰的其中之一。

这就能解释了，【青鸟】是不会收到求援信的，魔族总部也永远不可能收到求援信，只因为【赫尔墨斯】和他的这位党羽。众人将刚刚被【翠鹇】点燃的怒火全部发泄在了这个人身上。他们围着这个"罪人"唾弃，丢石子和垃圾，甚至是戳他身上的武器，很快他就头破血流了。

"肃静！"人群之外传来一个声音，还有击掌的声音，起先效果不明显，直到第二声"肃静！"变成震声，用了一个"魔音轰炸"，那些人的动作才顿住了，看向人群外。

【金钱至上】和文森特一起朝着那个被"批斗"的人走去，不知为何带着一种气势，原本混乱的人群给他们让出一条通道。飞鸟们不再失控地咆哮，而是齐声喊着："他是光明的信徒！"

倒回现实时间晚上 10:00……

秦空刚刚回到星宫，就直奔自己的房间，打开了电脑，开机的时间脱了身上的外套，抖了抖手腕，摘掉了手表。

刷卡，上号，战火纷飞中，他认出了琥辉的游戏角色，生命状态十分糟糕，没多话，净化和治疗术就送了出去。他顺便还看见了和自己一起施用治疗术的【青空】，他撇了撇嘴。

"小白呢？"秦空问。

"楼上。"夏晴回答。

"我问【凤求凰】。"

"哦，那儿呢。"夏晴朝着人群中那白色的身影点了一个标记。

看见标记，秦空没有多说话，治疗术一结束就去找人了。从小白那里了解详细情况的时候，就已经看到【凯】和那个不知名的女孩一起坠下去的画面了，本想着再去想办法接住他们两个，可是一大批换了目标的人群蜂拥而来，一时间两个人都找不着北了。

直到秦空看见自己聊天记录多出来的小红点：

【星辰之辉】：你们先把任务结了，我去找人，凯文命大，不会出事。

他稍稍放心下来，长出了一口气。他毫不犹豫地选择了先找到文森特，而后亲自会一会这位"叛徒"。

当秦空看到这个人带着血渍的脸时，他认出了这个人。秦空礼貌地向文森特请示了一下，便上前去蹲下身来，与这可怜的替罪羊互相平视，说："我知道你被利用了。"

"秦律师……张烁金买了黑客，他的行程已经被狂热粉丝掌握了，让凯文明天别坐飞机了。"

秦空的反应很平静，沉默片刻后向他致谢："无论如何，谢谢你。你先跟着文森特，暂时不会有人伤你，有些事我还要详细地问一问你……都过去了。"

秦空说完最后一句话后停顿了下来，让人不知道是审判即将过去，还是痛苦即将过去，但无论听到这句话的人是罪人还是受难之人，都能听出一种得到解脱的释然。

那黑袍人沉默不语，只是低下了头。

【金钱至上】起身问文森特："现在榕树城的敌人已经找出来了，而且暂时不会再回来，可否请文森特先生为我们确认一下任务？这个人也请留给我一起审问，感谢。"

文森特给出了肯定回复，在琉月递上的公会文书上签字盖章，这时候的星宫其实完全可以拿着这些文书离开榕树城，但是现在的他们并没有离开的意思，除去最终主谋的身份还没有给出结论这个原因，还因为他们刚刚走丢一位成员。

此时的榕树城树脚下，【翠鹀】面对着昏迷不醒的【凯】茫然无措。现在的她，或者说柠荼，根本就没弄明白怎么回事，她都没想到榕树城的战斗会这么快爆发，并且是先从她开始的。

但是柠荼知道，这个游戏不像其他网游。竞技场外的战斗中，角色进入濒危状态时就是死亡的边缘了，再没有队友来救他的话，角色就是死亡了。竞技场外的死亡是角色的消亡，是只能重新开始的无存档点网游。

柠荼也认识凯文这位少年，即使现在她在梦里，可是没有人比她更清楚刚刚从高空坠落下来的感受。刚刚她在猜测自己在现实世界里会不会因为这种坠崖的感觉而胡乱蹬腿。可是让她意料不到的事情发生了，这个叫凯文的孩子，就在刚刚坠崖的时候，将她这么一个在其他人眼中微不足道的NPC，如此温柔地护在怀里，满怀着大男孩的英雄主义豪情，嘴里还说着一句"别怕"。

柠荼有点尴尬，虽然她掉下来是因为这个少年，但是让自己不用体会砸在地上的痛苦的，也是现在这个已经是濒危状态的少年。最要紧的是，【翠鹀】还没学治疗术。

【翠鹀】本身是不需要治疗的，因为她是魔族中一种比较特殊的物种——史莱姆。这种生命力顽强的生物，即使把它放进绞肉机里绞一遍，过不了多久就又会拼合回来。对……拼合。

柠荼突然想起来，虽然 AI 的细胞和普通人类的血肉不同，但是史莱姆身上的组成成分都可以用来暂时拼合伤口，就像是液体创可贴一样，填补空缺的细胞位置进行正常的生理活动，直到原本的细胞长回来。这小子总算有救了……

想到这儿，【翠鹀】重新坐直身子，在【凯】的身上翻找着，黑夜中摸索出了他的驱风弩。

驱风弩化风为矢，柠荼当然清楚设定，稍微运转了一下风系魔法，一枚箭矢就出现在了弓弩上。【翠鹀】不会用这个武器，一把将箭矢拆下来，直接将箭头对着自己的手掌，一手捏着箭头，微微加力，掌心中流出了鲜红的血液。

她一点都不敢浪费，扑上去就往【凯】的伤口上洒，只见【翠鹀】的血液流过的地方，那些伤口都以肉眼可见的速度愈合了。外伤并不多，恢复得也快，但是【翠鹀】的伤口愈合得更快，她就不得不一次又一次忍着疼痛划开自己的手心。

经过一番忙活，【凯】的头上那濒危状态终于消失了，但生命条也只是恢复了一层血皮。【翠鹀】放了不少血，有点头晕，趴在【凯】的身上睡着了。

榕树城太高了，树冠尖端都是插在云里的，琉辉苦恼啊。索道被毁，拽根儿坠地，他刚刚从榕树城下来，可比之前在崖壁上攀岩辛苦多了。拽根儿还好，体积大，他一眼就能找到，一边给受伤的【奈落四叶】用着治疗术，一边问："你刚刚叫那个女孩什么？"

"呃……"

"兔子"这个名字，是【奈落四叶】的主人墨龙轩给柠荼取的外号，因为柠荼的第二个字发音和"兔子"的"兔"很像，所以从两个人高中同班的时候，他就是用这个外号称呼柠荼的。无独有偶，在琉辉后来与墨龙轩认识了以后，也正是因为墨龙轩名字里有个"龙"，琉辉也送给了他一个外号——拽根儿，谐音龙在英文中的发音。之后也不知是怎么传开的，全联盟上下估计都没什么人还记得他叫墨龙轩了。

"我没记错的话，你管柠荼叫兔子来着。"琉辉先等拽根儿的游戏角色变回人形态，然后继续给他点治疗，顺手还甩给他几瓶从乱战中顺出来的治疗药剂。

【奈落四叶】无语，真是什么便宜都能让这家伙捡来。不过他也不计较，拿过来就喝，两个人坐在原地恢复着状态，也不忘了聊会天，【奈落四叶】回答："是啊，那是她其中一个角色。"

"她不是只有【芜晴】【律贞】【星雨】这三个号吗？这个角色头上连个ID也没有，你怎么知道是她？"琉辉疑惑。

"应该不止这三个，总之，我做过的剧情任务给我的答案就是刚刚那个女孩也是兔子。"【奈落四叶】的确解释不了为什么那个女孩头顶没有

ID 号，但是他做完的剧情任务告诉他，刚刚那个女孩就是柠荼的其中一个账号。

琉辉不再疑惑，ID 这件事他心里已有答案，但是不可能说出来。柠荼又不是只能用鼠标键盘玩游戏，她梦里就是游戏世界啊……等等，她说有事儿，那刚刚出现的律贞和现在从高空坠下来的女孩不会就是柠荼吧？想到自己做梦梦到敖晏的身上被律贞踹了一脚脊梁骨的感觉，虽然是在做梦，可是还是会很疼吧？

琉辉对着麦克风说了一句："你等一下啊。"

然后他就摘掉了耳麦，起身去找百里墨湘，接着问："你知道柠荼上哪去了吗？"

百里墨湘摇摇头说不知道，琉辉就没再问他，直接无视了训练室里那些吃瓜群众的眼神，径自离开训练室，上楼找柠荼的宿舍去了。他没来过女生宿舍，宿管阿姨喊住他，他却完全没有理会，凭借着自己的年轻战胜了阿姨的老寒腿。但他又不知道柠荼在哪个房间，只能把每个房间的门都挨个敲一遍，一边拍门一边叫着柠荼的名字，却发现一点回应和动静也没有。他焦急担心，但是又无可奈何。

不会是真的睡着了吧……

直到宿管阿姨凭借年龄优势把他给"劝"了出去，他才作罢，反正没有什么生命危险，只当是睡了一觉吧。也对，谁会关心你梦里遇到什么可怕的事情呢？

"我回来了。"琉辉坐回来，重新戴上耳麦，对着墨龙轩说。

"我们先分头去找那两个人吧。"

"行。"

两个身着黑衣的角色没入了黑夜中。

榕树城内，【凤求凰】和【金钱至上】交接了一下任务，包括白陌之前对于一些事件的推测。秦空认真听完，而后和人道了别，看着【凤求凰】的 ID 也灰了下去。

"秦先生是怎么认识那个人的？"琉月看他们聊天结束这才上前来发

问。

　　秦空也没避讳，直接说："不知道是不是碰巧，今天和这个人刚刚打完官司。"

　　"啊？怎么……"

　　"不得不说，【赫尔墨斯】这个名字，取得还真是符合张烁金这个人。这人是搞公关的，擅长的就是控制舆论，也不知道怎么让这位替罪羊信了邪，帮凯文的狂热粉丝扒了不少爱豆的隐私，另一群粉丝就举报了这个人。可是凯文所在的娱乐公司在S市，他们公司也就让我代理打了这次官司。他也算充分意识到了自己的错误，本来已经删除了帖子，但是估计还是泄露了。还好，凯文昨天刚把飞机票取消了。"

　　"那他为什么还会被利用啊？"

　　"因为这件事，他被网友搜索出来了，这个梦境真是现实的写照。不说那么多了，等下问清楚张烁金的去向，说不定他还要对其他人不利，比如刚刚那个女孩。"

　　【金钱至上】一边说着，一边和琉月朝着会议室走去，他们还要找文森特。

　　"下雨了。"

　　雨点落在琉月的脸上，【金钱至上】也跟着抬头朝着天上望去，他的角色还戴着单片式的眼镜，视角里雨点落下来的画面也是极度真实。电脑前的秦空还忍不住擦了擦脸，才意识到这是游戏里，对着琉月说了一句"快走吧"就继续赶路了。

　　梦幻俱乐部的训练室里，许多队员完成了训练任务早早地离开了，就连百里墨湘也没留下，因为他的游戏里团队任务已经确认完成了。只剩下琉辉，还在为找人而烦恼，直到他的消息盒子里闪出一个小红点。

　　【凯】：辉哥，二哥说你要来找我？

　　这人可不就是凯文吗？琉辉总算是松了口气，要了他的坐标就飞速赶了过去，心里暗暗嘀咕了一句："这榕树城哪里是棵榕树啊，简直是一个长得像蘑菇云的大山。怎么还下雨了？"

172

此时此刻，夜深人静，柠荼的房间里，柠荼睡着时原本的姿势已经换过不知道多少次了。就像她在【翠鹀】身上的时候想到的，经过她的几次踢腿运动，现在的她平躺着，但依然保持着深度睡眠的状态，即使是刚刚被琥辉拍过门，她也还是睡得沉沉的。

现在的她，头脑和身体仍然在梦中清醒着，只是原本的【翠鹀】已经沉睡，她便转移到新的身体去了。她确实是为了榕树城而来，但是她却什么也没做成。她当然不知道榕树城现在怎么样了，所以只能换别的视角去看世界。

所以这次换成了谁呢……

"混账东西！"

地下城内那奢华的古堡大殿中，律贞用刚刚在手中把玩得爱不释手的犀牛角酒杯，砸向了石阶下正对着宝座的一位年轻的半人形魔龙族人。这一下力道十足，不偏不倚砸中了那魔龙还未发育成熟的龙角。酒杯砸了个粉碎，龙角更不必提，有多疼，龙自己心里清楚。

得到了汇报说赫尔墨斯已经闪人了，律贞当然明白什么意思。即使她现在体内的灵魂是柠荼，在知道自己被利用还额外背上一口黑锅的情况下，换谁都会生气。律贞的情绪又是那么不可控，柠荼只能说以后给魔龙族多加点游戏福利了。

律贞重新坐回自己的宝座上，腿不自觉地叠在一起，一边还给自己顺着气，而后开始了行动指令："叫亢龙原地待命。备车，我要亲自去一趟榕树城。还有，通知司空夜，让他严守地下城所有的出入口。"

"那，失踪的敖晏呢？"

"亢龙在平时没教会你们晚辈什么叫礼貌吗？"律贞停下手中准备开启召唤阵的动作，怒气冲冲地盯着那后辈的眼珠子质问起来，"在你们把敖晏杀死之前，给我毕恭毕敬地叫他敖晏大人。"

"是……"

"退下！"律贞怒喝，那魔龙族的小年轻就应声退下了。

地下城是没有天空的，或者说他们头顶的天空是头顶的泥土通过透视魔法而幻化出来的幻觉罢了，即便如此也是灰蒙蒙的，就连外面下雨，都是律贞走到了城门口才发觉的。

地下城没有真正的光，自然完全没有植物，而长期居住在这里的生命大多都和律贞一个肤色，白得就像能在黑夜中反射着光芒的珍珠。唯独敖晏不同，他的肤色倒也谈不上黑，是小麦色，这是经常离开地下城外出的成果。正所谓不看家的狗再贵也得挨打，这也就是为何本也是高层的敖晏在黑暗公会的内部也毫无威严。

算了，他也没在意过那些东西。

"竟然还有一丝血？"琉辉操作着【星辰之辉】围着【凯】绕了一圈，还上下打量着。凯文开始以为的有人找到自己的兴奋激动以及温柔的治疗术都没来，来的却是琉辉的一句"你命还真大"。

"可不呢，就是那个小姑娘人不见了。"凯文也是洗完澡出来才发现他的游戏界面竟然恢复了，消息盒子里还有秦空送来的暖心小红点，说琉辉在找自己，让自己联系叫【星辰之辉】的玩家，他这才联系了琉辉，只是之前自己救下来的小女孩不见了。

凯文当然不知道这个女孩是什么大人物，再加上他操作的就是个游戏角色，他又不会觉得疼，保护这个女孩就是下意识的行为。但是听琉辉一说，意识到自己保护的女孩可能是什么大人物，而且自己队友的任务都完成了，他现在有一种想要先回去炫耀一番自己的突出贡献的冲动，可惜索道早就被毁，只能在大榕树下等着了。

琉辉这边训练结束，说自己先下了，凯文说想再联系一下秦空，两个人才就此分开。

"轰隆隆……"窗外传来打雷声。琉辉抬头向窗户张望了一下，窗户是关着的，H市没有暖气，天冷了只能一直开着空调暖风。不一会儿就传来了雨点打在玻璃上的声音。

琉辉退了游戏和账号卡，训练室里只有他这边的灯还亮着，他关掉电脑，摘了耳麦，离开了训练室。

某处小网吧里，张烁金不敢下线，刚刚从一群NPC的围攻下突出重围，还没能缓过劲来。因为刚刚大爆手速依旧保持着有点颤抖的操作，鼠标好几次误操作连点了好几下，敲击黑色大门的声音也是杂乱的。

"哎呀呀，让我看看这是什么稀客？"

"你……你怎么？啊！"

灯光昏暗的网吧里，原本不多的客人朝着尖叫声的方向抬头，皱了皱眉，很快注意力又回到了自己的电脑前，毕竟谁会把网吧里这个大惊失色的男子认作电视机里那个成熟稳重的大专家呢？张烁金的键盘上，那双颤抖的手在键盘上飞快地敲击着字符，那张因为尖叫而张大过的嘴现在还没能完全合上，就像是刚刚打捞上来的草鱼翕动着的唇，只是不可能吐出泡泡。

现在【赫尔墨斯】的坐标，与地下城在青丘之国的出入口几乎重合在一起。

刚刚一个幻境结界笼罩了【赫尔墨斯】，他刚刚看见了一大群飞鸟过来要抓住他的场景，因此才吓得出声尖叫。等幻境结束他也当然知道自己是被谁捉弄了。

【赫尔墨斯】：下次别再这么出来吓人。

【为邪】：噗，是不是觉得肾上腺素突然上升，很刺激啊？

张烁金的电脑里，看不到是谁在和他说话，所处场景的阴暗程度和那昏暗无光的地下城没什么两样。倒是和他聊天的人语气轻松，还带着点小孩子的俏皮调侃的意味。

【赫尔墨斯】：少废话，你说的魔界钥匙到底在哪？

【为邪】：别着急，我就是一个算卦的，又不是什么预言家。

【赫尔墨斯】：我看谎言之神的称号应该换一个新主人。

【为邪】：嗯？我说的可都是实话啊。你以前谎话说多了，可不要以己推人。

张烁金砸键盘的心情都有了，但是他压住了。毕竟他只是想要利用这个和他聊天的人而已。他是个"专家"，可这个位置对于他来说来之不易。因此，走到这一步的他要争取更大的利益。

游戏世界里，【凯】已经转移了位置，找到了一个确认安全的地方才下了线，秦空也在得到重要信息以后下了线。

夜深人静，到了最适合黑暗行动的时间。

律贞身边只有刚刚找到的亢龙，至于其他随从，已经被布置到了榕树城的周边寻找那个"骗子"去了，从灰掉的【奈落四叶】ID可以看出，这个人也下线了，现在是亢龙。

游戏世界里的雨还在下着，脚下的泥土开始软了下来。

律贞站在刚刚【星辰之辉】和【凯】坐着恢复状态的位置，看着地面。漆黑一片的夜里，本是伸手不见五指的状态，律贞这种长期在无光地带生存的人却能看得清清楚楚。她蹲下身来，双指在地面的泥土上轻轻抚过，指尖沾上的泥土竟还泛着晶莹的绿光，只是很微弱罢了。

"史莱姆的尸体，看来有些人还真是命大啊。不过会不会遇到麻烦呢？"律贞起身，自言自语着。

她抬头看了看月亮，眯着眼又垂下眼睑，默然叹气。这索道一拆，榕树城一乱，不知道琉月那小丫头什么时候才能给【青鸟】寄任务确认文书。

不如，自己正好去看看她？

榕树城内，星宫所在的旅馆，只剩下琉月和一群灰了ID名字的NPC。琉月知道他们少有熬夜党，只是独自一人，安安静静地工作着。反正公会文书送不出去，不如再多写一些细节，如果正好有对公会联合有意义的信息，说不定奖励会有提成。

从移动终端中得到了【凯】报平安的消息，还有知道【凯】并没有生命危险以后，琉月才算真的放心了。当然，公会记录里自然少不了他的这一笔。

她坐在自己的工作台上，移动终端摆在手边，不断回放着之前混乱之中战斗的场面，不断揪出细节，记录在公会日志和报告文书上。琉月发现写日志的确是她作为NPC来说，打发时间的最好方法。不同于文书，她可以在日志上充分发挥自己的想象力。她还有好多彩纸，可以做手工或者拼贴图案，有时候还能做成立体贺卡的样子。

最近的事务太繁重了，她跟着准备了很多次会议，还准备了今天根本没来得及用上的演讲稿。最累的还是和秦先生的推理工作，当时秦先生还说了一句"如果不是米苏要准备期末考试了，也许推理工作会更快的"。琉月只知道那个米苏就是【米娜】，并且不能和自己分担工作，至于期末考试是什么，也许和首都魔法学院的考试一样吧。现实世界的东西，她也不需要知道什么。

"轰隆隆……"窗外传来打雷声。

琉月抬头看向窗户，榕树城今天风大，旅社上午就把窗户关上了。不一会儿就传来了雨点打在玻璃上的声音。琉月没在意，继续写着东西。

房子外面用来照明的火把早就熄灭了，这时那些搭在树枝上的紫藤萝才显现了作用。那些紫色的花朵在雨夜中散发着紫色的光亮，只因为入了秋季花朵不多，还是雨天，光芒微弱，勉强能充当照明物。

就这样，安安静静的，直到十二点，系统的时间清零。没有人铭记的时刻里，雨声骤停，琉月也在一个哈欠之后趴在桌上睡着了。

公会联合会内，还是【青鸟】，还是那段熟悉的日常。

光子屏上显示出任务进度：100％。

"时间已归零，系统自动更新。"

"更新完成，正在安排新一天的工作日程。"

"日程表自动排版完成，开始工作。"

【青鸟】开始了新的一天。榕树城的雨又开始下了起来……

"还挺幸运，这雨下个没完，史莱姆估计一会就能复活了。回去吧。"律贞看了看远处飘来的厚重的乌云，说道。

身旁亢龙问道："那敖晏呢？"

"他又死不了，随他去吧。小夜那边来了消息，百媚教有了动静，先回去看看。"律贞抹了一把脸上的雨水，准备离开榕树城这把大伞了。

"是。"亢龙应声，解下自己的斗篷，使用"飘浮术"将它当作飞毯雨伞，为律贞撑在头顶，一龙一神便离开了榕树城领域。

此刻，世界真正安静下来。

现实中，只有路灯和夜行车辆的车灯将原本成片亮起的楼房街道的光撕裂开。从幽僻的小岛的小网吧里，张烁金走了出来。他将口罩整理好，目光四处游走一圈，确认无人后，这才放心离开。而现实中的星宫的餐厅里亮着灯。居家常用的黄色灯光，夜里照在人身上，确实令人安逸得犯困。浴室方向走出来的秦空，手上大毛巾还在头上来回擦着，时而蜷指轻压，微微一个呵欠过后，看了看桌上的一碗泡面，对着桌边坐着安静看书的白发少年说了句话："谢谢，小白，还让你熬夜。"

"熬夜一定要吃夜宵这个习惯，也许是你和年轻人唯一的共同点了。"白陌从书中抬起头，虽然脸上是不变的平淡表情，只有眉尾微微有些下压的趋势，但嘴里说的却是熟人之间的调侃和玩笑。

白陌那双秀气的手将书合上放在桌面，还强迫症似的将有点打卷的书角压平，扣向下面。远看那本书，除却纸张发黄，估计没人能从面上看出这是一本旧书，只觉得灯下那少年的手比书面还要白些，实在惹眼。

秦空笑了笑，毛巾搭在肩上，伸手将那碗泡面朝着自己的方向挪近几分，说道："可别瞎说，我还年轻得很。"言罢，他用筷子挑起些面条，低头吃了起来。

"熬夜倒是没什么，我现在身体情况还没那么糟糕。这计划本就是大家的事，理应一起考虑，又不耽误我的期末复习进度，多玩一会儿也无妨。主要是今天夏晴大哥的样子，我差点以为他不是精神病院的医生，是他不小心一起带出来的病人。"白陌说这句话的时候，指尖还不住地在眉心处轻轻揉了两下，虽然也是调侃的话，却不是玩笑，而是担心。

秦空听了也是手头动作一顿，原本夹在筷子上的面条，一松手全滑落到了碗里，溅起一朵小水花，那筷子也顺势向着碗里一插压下了那朵水花。他嚼完了嘴里的面条咽下，而后撇撇嘴，说道："他不要命了，你不用管他，我明天再说他去。"

他可是夏晴昨晚通宵的见证人，早上见到这家伙还以为他会补个觉，结果今天白天夏晴也没睡。连续玩游戏 36 个小时，刚刚实在是熬不住，发现十一点了，趴在电脑桌上就睡了。剧情任务开始时，还是白陌得知琉月叫不动【青空】才去敲了他的房门。想起来那时候公共走廊还没开灯，白陌真的被他吓了一跳，那时候也才明白为什么秦空拜托去帮助琉月的人不是时间更加充裕的夏晴而是他白陌了。

秦空平复了一下心情，继续享用他的夜宵。

白陌没再提夏晴这个话题，说起了正事："我想问你个问题，为什么这个游戏世界里的一些角色名字和现实总有些关系？有些是历史中的人物，有些是神话传说还有童话里的人物，可是人物的经历剧情和原本的又不太一样。【赫尔墨斯】这个名字当时我就去查了一下，是古希腊奥林匹斯十二主神之一。不过游戏世界里却称之为谎言之神，我觉得也许是取了原本角色中聪明狡猾的性格，所以给这个游戏角色取了这个名字。不过还是挺奇怪的，怎么这个游戏角色的玩家也不给改个名字呢？这个游戏角色还在首都的地区传记里记着一笔，说出去都是谎言之神，换谁都会觉得怪怪的吧。"

"他是玩家？"秦空听到"玩家"二字时就发现问题了，回想一下也确实是个疑点。只是他今天一天都在奔走，完全没有时间在游戏上多待一会儿，也就没什么机会去查那个角色的事情。就连这个人都是白陌告诉他的，起初他也只当作是一个NPC，现在才知道，原来还是个玩家。

白陌回答："是啊。"

"难怪了……"

"难怪什么？"

"地区传记里写的谎言之神明明是墨丘利，我应该没记错。"

"可你给我的文件明明……"

"不可能啊，我下载的游戏里有原文件。主要是那时候只有世界观，没想到还存在推理内容，我才没有用手稿处理的，打印的文件怎么……嗯？"秦空一边说着一边放下泡面碗，拿起桌上的一个文件袋，找出来文案，又从目录找到"谎言之神"，飞快翻到对应的页码看到上面的一行"赫尔墨斯"，他呆住了，"不……不会啊，这段我在电脑上看的时候不是这样的。"

"你从哪看的？"

"天灵书，因为这个法器可以看到这个游戏世界上最真实的东西……"

哎……不会是……"秦空想到了一种可能，他相信白陌一定也能想到。

"呵……"白陌摇摇头，站起身，从坐在桌子对面的秦空手里抽出了文案，拿到自己眼前看了起来，结论已经了然于胸，谎言之神连名字都是谎言，"真没见过什么网页游戏玩得跟破案似的，要是米苏或者韩钰在的话一定会很兴奋。游戏世界观的史书还能说谎，太神奇了。"

"有件事，我觉得一定要找那个叫柠荼的文案师问清楚。"秦空重新抱起了泡面碗，将碗底最后一点汤消灭掉后，若有所思地说，"第一，我这个游戏角色是从百里墨湘那里得到的。我一开始只觉得天灵书就是个文案库，碰巧我又擅长总结归纳，为了方便我整理剧情，百里墨湘选择了把这个角色交给我使用。但是我还是对其中的一些设定不太了解，而且大概率这些设定和世界的秩序规则是有关联的，这些信息我一定要问清楚。第二，赫尔墨斯或者说是墨丘利，这个人在现实世界中到底是什么人物，也许她比我们清楚。第三，史书上的魔界钥匙到底是什么东西。好了，早点休息吧，我把碗洗了就睡。"

"晚安。"

暂停

又是新一天的清晨，经过昨夜的雨，清幽笼罩了两个世界，一个现实，一个梦境。空气变冷了，落叶铺满地。放眼望去，马路两侧多了环卫工人留下的橘色。秋风不似昨日狂妄，仿佛发过脾气又开始想求和的娇羞小姑娘，撩拨着湖水在湖心漾起圈圈涟漪。

琉辉昨晚是住在俱乐部宿舍的。清早一醒他就要先去医院那边了，洗漱过后准备锁门离开，又想起来昨天的事，还是不放心柠荼。他轻手轻脚爬上楼来，探头确认看门的宿管还没睡醒，绕过打卡的闸门，蹲下身从封路的红布带下通过，来到了走廊里，看见一排房门自己就后悔了。

哪……哪个是柠荼的房门？昨天可是挨个房门敲的，今天他不敢啊，一想到高晓天和叶宋两人的脾气……呃……

"你在这儿做什么？偷窥？"

这句话从琉辉身后传来时，他起了一身鸡皮疙瘩，紧张到极点。等反应过来是个男声，绝对不是宿管阿姨的时候，他撇撇嘴，扭过身来问："那你呢？"回身一看，果真是百里墨湘。

百里墨湘笑了笑，抖了抖他手中的一串钥匙，说："某个大小姐出门忘了带自己的续命水，让我上来拿。"那钥匙扣上，挂着柠荼的名牌。

看来柠荼是没事了，琉辉这样想着，暗自松了口气。一种莫名的尴尬涌上心头，没想到他还能拿到人家女孩子的房间钥匙。琉辉挠挠头，回避对方的眼睛，说："那看她也没事儿了，我就不用找她了，先去琉月那边了。"

"去吧。"百里墨湘目送着琉辉的身影消失在走廊尽头，这才用钥匙打开了房门进了屋，带上门，蹑手蹑脚，不发出一点声响，来到床边，躺在那的是还在熟睡中的柠茶。

他走近了些，蹲下身来看着那张熟睡的脸，伸手在她的脸上轻轻拍了几下，低声唤着："茶茶。"

游戏世界里，百媚教的宝库大门前，律贞正带着几只魔龙对那一屋子的金银财宝抢得眼红，忽而像是幻听了一样听见了一声"茶茶"，这才猛然忆起自己现在的灵魂是柠茶。

没人发现她刚刚的神色转变。那些跟随她而来的黑暗公会的"掠夺者"们只知道刚刚他们的老大发现了百媚教和【赫尔墨斯】的交易，本想着把人抓住，却没想到百媚教教主还帮这位"老顾客"做了个傀儡保身。律贞自然知道这百媚教教主也只是一介商人，拿钱办事，自不必追责什么包庇叛徒。因此作为反派的最大话事人，律贞要干一点不取商人性命但会令商人非常肉疼的事情。这才有了现在眼前一片抄家伙抢劫的景象。

糟糕了，柠茶想着，自己的人格开始被反噬了……

"咳咳。"柠茶，或者还是律贞，忽然神色正经起来，打量了一下四周，深吸一口气让自己保持清醒，不经意间看到了熟悉的事物。她几个踏步助跑跳上了一个石阶，上面陈列着一柄长戈，通身散发着透骨的寒气。戈刃与木柄相接处有一条刺目的断痕，经过一些特殊工艺隐藏在了镌刻的铭文里。果然没看错，柠茶想着，伸手去取长戈。那寒气似对外人有所排斥，却终究抵不过律贞的一身戾气，还是被律贞抓在了手里。

寒冰戈……

柠茶看着那长戈柄上的白莲铭文，回想起了一些事，忽而侧身问百媚教主："这宝贝我收走你没什么意见吧？本就不该是你的东西。"

"呵，那您可真是好眼力，这长戈认主，留在我这儿也没用。黑暗之神若喜欢，便当是个玩具拿去把玩也无妨，只是莫再记我百媚教的仇就是了。"百媚教主回应着。

那声音妖娆妩媚，又似猫一般甜美慵懒。人也长得标致漂亮，那眼睛仿佛青蓝色的猫眼宝石，在黑暗中幽幽泛着光。柳叶吊梢眉，流露出女商人标配的精明气质。肤白若瓷器一般，和律贞那病态白相比，还当真多出不少姿色。虽然活在黑暗下，东方女子的秀气却一点没落下。黑底色交领的汉服上衣，但裙子不似东方设计特色，后裙长落地而身前布料却截到了大腿根，露着那双修长白皙的腿。衣裳绣有深蓝靛青的蝴蝶铭文，和律贞在地下城黑暗公会的殿里一样，光着脚，想来二者都该是傲慢者的典范吧。只是律贞是她的老大，哪敢放肆呢？

不管咱乐不乐意，先把高帽子给人家戴好了再说。

"不记仇？想让我黑暗之神不记仇吗？我劝你多喝热水，少做梦。差不多了，龙崽子们，拿够你们的黄金，咱们回家。"律贞保持着居高临下的姿态，对那所谓的教主送去了"温暖"的嘲讽，而后一声令下，带着一屋子的盗贼们，消失在黑暗之中，留下百媚教主在宝库的一片狼藉中叹息……

离开了百媚教，柠荼再没有犹豫，摆脱了律贞的躯壳，就开始逼着自己醒过来。

百里墨湘看见她睫毛一颤，直到柠荼睁开眼睛，看着其中反射出自己的身影，这才停下了呼唤，脸上没有了平日那标志性的微笑，带着质问的语气说："差点被反噬了吧？"

"……嗯，我这次睡了多久？"柠荼没着急起床，先是一脸嫌弃地把人推远，而后揉揉眼，问起来。

百里墨湘指了指她卧室墙头上那面挂钟，说："十个小时左右了，现在是早晨八点。你昨晚把钥匙丢给我时，想过你们宿管阿姨很凶吗？"

"噗，她明明很和蔼。"柠荼忍俊不禁，撑着身子起来，没有盖被子，衣服也穿在身上，只是发型乱了些，"我先洗漱去了。"

"注意下次别再做这么危险的事，等你训练。"百里墨湘对她的嬉皮笑脸无可奈何，却也只是起身，给她留出空间，将那串钥匙放在书桌上便离开了。

雨夜过后的早晨潮湿，也伴着空气的清新。琉月早早醒来，却发现自己又在床上，又是面对秦先生那仿佛写着"你不会自己上床睡觉吗"的脸。

她现在在准备早茶，因为和人约定好了"以后要自己按时上床睡觉绝不熬夜"，才有这个勇气还和先生站在一起。好吧，她下次给自己安排一个作息表好了。说实话，疲惫不是一个好东西。虽然她也不知道身为人工智能的她为什么会疲惫，但是她还是体会到了那种想赖死在床上的心情，还有打呵欠的感觉。想想幸好游戏世界观里 AI 不是铁打的身体，不然还真就有可能睡到磁打的床了。

还像上次一样，秦先生待到了八点就下线了，说是有工作。之后没过多久，原本还在线的【青空】ID 竟然也灰掉了。没记错的话，今天是周末啊……

"你不要命了是吗？"

现实世界里，米苏和白陌正并肩坐在餐厅里收拾桌面，独留下一根油条和一杯豆浆。正准备一起出门去图书馆备考期末的时候，忽然听见楼上那开着窗户的房间里传来一声大吼。两个人抬头望了望，却都摇摇头离开了。

夏晴的房间里，有咆哮的秦空，有顶着一张没睡醒的脸的夏晴，还有一地狼藉，其中就有一瓶散落一地的……安眠药。

那一声咆哮在夏晴耳边，就像是昨夜在窗边吹的风下的雨一样。他昨天忘记关窗但一点也没影响自己的睡眠，现在也是一样。他刚睡醒，听见有人踢门就去开门，他现在真感谢秦空是个不喜欢增加清洁工作烦恼的人，至少理智得没用桌上的半罐提神用的功能饮料泼向自己。

夏晴打了一个呵欠甩甩脑袋，使劲睁大眼看向秦空，咧嘴笑笑，抬手挠了挠自己乱糟糟的头发，眼里是血丝，眼睛周围还有深深的黑眼圈，脸像失了血色一样白，要是补个口红，真是可以本色出演恐怖片的小丑了。

秦空保持理智，没直接断了电脑的电源，但还是气到手抖，刚从夏晴床上捞起来的手机就因为手滑砸在地上，他一边弯腰捡手机，一边继续口头教育着不听话的臭小子："你给我老老实实睡觉，手机电脑我先收走了。"

夏晴无奈，其实他本来是准备白天玩，晚上休息的，只是第一天要推的剧情太多了，所以就通宵了一晚上，更没想到十二点的时候他就被一个奇怪的现象困惑到现在，他每天既想要等到这个十二点，又不想错过白天

184

的公会任务。十二点睡觉对于他这位精神科医生来讲是经常的事情，但是十二点睡觉同时七点以前起床，就造成了他现在的结果。不过终于，集体任务总算是完成了，他已经准备好调整作息，所以今天八点钟才醒过来，只是精神面貌没那么容易恢复罢了。

可惜他们星宫的孩子大多是孤儿出身，否则一定会说现在的秦空像极了要没收自己手机的爸爸。

至于秦空呢，不是生气，而是真的被安眠药吓到了。他本不想管那么多，只是对于一个本应该头脑清醒的精神医生来说，用上安眠药意味着精神要借助药物调节，这实在是太可怕了。

最后还是夏晴开口问了一句"今天早上吃什么"，让本来完全不镇定的秦空终于平息了下来，甩下一句"豆浆油条"，就扭头走人了。

夏晴喝下了剩下那半罐饮料，就出了房间去洗漱了。房间吃完饭再收拾吧。

等重新收拾好自己以后，夏晴看起来才算精神了一些，至于黑眼圈，睡个午觉会好的吧。去餐厅吃了那有点凉的豆浆油条，又溜到客厅，立刻开始了咸鱼瘫……

秦空路过提醒："房间收拾了吗？"然后夏晴又灰溜溜地上楼收拾房间去了。不对啊，不是秦空砸我的安眠药时碰倒的书架吗？算了，就这样吧……

琉月这边已经打点完毕，正要去感谢几个重要的朋友。

旅社除去他们星宫的人，当然还有其他的借宿者，其中有一间现在就用来给他们的新盟友落脚了，他们连房门都没关。为了补偿这几位辛苦的演员，文森特城主会送来一些帮助他们恢复状态的食物，还有一些材料。一遍又一遍地开门，他们也嫌麻烦，索性就将房门一直开着，因为有着从机械联邦带出来的高智商的高等生物当然不喜欢浪费时间。

"总算不用蹲在牢里了。"

琉月听见房里一男子的声音，语气里似乎还带着一丝"解脱了"的意味。实际上现实世界里的这些人不过只是在确认已完成的任务。

出于礼貌，到了门口的琉月还是站在门外敲了敲门板……

作为领头者的神枪手正坐在房间的书桌上，是的，坐在桌子上，而不是椅子上，因为他的椅子上正摆着一部个头不小的手炮。桌角还有散落的零件，他就盘腿坐在桌上，不知道在对那手炮做些什么。

听见了敲门声，他先是有点紧张地抬起头朝着门外看了看，抱着手炮一端的手臂还不自觉地往怀里收了收。见是琉月像是松了口气，拍拍旁边的枪炮师示意他把武器收起来，而后才上前来说道："诶，这位不是星宫的负责人琉月小姐吗？昨晚的战斗真是多亏了你的信任。"

"这不算什么，危险来临时，一致对外才是最好的选择。这些天委实辛苦你们了，我也是来感谢你们的，不知道有没有打扰你们。"

"不打扰，不打扰，嗯……我叫林耀，就是你们团里那个【凯】的哥哥，正好趁着你来了，我们想冒昧问个问题。"

"请讲。"

"星宫是只属于首都的公会吧？是不是现在只有琉月小姐一个人在负责啊？"

"没错，星宫是没有受多方势力干扰，只属于首都的公会联合会。"琉月虽然如实回答了，但只说了一半，牵扯到公会利益时，一定要留个心眼，她并没有把公会由自己全权负责的情况也全盘托出，也算是刻意地谨慎小心了。

林耀并没有在意，他是来谈生意的："是这样的，琉月小姐，我们现在急需要一个势力绑定自己的公会。但是情况你也看见了，由于一些特殊原因我们无法被任何官方势力所接受，所以现在我想收购一家现成的公会。琉月小姐，星宫是一个刚刚起步的新手公会吧，现在牵扯的利益关系如果不多，我们愿意出到让星宫全员满意的价格收购您的公会，请问琉月小姐意下如何？"

林耀说得很直白，是在当生意一样认真地在谈，唯独这个"让星宫全员满意的价格"显得有些夸大其词。

琉月本人是果断拒绝的，且不提星宫其他人同不同意的问题，光是"价格"这个词对她就没有什么吸引力。她是NPC，什么钱不钱对她真的没什么意义。

林耀还是再争取了一下，但是对方两三次拒绝下来，他也就没再纠缠了："好吧，琉月小姐态度如此坚决，那就算了吧，我们再想别的办法好了。交个朋友吧，琉月小姐本名贵姓？"

琉月听到这个问题后，呆愣住了。这世上还有谁叫着你的名字问你叫什么名字的情况吗？琉月虽然不解，但还是礼貌地回答了："我就叫琉月。"

"是文刀刘吗？"

"是琉璃的琉。"

"咦，我还以为这世上只有一个人姓这个呢。"

"呃……"琉月没有把是谁这个问题脱口而出。她是NPC，琉字算不算是她的姓氏，没有人为她解答过。她是从机械联邦出来的人，就连谁给自己取的名字都没地方问，更何况是后面的那些问题呢？

电脑前的林耀点点头记住了这个名字，不是还想软磨硬泡，只是这队伍里有他的弟弟，时不时来联系联系也是好事。谁像他们啊，在这游戏世界里不被疼爱，上哪儿都是剧情杀锁死了，不让他们24K的人建公会，回去一定要找柠荼抗议去！

"哦，小洋，就是【凯】，在你们那里拜托你多照顾了。"

"应该的，他很优秀。"

"哥哥，你在这干吗呢？"说曹操曹操到，【凯】不知道什么时候又飞过来了，"是想挖墙脚是不是？告诉你，琉月小姐姐是不可能答应的啊，这么优秀的公会负责人，我三年的片酬加一起都买不走。"

凯文上线也没多久，是早晨在秦空的安排下骑着凤凰泠飞回榕树城的。回来以后白陌对他一如既往地冷淡和责怪，若不是当时秦空和琉月在场，他真有心把白陌拖进竞技场里揍一顿。白陌下线以后，那凤凰泠对他可谓是歉意加关心，虽然凯文经常被女粉丝包围，不过像泠这样带着惶恐的体贴还真是第一次体会到，就算只是个NPC，也差点把他整蒙了。

恢复好了状态的他本来准备出来遛弯儿，刚刚确实是在走廊偷听来着，

金色勋章

187

当听见哥哥问起了"琉月叫什么名字"时，刚刚还想在屏幕前笑话人的他忽然意识到了琉月的特殊性，"嗖"的一下就出来了，他得把琉月带出他哥哥的视线。

"好了，琉月小姐姐，跟我回星宫去了，别理我哥啊，这人贼着呢。"凯文一边碎碎念着，一边操作着角色将琉月拉走了。

林耀看着远去的两个人，只觉得凯文用上了自己背台词时的语速，完全没给他再说话的机会，鱼吐泡泡一样的一串语音屏蔽掉了他的话。他很清楚自己弟弟的这个行为意味着什么：他弟弟有不想让自己介入的秘密。

"耀，现在怎么办？"他身后的那位机械师拍拍他的肩膀问道。

林耀耸耸肩，表面故作轻松的样子回答："不急不急，来日方长嘛。"心里却在猜测着，自己的弟弟在隐瞒着什么。

柠茶这边打点好了，琉辉去医院后，她也到了训练室，开始今天的训练内容。几个队员一起待在竞技场，准备匹配几个队友做实战训练。

现在联盟是刚刚起步的阶段，队员并没有一些针对训练的软件，大多是在游戏里自己探索训练着，操作、意识、战术、团队配合、武器装备的使用磨合，全都是他们这些准职业选手的重要课题。

由于联盟要求职业选手有一年准备期，所有的职业选手都需要在新区开设账号，所以平时的独自训练时间就是给他们各自奔波跑任务练级磨合武器的，而团队训练有三个主要事项：公会建设、团队副本、实战训练。

公会建设在先前就提到过，为的是给战队提供资源和供给保障，目前受困于这个项目的应该就是 24K 战队了。前期的联盟也没有什么粉丝群体，只能自食其力的 24K 也因此没有公会任务带来的丰厚奖励，导致其他战队的职业选手大多都冲在等级榜的前列，无一不是上了 20 甚至 25 级的，独独 24K 磨磨蹭蹭在 17 级上下，倒是和星宫这种玩家性质的群体保持一致了。

刷团队副本就是他们用来休息的娱乐项目，他们技术好，刷副本记录顺手的事情。而这个游戏暂时还不存在什么野图 boss 的设定怪，野图小怪身上几个队员之间互相抢怪挤对是日常，尤其琉辉是真的习惯了，就像是吃饭一样习以为常。

至于实战训练，竞技场当然是最好的选择。上一次系统更新时，梦空游戏官方就做好了铺垫，竞技场的三种战斗模式就是联赛赛制规定的三种模式。不过游戏毕竟也不像正式比赛，观众席自然也是开放的。

单人赛。

第一场，秦若止静待着进度条加满，摩拳擦掌。一个普通玩家上线，秦若止没客气，用掌握得炉火纯青的剑客技能，上去就是一顿招呼。没过多久，这场比赛就被终结了。

"你的谨慎我很喜欢，不过大可不必瞻前顾后。"柠荼播着回放分析，"你是剑客近战职业，也是机械联邦的角色吧，学一个探测类技能开视野，会省很多事。"

"技能点有限啊，多加点攻击不香吗？"秦若止问。

柠荼回答得很认真："机械联邦角色的优势在于探测类技能是最多的，多学一个低级技能不会有坏处，在团战时你就知道会有多大的优势了。技能点的问题，只要你们按部就班做剧情任务，大家都不会相差太大，需要的攻击数值从装备那方面补上就行。"

"好。"

第二场，高晓天，法器为扇子类的妖灵师，对手却是一个克制法师的咒术师。高晓天不慌不忙，打得漂漂亮亮，虽然不乏咒术师职业刚刚成形没几个会玩的玩家这个原因，但高晓天的发挥确实是完全压制性的，谁也找不到什么缺陷。柠荼用一盒柠檬茶打发走了这位求夸奖的姐姐后，就自己匹配第三场去了。

没想到这一匹配却是个大型撞车现场……

匹配对手：【奈落四叶】。

柠荼刚想感叹来着，就看着系统提示刷出来一堆进入房间的消息。一时间，所罗门和梦幻两个战队的队员齐刷刷地进了房间。

两个战队的队员怎么可能错过这种精彩战斗呢？手速立刻跟上自己这颗八卦的心，进了房间就开始给各自的队长喊起了口号，甚至还有人挑衅起来了。

梦幻战队队长柠茶的游戏角色【星雨】，职业侠客，定位刺客兼战士，无属性·力；所罗门战队队长墨龙轩的游戏角色【奈落四叶】，职业狂战士，定位战士，无属性·灭。

【星雨】：挺巧啊。

【奈落四叶】：打完要不要再打一局团队？

【星雨】：准职业战队陪练，求之不得。

刀剑相交……

低阶技能不多，所以预判也好猜。【星雨】起手"上挑"。【奈落四叶】当然看得清楚，全是不躲避，起手"冲锋"。技能预判自然是攻速高的侠客先命中，"上挑"的击飞效果没有阻断类技能，自然是全吃。【奈落四叶】腾空，立时一个"下劈"砍下来。

【星雨】一个"格挡"招架。"叮"的一声，【奈落四叶】的刀锋落在了【星雨】的剑身，【星雨】受着后坐力向后划步卸掉后摇，攻速高的她立刻补一记"弧光闪"，位移带攻击，瞬时到了【奈落四叶】的身后。

【奈落四叶】却是凌空状态不好操作躲避，吃了一记，还未落地的他却是反手预判操作，一个抓取类技能"重斩·横劈"，重剑甩来照着【星雨】的腰就砍了过来。

【星雨】担心他反手预判，自然是用了无属性的特殊技能"金身"开了一个短时间霸体。不想这反手预判却很果断，直接甩给了她一个抓取技能。不愧是老对手，全都怪对方太了解自己。

【奈落四叶】重剑将【星雨】砍翻，【星雨】赶忙操作向前一个翻滚拉开距离，也避免了倒地的危险。

而后【奈落四叶】只听见耳边耳麦里"嗖嗖"两声，竟是辅助系炼丹师职业技能"飞针"，两根银针就朝着自己飞来。只是刚刚是狂战士20级中阶职业技能，后摇不比那些小技能，自然是没法躲避。银针正中心口，"噗噗"两声，冒出两簇血花，激发"飞针"的技能效果——僵直。

这效果不长，每根银针只有0.2秒，中间还有一个短暂的空档，只是距离远。【奈落四叶】定不能攻击上【星雨】，却给了【星雨】好机会，她完全没有浪费侠客攻速快的优势,"当当"两声长剑划出,立刻普攻接上,而后又是一记轻功技能,和"踏红尘"拉开了距离。

刺客类不比战士的血量,自然是消耗战更加适合,只是这一退之后的动作却是让本想着立刻逼近的【奈落四叶】犹豫了。这个动作是侠客的什么技能呢?

刚刚中了炼丹师职业技能的【奈落四叶】开始谨慎起来。果不其然,待他反应过来时,头顶已经有火光坠落,砸向自己,原来是法师技能"坠炎"。

"什么乱七八糟的?"【奈落四叶】一边躲避头顶的小火云,一边对着麦说着。这句话引起了观众席上梦幻队员的不满,立刻用几句垃圾话上了聊天频道。

【列阵在南】:怎么就叫乱七八糟了?有本事你跨职业学技能去啊。(这是高晓天)

【众矢之的】:打不过就赶紧投降,别只会动嘴。(这是叶宋)

【风和日丽的一天】:兄弟,你这是赤裸裸的嫉妒。(这是秦若止)

【将进酒】:呵呵。(这是手残的百里墨湘)

看着频道里的话,所罗门的队员立刻也按捺不住了,多年在网游里学会的专有名词全都用上了,而且精准地避开了系统会屏蔽的所有字眼,谐音汉字和字母立刻将网民们"博大精深"的语言智慧体现得淋漓尽致。除了手速跟不上的百里墨湘在划水,剩下的人骂得酣畅淋漓,场面之激烈完全不输给场上的刀光剑影。

柠茶看也没看一眼,直接把聊天频道给屏蔽了,眼里只有视角中的【奈落四叶】,此刻她的指尖在键盘上操作着新的阵法,辅助类咒术师职业技能"升天阵":预判,释放。

原本刚刚躲开火云的【奈落四叶】,只看见眼前一缕微弱的蓝光,下一个瞬间就被击飞了起来。

机会!

【星雨】立刻一个"闪现"近身,技能"连突刺"两剑正中【奈落四叶】心口同一位置。"噗——"【奈落四叶】视角中又是血花飞溅,一个退步，踉跄一会儿才站稳。再看【奈落四叶】的状态，又添了一个效果——流血。

刺客的核心便是要依靠攻速打出流血状态，【星雨】的上风自然是不言而喻了。观众席上立刻像是锅炉烧开了水一样，骂声中冒出加油助威的字眼。

若说打法，身为狂战士的墨龙轩，战术自然要比柠荼更加硬气豪放一些；但论对游戏的理解，谁又能和这个游戏官方本家比呢？

侧步，走位，背身，"割喉"。柠荼打得相当认真，一套动作行云流水，她的目标很明确：建立血量优势。原因也很简单，因为这个对手是一名狂战士。

【奈落四叶】也被那些跨职业技能搞得有些迷茫，但很快清醒过来，完全没丢了准职业选手该准备好的心理素质。【奈落四叶】操作角色迅速下蹲躲避，却不及"割喉"来得快，眼看视角里再一次飞溅出了血花，却不慌不忙，前滚翻拉开距离，顺势一跃而起，狂战士中阶职业技能"重斩·下劈"，蓄力，重剑自上向下砍向【星雨】的头顶。

就在此时，众人意料之外的事发生了，【星雨】不退避，不用阻断技，却是用了一记"上挑"来招架。低阶技能的预判自然不及中阶技能，只见侠客的长剑被狂战士的重剑压下去，就连观众席的叫喊声也在这一瞬戛然而止。【星雨】架住了这一招之后，身形却是弯下了腰，被打断的技能自然没有后摇。【星雨】伸出手撑在了【奈落四叶】的肩头，而后同样是一跃而起，竟然在对方的脊梁骨上一个前滚翻，落在了【奈落四叶】的背身。

这背身技巧可把在观众席的人们全吓到了，利用别人的技能来塑造走位时机，同时故意释放可以被打断的技能来给对方造成正面回击的假象，不愧是对游戏理解深刻的柠荼。

【奈落四叶】也没有乱了阵脚，转视角又来找【星雨】的身影。他的抓取技能是职业中阶技能，冷却不如低阶技能快。但【星雨】的低阶技能来得痛快，一记"弧光闪"就到了【奈落四叶】的身后。之后她又赶紧补上两刀普攻，再次使用位移技能拉开了距离。

　　血量的差距逐渐拉大，但叫好声却不似之前那般激烈了。狂战士中阶职业被动，"血拼"血量越少随机增益能量越多，直到低于30％，狂暴状态启动。血色红光覆盖在【奈落四叶】周身，随即一个完全不同的【奈落四叶】出现在了战场，挥舞着重剑竟像是挥舞一根木棍那样轻巧，移速也加快了，瞳眸中红光乍起，回身便朝着【星雨】冲了过来。

　　该来的还是来了，狂战士克制侠客的说法，在座者没有人不知道，柠荼也包括在内，但她依然有她的骨气和作风，队友明白，对手也明白。她可是个很认真的人。

　　柠荼毫不犹豫，操作着【星雨】，立时一个"御剑飞行"迅速拉开了距离，飞行技能自然比位移技能来得更快，"嗖"的一声过后，【奈落四叶】的第一剑普攻砍了个寂寞。随之第二剑立刻跟上，动作之快堪比张牙舞爪的猛兽。

　　【星雨】自然只能操作着角色向上飞去，此刻当然是无法使用剑类武器的技能了，只见她双手结印开始施咒了：预判，打出。白光在【奈落四叶】脚下闪动，地面浮现出一个阵法图案，四角各自探出一枚钢钉来。

　　不好！

　　所罗门的成员当然清楚那是什么，术士职业低阶技能"束身咒"。中招者进入束缚状态，便无法移动了。侠客的攻击距离比狂战士要长，如今血量又低。所罗门队员的心都提到嗓子眼儿了。

　　就在这时，他们的队长完全没有辜负他们的期望，"冲锋"！

　　柠荼的预判没有打错，正常的"冲锋"也冲不过这记"束身咒"的预判，但她没法预判的是开了狂暴状态的"冲锋"距离。

　　阵法的光芒闪耀过后，擦着【奈落四叶】斗篷的衣角却又像昙花一现似的熄灭了。

　　近身，跳跃，狂暴状态下的跳跃。

　　本就飞得不高的【星雨】，正是在用后摇技能。【奈落四叶】的重剑已到了身前，"重斩·横劈"。重剑在【星雨】的腰间重击，防御力不高的刺客职业自然扛不住，眼看角色的血量"唰"一下就掉了十分之一，不愧是狂暴的狂战士，犀利起来就会横冲直撞。

飞行状态被打断的【星雨】从空中直直坠落了下来。操作受身没忘，准职业选手的心理素质，墨龙轩有的，柠茶怎么会落下？【星雨】落地一个前滚翻，又是接上一段"踏红尘"的位移，为的就是防这狂战士后摇缩短后的追加攻击。

可是，可是……

墨龙轩不愧是敢给柠茶取外号的男人，不愧是高中相处过的老同学，太了解她了。

【星雨】刚一落地，背后却是正中一记"下劈"，这预判给的地方，恰好是【星雨】位移到的地方。【星雨】受到"迎头痛击"，生命值"唰"一下又被砍掉了不少。

先前的柠茶能够拉开距离消耗对手建立优势，完全是仰仗着自己的攻速和移速。但是和开了狂暴的狂战士谈攻速和移速，那就是关公面前耍大刀，鲁班门前弄大斧了。

【星雨】头部受击，进入了眩晕状态，后续的普攻补上，却无力还击。但她仍然是回了几剑，还架了一记"格挡"，仍然阻止不了血量又一次持续快速下滑。

柠茶心里清楚，与其说先前是在打消耗，不如说墨龙轩在卖她血，但她也无可奈何。侠客就是依靠游走消耗建立优势后期再爆发突进收割才能打单人战，但是狂战士的设定回复她的估计只能有四个字——"莫挨老子"。

状态恢复后立时是瞬发位移"闪现"。【星雨】必须先保命苟活，不想身后追加一记"重斩·上挑"，墨龙轩现在可是有十足把握来控场的，那么这些伤害高的职业中阶技能，何乐而不为呢？

被击飞的【星雨】，回转视角操作一个"银光落刃"，强制自己下落还击。这时【奈落四叶】也是模仿着【星雨】刚才用的"上挑"招架，他现在的伤害预判还是很高，所以极有可能再次被击飞。

就在这个紧要关头，全世界的梦境空间网游界面猛然消失了，剩下了一堆乱码和无数个弹窗。

系统提示：由于游戏系统出现未知漏洞，现紧急暂停全服游戏，进行系统修复，敬请谅解。

喝茶

"啊啊啊啊啊！"

"哎呀。"

训练室内的叹息声和埋怨声立刻此起彼伏。柠荼有点失望，虽然她胜利的可能不大，但还是很想尝试一下。

按理说应付狂战士也并非无能为力。她学了"锁灵咒"，可以强制魔族人回到兽化状态，变身的时间里也会有僵直，那时候的柠荼一定还能追加攻击。像魔龙族这种庞然大物，僵直的时间必然不短，但变成魔龙的【奈落四叶】各项基本属性又要高出一个层次，再加上仍然是狂暴状态，那时候就是柠荼的手速和这个僵直时间之间的比拼了。

好可惜啊……

柠荼正回味着，突然被百里墨湘拍了拍肩膀，问："你昨晚梦见什么了？"

"我梦见【翠鹛】死了。"

柠荼能够成为游戏本家，除了她作为游戏世界剧情的编撰者，还有一个非她不可的原因：她在游戏世界中的角色有着无可替代的作用。

比如【翠鹛】，她要负责回收游戏世界中的废物，再将它们转化为能量释放。所以作为游戏世界的最终回收站，她的死亡会导致游戏世界的数据堵塞，无法继续运转，自然也就有了今天的状况。明明应该是小孩不用上学、大人不用上班，本来大家可以在游戏里敞开娱乐的一天，但一大清早的，游戏系统就停服维护了，一时间不知道多少玩家在电脑面前砸了键盘。

柠荼这边刚意识到问题，她的手机就响了。还能是谁呢？游戏公司呗。目的很明确，这次系统维护时间较长，所以一直都打不了，要求柠荼这些天多去梦里"催一催"。顺便告知她，元旦要搞一些活动，为了弥补这些天系统维修造成的流量损失，活动可能会搞得大一些，让她放下心来好好睡觉。

说起来可真是天下奇闻，试问：天下有谁的工作是做梦，舒舒服服睡着觉就能把钱赚了？

还真就有，这人就是柠荼。

但是柠荼还是没忘了白天要找些事做做，就像现在，她还要搞职业战队打电竞。虽然因为游戏公司的限制，可以暂时搁置写作，但是她必须自己忙起来。

毕竟现实世界里可不像美梦，不找到更多的求生方法，她注定会面临被替代、被掌控的命运。她不喜欢这一点，她要自由。

认真应付了上头的问题，柠荼挂断了电话。现在好了，没事儿干了。训练室里一时间大眼瞪小眼，直到叶宋提议姐妹几个下午一起逛街，得到了高晓天和柠荼的一致认可。剩下秦若止决定回家补觉，百里墨湘没有说什么……

果然，购物对于女性极具吸引力，几个姑娘兴高采烈地抱团，把下午要去的茶餐厅都决定好了。百里墨湘那边响起了电话，几人也没听见说了些什么，都准备回去找找这个冬天还能穿什么小裙子，百里墨湘却过来打断了一下谈话。

"不好意思啊，荼荼，找你的。"百里墨湘把自己的手机递了过去。

柠荼有点疑惑，是谁要通过百里墨湘的电话找她啊？不过柠荼还是没问，稍微压制了一下自己要去逛街的兴奋心情，从百里墨湘的手中接过了电话："您好，我就是柠荼，请问找我有什么事吗？"

"您好，嗯，柠荼小姐。"电话里是个男人的声音，很有礼貌，柠荼觉得很熟悉，"我是秦空，昨天刚刚去过你们俱乐部。"

"记得记得，【金钱至上】是吧？找我有什么事吗？"柠荼想起了这个人,这不就是那个用心刻苦研究自己文案的牧师吗?柠茶也是从百里墨湘那里确认过了这个人的名字和游戏里角色的对应关系。

秦空对于用人名字对应游戏ID的行为有点不习惯,但还是先说起正事:"实不相瞒,我的游戏理解遇到几个问题,我想与其我自己瞎猜,不如求助一下身边知道的人。正好你和百里墨湘比较熟,不介意的话,可以留一下你的电话吗?有时间一起喝杯茶?"

柠茶身后两个小姐妹的耳朵都快贴到手机上去了,直到柠茶抬头看向百里墨湘时差点撞上两个小姐妹,这才发现两个人正在偷听。两个人毫不掩饰,尴尬地微笑,柠茶撇撇嘴,全当两人调皮。

"好的。不过既然电话都来了,有什么问题就在电话里问吧。"柠茶说。

"不太方便,除了问你,还有一些是问他的。实在抱歉,只能麻烦你们了,这两天游戏也没法登录了,所以你看这两天什么时候有空闲时间,方不方便留给我?"

秦空说完,柠茶还没开口回应什么,身后两姐妹就开始嚷起来了。

"有空,有空,今天下午六点半我们要去H市市中心的地下茶餐厅,秦先生可以一起来喝茶啊。"叶宋用嘴对着大概是手机话筒的位置喊着,地名和时间都报过去了。柠茶的耳朵自然也是难逃一劫,眉头一紧,刚刚把电话拿到离叶宋远一点的地方时,另一边的高晓天却是抓住了时机,凑上去继续说:"对,到时候百里墨湘也会一起去,你们正好一起聊聊天,不见不散啊。"

柠茶愣是一句插话的机会都没有,任凭两个姑娘脸上挂着八卦的笑容,就替她把时间给约了。正想着对着电话里的秦空解释一下,却没等她想好说什么,秦空那边就答应了。

柠茶更着急了,刚想好了怎么解释,百里墨湘的手机显示低电量之后……自动关机了。

柠茶蒙了,她明白了事情的前因后果,向着身边那三人投去愤怒的目光。两姐妹憋着笑,装乖巧,剩下百里墨湘一时不知道自己做错了什么,还像个憨憨一样问:"手机可以还给我了吗?"

柠荼差点把他的手机直接砸在地上，带着股气把手机丢在了不知道是谁的电脑桌上，扭头就走。那两位姐妹哪能放过她啊，拥上前去也不管柠荼如何反抗哀号，连拉带拽地把柠荼拖回了宿舍梳妆打扮去了。

目睹了全过程的两位男队员都震惊了，原来除了购物逛街，对女性具有更加不可抗拒魅力的还有八卦啊。

没错，两个姑娘先是随便打扮了一下自己，然后就开始对柠荼穿什么衣服、化什么妆、梳什么发型、喷什么香水进行了激烈讨论，柠荼眼睁睁地看着自己的衣柜和化妆台变得一片狼藉……

游戏世界里，榕树城已经恢复了原先的秩序，树底下开始接待那些取快递的玩家了。巨大的树干下堆满了各种包裹和一些负责取货的魔族鸟类，"取货码？""叫什么名字？"战后恢复的宁静，被这份久违的繁忙替代。

抬头望时，是飞鸟去，是飞鸟来。

琉月在树下帮忙，她不像魔族有翅膀，所以也只能做这样的工作。只有公会的文书寄回，他们的任务才算作真正完成。反正也没有其他事情，在榕树城帮点小忙，换取一些魔族人的好感度也是可以的。毕竟秦先生教过她，一切要做长远打算，而且不要对工作挑挑拣拣。

琉月是认可秦先生的说法的，也是这样做的。但是现在她感觉很奇怪：自己身边所有玩家在一瞬间内头顶的 ID 全灰了。同时下线了吗？可是之后看到的玩家们，ID 也是灰色的。今天是怎么了？不是周末吗？琉月有点迷茫了，怎么感觉游戏里的时间静止了？

"你要出门？"看着秦空换了身行头，往大门口去，夏晴问道。

秦空点头，算是打声招呼："嗯。游戏停服维护，你自己休息一天，手机还你。"他从上衣口袋里抽出了夏晴的手机递过去。

夏晴走过去接过来，眼睛却打量着秦空的行头。不是正装，那就不是去工作；背着双肩包，多半是放了笔记本电脑这种大件，有文件要带出去。夏晴清楚这个人的衣品，现在这身衬衫围巾配大衣，肯定不是去见百里墨湘。

"小白和米苏不回来的话你就出去下馆子吧，饭点我不回来了。"秦空开门前又说了一句。

夏晴点头回应："哦。"

看来对方是个大人物，能让一个对吃饭很执着的人不回家做饭。夏晴默默想着，但并未说些什么，只是回到自己原先在沙发上躺出一个坑的地方，继续看电视去了。

就这样在沙发上一躺就是一下午，夏晴也早就想休息一下，今天终于有机会了。怎么公寓一楼大厅的沙发这么软呢？好困啊……

"咦，这是什么地方？这天花板怎么好像见过，又好像没见过呢？"夏晴闭上了刚刚睁开的眼睛，手掌在自己的眼皮上使劲摩擦了两个来回，这才再睁开眼来。

没错，这不是家里，是哪来着？夏晴身体还是疲惫得很，便没有急着坐起身来，只是扭头看了一圈自己的房间，当看到衣架上那件大斗篷的时候，他就知道自己在哪儿了。

"我一定是在做梦，对……"他闭上眼睛，准备继续睡觉。那件大斗篷不就是他的游戏角色【青空】的巫师职业套装吗？自己怎么可能在游戏世界里？肯定是做梦了……做梦，做梦？

夏晴猛地睁开眼坐了起来，转过身子再次看了一圈，这里是榕树城的旅社房间。他踹开被子本想着四下走动一圈，却在站起来的一瞬间头晕恶心起来，看来是真的疲惫了，哎哟……磕到床头柜了，还挺疼……疼？我不是做梦吗？他伸手揉了揉刚刚磕碰到的膝盖，嘶，真的疼……

不会真的这么玄乎吧，夏晴重新坐回床上。他上身穿着一件浅蓝色的衬衫，窗户开着，一阵风过来，竟然还是凉的。真……真的？夏晴迷惑，深吸两口气平静一下心情，去关了房间的窗户，重新钻回被窝里，正想着开始静静思考人生的时候，房门外传来了敲门声。

夏晴，不，他现在应该叫自己【青空】，再次抬起手在自己脸上摩擦了两遍，起床向门口走去。当他靠近门口的衣架时，那斗篷竟然像长了脚一样走过来披到了自己身上，好像知道自己冷似的。【青空】顺势系上了扣子，趴在门上从猫眼看了一眼外面的人，竟然是琉月。看来是真的穿越了。

开门。

琉月很礼貌地开口说话："【青空】，我刚刚在榕树城下的时候遇到了一个奇怪的客人，说想要见见你，不知道现在打扰你了没有。"

"不打扰，我正闲着，直接走吧。"【青空】没推辞，与其自己闲着思考人生，不如出去看看。琉月点点头，带他离开旅社准备前往榕树城下。

之前自己只是跟团划水，现在真的走在榕树城中才能感受到其间的氛围。树枝便是道路，树杈相交错的位置便是路口。偶尔还有在两个高矮相错的树枝之间搭建楼梯的，虽然还没有达到《桃花源记》所说的阡陌交通、屋舍俨然，但也是别有洞天，在现实世界绝对体验不到这样的感觉……

好大的风啊！榕树城的树冠伸到云霄了。这海拔会不会缺氧暂且不提，但是身在平流层的高空，现在的【青空】终于明白了为什么榕树城的鸟不飞的时候通常收着翅膀了，这要是一阵风过去一定直接起飞了。【青空】将斗篷帽子戴好，又拉紧了帽子上的松紧带，只把脸露在外面，奈何身后衣摆飘飘，狂风作响，【青空】真希望这斗篷能立刻变成一件棉袄……咦？他就看着自己的斗篷突然裹紧了自己，然后在一片青蓝色的光芒闪过之后，真的变成了棉袄，嗯？防寒服！变了。羽绒服！又变了。鸭绒大衣！真的又变了！好神奇……

【青空】身体里那个夏晴的灵魂很久没有这样释放过好奇心了，他正玩得开心，身子也被捂得暖和。忽然听见身前人干咳了两声，【青空】这才抬起头，发现琉月已经驻足在原地看着他了，再往前走都要掉下去了。还好琉月似乎并没有用关爱儿童的眼神看着自己：咳，怎么下去啊？

这时【青空】朝下面探探头，感觉身侧一阵不同寻常的风，然后就看着身旁的琉月召唤着那些花花绿绿的纸片在风中重叠，最后拼贴出飞毯的模样，一跃而上，开始向着榕树城下飞去。

【青空】愣住了："怎么回事儿？呃，我要怎么飞？嗯……扫把？"刚想到这儿，自己身旁真的突然出现了一把巫师的扫把。这怎么骑？【青空】琢磨了一下造型，飞？哎哟，天哪！

【青空】一个没坐稳，手还没抓稳扫把，扫把直接从身下飞出去了……嗯？回来！"咚"，哎哟，就像是魔幻电视剧里刚刚学习魔法的主角一样，

201

扫把飞了回来，照着他的脑袋就砸了过来，然后就像是做错了事装傻的小孩子，落在地上没了动静……【青空】抱着头，蹲在原地自己吃痛。

没过多久，刚刚飞下去的琉月坐着她的飞毯又飞了回来，看着【青空】的样子，问道："你没事吧？"

【青空】不知道怎么形容自己现在的心情，至少"丢人"两个字应该是比较恰当的。但他不是个很在乎面子的人，抬起头盯着琉月的飞毯看了一会儿，突然问道："能搭个顺风车吗？"

终于到了榕树城下，琉月先跳下飞毯，然后回头看着【青空】也跳下来，这才收了那些星光符纸。她藏起了关于"这个巫师怎么会连自己怎么飞都忘了"的疑惑，带着【青空】先去找那位客人去了。

说起来那位客人可真奇怪啊，戴着的藏青色斗篷遮住了脸的上半部，只留着精致的下巴和艳如梅子的唇，身形也是藏着的，只能听声音辨出是个女子。她只说自己认识【青空】，知道他在星宫，希望能来看看他。

"到了，就是那个女子。"琉月带着【青空】绕了一圈取货点，来到了人群外一个女子身前，侧身向那女子介绍道，"这就是你要找的人。"

"琉月小姐姐！走走走，我给你看，这是那边的神雕大哥送给我的弹弓，他说我分货特别快，还没出错，奖励给我的，还奖励了我休息时间。琉月小姐姐，小姐姐，快来。我们一起去森林里玩吧！"未见其人，先闻其声，琉月听出来这是【凯】在呼唤自己。【凯】挥舞着双手大老远朝着自己高声喊着，就像是一阵风吹到自己跟前，连看都没看一眼旁边的其他人，拉起琉月的手腕，一溜烟朝着森林跑去了……

【青空】看在眼里，虽然他觉得【凯】应该不会那么巧也穿越了，但是这个神经大条的性子和星宫公寓的凯文还真吻合。哦，对了，他是来见人的，这位是谁？自己的剧情里有这一段吗？还是没做到？

"她被带走了，那正好剩下我们两个了。"那女子慢悠悠地说起话来，还上前两步和【青空】挨近了一些，她将自己的斗篷帽子向后拉了少许，露出自己的眼睛，看着【青空】，"蓝天，好久不见。"

看见这张脸，【青空】有些发愣，虽只是露出面庞，但是当真漂亮。

皮肤白得无瑕，唇似冬雪一点梅花，鼻翼秀气却不失稚嫩，瞳眸蓝得深邃透亮，仿佛纳入星辰大海一般闪着光……哎？是……泪光？

【青空】有点出神了，准确地说，是他身体里夏晴的灵魂有点犯蒙。他不认识这个女子，因为他的新手任务是代打做的，当然不知道眼前这位就是首都户籍角色的新手任务引导者【青鸟】了。

但是 NPC 主动来找自己，不论是谁都会觉得反常。如果他知道眼前这个 NPC 是【青鸟】，那么夏晴除了犯蒙，一定还会震惊，或者要找那个代打问清楚了。

【青鸟】望着他，不自觉靠近过来。等到【青空】反应过来的时候，两人竟只有十厘米左右的距离了，【青空】赶紧往后退了一步。

看到这个反应，【青鸟】眼中那晶莹的光荡漾出一圈涟漪，显然是已经聚起来的眼泪噙在眼眶却迟迟没落下来。她的声音没有很大的起伏，一如方才那般温和，却轻微地发颤："你不记得我了，是吗？"

【青空】心里有点发毛了："这位小姐，您可能认错人了吧。"他压着自己内心的"十万个为什么"，淡淡回应了一句。说实话，他现在真担心她下一秒就哭出来了。

【青鸟】笑了，而后抿着唇，咽下一口气，眨了眨眼躲开了面前这个人的眼神，点点头，嘴角不知道是在上扬还是下落，说道："是……是……"说完，她转身远去，没有再回头，拉下那斗篷的帽檐，重新挡住了眼，右手掌覆盖在已经发酸的鼻尖上，掌纹印花了两行泪，她步速极快地离开了。

奇怪，我明明不认识她的……

吧嗒。

"哎？"现实世界中的柠荼被两个姐妹拾掇了好久，现在就坐在了茶餐厅里。柠荼正看着菜单，两眼酸胀得厉害，一个呵欠过后，眼泪落了下来，菜单上出现了两簇水印。旁边的姐妹俩急忙从各自的小包里找出来了一大堆反正是百里墨湘看不懂的东西，在柠荼的脸上涂涂抹抹，等到补好了妆这才放心地坐回原位去了……

百里墨湘看呆了，当代女性对于自己闺密和异性的约会活动都这么重视了吗？不，只有柠荼自己知道，这两个人就是想找一个冤大头请吃饭而已。她朝着百里墨湘的方向看过去，又想打呵欠，被旁边刚刚收好散粉的叶宋喝住了。

柠荼撇撇嘴，不敢反抗，只能偷偷在心里吐槽。还好这位冤大头秦空是个守时的人，并没有让她们等太久。

百里墨湘主动承担了介绍的任务，秦空一一礼貌地问好，而后点了茶品，客套了几句，就直入主题了。

"很抱歉，在休息时间叨扰了。"

"没有，没有，现在也没法训练。"

"那我就直接提问了。"

"好。"

秦空解下身后的背包，取出自己的笔记本，一边开机一边问出了第一个问题：

"第一个问题，游戏中所提到的魔界和魔界钥匙，到底是什么东西？"

"这个是世界边缘化的东西，涉及我个人的一些……"柠荼听到问题有些发慌，眼神飘到身旁的叶宋和高晓天身上，有些犹豫了。

秦空明白其中意思，没有再纠缠，直接跳过："好的，我理解了。第二个问题，赫尔墨斯和游戏首都历史中的墨丘利有什么关系吗？"他是来提问的玩家，不是八卦新闻记者，对于隐私问题，他当然保持着应有的礼节意识。

"同一个人……咦？墨丘利和光明之神做过约定，我在文案和史书里写的明明是赫尔墨斯的名字啊。"现在轮到柠荼疑惑了。

秦空这时更加确认了。他的笔记本也在说话间打开了，现在虽然进入不了游戏界面，但是昨晚他特地登录游戏，做了史书的截图。他那时候发现，在他的视角里，史书上"墨丘利"这个名字的字色和旁边的字完全不同，是紫红色的。他把这张截图递给柠荼看，柠荼看到了图片后很快想到一个可能……

"百里墨湘，你是不是把你的账号给他了？"

百里墨湘意识到不对劲，歪着头当作什么都没看见的样子，但是听到她叫自己名字，这时候在柠荼面前还装傻就是不明智的选择了。他干咳了两下，点点头说："对，黎羽皓。"

"你怎么不告诉我？"柠荼"唰"的一下就站起来了。旁边两个本来期待着娱乐气氛的姐妹有点不知所措，秦空一本正经问问题还很懂礼貌地跳过隐私的态度本来就让她们很失望，现在她们都有点质疑自作主张把秦空约出来到底对不对了。

百里墨湘赶紧解释："我是想告诉你的，但是那时候看你每天的状态，我怕你太激动。"

"百里墨湘……"秦空向着百里墨湘的方向使眼色，小声提醒着。百里墨湘口中的"那时候"是一个不太方便外人知道的时候，而且面对激动的人讲道理，基本上是在自取灭亡。

不幸的是，百里墨湘就是太害怕柠荼激动了，满眼都是柠荼，全然没注意到旁边秦空的提醒，继续说着："而且你现在也看见了，没有人比秦空更适合这个账号，包括我。"

"我不要听你说！"

你看，你看……

柠荼说什么了？秦空就知道，现在好了。他现在只恨自己坐得离百里墨湘太远，不然他现在一定会伸腿去踩一下百里墨湘的脚。柠荼现在别过脸去，谁也不理了。完了……

"那个，柠荼小姐。"秦空试图打破僵局。

柠荼虽然还没有失态到对他大喊大叫，但是也没了心情再接话，只丢下一句"抱歉……我出去一下"，然后就直接离开了茶餐厅。

剩下的四个人里，百里墨湘知道全部，秦空知道一半，剩下那两个自认为和她很要好的姑娘却什么也不知道。

百里墨湘有意去追，秦空把他叫住了："她现在估计不想见你，算了。"

"啧，那你的事不办了？"

"那我和你一起去，两位……呃，可否辛苦帮我看一下东西？"秦空问那两位正不知所措的女孩。

　　两个人虽然不明真相，但也不是傻子。柠茶对她们可能有秘密，只是柠茶性格率真不会太遮掩，脾性也倔强，两人担心她不冷静，容易遇到麻烦，点点头让他们先去了。

　　果不其然，出了地下茶餐厅，就看见柠茶一个人坐在大马路边上，低着头不知道在想什么。秦空和百里墨湘相视一眼，走上前去，秦空觉得她不会太排斥自己就先开口了："柠茶小姐，我不知道这个账号角色对你的意义，也并不知道这件东西是你和百里墨湘共同……"

　　"你先别说了！"百里墨湘打断了他的话，直接上前去伸出手晃了晃柠茶。

　　果然……她竟然在街上昏睡过去了。

　　"啧。"百里墨湘皱了一下眉，扶着柠茶没让她倒下去，扭头对秦空说，"你先回去给那两个丫头结账去，就说柠茶有事和我先回去了，别告诉她们柠茶现在睡了，剩下的我路上再和你说。"

　　秦空没说话，就算他再聪明，面对马上就能得到正确答案的事，也失去了想要猜测的欲望。秦空先去结了账，大方阔绰，一人包了全部，让两个姑娘好感大增。至于柠茶的现状，秦空倒也是一个说谎的好手。

　　收拾好了自己带过来的所有东西，他就和百里墨湘轮流扶着昏睡的柠茶，躲开容易吸引异样目光的大道，打了个电话让琉辉现在马上开车过来。

　　百里墨湘挂了电话，还不忘埋怨一句："就你学了驾照不买车，等上了车再说吧……唉。"说完，他看了一眼现在靠在肩头昏睡着的柠茶，给她把着急跑出来没扣好的大衣扣子扣上。天冷，茶没喝到就够亏了，别再感冒了。之后他趁机摸了摸她发顶，手插回口袋里安静等待。秦空看在眼里，倒是一句话没说。

　　此刻的游戏世界里，琉月和【凯】正埋伏在草丛里等着一只魔兽，是一只长着兔耳朵、猪鼻子的生物。这种生物平时都是闭着眼的，梦空百科说过这种动物叫吻梦兔，喜欢亲吻郊外睡着的旅人，只要在他们的额头上亲吻过后，旅人的噩梦就会变成美梦，不少贵族都会养上几只来治疗失眠。

野生动物终究是拥有不羁的灵魂，吻梦兔极其胆小，被圈养的吻梦兔会绝食自尽。但是那又如何呢？人族的欲望是压抑不住的，既然命不够长，那就依靠数量来凑。反正吻梦兔没有食肉动物的利齿和利爪，只是无法反抗的卑微生物罢了。

相比黑猎手们残忍血腥的猎杀或捣窝，【凯】这种用弹弓来逗趣的方法当真可爱极了。

他又不是为了抓这些吻梦兔去卖，不然他身上的诚信勋章一定会把他的坐标报到猎手协会负责逮捕黑猎的人那儿，然后又要有一大堆的手续流程来证明自己无罪，他可不是喜欢给自己公会找麻烦的笨蛋。

【凯】发射出去一颗碎木块，并不是照着兔子去的，而是兔子旁边的小石子，可惜他眼神不好使⋯⋯

"哎呀！"【凯】看着自己发射的"子弹"正中那兔子的屁股，受惊的兔子一溜烟跑没影了。他惊叫了一声，他不是故意的，"不好意思啊，小兔兔。哎？琉月小姐姐，你在看什么啊？"

"嘘，史莱姆重生。"琉月的食指在唇上比画，低声回应。

"啊？"【凯】顺着琉月的目光看过去，什么也没看见。这不是因为他眼神不好，是真的什么也没有。

琉月从口袋里取出自己的移动终端，打开了光子屏，画面里竟然是像照相机拍出来的画面。琉月放大画面，这回终于看清了⋯⋯

【凯】没见过这种生物，因为史莱姆是绝种生命体。

他张大眼睛仔细看，生怕错过了什么细节。画面里，草坪上有一摊液体，泛着淡绿色的荧光，质感像是胶水，又像是混合着搅碎的果冻。草尖上的雨水滴落下来，落在那摊液体之上，很快就被融合了。他眼看着那一摊液体一点点鼓起一个包最后膨胀扩张，直到突然从浑浊的胶体中冒出两颗眼珠。

"啊——"【凯】被吓到了，直接叫出声来，原本撑在地上的手直发软，下巴在草垛上砸了一下，还好是草垛。接着他就看见那逐渐成形的史莱姆，竟然从刚刚完全看不清的一摊水上变成了现在的样子。琉月收回了自己的移动终端，看见不远处那个草坪上，一个发着绿色荧光的球摊在那里，上头还有凸出来的两只小眼睛……

真的是史莱姆哎……【凯】看呆了，三步并作两步跑上去，也不端详研究了，直接整个揪起来。

哇，不是说灭绝了吗？还能看到这个，太酷了吧！【凯】一边想着，一边将那史莱姆捧在掌心把玩起来。这手感，这品相，这……

琉月赶紧跟上来说："【凯】，先别动，史莱姆是很胆小的生物，你现在如果把它转晕了，它会朝你喷分泌物的。"

琉月说这话时已经晚了，【凯】当时看见史莱姆身上冒出了一个气泡，根本没听进去琉月说的什么，伸出食指就戳破了那个气泡。果不其然，气泡爆开，喷了他一脸绿色液体。呃，这个东西用手摸整块的时候真的很有趣，颇有一种解压玩具的快感，但是如果黏在脸上，那就完全是另一种体会了。

"天哪！"【凯】左手仍然抓着史莱姆，有一个篮球那么大，右手抹掉自己脸上的液体，使劲甩掉，"这魔物太危险了，不行，我要送到珍稀动物博物馆，贡献一个标本。"

"别啊！小凯，你看，它是活的呢。而且史莱姆自己就能无性繁殖，我们就不能养起来吗？"琉月双手搭在【凯】的左手上说，不知道为什么，自己的心里就是非常想要保护这个史莱姆。

"可是……这东西对我们来说是未知的，太危险了。"

"小凯，你看它多可怜啊。"琉月晃了晃【凯】的手臂，把从有关秦空的记忆中学到的撒娇技巧也用上了。

【凯】有点招架不住了，终于松开了紧咬的牙关，低头看了一眼手中的魔物。那魔物当真还迎合了琉月的话，用一双水汪汪的大眼睛正盯着自己，他终于还是心软了："好吧，好吧，不过它要是伤害你的话，我一定会立刻送走的啊！"

"好！"琉月开心地笑了，不是系统设置的微笑，是露出酒窝的喜悦的笑。她伸出手将史莱姆捧起来，抱在怀里。其实她也是挺好奇的，只是没有【凯】那么火热。她一手轻轻托着史莱姆，一手在它头顶轻轻搓了两下。

看着琉月爱抚着史莱姆，两个生命那亲热的模样，一旁的【凯】酸了起来，俯下身来，装作凶巴巴的样子盯着史莱姆的眼睛，说道："你听见没有？你要是敢搞事情，我就把你揉圆搓方拉长再压扁，听见……啊！"

还没说完，那史莱姆的眼睛就缩了回去，照着他的脸就迅速鼓起一个包，又喷了他一脸。【凯】紧闭着眼防止那些液体进入眼睛，一边擦着脸一边骂。

"噗……"琉月原本在史莱姆身上游走的手现在捂着嘴，她开心地笑着。纵使这些天她累到失去自己的 AI 体质，但是此刻陪在同伴身边的她，是那样轻松自在和快乐。

"哇，琉月小姐姐，你看它……你还笑？啊——"

森林中回荡着少年的叫嚷声和少女银铃般的笑声。灵动，充满生气……

森林的另一端，一位持伞的粉发女子正背着昏睡的【青鸟】朝首都赶去，她的耳朵上是一只黑色的压缩版移动终端。她正在和移动终端另一侧的人通着话："【星雨】，如你所料，【青鸟】刚刚险些暴走了，还好我已经控制住了，你那边怎么样？"

"桃花源太难控制了，你那边呢？"另一端同样也是一个女子的声音。

"黑森林那边有金伯爵在，不会出事的。真是糟糕，世界上怎么忽然涌进这么多负能量？【翠鹛】还不出来吃掉。"

"也许是遇到什么事了吧，我们先做好分内的事好了。"终端里的女声说着。

"我去联络一下【律贞】……"粉发的女子降低了移动速度，开始考虑接下来应该怎么做。

"那臭妹妹虽讨厌，倒也靠谱。快去吧，天快黑了。"

"嗯。"

挂断通话，粉发女子继续加速前进。此刻游戏世界里，榕树城上的乌云早就为首都带去了洗礼，离开榕树城后却还能看到落日，天黑得越来越早了，看来冬季就要来了。

"要抓紧时间了，惠洛。"她自言自语着。

新年

榕树城下，【青空】还留在原地，他仿佛想起了什么，却什么也不愿意想起。实话讲，强行灌输别人的记忆给自己并不一定是让人愉快的事情，这些回忆和自己的经历也很像，不幸的是，他的经历也并不快乐啊。

他不自觉间抬手，又在自己的脸上揉了起来，直到远远看见归来的少男少女，呃，还有一只史莱姆。他的视线忽然模糊起来，任凭他如何努力想再睁开眼睛，却都是徒劳，世界陷入一片黑暗。

再醒来，已经是夏晴的身体，自己从沙发滚到了地板，难怪会有感觉。算了，应该就是做梦吧。嗯？被子？难怪感觉梦里穿了件鸭绒大衣……看来是小白他们已经回来过了。他们应该是看到自己睡觉不忍心叫醒就给自己盖了个被子，电视也关了。

正想着，门口传来了敲门声。嗯？秦空说自己饭点不回来的啊。是谁呢？夏晴将被自己卷下来的被子扔回床上，揉了揉脸，开门。

游戏停服维修，一放就是一周。感谢这游戏还有多个区服，只是新区遇到问题，那些老玩家还能回到老区消遣消遣。很快系统维护也结束了，新区重新开服，并没有影响到孩子们寒假的娱乐生活。公告上说，新年之前还会有一次系统更新，想来要出新活动和副本了，让玩家客户回流。

这段时间里，星宫收到了公会任务的文书，已经确认任务完成，可以回首都了。

离开榕树城那天，专飞机长凯丽将飞船停在原先的空地上来接他们。城主文森特执意要亲自来为他们送行。凯丽和琉月热情拥抱了一下，就看见了她身后的文森特，两人也只是客套了一下。

临别时，凯丽隔着驾驶舱的玻璃盯着文森特看了很久，琉月都看在眼里，并没有说话。返程中，凯丽还见识了琉月带回来的史莱姆，简直是爱不释手。史莱姆对待凯丽就像对待琉月一样亲切可人，还会卖萌，唯独对待【凯】，只要一靠近就是一个大鼓包，离远了就又缩回去。【凯】想想就来气：明明是我把这一坨……呃，这一只史莱姆捡回来的啊，凭什么就我不能碰？

生气！

回到了首都，琉月安排彩星先收拾公会的大房间，然后来厨房帮自己准备食物。她让公会成员先去自由活动，回来再一起参加晚宴，恢复状态。

至于公会任务的奖励，找个在线玩家一起去吧。首都并不安宁，还是个弱肉强食的社会。毋庸置疑，路上要注意安全的原则不论在什么样的社会背景下都适用。

"咦？"琉月发现放食盐的罐子不见了，让彩星小纸人去找，然后就听见客厅热闹起来了……

"哎呀！我就借一点点嘛！再借一点！"这是【凯】的号叫声，还有各种东西砸在地上的声音。

琉月叫帮厨的【金钱至上】看锅，在围裙上擦了擦手就跑出去看是怎么回事。结果看见客厅沙发边上，【凯】正趴在地上，怀里抱着盐罐子，脸上、腰上、手臂上、胸口都贴满了彩色的纸片。坐在沙发上的【凤求凰】就像是没看见一样，任凭【凯】在地上翻滚尖叫。

彩星移速不低，但是和【凯】比起来就逊色了一些。只是一两片小纸人那是没问题的，彩星那可是一大群啊。【凯】的不服气是小孩子的必备属性，说放手就放手是不可能的。于是他一边紧紧搂在怀里就是不撒手，一边还想着摆脱身上这些符纸，最后就酿成这番景象：客厅的一片狼藉和沙发上皱着眉头的【凤求凰】。

琉月先收回了彩星，这才上前扶起了【凯】，问道："怎么回事啊？"

【凯】撇撇嘴，故作委屈地直接一头扎进琉月怀里就开始哭诉起来："哇！琉月小姐姐，太欺负人了，我就想借点盐来用嘛！哇！"

"借？你经过原主人的同意了吗？"【凤求凰】这时又像是什么都看见了一样，插上了一句，一下就把【凯】的话全部堵住了。【凯】立刻像做错了事的乖孩子一样，并没有对【凤求凰】的开怼进行还击，依偎在琉月怀里，撇着嘴，似乎还带着泪光，那楚楚可怜的样子搞得【凤求凰】也没再说什么了。

过了一会儿，平复了心情以后，他抬起头来看着琉月的眼睛说道："琉月小姐姐，我想要借一点盐。现在史莱姆越来越大了，只能在浴缸里待着了，她刚还和我说话了，说浴缸里的水太淡了，想要在水里加点盐。"

"咦？史莱姆……说话？"琉月听完就困惑了，难道是……

【凯】继续兴奋地说着："是啊，我刚刚和天天一起在花园里陪史莱姆玩，就看它'咻'的一下就在一道绿光之后变成一个这么大的小宝宝的样子了，抱着天天不撒手，说想要洗澡澡，然后我们就把她抱到浴室那边去了……"【凯】把盐罐子放在膝盖上，双手比画着大小。

"诶！真的吗？那应该是魔物化成人形的样子了吧，我也好想去看看啊！"琉月听到后也觉得很激动，拉着【凯】的手说道。

然后少男少女两个人就带着一罐盐向浴室的方向走去了……

【凤求凰】没有制止，从沙发上起身去了厨房，看看【金钱至上】是否需要帮忙。

现实世界里，凯文没有上线游戏。寒假到了，凯文没有接到新的通告，因为公司说什么梦空选择代言人要考游戏，让凯文回家休息休息，打打游戏……凯文才不要工作，手机挂机，然后就约小伙伴们出去玩了，现在的他正躺在沙发上看电视呢。

秦空也没有上线，同样是手机挂机，他在厨房里做饭。给他帮厨的是白陌，同样也是手机挂机。冬季一到，他们也要延续他们星宫的家庭传统，寒假必须回家。今年的最后一天，虽然他们没有跨年活动，但是大家是一定会回家的，回家就要吃饭，吃饭就要做饭，秦空无疑就是主厨。

夏晴恢复了状态，至少现在不是面如死灰且睡不醒了。还有放了假的米苏，几个人都在厨房里，一边忙着手头的活儿，一边聊着天。

这群人当中，米苏是年龄最小的，也是最喜欢八卦的。对于上一次夏晴口中所说的，秦空说出去吃饭最后和百里墨湘、琉辉一起带回来的昏睡的小姐姐，他一直很好奇。他那天和白陌一起去图书馆自习一天，下午回来只见到本来精神状态很疲惫的夏晴一脸被吓到的表情，瘫在沙发上。

等看见护送小队的三人一起从楼上走下来的时候，两个人也有点奇怪，因为他们很少看到琉辉回家。

等到晚上才听到客厅有动静，米苏的感知能力敏感些，就下楼来偷看，这才发现家里多了一个女孩子。柠荼醒过来发现不认识这里，自己出了房间却不小心把门给关上了，没有钥匙的她只好找点事做做。她在客厅想喝杯水，只是不熟悉星宫的她找不到杯子，转了几圈之后就碰到了下楼来一探究竟的米苏。

米苏虽然年纪小，但并不是大惊小怪的类型，或者说他的冷静和自己的年龄放在一起有些反常。他只是平淡地问了名字，两个人这才聊起来。哦，秦空和百里墨湘两位带回来的人啊。咦？为什么一起带回来？什么身份？

那天晚上，柠荼没看出来米苏的真实性别，但是那双八卦的眼睛，几乎是印在她脑子里了。

米苏好奇，想一探究竟，就旁敲侧击，还带着同样"关爱同僚生活"的刚刚奔丧结束回到H市放寒假的凯文一起。奈何秦空很忙，只要不想说的事，把他放到绞刑架上也不可能逼问出来；至于百里墨湘那边，他只会笑笑不说话，毕竟喝了三斤白酒还能清醒，他们也不存什么指望。

不过嘛……米苏还是很喜欢提这件事，毕竟秦空带异性回家，表明这件事对他很重要。看秦空回避的眼神，还是一件很享受的事情呢。于是，不管这一壶开没开，米苏要来提一提了……

"秦空，你没邀请一下柠荼小姐？"

"邀请她做什么？"

秦空头都没抬一下，只是筷子搅鸡蛋的节奏乱了一下。米苏听出来了，憋着笑继续擦他的土豆丝。

正在米苏想着等下继续问什么的时候，厨房门口探进来一颗脑袋，是凯文，他拉着身后的一个少年一起进了厨房。那少年有些怯懦，躲躲闪闪的，手背在身后，叫了一声"秦哥"。

"来吧，又是什么大冒险来用我开刀？"

秦空把手中的碗放在了桌上，冷漠地回头。客厅里，回家早的几个小年轻已经玩起了真心话大冒险的游戏。节日气氛要有，但是一旦热烈起来就会有人喜欢和权威者开玩笑，要说这个公寓里最有威严的人，那当然是支撑着整个星宫的秦空了。秦空也没那么不识趣，凯文前前后后进出厨房五次，足以说明大冒险的内容是针对秦空设计的。

什么给秦空换一条围裙啊，给秦空换一双拖鞋啊，给秦空围上新围巾啊，诸如此类的，不知不觉间，可能就差让他现场换睡衣了。秦空的一身居家装备全都是新的。秦空当然看得出一些小心思，他们想给自己送点新年礼物而已，何必拒绝，只是把礼物当成了大冒险的惩罚……秦空决定反思一下是不是因为自己在公寓里不喜欢笑，以后要学会温和一点了。

这个准备进行大冒险惩罚的少年叫周壹，和米苏年龄相仿。凯文和他比较亲近，他一回公寓就会带很多好吃的，凯文爱吃，结果本来也想帮厨的周壹被凯文的"好友无限连"给拽过去一起玩游戏了。

秦空一看见凯文和周壹进来就知道，一定是又要送自己新东西了。果不其然，周壹藏在身后的手递上来的是一顶新帽子，但是帽子递出去的一瞬间，除了秦空，厨房里的一圈人立刻开始哄堂大笑。

那是一顶毛线的针织帽子，做工很精致，款式很简单，但是唯独配色，粉色还带着白色波点……整个就一个大写的"土"字。

秦空一时间都不知道从何说起了，要不是顾及周壹胆子不大，他一定就白眼飞过去了，所以现在他将白眼飞给了凯文。凯文笑得最大声，大声招呼着周壹："天天啊，别害怕……哈哈哈……哈哈哈……快，快去给秦二哥戴上。哈哈哈……"

凯文还在大笑着。秦空欠身将头伸过去些，示意周壹给自己套在头上。

其他人笑得多少有点停歇的时候，凯文那边都快笑出鸭子的叫声了。任何一个粉丝如果看见爱豆笑成这个样子，估计都要给这一幕加上一个"考验真爱"的标签了。

等到周壹给秦空戴好帽子，秦空一抬头，才发现凑热闹的人都快把厨房门堵死了，一张张憋笑的脸都涨得通红，可见虽然没有暖气，但热身效果立竿见影。

秦空要是再一点反应没有，那就是脑袋缺根弦了。大发雷霆也不大可能，虽然脸上没什么动静，耳根却羞得通红，他干咳了一声说道："把手机给我收起来。"然后扭头继续干自己的活了。

新年的气氛确实很平易近人呢。

今年的最后一天，聚餐准备开始了，最后三位姗姗来迟。大门打开，是只有寒假才回家的琉辉和常常来去无踪的百里墨湘，还有一位……

"新年快乐！"躲在两人身后的柠荼从中间挤了出来，同样带着新年的喜悦笑容。

看来星宫今年要多一位客人了，柠荼也不是来添麻烦的，她说自己在H市一个人住，没什么亲友，想来他们这里蹭个饭，顺便带了一些新年礼物。

大家没有拒绝，毕竟经历过上次的事情，大家都互相认识了。本就有着琉月这个纽带，这些人总有一天是要聚到一起的。

柠荼对于上次自己的睡美人症病发后住在星宫的事情表示了感谢，准备在晚饭过后向各位解释清楚关于梦境空间网游和琉月的一些事情。

此时的游戏世界里，新年气氛渐渐升温起来。

琉月和【凯】一起端详了那只史莱姆很久，最终得到统一的结论——好可爱。那只史莱姆的人形，若是让【星期天】捧着，也刚好就够躺在他的两只手掌上。史莱姆的头发、眼睛、指甲都泛着绿色微光，琉月忍不住伸出食指戳了戳那包子脸，软软的，却不再像之前有那种胶质感了，而是戳下去立刻又弹了回来，真像透明软胶质糖。琉月按得带劲，自然更喜欢这个小不点了。

游戏里也过新年，官方前段时间出的新活动还没结束，星宫的人似乎对那些个人任务提不起什么兴趣。那是自然了，人家现实里都是有正常生活的人，工作和学习当然比游戏重要。这种在玩家眼中冲级打榜的活动，大多是将游戏看得较为重要的群体才会狂热，比如之前从来不怎么喜欢出风头的【将进酒】。

普通玩家都是各有各的生活，但是【将进酒】不同。他是职业选手，不是闲下来才打游戏，他的工作就是游戏。那些准职业选手自从柠荼建好了那个企鹅群以后，内部较劲的事件就越来越多了，今天Ａ约着Ｂ去竞技场，明天Ｂ带着Ｃ埋伏围攻Ｄ，好不热闹。

这倒是让他们联盟未来的报社找到了活儿干。不过为了保护个人隐私，柠荼还是没有允许联盟的电竞记者一起加入群聊。

于是，冲级打榜的行列中，除了这些互踩的职业选手，还有一群混入其中的电竞记者。

这次活动的主题并不难，就是抓住满世界乱跑的小偷龙。小偷龙的设定很简单，就是魔龙一族的一些底层幼崽，人形都还没有，背着一两个小包袱，地上跑的、水里游的、天上飞的，只要打败了就能抢走它身上的背包，然后小偷龙就黯然离去。

普通玩家参与活动都是比较自在的，兑换到了想要的奖品也就不再和那些大神较劲了。谁不知道那榜顶必然是未来准职业选手的碗中菜呢？就算有几个玩家喜欢挑战一下，大多也被职业选手的技术和游戏时间碾压了。榜单上普通玩家的名字越来越少，截止到元旦，前一百名已经完全看不到普通玩家了。现在是活动的收尾时间，今年的最后一天，大家也都收了心，准备等到新年系统更新完以后再去新副本里大显身手。

只剩下少部分的普通玩家在有组织地争取团队榜单。毕竟职业选手再多，公会也就十几个，总能让普通玩家抱一丝希望。

因为联盟对职业选手的账号要求，所以只能让这些普通玩家和职业选手一起抢怪，游戏体验感极差。梦空公关部发布了更新预告：更新后的游戏会开发神级制度，要求职业选手的账号必须获得神级资格。获得神级资格的玩家可以获得红Ｖ字明星认证，但是线上活动需要到神级专区公共服务器中完成，这样就能够有效避免和现在类似的极其容易脱粉的事情了。

公关部说归说，和职业选手有什么关系？

榜单的名字挂在那里就是名头，就能吸粉。让玩家为了公会福利加入他们战队公会，战队公会做大了，就算职业选手去了神迹专区公共服务器，这些普通区的材料以后也能有保障，因此这些职业选手更加积极地扫荡着游戏里的小偷龙。

这可折磨坏了百里墨湘，以他的手速和普通玩家抢怪是没问题的，但是放到职业选手里面，那就是大家选择保留的帮助输出的机器，当真成了全联盟的最佳辅助。

正所谓几多欢喜几多愁，有被欺负的，自然也有扬扬得意的。以埋伏抢怪赚悬赏奖励的林耀一行人可算得了便宜，他们远程输出多，光是开怪就能圈过来一大片，再让两个近战队员聚怪，剩下的就是圈踢。枪林弹雨下去，小偷龙四散逃离，捡完包袱，聚下一拨，一拨又一拨，行云流水，工作效率霸占榜首，第一名是神枪手【不好意思走火】，第二名同样是自己的队员，差了整整两位数字。

这次不同，在榕树城事件结束以后，柠荼和他们做了一笔交易，帮助林耀建立了公会，就叫"24K"，势力放在猎手协会了。林耀刚刚帮着魔族榕树城做了事，他怀疑柠荼是故意的，但是想了想，按他们的阵容，也就这儿最合适。

有了公会的 24K 战队，就是团队活动榜单上没办法撼动的第一名了，这才有了一大批粉丝慕名而来，24K 一时间成了呼声最高的战队。商人家族出身的林耀，认为这笔交易还不算亏本，毕竟给柠荼的只不过是两把他认为平衡性不协调的手枪罢了。这个新年，林耀过得很开心。24K 和战队的粉丝看着榜首后面预告的丰厚奖励，也过得很开心。

星宫的人今天都在忙着准备一起跨年，本来不会有人上线的。琉月本想着和在线玩家一起去领取任务奖励，现在看来可能要到明年了。刚刚看过史莱姆人形的琉月和【凯】一起离开了浴室。她心里正想着会不会有人上线，身边【凯】头顶上原本灰色的 ID 就亮了起来。琉月终于等到了上线的玩家，于是很主动地提问起来："小凯，现在我们公会的集体任务奖励还没有领取，可以和我一起去吗？"

"咦？等一下……"

刚刚上线的凯文对于这个邀请有点蒙。他上线完全不是为了来玩的，是因为饭桌上柠茶对他说，他的新年礼物在游戏里。其实也不难猜，之前团队任务结束以后，凯文就明白了之前柠茶给他的建议，他不适合弓兵。

团队任务结束以后，第二天白天他就给柠茶打电话，说明了自己的情况，问自己如果转型神枪手的话要怎么做。柠茶说会帮他想办法。于是这个新年，这位让星宫意想不到的客人就给他准备了新年礼物。所以凯文不需要猜都知道，神枪手的武器是枪。当然了，他必须要上游戏里去领取。

琉月现在邀请他一起去领取之前团队任务的奖励。凯文都服了，这游戏也太写实了吧。游戏里上上下下所有的任务奖励都得自己跑腿领回来，放在自己的私人空间元里，再带回来自己安排。这一路上真是会提高该地区的犯罪率啊……

但是凯文现在更想去看看柠茶说的新年礼物，一时间就纠结起来了。在这个时候好朋友必须派上用场了。

"天天，你上个线。琉月小姐姐有任务给你。"

周壹听见后没什么异议，回房间刷卡登录游戏去了。谁不知道这个任务是给凯文的，但是谁都知道现在凯文上线想去干什么。

游戏里的琉月隐隐约约听见了凯文说的话，果然在不久之后，头顶亮着 ID 的【星期天】就来找她了：

"凯文有其他的事情要办，有什么需要帮忙的就让我来吧。"

琉月点点头，简单交代一下就和【星期天】离开了星宫。

凯文这边就放心地操作角色去找柠茶的角色了。柠茶带着的账号卡当然是【星雨】。但是让大家不太理解的就是，这是一个实卡制游戏，柠茶带着自己的笔记本电脑和便携刷卡器就来了，USB 接口在笔记本上一接，卡片一划就登录了游戏，坐在客厅开始玩了起来。不像他们，游戏卡的刷卡机很大，只能和自己房间的台式电脑接在一起。而那个便携刷卡器，他们从来没有见过。

【星雨】约了【凯】到首都商业街的一家酒馆，将新年礼物交给了他，是两把手枪，这是帮助24K战队建立公会换来的。

"这是从你那个哥哥手里换来的，他觉得平衡性不够，我叫琉辉改装了一下，觉得会比较适合你。"

"我哥哥？"

"以后你就知道你哥哥在电竞圈到底厉害在什么地方了，先拿着吧，看看顺不顺手。"

凯文对于自己哥哥和柠荼有什么交易并不关心，所以随口问的时候其实也能猜出来哥哥换到了什么好处，毕竟自己可是偷听到了林耀想要收购他们星宫。建公会这么难，现在活动里哥哥却有了公会，他难免和柠荼口中的"换"字联想到一起。他的疑惑只是在于哥哥是从哪弄来这件武器的。

不过现在他不在意那么多，是骡子是马总得拉出来遛一遛。凯文也想看看哥哥手里的武器和柠荼口中的"适合"到底是怎么体现的。趁着现在的活动还没结束，也没听柠荼把话说完，凯文操作着【凯】，上街去找小偷龙。

这个怎么瞄准？嗯？换手了，这是哪一把枪？怎么回事？

坐在电脑前的凯文陷入了自己怎么什么也看不懂的自我怀疑中。这时身后响起了一个声音："你技能点洗了没有？"

不知道什么时候，琉辉站在了他身后，收到新年礼物的凯文本来就兴奋，更何况在家里他也没养成随手关门的好习惯。

"嗯？技能？哦……"凯文这才恍然大悟，他现在的技能还都是针对武器是弓箭的弓兵点的技能，现在换成了枪系武器，技能都不对口，怎么玩？

游戏界面里是追着他出来的【星雨】递给了他一瓶药水——淬炼液，洗技能点的药水。凯文接了过来，说了句"谢谢"，拿过来就使用了，然后就进入了配置技能点的界面……

凯文现在本色出演迷茫的少年。

这也是琉辉过来的目的，他上前拍拍凯文的肩膀说："哥来帮你，起来，起来。"

"你小看我。"凯文嘴上说着，但还是乖乖起身让琉辉坐下。一方面琉辉比自己更加在行；另一方面，现在的琉辉和他的东家柠荼是朋友，搞好关系，这是娱乐圈必备的习惯。至于言语，只不过还是要维持一下他们兄弟之间的互相嫌弃的日常快乐口嗨罢了。

只见琉辉一上了座位就鼠标"咔咔咔咔"一阵响，点亮了几个技能，然后再细致地调了调学习技能的等级，一看就是神枪手必备技能。之后琉辉突然转过头来问："你眼睛还散光吗？"

"嗯，经纪人不让我配眼镜。"凯文点头。

琉辉"哦"了一声之后，又点上了几个技能，调整了一下等级，最后在一个技能上一阵猛点，直到点满级。凯文都看呆了，这个技能的名字是"驱风"。这不就是自己当弓兵的时候的自保技能吗？弓兵必备才对吧？

"哎，怎么这个点这么满？"凯文问。

琉辉最后检查了一遍这些技能点，说："你要把'驱风'点满，这个技能后期进阶可以刷新技能点，还可以配合你的其他技能改变子弹的轨迹打乱其他人的反预判。你这个眼睛，反正也没法远程瞄准，不如考虑考虑双枪打 CD 流，以面代点，做一个地图炮神枪手怎么样？"

"还有这个打法？"凯文疑惑。

"没有，这只是我的一个构想而已。"

"合着我是小白鼠是吗？"

"如果想赢得代言人的名额，你觉得是中规中矩做自己不擅长的事情，还是多骗一点综艺镜头？你在娱乐圈不会不懂这个道理吧？"琉辉反问。

这时候凯文才想起来柠荼说的"琉辉帮忙改装"是什么意思。柠荼怎么会知道凯文的眼睛还散光，但是柠荼怎么就觉得琉辉会了解他，多半是琉辉自己揽过这个活。他现在拿到的这个新年礼物，可以说是这次竞争中一个新的发展道路，他会得到的除了这两把枪，还有琉辉未来对他的帮助。

凯文藏起了心下小小的感激，只说了一句："辉哥，新年快乐。"

"换枪键你自己看是 F1 还是 F2，哪个顺手用哪个吧。自己加油。"琉辉起身离开了。

凯文朝着琉辉离开的方向挥了挥手，心里觉得刚刚饭桌上和琉辉抢一块红烧狮子头简直是罪该万死，明年一定让给琉辉吃，明年一定。

这之后自己也没有那么莽撞了，先对着一棵树试了试各个技能的手感，这才重新到街上去找小偷龙了。

此时的【星期天】和琉月已经拿到了他们的团队任务奖励，准备回公会。琉月在公会联合会的门口又清点了一遍物品，都在他们的私人空间元里，这才招呼着【星期天】和她一起离开。

周壹跟在琉月的身后，一路都没什么话，倒是琉月觉得无聊，开口问了一句："我可以和公会里的其他人一样，叫你天天吗？"

周壹听到这句话从耳机传入的时候，握着鼠标的手抖了一下，游戏里的【星期天】也跟着摇了摇头，周壹却说："可以啊，其实我……还很喜欢这个名字。"

"嗯？为什么？"琉月在经历了和那位秦先生以及凯文之间的友好相处以后，也没有之前那么拘束了，来找她聊天的玩家也越来越多。她也发现了不少健谈的角色，只是大多没有到能够知道这个人现实世界中本名的程度，除了秦空和林洋。不过倒是林洋让她改口叫自己"小凯"，琉月也就养成了问其他人"我可以像其他人一样叫你的昵称吗"的习惯。

【星期天】也像是打开了话匣子："我本来的名字叫周壹……嗯，是大写的'壹'。小时候大家都说这个名字叫起来就像是要开始上班上学了一样，所以很多小朋友其实都不太喜欢和我玩，大人也不太喜欢我……"

"只是因为名字吗？"琉月听见他渐渐停下来，就问了起来。

"还因为我，不太喜欢说话。"周壹回忆起了一些曾经的经历。他带着微笑，但是看着眼前的琉月，眼睛仿佛夜空一片黑暗之中的一点明亮，他继续说着，"后来，有一个女孩把她的蜡笔分给我，邀请我一起画画。她说大家都不喜欢我的名字，那就叫我星期天，之后就一直叫我'天天'。我们一起画画，后来还加入了一个人，你猜猜是谁。"

"嗯？这个对于我来说不太好猜。"琉月接过这个话头，自己思索起来，她真的在回忆。她看着眼前的金发少年，视线却是一片模糊，仿佛有一张脸和他的脸重叠，耳边飘忽过一阵风。她尽可能不让别人察觉自己的异样，问道:"是不是小凯啊?"

"你怎么猜到的?"

"这个嘛……你得先告诉我,你为什么喜欢'天天'这个名字。"琉月说。刚刚琉月本来想叫【凯】一起出来的,现在却换成了【星期天】,琉月当然会觉得这两个人应该是好朋友。

【星期天】果然是个老实人,继续说起来:"那时候我很内向,小凯和我们一起画画,女孩子总说我画得更好。小凯把我们的画拿给好多大人和小孩看,问他们谁画得好,然后……噗,我就突然变得受欢迎了。大家都觉得'天天好厉害啊''天天画的画真不错',之后我也就接受了这个名字。因为那个女孩,当然还有凯文,我发现了自己原来还有讨人喜欢的时候,有点开心。"

琉月听完后点点头,原来是因为重要的回忆啊。

琉月和【星期天】并肩走在街上,朝着公会的方向走着,忽然听见了呼啸而来的叫声,这声音他们还挺熟悉。该说凯文真是一个叫到名字就一定会出现的人吗?刚刚两人聊天提到的【凯】就这样从商业街的方向朝着他们冲了过来。

身后还跟着什么东西……好大一团烟雾啊,咦,怎么还有魔光?哎?一枚子弹从两个人中间擦过去。琉月还没反应过来就被【星期天】拉着手躲到了一座房子后面,墙角处魔光子弹发射,就差枪炮师一通狂轰滥炸了,因为这个世界也有规定,一切没去竞技场进行的战斗,损坏的物品是需要肇事者赔偿的。

"啊!"没错,正是【凯】的尖叫。

"凯文是不是惹上什么麻烦了?"琉月问【星期天】。

琉月还是斗胆探头去看看发生了什么。琉月看清楚了凯文立刻操作角色绕开了他们的位置,那个在最前方跑得飞快、走位风骚的少年确实就是凯文。

梦境空间是怎么诞生的呢?

柠荼看着笔记本电脑上的游戏界面,手里捧着茶杯,里面装的却是柠檬茶。她本身是想喝冰的,但是在吃过麻辣小龙虾以后,百里墨湘坚持让她喝热的。

热气从杯中升腾上来,融入客厅热闹的新年气氛中。

柠荼看着秦空的眼睛,思索着怎样来讲那一段故事……

"梦境空间一开始只是一个虚拟世界,是我和百里墨湘共享的虚拟世界。在那时候,一个世界只有我们两个人,我们用我们的思维创造一切,只要诞生一个我,就会诞生一个他,我们永远是成对的。但是我不想局限于这样的生活,我有更多的朋友,也因为各种各样的意外进入了这个世界,他也有很多朋友进入了这个世界。最后我们决定一起努力开放这个世界。"

柠荼看了一眼百里墨湘,然后抿了一口柠檬茶。这杯柠檬茶是秦空自己做的,和商场买的包装饮料比起来,有种说不出来的好喝。

逃避

她继续说:"这个游戏里的角色本身就会一一对应着你们。你们如果感兴趣,认认真真做一遍自己的剧情任务就会发现,你们游戏角色的经历充满你们在现实生活中的影子。有谁看了自己的剧情吗?"

听到这个问题,众人沉默了,其实只有秦空认认真真地看了自己的剧情,他那写得工工整整的笔记就是证明。百里墨湘和琉辉为了工作需要才看了一遍,琉辉找秦空借了笔记。剩下的一些学生党和上班族都没看。

秦空的工作自由度很高,以他的工作和学习能力,百里墨湘都愿意把一个自己的账号卡送给他。在座的各位中,真正了解现在的游戏世界的人除了柠荼,下一位大概就是秦空或者百里墨湘了。

此时的游戏世界里,【凯】凭借着自己氪金凑出来的移速和耐性以及另类的走位,成功甩掉了身后的追兵。电脑前的凯文手抖得厉害,却还在趁着这一会儿休息时间,一边再次确认自己身后没人追,一边回着好几个人的消息。

"琉月小姐姐,我刚刚和几个玩家抢怪,他们抢不过我就围攻我,后来人越来越多,我就只能逃跑了。我错了,我好像忘记隐藏公会名字了。呜呜呜呜……"

"什么?"琉月和【星期天】收到消息以后都震惊了。这个活动不就是抢怪的吗?怎么会因为抢怪结仇的呢?

凯文解释起来:"他们是同一个公会的,很有秩序地刷排行,人一多我就百口莫辩了。"

哦，原来是惹到有背景的了。

"你先别担心，回公会再商量怎么解决吧。"琉月回复。

"好。"凯文倒是不担心，他长这么大，还没有能让他害怕的东西。他觉得手头拿到的武器顺手极了，点开武器界面双曲星，半自动式手枪文曲，全自动式手枪武曲，好用，太好用了。风能积累子弹，依靠走路的步速来缩短技能冷却时间，加上自己这鬼畜移速和技能"驱风"，根本不需要瞄准，两支枪疯了一样刷技能，等到操作节奏熟练了，再用普攻衔接填补空档，这就是传说中的枪里子弹无限多的变态角色。只须注意回蓝，他就是因为杀红了眼发现自己没蓝条才只能逃跑的，没错，刚刚他并没有担心自己被抓住。自欺欺人，他朝着星宫的方向跑去。

柠茶放下了柠檬茶，在笔记本上操作角色去添加【金钱至上】为好友。秦空没有在线，自然没法通过验证，但是柠茶还是能够查看好友的一些资料，比如……

"你看，秦空的这个角色在游戏中的身份是个人名字，羽皓是抹去了姓氏的，需要继续做任务才能看见。他的武器就是天灵书，也叫作真理之言。这本书原本是百里墨湘做的模拟数据库，从这里可以知道这个世界的全部真相，这也就解释了为什么秦空从这本书上可以看到墨丘利的真名。"

"首都历史中，墨丘利和光明之神芜晴做过交易，抹去了他自己的姓名和记忆，所以史书里的墨丘利全部写着赫尔墨斯的名字。只是可惜了，这个张烁金并没有好好看剧情，自己的 ID 写着【赫尔墨斯】，这不就是在告诉全世界自己是谎言之神吗？活该他找不到工作……"

柠茶带着一点吐槽意味地吐了一下舌头做个鬼脸。

"我只能说到这儿了。至于其他人，你们的剧情只有自己看了才知道是怎么回事。还有那个魔界钥匙……告诉你们也无妨。你们知道的，每个人都会有自己的领地意识，我也不例外。

"我并不喜欢一些人在我的世界里胡作非为，所以对于一些人我是拒之门外的，他们在游戏世界里也被称作异世界，也就是魔界、冥界、九州界和幻界。可以说我不喜欢其他人的世界，所以要把他们的和我的世界隔

◆ 金色勋章 ◆

离开，锁起来。魔界的钥匙在未来会交给一个适合的人也说不定，但是至少不是张烁金这类人，说起来有些像是抱怨。我并不想让游戏官方的那些人通过游戏控制我，所以不如在他们找到魔界钥匙之前，把这个东西交给一个可以帮我保守秘密的人。

"你想问的问题我都解答完了，秦先生。还有其他问题吗？"

柠荼停顿了一下，问道。手头的账号已经退出登录了，脸上还是原先礼貌的笑，她换了一张新的游戏账号卡，登录上去，游戏ID【翠鹉】。

游戏世界里，那个原本泡在星宫的浴缸里的史莱姆人形宝宝，已经完全恢复了自己原本的样子，她站在浴室里，面对着镜子……

伸手擦掉玻璃上的一片水雾，露出了她的本来面目。镜中还是翠绿色的头发和指甲，而眼睛早早变成了深邃而恐怖的紫红色，变长的头发散着，几乎着地。【翠鹉】将它们切断，幻化成自己的衣裳，同样是原先的白色丝裙，却不是那清新可爱的款式，变得性感而夸张。她光着脚，朝着门外走去。

"没问题了，谢谢柠荼小姐。"现实世界里，秦空一边在自己的笔记上补上了新的笔记，一边回答着。

柠荼眯着眼，继续说："那么，我的新年礼物也该到了，在此之前我还要问你一个问题，秦先生。"

"如果我知道，我一定会回答的。"秦空说。

柠荼看向自己的电脑界面，操作着【翠鹉】，找到了客厅里的【金钱至上】，确认对该角色发动攻击："为什么你的视角带着被动技能？这本应该属于【庄周】。"

说完后，秦空的手机忽然响了起来，手机挂机的游戏来了消息：角色受到攻击，是否向身边的公会成员发动求助？

"咦？"秦空呆愣了，拿起手机先点了确认，因为凯文和周壹是在线上的。再看攻击者的来源：【翠鹉】。

秦空看向柠荼的方向，柠荼已经把电脑放在一边，起身向他走过来。这时在座的人才发觉柠荼的笑不太对劲。

"你最好给我一个解释，现在的百里墨湘你没问过吧？明明曾经的他不是这样的，但是现在的他已经是个全色盲了。他的眼睛多半和你有关吧，光明的信徒？"

"百里？"秦空看向百里墨湘的方向。百里墨湘却只是无奈，这原本应该是两个人之间的秘密，现在好了，这个影射现实的梦将这一切都告诉了柠荼。柠荼并不想要八卦，只是【庄周】和【翠鹬】就是她口中说的成对出现的，重要性不言而喻。不管是谁做了伤害【庄周】的事情，即使在游戏里，那也是不可原谅的。

"好吧，你先停止攻击好吗？"

"不是有小凯和另一个孩子看着吗？你急什么，我真正发怒之前，你是死不了的。在此之前，你还有时间解释。"柠荼已经到了秦空眼前，秦空看到她那双眼睛里带着血性，仿佛捍卫领地的魔兽。

秦空叹了口气，坦诚本就应当是相互的，他说："好。我说了你可能会惊讶，这件事很久远了。星宫，也就是这里，最早是一所孤儿院。我和百里，其实我们在孤儿院相见的时候也没想到，他就是我曾经最要好的玩伴，百里谦。"

游戏世界里，琉月和【星期天】刚回到星宫，就看见【金钱至上】在被一个很眼熟的少女攻击着。那少女的眼睛已经越来越红，速度很快，仿佛嗜血一般。【星期天】是召唤师，对魔物当然了解，这是魔化的魔族生物，赶紧上前就去救援。

"我的家族得罪了一个很可怕的人。在我们举家逃亡的时候，就是百里墨湘的家人保护了我们，但是很不幸，那个可怕的人也因此迫害百里墨湘的家人。他也被牵连，在那时候百里墨湘就失去了一些记忆，还有……视觉神经似乎遭到了一些压迫，之后就是你说的全色盲了。星宫的其他人都不知道，包括阎声都不知道。"

阎声是那个不怎么说话的家伙，但是柠荼刚刚也认识了全员，自然记得这个人，是个警察。那么秦空所说的"可怕的人"应该确实很可怕。她又想起百里墨湘和自己曾经的经历……

"所以他相当于用了自己的那些记忆和自己的视觉换了你的命？"

"你可以这么理解，具体细节你还可以问他，不是吗？可以停止攻击了吗？"

"不行，除非你告诉我那个真正迫害你们的人是谁。"柠荼很严肃，对于她来说，百里墨湘是很重要的存在，即便他们还没有确认关系。

"不是我固执，有些事情你还是少知道比较好。"

"这是我梦里的事情，我凭什么不能知道？"

"最好不要和我犟，柠荼小姐。你心里应该清楚地知道我和百里墨湘一样，都是从什么地方逃出来的人。正像你说的，每个人都有秘密，每个人都有自己的世界，你不喜欢被人窥伺的感觉，我也同理，己所不欲，勿施于人。懂吗？"

柠荼被这段话堵住了嘴。秦空戴着眼镜，也只有柠荼看得见眼镜之后的那双眼有着尖锐的刀锋，她怯懦了，但是她不认命。秦空说得不错，有些东西就算看得清楚也不应该全部说出来，更何况在这么多人面前。

今天还是新年啊，自己来了别人家，怎么可以把气氛搞得这么糟糕呢？柠荼认错，她转身向自己原先的座位走去。

游戏世界里，【星期天】和琉月两个人完全控制不住魔化的【翠鹀】。召唤师对魔族的攻击本就受限制，琉月是咒术师，更不是主攻击的人。正当两个人受限时，星宫的大门再次被打开，【凯】破门而入，带着门外一阵凛冽的狂风，两发"僵直弹"朝着【翠鹀】的方向飞去。【翠鹀】的注意力被【星期天】的几只召唤兽吸引住了，虽然没有完全丧失战斗能力，但也不是三头六臂的魔化生物，子弹来得也快，自然是中了僵直状态。琉月也没让人失望，一个"束身咒"就把【翠鹀】给关了起来。

依然在魔化状态的【翠鹀】被袭击后残血了，朝着正在给自己用"治疗术"的【金钱至上】继续张牙舞爪，表情和动作与她那可爱的外表完全不搭，仿佛一出去就要吃了他一样。不过至少，星宫还没被拆了。

"怎么回事？"前来强力救场的【凯】却是一无所知，【星期天】也不知道，琉月更不知道。但是柠荼已经退出了【翠鹀】的账号，现在已经不是柠荼在操作了。

有了自主意识的【翠鹀】更是狂妄，张开嘴就在"束身咒"的铁链上咬下去，没想到"啪"的一声，铁链真的碎了，是碎了！琉月一时间慌了。这是史莱姆的什么能力吗？不愧是魔界来的纯血种生物。

挣脱出来的【翠鹀】朝着【金钱至上】再一次扑了过去，不想【凯】却一下横在了两人中间。看见了【凯】的脸，【翠鹀】竟直接停在了原地，原本恐怖的表情也不见了，眼睛渐渐恢复曾经的荧光绿色。

【凯】也立刻发现了异样：这个女孩不就是自己之前救下来的那个吗？他放下心来向前走了两步，蹲下身和【翠鹀】保持平齐，问："为什么打人？"

"我……我要拿回我师父的东西。"【翠鹀】咬着牙，眼里的颜色本是绿的，却猛然过渡到紫色，似乎还带着点泪花。这样的眼睛，让凯文一下就触动了，这个神色……因为仇恨、恐惧、愤怒而变得嗜血和惶恐。

他一边记下来这双眼睛，一边操作着【凯】伸出手来摸了摸【翠鹀】的头顶，说着："你先别害怕，说不定有什么误会，我会帮你问清楚的，好吗？"

【翠鹀】的眼睛恢复了绿色，眼泪直接流了下来，抬起手臂使劲擦着眼泪。她想起来自己还是史莱姆的时候，自己的救命恩人【凯】凶巴巴地对自己说，如果攻击了人就要把自己送走。她看到【凯】出现的时候都吓坏了，没想到……

"眼睛，师父的眼睛，小翠没有保护好师父的眼睛。呜呜……就是这个人，这个人的一只眼睛是师父的。小翠要带回去，要带回去还给师父！"【翠鹀】的手臂在眼睛上用力地摩擦着，眼泪在肌肤间挤压着，就像她此刻发出低吼的咽喉，歇斯底里的刺痛，却丝毫不想压制。

【凯】看着也不舒服，他不太会安慰女生，但他完全没想到是因为自己之前说过的话让【翠鹀】感到害怕，毕竟他都不知道这个他叫不上名字的小女孩和自己捡回来的史莱姆到底有什么关系。【凯】向【星期天】说："你先陪陪这个小可怜，我去问问二哥。"

【星期天】答应下来，上前去拍拍【翠鹩】的肩膀，说："你先休息一下吧，魔族物种魔化都需要很多魔力的吧。"

显然，这两个人完全不知道【翠鹩】就是柠茶的其中一个账号。周壹果然不同于凯文，连哄带抚，原本哭哭啼啼的【翠鹩】渐渐平静下来，但还在轻声啜泣，也许是魔族魔化消耗太多魔力，刚刚恢复人形的【翠鹩】疲惫不堪，哄着抚着，就渐渐熟睡了。

流月站在一旁全都看在眼里，这个金发少年抚摸着小女孩的动作，和安抚小猫小狗没什么区别，却意想不到有效。再看看【金钱至上】仍然灰着的ID，只剩下摇头叹气。果然，并不是什么时候都能够指望上这个"秦先生"的。

现实里的凯文退了账号，一溜烟跑到楼下，却发现气氛安静得诡异，难道是在他不在的时候发生了什么？再看一眼柠茶的方向，柠茶竟然坐在地上趴在百里墨湘的膝盖上睡着了。

"怎么回事啊？"凯文问了一句，其实他也不知道该问谁。

"睡美人症。"夏晴答道，他是精神科的医生，当然最清楚这个，"可能因为游戏世界系统大更新的缘故，她的精神也极度需要进入睡眠状态。"

凯文这才抬起头看了一眼客厅的挂钟，就在自己跑下来的几秒钟里，时钟已经指向了十二点，现在已经是新的一年了。游戏官方说新年十二点会有一次短暂的停服大更新，这么说的话，那周壹那边估计也得下线回来了吧。

可就算是这样……凯文是一个很敏锐的孩子，他觉得在座的各位似乎不只是为了保持安静让柠茶睡觉，因为睡美人症按理说是不会被吵醒的，大家似乎都不太开心的样子。

一时半会儿的，凯文又不知道该问谁了，星宫里只有周壹和自己最要好，剩下的那就应该是……米苏！

凯文在满是人的客厅里绕来绕去，凑到了还在吃坚果的米苏旁边问："小苏苏，发生什么事了？"

米苏苦笑，压低了音量在凯文耳边说："大家想起来一点不好的回忆，秦空哥不喜欢，百里哥不喜欢，阎声不喜欢，我也不喜欢……"

"啊？"凯文迷茫。

秦空忽然起身说了一句"年跨完了，早点休息"就离开客厅，上楼去了。米苏也没了胃口，放下手里的一把坚果也离开了。其他人见状，都各自散会，收拾了自己东西陆陆续续上楼去了。剩下百里墨湘和琉辉在照顾着沉睡的柠茶，还有一个……楚江？

刚下楼的周壹看见大家散会正奇怪，向凯文询问的时候，他们听到了楚江在问的话，顿时又无语了。

"柠茶小姐的这个读卡器是在哪买到的？这样我旅行的时候就能带着自己的笔记本随时随地玩了。"楚江认真地问。只是和刚刚的气氛比起来，似乎跳脱得不正常，甚至显得有点傻乎乎的。

但是百里墨湘也认认真真地回答："你想多了，你没有路由器。"

"哎？有道理……"楚江点头。这是个网游啊，他旅游的时候就算有读卡器，没有网络也不行啊。楚江就是游戏中的【楚霸王】，那个琉月长琉月短的人。

楚江和凯文一样神经大条，但是很明显，读气氛这技能，他就没有。但是他还不想上楼，接着和两个职业选手唠嗑："哦，对了，你们网游是不是要加枪兵职业了？"

百里墨湘和琉辉相视一眼，都有点疑惑，因为枪兵玩法联盟上下只有一个人知道，那就是煌妖战队的马岚肆。目前这个打法还在审核中，毕竟梦空的各类打法刚刚起步，每添加一个新职业打法，就要考虑给游戏添加新的公开武器图纸和职业套装图纸，所以一些职业打法出现后，如果想成为正规职业的话是需要联盟审核的。楚江这个不在电竞圈子的外行人怎么会知道游戏官方内部的最新消息呢？

"你在哪里打听的？"琉辉直接问出来。

楚江挠挠头，说："这个就说来话长了，上次在榕树城做任务的时候，不是突然出现了一堆人在索道上帮了我们吗？对，就是柠茶小姐叫过去的那一群人。当中有个人，我看着脸熟，就过去拍了个肩，一问他，竟然是以前认识的。你们应该知道，就叫马岚肆，我们以前在暴走俱乐部搭档过，我代号叫 Alexander，他代号叫 Lancer。这人和我的年纪一般大。我们当时共同话题挺多的，印象也挺深，游戏里遇见了我就去找他了。怪不得好几年没见，原来是回来准备打电竞了。"

"然后他就傻了吧唧地把自己的打法告诉你了？"琉辉打断了他。听完了楚江说的话，他嘴角不住地抽搐着，难以置信四个字全都写在了脸上。

楚江一听一脸嫌弃："你别提了，当时他知道我刚玩，问我游戏玩得顺不顺手，我说狂战士是跟自己弟弟，就是琉辉你，学的，他还嘲笑我，说自己在玩枪兵，如果不是因为这是商业机密就也能教教我了。我就问他这怎么就成商业机密了，你猜他说什么。他问我'你的弟弟是不是叫琉辉？'我说'你怎么知道？'然后他半天没说话，一直在笑。这个人啊，哪儿都好，唯独笑起来，就像马一样，也不知道是不是姓马的原因。"

"噗……"百里墨湘没忍住笑了。

琉辉气炸了："啧，你就不会否认一下，说你不认识我？"

楚江的性格就是太实诚，他当然没转过弯来，反问道："我为什么要说不认识你？"

"这样你不就能学到枪兵玩法了吗？你呆不呆啊？"

"有必要吗？人家都说是商业机密了。"

楚江是真正的老实人。琉辉沉默了，这还能说什么？百里墨湘还在笑，琉辉知道在笑什么，因为全联盟都知道马岚肆那个魔性的笑声，琉辉因此还给人家取了个绰号——大马哈。

但是琉辉不得不承认，就是因为自己的打法太早期，全联盟一眼就能看穿"这个狂战士是琉辉的打法"，目前联盟在今年……不对，现在应该说去年新出或者即将新出的三个职业有咒术师、术士、枪兵。

咒术师尚且还好，百里墨湘就是，琉辉研究起来也容易。术士的话，就像上次在榕树城一样，自己就像是个新人，摸不清套路。至于枪兵，打法上和狂战有点相通的地方，却又说不上来哪里有区别。细节上的东西琉辉摸不出来套路，可是他们职业选手比的不就是临场发挥会有的细节吗？

楚江这个呆子！多好的偷学打法的机会就这么错过了，琉辉不甘心。

楚江却不知道是真的读不懂气氛还是故意装的，还在认认真真地提问："你说我学枪兵，有没有搞头啊？"

"你？性格上和大马哈还挺像的，但是枪兵是我的未知领域，涉及的知识太专业，我没法指点你。大马哈也不准备教你，你就自己摸索吧。"琉辉不跟他计较，咽了口气，平静一点之后，认认真真地回答。

"哦，也行，总觉得我学不来琉辉你的打法……我少一点痞气。"楚江自言自语。琉辉刚想问他"痞气"是怎么回事的时候，楚江突然大笑起来："哈哈哈，你刚刚叫 Lancer 什么？大马哈？哈哈哈哈哈，我以前怎么没想到这个绰号啊？哈哈哈哈哈……"

看着楚江的反应，琉辉再也无话可说。还自己哥哥呢，脑子还没自己好使，怕不是自己天天旅游，冲浪的时候脑子里进了水吧？他撇撇嘴，沉默是金，琉辉自我安慰着。

百里墨湘没理会一直在大笑的楚江，问道："荼荼还是睡在琉月的房间吗？"

琉辉怔了一下，低下头来看看柠荼趴在百里墨湘的膝头，那张熟睡的脸，睡美人症……这和自己那个一直睡着的妹妹琉月又有什么区别呢，都是精神上的逃避罢了。他叹了口气，说："不然呢？跟你睡？"

"她不同意啊。"百里墨湘还是那个微笑，人畜无害，但是这句话让琉辉听得差点站起来抽他。她不同意，那就是你有这个想法了？什么虎狼之词！

琉辉吸了口凉气："就睡琉月那儿吧。我困了，睡觉去了。"说完他起身上楼去了。

最后还是百里墨湘叫上笑够了的楚江一起把柠荼安置在了琉月的房间里，百里墨湘这回还细心地在床头给她留下了一把钥匙，才和楚江分头回各自的房间去了。

至于凯文和周壹，在他们聊起枪兵的时候就回去休息了。

一夜深度睡眠，有些人却注定逃不开梦境。即使游戏系统更新维护，梦境却依然存在着，它在那里等你，等你陷入这个陷阱。

"呼，又来了……"夏晴，或者说现在是【青空】，睁开了眼。在这个深夜里，他不必担心自己休息不够。因为现实里的那个他，机体是休眠的，唯独精神活跃；而梦里的他，头脑和身体一样清醒着。

之前那个在榕树城下找过他的女子，令他很在意。他特地在游戏能上的时候重新看了一遍【青空】的角色剧情，就像柠荼所说的，【青空】的一生满是他的剪影。

黑森林里的狼人基地成了那些没有庇护者的生命的唯一光芒。一棵悬崖上的长生树，是黑森林的紫雾中唯一的一抹青蓝，像是希望一样，生长在这里。他幻化成人形，成为狼人一族最重要的拥护者。但是他的心空着一块东西，他不知道为何，长生树是一棵空心的树。【青空】想去寻找原因，于是带着希望告别黑森林，来到了首都。凭借自己记忆里的那些碎片，【青空】依稀记得自己成了一名药剂师，得到医生执照以后就待在了巫师协会。但是他每年都需要在特定的时间回到自己的本土，找到自己的本体还魂一次，这是每一个仙族人都要做的事情。

【青空】是仙族人啊，可是【青鸟】……

他也了解了，【青鸟】的基本设定是生在机械联邦的一个人形AI，创世神之一，目前在公会联合会担任总管职务，她的分身机就是首都户籍玩家的新手引导人。

AI？这样一个NPC和自己一个仙族人能有什么关系呢？

没有记忆，一点记忆都没有。【青空】睁着眼在床上辗转反侧，总是睡不着，迷迷糊糊间听到头顶似乎有歌声传来。他不知道是受到什么指引，起身来打开窗张望，果然，阳台上有一个女子的背影……

那女子坐在阳台的汉白玉围栏上，蓝色的长发，在月光照耀下显得清丽动人，仿佛璀璨银河一般闪闪发光。她悠扬的歌声仿佛深林间的夜莺，婉转空灵，在夜空中盘旋着，像无形的触角一般，轻轻柔柔，抚在【青空】那原本空洞的胸腔。

他对这种感觉享受极了，仿佛有些温暖的东西在填补胸口那处缺失的心脏，是啊……他的人形，没有心脏。

渐渐地，歌声变得清脆起来，一下一下敲击着他空荡荡的胸膛，那个位置仿佛跟随着这美妙歌声的节拍一起跳跃起来。就像是【青空】从来没有丢失过心脏，他的心只是沉睡了，沉睡得太久太沉。困顿之间，这歌声就像是唤醒它的神奇咒语一般，它苏醒了，跳动起来。【青空】喜欢这个感觉，他轻轻推开阳台的门，担心发出一点点声响就会扰乱了这动听的音律。他不自觉地靠近这个女子，想要伸出手，却担心这歌声停下，他不想打扰这个为他带来幸福的人。或许是这样吧……

他犹豫了，思绪徘徊着，他的手迟迟没有抬起来，就这样静静地看着这个背影，仿佛为幸福高歌的百灵鸟。他决定了，就这样静静地看着，静静地听着吧。

缓缓地，音律节奏变得更加抒情，仿佛那个曾经在花园中奔跑的小姑娘，带着月桂冠蹦蹦跳跳，却在不知不觉间成长着。越来越多的枷锁束缚在她的身上，她在花丛间独自悲伤地舞蹈着。脸庞被那玫瑰的荆棘划破，头上的月桂冠掉落在地上。那青蓝色的衣裙啊，在红玫瑰的花丛之中那样孤独而凄凉。【青空】发觉仿佛有一把无形的利刃，正将尖刺对准他空洞的胸腔，并非直刺而来，而是缓缓地深入下来，让他无处可逃又痛苦难耐。

他不喜欢……他不能再听下去了。【青空】伸出手，落在那女子的肩头，问道："你是谁？"

那女子并未惊慌，而是渐渐收了歌声，垂下眸子，片刻后才回头看向身侧的【青空】："你以前很喜欢听我唱歌的，我说我会把我们的故事变成歌。你现在……喜欢吗？"

【青空】认得这张脸，这张让他无数次在梦境世界甚至现实世界里都因为疑惑不解而夜不能寐的脸，是【青鸟】。

"我，我真的不认识你。"【青空】收回了自己的手，回避【青鸟】那双满含期待的眼睛。

她在期待什么？期待【青空】能够欺骗她吗？【青空】做不到，夏晴本可以做到，但是他不想这么做。这样一个单纯美好的女性，虚幻得仿佛能够带给全世界幸福的【青鸟】，他不愿意去欺骗。毕竟这是这个世间，甚至两个世界里，唯一一个能够触动他心灵的存在了。

"没关系，这个世界上的人啊，都在逃避，我会等的。"【青鸟】收起失落，将那满含期待的目光投向天空中那皎洁的月亮，说着。

【青空】问道："他们在逃避什么？"

"逃避幸福，因为要通往活下去的方向，就要逃避幸福。"月光洒在【青鸟】白皙无瑕的脸上，那红色的唇仿佛冬雪里初绽的梅花，冷艳而孤独，蓝色的瞳孔如水一般将失落和希冀狠狠地融合在一起。

【青空】不解，他听不懂【青鸟】的话了，夏晴更不懂。他沉默了，看着那月光下的【青鸟】。失去了歌声的呼唤，他的心又空了。他再看着【青鸟】，仿佛刚刚的复苏都是幻觉，原来……这不是爱啊。【青空】为自己叹息，为【青鸟】叹息。

既然没有爱，也没有回忆，何必苦苦强求、互相伤害呢？夏晴是个对自己都狠心决绝的人，何况是对一个与自己毫无瓜葛的陌生女孩。他没再留恋，转身回到自己的房间，顺便关上了阳台的门。他重新躺回到床上，狠狠闭上眼睛，决定再也不去想这些事情。

可没想到，阳台上的【青鸟】似乎并没答应，继续唱起了刚刚的歌曲，但不再是最后那段悲伤的旋律了，而是最开始的那段温柔与悠扬。本想赶走【青鸟】的【青空】竟然在不知不觉间像是受了催眠咒语一样，沉睡了过去。

仿佛……忘记了重要的人，是谁呢？

算了，你唱你的歌吧，心脏这种东西，不会有的就永远也不会有了，除非你真的能够给我找到一颗心脏。【青空】想着，再没去理会那些莫须有的回忆，果然是一夜安稳无忧的睡眠。

新的一年，梦境空间网游系统更新，神级制度开启，职业选手就正式开始为联赛准备了。神迹专区就是所有隔离服务器的玩家都可以前往的一个公共服务器。相对普通区而言，神迹专区的范围更大，任务更难，规则制度更加严格，但是由于是试运营，暂时只开启了他们新区的入口，这也就是游戏官方强制职业玩家转新区重新练号的缘故。神级角色完成神级任务后进入神迹专区公共服务器，才能在这个公共服务器内进行他们自己的不同领域的战斗。

服务器刚开，大家都以为职业选手必然会争先恐后地冲进神迹专区，却不想，一周过去了神迹专区一点动静也没有。由于是试运营，神迹专区的入口等级限制暂时定在30级。借着活动冲级的职业玩家们大多都过了这个限制，尤其是24K的神枪手【不好意思走火】，现在已经是37级，位列新区等级榜第一名的角色。

24K战队已经成为现在游戏论坛的一个焦点，借着榜单的机会将24K队长推进公众视野。实力打在榜上，论坛热度在那摆着，自然是成为最好的旗帜，运营手段跟上，林耀也不愧是商业世家出身。

新一代网红电竞战队24K进入了人们的视野。

梦幻这边呢？柠荼身为队长，已经被24K公关部的势头逼疯。新年开始，接听到的电话10个里至少有8个是公关部的张烁金催促她完成神级任务的。

对于这种骚扰，柠荼接了电话，按了静音，关闭麦克风，剩下的就是张烁金的话费余额和柠荼的手机电量一较高下了。电竞训练室里从来不缺充电的插头，一周下来，柠荼的手机电量在充电器的加持下完胜。

戏精

她知道不能着急拿到神级,虽然神级任务大家都在做,但是谁都知道枪打出头鸟,谁都在压着进度,况且普通区的新区资源还要做好保障呢。他们时不时去那个企鹅群里面互相打探一下进度,至于说出来的情报是真是假,那就不得而知了。

不过一个圈子里总会有那么一两个老实人。

【星辰之辉】:拽根儿,你神级任务做多少了?

【奈落四叶】:下午就能做完了。你呢?

【星辰之辉】:哥也快了。

等到下午两点,玩家期待的系统公告终于打出来了。

系统提示:恭喜玩家【奈落四叶】(34级)完成神级任务,进入神迹专区公共服务器。

咦?【奈落四叶】是哪位?玩家们正思索呢,长期以来默默无闻的官方战队——梦幻战队终于有了动静。

【星雨】:快!现在就去地下城魔龙之都!

【星辰之辉】:我从哪个入口和你们会合?

【星雨】:我和叶、高都从百媚教入口进入,不用等,谁先到了谁先开怪。

开怪?开什么怪?看着公会频道里的聊天记录,梦幻战队旗下的公会——梦里落花公会的玩家有点迷茫了。下一秒系统公告又一次刷新,他们这才如梦初醒。

系统提示：野图 boss，【龙域领主】亢龙，已刷新。

游戏世界第一个野图 boss，终于诞生了。这也是柠荼等待其他人完成神级任务的原因。游戏神级角色诞生后，会自动诞生这个角色对应的野图 boss。虽然目前只在试运营的新区里才有这只野图 boss，一些职业战队的自组公会开始为了资源而活跃起来，但是谁赶得上一早就在地下城门口等着的梦空职业队员呢？他们公会成员一到，只要再补上些输出就能扳倒这个 35 级野图 boss 了，剩下来晚的公会成员就只能望洋兴叹了。

此事件一出，全联盟高呼："梦幻的，你们不厚道。仗着本家熟知剧情设定，抢先蹲点抢 boss。"

现在好了，公关部开始逼着柠荼写公关材料了。午休时琥辉把团购抢的柠檬茶分给大家，隐隐约约在柠荼桌面上那份手写的公关稿件上看见一行：

"我在文案里写得清清楚楚，你们不看怪我？"

琥辉装作没看见，不动声色回去训练了，心里想的却是：队长牛！

这都是后话。回到现在的游戏世界。元旦已过，节日气氛渐渐淡去，那一派祥和的景象也是时候被打破了。所谓秋后算账，年后自然更要好好讨论一下。星宫在分配完榕树城团队任务的奖励之后，收到了来自公会联合会的"新年问候"。

    星宫的代理人琥月：

    您好，我是来自首都治安监察部的【清柯澜鹭】狮鹫。首先我代表首都治安监察部向您的公会致以诚挚的新年问候。

    在 12 月 31 日深夜 11:47，首都商业街发生一次暴动。经过多名玩家的指证，此次追击事件中，星宫公会成员【凯】为本次事件的始作俑者。

    首都治安监察部特此下发通知，请星宫公会代理人琥月于今日下午 2:00，前往首都治安监察部协助调查。

首都治安监察部

狮鹫

XXXX 年 1 月 5 日

　　新的一年，这可谓是开门红。星宫的玩家还没上线，琉月就先被这封信泼了冷水。她很早就知道首都是人多眼杂的地方，是世界的正中心，有广阔的平台和激烈的竞争，也有更加低劣的手段。

　　在跨年夜转天的元旦，【凯】上线打过游戏，琉月也借此机会了解了一些基本情况。活动还未停歇时，【凯】去参与了抢怪，没想到他们是有组织的公会，仗着人多的优势，凯文不是个认栽的主，谁欺负了他，他必然要还回去。

　　不想对方不吃这套，企图将他围起来打。万万没想到，氪金出来的速度和耐力果然不同凡响，一路连跑带跳高移速。武器双曲星依靠风能刷新CD，凯文可没少用"驱风"来加速位移，有时候也要甩两枪出去刷CD。他在心里感激琉辉将自己的"驱风"点到满级。

　　但是他还是个识时务的人，这时候可不是以一敌众耍威风的时候。梦境空间可是个不能存档的游戏，杀死其他的游戏角色虽然会有一些防治措施，但是死了的角色要复活起来那是相当麻烦。氪金、自改数据、从头开始，哪个不是在浪费时间？他可伤不起，跑！所以他一路就没有发动什么攻击性的行为。

　　首都终究还是首都，纵使群众的眼睛是雪亮的，但架不住人多势众。凯文惹到了大公会，大公会当然是要把破坏地图的黑锅甩给星宫。琉月当然明白，凯文没必要对自己说谎。现在这封信的意思就是要让星宫承认错在凯文。

　　这和做白日梦真的没什么区别。

　　对于首都公会来说，这都是家常便饭，要不然游戏世界那些治安监察部就当真成了摆设，想来也是梦空网游区别于一般网游的一大特色吧。琉月现在很发愁，不过【凯】倒是没让她再慌起来，因为这个寒假凯文的在线时长跟着变长了许多，大部分的理由是那两把叫作双曲星的新武器。琉月知道凯文最近转型做了神枪手，毕竟对新事物的爱不释手是小孩子的一大天性。

反正【凯】也在线，就带着他去首都治安监察部好了。下午2:00，凯文做完了几个剧情任务，正闲着，听林耀给他讲神级的重要性还有当时他们24K不放弃和梦幻争抢野图boss时误伤队友的各种趣闻，笑得合不拢嘴。琉月来找他给他看了这段"新年祝福"。

凯文知道自己给公会添了麻烦，先是向琉月道歉，然后说："现在就一起去吧。"

琉月看着【凯】站起来示意自己可以走了，自己竟然有些呆住了。怎么……

"怎么了？"凯文转视角重新看着琉月，感觉有点奇怪。

琉月恍惚间回过神说："没事。"跟上凯文，带他向着首都治安监察部走去，偷偷按了按上衣口袋中发烫的怀表。

琉月想，她大概是对凯文的性格存在着什么误会。遇到意外时说不紧张是不可能的，但是在这样一个稚嫩可爱的外表下，他冷静且有担当，不害怕麻烦，面对歪曲的事实也一点没有在意，这让琉月对他还是一个幼稚的小孩子这个问题重新反思起来。

是……有什么回忆吗？

两个人到了首都治安监察部，乖乖地在等候区安顿了一下，琉月说："你在这里等我一下，我去联系狮鹫女士。"

【凯】答应下来，乖乖待在原地等着琉月回来。凯文心里还真说不清什么感觉，他只担心以后成了神级角色公布了艺人身份后会被人指出抢怪的陋习，至于其他的……

被泼脏水和甩黑锅这些事，他经历得太多了。不相信的人没必要说服，只要身边的人相信就好了。

凯文叹了口气，无聊地转着视角打量这里的场景，却突然被人挡住了视线。首都治安监察部相当于现实世界里的公安局，自然不可能人山人海，这些人显然是故意的。凯文往后退了两步，懒得理会这些人，结果就听见面前的一个大汉开口说话了："就是他，我记得这一脑袋骚粉色的头发。"

凯文给自己的游戏角色设定真是他看心情弄出来的。脸还是他自己的脸，只是头发被调成了粉嘟嘟的，头顶还盘旋着一个爱心形状的呆毛。是走在人群中，永远不会走丢，能一把被揪出来的最靓的仔。

看来是走不掉了。凯文想着，也正视了一下这些堵着自己的家伙。冤家路窄，这几个不就是追杀自己不惜地图炮拆地图的人吗？头顶 ID 这次没隐藏啊，嗯……24K？这不是林耀那个战队公会吗？

"几位兄台找我什么事儿啊？"凯文丝毫不慌，友好地打招呼。

不想那几个人却不领情，用满是嚣张的语气嘲讽起来："怎么样？联名举报，进局子了吧？开不开心啊？"

"还行吧。"凯文懒懒散散地回答着，一点火气也没有，偷偷打开了录屏功能。

这几人没发现这些小动作，只是被凯文这不甚在意的态度整得不知所措，那几人站近些，准备破口大骂。但是令人意想不到的事情发生了……

"啊！不公平！"凯文操作着角色往地上一躺，抱着脑袋，就开始大声喊起来，"24K 大公会的成员仗势欺人，以多欺少，诽谤造谣，诬陷我一介良民的清白啊！老天啊！呜啊……"

他一边说着还一边操作着角色原地打滚，无形中靠近监察部门卫处，越喊越大声，反正现实里是在自己房间，隔音好得很。

几个人见状有点奇怪，反应过来才发现，不管怎么说先抓住这小子让他闭嘴才行。其中一个法师角色施动"禁言术"，却被【凯】原地一个鲤鱼打挺躲过去了。魔光打在地上，留下了魔法的痕迹，【凯】立刻更加张狂地喊叫起来："啊！救命啊，你们还打人！啊，打人啦！24K 公会仗势欺人啦！他们好几个人在这儿围攻我一个不敢反抗、不敢拆地图的良民啊！救命啊！……"

这次除了动作和语言，他甚至开始在世界频道发送一些表情，疯狂刷出号啕大哭的表情，还不忘用语音转文字把自己的话也发出去。世界频道是有发言时间限制的，刷了一次就要隔一会儿才能刷。凯文可不是傻子，表情文字带着自己现在的坐标一起发出去了。

玩家一看世界频道，这 24K 不就是那个活动抢怪最厉害的公会吗？怎么还有这事儿啊？一时间，没抢到野图 boss 的郁闷玩家立刻带着吃瓜看戏的心情奔赴首都治安检察院。

"先抓住他！"带头的那个人真是受不了了，终于指挥着同行的人行动了，其实在这个地图里几个人也不敢明目张胆地拆地图，只想着先抓住【凯】，给一个"禁言术"让他闭嘴。

凯文有点飘飘然，但他还是保持着清醒，一边躲避几个人的抓捕，一边暗地里环顾四周，观众越来越多了，他演得更像人来疯。他速度够快，只要这群人没有像之前那样地图炮式狂轰滥炸，他就能躲避攻击，所以他一直在找角度借位卖惨。

至于目的……

"你们在做什么？"一女子的声音从室内传出来。

凯文将视角转向声源，众人也跟着将视角转向声源处。只看见治安监察部大厅等候区旁边，站着一个身材高挑的女子。

那女子有着一头耀眼的金发、一双棕褐色的翅膀以及像狮子一样的尾巴。制服修饰着她诱人的身形，手持着红宝石权杖，英姿飒爽，蓝色的眼睛仿佛天空一般纯净，带着雏鹰展望蓝天的锐气。

在她身后，站着琉月，凯文二话没说，站起来就蹿到琉月身边去。他抱住了琉月就往她怀里钻，继续喊着："琉月小姐姐啊，你总算来了！你可要为我做主啊！呜呜呜……"

琉月眼睁睁看着【凯】转到自己身边，来不及反应就是一个大熊抱，感觉【凯】的小脑袋在自己肩头一耷拉，像是被欺负以后受了惊的苦命娃娃一样。

围观的人越来越多，不少人已经开始讨论起来。

"哎，怎么回事啊？"

"嘻，24K 几个人，仗着自己是大公会，欺负普通公会呢。"

"这不，正要赶尽杀绝呢。"

"哎哟，这么过分啊，我看看……"

"哎呀，还用看吗？那24K的公会名都顶在脑袋上了，这么多人，被堵的那个人就一个，可不就是以多欺少嘛。"

"哎呀，这大公会的人怎么这样啊？"

"就是……"

这下好了，不用让人闭嘴了，几个24K公会的小伙子说不出话了。

只有琉月清楚，凯文绝不是一个遇到危险就会惊慌的孩子，至少在星宫的时候绝不是。此时贴在她身上的少年，看似委屈又害怕地颤抖着，掌心却踏实得很，想来这情绪大多是装的。他这是要……干什么呢？

琉月只觉得口袋里的怀表越发滚烫，她偷偷将掌心压在口袋上，有些无措地看着眼前的情景还有身侧的狮鹫女士。又是这种仿佛系统错乱的感觉，每当怀表要为她解开记忆，她就会感觉到心口处仿佛被什么压迫着一般，咽喉被堵死，让她无法呼吸，昏昏沉沉，几乎要合上双眼。

"都安静！"狮鹫女士的权杖在地上重重一落，在场的所有人立时都立正站好，再没有人说话。那些玩家也疑惑，动动鼠标看了一眼自己屏幕上多出来的一个状态：威慑，立正站姿无法移动和禁言状态。

别说其他玩家了，刚刚还在鬼哭狼嚎的凯文看着自己视角里的变化，也觉得不对劲，等发现自己多出来的状态的时候，也跟着无语。好家伙，合着这首都治安监察部的总理事狮鹫还是个群管，能全员禁言啊。霸气！凯文想着，也不再挣扎，安安静静等着"群管"发话。

"具体情况，有录像证据的人等一下交给监察厅。之前参与12月31日破坏公共场景的人，现在跟我进来。"狮鹫女士说完，转身准备带着几个来处理事情的人回到办公地点。

"咚……"什么东西落地的声音。

凯文急转视角，发现琉月不见了，再低下视角时发现琉月竟然昏倒在地。他赶紧操作角色将琉月扶起来，禁言还没解除，不然他必须大叫几声。

"来，麻烦让一让啊。"一个熟悉的声音从人堆后面一点点靠近，凯文知道这是林耀的声音。

果不其然，没过多久头顶着【不好意思走火】的神枪手就进入了现场，但他只是看了一眼【凯】就转过头来找 24K 公会的几个人问道："怎么回事？"

"会长，就是这个人，从我们兄弟十几个人手底下抢怪，抓都抓不住。"

"你们是不是傻？这么优秀的人才应该拉拢进公会，让他替我们抢怪，知不知道？"

"是……啊？"

这些人原本以为他们会长会大发雷霆地说"这小子该打"，听到会长的话一时间愣住了，怎么还……

林耀也不再管这几个人的反应，转过身来向狮鹫女士说："您好，狮鹫女士，我是猎手协会旗下的新兴公会 24K 的会长。12 月 31 日的那次追击事故里，我的会员才是始作俑者，这次的全部损失，由我们公会承担就好。您看现在这儿昏着一个女孩，事情已经查清楚了，不如先让无关的人把这位小姐送去医院看看，免得一会儿围观的人越来越多，再移动就不方便了。"

狮鹫听了这番话，看了看躺在【凯】怀中的琉月，事发突然，但她并未惊慌失措。林耀的话在理，她点头许可，解了"禁言术"，目送【凯】背着琉月离开视线。【不好意思走火】带着几个公会成员一起在"公安局"里和狮鹫女士解决问题。

"老哥，谢谢演出啊。"凯文给林耀发过去一条消息，背着琉月离开了。

林耀不甚在意："以后有事儿找哥哥。"

围观群众见状，吃够了瓜也就散开了，各自打游戏去了。凯文哪敢把琉月带到巫师协会啊，他们不能暴露。凯文开始翻找列表，找到了【星雨】，然后发去消息："柠茶姐姐，我们遇到了一点麻烦……"

琉月昏迷着，口袋中的怀表在凯文察觉不到的情况下发光发热。她看到了记忆：那里满是欢声笑语，那里有不羁而自由的灵魂，那里的凯文牵着她的手……

是藏在滑梯下或是小屋里玩捉迷藏吗？乖巧稚嫩的自己，因为害怕而蜷缩着、沉默不语的自己。直到小屋的门被推开，漏进来的一道光落在她的眼角，仿佛精灵在她的眼尾处轻吻，温暖地拭去她的眼泪。她笑了，说道："又被凯文哥哥抓住了。"

"要是这世上还有什么我抓不住的，也许只剩下风了吧。琉月小姐姐不哭。"门外探进来的是【凯】的脸，同样是游戏里那般稚气，并不是小孩子那样胖嘟嘟的，却也不算清瘦，只是没了游戏里那亮眼的粉红色头发和那夺目的爱心形的呆毛，不像曾经那个喜欢抢风头的幼稚孩童。他小心翼翼地带上小屋的门，故作轻松说着装酷的话，但那强忍着泪水的表情，大约只有坐在一旁的琉月能看见。

他盘膝坐下，说道："我明天就要走了，林叔叔以后就是我的爸爸了，就算没有我，还有天天和逸哥哥，陪着你过家家，到时候琉月姐姐就能有好多好多的家人了。"

小琉月迟迟没有说话，抱着膝盖的双臂又收紧了些，脸埋在膝盖上，像是被触碰到的蚌壳一样。凯文知道说那些也没有什么意义，他是个心思细腻的孩子，就像今天在星宫里那个冷静得有些陌生的凯文一样。

"我会和林叔叔经常来这边的，琉月姐姐可以想小凯，但是不许哭鼻子，秦空哥哥说你哭起来可难看了，我会嫌弃的。唔……"凯文说着说着，有些掩不住自己的情绪，但还是始终保持着开心愉悦的语气，仿佛还是那样没心没肺。只是说到一半时，身边的琉月却再也忍不住，将他抱在怀里。

此时魔光乍现，琉月听不清楚哭哭啼啼的自己在说些什么，只觉得心都要碎了，很难受。她想去伸手将那两个孩子抱住，让他们相依在一起永远都不分开，可是她的手在穿过两个人的幼小身躯时变得透明起来。

周围的场景在流光中变换着，眩晕感突然袭来。她以为回忆结束就可以醒来，但是这一次，她竟然来到了另一段记忆，是新的场景……

"你撒谎！"那是一个成年的男子，正站在凯文眼前，他愤怒地将一张看不清的纸拍在了桌面上。从凯文垂头丧气的神态中，她看见了少年的畏惧与失落，还有那名为"父亲"之人的威严。

小小的琉月躲在书房门外面，在门缝中看着一切，而琉月的灵魂却站在房间里的角落，目睹着一切。

凯文微微咬着下唇，一言不发，并不像是做错事的样子，而是仿佛完全没有听到一样，漫不经心。凯文从书桌上取来玻璃杯，茶壶里的水是凉的，震颤的桌面带动着茶水还荡着涟漪。

"林洋，我在和你说话，你没听到吗？"林叔叔看着他的样子就像是大写的"不成器"，心中是熊熊燃烧的怒火，上前两步却并未动手，想来情绪控制和他这一身西装同样是高级文明吧。他继续质问着年幼的凯文："说啊，你上次不及格的学科，这次到底是怎么作弊的？我真是收养了一个白眼狼，把我林家的脸面都丢尽了。"

凯文还是没有说话，父亲的愤怒将茶水倒入玻璃杯的声音完全压住。凯文放下茶壶，眼神黯淡无光，如炉火烧尽落下的死灰，只有他自己听得到触碰到玻璃杯的牙齿"咯吱"作响，带动着他的心，他的手也一起颤抖起来。他将那茶杯拿远，咽下一口茶，浇灭了他炽热的心脏。

"你说话啊！越长大，我越管不住你了是吧？把水给我放下！你这是什么态度？"林叔叔伸出的并非拳头，他只是想要将凯文手中的茶杯抢过来，因为他认为凯文那模样实在太傲慢了。

此刻的凯文，心中的恐惧一下就爆发了出来。他想起幼时被人贩子关在小黑屋里的时候，每当那个大人向他伸出手时意味着什么，他习惯性地抬起手挡住自己的头。林叔叔的手臂伸出得太过迅速没能停下来，就这样，玻璃杯里的茶水泼在了凯文的头上。

林叔叔见状，手停留在半空中。玻璃杯仍旧在凯文的手中紧握着，茶水从他发顶流下，流到他脸颊上，衣领都湿透了，唯独羽绒服的布料不会被浸湿。水流下来时竟分不清是茶水还是眼泪。

林叔叔呆愣在原地，半天说不出话来。凯文猛地举起玻璃杯，手上玻璃上的水珠甩出，在安静的空气里划过。琉月害怕得闭上眼睛，等待玻璃破碎的声音将寂静的恐惧撕碎，从缝隙里喷出火焰，但是……

"要怎么才能让你相信我？"没有预期的动静，凯文只是高高举着那玻璃杯，眼中饱含着琉月无法理解的东西，溶解在眼泪里，汇聚到茶水里。

◆ 金色勋章 ◆

247

伴随他咬着牙的啜泣声，那只手颤抖着，压抑着名为"叛逆"的心和对疼爱的渴望。

琉月想起来了，凯文和自己在期末考试前夕还在参加元旦派对。他说是玩，却去找了秦先生，书包里背着的不是零食和玩具，而是习题册和错题本。

后来的事，琉月全都想起来了，校方调查了监控，让之前一口咬定就是凯文作弊的老师失了颜面。道歉时老师虽然不情不愿，但是凯文当时并没有在意，他想要的其实根本就不是名声。从那以后，他从林叔叔那里得到了真正的家人的认可，而且家人说等到凯文回来，想干什么就去干什么，再也不用困在他们林家做什么继承人了。也对，身为养子的他在那天已经用眼神向林叔叔表明心迹了。

凯文只是想证明自己值得拥有父母，值得被爱罢了。至于什么继承权，本就不是他一个养子应该想的，他也看不上。

他第一次来到星宫的时候，是一个被人贩子控制的孩子。他鬼使神差地帮助了一群孩子，摆脱了那个可怕的囚笼，莫名成了"小英雄"。他留在星宫的日子并不长。他被领养了，成为人人羡慕的孩子，可是只有他自己知道那个所谓的"父亲"借助慈善的名义可以免去很多税收。林家的钱买下并收养他这一面"挡箭牌"完全足够，对于身为从商世家的他们来说，这是一笔很划算的交易。至于应该给予孩子的爱，他们连亲生孩子都疏忽了，何况凯文这个养子呢？

但是，凯文就是想去争取一下，事实证明，他成功了。

他一头冲进演艺圈，因为在那里他可以展现自己全部的天赋。他从低谷爬出来，爬到外人眼中的高峰，在险些坠入新的谷底时，他的勇敢为自己争得了自由。这世上，再没有令他畏惧的东西了。

凯文也是和自己有关系的人，而且也是星宫的人。那其他人，尤其是那个叫天天的孩子……难道大家……

想到这儿，琉月感到心中压抑的恐惧升腾起来，这次脱离记忆时不再是曾经的白光笼罩，而是几乎要将灵魂撕裂的火焰，将周身景象焚烧扭曲。

在黑色的烟雾中一切渐渐消失，咽喉被烟熏着，甚至忘却了在昏迷以前应该呼唤谁的名字。琉月的意识在苏醒，醒来到那个痛苦的世界，她抗拒着，她不想回到那个现实……

但她还是睁开了眼，躺在星宫的沙发上，完全没有发现自己的泪痕。视野里闯进一抹绿色，是【翠鹀】。

"小凯哥哥，快来！小姐姐醒过来了。"【翠鹀】扭着脖子嚷了起来。

没过多久，【凯】就进入了琉月的视野里，但是令琉月感到失望的是，他头顶的 ID 是灰色的，他不是那个凯文。琉月接受了【凯】的关心，却只字未提她的记忆。她支走了【凯】，回到自己的房间，摸出上衣口袋里的那块怀表——星时罗盘。火焰在一道铭文刻缝中燃烧，逐渐消失的铭文将烈火封锁在狭小的空间中。

那怀表果真是滚烫的，琉月将怀表丢到床上，就像是封印可以毁灭世界的力量的潘多拉魔盒。她抗拒那份记忆，如果她真的和那个残酷的没有爱的现实世界有什么联系，她宁可从来不曾知道这一切。

平静下自己的呼吸后，琉月想要一个人安静一会儿，她回到书桌打开手账本，刚刚拿起鹅毛笔的手却被人按住了。琉月看着这只手上荧光绿色的指甲盖立刻就反应过来是谁，扭头一看，果然是【翠鹀】。

"琉月，你正在疑惑这个东西吧？"【翠鹀】的手上拿着的是她刚刚丢在床上的怀表，看上去不再继续发光发热了。看着【翠鹀】脚下还没完全凝固起来的脚，就知道这个史莱姆是液化从门缝里挤进来的，但是这个怀表……

"【翠鹀】，听话，先还给我。"琉月使了个眼神。【翠鹀】也没有和她较劲，乖乖地就把怀表还给了她。

琉月收起怀表，像是将重新找回的宝藏收进上衣口袋里。如果一切都是真实的，她为什么要抗拒呢？她说不清楚……

【翠鹀】突然问了她一个问题："你觉得你属于哪里？"

琉月抬头看着【翠鹀】头顶，那里空荡荡的没有 ID。【翠鹀】无疑是属于这里的人，那么她为什么会问这个问题呢？【翠鹀】没等琉月疑惑，就伸出手覆盖在她的额头上，说着："来看看，这个世界的人，眼里都是什么样子吧……"

说完以后，手掌抚下，挡住了她的眼睛，短暂的黑暗之后重新看见光，但是……为什么……只有黑白呢？"啊……"琉月险些惊叫，因为【翠鹀】拆掉了她原本盘好的头发，然后将她原本别在发包上的虞美人递给她，同样是娇艳的红色。这个世界除了黑白，就只剩下红色了吗？

"啊！"当她在镜中看见彩色的世界时，她惊叫出来。

这个世界怎么会是这个样子？难道镜子里的才是真实的世界？那里的自己是黑色的头发，眼睛是琥珀色的，而【翠鹀】的脸竟然完全不似孩童，是一张散发着成熟和温和气质的女性的脸，黑发黑瞳，但多少还能看出一些和【翠鹀】相似的地方。

"现在你明白了吗？你被困在这里了。"【翠鹀】说。

"是谁要困住我？"琉月问。

"逃避世界的你。"

"我？"琉月疑惑。

【翠鹀】点头，转身走向那面镜子，黑白的【翠鹀】摸着那面镜子，镜子里是彩色的柠荼……

【翠鹀】说："别担心，你的眼睛明天就会好的。我只是告诉你，无论怎样，不要抗拒你手中的幸福。我出去了。"

现实世界星宫的客厅里，沙发上躺着熟睡的柠荼，她本是来向先前新年时对秦空所做的事道歉的，却收到了凯文的求助。她知道最快的解决办法，于是就像现在一样，她去了梦里……

看着沙发上黑白的柠荼，百里墨湘合上了原本用来消磨时光的书。他看向落地窗外彩色的世界，那里熟睡着稚嫩的绿发女孩，那个史莱姆的魔种有【翠鹀】的影子。

镜中的【翠鹀】揉揉眼醒来，百里墨湘目睹着那荧光绿色的头发在镜中变成了黑色，睁开的眼睛也是黑色的。他显得有些失落，回过头看着柠荼的唇，豆沙红色的口红给了他一点慰藉。

"她听了吗？"百里墨湘问道。

"是个乖孩子，我能明白你们为什么那么喜欢她想要救回她了。有这样的家人真好……"

"凯文说你醒了的话，我就去叫他，他还有事找你，需要我顺便敲敲秦空的门吗？"百里墨湘起身准备去楼上的卧室。

柠荼点点头……

"下雪了。"

街头路灯点亮，冷风吹过来，让琉辉觉得异常寒冷，目光从手机屏幕上移开，仰头看向天空。漫天飘落的雪替代了独属于黑夜的星辰，化作降落人间的精灵。琉辉呢喃着，掐灭了指间的烟头，呼出嘴里最后一缕烟，把烟头丢进旁边桥下的大河。他将羽绒服的兜帽戴好，朝着医院的方向走去，留下看着他行为的过客，对他指指点点。

商业街的大屏幕上，闪动着娱乐新闻。荧幕里又不知是什么专家，正在点评着两位梦空网游的候选代言人，说的是金麟的优势和凯文的不足。身为行外人的琉辉，一时间想起了柠荼曾经和自己解释过的营销手段，还有……

"这两个艺人都很优秀，不过是各有特点罢了。我没空去想那些东西，不过我相信沈蟲会有自己的见解。"

哦，柠荼那天，是这么和自己说的啊。沈蟲……是谁来着？

琉辉就这样一边想着，一边走着。

星宫里，已经和秦空道过歉的柠荼又转过头来接受了凯文的道谢，因为又一次帮助了他，是琉月的事情，即使提供这种帮助只需要做个梦。在之后，凯文有些欲言又止的样子，按理说他还是很会管理情绪的，但如果在家里还要保持这个习惯，那就太不自在了。

"还有什么事吗？"本来已经准备离开的柠荼看着凯文的表情，问道。

客厅沙发上还坐着百里墨湘和秦空，一个人在看书，另一个人在看报纸。正所谓事不关己，高高挂起，但两个人都开始暗自关注起了凯文的方向。

"柠荼姐姐……你说，她在梦里过得好吗？"凯文的情绪被发现，他也没什么好藏着掖着的，直接就问了。

柠茶感觉有些莫名其妙，但还是回答道："我看着精神状态还不错，但是一如既往地不想回来，我只能告诉她真相，至于记忆，还是要靠你们。"

"其实我觉得，那个世界比这里好多了。"

"凯文，你……什么意思？"

凯文变得有些吞吞吐吐，眼神垂下盯着地面，无意间在余光中看见了沙发上还有两位兄长注视着他，说："我……我觉得活在梦里也挺好的。"这句话声音很小，像是说给自己听的。

追逐

"不好！一点也不好！"但柠荼的回应声是一点都不小，原本拿在手里准备背走的包被柠荼丢到沙发上，坐在沙发上的两个人吓了一跳。柠荼现在的处事方法完全不像是最开始见到的，更加像是【翠鹛】。

凯文吓得倒退了两步，瞪大眼睛看着柠荼。旁边的秦空也有点怔愣，不自觉伸手在凯文身后护一下。百里墨湘却直接站起来，按着柠荼的肩膀转个圈让她先冷静一下。

终究还是有了人格反噬，真是麻烦啊……

"他那是想杀人！"女性的冲动通常附带着不可控的属性，柠荼甩开他的手说着。

"荼荼！"百里墨湘背着在场的两个兄弟，直勾勾盯着柠荼，让本来要失控的柠荼收了声，闭上嘴背过身深呼吸去了。

凯文有点没反应过来，毕竟他没有意识到自己说的话到底哪里有问题，这时候却听见秦空小声说了一句"道个歉吧"。

道歉？凭什么啊？

百里墨湘安顿好了柠荼，回过身来和这位茫然的小朋友解释起来："如果琉月姑娘真像你说的那样活在那个世界，再也不回来了，现实里的她就真的死亡了。"

"可她不也经常自由自在地在两个世界穿梭吗？"凯文还嘴，柠荼进入游戏的方法大家都看得清清楚楚，第一种是正常登录游戏，第二种就是睡觉。她能做到，凭什么别人就不行。

"所以她就是靠这种危险的方法拿着游戏公司的一份工钱,把梦想变成了工作,你认为这是她想的吗?"

"我……不会吧?难道你们……"凯文本来还想用新的理由还嘴,但是他的脑子还是灵光的,只是稍微一分析,就察觉到事情的不对劲了,脸上的表情从不服气变成了惊讶。

秦空长吸了口气,点头回答:"是。"

"琉月的事情,本就是琉辉拖她下水的,精神实验本身具有不稳定性。琉月拗不过琉辉,所以才决定铤而走险。她出手帮助我们,不只是为了她的一点自尊心,而是琉月的命确实握在她手上。"百里墨湘也直接摊牌,"你看见她现在的情绪了吗?最近睡觉太多了,游戏角色就会对她产生人格上的反噬。"

"是这样?我……"凯文听懂了其中的关系,绕过茶几跑过来重新面向刚刚冷静下来的柠荟,郑重其事地说,"对不起,柠荟小姐姐,我也不知道这些事情。"说完以后他还鞠了一躬。

柠荟不回话。

"凯文刚开始还不理解世界观,你别和他生气。"百里墨湘过来拍拍她的肩膀。柠荟瘪着嘴瞪了他一眼,回到原座位抱着包还是一言不发。

见气氛有点僵,秦空合上报纸说道:"留下来吃晚饭吗?"

"嗯。"柠荟这一声让本还想再劝两句的百里墨湘有点无语。人格反噬,果然和【翠鹇】一样的脾气。

秦空使了个眼色给百里墨湘,两人就一起去了厨房。留下凯文在客厅继续发挥他做错事以后的糖衣炮弹属性黏在柠荟身边,一会儿问要不要吃点水果,一会儿又问要不要一起打游戏,毕竟这可是他的老雇主啊。

其实也没等吃上饭,柠荟接了个电话,和凯文打了声招呼就走了,秦空只感叹了一句"饭做多了一份",之后就让凯文去消灭了。

柠荟是一个人走的,她在公交车上回拨了那一通在星宫挂断的电话,电话接通:"喂?"成熟男性低音炮撞进她的耳朵。

"哈……那些老顽固说通了吗?"柠荟打了个哈欠问道。

"你又去哪儿偷偷睡觉了？"

"你不用管。"

"噗……我已经给迪莫发了 e-mail（电子邮件），下周末的线下活动，就让两位艺人一起来 H 市体育场。也联系了卯君和南伊，负责主持和报刊宣传的工作。"

"辛苦了，沈螽。"

沈螽，梦空游戏公司现任的总理事，可以说和柠荼一样都是元老级别的成员，只是不像柠荼那样，被排挤成一个局外人，他还能混在管理层最高的位置，凭借着对游戏最高的理解，以及……

"那公主殿下需要臣为您准备礼服吗？"沈螽的语气中温柔带着一点调皮。

"我？"

"好歹你才是大本家，选代言人的时候你不在场，他们官方怎么解释？"

"呵呵，我那工资他们怎么也不解释解释？要我出面公关但公关费都不给我报销，他们还好意思……"

柠荼冷笑着，并不是所有人都理解她的高危工作，而且她也不希望太多人理解，到时候被塞进实验室穿的是白大褂还是病号服谁都不知道。但是没人理解，就会变成现在这个样子。如果不是俱乐部管吃住，她那只够温饱的工资，根本不可能有积蓄，更何况什么礼服，那都是收入平平的自己异想天开的东西。

"别闹脾气。"

"知道了。"

"你说的那个张烁金，我已经派人调查完了。资料发给你，看了回复我，讨论讨论怎么处理这个吃里扒外的东西。"

"你怎么调查到的？"

"他今晚去一家酒店赴约，被我的人拍到了照片。"

"我开始怀疑你的人里有没有狗仔了。"

"嗯？不是啊，那家酒店是我哥名下的。"

✦ 金色勋章 ✦

"……"

除了对游戏的理解，沈姦还有别人没有的身份和钱。柠荼庆幸她能遇见这种人，否则梦空和自己还有没有关系，可能真的不好说了。

果然，在这个世界想要追逐一些东西，如果没有过硬的条件，是注定需要牺牲一些东西的，这大概就是凯文这种看遍人生疾苦的孩子会说"还是梦里美好"的原因吧。

柠荼啊，认输认尿，唯独就是不认命。

游戏世界里，琉月看着镜子里的自己，没有惊讶。当得知自己和秦空有共同记忆而不是和【金钱至上】有共同记忆的时候，她就猜测过自己是否属于另一个世界，只是至今都没人给过她准确的答复罢了，包括旁敲侧击过的秦空。

现在，真相摆在她的眼前，【翠鹛】，一个没办法解释她为什么知道外面的世界的一个女孩，意图很明显——要琉月自己选择是回到自己本应该存在的世界，还是留在这里。

"这还需要选择吗？"琉月喃喃自语，伸手触摸着镜子，冰冰凉凉的。

她不是 AI，这些天的疲惫一定是因为她并非被定义的人。

星宫，是首都发给她的，这样一个大混血的存在本就令人生疑，如今怀表送来的回忆更让她确信，是醉翁之意不在酒。星宫公会存在的意义应该就是帮自己找到记忆，那……那个送怀表给自己的人呢？

想到这儿，琉月回到了自己的书桌，拿起了移动终端，她现在就想联系一下这个人……

"晚上好。"

消息发出。

现实世界里，琉辉正坐在病房的躺椅上，手机放在桌子上，连着蓝牙耳机，听着催眠曲，但是一想到自己几次陷入游戏世界，心里还是有点慌慌的。

其实他还有瞒着其他人的事情。

柠荼能够进入梦境是因为她本身的特质——睡美人症。夏晴是精神科医生，给柠荼解释过自己家里的那个设备。所谓强制控制人的睡眠，不过是把这个人的意识放到另一个世界里。柠荼自己在家放的那一台，就是防止自己在家里一睡不醒的，至于"另一个世界"，就是现在的梦境空间了。

柠荼没有告诉过他有几个人能通过睡觉的方式进入。当他主动提出想要借用柠荼的游戏世界拯救他的植物人妹妹时，他也明白自己是在拖人下水，所以也提出过愿意去梦境世界。柠荼拒绝了，因为柠荼亲身经历过危险。

琉辉现在想起那些事，觉得这种让帮助自己的人承担全部危险的事情的行为，实在是窝囊。正当他苦恼的时候，一个网友给他寄来那种设备，这个医疗器械看起来用了很久，名牌模糊，没有产品证书，连说明书都是手写的。他也因此而警惕和担心过。

但是在病床边一天又一天地等待，看着柠荼被众多事务牵扯精力的疲惫样子，琉辉认为，相比之下，自己能安安心心地打游戏才是做梦。刚开始几次用那个设备还没什么感觉，直到那次在梦里被律贞踢了脊梁骨，他终于看到了一点希望。

那个给自己寄设备的网友，琉辉现在还留在企鹅好友列表里，备注和她的游戏 ID 一样。呃，叫什么来着？琉辉现在懒得看企鹅。

正想着，手机里的轻音乐突然停了。琉辉正是半梦半醒之间，懒得坐起来，伸手在床头柜上摸到了手机，颤了两颤直接砸到了脸上，鼻子一阵酸疼，手在脸上胡乱扒拉两下，耳机都蹭掉了，睁开眼再去找手机。病房里的灯关了，他就坐起身来在躺椅上找，终于摸到了和皮质感不一样的东西了，不是手机还能是什么，捡起来，亮屏解锁，竟然是梦境空间手游的信息提示。

打开手游去看，私聊里出现了一个小红点，点开发现是琉月，刚躺下的身子又立刻来了一个仰卧起坐。手指在键盘上打字回复消息："晚上好。"

即使他知道这是虚拟的。

游戏世界里的琉月，早就趴在书桌上睡着了，移动终端的消息提示音并没有将她唤醒，怀表躺在书桌上发着光。

◆ 金色勋章 ◆

琉月对于自己需要睡觉这个设定已经习以为常了，难怪之前看到的回忆幻境的色彩饱和度那样低。这次并非又要陷入回忆，而是十二点到了……

琉辉发送的信息上闪出一个感叹号，信息发送失败，抬眼一看时间，释然，退出了游戏，手机重新往床头柜上一放，毯子一撑重新盖好，倒头就睡。

"晚安。"他沉声对自己说着，嘴角带着一抹微笑，仿佛预想到了自己即将会做什么样的美梦。

【青鸟】的光子屏上……

任务进度：100%。

"时间已归零，系统自动更新。"

"更新完成，正在安排新一天的工作日程。"

"日程表自动排版完成，开始工作。"

游戏世界的时间结束，一切又恢复原先的模样。

这之后的晚上，琉辉没有如愿做梦去那个游戏世界找琉月，而在第二天，琉月也因为工作忘记了再联系这位"网友"。

一大早，凯文就收到了线下活动的通知，要求他尽快去游戏里给角色争取到红V认证，这样线下活动才有能够开出去的神级账号。凯文这才猛然想起来他是没有假期的，他的东家还说要"考游戏里的东西"。虽然找秦空和白陌借到了游戏理解，但是金麟的账号不是新区的，是个满级角色，昨天各个区服完成了系统更新，老区也没有那些准职业选手的压力，金麟收到通知后就去做了神级任务，现在已经在公共服务区里头了。

凯文看着通知上的"下周末"和自己这个27级的角色，有种要疯狂补假期作业的感觉。可是明知道是这样又怎么办呢？他还是得硬着头皮补作业。之后的白天他一直都关在房间疯狂练级，吃饭时都还在看攻略和解读视频。

秦空看在眼里。虽然他不喜欢饭桌上不礼貌的行为，但是凯文是为了工作，秦空认为打扰别人工作比家庭饭桌上的不礼貌更招人讨厌。大家各自都在忙，只是工作和生活的习惯不一样罢了，除非是到了前段时间夏晴那个状态，否则秦空都不打算去管。

游戏里琉月也不知道发生了什么。【凯】的活跃度和贡献值就像是砸金蛋的锤子，星宫公会前前后后十多个记录和奖项都被【凯】以这种游戏方式砸破了壳，【凯】或其他成员时不时就要去公会联合部拿点奖励回来。

这样的打卡频率让原本在首都治安监察部围观过【凯】和24K公会乌龙事件的玩家们有了不一样的见解。有的羡慕星宫的待遇，有的疑惑【凯】的行为，有的对【凯】产生了嫉妒之情……

凯文先是练到了30级，然后就开始按照攻略来完成那些神级任务，副本混野队交朋友，跟着抢怪排任务，磨炼技术。能够自己完成的自己做完，自己完成不了的……

"喂，辉哥，我有个任务卡了。"凯文果断打电话给琉辉。家里人嘛，不怕打扰的，对吧？

"你玩的流派还没出现过，系统设置的很多考验你可能不习惯。你自己再做一个普通一点的冲锋枪，把任务做完了再卖掉也没关系。"琉辉在电话里耐心回答他。他歪着脖子，脸和肩头夹着手机，手上操作却没受一点影响。战队在训练团队赛，屏幕边角上显示着对手的名字，整个一个所罗门战队。观众席更是热闹，稍等一下再介绍吧。

凯文得到了指导，道了声谢就把电话挂了。就在琉辉把手机丢在桌子上的空当，对面的影袭选手已经切到他背后，瞬间血花满屏幕。琉辉看在眼里无动于衷，他也是狂战士，前期血量完全不心疼的，两个普攻招架就将人推开。

影袭是个刺客型角色，自然是一套技能就跑。琉辉立时一个"震地波"没蓄力，直接砸，封走位。影袭选手侧身翻滚，躲避剑气的击飞效果，脚刚落地，眼前一片红光，之后就被击飞了。

转视角准备受身操作的影袭在视角里看见了地上还没熄灭红光的魔法阵，法师中阶技能"烈焰冲锋"。还能是谁？法师系妖灵师高晓天，"列阵在南"。

琉辉准备上前追击，身侧一颗子弹飞至，方舟换盾牌的形态却有些来不及，中了一记"僵直弹"。本应该追加上来的子弹并未接踵而至，因为那神枪手已经被【星雨】贴身用刀锋抹了脖子。

战斗就是这样，看似混乱，却相互联系，井然有序。按理说，战队之间团队战切磋，大多会比较放松，对面来摸摸实力，咱们不能傻傻地让人家得逞。但是这一次双方打得很认真，节奏十分紧凑，就是观众席的缘故。

观众席里有个红 V 认证的 ID 格外显眼：【水中月】。

当屏幕闪动出比赛结果的时候，电脑前的女孩才放下了手中的笔，她的键盘还在桌面下的抽屉里，桌面上平铺开的是一个白板本。本子摊开的这一页上记录了一整面的战术分析笔记，都是从刚刚的战斗里分析出来的。

两队退出了战斗，并没有着急退出房间，三两个围到了【水中月】周围，讨论起了刚刚的战术。电脑桌前的【水中月】的主人却没被这几个人影响，开始下载刚刚录制的视频，认真看起了自己的分析草稿。随后，她又从旁边扒拉过来一个新的笔记本，拿起刚刚放下的笔又开始一阵笔走龙蛇。

"南伊，在听吗？"

"啊？"突然听到外面有人在叫她的名字，这姑娘才抬起头来转视角到处找刚刚叫自己的人。

"晚上一起吃个饭吗？沈螽请的，带着卯君。"是柠茶。

"好。"

南伊是电竞报刊编辑，同时也是一个优秀的网游玩家。当南伊得知梦空筹备电竞比赛的时候，就向报社总部申请了梦空网游电竞版总编的职务。她出色的工作能力和执着的工作态度让她顺理成章得到了这个职务。

其实报社的成员刚开始并不积极，都以为自己只能等到电竞开赛才能接触到这些职业选手，中间想办法去其他小组的或者不干了的有很多。但是他们都没想到，总编南伊竟然直接开了个小号来新区找职业选手。奈何茫茫人海中，即使碰见了大多选手也会躲着她，毕竟选手们上线多半是训练时间，不会停下来接受她的采访，也不希望她看见什么训练内容。

奈何世上有种生物叫作工作狂，而女性工作狂完全不会逊于男性。她们一旦确定目标就会不懈地努力追逐，攻克一切困难。

南伊这个新年的第一个好运，是沈矗发给自己的邀请函。下周末公布代言人竞选结果，她作为电竞报刊的总编自然要派人过来。南伊看了一眼为数不多的一个小组的人，还有一大半因为寒假没回家，最后决定自己来。

第二个好运，就是今天上线就撞见了【星雨】。其他的职业选手能拒绝她，但是柠荼心软，身为一个深交三年的朋友，这点她一清二楚。于是，这一场梦幻和所罗门的预热团战，她南伊必然要把素材拿到手。当然，她不会起"震惊！职业选手竟然提前赛事，私下较量"这种容易引发争议的标题，只怕有心人要借机炒作添油加醋，所以她已经准备好写战队实力分析了。这也就是为什么梦幻和所罗门对这一次的切磋如此认真。

哦，难怪柠荼这次没有流露出一丝不情愿，原来是之后还有事找自己。南伊答应下来，在记事本上记下了时间和地点，然后问了双方是否还要继续练习。得到否定答案的南伊和各位礼貌地打了声招呼便退出竞技场房间，直接下线了。

"今天训练先到这里吧，再见啦，梦幻队陪练。"柠荼俏皮地向对方队伍的方向点了一个挥手告别的表情包。对面还没来得及给他们贴一个"所罗门战队陪练"的头衔，梦幻队全员就已经退出房间了。

另一边的凯文还在和林耀哥哥斗智斗勇。琉辉推荐他去弄一把普通的冲锋枪方便做任务，但是他不知道要去哪里弄这把枪。

"哥，人家知道你的枪最多了嘛，借一借嘛。"

从第一个"嘛"字自凯文那一张嘴里说出来的时候，林耀只觉得他弟弟是在研究什么新角色的台词，而且这个角色极有可能拥有和凯文游戏角色一样的骗局小脸蛋甚至是骚包发型。但是当凯文提出借枪的请求时，林耀也如凯文预料的一样，回答只有一个字——"滚"。

枪手的枪是枪手的命根子，无论交给谁都会产生如缴械般的耻辱感。再加上枪对于林耀的确有非同一般的含义，就算杀了林耀的游戏角色【不好意思走火】，他林耀也不会让任何一把武器爆到别人的手里，就算有，把对方杀到退服他也一定要再爆回来！

至于双曲星，这两把是他眼中的失败品，用两个失败品换他们24K的世纪难题——建公会，出身于商业世家，林耀觉得这笔买卖没问题，但是柠茶是怎么认识他弟弟的，他还需要考察一下，还是再谨慎一点好。

"好吧。"凯文和他哥哥行事风格上有些相似，几次恳求得不到想要的结果便也不再纠缠。电竞圈子的事情，他一个娱乐圈小伙不懂多问问可以，但是自己的事就是得自己解决，这是真理。所以凯文话锋一转说："哥哥研究得这么透彻，要不推荐我一个，我直接去集市上买吧。"

林耀点点头，毕竟是自己的弟弟，请教问题自然不必那么紧张，更何况还是他最擅长的话题。他连资料都不需要查，直接就回答起来："冲锋枪的话，新区集市这个时候应该有三种最常见的型号，分别是蓝武凌光、蝉响和紫武盛炎。凌光攻速高，攻击力度相对后两个差一点，附加属性减CD比较鸡肋；蝉响的属性比较均衡，附带破甲伤害，你是双枪神枪手，比较适合用蝉响做过渡装备；盛炎的属性点比前两个高，攻击力度高很多，不过你有银武的话，这个过渡装备就有点偏奢侈了。手感的话，一个手感像AK，一个手感像喷子，最后一个……"

"哎，停停停，你怎么用鼠标和键盘还能玩出枪的手感啊？"凯文认认真真拿了小本记下了笔记。当林耀聊到手感的时候，凯文本就不是很漂亮的字直接就飞了，扭曲得宛如夏天从树上刚刚掉下来的毛毛虫。凯文赶紧制止了想要滔滔不绝的林耀，正如凯文的提问，林耀说的手感未免太玄乎了。

没想到林耀不以为然："是啊，我去Ａ国留学的时候，可有的是机会接触真的东西，后坐力、枪声、未知预判、威力还有你根本都不知道是什么的数据，我都知道。用在游戏里倒也不算可惜了……"

凯文听得出其中的语气，前半段就像是拿到了满分试卷的孩子，自豪地炫耀着自己努力学习的成果。最后一句却带着酸楚，就像一个前辈看着你的优秀成绩告诉你，这门课成绩再好也只是个正式考试中不会考的，学了也没用，不如扔掉吧。这样被命运玩弄的滋味，只有凯文知道怎么回事。

说到底，成长在林家的兄弟两个，不管是亲生还是领养的，两个人互相照顾的机会比父亲回家的时间要多得多。长期缺乏的父爱，在他们的眼中逐渐无足轻重，直到最后变成了一道枷锁。

凯文还清清楚楚地记得，那年9月，哥哥十八岁，父亲面目狰狞地撕碎了一张"征兵入伍申请表"。哥哥哭了，就趴在那一张父亲要求的财经大学志愿书上，下面压着他700多分的高考成绩单。那画面充满了讽刺，讽刺一个荒诞世界。之后哥哥也如父亲安排的那样，去了A国的一个财经类大学留学。异国他乡规定自然也不同，凯文没记错的话，那里的成年人可以佩带枪支。

那个曾经以为只要自己足够优秀或者听话就可以换来自己想要的未来的哥哥，从A国回来以后，凯文看过他抽烟，遇见过他夜不归宿、白天疲倦地趴到床上，看见他沉迷于网游，后来还发现他填好了电竞比赛报名表。直到父亲去世的消息传来，两个人一起把父亲的丧事打点好之后，便又各奔东西了。财产分割得很痛快，公司和一些大型不动产归了林耀，剩下的归了凯文，毕竟一家上下也就只有他们两个了，倒是印证了他们的父亲就是个孤家寡人。

凯文回忆得有点出神，关于"自由"这个词，追逐到现在的兄弟两个，总算看见光了吧？凯文叹了一口气，揉了揉眉心说："那今天谢谢哥哥了啊。"

"谢啥？等你当上了代言人，记得跟全世界介绍你手里武器的创造者啊。"林耀发完这一段话还配上了一个戴墨镜装酷的小表情。凯文淡然一笑，打了声招呼就关闭了聊天框。

试问谁想得到，一个电竞选手的才能竟然是研究武器，还是枪系的？林耀自己在国外留学最后为了毕业混了几个学分回来，也曾经迷茫过。但他对于军事和战争很痴迷，作为指引自己的道路，父亲以父爱的名义让他往商业方向发展，结果适得其反，他学会的这些变成了如今的才能。

凯文回想起网游论坛上的粉丝给哥哥起的一个头衔——"枪神"，活动结束后，"枪神"这个名号便再也没摘下去过。林耀做完神级任务，到了神迹公共服务器之后，他的游戏角色也终于公布了姓名，一看就是机械联邦的特色产物——乌云号。

几天后，伴随着林耀的热度过去，乌云号的角色传记讨论和 boss 击杀又成了新的热点话题。这次的 boss 本是梦幻战队十拿九稳的，半截却杀出了所罗门战队和 24K 战队，一时间战局非常尴尬，大家技术本来都不错，但是野图 boss 是梦空网游多年来才出现的新鲜事物，要说比较游戏设定的理解，非柠茶大小姐莫属。

最后【枪神】乌云号又被梦幻的人连拖带拽地丢进了迫克里科研院那个错综复杂的地图，然后神不知鬼不觉地被圈踢死在了一个实验室里。当然，游戏NPC【青鸟】也对他们梦幻战队旗下的公会梦里落花发出了罚单：破坏公物，缴纳实验室仪器赔偿金。

具体金额柠茶不记得了，反正公会可以交，一个上万人数的网游，每个服务器一周才更新两三次的野图 boss，还要看人品掉出的材料，几个烧杯试管的钱，换野图 boss 的稀有材料，哪里不值？

野图 boss 倒地，掉了一地材料，柠茶一皱眉头，嘴里嘟囔了几声，被南伊写在了【枪神】乌云号传记解读的文稿里头，准备在报刊上发表。用柠茶的原话说：果然是爱枪如命啊，一把武器也不掉，出的材料还全是枪系的。

梦幻队没有用枪系武器的游戏玩家，材料堆在公会仓库里换钱，还能换来别的材料吧，问题不大。

林耀也委屈了好久，看看他们 24K 公会的职业组成。24K 公会诚恳地向梦里落花公会提出了交易，但是柠茶对梦里落花公会下了指令：前期如果有 24K 公会的人来收购材料，一定要把价格说高一点，毕竟是稀有材料，卖家说了算，况且林耀有的是钱！

正打着如意算盘的梦里落花，遇到了一位"名人"。在命运的指使下，这个粉毛少年经过梦里落花在集市摆的摊位，看见了摊位上一片枪系材料，再看了一眼自己刚刚在集市淘到的冲锋枪，他踌躇了一会儿，然后……全买走了。

之前也有 24K 的人隐藏了公会名称，想来是用低价来买材料的，但是奈何，这世界里第一个【枪神】不是普通的 boss，那是野图 boss，而且还是梦里落花拿下的。就像是仅此一家似的，怎么砍价也砍不下来，柠荼大队长说了要针对 24K 公会的，我又认不出来，那就索性全当外人得了。

做生意总要有一些冤大头的，比如凯文这样的新手玩家，他们对物价没什么概念。凯文花钱大手大脚，价格都没看，直接在交易框里把这堆材料全都买了。梦里落花公会看摊位的人一惊醒，钱袋子里已经多了五万金币。

发达了，梦里落花发达了！他带着金币，为了防止被抢，直接用了个瞬移符文，回公会去了。

凯文满怀着希冀地准备研究武器怎么升级。不过很不幸，武器编辑器不是他一个刚玩网游四个月的少年能看得懂的东西。官方图纸出来之前，这换来的材料零件要放在什么地方，要用什么工具什么手法，他只能靠运气胡乱猜。可一旦尝试失败材料就会消失，凯文的运气再好，到了技术活上还是要认栽。

凯文这时候才想起柠荼曾经和自己说过的一句话：你以后就知道你的哥哥厉害在什么地方了。

但凯文确实是运气好，今天琉辉在家。在这个温暖的午后，琉辉在午睡中听见令他炸裂的拍门声，然后凯文收获了"琉辉不想和你说话并向你扔来一块枕头"的实体表情包一张。

看来好运也需要一点天时地利人和啊……

时间就这样过去了，凯文成功研究出了冲锋枪蝉响的升级方案，经过不懈努力，总算是完成了他的寒假作业，当他的用户头像右下角冒出一个红 V 标志时，他总算可以实名认证身份了。

当神级角色【自由之神】逐风号一上线游戏地图时，战队之间抢 boss 又是忙得不亦乐乎。南伊立刻分了一个小队的人在抢 boss 的战场上录制视频，自己立刻联络上了这位非电竞圈的神级角色，开始了她的采访工作。

星宫公会内，琉月正在翻看那本公会日志，这一周【凯】的日志满满当当的，增加了各类贡献和任务记录，羊皮书增厚了许多。平日里她还保持着和异世界的联系，那就是和熟人聊天。她也遇到了困难，就比如今天，她本来在和【凯】聊着小时候的一些记忆，但是【凯】的移动终端一直响个不停。

凯文已经直接把移动终端的通信录消息屏蔽了，好友验证设置成了不可添加，但是架不住粉丝们高涨的热情。当他们得知【凯】曾经在首都治安监察部里被人大公会"欺负"过，就将星宫公会的所在地围了个水泄不通，论坛也开始了热火朝天的讨论。话题中心渐渐从"原来他就是凯文"变成"他和24K结仇了"。姑娘们偏爱这位弟弟。

今天凯文在聊天的时候接了个电话，什么话都没说就退出公会了。看到公会的系统提示时，琉月还没来得及问他话，就看见【凯】打开了大厅的窗户，一跃而上，蓝光乍现，鞋子咔咔响起机械组装的声音，而后是引擎声。

风能助跑器？琉月刚认出来那机械是什么时，屋内就卷起一阵狂风。琉月赶忙用手护住眼睛，等到再睁开的时候，人都飞远了。琉月跑到窗边，扶在窗台上，朝着那个背影喊道："凯文，你要去哪里啊？"

凯文操作着角色以最快的速度离开了星宫，连琉月喊了什么都没听见，更不知道星宫的屋顶上有一只乌鸦正盯着他远去的方向，眼中满是褐红色血丝，颜色深到分不清他黑色的虹膜。在这双眼睛之后，是坐在电脑前的张烁金。

"猫姐，我找到了。"他的聊天框上，【百媚丛生】的ID格外显眼。

【百媚丛生】回复了他："沈矗在代言人选拔之后准备了酒宴，招待所有的赞助商。我想那位小艺人也会去的，只要你把魔界之匙拿到手，他就会被你推入深渊了。"

"我要怎么确定你说的不是谎话？"

"你看看文森特现在的状态，难道还不明白吗？"

黑暗之中，沉默了。张烁金关闭了聊天窗口，操作角色准备离开，忽然瞥见窗台上多了一个身影，脸上浮现出了震惊。

这是……【翠鹀】。

卓越

"琉月，小凯那边遇到了点麻烦，我给你解释吧。"

【翠鹛】的头顶上亮着 ID 名，说话的是柠荼，张烁金反应过来，快速操作着角色落到窗台，朝着屋内望去。

这时的柠荼正在电脑前，视角里是星宫内部的大厅。她正拉着琉月朝着大厅走去，看似不经意地看了一眼窗口，朝窗口甩了一个魔法，而后那扇玻璃窗就无情地给了这只乌鸦一个耳光。张烁金的视角一时间天旋地转，折腾了半天鼠标才找到平衡，要不是不想被发现，他才不想操作自己这个兽化状态的账号【赫尔墨斯】呢。

再看屋内时，两人已经没了踪影。张烁金一咬牙，操作着乌鸦离开了，现在时间快到了，他需要回公司准备酒宴和发布会。

今天下午，梦空网游代言人将正式公布，活动全程的准备工作不需要柠荼参与，谁让她是个被排挤的"吉祥物"呢？只需要活动的时候露个面，说两句"吉祥话"就够了。

活动场地就在 H 市中心的大型体育馆内，专职记者是南伊，主持司仪是当红花旦柳成君，艺名卯君。活动完了就是赞助商和游戏公司的酒会。参加活动的除了以上人员，还有那些准职业战队的成员。

南伊的报道小组镜中花，在《梦境空间》板块上的第一期报道内容中，就涵盖了目前联盟完成统计后在籍的十五支战队。此次的代言人选拔，一方面是让职业战队逐一亮相为正式职业赛预热，引起公众的关注，另一方面也是为这些职业战队提供初期创业的融资平台，让职业战队的电竞选手相信这个联盟值得信赖，毕竟梦境空间不是第一个有完整电竞体系的网游。

凯文刚刚接到电话，告诉他金麟刚刚到了 H 市的机场，派了豪车去接，要他现在到市中心会合。活动即将开始，他的游戏角色要求有两个，一是不能挂公会名字，二是立刻赶往竞技场。这才有了【凯】从星宫直接飞出去的一幕。柠茶正闲得发慌，正好又在【翠鹬】账号上需要处理一点事，于是看见了这一幕，听见乌鸦的声音就直接把琉月拉了回来。回头瞥见了那只乌鸦，幸好张烁金没听见她幸灾乐祸的笑声，而后就向琉月解释了凯文的去向，之后就到了中午，琉辉说好也要用车送自己，顺便一起吃个午饭，之后【翠鹬】下线了。

留下琉月待在公会里，看着那个灰了 ID 的【翠鹬】蹦蹦跳跳像个孩子似的一边玩去了。明明史莱姆刚长成幼儿的时候头顶还没有 ID 的，虽然现在还是个萝莉，但是 ID 却出现了，琉月淡然一笑，这是她不属于这个世界的证明。

照这么说，【凯】现在在竞技场吧？好想去看看，应该会很热闹吧。她一边这样想着一边去找了扇窗。大厅南北各有一扇窗，一扇在楼道里，另一扇正对着大门，不幸的是大门那里被粉丝围堵了，看不见外面有什么。所以琉月只好去了楼道的那扇窗，也就是【凯】飞出去的那扇窗。

琉月趴在那个窗台，将口袋里发烫的怀表放到窗台上，她知道凯文的记忆就要来了。她等啊，等啊，却一直没有等到记忆的幻境，直到身后传来一个熟悉的声音：

"琉月，想去看比赛吗？"

琉月下意识伸出手掌盖在怀表上，合上了表盖，转过头来，正是亮着 ID 的【金钱至上】。她将星时罗盘收回到上衣口袋，脸上浮现出微笑，点点头回答：

"有点想看，可以吗？"

她不得不承认这位先生太了解自己了，只是她这个公会负责人能走得开吗？

"家里有人看着，没事的。正好我也想去看看真正的竞技场竞技是什么样的。"

"家里？"

"这么久了，这里还不能叫家吗？走吧。"

"可是门口……"

"现在，这里就是门口。"【金钱至上】推开窗，示意琉月。琉月心领神会，羊皮书里飘出星光符，几个魔法指令下去，又是拼接成了一张飞毯，两人上了飞毯便朝着竞技场的方向赶去。

现实世界里，柠荼正在体育馆周边的酒店里，联盟在这订下了房间和几个餐桌，供其他城市的职业选手解决这几天在 H 市的食宿问题。梦幻战队本是不需要来的，他们的俱乐部在本地，但是饭还是要聚在一起吃的。

琉辉刚把车停好，跟着柠荼和其他几个队员会合。这次不同，梦幻的战队成员都穿着队服，红白相间，战队的莲花与蝴蝶标识也很显眼。饭店的人自然是看得见的，但是围栏在那，他们过不去，只能远远观望。

梦幻这边桌上的菜还没上齐，又一支职业战队到了饭店，他们身着粉色的队服，却是清一色的小哥哥。他们不着急找地方坐下，直接围到了梦幻旁边，其中一个人直接开口问候了起来：

"荼荼，琉辉，好久不见。"

"宏宇？飞花的成员也到了啊。服务员，请问，介不介意我们拼两张桌子啊？"柠荼听到有人叫自己，本来还在和高晓天、叶宋聊天打着呵欠，忽然来了精神，眼睛一亮，起身转过来，果然是熟人。柠荼挪开椅子上去就和那打招呼的人来了个亲切拥抱，弄得本来还想回应一下的琉辉撇撇嘴，翻了个白眼。柠荼在得到了不远处服务员的同意以后，那些小伙子也没客气，一起把最近的一张大桌子搬了过来，梦幻一边的人挪了挪位置，就这样飞花队和梦幻队坐在了一起。

他们这粉白相间的队服背后也有个显眼的标识，六瓣花，下面写着他们的队名：飞花。而这位主动向梦幻战队打招呼的人是飞花战队的副队长温宏宇，相貌着实漂亮，虽然是男性，却完全用得起漂亮这个词。长发披肩，桃花眼，高鼻梁，有着无瑕牛奶肌、卧蚕眼，笑起来就像是春天的桃花开了。

原本在远处围观梦幻队,讨论着哪个女选手好看的工作人员,突然指着温宏宇的方向说道:"这个姑娘真好看。"幸好这群人和职业选手们离得足够远,否则听温宏宇这样一个男性开口说话,再对比一下他的脸,应该会有一种幻灭的感觉。

温宏宇笑着从服务员那边接过菜单,顺手递给了后面的队员,搬着椅子到柠荼最近的位置坐下,"怎么没看见沈螽哥啊?"

"他要去准备酒会,没法跟着我。"柠荼回答。

"哦。"

"你看了活动流程吗?"柠荼冷不丁问道。

"嗯,看到了。等下抽签一起去吧。"

"好啊。"

柠荼点点头。

正月还没结束,年味还足,酒店门口的灯笼被风吹散了黄流苏,扫在门口的石狮子头上。天空的云彩渐渐接近流苏的杏黄色,活动进入了倒计时……

凯文换上了正式活动要穿的衣服,打理好一切就赶到了市内的机场,给金麟姐姐接机。跟着一起来的是双方的经纪人,豪车在外面等着,两个艺人按经纪人的盼咐用手机互相加了游戏好友,挥手朝被拦在外围的接机粉丝们挥挥手,上车坐在后座上。凯文这才开启了熟人话痨模式,金麟也是个健谈的姑娘,两人聊得开心,很快就进入了工作话题。

"金麟姐姐玩的是妖灵师?【财神】金麟和姐姐的艺名一样哎。"

"【自由之神】逐风号,神枪手,还是双枪的。"

"是啊,有人推荐我玩的。"

"不知道活动里要我们一对一打的比赛会有什么惊喜。"

"嘿嘿,我可是做足准备了。"

凯文拍拍自己上衣口袋里的账号卡,笑嘻嘻地说着。

他还记得那天深夜去拍琉辉的门,琉辉百般厌恶,头顶的起床气衬得他就像要把自己吃下去的怪物。琉辉为了几天后的活动在调整状态,和秦空换了班，准备回来休息。谁都知道白天看电脑、晚上睡皮椅的生活质量并不高，好不容易要休息还被人打断而爆发的怒火，任谁都顶不住。

但是当琉辉的手机提示音响起时，一切都变了，琉辉立刻变成了精神抖擞的猫科动物。他迅速拿起手机，看了一眼提示内容，从床上弹起来，被子甩在地上，胡乱穿上枕边睡衣，飞到电脑桌前。凯文这才发现琉辉桌上的电脑压根没关，动动鼠标屏幕就亮了，账号卡一插上，角色视角就像是坐过山车时一样，飞快往前赶。

凯文凑过去才发现，全服的神级角色注册开始到现在，第一个不属于新区的神级角色诞生了——【财神】金麟。在神级注册系统的试运营期过后，游戏全服串通，保存进度后的同一张卡可以登录不同的区服，但是换区登录会有读取延时，正式开始了神级角色的挑战任务，而实名认证后的名人玩家就会像之前的那些神级角色一样，在普通区留下一个 boss。这次不同，是全服刷新的 boss，凯文看见电脑旁边散落一堆的账号卡，明白了是怎么回事，原来是带着公会刷每个区的 boss。连读取延时都考虑进去，真是……敬业。

凯文知道这个神级任务有多难，几乎是按照职业选手的难度安排的，否则他不会对琉辉产生什么依赖性。他能学技巧和尝试，但是操作这东西只有长期训练才能养成。

他本以为，如果靠自己的力量完成神级角色就很了不起，原来职业电竞选手就是需要一些训练，就在看到琉辉那个举动之后，他才明白，远远不止这些东西。

琉辉在那边玩，已经不会再去睡觉了，当然也就不准备再责怪，一边盯着屏幕一边问怎么了。凯文开始请教自己的问题：蝉响应该怎么用材料升级。

没想到琉辉头都没回一下，回答说："升什么级？过了神级任务就扔了啊，一个过渡装备而已。还有，你不是 CD 流吗？为什么不用凌光？"

凯文站在原地愣了几秒，当反应过来后恨不得给自己来个耳光。自己弄来冲锋枪就是为了过神级任务啊，为什么还要给一个过渡装备买材料升级？有时间研究怎么升级，还不如练练技术，尽快过了神级任务把枪卖掉，至于凌光的附属属性，这不就是为他的 CD 流打造的吗？他一直跟随哥哥的思路，忘记考虑自己的实际情况了！

他有点懊恼，赶忙提问："那我那些材料呢？"凯文不得不承认，他没有哥哥林耀的商业头脑。

"谁最愿意要就卖给谁，自己想想啊。"琉辉说。

凯文想了想，他知道谁最想要，24K 战队，他们的核心和主流派就是射手系职业。射手系武器的材料谁最想要，这要是再想不到，凯文都不好意思说自己玩网游，不敢说自己认识林耀了。坑他？不太好吧……就当买了送给哥哥得了。

琉辉那边漂亮地抢下新区 boss 的首杀后立刻退了游戏，从那一堆游戏账号卡里挑出来一个，刷卡登录。等待登录时，从书桌上取来烟盒抖出一根香烟叼上，然后含含糊糊说着："你知道你那场活动叫什么吗？"

"职业联赛定档发布会？"凯文回忆着自己的 e-mail。

"知道这是什么性质的比赛吗？"琉辉点燃了香烟，将打火机丢到一边，偏着头看凯文，乱糟糟的头发，刘海压盖在一只眼睛上，睡衣扣子都没扣上几颗，露着锁骨，痞气中带着点没睡醒的暴躁。

香烟的烟雾让凯文的嗅觉和视觉双重抗拒，凯文摆摆手驱散烟雾，回答着："咳咳……有点像明星赛？"

琉辉听了凯文的回答，嘴角向上一扬，回过头来看向已经登录的游戏，问道："噗，看过明星赛吗？"

"没有。"

"那我给你解释一下啊，明星赛的意义不在于获胜的途径，而在于炫技。"琉辉说着，嘴上的烟跟着一抖一抖的，烟灰落下，却一点没落在键盘上，更不影响他的操作。

凯文看着琉辉的屏幕上再次出现像是过山车一样的画面，闻着让人有点难受的二手烟，开始有点犯晕，但还是秉承着"不懂就要问"的原则，继续提问："咳咳咳……咳，炫技？怎么炫技？"

"你用蝉响也没关系，就算自己打法另辟蹊径，了解对手也是有意义的，研究一下普通打法对你也没什么坏处。"琉辉意识到二手烟对于身后这少年的危害，像他这样的骨灰级烟民对二手烟也没什么感情，他掐灭了香烟，说道，"你先把窗户打开，散散味儿。"

凯文照做，琉辉继续说。

"给你介绍个师父啊，这家伙闲得没事就炫技，做过不少技术微操的教程，你跟着他试试看。"琉辉手下已经抢上了 boss，画面转动飞快，打斗场面激烈，虽然抽空向人堆里做了个标记，但无奈凯文看不清，没想到琉辉还揶揄起来，"你看得见吗？"

凯文也是傲娇，一来劲双手撑在琉辉的椅子背上，将自己身子都撑起来了。琉辉感觉椅子在向后仰，全身一个哆嗦，大叫一声"凯文你别闹"，赶紧伸出双手抓住了桌子边缘，椅子是稳住了，鼠标却脱手了。凯文怎么会放过这个机会？

凯文一蹬腿，上前握住鼠标转一圈寻找那个带着标记的角色，记住了ID【风和日丽的一天】。琉辉摆好椅子，重新夺回了鼠标，嘴里骂骂咧咧，重新找视角打游戏，轰走了凯文。

凯文嬉皮笑脸问是不是自己看到的 ID，琉辉只当他是个熊孩子，"对对对"了一番，没再理会那个一蹦一跳离开的小伙。

凯文回去加了这个人好友，正所谓江湖上不打不相识，这个师父要和他切磋切磋。几轮下来，凯文终于能理解琉辉之前说的"闲得无聊就炫技"是什么意思了，这手速切换自如，微操精密至极，打他就跟闹着玩一样，炫技都不需要刻意，人家打一场就一直在炫技，末了回复一句："资质一般啊。"

没错，凯文又不是打电竞的，资质一般也就一般呗。他傲娇归傲娇，但还是知道自己差距在哪里的。他可是娱乐圈出了名的外表跳脱内心沉稳的少年，自然不会有什么心高气傲的样子。他的拜师态度深得秦若止的喜爱，收下徒弟后就开始给凯文出主意了，方案一提，凯文又是佩服得五体投地。

正想得出神，车已经开到了 H 市中心体育馆，还真如琉辉说的"明星赛"一样，入场的地方都铺好了红地毯。现如今电竞已成体育项目且拥有完善体系，这红毯当然不只是给他们两个明星铺的。凯文下车张望一圈，回过身来，手挡在车门框上，等着金麟下车，又抬起手臂给金麟扶着站稳，踏上了两级台阶，顶着闪光灯和尖叫，笑盈盈地进入会场。

体育馆休息室内的柠荼趴在窗口看着外面的情形，点点头向身后的秦若止说了一句"孺子可教"。秦若止摆摆手，做了一个自认为帅极了的动作后，说道："因为他毕竟是我的徒弟啊！哈哈哈哈……"接下来就是恶人剧本常见笑声，丝毫没有发觉其他队友一个个满脸嫌弃地离开了休息室。直到养成随手关门好习惯的柠荼带上门后发出了声响，他才从自我陶醉的状态变成了委屈。

现场的观众席上虽然没有坐满电竞粉丝，但加上金麟和凯文的粉丝，也是座无虚席的。粉丝们的灯牌和会场的照明灯将正中央的活动场地照亮。职业选手和两位明星的专属观众席都在前排。各个战队入场，秦若止就用挂在脖子上的望远镜四处看，直到视野里出现了凯文的身影。他和身后的一片鼎沸的人声融为一体，大声向自己的"爱徒"打着招呼，结果耳边却响起凯文的回应，秦若止问："我怎么听得这么清楚啊？"

夹在两个人中间的柠荼，伸手将秦若止举在眼前的望远镜扒下来。秦若止这才发现自己和凯文中间只隔了柠荼，凯文正嬉皮笑脸看着自己，再抬头看了看柠荼，脸上大写着"尴尬"。秦若止把脑袋缩回来些，两个人隔着柠荼就开始了热血青年般的激情问候，柠荼站起身和秦若止换了个位置，成全了这对师徒亲热交谈的愿望。

场内灯光渐渐暗去，全息投影开始在场地上倒数。坐在台下的柠荼也看得有些出神了，她是游戏大本家不错，但是技术开发并不是她的领域。

医院里，休假的秦空坐在琉月的病床边上，他带着自己的笔记本，后台挂着游戏，界面开着"职业联赛定档发布会"的网页直播。

汇聚舞台的璀璨灯光，就仿佛无数人的目光，活动正式开始……

"小凯，准备好几套连招了？"秦若止问着身边的凯文。

凯文朝金麟的方向看了一眼，又看了看周围一圈的好多明星，心里盘算着，故作神秘地对秦若止说了一句："这可是秘密。"

会场多出来的这些明星，层次各不相同，层次高的就像迪莫他们这样的，层次低的只是个网红。明星与两个战队穿插坐着，刚好把会场围成了首尾相接的一圈，正好是十五支战队、十五位明星。迪莫的层次已经能够在国内当一个大佬了，凯文还在中间看到了前段时间还一起过年的家人——陆逸。官方的葫芦里卖的什么药啊……

游戏世界里，琉月已经在竞技场观众席坐好准备观看比赛，她只有一个视角。秦空是开着【金钱至上】的账号和她一起来的。可以说官方直播的竞技场还是很大的，毕竟有全网直播还有3D导播让争夺现场观众席变得不那么重要，但是对于一些战队粉丝来说，那就是应援战场了。24K的粉丝就是现在这"战场上"人多势众的一方。

游戏竞技场内的场景犹如一个角斗场，观众席中最好的位置上坐着的是【光明之神】芜晴。头顶上是烟花，耳畔是弹幕轰炸出的语音，琉月身处这盛大场面之中，心跟着场上鼓乐一起跳动。

忽然有人拍了拍她的肩膀，琉月转过头来一看，不是【金钱至上】，而是灰着ID的【翠鹀】。琉月一看见【翠鹀】的模样就傻了，她脸上和脖子上带着还没痊愈的伤口，流着荧光绿色的"血"正在恢复。还没等琉月开口问怎么回事，【翠鹀】已经拉着琉月的手跑了起来，琉月没来得及和身边的【金钱至上】发消息，只是口头打了一声招呼，可惜秦空为了看直播关了游戏音效……

现实世界里……

"现场来自H市的各位观众，你们好吗？我在台上感受到了大家的热情啊，那么现在开始我们将进入游戏的第一个环节。梦境空间网游开启至今已经有一年半的时间，在当今这个电竞产业完善的时期，我们梦空网游的联盟也已经制定了完备的赛制体系。而在此之前，梦空又开启了一个全新的游戏模式，在一个可以容纳三十人的大型地图内进行厮杀，活到最后的即为胜利者。此次活动的开场秀，将由不同战队各自派出一位代表，与我们的助阵明星作为此模式的第一试玩者吧。"司仪说完，众明星上台。

凯文这边才有了答案，没犹豫直接邀请了梦幻战队内自己的师父。坐在原位置上的柠荼开始思考起来，联盟赛制都定好了，突然开新玩法……这是想要堵死我的活路啊。柠荼只剩下叹息，忽然包内手机铃声一响，瞥了一眼公关部的方向，张烁金正盯着她。柠荼将自己的手提包给了琉辉，张烁金的目光也就从柠荼身上转移到了琉辉身上，以至于盯得太过入神，甚至没发现柠荼离开了会场。

游戏世界里，【翠鹛】拉着琉月跑到竞技场的角落，她指着一个方向说："我今天去了榕树城找文森特，你看。"

琉月顺着【翠鹛】所指的方向看去，在光明之神的观看席内，除了【光明之神】芜晴，还有两位大人物，一位是治安监察部的【荣光女神】狮鹭女士，另一位是【光明骑士】司空氏子弟，在他们看不见的地方，两只信鸽正盘旋在他们的头顶。

文森特的文印就是白鸽，琉月想到这儿，有些疑惑地看向身旁的【翠鹛】。【翠鹛】也立刻解答了她的疑惑："你的先生应该和你讲过上次在榕树城遇到的那个家伙吧。作为城内的管理者之一，背信弃义，仍然可以获得兄弟的信赖，这世界还真是够美好的。现在我想请你帮个忙。"

"什么忙？"

"藏起来。"

"嗯？"

……

现实世界里的柠荼挂断了电话，屏幕上显示的分明是手机端梦空的界面，退出界面后，她又拨通了一个电话……

"沈蠡，该我上场时改成琉辉，我们先去酒会。"

"好，你注意。"

"不用你送我，继续在游戏里看着乌鸦就可以了。"

"哦，那白鸽是哪位？"

"文森特，以后再和你解释。"

……

医院里，秦空察觉门外有一丝动静，望了琥月一眼，便起身去开门，发现几个医护人员用钥匙打开了隔壁的病房。医护人员进入房间后，将一张病床推了出来，上面躺着一名男性，面色苍白，紧闭着双眼，呼吸却并不平稳，身侧一起推走的众多仪器提示音响得彻耳。秦空并没有上前去提问，毕竟他清楚医护人员的时间比他的一点好奇心金贵多了。秦空退回房间，网页里的直播还在放着，除了能分清楚导播出来的景物和人外，他是一点也看不懂，索性分心猜猜刚刚发生了什么事。

游戏现场，第一场比赛正如火如荼，虽然用的是新的游戏模式，但那些刚刚上手的明星都看出来了，这模式不就是大逃杀吗？林耀看懂了模式已经在座位上咬牙了，原本不屑于秀场比赛的他将上场名额让给了队内的剑客选手，现在看到模式，玩了多年吃鸡游戏的资深神枪手肠子都悔青了。

"现在明星玩家萧洛尘和黄金城战队的陈北琳选手已经选择好位置准备袭击了，刚刚逃脱机械师追捕范围就察觉到了其他人的脚步声，可以看出黄金城战队队长陈北琳的心理素质很好啊。"解说员正在为场上局势解说，"不远处煌妖的马岚肆选手刚刚带着明星玩家金麟从战局逃脱，他们会再入陷阱吗？哎呀！真的中了！【午踏凡尘】已经中了埋伏！萧洛尘的【烈焰安妮】火系法术相当绚丽啊，相信很多观众对这个神级角色有所了解。等等，这个电光是导播在切换画面，果然金麟的【国泰民安】被陈北琳的【南有乔琳】缠上了啊，妖灵师和巫师同属于法师系职业，妖灵师虽然是中远程高爆发，但是机动性还是有一定差距的。陈北琳的技术也更加上乘啊，难道金麟血量堪忧吗？哎？！这个是，回放！快回放！"

这时所有观众，包括电脑前的秦空，都将目光重聚到了重播画面上，只见火焰中，一支银枪刺穿火舌，破空而来，风声猎猎向【南有乔琳】直直刺来。

【南有乔琳】反应很快，顿时将手中的扫把一立，旋转招架住这投掷来的一枪，却因为转身的动作将后背暴露给了【国泰民安】。金麟抓住时机，操作角色，只见【国泰民安】右手结印，指尖雷电闪过，指向【南有乔琳】的右侧胸腔，雷响声震耳欲聋，一记"雷鸣枪"穿透【南有乔琳】

的心脏，角色进入了麻醉状态。【午踏凡尘】追着自己投出的枪冲过来，捡起自己被丢出来的武器红婴，继续向全身麻醉的【南有乔琳】追加攻击。再好的技术也解除不了长达2.5秒的麻醉，马岚肆抓住机会使个大招迎面招呼，金麟在几个明星玩家里又是少见的技术玩家，自然是策应及时，一番控场，本来刚刚经历过战斗、血量不多的黄金城二人组就被淘汰出局了。

　　刚刚那一幕，只因为投掷枪的战术第一次有人用在这样的距离中，身后金麟的"雷鸣枪"也是瞬间触发技能，一瞬间两道光影，解说员还以为现场上又多了一位枪兵呢，毕竟从事枪兵职业的，目前只有他马岚肆一个人。

　　解说员刚刚看着金麟和马岚肆的角色互相击掌，正惊叹于两个人的精彩表现，另一侧精彩的战斗就呈现在了屏幕上，他赶紧恢复状态，继续解说着另一场战斗。

　　"另一边的凯文和秦若止已经凭借移速开始打游击战了，原本混战的三个队伍中，黄金城本来已经逃脱了的，可惜被另外一组的煌妖配合淘汰了，那么现在就是24K和梦幻的对决了，可以说宋琏选手非常具有24K的风格，剑客【别逼我拔刀】和现如今联盟的剑客打法创始人秦若止的【风和日丽的一天】本来是缠斗在一起的，现在这个情形……怎么感觉像是宋琏追杀秦若止呢？"

　　说完这一段，台下观众哗然，当真是哄堂大笑。只见秦若止的角色在树林间借助几个小土包的地势猥琐地上蹿下跳，像极了来取悦观众的小丑，还发着公屏消息"宋大小姐来追我啊"之类的青春校园偶像剧的台词，属实恶俗。宋琏的搭档明星玩家是个机械师，这也是没选择让林耀上阵的原因，但是这个模式也确实是射手职业占便宜。另一边的凯文正和这位机械师忘我对射，当真玩成了一个射击游戏，只是【凯】学的风系，又是高移速高闪避，愣是把人家的子弹躲得一个不落，再看看秦若止那猥琐的玩法……琉辉都要感叹一声："呵，不愧是师徒。"

　　这边比赛很激烈，观众也看得开心，VIP观众席上，沈鑫挂断电话，眼睛正紧紧盯着后台的方向，他身边的茶几上，正放着自己的笔记本电脑，梦境空间网游界面上显示着 ID【忠贞不贰】，角色的视角里是竞技场，和体育馆场地中那 3D 全息投影出来的景象一模一样，自己正在游戏里操作着意念系的魔法感知着乌鸦的存在，却是始终也没能找到。

难道谎言真的会战胜心灵吗？

"喂，你回家了啊？不去 A 国了？"电脑已经开了静音，秦空站在窗台，望着窗外这所旧医院有些破败的院落，对着电话里的人说着。

从夏晴的职业就知道，这所医院是特殊的，这里是精神医院。这里又还算安宁，因为病人并不多，都是供不起大医院花销的病人，琉月就是其中一个，植物人。秦空忘不掉那一场灾难，火焰吞噬掉星宫的时候，他以为再也见不到这些家人了，虽然真正失去的东西有很多，但是现在只要能接琉月回家就足够了。

他低下头看着窗棂，金属有些锈蚀，木材大多被磨平，冷空气呵护着那些还没融化的冰凌。院落里无人打扫的落叶，被雪水埋进泥土，唯独那棵巨大的榕树才让这里显得不那么苍凉。榕树……

榕树！秦空猛然想起之前那张被医护人员推出来的病床，那位病人的脸和文森特的脸很像。不会这么巧吧？

"我刚刚看了直播，太酷了……喂，你还在听吗？"电话里的人说着，其实这句话之前他就接连不断说了很多，包括自己不回 A 国的原因，只是秦空走神了。

秦空表示抱歉："啊，刚刚走神了，你说什么？"

"我说啊，凯丽，游戏里那个【亚丽姗大】，就是我在暴走俱乐部的搭档啊，她的哥哥今天醒过来了。就在刚刚，我正带着她在 H 市的一家饭馆下馆子，她突然接到电话，很兴奋。她哥哥就在夏晴任职的那家医院，她说吃完饭就去看她哥哥，正好我去看琉月。我们就先回星宫了，和家里的夏晴一起看了游戏直播，我觉得枪兵这个玩法我可以试一试……"

"等一下，楚江。凯丽的哥哥在夏晴任职的医院？"秦空打断道。

楚江听到后也停顿了一下，他很少见秦空打断别人说话，有点小诧异，不过还是如实回答："他以前不是迪莫国际的艺人吗？你忘了？当时在 H

市演出，凯丽和我一起回去看的，结果发生舞台事故变成了植物人。你真的不记得了？文森特啊，就是那年本来约好了等琉月过完生日就一起去看演唱会，结果……"

说到这里，楚江突然停住了，他知道后续的事情是星宫所有人的一个伤疤。他担心秦空会不愉快。秦空确实像他想象的那样沉默了，但是却并非不愉快，而是文森特这个名字，还有今天晚上被救醒的那个病人。

秦空很会接话，给了楚江一个台阶下："你和凯丽先休息吧，晚上见了面再聊。"挂断电话后，他回到自己的电脑旁边，打开了游戏界面，搜索了文森特的名字，没有这个玩家，文森特不是玩家，没错，游戏里对不出这个角色来。秦空退出了搜索界面陷入沉思，不知道为何，他将本对着竞技场的视角转向了观众席中那显眼的【光明之神】。

现在已经是晚上九点了，许多人都应该在家里，网游活动仍在继续。

"宋琏选手果然是独具 24K 的风格啊，众所周知，这个 24K 战队的队长……"解说员对着导播画面点评着，正当他准备提起 24K 的战队风格时，【凯】找到机会对那位对手打出一套连招，【凯】的双枪 CD 流和一般的神枪手不同，这一套连招打得那叫一个长，一套打完，对手本就只剩一半的血量掉到了三分之一。

一开始还在和秦若止的【风和日丽的一天】缠斗的女剑客【别逼我拔刀】，看到队友遇到了困难，转身就开始对旁边玩射击游戏玩得正开心的【凯】发起了攻击。【凯】一套连招打完就准备跑，但是这剑客来势汹汹，一记"剑指苍茫"照着他的脸就招呼过来。这是 24K 的战队特色之一——支援快，即使她是一个近战选手。

束缚

　　"剑指苍茫"增加了移速攻速，第一记重斩附带百分百破甲效果，躲过的重要性不言而喻，但是凯文并没有对付剑客的经验，这也是为什么秦若止一直在帮助凯文拉走宋琏的仇恨，换作是24K内最擅长战术布置的机械师季辰奕在场上也会考虑到这一点，开局就会让宋琏先去试探凯文。奈何场上没有季辰奕，秦若止掌握了局面。现在宋琏展现了他们24K战队的风格，秦若止当然第一步就要提醒队友。可是凯文并非职业选手，经验和操作上都差一等，这一记"剑指苍茫"吃了个正着，破甲效果打出。

　　宋琏"上挑"技能接上，正准备出"突刺"，却被身后已经追上的秦若止一记"银光落刃"打断了。凯文操作本来就飘，现在心情还没稳定下来，受身操作没做好，只见画面里【凯】的脸和泥土地来了个亲密接触，两个剑客就在他身边再一次缠斗在一起。

　　【凯】翻身爬起来，此刻背对着他的【别逼我拔刀】就是个活靶子，【凯】拔枪正要补刀，眼前却一片白。身后宋琏的队友，那神枪手给他来了个"闪光弹"。两个剑客动作一滞，白光一过，两人又是一场快节奏战斗，显然又是秦若止占着上风，可令人震惊的事情发生了——闪光过后的【凯】竟然站在原位上一动不动了。

　　"天哪，我们凯文选手发生了什么？现在这个位置可是非常危险的啊！"解说员将导播画面调到了【凯】的身上，震惊地解说着。

　　就在解说员准备配合导播的镜头切换跟着发挥嘴皮子快的职业特技时，他们并没注意到秦若止已经怒爆手速，一个"上挑"加"连突"，将【别逼我拔刀】击飞僵直住，大喊一声"凯文"。只见画面中的【凯】像是觉醒了一样，瞬间拔枪就是一发五阶"连射"，五发子弹各个瞄准【别逼我拔刀】，子弹的轻微作用力将【别逼我拔刀】甩出数个身位格，而这个位置上，【别逼我拔刀】的剑再没有任何技能打中【凯】和【风和日丽的一天】。【凯】回了一句"帅不帅？"之后，两人转身就去追击刚刚本想要支援宋琏的选手，给他一顿胖揍。

　　"押枪！这是押枪！这是职业级操作啊。"解说员说道。

　　押枪是一个技巧性操作，就是利用子弹击打在目标上造成的力，将目标送到自己想要送到的位置上去。这个操作描述起来容易，真正能做到的人却很少，需要对武器手感的熟悉和对精细操作的把控，不练是不可能做到的。

　　解说员想要吹捧凯文的话全被接下来的高节奏战斗堵在了嘴里，改成了"两人很快就把神枪手给消灭掉了"。

　　没有人注意到秦若止的手速刚刚有多快，可台下的职业选手都看得出差别。同样是"上挑"加"连突"的连招，宋琏会被秦若止抓到时机打断，但秦若止不会被宋琏的"银光落刃"强制落地，这就是差距。因为秦若止是玩法创始人，在技能的衔接上几乎是下意识的，是日复一日培养出来的肌肉记忆。

　　秒杀完这个残血"脆皮"后，师徒二人抽身就要跑路，却迎面遇到了煌妖的金麟和马岚肆。凯文不改往日风格，说了一句"金麟姐姐，终于遇到你了"，然后他扭头就跑了，游击战打的不就是一个战术迂回吗?

　　煌妖两人本来还想要追击，却是没预料到【凯】的移速非常快，一溜烟只剩下【风和日丽的一天】一个背影，【凯】早就不见了。

　　解说员就看着画面中的【别逼我拔刀】对着刚刚到来的两个人说了些什么，本该是敌人的两支队伍就混在了一起。导播再去切逃走的两人的镜头，原来他们是找个地方躲起来恢复生命值和蓝量去了。

　　既然是大逃杀模式，自然到处都是补给，玩家也可以自己到处搜寻和储备补给，用于战术周转。

可是不看不知道，一看吓一跳。梦幻战队的两个人竟然把附近十多栋楼的补给全带到一个不起眼的小木屋子里，一大堆食物和饮料堆放在一起，场面之壮观，像极了校门口的小卖部，安全感不亚于战争年代里堆满储备粮食的防空洞。这个时候，两人正围着桌子啃着面包喝着饮料，肆意潇洒得仿佛是来旅游的。

至于其他搜寻物资却死活找不到东西的选手，关他们什么事啊？梦幻战队行为之残忍恶劣，换成网络上的流行语，那就是大熊猫的笋都要被你们夺完了。

看到该场面的解说员一时失语，笑得不知所措，想了半天也只是说了一句"好一个游击战思路"。观众们自然也跟着一通调侃说笑。

……

游戏世界里的琉月按照【翠鹀】说的，回到了观众席当作无事发生，有意无意地看向在光明之神头顶上盘旋的两只鸟，乌鸦和白鸽。她又看了看刚刚脱离战斗的【凯】。她想起来了，凯文这个人好像眼睛不太好来着。

那是很多年前的事情了，凯文刚刚十六岁的时候，因为林叔叔先前对他的误会，已经放手让他自己寻找事业。从小就极其擅长捕捉人类感情的凯文被推荐走上了演艺道路。还是某次跟着秦空一起探班时，琉月才发现的——那些闪光灯，就像是针对这个弱小男孩的锥子。

每当回想起凯文的眼睛，琉月就感到惋惜和不公，曾经那双满含着独属于孩子的感情与真诚的眼睛，现在留下的是病痛，流出的是眼泪，铭记的是人心，忘却的是信任，少去的是纯粹，多出的是……是什么来着？

就像是油画里丙烯颜料被冲淡的效果，即使色彩仍然如初，却再也没有原本的性质，流动着的是稀释掉的原本浓烈的色彩。

看不透的东西，琉月不再去揣测，最后看了一眼那对飞鸟后，准备低下头继续看比赛，无意间瞥见了那特殊的观众席上，光明之神的骑士不见了踪影。琉月担心起来，却还是要做答应【翠鹀】的事，待在原地隐藏起来。

如果什么也帮不到的话……茫然、焦灼，在琉月的心底擦起火花。她还是向着身侧还亮着ID的【金钱至上】问了两句，对方毫无反应，她确认秦空挂机了。她知道身边的这些人都是来自外面的世界,也许自己也是。琉月还明白一点,至少现在的她属于这个世界。要做些什么吗?她得做出决定。

"嗯?你还要我说多少遍?这是你唯一的机会!"

竞技场的大地图地貌很全,小镇中心的大集市没有摆摊货物,更没有人,只有蜘蛛网和灰尘,有两只飞鸟经过本不足为奇。乌鸦对着身后的白鸽"呵斥"着。它们落在朽木推车的拉杆上,不远处朝着集市靠近过来的是所罗门战队的代表,职业选手姜聿淑的魔法师【玛格列特】,至于她的搭档玩家,早在之前的战役中就被消灭掉了。

明星自然明白技术更好的核心保留下来会更好,但是职业选手不一定会懂。姜聿淑就不这么认为,刚刚队友没有跟上自己的配合导致了不必要的牺牲后,她越想越气,只觉那队友死得其所。她自己行走当然是选择这种房屋成片地形复杂的小巷子,到处穿梭,寻找新的目标和一路上的补给。

现在到了小镇集市上,地形变得开阔起来,姜聿淑也更加谨慎了。纵使姜聿淑再谨慎,迎面而来的两只飞鸟却不在她的考虑范围之内。她只想快步离开这里。她已经换了疾跑模式,准备穿过集市,去城镇的另一边,却在这时遇到了意外情况……

就是在游戏世界视角里的琉月也看得清清楚楚,集市废墟上,一只乌鸦化作一个蒙面人,开始了对这位选手的攻击。黑色的法阵在他的掌心显形,红色魔光飞速袭向【玛格列特】。蒙面者出现得突然,第一击就打中了【玛格列特】的肩膀,但姜聿淑也是职业选手,对突发事件也是有能力应对的。她立刻稳住身形调整动作开始反击,看见了蒙面者身后的黑色翅膀,嘴里开始抱怨起从哪里出现的笨鸟。

黑紫色魔光在【玛格列特】的法杖上汇聚,她开始反击这只对自己并不友好的乌鸦。彼时战场上一片又一片黑暗色系的魔光交替起来,琉月本想找是否还有白鸽,可现在一片光影特效连一个小白点都看不清,更不用说找位置了。

咒术师,乌鸦,是墨丘利。

台下琉辉立刻给柠荼拨去电话。VIP观众席上的沈螽一通电话打给南伊。秦空切换屏幕回到游戏界面，琉月早就跑远想去联系【翠鹇】。【金钱至上】再转视角已经找不到她的踪影。

"他是怎么做到的？"琉辉在电话里问道。

柠荼回答道："黑客这个技能点，又不是只有百里墨湘一个人有。"

"可这是你们的世界啊。"琉辉的眉尾上挑了几分。他有些惊讶，一直以为柠荼的这个自创空间是无敌的，可是怎么就和黑客技能挂钩了？

"你错了，做梦这件事，是谁都可以做的。"

做梦这件事，是谁都可以做的。

琉辉听完这句话突然觉得心口有点发虚，他以为柠荼说这句话的对象不是张烁金，而是这段时间偷偷用设备做梦想要去见琉月的自己。他是不懂黑客的那些手段和心理，可他做的事和那些入侵者也毫无区别，那本来是柠荼一个人的世界，可是她就这样拿到大庭广众之下和世人们分享她的独特空间。琉月就会成为这一举动的受益者，只要他们的计划成功，琉月就可以从植物人重新恢复成那个活泼开朗、笑起来甜甜的花季少女了。

可即便这样，琉辉还是不满足，还要自己想办法进入到那个世界里去。柠荼难道发现梦里遇到的被自己做梦附身的敖晏和那个世界原本的敖晏的灵魂有所不同了吗？

琉辉正恍惚着，柠荼打断了："沈螽应该已经去找他的本体了，只要把他弄醒就可以了。"

"那我现在能做什么？"琉辉这才回过神来，原来柠荼说的不是自己。张烁金应该是在某处睡着了做梦进入游戏的，琉辉再仔细看导播画面，确实头顶没有ID。

"当作什么事都没发生，如果一定要做什么的话，就是保护好那些大明星的安全。"

"现在受困的是姜淑女呢。"琉辉看了看场上的形势，和柠荼说道。

"那就不用管了，她路子野着呢。"柠荼笑了笑，坦然回应。

姜聿淑是联盟出了名的刁蛮大小姐，"姜淑女"这个外号当然是反讽。

相比起那些喜欢被人夸奖文静贤淑的一般女孩，姜聿淑显得截然不同，每次叫她淑女她都会暴躁起来。魔法师的玩法不是她发明的，但石化流魔法师的路子却是全联盟上下甚至整个游戏世界，就只有她一个用，独一无二。

"知道了。"琉辉听到柠荼的评价也笑了笑，确认了自己的任务之后，挂断了电话。

比赛里【凯】和师父已经补充好了能量，离开了小屋。他们的位置离这个集市废墟并不远，打斗的动静也不小，师徒二人远远地观察出来其中一人不是玩家，就立刻加入战局去帮助一个不属于自己队伍的玩家。

看到这一幕，主持人热血沸腾，台下观众震惊了，大家纷纷开始议论起了这两位援军的居心。但是当原本混乱的魔法光影消散，剑客和神枪手的炫丽技术显露出来时，大家又从震惊和疑惑变成了赞叹。

而跳过第一步的人大多存在于那些职业选手之中。林耀看着自己研制的武器双曲星开始大放光彩的时候才意识到这个比赛真正的意义。琉辉摸了摸下巴点头称赞起来："都说开幕式的这场比赛就是要炫技。不愧是艺人，真会塑造角色抢镜头啊。"

"凯文，这人有点眼熟啊。"秦若止的角色是个近战剑客，自然看得清楚，像是这两天电视上的那个公关。

至于凯文，他的眼睛能在刚刚的一团光影之中找到目标就不错了，操作看起来快，但是细看也能看出来这是正宗的夕阳红枪法人体描边。还好秦若止的剑客【风和日丽的一天】主修就是元素系风，轻微调整子弹轨迹或者是控制对方的身位到自己想让他去的地方，这对他来说并不算难事。

【凯】的位置与【玛格列特】接近些，凯文自然知道炫技的时候不能把自己给卖了，为了避免把后背暴露出来，选择了站在人身后。得到帮助的姜聿淑也是训练有素，立刻和两人统一了战线。

"敌人是魔种乌鸦，职业咒术师。"姜聿淑还知道给自己暂时的合作者分享情报。

凯文听完心里有点疑惑，但是比赛还得打，看了一眼那人头顶的ID，确认是所罗门的人，问道："主修什么魔法？"

"元素，土。"

"啊？"

"石化流魔法师，没见过？"姜聿淑有些不爽，她的骄傲是其他人不可以取代的，她是唯一的石化流魔法师。但奈何凯文不是电竞圈子的。

"呃……抱歉，我只了解过常见的魔法师流派，如果不介意的话，你可以指挥我。"凯文真不知道什么是石化流魔法师，但他知道听专业的人指挥准没错。

姜聿淑听完很满意，在队内一直只能被人指挥，刚刚的队友和自己根本没有好好配合，现在能指挥别人，再看看【风和日丽的一天】的近战战况，产生了一种义不容辞的责任感。她手下一边操作着法术，一边指挥起来："掩护我，想办法把对手斗篷掀开，不要花里胡哨的特效，让他能够看到我。"

"好。"凯文自然有自知之明，既然选择听指挥，不问缘由只管干活就够了。凯文操作着角色【凯】双枪流立刻跟上。双枪流都是没有特效的子弹，大多是"散射"或"连射"，中间夹杂着普通攻击。

凯文和师父的默契还是不错的，现在远程火力密集但不迅猛，想要的是控场效果，秦若止也就将原本眼花缭乱的快节奏操作过渡成了更加稳重的具有控场效果的打法。

凯文大声喊了一句："秦若止哥哥，能把他的斗篷掀开吗？"

"小意思。"

那当然是小意思，也不想想这两个人的主修法系别是元素系风系。"驱风"这种小技能，CD一好就用，外加上凯文这双枪CD流的优势，两个人肉鼓风机就开始工作了。魔光并不强烈，但是效果超群，游戏地图上立时狂风大作，集市上的沙尘被扬起，朽木被吹得咯吱作响。

那披着斗篷的乌鸦精显然并不想暴露身份，将那兜帽帽檐拉住，想要和剑客对手拉开距离。但秦若止是谁，他是剑客的祖师爷，退可全身而退，进可贴脸暴击。

"闪现"接"上挑"，动作快到乌鸦精没反应过来，兜帽直接被挑起，挂在剑客的剑尖，被甩了出去，风将那斗篷快速吹走了。

那张脸就这样清清楚楚地被暴露在了风尘之中，是墨丘利。

【玛格列特】的魔杖上紫色魔光已然汇聚，"石化诅咒"的魔法已经发出。"石化诅咒"本就已经是20级的法师职业高阶技能，伤害立竿见影，还有百分之五十的石化效果，但是这一击并没有打出效果，只是增加了一个破防的效果。

秦若止当然看准了时机，一记"重斩·横劈"没蓄力就砍了过去，抓取对手强制倒地，砸出了僵直状态。乌鸦被砍翻在地，哀号一声，僵直着身体，动弹不得。这边的【玛格列特】也是满带着职业素养，一记"石破天惊"补上了控制效果，僵直过去的乌鸦精才刚刚翻身爬起来，一道电光从他头顶劈落下来，从上而下的雷光直接贯穿了他的身体，又是被麻醉在了原地。

正当秦若止想要继续操作着他的剑客上前补刀的时候，余光里一道白光亮起，秦若止立刻改了操作，侧向翻滚。没等他再确认是什么东西的时候，就看见身后带着白色翅膀的人将被围攻的乌鸦精抱住飞远了，本还想追加攻击的剑客却劈了个空。秦若止有点疑惑，他可不记得联盟在籍的战队里有这两个中间的任何一个，更何况是看不见ID的。至于凯文，他眼睛不好，更不指望去问他。操作着【风和日丽的一天】回身准备和【凯】去会合，这才发现，刚刚还合作一起限制敌人的"盟友"现在正向着自己的徒弟【凯】，发动着攻击。

秦若止都不知道对方是什么时候"闪现"去了屋顶上，更别说只玩了几个月的凯文了。秦若止也分辨不清那一片魔法光影中有什么魔法，对方可是联盟第一魔法师姜聿淑。

要问现在凯文的内心想法，那就是后悔，非常后悔，刚刚打得太专注都忘了自己的站位，把后背露给了人家。法术的攻击范围再小也是有范围的，再加上姜聿淑娴熟的操作和阵法设计，【凯】的移速和闪避再高但缺乏经验和预判，还是要吃上几套连击。

秦若止当然不像姜聿淑那样可以把队友卖掉。本来就是秀场赛，战术当然是不放弃任何一个队友。他赶忙冲向【玛格列特】的位置，于是代表梦幻的两人，与代表着所罗门的姜丰淑在集市废墟中厮杀起来。

解说员又是围着一通解说。战斗结束以后，师徒二人扬长而去，好不潇洒。他们回到了之前藏物资的小房子里，又开始了恢复状态。

就在这时，游戏系统发出了提示。

系统提示：大型竞技场中已经有突发事件被触发，请各玩家注意。

哦，原来刚刚是这种地图自带的突发事件啊。台下观众不再纠结那两位未知身份的魔种人，反而因为这种突发事件的设定，对接下来的比赛更加期待了。

正应该是媒体朋友们着笔介绍这种新模式的特色的时候，台下却找不到南伊了。VIP包间里的沈螽正在电脑上操作着自己的角色，场景不是别处，正是竞技场，聊天框探出一个小红点，正是南伊的【水中花】。

【水中花】：他醒了，在后台休息室。

【忠贞不贰】：告诉他文森特醒了，然后让他滚。

【水中花】：落井下石不好吧。

【忠贞不贰】：怪就怪他动了我的钱袋子。

"这位先生，你的老板让我来通知你，你被辞退了，但是他允许你去看望你最好的朋友。"南伊放下手机，看着那位刚刚从梦中醒来的倒霉鬼说道。

"文森特？文森特现在在哪？"张烁金当然记得他最好的朋友。

南伊保持着工作时独有的理性和沉着，回答着："还在医院里，你想要过去的话，前提就是好好配合我工作。"说完后，她晃了晃手中的录音笔，表情轻松从容，仿佛只是和姐妹一起喝下午茶谈心一样。

张烁金几次张口，最终还是咬着牙，点了点头。

……

柠荼正坐在沈螽安排的车上，准备取了预订的礼服后再赶往酒会，手机里本来是看着直播的，不过被沈螽的电话打断了，就是汇报了一下张烁金的事情。柠荼听完打了个呵欠，问起来："现在场上还剩几个人？"

"剩下24K的那个剑客和煌妖的那个枪兵，他们结盟了，梦幻双人刚刚把飞花的武者击杀了。"沈螽把战况说了一遍，他到现在还没完全记住这些选手的名字，柠荼最近也开始提醒沈螽尽快熟悉他们。谁知道在电子竞技这个行业里突然爆火的人能给游戏公司带来多少收益呢？

"扑哧。"柠荼听完沈螽说的战况有些忍俊不禁，显然现实的困难是提不起她的兴趣的，但熟人的故事却可以。她继续说："没想到，温宏宇也有招不住的时候啊。剩下的人呢？"

"都淘汰了。"

"嗯，那我在酒会等你。"

……

如果不让谎言再回到天空上，榕树城就不再是只属于飞鸟的牢笼了吧。保护和束缚，一定会在一起出现吗？

柠荼已经知道答案了，就像她猜得到那场比赛的胜利一样，就让不羁的风成为他追逐一切的助力好了。

沈螽还在竞技场里排查谎言之神和他的好友，他必须找到。官方说地图里存在突发事件，不过是给那些不了解游戏模式的玩家们的一个解释，游戏开发到现在当然不能出半点差错。

"真应该问问他梦到哪里了。"刚刚挂断电话的沈螽重新面向自己的电脑，原本应该握住鼠标的手有点发抖。不得不说刚刚"突发事件"的解释给他增加了一些麻烦，至少被职业选手追杀是真让他害怕了，也不知道什么时候能解决这个"突发事件"。

游戏世界里，琉月原本在竞技场外围想要找到【翠鹀】，她是听话的，并不想进入战场内部，规避风险不只为了她自己，还有背后的公会。当她看见【翠鹀】和文森特一起绑住一个背后有双黑色翅膀的人，从竞技场结界的一个出入口离开的时候，她凑上前去问："【翠鹀】，这是……【赫尔墨斯】。"

"你，你怎么过来了？快离开。"【翠鹀】面色有些惊讶，只是还没等她推开靠近过来的琉月时，掌心的青色光线已经越来越强烈，数不清的蝴蝶从光源处化形飞出，笼罩了他们，等到周围的环境不再模糊的时候，琉月已经到了一个未知的地方。

【翠鹬】有些苦恼，这里可是禁止外人进入的，空陵希岛……

"现在是马岚肆和宋琏两人合作围攻秦若止和凯文，可以说梦幻两人的形势很不乐观啊。"竞技场内的比赛已经到了决赛圈，四人碰头，解说员立刻进入了状态，观察形势和解说的功底还是到位的，"宋琏没有选择秦若止为对手，两轮交手后就脱身了。马岚肆顶上，不愧是枪兵玩法的发明者，这个霸道的气势和姿态联盟里应该找不出第二个了。等等，注意这个站位，【别逼我拔刀】的这个位置，宋琏是去针对一直远程支援的神枪手凯文，凯文要被近身了，这边秦若止没办法脱身……神枪手近战难道要打体术流吗？没有，凯文用了一发'僵直弹'，哎呀，没打中，看来这种风系法术的配合也不是每一次都……什么？什么？怎么僵直了？【别逼我拔刀】怎么僵直了？怎么一个瞬间这么多子弹？难道是大招？不会吧，还在乱射，虽然不是枪枪都中，但是这么强的火力线，极大地限制了宋琏选手的走位，到底发生了什么？【别逼我拔刀】又中了麻醉，哎呀，两发，麻醉状态是可以叠加的啊，怎么没来得及躲过呢？脚下什么时候出现的手雷？'延时手雷'！宋琏踢开了，又来了一枚，又踢……天哪！这次是个'触发手雷'！"

宋琏咬着牙，手下操作逐渐焦急起来，要知道24K最不缺的就是针对神枪手的训练了，可是眼前的这位神枪手用的流派，自己从来都没见过啊。

正在她吃完一套连招，赶紧找了掩体调整休息，准备和马岚肆交换作战对象的时候，她这才发现，他们原本计划的由马岚肆限制秦若止，变成了马岚肆被秦若止限制了……

秦若止的打法属实朴素，完全是凭借经验判断出来的，大招是一个没用，或者说他就是特意不想用，可打出来的效果就是实实在在把人圈在了原地。枪兵不应该是新打法吗？枪兵不应该是最适合突破包围圈的打法吗？怎么秦若止打起来就像是在调教小猫一样？

直播现场重播了凯文刚刚的操作。画面中的【凯】在瞬间蹲在原地打开背包取出剩下的四把手枪，其中两把和他一直拿在手上使用的两把双曲星一样，还有两把是集市上最常见的蓝品质银质左轮和寒霜。凯文并不是为了换武器，而是直接甩上高空，手中原本的双曲星打出了一个技能一个普攻，然后立刻抛向空中换枪，又是控制技能加上普攻，其中银质左轮的散射效果与寒霜的冰冻效果和一般的蓝武又有所不同。

凯文虽然视力不好，但是枪林弹雨和"驱风"的技能配合已经成为他的基础操作了。自从和秦若止一起对练开始，他就一直玩这个，换成常规的或者其他的流派打法还真就玩不出来了，唯独这个"换枪流"他十分熟练，剩下的就是常用技能，然后扔枪接枪，再接技能，再扔枪，再捡枪……

当时想出这个打法的时候，秦若止就向他提议，蹲在地上可以有效防止枪落地没来得及捡起来衔接技能的尴尬，只要不断重复枯燥单一的操作就能制造出这种效果拔群的打击画面。这样的训练成本，这样的效果收益，哪个玩家看了不心动？

台下观众本以为明星玩家中像金麟这样的，已经是比较了解游戏的了，直到见识了凯文这漂亮的火力线。馋了，太馋了，所有枪械做武器的派系职业都想试一试。

"体术流自然是更加炫技，但是在职业选手面前炫技，你不觉得太不谦虚了吗？"凯文想起秦若止给他训练的时候曾对他说过的话，"想想你的优势是什么，怎么回避在操作和经验上的不足，我当然是辅助你的，秀场而已，我懒得不行。"

要说这个师父，在技术上是绝对的碾压，完全当得起"剑客第一人"的称呼。凯文曾经问过为什么他不是剑客玩法开发者第一人的时候，秦若止给他发了一个人的资料，然后甩下了一句"我懒"。那个人的资料，凯文最后也没看完，那是飞花的队长齐诺然。这次他又没上场，凯文倒是和那个队的副队长碰过一面，最后还是被别的组给击杀了。

师父太缺乏斗志了，凯文这么想。至于自己的优势，他一直很有自知之明，年轻气盛，精力和体力足，只要借助游戏理解，弄出一种操作要求不高但其他人都没见过的连招，就一定有机会达到琉辉和秦若止口中"炫技"的要求。至于比赛输赢，师父都觉得不甚在意，要做到的是在场上的表现让人印象深刻，在场上多坚持一段时间就有希望。

没想到的是，联盟觉得一群明星打职业赛的赛制过于小题大做，于是才衍生了这种生存类打法。学习了一半赛制规则的凯文可高兴坏了，生存模式不就和他一开始想的坚持到最后的目的吻合了吗？

原本没什么战斗意志的秦若止，在这个游戏模式里也正好找到了发挥空间，他终于可以名正言顺地"打不过就跑"了。

虽然马岚肆最后打破局面冲了出来，但是面对凯文这一手枪林弹雨时比宋琏的结果更糟糕。他不熟悉神枪手套路，而且从来都是靠"冲锋"来解决困难，没有找掩体的意识，当即就被连招打"死"了。紧接着宋琏也逃不过被师徒二人围攻的命运。他们赢了，一切都是这样顺理成章……

活动结束，大家散场散得差不多了，琉辉本来很想早点回去见琉月，但是一想到刚刚宣布完了代言是凯文后，看见了凯文收到的奖品和勋章，他就心痒痒了。和其他队员告别后，他在后台留了下来，准备找凯文。

场外的粉丝还没散，凯文晚上又没活动，当然不着急走了，在后台和主持人卯君小姐姐聊着天，时不时晃悠一下自己的勋章，把自己吹嘘成"风一般的男子"。当然这只是小孩子的玩笑话，凯文吹完自己就开始吹自己的师父。

秦若止这人不禁夸，被夸了两句就不好意思了，找借口说要赶回去追番。秦若止匆匆离开了后台，迎面就看见琉辉过来了。两人打了个照面，琉辉说自己是来送凯文回家的，秦若止也没在意，直接离开了活动现场。毕竟梦幻是H市本市的，除了一直代理经营的柠荼，现在柠荼不在场也没有什么专业的经理来组织他们的活动，所以很快梦幻战队内的人就原地解散了。

琉辉走进来，刚要对凯文说一句"干得不错"时，凯文却先开口了，将自己手中那镀金的勋章在琉辉眼前晃了晃，距离之近几乎要把勋章糊在琉辉的脸上，随后又眉飞色舞地说着："要不要摸一摸？"

他高高地扬起下巴，苹果肌上扬，卧蚕挤着眼睛，表情像极了网络上常见的那个黄脸卡通造型，语气中似乎还衍生出一丝丝的炫耀，傲慢至极。

"嗨瑟啥呢？"琉辉掐死他的心都有了，但也只是伸手在凯文的脑袋上用力地揉了揉。

"噫……嫉妒使人丑陋。辉哥，你也整个真正的电竞职业比赛的奖杯回来，朝我嗨瑟吧。"凯文为了自己的发型，没让琉辉一直放肆，转了转脖子就和琉辉的手拉开了距离，可脸上还是那个表情，只是话语正经了那么几分。

"废话，哥回来亮瞎你的眼。"琉辉的情绪似乎被什么悄悄撩拨起来。是的，他也有自己的人生目标，那象征着闪耀的金色光辉，他也想要拿到手上，牢牢地握住……

凯文回家了，他登录游戏却满世界都找不到琉月。他看着今天得到的代言人勋章，想起了自己在猎手协会的诚信勋章。他心中升起了一种莫名的熟悉感和荣誉感，无论是哪个勋章，一旦被赋予了特殊的荣誉，其珍贵和重要性都会上升许多个等级。代言人的勋章无疑能让自己在游戏里有更大的公信力，此后他会借助这个资源换取更加广阔的活动空间；猎手协会的诚信勋章是让自己能够在游戏世界自由出入，但是不得不受条约的限制。

这和游戏的套路还真是一模一样。想要自由与荣誉，或者抵达更加广阔的空间，就必然要接受一份束缚，而突破这层枷锁的方法只有付出更多的学习和努力，让能力超越那些自己曾经无法改变的力量……

"空陵希岛，【翠鹛】，你怎么可以进入这种地方？"

琉月看着【翠鹛】将墨丘利交给了岛上的审判者后，文森特也变得不一样了，头顶冒出了一个灰色的ID。她被【翠鹛】送回首都时，忍不住问出了这个问题，空陵希岛是神域，怎么……

【翠鹛】回答道："我也受制于它。我还有事，晚些回星宫。对了，你的小凯游戏胜利了，记得去给他祝贺。"青色的蝴蝶翅膀出现在她身后，她就像小精灵一样快速飞走了。

《金色勋章》篇完结。

盛宴

钥匙

"【赫尔墨斯】，在光明驿站榕树城隐藏身份，欺下瞒上，导致榕树城长期封闭与混乱……"

空陵希岛上的每一场审判都是座无虚席，却又没有一位是真正意义上的听众。降罪而已，毕竟这里没有堕神这样的词汇，神级是不可剥夺的。从现在开始他是罪人，这是逃脱不掉的宿命。

罪名相同，审判者相同，就连惩罚的结果也一模一样。直到审判结束，带着新一轮的诅咒，他离开了。

"【赫尔墨斯】，我在榕树城等你回来，没法工作也没关系的，至少像以前一样自由自在地一起唱首歌吧。"

哦，原来还是有不一样的，就是眼前之人仍是少年。他记住了这样的美梦，张烁金记住了这个美梦，带着这样的美梦接受了制裁。在他手下那些做过事的粉丝的名单，被南伊递交到了警察局，他们一个也跑不掉了。

凯文拿到了网游的代言后回到工作岗位。游戏公司那边送来的活动策划已经发送到迪莫这边来了，这一年至少不用愁自己没有通告了。令他感到奇怪的是网络数据没有跟着一起提上来，直到听说张烁金入狱的消息在网络上曝光了，娱乐圈的评审长期指挥着网民有序进行后台操作，如泄露名人隐私等等。

"哦，原来我网上的数据是黑粉啊。"凯文忍俊不禁，这群人没了以后，自己的热度并没掉下来，这要多亏梦空游戏给的这个代言了，想来不少游戏粉丝被自己吸引过来了吧。

凯文正在看着报纸傻笑着，经纪人打断了他，说金麟过来找他了。凯文赶紧收敛了一下情绪，故作淡定地说"来吧，来吧"。经纪人撇撇嘴，只觉得自己带了个小孩子，然后去传话让人过来。

没过多久，隔壁工作室的金麟就过来了，只是身后还带着一个人，凯文仔细一看，刚刚压抑住笑容的脸上冒出了惊讶。

"诶，文森特？"凯文直接喊出了名字，他知道文森特只是一个游戏NPC。

"看来认识啊。"金麟问道。

文森特礼貌地微笑，回答："算是梦里见过，【凯】，很优秀的猎手呢。以后就是同事了，我的账号刚开，还在找人刷等级呢。"

"迪莫和梦空的合作已经是必然的了，多亏凯文你拿到了这个代言人。现在迪莫拿到了梦空的同人制作授权，会议决定交给我一个策划案，现在的凯文一定是不同策划的抢手货吧。虽然如此，但是我还是希望能来争取一下凯文弟弟。"金麟笑着说。

文森特跟着说："我刚刚决定复出，也只有金麟姐姐愿意带一带我，所以这次我也会是她的策划成员，不知道我有没有这个荣幸和凯文一起做策划呢？"

"什么策划？"凯文惊讶归惊讶，工作上的稳重可是从小就沉淀下来了的。

"一个音乐专辑，方案刚刚给你发过 e-mail。"

"那坐下谈吧。"

……

"琉月，符咒给得漂亮。"

游戏世界里，星宫的成员们正在一起做着一个赏金任务，要抓住啃食首都建筑砖木的未成年鼹鼠。起初大家都快要被鼹鼠的灵敏逼疯了，外加上墙壁上钻出来的洞口还没有及时填补，鼹鼠们的逃跑路线当然也是数不胜数，直到琉月在【将进酒】的教导下掌握了"定身符"的使用方法后，总算是拦住了【无心者】准备用"傀儡炸弹"拆房子的想法，尽管这是个玩笑。

虽然是集体任务，但是成员大多是学生或上班族，剩下的是把星宫任务当训练任务的【将进酒】、休年假的【青空】，还有比较闲的【无心者】和【楚霸王】，【楚霸王】还带了一个人来帮忙，就是【亚丽姗大】。

总算抓完了鼹鼠，提交完任务以后，琉月邀请【亚丽姗大】来他们公会坐一坐补充体力，毕竟她是星宫的专车司机，平时的工作自然都是围绕着他们的，这次来帮忙抓鼹鼠完全是她自愿的，公会长远发展还是要在乎些人情的，琉月当然明白。

"How is your brother？"（你的哥哥恢复得怎么样了？）到了客厅闲下来以后，【楚霸王】和他的朋友聊着天。

"Fine, he is preparing to come back recently. I heard that Lady King arranged a job for him. Maybe we can hear his new song soon."（他恢复得不错，最近在准备复出。听说金麟小姐给他安排了新的工作，我们也许马上就能听到他的新歌了。）【亚丽姗大】回答着。

两人都是一口流利的英文，只是语调并不是很正式，就是朋友之间的互相问候。琉月当然听得懂，再说她早就知道自己和外面的世界有些关系了，不再像以前一样回避这些信息了，她也对自己原本的世界很好奇。她叫小纸人【彩星】去取了热茶来给大家喝，也坐在客厅和大家聊天。【将进酒】没闲着，他收到了条信息，打个招呼后就离开去做别的任务刷等级去了。琉月将取来的茶分给在做休整的大家。

"He just woke up. Aren't you worried about his health？"（他刚刚苏醒，你不担心他的身体吗？）【楚霸王】继续问，顺便接过了琉月递来的热茶，"谢谢琉月。"

【亚丽姗大】也接过热茶，微笑着用中文道谢后又继续聊着天："After all, singing is his ideal. He cares."（毕竟唱歌是他的理想，他很在乎。）

"Hmm…Excuse me, may I ask who your brother is？"（嗯……打断一下，可以问一下您的兄长是谁吗？）琉月借机会插话问道。

【亚丽姗大】聊起自己的哥哥就有些自豪，她说道："His name is

Vincent, and he used to be a good singer. But five years ago because of a stage accident, he was injured and lost consciousness, in the hospital for a long time, and you……"（他叫文森特，以前也是一名很优秀的歌手，只可惜五年前因为一场舞台事故，他受伤失去了意识，在病床上躺了很久，和琉月你……）

"Kelly！"（凯丽！）【楚霸王】制止了这个叫"凯丽"的女孩接下来的话。

凯丽有些奇怪，但是她没有继续说下去，作为楚江最好的朋友，她很少看见楚江有生气的时候，一定是有些原则上的问题。她不是个不讲道理的刁蛮姑娘，知道怎么化解尴尬，赶紧说："Sorry, I don't know. Er… I've been here for a long time. I'm leaving. See you again."（抱歉，我不知道。呃……我在这里也待了很久，要离开了。再见。）

"Bye."（再见。）两人告别。

琉月沉默了，没有继续追问，出门送了送【亚丽姗大】。琉月回来的时候，就看到多了一个上线的【星期天】。

"放学了？"【楚霸王】过去拍了拍【星期天】的肩以示问候。

"嗯，在宿舍。学长搞出来的WiFi（无线网络）真的很省心呢，刚开学的时候还看见他们装了游戏读卡器，本来自己也想弄，结果他们真是太热心了。"

"噗，果然现在天天去哪里都很受欢迎啊。不过下次到了C市至少报个平安啊，搞得兽医前辈还要请我去喝茶。"【楚霸王】挠挠后脑勺，说道。

"啊，对不起，到了那边以后就不小心忘了，被拉着讨论了好久关于游戏的事情。"【星期天】赶紧道歉。

现在梦境空间网游的热度已经被炒热了，1月底定下代言人后，两周过去都没见热度下降。无数玩家开始期待6月定档的网游电竞大赛，前期准备也已经开始了，比如赛制公布、比赛场地的登记排查还有赛程安排。

就在2月底，学生党们正在为开学后没办法继续关注游戏动态而苦恼的时候，一款新的网站App公布了，R2O，全称为Robot of Rainbow（彩虹机器人）。这是由慕容科研财团开发的论坛兼视频网站，同时还开发了配套的网游全息录像软件、数据统计算法，以及网游常规武器图纸的材料图鉴，等等。

原本以为打不了游戏的孩子们一下又来了希望，打不了游戏，现在能看别人打游戏了。各大平台的游戏新闻网站入驻，游戏官方入驻，战队公关入驻，玩家大Ｖ入驻，明星大Ｖ入驻，游戏里的玩家只要用游戏账号就可以绑定登录网坛，而且一切相关法治建设的部分也采用了实名制，保障了网络环境的安全性。

更何况，有其他电竞网游的先例，只不过是孩子们的兴趣又一次高度集中到新事物身上罢了。小孩子如此，大学生又能比他们成熟多少呢？

"琉月。"【星期天】叫住了本想去楼上书房写公会日志的琉月，他上了两级台阶跟上去，"我看过你的工作，要写很多东西吧，这个送给你。"

"嗯？"琉月看了看他手中递来的东西，是一盒彩笔。

这在游戏世界基本上是消遣用的，直到百里墨湘为网游玩家带来了咒术师玩法的理论以后，一大批玩家开始买各种笔和刀找刻画铭文符咒的手感，又有一群玩家开始复习或者提前学习大学工程制图课程了。而彩笔到了琉月这种"NPC"手里当然也不失其本职，写写画画当然可以了，更何况琉月还是咒术师职业。

琉月接过彩笔道谢，毕竟这个叫"天天"的男孩，是她在游戏世界里除了秦先生和凯文，为数不多的外面世界的朋友了。

看着琉月走上楼梯的背影，【星期天】侧过身来问起【楚霸王】："文森特应该是个奇迹了吧，今天凯文和我聊过那个叫张烁金的人，好像是他把文森特的数据载入游戏的。文森特的情况和琉月很像，凯文说新闻报道张烁金的工作室的时候，我在角落看见了那个设备，就是柠荼姐姐用的那个设备。"

"梦境制造机？"【青空】插话问起来。

"我也忘了叫什么了，应该是一样的。"

"那是Ａ级医疗器械啊，难道张烁金也有精神疾病？"

"呃，虽然听起来像是骂人，但是因为这件事，公安机关又要针对张烁金的犯罪是不是精神疾病所造成的进行考察了。希望琉月的存在不要被更多的人知道，这也是今天凯文解释的为什么会退出公会，公众人物确实很麻烦呢……"

公会里安静了下来，大概是各有各的忧虑之处了。凯文和周壹的关系很好，因为凯文总在外面控制情绪，逢场作戏，很多在娱乐圈工作时憋久了想要吐槽的东西全成了两个少年的日常话题。在凯文眼里，周壹是个绝对没有坏心思又很会管住嘴的人，可以说是最好的听众。凯文知道的八卦和他讲，凯文受到的委屈跟他讲，凯文经历的快乐也跟他讲，周壹应该是最不想但是又被迫吃了许多娱乐圈的瓜的人，这也说明了他是个值得信赖又很容易受欢迎的人。不争不抢，又绝对善良，只是……

"天天！"

听到有人在叫自己，周壹操作着角色转视角找声源，一回头却被长相恐怖的布娃娃吓了一跳，尖叫一声，手忙脚乱，不知道按了键盘的什么按钮又怎么点了鼠标，就看见手里魔光一聚，"轰隆"一声，那傀儡布娃娃的头直接飞了出去，砸到远处【楚霸王】的身上。至于【星期天】，他在乱转鼠标，刚刚一个"火焰弹"的后坐力把他的角色直接震翻在地了。

周壹的手颤颤巍巍重新握住鼠标时，就听见了刚刚叫自己的【无心者】笑嘻嘻地说着："哈哈哈，天天，你召唤的魔兽里难道有比我的傀儡还要好看的吗？"

周壹倒是一点也不生气，不过那傀儡好不好看他倒是可以评价一下："实在抱歉，有点面目全非，还以为见到鬼了。"

"啊，好受伤啊，我还用不惯鼠标呢。把数位板找回来也许能解决，反正没什么事做，学着做点装备和衣服，也许以后有用呢？"【无心者】说着，语气里倒是没听出来有什么受伤的感觉，还一边操作着角色一边把【星期天】扶了起来。

周壹这个孩子，不争不抢又很善良，只是有点胆小而且不会"说谎"。楼上的琉月在公会日志上这样记着，还用彩笔在旁边画了一只小兔子。

合上了羊皮书，正准备去做其他工作的时候，琉月听见了敲打玻璃的声音，回头才发现，窗台上正坐着【翠鹇】，难怪刚刚感觉有点风，她只是不太想打扰自己工作才一直坐在窗台上吧。

"抱歉，快进来吧。"琉月上前去伸手将【翠鹇】接了下来。她头顶的 ID 是灰色的，应该是游戏角色。

【翠鹇】搭着琉月的手，从窗台跳下来，说："小凯在吗？"

"从 12 月底就离开公会了，一直没有回来。"

"还以为他会回来看看的。我快要回去了，想托付给他一样东西。"【翠鹇】说着，手掌在心口处运了些魔力，一阵强劲的魔力波动过后，绿色魔光下，【翠鹇】的手心里出现了两件看起来像是钥匙的东西，她递给琉月，"我不知道该去哪里找他，只知道他认识你……哎呀！拿多了！怎么变成两把了……算了，算了，都交给小凯好了，但是你不许拿着。好了，就交代这么多了，我还要在临行前找【青鸟】姐姐，先走啦。"

然后她又像小精灵一样飞走了……

行事风格上和凯文还真是相像，糊涂的程度也是。琉月这样想着。

自己也不能拿着吗？那还是赶紧交给别人吧，可以和凯文联系上的人，应该就只有周壹了吧。嗯，就交给他吧。

那天周壹诚惶诚恐收下了那两件要带给【凯】的东西，却不知道他们即将成为这个世界的众矢之的。

凯文那边开始忙起了新策划，同时又接到了新的通告，到处跑活动，很久没法上线。周壹寄的邮件被打回来六七次之后就放弃了。他也打过电话，但十个电话里九个接不通，剩下一个是经纪人代接的，一接就挂了。

"唉，看来这两个小东西要在自己这里放上一段时间了。"周壹将那两件小物件收好，一放就是几场雨，南方城市短暂的冬季就这样过去了。

琉辉不再像之前那样白天训练，晚上去病房了。推掉不少委托的秦空会不时和他换班，他会选择去郊外的星宫或是回市中心本来的家，当然，这取决于他的爸爸今天是否在家，另一个原因就是他在星宫这边的房间里藏着很重要的东西。

✦ 盛宴 ✦

303

今天晚上，琉辉回到星宫，洗完澡就瘫在床上，显然没有开电脑的打算。职业选手们大多都已经获得神级，练级只是个刷属性点的活动了，训练时间做了剧情任务，基本上就不需要再给游戏角色下多大功夫了。

他躺在床上，手机还开着，社交软件里，一个叫"CAT"的网友正在和他聊着天。

【CAT】：怎么样，设备没问题吧？

【星辰之辉】：有问题你早就进牢里了。

【CAT】：虽然睡眠管理器比不上她的梦境制造机，但是成功的概率在你这里还是很值得肯定的，不是吗？

【星辰之辉】：你有什么想要的吗？

琉辉直接问起了自己等了很久的问题。对面回答得很慢，中间间隔了许久，琉辉也在思考问题，只是精神越来越恍惚，直到手机砸到了脸上。他揉了揉鼻子，不耐烦地皱眉想要催促答案的时候，对方发来了回复。

【CAT】：果然是那姓刘的儿子，还是那么会谈生意。你不用担心，我想要的东西，你已经给我了。

琉辉看清这一行字的时候，想回复但又不知道回复什么。他刚刚还在思考的问题果然走向了他认为最坏的可能，对方不是为了赚钱，只是想在他身上实践是否可以通过做梦进入游戏，如果自己给了肯定的答复，那现在最危险的人……是柠荼。

他们是怎么弄到这种医疗器械的？不，应该问怎么知道柠荼的这种能力的。公司里不是只有签了保密协议的技术部以及沈焱知道这件事吗？他们要借助这种医疗器械做什么？对柠荼做什么？这个人……还知道自己本来的名字……

【CAT】：你是否有许多问号？就是睡一觉而已，不会出问题的，不要妄图来找我，这只是一个小号而已。那台机器你就留下来吧，以后会用得到的。

对方继续发来了消息，琉辉赶紧发去了回复。

【星辰之辉】：不，你要给我解释清楚！

【CAT】：已经不需要解释了。

这句话出现后，他眼前的聊天记录全部消失了，并没有显示撤回，而是从两个人第一次聊天开始到刚刚的全部记录凭空消失了。

证据没有了，难道要拿着那台机器去举报吗？不，这样会牵连自己的，到时候如果说自己是非法购买的自己可就百口莫辩了，而且他确实很想见琉月……可是那个人，不仅有手段走私，现在看来还有黑客技术。

太危险了！

琉辉得出了这个结论，没再继续和那个人聊下去，也没能安稳地睡觉，更不要说做梦了。他做了决定，从今往后，只要柠茶离开俱乐部，无论去哪里，自己一定要亲自开车接送她，至少要撑过今年的联赛。她可是做了决定就改变不了的人，自己还是站在她身后好了……

"这是这些天的任务奖励，还请贵公会继续加油。"

"谢谢。天天，走吧。"

琉月带着【星期天】，将那些奖励的钱币和材料收进了空间元内，准备离开公会联合部了。就在刚刚走出大门的时候，街道上的一群人突然朝着一个方向飞奔。

"这是怎么了？"【星期天】有些惊讶，但不太敢凑热闹。

琉月回答："应该是某个野图 boss 刷新了吧。"

"啊？……哦，就是那些大公会最近很喜欢抢的那个啊。我的室友们现在都加了公会，支持一支战队去了，他们每天都在抢，我很少见到这阵仗的。"

两人一边聊天，一边走着，这是他们的常态了。周壹是个地道的佛系玩家，不在乎自己的战斗有多么厉害，他和很少上线的玩家【米娜】总是混在一起，一起做茶点和打理花园，竟把这游戏的高自由度体验得淋漓尽致，就差买地种菜搞家庭经营模式了。周壹很少关注电竞的消息，对PVP（玩家对战玩家）战斗都没兴趣，对PVE（玩家对战环境）战斗更没兴趣了，副本野怪的攻略自然看得也少，再加上一天游戏时间并不长，等级在30出头。反观时常在线的【楚霸王】【无心者】【青空】，都是到了35级开始研究打法细节了,更不用提本就是职业选手的【将进酒】了。哦,对了,【将进酒】作为职业选手迟早也会去其他公会的吧。

说到公会发展……自从上一次榕树城的任务之后,公会一直都没接过新的任务了,也不是很想打扰大家的现实生活呢,那就把下次的集体活动安排在假期里好了,这段时间就开始搜集情报留意一些合适的任务吧。

琉月想到这儿,看着身边的【星期天】,每每想起自己和外面的世界有不可分割的联系这件事,都觉得惊喜大过好奇。外面的世界会有神奇的魔法吗?会有这样可爱的人吗?会有等自己回家的人吗?

"天天,你有家人吗?"

"……曾经。"

"嗯?"

"嗯,我的爸爸妈妈离开得比较早。要说家人的话,现在在星宫的大家也应该都算是家人了,还有一个大哥哥,收养我的那个,不过现在的我也许快要失去他们了。"

"为什么啊?"

"最开始的爸爸妈妈,因为地震离开了。星宫的大家……各自也都越走越远了。至于收养我的那个大哥哥,也有他的难处……"【星期天】在这里停顿了一会儿,之后换成了打字交流,大概是不希望这一段话被同寝室的室友听见。

【星期天】:他到了谈婚论嫁的年纪。本来他未来的爱人和他的关系很好,但是要供养我这个孩子,他爱人其实并不愿意。我能理解大哥哥,毕竟他也并不富裕。

【星期天】:他父母也因为地震走了一个,另一个将他养育大也很困难。这个大哥哥在宠物医院的工作刚稳定下来就收养了我,我一直很感恩,现在却给他添了麻烦……

"抱歉,没想到天天现在的处境会是这样。"琉月没想到眼前的少年竟然愿意把那些并不算愉快的回忆分享给自己,包括家人的离开和现在的困境。她有些惭愧,自己这样问会不会揭了人家的伤疤。

周壹也善解人意，自然懂得怎样化解这些尴尬："没什么，都是事实而已，我现在做不到别的，只能尽力做好自己的事情。倒是琉月，你每天在这个游戏世界里，会觉得快乐吗？"

"快乐……"琉月听见这个词语的时候有些呆滞，上一次发自心底开心的笑容还是出现在榕树城下，和小凯一起捡回那个叫【翠鹛】的史莱姆妹妹的时候，那史莱姆朝小凯吐口水的样子，就是现在想起来也会不自觉地笑，但是除此之外，这样每天重复的工作确实谈不上什么快乐。

对于琉月这个 NPC 来说，快乐是什么，也许她都还没能完全理解，但是她知道快乐让她感觉很轻松，会消除她曾经的疲惫感。

"星宫的大家，各自都越走越远了，但是你没有，因为我相信你一定会回来的，不管现实里变成什么样子。"周壹自顾自地说着，"到了要下线的时间了。明天是周末，我会多陪你一会儿。"

"嗯。"琉月点点头，看着【星期天】把空间元里的奖励放出来以后，ID 就变灰了。

要等到什么时候才能知道自己在外面是什么样子呢？好想快点回去啊。

现实世界里，夜晚的 H 市依旧是灯火通明车水马龙，梦幻电竞俱乐部的大楼里，队员刚刚结束训练，各自准备回家了。自从联赛定档后，训练也从以前的每天变成了工作日训练，因为以后的休息日就是比赛直播的日子。能抽出空的队员当然会选择回家一趟，毕竟宿舍再好也比不上真正可以放开自己的空间。

柠荼并不是 H 市的本地人，但是她选择了这座城市发展游戏公司和电竞，所以找了个房子和人一起合租，房子虽不大，但也算是个落脚点。今天是周五，晚上训练结束以后，柠荼准备回自己的居所，走到楼门口才发现琉辉还没走。

"又抽烟了？"

"嗯，今天刚抽了一根。"琉辉趁柠荼在楼上收拾的间隙抽了一根，身上带着点烟味。

柠荼并不喜欢这个味道，她对烟味很敏感，但只是摇摇头没再说他什么，他又没在训练室抽，就别那么苛刻了。

"还不回家吗？"柠荼问道。

两个人前后脚在楼门口打了卡，又并肩离开了俱乐部。琉辉点点头说："不着急，我送送你。"

"送我？你送我？"

"是啊。"

"那好吧，正好不用等公交了。"

"你还真是不客气。"琉辉撇撇嘴。

两人已经到了停车场，琉辉不像柠荼背着包，车钥匙、门禁卡和职业选手证穿在同一个钥匙扣上。上衣有两个口袋，一个装着钥匙扣，另一个装着手机，连钱包都不带。谁能把他和现在H市刘氏财团的继承人联想到一起去，更何况他连姓氏都不舍得用"刘"？

"你才有意思，你说的要送我，我为什么要客气？"柠荼打开后座车门，选择坐到后座去。

琉辉有点奇怪，一边坐到驾驶座上扣着安全带，一边说："怎么不坐前面来？"

"男孩子的副驾驶位置应该是留给他最重要的女孩的，我就不去抢占那个先机了。"柠荼笑嘻嘻地回答着。

琉辉没再追问，问了柠荼家的地址，启动车子离开了俱乐部。这之后的每个周末，柠荼有了接送自己的专车——琉辉的车，这是后话。

琉辉把柠荼送到了居民楼下，目送着她走进单元门，这才安心地重新启动车子离开了小区。柠荼坐电梯上楼，到了自家门口，正在包里找钥匙的时候，门就开了。开门的是一个穿着睡裙和毛绒拖鞋的姑娘，她嘴上叼着牙刷，满嘴的牙膏沫，散着头发，用发箍把刘海背到脑后，眼里有些困意，含含糊糊说了一句："荼荼，你回来了？"

"南伊，还没休息？"柠荼进了家门，关门反锁好，换上拖鞋，问着。

"嗯，刚整理完战队资料，已经打包发给小组了，明天正式编排。"南伊回到卫生间，漱口冲掉了牙膏沫，一边用洗脸巾擦着脸一边回答着，接着撕开了洗脸池旁边的面膜封袋，在自己的脸上铺开来。

柠茶不紧不慢地回了卧室换睡衣，隔着门继续和南伊交流着："张烁金的判罚下来了吗？"

"最多也只能起诉他侵犯隐私，指挥粉丝扰乱治安。不过最近又发现他藏了一台睡眠管理器，要查他是不是有精神病，还要查他这'三无'产品是从哪里弄到的。"南伊用指腹推走面膜下的气泡，然后离开卫生间关了灯，躺倒在客厅沙发上，闭着眼睛，消除着工作带来的疲惫。

柠茶换好睡衣也出来了，继续问："还有这种事啊，幸好把这个家伙踢出公司了，不然太危险了。"

"你还好意思说别人，就你那梦境制造机，应该就剩一年的使用期限了吧，你的失眠症好了吗？"

柠茶去橱柜里取了热水壶烧水，又切了几片冰箱里的鲜柠檬，等水开的工夫，又去拿了点兔粮到客厅大兔笼旁，给食物盒添了些粮又补了一根磨牙棒，换了话题："兔兔这周好好吃饭了吗？"

"茶茶好好吃饭了。"南伊说着。

柠茶感到窘迫，都怪琉辉那臭小子，非要管这兔子叫"柠茶二号"不可。现在南伊是咬定了"茶茶"这个称呼，而且再也没换过，有时候在家里听见南伊亲昵地叫着"茶茶"，柠茶都懒得抬头，一定是叫那只兔子，而对于柠茶，南伊直接说话就行了，从来不需要和柠茶客气。看在这兔子比较可爱的分上，像我就像我吧，柠茶咬咬牙。

"叮咚——"

手机提示音响起，柠茶低头看了一眼手机，赶紧飞奔回卧室，打开电脑，刷卡登录游戏。

南伊慢悠悠地打开手机看了一眼提示音，验证她对柠茶此行为的猜想。

系统提示：野图boss【龙域领主】亢龙已刷新。

柠茶去干吗？抢boss去了呗。南伊打开游戏手机端看消息和论坛，作为新闻人，论坛当然也是要看的，本来平静的论坛在这时候突然炸锅了。她有些好奇，点开了一个最新的帖子查看，这才明白了是怎么回事……

【龙域领主】本来的户籍魔龙之都是在地下城的，刚刚刷新了 boss。玩家们准备去地下城里碰碰运气，结果左等右等没发现，直到世界聊天界面不知道是谁发了一个坐标说："【龙域领主】现在在空陵希岛，大家被骗了啊！"

　　然后就有了琉月和【星期天】在首都街头看到的情景，地下城唯一一个大家都知道的出口就是在首都西面边境的地方。现在要往南面高空的空陵希岛赶过去，不管是散户玩家还是公会集体，混在一起沿着一条路线移动，大有万人游行的势头。

　　但是很不幸，一早就知道刷新地点的柠茶，早早和梦幻战队的公会"梦里落花"在空陵希岛将那 30 级的野图 boss 给吃干抹净了，剩下一群人姗姗来迟却连面包渣都舔不到。

　　大家开始了讨论，话题很集中。所罗门战队的队长，也就是【龙域领主】亢龙这个游戏角色的宿主玩家，熟知自己的角色剧情，怎么会不知道这一次角色的转移的出生地点呢？为什么所罗门战队旗下的公会没有人来抢 boss 呢？

　　所罗门的队长墨龙轩也是一个很懂得经营的人，马上就在论坛里发布了他们公会的行踪，这段时间所罗门公会正在往空陵希岛上搬迁呢。除此之外，他还列出了公会成员搬运和邮寄的物件统计，包括龙骨、龙蛋、龙眼石还有大批量的武器装备，正当玩家们感觉真相大白的时候，其他战队里稍微明白一点的玩家都已经开始骂街了。

　　所罗门的人这是在炫富啊，仿佛在告诉全世界的玩家："瞧，我们所罗门家大业大，区区一个野图 boss 我们不稀罕，想要公会福利的人快来考虑考虑我们所罗门公会吧。"炫富还这样悄无声息，当真是个低调奢华有内涵的人物。之后还说了这次没有参与的最主要原因是，他和战队正在研究新武器呢。

　　南伊读完了论坛的帖子，对这样一个有些心机又很沉稳的队长啧啧称赞。现在的所罗门不仅解决了争议，还开始圈粉了，除此之外适当地透露一下自制武器，还把所罗门战队的可投资性也不动声色地给秀了出来。

柠茶那边杀完了 boss，南伊便凑了过来，问出了论坛里的第二个热点话题："你怎么知道亢龙去了空陵希岛？"刚刚问完，南伊抬头扫了一眼柠茶的电脑，发现开着游戏的配件，就是最近 R2O 推出的一款新的游戏配件：装备编辑器 2.0。

以前的梦空网游是自带装备编辑系统的，但是如果操作起来那么轻松，网游联盟上下就不可能只有林耀一个以武器研究而出名的"枪神"了。当然像琉辉和柠茶这种骨灰级玩家和林耀相比，差的地方应该是对某一种武器的执着，至于其他人，能把装备编辑器弄明白的应该都是技术玩家了。论坛里还单独开辟了集市专区，卖的就是自己研究出来的武器或装备的图纸或者帮别人打造武器装备的手艺，当真是个高自由度的网游啊。

龙殇

柠茶回答道:"拽根儿让我和辉一起看看他的武器,给一些新修改方案,条件是给我们提供【龙域领主】身上的材料,刚刚他应该是回地下城取材料去了。"

南伊一时间不知道该从"拽根怎么会这么心大把武器交给别人看"开始吐槽,还是从"你们都要玩材料了怎么还乘机抢boss"开始吐槽了。但是当南伊知道武器研究是机密时,自觉不应该去深究,不过还是问起柠茶:"哦,对了,张烁金在路上和我说,他受人指使要去找什么魔界钥匙,那是什么?"

柠茶敲击鼠标的手停顿了一下,张了张嘴,没有回头去和南伊对眼神,淡淡说道:"一个不是很重要又很可怕的东西。"

到了深夜,两个姑娘各自回房间睡觉去了。柠茶倒是不用担心,倒头就睡的功夫比用睡眠管理器的人还要深厚些,最后就剩下南伊躺在床上翻来覆去睡不着,她想不到这个游戏世界对于柠茶有多重要,重要到让柠茶忘记了利益,要拼命去保护。

可是这样的保护还能维持多久呢?和其他新闻人不同,南伊是少有的选择这门专业的时候就明白一个道理的人,这个道理就是:发生在你身边的事件很多,能真正成为新闻的却很少。

能得到你的信任,就有机会帮你看管那扇门了吧,我有这个荣幸吗,柠茶?

......

琉辉这次回了刘家，因为爸爸不在，刘星一个人在家并不好。琉辉回了房间洗漱完，不忘藏好衣服口袋里的烟盒，这才要去客厅找周末要放飞自我准备熬夜的刘星。却没想到一下楼，大厅里走进来的，竟然是自己的父亲。

"刘星呢？"琉辉语气很冰冷，只提妹妹，对这个人今天为什么没去出差回家了都不准备问，只因为他完全不关心。

"我让她睡觉去了。"刘老先生毫无感情地回答着，不冷不暖，不疾不徐，听着让人不舒服。

琉辉扭头就回房间去了，至于身后的父亲有没有叫自己，那对他来说都一样，不回头就可以了。锁了门以后，启动电脑开始玩起了网游，他的游戏ID的名字自然是自己取的，叫【星辰之辉】。他有个曾用名叫刘旭，父亲说他必须成为太阳，学会发光发热，可是直到遇见了琼月，他才知道自己的那点光芒是多么渺小，和这位妹妹比起来，自己只能做黑夜，连星辰都只是自己的一番期许罢了，名字留着辉这个字，到底还是个讽刺。

"嗯？"他看了一眼系统记录，自己不在的时候，柠荼带着梦里落花公会又去抢boss了，还是龙域领主。等等，这个坐标不是在空陵希岛吗？魔龙之都应该在地下城啊，怎么回事？

琉辉看了看游戏好友栏，这里有联盟未来的队友和对手。不过这个时间，ID大多是灰色的，处于离线状态，其中包括【星雨】和【奈落四叶】，看来今天是问不到了，明天再说吧。

今天送柠荼回家了，琉辉想着以后也这样，至少她回家的路上是安全的，可是去俱乐部的路上又怎么办呢？琉辉就这样一边走神一边做着任务，是神级任务。

之前柠荼知道神级任务完成之后就会有boss刷新出来这种设定，所以梦幻这边的策略都是几个队员岔开做的，做之前都研究一下队友的游戏角色的剧情，然后就在boss的出生地蹲点直接刷掉，为的就是多刷几个boss，稀有材料可是多多益善的。

但是今天琉辉走神了，要是这些任务全是考验操作，他一定会认真一点，但是对于剧情，他想着就跳过一两段应该问题不大吧，结果一个不留神，剧情跳到了结尾，神级任务就这样做完了。

系统提示：野图 boss，【永夜之神】敖晏，已刷新。

哦哟，完蛋。

琉辉有点尴尬，但是马上就有了动作，他要赶回出生地把自己这个 boss 刷了。于是他操作角色，朝着地下城的方向赶去……

已经是深夜，南伊终于睡着了，柠茶不知道附身去了谁身上，琉辉要去刷自己的 boss，琉月的病房里秦空正在皮椅上开着电脑。秦空还没办法用笔记本去玩游戏，因为他没有柠茶那样的读卡器，在 R2O 平台推出以后，市面上才同步推出了便携式读卡器，他是网购的读卡器。秦空顺便还在和人聊着天，是他们星宫这几个人的聊天室。

夏晴：我的同事告诉我了文森特这个病例的事情。他康复得很突然，但是记忆上似乎有些不对的地方。他竟然记得游戏世界里角色的前半生，现实世界里一些有关于张烁金的记忆全都忘了。

米苏：如果按照这个逻辑分析，张烁金的手法应该和我们是一样的，但是张烁金不想受限于电脑操作游戏，选择了和柠茶一样的沉睡的方式进入游戏去接触文森特，这也许就是文森特会出现问题的原因吧。

凯文：有件事你们应该不知道，圈里猫姐和张烁金其实一直是死对头来着，自从文森特出事住院以后，张烁金不仅没发动粉丝筹款，还和猫姐的来往越来越密切，当年还差点闹出新闻呢。

秦空：别聊八卦。

凯文：换表情图。

夏晴：其实这件事反而验证了我的一个猜想。

秦空：什么？

米苏：游戏里的那个琉月的人格，也许不是我们想要她回来的那个琉月的人格。

看到这句话时，秦空下意识地转头看向病床上琉月的方向，手上半天敲不出来字，因为不知道如何组织语言，他人生中第一次有这种心慌的感觉，因为涉及了自己不擅长的领域。

夏晴：我再详细解释一下，就是，琉月的人格其实是柠茶从我们口中了解琉月之后虚拟出来的人格，而且人格只是片面相似，不具有记忆。我们现在费尽周折地去接触和靠近琉月，一是为了恢复她的记忆，二是为了完善她的人格，也就是说最终我们还原出来的这个琉月是我们众人眼中不同的琉月的集合，参与者越多，还原出来的琉月就会越相似。

米苏：我也是这个意思。

楚江：啊？那我们现在是在培养一个替身？

韩钰：也不能这么说，毕竟是我们希望她醒过来，她自己想不想醒过来，我们不是也没问过她本人吗？

百里墨湘：小朋友们，别想太多了。吃好喝好睡好，你们担心的事都不会发生的。

秦空：不能过度放心，也不能过于紧张。关于我的记忆，琉月已经恢复得差不多了，你们有时间的，还是要多去和她接触一下。

米苏：也不是太担心，我有一种推测，可能需要柠茶或者墨湘哥哥帮我证明一下。

百里墨湘：嗯？

米苏：第一点，文森特还不是游戏玩家的时候，脑海里就已经存在了我们在第一次集体任务时候遇见的榕树城城主文森特。

米苏：第二点，我们在这个新区开通账号以后，只要绑定了自己的身份证，游戏角色还会生成剧情任务。我在夏晴哥哥那里得到验证，每个人的游戏角色剧情都是不一样的，这绝对不是游戏公司的数据库。

米苏：第三点，类似于凯文哥哥那样将游戏角色练成神级角色的，会出现这个隐藏boss。我和秦空哥哥研究过，关于野图boss的战力数据分析是玩家们自发的，但是boss的剧情却是他们各自之前做过的游戏角色剧情。

米苏：结合这三点来看，负责游戏世界整体文案的柠茶简直就像是神化了一般，她一早就知道我们一开始想玩什么职业的角色，会给每个人量身定制剧情。还有最可怕的一点，我找过凯文要他的游戏角色剧情介绍，还要了详细的剧情视频，很多剧情和现实里他经历过的事情都有重叠，比如他曾经被人诬陷作弊，游戏里也曾经有人诬陷过他其他的什么事情。我不知道这个世界到底是怎么诞生的，只知道前期创造这个世界的柠荼应该是和墨湘哥哥你认识吧，能帮我解答一下吗？

韩钰：？？？细思恐极！

阎声：……

秦空：确实如此，我的剧情我认真研究过的。

夏晴：嗯？我有空也看看自己的剧情。

百里墨湘：不愧是天才侦探呢，米苏。

米苏：我只想知道真相，这是侦探的职业素养。

百里墨湘：打字慢，语音？

阎声：我可以录音吗？

秦空：说吧。

百里墨湘：随意。

"喂喂？听得到吗？嗯……这个世界是我和她的世界，这里的人，是我们认识和接触过的人，还有我们认识和接触过的人认识接触过的人……"百里墨湘拨了企鹅电话，试了试麦就开始说起来。

韩钰：禁止套娃。

凯文：？？？

米苏：六维谋杀？

阎声：六维谋杀？

"你们一起接过六维谋杀的案子，这个手法应该和这个原理差不多。只要是柠荼与我认识和接触过的人，再去接触其他人，假设一个人一生只认识和接触过 6 个人，按 6 的指数函数计算，再排除重复认识的可能性，大约只需要 14 到 15 次就可以覆盖全世界，那么最终柠荼和我在经过两个不同角度观察同一个世界里的同一批人以后，这个世界里的所有人就出现了。现在明白了吗？琉月不只接受我们的记忆，还会接受全世界的人看到她的行为而产生的印象，这个人格会无限接近琉月的人格。为什么柠荼不去直接给琉月带上记忆数据？因为这样的话这个琉月就会变成柠荼眼中的琉月，就是你们担心的那个事情，明白了吗？"

夏晴：有趣。

韩钰：都想开新坑了。

楚江：天哪，那琉月能不能恢复，最后倒要看我们了。

凯文：不是的，文森特说，他清晰地记得，自己在空陵希岛的时候有一种强烈想要回到现实世界的愿望以后他才回来的，而且他根本不知道在游戏里他认识张烁金的角色。所以琉月想不想回来应该还是靠她自己。

秦空：所以他是选择性遗忘了张烁金以后回来的，游戏里的文森特还没成为神级角色，等到他的角色也成了 boss 以后，去研究他的游戏角色剧情。如果剧情里说他遗忘过什么东西，那就说明是他自己想要回来的；但是如果没有提到，那现在的文森特是张烁金意识里的不希望让对方记得自己的文森特。

楚江：凯丽太可怜了，好不容易回来的哥哥都不一定是真的。

凯文：太乱了。头疼！

百里墨湘：这不就很清楚了吗？

秦空：好了，都早点休息，周末尽可能都上线吧。

凯文：晚安。

韩钰：晚安。

……

如果真的像百里墨湘最后说的那样，这次计划，琉辉必须参与的，那为什么琉月生命中最重要的他，最后却坚决选择了不来呢？秦空越想越觉得反常，直到最后他也睡着了。

游戏里的琉月完成了今天的工作，本来也是想在洗漱完毕后去睡觉的，可她刚刚躺在床上，就看到窗外陆陆续续经过着移动光源，照在墙上有些诡异。琉月转头看向窗外，惊讶得坐了起来，那是……龙，魔龙。

魔龙一族，迁都了。

他们在天空中吞云吐雾，火焰雷电交织在一起，像是仙人渡劫一般骇人，却是为了耀武扬威，向全世界证明他们奔向了自由。琉月看着天空的景象，相信有很多人和她一样看着，想着同样的问题：背井离乡，那些黑暗中积累下的仇恨与罪恶就能够被洗清了吗？

　　琉辉操作着自己的游戏角色跑到了黑暗公会，却没来得及单刷自己的boss，他是单独来的，那边对【永夜之神】敖晏身上的素材有需求的煌妖战队旗下公会万妖煌铭，和他们的战队队长早就占好了有利地形。琉辉也没办法，提前抽身了。

　　夜深了，再让他想着从两三个准职业玩家和十多个高级玩家中抢走Boss，脑力和体力怕是都跟不上了，识时务者为俊杰嘛。

　　既然都已经回地下城了，把角色停在出生地再下线吧。琉辉操作着角色走进了黑暗公会，却看到律贞狼狈地坐在厅堂正中，周身泛着黑色的雾气。

　　琉辉倒是胆子大，直接走过去，想听听律贞在自言自语什么。

　　"不是我，不是我做的！我不是故意的，我不是……"

　　律贞的眼神空洞洞的，盯着地板，双手撑着地板，四肢却像没什么力气一样，和平日那张狂傲慢的样子比起来真是判若两人。琉辉顺着她的目光转动着视角去看那地板，还没等他看出个前因后果来，余光里忽然红光一闪。琉辉立刻反应过来，鼠标一划，键盘跟着啪啪两声响，角色侧向翻滚出去，再看着眼前的律贞。律贞现在就像是复读机NPC一样，嘴里继续说着刚刚说过的话，手掌上却是红光凝聚着，刚刚召出的战矛正握在手中，矛尖扬起暗红色的烈焰大概就是刚才险些划到【星辰之辉】的红影了。

　　"什么鬼？"

　　"敖晏不要去，好不好？不要去为魔龙一族做那些了，黎羽皓会杀了你的，你会死的……"

　　"还换台词了？"琉辉边听边吐槽，时刻保持着警惕。但是他总觉得眼前的律贞像是中了什么魔咒，虽然NPC不理人，但是这样一个没有精神气的律贞绝对不是本人，要问琉辉凭什么这么肯定，就凭他梦里挨了律贞那一脚。

不行，不能打。琉辉看了一眼时间，深夜十一点半了，真是够折腾的。为了防止角色被杀，他决定走为上，反正律贞再神气也只是个NPC，加上自己对地图又熟悉，当然是走为上了。

不到两分钟，琉辉在黑暗公会内部兜圈甩掉了失去意识的律贞，就下线抽走了账号卡，咂咂嘴想了想刚刚的场景，只觉得越来越不安，最后还是选择洗洗睡了，游戏里的事情还是不要想太多了。

游戏中的琉月也没有再盯着那片夜空，因为她知道到了十二点后自己会强制昏睡过去，为了不再睡到地板上，她得学会自己好好入睡。

深夜静悄悄的，有人要在现实中昏昏入梦，有人要去梦中时刻保持着清醒。

……

周末到了，游戏世界终于迎来了开学以来的第一个小高峰，可见网游玩家大部分是学生，其中自然也包括周壹。周壹是在H市长大的，现在在C市上大学，两边离得比较远，所以周末也没法回星宫。他在C市其实也有个家，但是目前不太方便回去。

所以周壹就成了留校生的其中一人，唯一一个室友也选择了去城里玩耍。周壹去图书馆复习了一会儿功课，就去吃午饭了。

刚刚端着餐盘坐到空位上时，手机就响了起来，备注写着"哥哥"，是收养了他的大哥哥，拿在手上的筷子又放了下来。接通了电话……

琉月是没有周末的，在周末她反而更忙一些。公会成员里的【凤求凰】【海】【星期天】和【米娜】都是学生，【阎王】的工作没有周末休假，但是周末也会轻松一点，大家也都会在周末上线聚一聚。秦先生最近因为之前的官司忙了一段时间，今天也算是可以休息一下了。公会成员上线的一多，琉月的工作量当然会增加。不过退出公会的【凯】倒是再没回来过，还有点想念这个总能带来快乐的家伙。不过令琉月有点奇怪的是，【星期天】并没有像昨天晚上说的那样上线，已经下午了，他却一直都没上线。

午后休息时间，大家的个人活动都停了，他们回到公会里，有的清点任务奖励，有的就是好友见面的互相寒暄，【星期天】还是没有上线。

琉月在星宫的大院子里，一边和【米娜】打点着花园，一边等着【星期天】上线。到春季了，院落中的花大多长出了芽，花枝隐匿在绿叶间蓄势绽放。琉月看着沾有水滴的绿叶，将洒水壶收起，准备收工，这时身后的【米娜】忽然拍了拍她的肩膀，说：

"琉月小姐姐，这个送给你。"

"嗯？"琉月转身来看【米娜】手中的东西，是一捧种子。

"任务的奖励，红蔷薇的种子。"【米娜】补充道，捧着种子的右手又朝着琉月的方向凑近了些。

琉月笑着接过种子道谢："谢谢，我们一起种在院子里吧。"

"呃，其实最好还是不要在院子里种，公会里的血族人太张扬不太好。"【米娜】说着，朝院落小亭子里不知道在和【楚霸王】聊着什么的【无心者】转了转视角。

琉月捧着这些红蔷薇的种子，有些无措和惋惜。

这个世界有些花会给人带来恐惧，美丽却注定无法绽放的命运，是最大的悲剧吧。

血族所在地黑森林联邦，代表花就是红蔷薇，所以在首都这种地方，血族大多会选择将红蔷薇这种花种在院落显眼的位置。

琉月将种子收进了私人空间元里，又向【米娜】道了一声谢。【米娜】笑了笑，拍了拍自己的围裙，说要回房间换衣服了。琉月也准备离开花园的时候，又被人叫住了。

【楚霸王】不知道什么时候到了琉月身后，兴高采烈地说着："琉月，你来看看。"

琉月来不及拒绝，就被【楚霸王】拉着手去了小亭子那边。【无心者】鼓捣着自己的移动终端，蓝光在空气中照射出一个光子3D图纸，是张武器的图纸。

现实中，一个被窗帘完全遮掉光芒的卧室里，电脑桌前坐着一个青年，像是非主流一样将左半边的头发漂白了，剩下右半边的黑发，嘴里叼着还没抽完的烟，电脑里开着游戏界面和R2O新推出的装备编辑器，正在画着一张图纸，是两柄长枪。

看着屏幕里【楚霸王】把琉月拉过来，青年将烟头掐灭按进了旁边的烟灰缸里，开口招呼起来："琉月，来看看这个。"

"这是自制武器？"琉月进到小亭子里，看着【无心者】那移动终端里现实的图纸模型问道。

青年笑了笑，人家都答对了，自己也就懒得再说话了，就看两个人围着自己的设计图纸讨论着。青年渐渐没什么兴致再听下去，索性切换了界面，在一个文本里敲起字来。因为他是网络写手。

"韩钰，韩钰还在吗？"

没敲几个字，【楚霸王】就开始叫自己的名字，他没把画面切回去，直接对着麦克应了一声："在呢。"

"你怎么想到的，这个装备编辑器我都不会用呢。"

"嘿嘿，我是天才。"韩钰打趣道。

"哎呀，都不知道要怎么谢谢你了。"楚江是了解这家伙的性子的，问他不想回答的东西，再问也都是和你兜圈子，反正东西是人家帮你设计好的，拿着谢谢人家就行了。

"想谢我啊，就把这个武器做出来我瞧瞧呗。"韩钰漫不经心地说着。他的职业注定了本身就是孤儿出身的他，是不可能和凯文一样想做多少武器就都能用钱摆平的，至于这个设计图，也就是自己闲得无聊在 R2O 上玩出来的，要是让琉辉知道了肯定要挑毛病。

琉月看着两个游戏角色在交流，游戏里的【无心者】确实有些特别，头发一半是白色一半是黑色，吸血鬼的红眼睛平日里都是蓝色的，不怎么喜欢热闹，却特别喜欢捉弄别人，倒是伙伴们并不反感他的玩笑，尤其是看起来最好欺负的【星期天】。

韩钰应该不知道现在游戏里的琉月正盯着"自己"看，还在自己的键盘上放纵地敲击着字，一串俄语写着：遗忘和背叛才是真正的敌人。

输入完这一行之后，韩钰又把界面切回了游戏界面，正对上了盯着自己的那双眼睛，韩钰笑了笑，转视角去找【楚霸王】，说："楚江，图纸我给你传过去，先下了。"

"哦，好。"楚江应道。

直到【无心者】头顶的 ID 变灰，琉月都觉得这个人在对自己笑，即使看不见这个角色背后的人。怎么回事，这个韩钰？

韩钰下了线，没有继续码字，而是打开了一个外网论坛，技术宅总会有办法翻墙的，将刚刚写完的句子粘贴到了文本框里，按下发送。韩钰打了个呵欠，仰头望着天花板。房间里乱糟糟的，窗帘挡着阳光，没有开灯，被子虽已铺好，但床上堆放了许多小玩具和没拼接完成的模型碎片，地上全是废纸，有的写着字，有的画着画，书桌上除了电脑还有散落一桌子的设计工具和图书，烟灰缸里还残留着烟蒂。

"啊，好久没出门了，明天回星宫看看'秦妈'。嘿嘿……"韩钰自言自语着，抽出了游戏账号卡，上面签名写着"无心者"的名字，又从抽屉里找出了另一张账号卡，上面签名写着"金"，在读卡器上扫描登录……

另一边的秦空正在星宫那边收拾着厨房，周末打游戏的人变多了，回家的人也会多些。上午米苏就回来了，夏晴去把琉辉带回来了，楚江也打电话说晚上要回来，于是"秦妈"先做了中午饭，收拾完厨房后玩了会游戏，又准备做晚饭了。

正在拾掇着食材想着做什么菜的时候，秦空的电话忽然响起来了，洗完蔬菜的手上还带着水，秦空在毛巾上擦了擦手，接了电话。

"天天，有事吗？"

"收养我的那个大哥哥昨天晚上突然失业了，那家宠物医院的院长昨天卷着所有钱突然就失踪了。现在宠物医院里的所有医生护士等员工的工资是肯定发不下来了，今天一上午好多人去宠物医院把宠物领走，还有好多流浪动物在里面，大哥哥又不想走，很多交过医疗费的宠物主人在医院门口堵着，我现在在外地联系不上别人，只能和大哥哥的未婚妻在医院门口等着，不知道该怎么办。"周壹有些焦急，却并没有抱怨的意味，手里拿着电话，一边向那片人群张望，一边还要回头对身边的大姐姐说，"姐姐，会没事的，现在先不要过去，危险。哥哥现在接不了电话的……秦空哥哥，现在有些大型犬的主人已经准备砸门了，我怕惊扰到里面的流浪动物或者给里面的人造成危险，你看……"

"等下我给你汇款过去，是疗养的就先补退款，手术治疗的今天能把手术做了的就去做，做不了的就介绍其他的医院补退款给他们，先把人员散开，让员工维持好秩序。"秦空听完也大概了解了情况，知道自己接下来应该是做不了饭了，就摘了围裙，准备换衣服去银行，接着说，"报案了吗？人员散开一些之后就去报案，让认识院长的人去。你身边的那个人认识你的哥哥吗？"

"对。"

"让她先去公安局或者别的公共服务站点请求帮助，维持现场秩序。我先去银行，遇到危险赶紧给我打电话，知道了吗？"秦空说完后，周壹那边就挂了电话。

秦空已经到了客厅门口，正准备回头说自己要出去的时候，却看见琉辉也过来了，手上抓着串钥匙扣，明显一副要出门的样子，说："我要回俱乐部，顺路去市里。"

秦空抿了抿嘴，算了，小孩儿就是别扭……

"姐姐，你先去报警吧。我过去一下……"周壹挂了电话，就朝着人群中央跑去。剩下的那个姐姐喊了一声"周壹"，见周壹没有回头，大姐姐也只好先按照电话里那个陌生人说的去求助和报警了。

周壹当然不是从人群外面挤进去的，宠物医院的大门上头有个雨搭，上头还立着宠物医院的荧光大字。

最后周壹是去找旁边五金店借了个梯子直接爬上了二楼的一个阳台，然后又用梯子把中间的空档架住，到了那雨搭上，站在宠物医院那四个大字中间。外表并不强悍的周壹，此刻站在那个高度上，大声喊起话来：

"大家静一静，静一静，先听我说一下。今天宠物医院会把可以尽快完结的手术做完；药品都是没问题的，有需要的还可以买回去；在这里疗养的宠物我们会把养疗品发放给大家，照看费可以退还钱或者用养疗品等额兑换。现在先请大家不要冲动，冷静下来，宠物医院内部还有其他流浪动物，希望大家配合保持秩序，以免伤害到您和您的宠物。"

奈何注意到他的人少之又少，周壹有些无措，倒是那五金店的老板拔刀相助，拿着店里的大喇叭就扔了上去。周壹赶紧捡了起来，这下声音够大了。围堵在门口的人想要看看这雨搭上发生了什么，自然往后退了退，宠物医院的大门口总算是让出了空地。

议论声、争吵声渐渐停息了下来，周壹喘息了一口气继续说："各位，我知道你们都因为自己的宠物生病受伤而感到焦急，但是现在去打扰它们的休息很可能会对它们造成二次伤害，所以请各位维持秩序，现在我让内部的医护人员把大门打开，大家排队进入，请各位不要心急。"

终于，下面的人不再满腔怒火，周壹又顺着自己原来上来的路线下去了，只有他才能感觉到自己的手脚有多抖，但是他没有机会也不能去展示自己的紧张。周壹将喇叭和梯子还给了五金店的老板并道了声谢，来到了宠物医院的玻璃门前，轻轻敲了敲玻璃，一边朝着里面张望着一边拨着哥哥的电话。

……

"现实是梦的源头，梦是现实的写照。"

这不是你们讨论出来的结果吗？

游戏世界里，中午的艳阳已经不在，变成了午后落日，不论是现实还是梦里的火烧云，都是很好看的景色。只是琉月总觉得有些不安，仿佛火烧云的火是烧在自己心头一样。

琉月看向天空，想起昨天夜里看到魔龙族迁都的异象，心里感到很不踏实。很快她的第六感就应验了，天空中真的出现了异象，突然出现了一道裂痕，无声无息。

她有些难以置信，使劲揉揉眼睛，但那道裂痕还在，她又向四周的人看了看，街道上的行人、公会里的人，似乎都没有注意到这个。当她正准备叫出声的时候，一只冰蓝色的蝴蝶突然扑到了她的眼睛上，原本组织好语言想要惊叹天上的裂缝的，一瞬间全都变成了不知所云的惊呼声。公会里有几个人听见了叫声，出来问琉月怎么了。

琉月的手在脸上搓了搓，感觉不那么痒了，才重新睁开眼睛，可是再看向天空的时候，裂痕已经不见了。

"咦？"琉月疑惑。周围的人更疑惑，看着琉月一直望着天空的样子，自然也抬头看看天上到底发生了什么。没有人看到异象，更没有人知道琉月刚刚看见了什么，好奇的人上前去问怎么了，但琉月只是摇摇头说没事了，就继续着自己的工作，和这个世界里的每一个人一样。

而在那裂缝之后，是魔界的一方魔王叹息着："幸好补上了……"而后这只带着羊角的魔王回身来到一颗水晶球前，这是从裂缝外面的世界带回来的东西，也是用来联系正在那个世界里的人，那个把这水晶球带回来给她的人。

"怎么了？"水晶球里，那位蒙着眼的师父一袭白衣，慵懒地坐在阳光之下，正是先前【翠鹀】的师父。

"【翠鹀】在你身边吗？"

"不在，何事？"

"刚刚魔界的结界产生裂缝了，想知道是不是她那边出了事。"

"哦……原来是这样啊。"也不知道庄周到底看不看得见东西，只是慢悠悠伸出手，空气中突然闪现出一只冰蓝色的蝴蝶，蝴蝶翩翩落在他的指尖，而后又向着他身后的花树飞去。

"我说你的心也真是够大的，你徒弟要是遇到危险怎么办？"魔王再担心又急不到自己身上，就算魔界的天塌了，魔种们也不会有什么可害怕的。魔族怕什么？怕就怕活着没意思，你看见魔龙一族的模样了吗？这就是去往这个新世界的下场，即便是再强大的生命到了那个世界，也会被踩在脚下。

魔王猜得不错，此刻的【翠鹀】确实在面对危机。她根本不知道拦在她回去的路上的这只魔龙是怎么一回事。魔龙一族才刚刚解放，已经不再听命于黑暗公会的魔龙一族，已经迁都空陵希岛的魔龙一族，为什么会来无理由攻击自己？不对，是有理由的，而且这个理由是：让这个世界陷入混乱。

她闪避过几次攻击，不再受黑暗公会限制的魔龙确实具有很强大的魔力，刚刚那一击冲击力几乎要飞到世界的边际了，砸到了灵蝶岛的结界，【翠鹛】差点气晕过去。

那可是主世界和魔界的结界，【翠鹛】生气了……

"你知不知道你在干什么？！"她怒吼着，掌心凝聚起青绿色的光线，身后展开了巨大的羽蝶翅。原本和魔龙的身躯比起来只是个小不点的【翠鹛】，现在加上翅膀，便也和魔龙体积的一半差不多了。

【翠鹛】的身体渐渐变得透明，直到融化变成了史莱姆的样子，而后就是看起来没什么伤害似的粘在了那只魔龙的身上。那只魔龙没明白怎么回事，正想着抖抖身子把这"未知生物"从身上甩下去的时候，忽然大叫起来，一阵强烈的白光闪过后，再看魔龙曾经被粘过的地方的血肉已经消失，只剩下森森的白骨。

那魔龙想再摆脱已然是来不及了，只能在惊吼声中慢慢被吞噬掉五脏六腑，变成一堆枯骨。

魔界

战后，【翠鹬】恢复了原来的面貌，围着那枯骨研究起来，魔龙的血肉被她融化吞噬了，但龙鳞龙骨这样的东西不会被腐蚀。这个家伙一定不会无理由攻击自己的，也许能发现他的身份或者被下过摄魂咒的痕迹。

正摸索着龙鳞时，她发现了奇怪的铭文，夜光下有些看不清，正想着用手指描一遍，来弄清楚到底是什么的时候，耳边突然响起了更多魔龙的吼叫声……

"啧，你们还不如在黑暗公会里待着的好！亢龙大哥知道你们这么会折腾，估计心都碎了吧。"【翠鹬】大骂着。只有【翠鹬】才能用出来的最强吞噬技能"无尽混沌"，就是在短时间之内吞噬和化解一切物质并转化成能量，这个能力就是用来清理这个世界所有的"垃圾"的。有些被遗弃的东西转化为能量去往魔界。【翠鹬】每次醒来都会离开一次灵蝶岛，师父为了防止她"乱吃东西"，下了禁制让她每次出去只能用一次"无尽混沌"，【翠鹬】大多时候用这个技能保命，除了在今天这种极度愤怒的情况下，谁让她是个并不懂得控制情绪的"单细胞生物"呢。

禁制是一定会发挥作用的，【翠鹬】不可能在一群魔龙的包围中再次使用"无尽混沌"了。还没弄清楚龙鳞上的铭文，【翠鹬】又不想逃跑，只好在几只魔龙之间迂回起来，她个头小却比那些大块头灵活许多，走位闪避时不时会回来敲打一下那块刻有铭文的龙鳞。

对于魔龙一族来说，同族的尸体是极其重要的东西，【翠鹬】在破坏尸体，自然会被魔龙们集火攻击。【翠鹬】拔下龙鳞准备闪身离开时，却

✦ 盛宴 ✦

突然被一道魔法屏障限制了空间系魔法的使用——"六星光牢"。

"糟了……"被锁在六星光牢里的【翠鹬】再想挣脱已经来不及了，魔法用不出来，再厉害的魔种也发不了力。心下正想着如何在敌人靠过来时给予还击的时候，眼前的敌人却让【翠鹬】愣在了原地，是墨丘利。他不是被自己亲手送到空陵希岛接受审判了吗？怎么还会出现在灵蝶岛附近？

不对，他额头上的符文……【翠鹬】看得真切，手指在那龙鳞上摸得也清清楚楚，一模一样的符文，是"锁灵针"的针脚。傀儡师用来制作傀儡的招数，而且只能对死去的生命使用，可墨丘利不是死刑犯啊……

眼看着攻击就要向自己袭来了，【翠鹬】咬紧牙关，都想好了等下变回史莱姆就躲到地底下去，这时，一只绿色的哥布林出现在【翠鹬】的视野里。哥布林像是无所畏惧一般，手里挥舞着石头大棒就向那道魔光扑了过去，这一击重重打到了哥布林身上，光牢里的【翠鹬】却安然无恙。

被"锁灵针"锁住灵魂的死尸傀儡是没有意识的，继续向【翠鹬】的方向发动着攻击。这次不是那种不经打的哥布林了，而是一只防高血厚的土精灵，魔光再攻击到土精灵的身上时已经没什么效果了。

是召唤师在帮忙吗？【翠鹬】终于反应过来。

这土精灵自然抗打，没意识的傀儡继续攻击着，【翠鹬】环顾四周想要找到那个帮助自己的召唤师，却看见了【星期天】的身影。

怎么是星宫的人？

"你脖子上是什么？"【翠鹬】在魔光闪现之间发现【星期天】身上带着自己的东西。

【星期天】的ID亮着绿色，是玩家操作。周壹和大哥哥忙到很晚，回到宿舍发现已经门禁了，就只好来大哥哥家借宿了。这次嫂子终于没什么异议了，毕竟帮了大忙。

回想起昨天晚上说过一定会上线看看琉月，他又有点过意不去，借了些钱到网吧去上游戏了。【星期天】的户籍是在南部魔族领域，出生地自然也是这里，上线时就正碰上了【翠鹬】被困的情况，周壹当然选择帮助熟人对抗"敌人"了。

周壹听见【翠鹇】问自己话，就回答："是琉月小姐要我交给小凯的东西。"

"现在不用给了。"【翠鹇】说，"你拿着这两把钥匙，试着想有什么东西可以解开这个光牢。"

"啊，可这是小凯……"

"啊！"

土精灵再抗打也只是个召唤兽，终究逃不过化成尘埃的命运。傀儡打碎了土精灵之后，当然冲着【翠鹇】来了。魔光攻击到了六星光牢上，震得【翠鹇】直踉跄，一声尖叫后跌倒在地。

六星光牢一定要从外围由队友打碎，否则整整两分钟的时长内无法移动和施法的话，必死无疑。

周壹本来还在犹豫，现在看到情况紧急，他听了【翠鹇】的话，当机立断，去操作角色摘了挂在脖子上的两把钥匙一样的东西，点击了使用，有什么东西可以斩断六星光牢的铁笼子呢？

周壹都不知道该怎么形容事件有多神奇了，就在他点击完使用键之后，那两把钥匙竟然突然发出耀眼的光芒，形状发生着变化，最后变成了……一把和自己差不多高的……剪刀！

"先别想那么多，攻击光牢。"【翠鹇】赶紧把这位走神少年给唤了回来，她常年生活在灵蝶岛这种"世外桃源"一般的地方，不知道剪刀是什么东西，她当这是两把战刃，只是莫名其妙连在一起了。

周壹也没那么多时间发呆，操作着角色张开那把大剪刀就"咔嚓"一声下去，六星光牢的每一束魔光就这样被剪断了。【翠鹇】早就忍不住运转魔力了，光牢一破，【翠鹇】掌心立时魔光乍现，位移和攻击一起袭向墨丘利。

那魔光强烈，倒是周壹受了苦，电脑屏幕突然一片白，要不是这显示器是 LED 冷光还有点护眼模式，怕是要直接闪瞎了。有那么一瞬间，周壹还以为这电脑要爆炸了，等下【翠鹇】就会从电脑屏幕里蹦出来。

等到屏幕恢复正常以后，再看墨丘利的方向，早就是尸体了，有些疲惫的【翠鹛】蹲在原地，仔细比对着尸体额头上和自己手中龙鳞上的符文，没错了……

虽然因为两个傀儡的种族和体型有区别，符文进行了一些小改动，但是主要的核心符文没有变，都是一样的，为的就是控制这些傀儡。

"律贞姐姐，你看，我就说没落的龙族没有你的保护，是无法稳定下来的，他们本就是恶人，只有恶人才能保护他们。"【翠鹛】看了看手中的龙鳞，再看了看墨丘利的尸体，"至于说谎者，他……做个背锅的倒是一点不为过。【星期天】，你学过空间系法术？"而后又转身看向了准备离开的【星期天】。

"我？我没有啊。"

"嗯？"

六星光牢是需要被打烂的，作为一个主法术攻击的召唤师职业，想用魔杖实现普攻物理攻击就清空六星光牢的血条，那真的是不给人家主修物理攻击的职业活路了。但是空间系的魔法可以将六星光牢一击即破，魔法系别之间的相克相生还是存在的嘛，再加上刚刚那是战刃模样的东西，召唤师的武器又比较随意，其实只是一个和异世界沟通的媒介长成武器的样子罢了，部分战刃型武器最容易打出来，就是空间系魔法。召唤师点空间系魔法技能，新鲜，这才引得【翠鹛】开口问了一句。

周壹真的不知道，他只是胡乱操作。他扫了一眼屏幕边框显示的技能使用情况，没用技能啊。

"我普攻的。"周壹诚实地回答。

"普……普攻？"【翠鹛】蒙了。这是真的不给物理系职业活路了？

周壹还有点想赶紧回公会去，再加上他又解释不清楚这是怎么回事，所以也只好搪塞道："额，也许是有其他原因呢？"周壹操作角色将这把大剪刀收好，然后准备离开了。

【翠鹛】也没再缠着人家，她着急回灵蝶岛把情况告诉师父，把手头这块龙鳞给师父研究一下，两个人互相告别，各回各"家"了。

……

柠茶的意识渐渐苏醒过来，她揉了揉眼睛，看了看床头柜上的闹钟，十一点，又失眠了。柠茶长叹了一口气后，起身想要去找自己的梦境制造机，但是心里总有一种不安的感觉，总觉得即使睡下情况也不会好很多，便也不想再说什么"健康生活"了，就去厨房找柠檬水喝。刚刚梦见了谁，是星宫的谁来着？

深夜了，也不知道赶回公会还能不能看见琉月。周壹想着，静悄悄地进了公会的大门，正碰到坐在客厅里和熬夜玩家【无心者】聊着天的琉月。

"天天？"琉月看着【星期天】小心翼翼推开门朝屋里探头的样子，招呼了一声。

"琉月，还没休息吗？"

"嗯，【无心者】总觉得自己设计的武器少了些什么，在问我呢。"琉月点头回答。

其实现在早就过了该睡觉的时间了，但是韩钰听说这个游戏到了十二点就会强制下线，要重新登录，唯独韩钰不信邪，一定要看看这个游戏系统到底是不是一到十二点就准时"460"（网络延迟），这对于他这种作息不怎么规律的人来说，纯属图一乐。他正好闲得无聊，缠着琉月就开始聊天，也不知道从哪找回来了一大堆零食，在茶几上铺开就和琉月开始了熬夜"探索世界未解之谜"的行动。当然，这种拙劣的理由，韩钰才不会说呢，不问我就不说，问了我糊弄就行。

周壹没兴趣知道韩钰为什么熬夜，反正他以前就这样，在孤儿院的时候韩钰就不好好睡午觉，把恶作剧当作每日任务。周壹只是来看看琉月的，说："抱歉，本来说好了今天会上线来找你的。"

"没什么，另一个世界的你们也有很多事情要做吧。"

"嗯，大哥哥那边遇到了些麻烦，不过还好现在稳定下来了，星宫的大家也都还在。"

"咳，没什么事我先走了，突然困了。"【无心者】那边干咳了一声，语气里全然听不出当时拉着琉月熬夜时的热情，招呼一打，也不等人回应，

ID 就直接灰了，不知道的人还以为他这是拔了网线退出游戏了呢。

琉月当然不会关心玩家为什么下线游戏，她也很想去睡觉，因为她自从消除了星时罗盘上的两道铭文之后就开始感到疲惫，而在【凯】离开之前，星时罗盘上的铭文又少了一道，自己也不知道为何有些世界规则开始对公会的行为有所约束了，其中自然是包括自己在内。

她越来越脱离自己是 AI 的这个设定了，越发觉得自己像是个普通人，当然了，琉月怎么会知道自己作为这个世界里的普通人到了另一个世界时一点也不普通。

现在她也很累，这是她知道的。

周壹感到有些抱歉，于是也说自己准备下线回去休息，看着琉月也准备上楼休息，自己这才带着不舍退出了游戏，想到秦空哥哥和凯文已经和琉月相认，有关他们的记忆都恢复了，周壹有些羡慕，毕竟眼前的女孩是他最重要的朋友和知己，真期望她能快点回来啊……

今天晚上【翠鹇】遇到的那个敌人有些眼熟。周壹想不到今天自己这么勇敢，小时候连滑梯都害怕，今天却爬到了雨搭上大声喊话，更没有想过居然会在【翠鹇】遇到困难的时候帮助了她，本来要交给凯文的那两把钥匙好像已经变成了自己手头的这把剪刀。不过【翠鹇】说不用给他了，怎么这么乱啊？周壹想不明白，他已经很困倦了，等着游戏账号卡退出来后，赶紧回大哥哥的居所休息去了。

长夜漫漫，柠荼还坐在床上失眠着，她睡不着的时候就喜欢回想梦里遇见了什么，却是越想越害怕。墨丘利死了，那张烁金……他是傀儡，那傀儡的主人在哪？该死的，我还让那傀儡看见了魔界的钥匙……

……

"你知道的，我们的合作已经走到头了。"

来到监狱探访张烁金的"亲友"正隔着玻璃向张烁金送去慰问。那是一位姿态曼妙的女性，衣着高端上档次，将虚荣心藏在了那双涂抹过指甲油的纤纤玉手中。

"你骗我，你骗了我！文森特根本就没有回来！"张烁金几乎是扑在了那块玻璃上，他的脸色糟糕透了，皮肤变得蜡黄，再没有荧幕前衣冠楚楚的样子，仿佛几夜未睡，眼窝深陷下去，眼睛里满是红血丝，原本颓废自嘲着怎么还会有亲友来探望自己，却听到这女人自称为"猫姐"，他立刻犹如困兽一般将满腔怒火倾泻而出，他早就知道自己是棋子，可从未想过成为弃子的这一天来得这么早。

"他只是不想看见你罢了。你放心，我是来为你辩护的，关于你有精神疾病的证明材料，我都帮你交上去了，我想法律一定会给你一个正义的审判，你说对吗？"那女人满面和善亲切，一只手轻轻抚摸着自己的下巴，不时又抛个媚眼体现她的一点低级趣味，品来字字诛心。

张烁金不是傻子，当然明白这句话的意思，证明了自己有精神疾病，那不就是相当于自己的口供证明再也牵连不到他们这些幕后主使了吗？纵使活罪可逃，可终究还是要为自己的所作所为付出代价，文森特已经不想见自己了，失去最后的信任之后……谎言的意义又是什么？

他嘴角抽搐着分不清是哭是笑，瞳孔骤然一缩，咬牙切齿道："出去，我不想见到你。"

女子见状，再没纠缠下去，毕竟她需要做的事做完了，再有趣味也是为了看对方这一个表情罢了，起身离开前，还不忘最后送去美好的祝愿："呵呵，真是无情啊，那好吧，我就祝你……早日洗清冤屈。"

张烁金两拳紧紧握在一起，身体颤抖得越来越厉害，在他的脑海里总是回响着他曾经说过的谎言，一个又一个，遮了世人的眼，瞒了至亲至爱，葬了自己的信誉名节……

一切都结束了，当再没有人相信自己的时候，那些谎言编织的世界崩塌了，谎言塑造的人设倒下了。他回到监狱内，安静地喝完一杯水，站在浴室里看着镜中的自己。他准备告别这个世界。

十二点，游戏世界暂停刷新，现实里黑夜寂静如初。韩钰还坐在电脑前，他登录自己的外文社交网站，发送了社交帖子，回复了几条消息之后，又退出登录。这个社交ID的名字叫【金】，刚刚发送出去的帖子用俄语写着："当狼来了的故事重演于善意的谎言，善意将被歪曲成罪恶的名字。"

电脑显示器的光亮照着他那张颓废又困倦的脸,刘海快遮住了他那双布满血丝的眼睛。"刺",他开了一听可乐,一边喝着一边关了电脑。荧幕熄灭之前,他看了一眼手边放着的两张游戏账号卡,将可乐饮下肚,起身离开房间。屏幕熄灭后听着空的易拉罐落在木质地板上的声音,他安心得就像是在指点自己领土的国王……

"该回家了。"

准备休息的琉月刚刚躺下,却像是幻听了一样,听到了一个小女孩儿的声音,可她环顾卧室却没发现什么异样。疑惑间,十二点到来,她昏睡过去……

在浴缸里,明亮的灯光照在白色的瓷砖上,流淌着触目惊心的红色,张烁金在静静地等待着,早没了气力。眼前变得漆黑之前,他的头脑里回荡着那句自己曾经在梦中说过的话——"累了,一个听众不再有了"。

纵使时间洗刷记忆,神的话语也总是不会死去的。黑暗在睡梦中离去,迎来一个新的白天,阳光总是对昨天装作若无其事。

R2O更新着官方剧情的公开动向,秦空感谢R2O有人工阅读模式,毕竟那种自己曾经上网搜索总结整理的游戏剧情还是跟不上实时的。现在的他听完每天的早间新闻广播后,就会打开R2O了解一下昨天的剧情更新,毕竟这个世界的故事一直在继续。秦空一个人在厨房里准备着早餐,手机就放在一边开着R2O,人工智能是【青鸟】的声音,就像是柠茶的声音加了点电流质感却带着冷漠疏离的语气,和秦空印象里那个灵动的女性朋友不甚相似。他正拌着蔬菜沙拉,听着人工语音像讲新闻一样说道:

"……昨天夜里墨丘利公布遗言……"

秦空听到这儿,手上的动作停顿了一下,皱起眉头,撇撇嘴,有些不好的预感,正想得入神。有人在他后背迅速地戳了一下,将他从思绪中拉了回来,他转头怒目以待,迎上了夏晴笑眯眯的眼睛。进了厨房的就都是秦空能使唤的人了,"帮忙做饭吧,夏晴。"

夏晴也不计较,找自己能接手的活开始做,还不忘了聊天:"张烁金死了，昨天晚上自杀了。"

听到了和自己的猜想吻合的消息以后，秦空反而没了先前胡乱猜想时的焦虑不安。虽然疑问仍然存在，但是这种猜想得到证实的心理让他感到踏实。

"你是怎么知道的？"

"阎声昨天给我打的电话，问关于精神病的事，但是从他描述的现象来看，张烁金不像有精神疾病的样子，这很可怕，一个自称是他亲友的人拿着他的医学诊断书去做了证明，竟然没找出半点瑕疵……"夏晴洗着生菜叶子，把自己知道的情况讲给秦空听。

阎声曾经是H市的一名拥有特殊身份的警察，也曾是星宫的孩子，不过这么多年当孤狼当习惯了，逢年过节得赶上没有出警任务才有机会回来团聚一下，特别没有人情味。

星宫的人都是理解这种职业的特殊性的，家人没有互相嫌弃的道理，该互相帮助的时候，谁都没含糊过。

特殊职业当然也有特殊的要求，没见过阎声主动打电话或者很爱聊天的时候，毕竟他的这个特殊职业有很多说不得的东西，这也决定了他会成为孤狼。他的那通电话就是咨询职业人士的，夏晴这才得到了消息。

当然这个消息，夏晴也只知道个大概，细节是机密，是不能向警察发动刨根问底的技能的，谁让他是个安分守己的好公民呢。

"游戏世界剧情也更新了，昨晚墨丘利死了。"秦空也开始分享自己的消息，一边还不忘切着小番茄，等下拌蔬菜沙拉要用的。

夏晴甩甩手上的水，一副欲言又止的样子，还是秦空催了一遍夏晴才说出来："我昨晚梦到了。"

"开什么玩笑。"

"真的。"

"……"秦空手中的动作停了下来，放下菜刀，突然揪住夏晴的衣领，眼神中闪过一丝恼怒，沉声说着，"你知道这有多危险吗？"

"你先听我把话说完好吧。"夏晴脸上又浮现出笑容，秦空一看就知

盛宴

道不靠谱。秦空当然不会放手，一双眼紧紧盯着夏晴看，仿佛眼睛里写着"我不信"，看得夏晴特别无奈。

　　无奈归无奈，夏晴还是要解释清楚："你要相信我，我是专业的，能找到回来的方法。她的梦境是不能够预言的，而是她认为有可能发生的事情就只会出现在梦里而已。阎声和我说了，那台不是梦境制造机，是睡眠辅助器，真正能进入这个梦境是因为得到了能够使他们潜意识同步的心理暗示。这个对于我来说还是简单的，只要找到一个标记点，我就不会迷路，我和她也不会互相影响。'筑梦师'这个词听过吧？"

　　秦空听完解释就松了手，但还是不信，他一句话也不接，就这样等着夏晴接着说，熟人知道他这是心情不好的表现。夏晴倒是不慌不忙，继续该干活干活，接着自己先前的话说：

　　"她在无意识下成了筑梦师，然后我也无意识地走进去了，看见……"

　　"咳咳，来杯牛奶，谢谢。"琉辉不知道什么时候出现在厨房，拿着一个空玻璃杯倚靠在墙上，就差脸上写上"大爷"两个字了。

　　夏晴咽回了刚刚想说的话，转身去冰箱取牛奶，还不忘问一句："要不要加热？"琉辉给了否定的回答，秦空大抵没有惯着小孩子的习惯，只是被打断了谈话，总觉得怪怪的。

　　琉辉将杯子递过去，夏晴一边给他倒着牛奶一边看着他的眼睛，没再继续之前和秦空的话题，而是问道："没睡好？"

　　"嗯。"琉辉心不在焉地接过装着冷牛奶的杯子，端起来就朝嘴里送，带着刚刚刷完牙的薄荷味一起灌醒了自己的神经。

　　"做噩梦了？"夏晴问。

　　琉辉这才正眼看了看眼前的人，夏晴那微笑总是一副无辜的样子，看得琉辉心里发毛，索性没理会，转身就离开了厨房。看着琉辉离开，夏晴回去继续和秦空说话，只是有所保留了。

　　"总之她过得应该很辛苦吧。"

　　"你扯什么呢？"

　　"噗，两勺沙拉酱？"

秦空大概知道这是在岔开话题，不必再问了。有些时候再担心也不能干涉别人的生活，你不得不选择相信，除此之外别无他法。

……

游戏世界，星宫的会议室里……

"琉月，韩钰的图纸还在你这里吗？"【楚霸王】早早上了线，他这段时间一直在为转职做准备，本来上线时间长的他，现在上线更勤快了，同时也没忘了多和琉月亲近，什么都叫琉月一起参与，这次干脆把武器图纸都放在了琉月那里。

琉月当然不敢怠慢，到底还是要当个游戏NPC，她在公会日志里备份了一份。现在打开公会日志把图纸拿出来，星光符在空中翻转折叠出武器模型的模样，倒是比那个移动终端的光子模型还多了几分机械棱角分明的感觉。【楚霸王】把数据转移到自己的移动终端去，开始算自己要去哪些副本打什么素材了。

正数着，突然一个声音打断了他们的思路。

"哎！这是什么啊？"

琉月和【楚霸王】都循着声源看去。

【将进酒】正从会议室外面走进来，手里拎着酒葫芦，眼睛盯着那纸模型看。

"墨湘哥，你今天有空来公会啊？"【楚霸王】打招呼。

"啊，周末了，回来看看。"【将进酒】回应着。

琉月感觉【将进酒】说话时朝自己这边看了一眼，但是她没说话，毕竟【将进酒】是经常上线但很少回公会的人，人家是电竞选手，迟早要离开这里去自己的战队公会。

【将进酒】往【楚霸王】那边凑，注意力全在模型上，端详了一会儿，说道："你如果真要玩枪兵，这对你来说的确是极品。这图纸谁设计的？"

"啊？韩钰闲得无聊弄出来的，他倒挺喜欢工坊和裁缝铺那些地方。"【楚霸王】回答。

【将进酒】道："天才啊。你准备做出来？"

"嗯，不过你看。"【楚霸王】一边说着，一边把模型往对方的方向上挪了挪，顺便递出了自己的材料清单。

【将进酒】开始仔细研究起来，琉月也好奇，职业选手到底和普通玩家差多少，倒是有机会可以领教了。就看着【将进酒】上前来，不知道是做了什么操作就拆解了那飘浮在空中的纸模型，打量一番之后抻出来两个零件说："这个枪芯用古磁石也是韩钰想到的？啧，高级材料不好收啊。"

"要不换了？"

"这个不能换，这才是这把武器的精髓。"

"啊？"

"岚肆发明的投枪玩法从表演赛那天之后虽然有很多人有意模仿，但是并没有爆火，知道为什么吗？"

"嗯……"星宫是一家人，开幕式比赛里有自己的家人，他们当然会看一看，楚江看了个大概，印象最深的当然是马岚肆的表现，他还是想改行玩枪兵的，于是努力回想当时的细节。

投枪玩法用的不是技能，是武器投掷的操作，就像枪手系玩家投掷炸弹一样。当时的表演赛里，马岚肆运用武器投掷扔出了自己的武器，帮助金麟摆脱了困境，给比赛带来了惊喜和看点，却并没有改变剧情，至于为什么，看马岚肆去捡枪时费了多大劲就知道了。比赛场上没有武器，除非是武者那样用拳脚当武器，否则很危险。马岚肆是职业选手，当然对自己的走位有信心，再加上当时的搭档并不弱，能够脱困很正常。可若换作普通玩家，投枪容易，再想捡回来的时候就会发现"丢出去的武器泼出去的水"，到时候只恨自己没再点两个武者技能防身。

楚江茅塞顿开，他虽然是学着琉辉玩狂战士，但是琉辉说需要自己理解。自己研究出来一套技能加点，用得最顺手的一直都是自然系雷系技能，古磁石这个材料他也去研究了一下，介绍说能够将电和磁互相转化，磁力不就能解决捡枪这个问题了吗？

"武器不在于材料有多珍贵，也不在于数值有多高，重要的是量身定做。"【将进酒】说着,又把纸模型装了回去,轻车熟路地操作着,本来是两杆枪,尾端相对拼装在一起就变成了一柄双头的长枪,"这个你要好好去谢谢韩钰了,古磁石是必须要有的,不过的确有两个素材可以考虑替代一下。"

"韩钰肯定是要谢的,我现在就是愁上哪去弄古磁石。"

"让凯文去弄。"

"啊?"

"放心,不用他花钱。琉月姑娘,过来。"【将进酒】突然转身看向琉月的方向,手底下发着私信把楚江先支开了。【楚霸王】和琉月打了个招呼就先离开了公会,多半是去打材料了。

琉月觉得奇怪,但还是靠近过去。一是奇怪别的咒术师为什么会操作她的星光符,二是奇怪凯文怎么弄回来古磁石,三是奇怪对方有什么事能让一个总不回公会的成员来找公会负责人聊一聊。

太奇怪了,琉月对这个人就是这样的印象,没有好感,也没有反感。

【将进酒】问:"最近是不是有什么东西要给凯文?"

"我?"琉月回想了一下,"我交给天天了。"

"你……你给他做什么?"【将进酒】不再是平静温和的语气,从卡顿中间就能体会出一点焦虑的意味。

琉月回想着【翠鹬】交代过自己的话,看着眼前的人都不问自己要转交的是什么东西,总觉得不应该毫无保留,就回答说:"因为天天和凯文比较熟悉,我联系不上凯文,所以托他转交。"

"我知道了。这段时间怎么样?"

"公会挺好的,能常在线的玩家很积极……"

"哦,我是想问,你怎么样?"

"我?"琉月搞明白了对方是在问自己近况,更加奇怪了,一时不知道有什么好回答的,组织不好语言就随便敷衍着,"我……挺好的。"

"是不是感觉到了一些以前感觉不到的东西?"

"……"琉月已经云里雾里了,敷衍和沉默的效果应该差不多吧,那

盛宴

就先沉默着好了。

　　电脑前的百里墨湘扫了一眼自己的笔记本，上面写着星宫几个人的名字，秦空和凯文后面打了个钩，分别写着两个词——"疲惫"和"束缚"。

　　"累了的话记得休息，如果觉得缺乏自由，可以找个人和你一起出去走走。"【将进酒】说完，转身几个轻功就位移着离开了公会。

　　留下琥月带着一大堆疑问站在原地，思考了片刻决定还是去工作。百里墨湘尝试去联系周壹，但是周壹现在还在哥哥的宠物医院里帮忙，没办法抽身去上游戏，百里墨湘只好说晚上再联系。他知道凯文现在在公共服务器里，柠荼昨天也刚去了，要等24小时，不对，是【星雨】去了，【翠鹛】应该还在这里，就是不知道她晚上做梦会不会选择【翠鹛】了……

　　就在百里墨湘纠结着这个问题的时候，昨夜失眠的柠荼还躺在床上沉睡着，深陷梦境的深渊中……

　　"魔界的方向，应该就在这里了吧。"

　　"你要做什么？"【翠鹛】警惕地望着眼前的人，这张脸她认识，或者说她的灵魂柠荼认识。

　　"为了看看我那瞎了眼的老兄弟。"这名男性头上亮着ID【黑时锦】，是玩家操作的。可是柠荼总觉得那双眼睛，好像让她无法醒来的梦魇一般，冰冷而乖戾……

　　"咳咳——"【黑时锦】的ID已经灰掉了，但是游戏设定里的他依然在行动着。从受重伤的狼狈模样来看，他大概领教了【翠鹛】的强大，也总算明白为什么狐狸会选择用傀儡去接近那些"管理者"。他太心急了，他的主人更加心急，还好只是游戏而已……

　　柠荼独自一人坐在出租屋的餐桌边上，桌上放着昨晚没喝完的柠檬水，刚刚冰镇过，搭配着早餐在中午一起吃下肚去，她咀嚼时牙齿相当用力，险些走神咬破了嘴，仿佛这样就能将昨晚的噩梦也一起嚼碎咽下去。可惜并没有，她现在举着那杯柠檬水的神态和昨晚失眠时相差无几，否则也不会险些咬破嘴了。

　　噩梦来源于现实经历的事吗？柠荼坐在餐桌边，把双脚也放在了椅子上，抱着膝盖蜷缩着，像褴褛中留恋着温暖子宫的婴儿，眼睛里一片混沌，不知道是眼泪还是深渊的黑。

　　有些回忆注定是用来遗忘的。

　　时间刺痛着沉在心底的东西，会和血一起从狭窄的心室中喷薄而出，最终流淌在血液中散布全身，变成甩不掉的东西。

◆ 盛宴 ◆

囚笼

不知不觉中，周日的傍晚就到了，周壹的周末是没有了，他对琉月抱有歉意，晚上会上线烤一袋小饼干放在琉月的房门口，毕竟大哥哥和琉月，应该就是手心和手背的关系。

今天要去找辉哥，周壹回学校之前的晚上选择去了一趟网吧，刷卡上了游戏，费了些力气才到了和琉辉约好的地点，只是半天没等到琉辉出现，等到的是来自陌生人的攻击……

聚光灯下……

"可以请凯文向我们预告一下专辑《逐梦者》的概念吗？"

电视机里传来女记者的问话，秦空向来不关心娱乐新闻，倒是今早的不速之客让他不得不适应一下这份热闹。韩钰手里抓着遥控器换台时像极了要看动画片的孩子，眼睛却在看向电视的时候变得空洞而黯淡。他大概也找不到自己想看的那档节目，漫无目的地切换着频道，倒是和凯文的记者发布会撞了个正着。而后他略带着玩味将秦空还捧在手里的报纸扒拉开，一张人畜无害的脸尽显"分享"美德。

秦空叹息，他当然不会反感家人，但回避的眼睛对于韩钰这样的"孩子"来说更像是伤害，必须坦然面对一些东西，才不会错过和家人在一起的日子。

电视机里的凯文也正在面对着这数不清的镜头，和他坐在同一张长桌子边上的同事文森特，应该是有些忘却曾经面对镜头的感觉了，竟然不如这位年幼的凯文这样自然而从容，局促不安和腼腆的模样仿佛昨天才刚刚出道一样。

凯文畅谈的技能早被工作打磨成璀璨夺目的宝石了，呈现在众人眼中的是光芒，自当得到青睐，毕竟这里是摆脱束缚而争取来的属于自己的大舞台……

凯文的目光扫向台下，礼貌地向那位记者问好，回答着问题。没有人会猜得到他的目光究竟定格在了哪里。接收目光的人不是那位女记者，而是一位不属于任何一家媒体，便装混在台下正隔着墨镜与他对视的女子。两人嘴角都扬起一丝笑意，只是一人眼中夹杂着虚假的笑意，一人眼中沉淀着冷漠与疏离。

凯文的谎言从未逃得过秦空的眼睛，但这双漠然的眼睛下虚假的微笑是凯文对待记者媒体惯用的标准，秦空也不会知道这份漠然的对象是什么人物。

电视里的节目任它放，结束后韩钰朝窗外张望了一眼，春季后的黑夜有些姗姗来迟，现在他不想回自己的公寓，留在星宫借宿一宿对于他这种等同于无业的写手来说完全不算什么困难的决定。至于换洗衣物，只要厚着脸皮去扒拉一下哪位哥哥弟弟的就好了，他从不挑家居服的款式和尺码。

韩钰仰着头打了个呵欠，冲着秦空眨了眨眼，就差把"秦妈妈"三个字叫出来了。秦空心领神会，起身回房时说："房间钥匙给你挂门口，我给你找睡衣。"

看来扒拉衣柜这个操作也不需要韩钰亲力亲为了。

太阳还没下山，网吧的灯还没有打开，昏暗程度让周壹只能凭着感觉去敲击键盘，尽管依靠电脑屏幕的光低头瞧一眼键位也是一个不错的解决方案，但他没有机会，眼前屏幕光影缭乱，就连网管路过都特意看了一眼他的电脑界面才确定他是在打游戏，而不是在炸电脑。

是谁在攻击自己呢？周壹的手指已经开始发酸了，在这个游戏里死亡的代价过于沉重，下线也是行不通的。召唤师的近战能力不会拯救他，他必须看清楚眼前的敌人是谁，至少知道对方是什么目的。

血条没有清零，但角色被打翻在地。周壹的手指变得沉重，就像注射了麻醉药的猫爪子一样，但是对方并没有给自己致命一击，眼前魔光乍起，这才注意到身下是一个传送法阵。

抓人？

周壹再想操作已经来不及了，眼前场景在强烈的光中消失，飞速转化为另一个房间，周壹敲击鼠标的动作也迟缓了下来。这里像过去时代的牢房，这个栅栏门看见的脸大多面无表情，不过从他们头顶的ID可以看出，他们应该和周壹一样，正是一脸蒙的样子吧。

"怎么会这样？"周壹手上的一切动作都停止了，仿佛一列火车在离他很近的地方呼啸而过，声音从双耳直接穿入大脑，让那里几乎停止了一切运动，像这样静静地坐了很久，直到手机铃响，是琉辉哥哥打来的。

"喂，周壹，我这里突发了点状况，今天估计过不去了。"

"突发状况？是和我一样的突发状况吗？"

"难道你也……"

电脑游戏里的声音很远，但是和手机里的声音重叠的时候，周壹摇摇头，一切都是那么莫名其妙却不出所料。身边很多和自己同样在新区玩着游戏的人们骂骂咧咧，他们嘴里的C市方言，在周壹的脑海里自动翻译成了听得懂的话。这个地区的许多玩家都被抓到了这个奇怪的地方，已经成了他心中无法动摇的结论。

"是谁在这么做？"

"拽根儿。"

"啊？"周壹没听过这个外号，更不了解其中的故事，自然很疑惑，不过琉辉这句话并不是说给他听的。

"应该不是他的旨意，估计有人在利用魔龙的身份。不用担心，这两天你登录游戏应该也是这个样子，我去找明白人问清楚，等处理完再来找你。"琉辉就这样自顾自地说着，最后还没等周壹问到底是什么事找自己的时候，电话早已经被琉辉那边挂断了。周壹抿着嘴咽回了想问的问题，现在连之前的问题都在脑海里被那种耳鸣感震碎了。

没得玩了，要不先回学校吧……

"琉月姐姐，我被困在一个未知的地方，这段时间可能都不会上线，很抱歉，我食言了，请照顾好自己的安全。"

最终还是给琉月发了这样一条消息，周壹才放心地退出了游戏，希望这样的突发情况以后都不要有了。

琉辉当然没有顾及周壹的感受，他一直保持着任性的模样。疑惑、愤怒和不悦的事情会让他抓心挠肝忘记自我。他必须要一个合理的解释，就是关于抓他的人中间有因为打不过他而变成魔龙来集中攻击自己的，这到底是什么意思。平时打扰自己练级抢抢怪就算了，怎么还有限制玩家自由的说法？企鹅聊天器里，他正准备cue（叫）出他口中的拽根儿时，聊天室里已经炸锅了……

【嫣影山茶】：@【奈落四叶】拽根儿，你怎么回事儿？

【独咕求败】：@【奈落四叶】你最好解释一下。

【神说要查电表了】：@【奈落四叶】魔龙一族如果缺钱可以直接说的，林队长投资也是有可能的，何必绑架我呢？

【楠有乔琳】：大家都被莫名其妙地抓进来了？

【嫣影山茶】：嘤嘤嘤，队长我好怕怕啊。

【玛格列特】：@【奈落四叶】抓别人也就算了，抓自己队友是怎么回事？

【午踏凡尘】：诶，什么情况？

【百步飞樱】：@【嫣影山茶】摸摸毛，吓不着。

【十里桃花】：@【午踏凡尘】有好多人的游戏角色被魔龙抓到一个牢房一样的地方了，我们小空就被困在那边，好像是龙族领域，拽根儿真的没在吗？

【楠有乔琳】：我和副队长隔着一个牢房……

【不好意思走火】：哈哈哈哈，隔着牢房的那个太狠了吧。还有，怎么姜淑女你也被抓了啊？

【玛格列特】：@【不好意思走火】闭嘴！

【午踏凡尘】：天哪，还有两个一起被抓的？真惨。

【菁虹一梦】：我全队被抓。

【嫣影山茶】：啊？那你最惨，心疼心疼。

【神说要查电表了】：心疼 +1

【十里桃花】：心疼 +2

……

屏幕里已经开始刷屏"心疼 +N"，这十个心疼九个笑，剩下一个就是像马岚肆这样狂笑着，直接从椅子上摔翻了下去。

琉辉怔愣在原处，手指摸在键盘的按钮上，琢磨了半天也没按下去，倒是快要把按钮都抠出来了。果然不是拽根儿干的，那就是有人借着他的名字在搞事情了。

魔龙一族刚刚迁都，龙族领域靠近空陵希岛国，再联想到谎言之神墨丘利的死，这之间有关系吗？

【星雨】：应该不是拽根儿干的，我和沈矗查一下，你们别着急，系统更新给玩家发补偿。@全体成员

【不好意思走火】：能指定材料吗？

【星雨】：做梦。

【不好意思走火】：翻白眼表情。

【嫣影山茶】：你的图片已经被我盗走了。

……

那些斗图之类的热闹，琉辉从来没想过去融入。他倒是更担心游戏到底发生了什么，和柠荼发消息私聊，等啊等，仿佛等着太阳升起的向日葵那样。消息提示音响起，他猛地抬头去看柠荼给自己的答案："注意琉月。"

……

"凯文，怎么把文森特带上了？"S市咖啡厅里，那位坐在发布会观众席里的便衣女子正坐在靠窗的座位上，再看应她邀约前来的人，十分吸引八卦狗仔们的注意力。

凯文的眉尾和唇角的距离贴近了几分，一副似笑非笑的模样，阴阳怪气地说着："猫姐，这么漂亮的小姐姐太引人注目了，要和最好的同事共

享一下。文森特，这位是……"

"不必介绍的，我们认识。对吧，小白鸽？"猫姐摘掉了那副桎果色墨镜，一双像翡翠一样通透明亮的眼睛就这样灵动地呈现在两位男性眼前，笑意盈盈，丢给了凯文身后那位局促不安的青年一个问句。

文森特摇摇头，又点点头，迟缓木讷得像是没反应过来"小白鸽"是在说自己，等他仔细看清楚猫姐的长相模样后又使劲地摇摇头。

猫姐摆了摆那只拿着墨镜的手，撇嘴的模样像是讥笑，转过头的一瞬间也只有凯文捕捉到了那个白眼，摇头的同时，说了一句："看来是真的失忆了，忘了也好，他也去得安生。坐吧，猫姐就想找个小帅哥聊聊天。"

这句话说完，却没有一个人回应，毕竟现在各怀鬼胎，心里想着梦，自然没有心思应对眼前的东西了。还是凯文赶紧回过神来，职业素养提醒他不应该把任何一个客人晾在一边，拉着文森特的衣角向下拽了拽，使了个眼色，两个人终于坐了下来。

"Waiter（服务员），三杯苏打水。"

"谢谢猫姐还记得我喜欢喝什么。"

尽管眼前的东西看得真切，但是虚无缥缈的梦也不是说走就走的东西。凯文的脑海里浮现着曾经在企鹅群聊时大家讨论过文森特的事情，百里墨湘具体解释了什么他记不清了，但是他清清楚楚地记得结论：

"如果游戏里的文森特选择遗忘张烁金，那么就要看他的游戏角色剧情是否说他也遗忘过，如果有，那就是他自己回来的。"

如果文森特可以自己走回来，那琉月也可以……

"小凯文，你怎么心不在焉呢，是不是工作累了？"

现实里的东西还是会把他们拉回来的，就比如说现在猫姐又在朝自己抛着媚眼。凯文迅速调整了自己的情绪，那赔笑的脸灿烂得就像春天的花一样，即使这么虚情假意也不会有人挑他的毛病。他为什么带着文森特来？还不是怕猫姐藏了记者乱传绯闻……

猫姐右手中的搅拌棒在卡布奇诺的拉花上画着完美的圆弧，左手撑着脸，笑意盈盈的眼睛眯成一条缝，谁也不知道她到底在盯着谁看，直到凯文的手机里响起提示音。

凯文瞟了一眼消息提示，新专辑的相关人员来联系自己了，上流社会"聚一聚"的真正意义也终于要显现出来了。服务员正好把苏打水递了过来，凯文先是向服务生道了一声谢打破了沉默，而后转过来就问道：

"猫姐，上次电话里你说要介绍的是小姐姐还是小哥哥啊？"

"哼，瞧你这德行，你是想要小哥哥还是小姐姐啊？"猫姐保持着原先那没正形的笑脸，陪着凯文逢场作戏打太极。

凯文故作艰难思考的模样，放下手中的苏打水，手放在了下巴上，咬着嘴角又松开，朝着一脸蒙的文森特看了一眼而后说："这得看猫姐要我达到什么条件啦，比如要像我的前经纪人一样让我去做自己不喜欢的表演的话，我就要去猫姐的朋友圈里挑一个最可爱的小姐姐了。"

"哈哈哈哈……"猫姐托腮的手在自己的脸前方一挥，也许是对凯文这样的回答忍俊不禁，"那你可要失望了，我想要你做的是把我的弟弟送进组合里来。"

"是……周若聿？"

"没错。"

"……"

太阳渐渐沉入地平线，路灯开始亮起，周末接近尾声，但有些人却提前到了工作日。沈矗挂断了柠茶的电话，游戏的性质立刻从娱乐改变成了工作。

"大小姐，你又做梦了。"沈矗看着屏幕里那个亮着ID的【翠鹬】，不需要仔细观察就能猜到柠茶的上线方式。

"嗯，这样方便。沈矗，帮我留意一个人。"

两个人刚刚碰面，地点约在榕树城附近，因为从这里去空陵希岛最快。【翠鹬】坐在一棵树上，而这个有着沈矗面孔的游戏角色不是【忠贞不贰】，而是新的ID【矢志不渝】。和光明骑士的一袭白色骑士制服完全不同，这个角色的服装是典型的地下城风格，标配是黑色斗篷，配饰都是黑色羽毛或者龙鳞。沈螽选择这个账号是因为魔龙一族是从地下城出来的，让光明之神去插手还是有些障碍的，而选择地下城势力出面，还能帮【亢龙】证明魔龙一族没有违背光明之神的意志，墨龙轩大概会接受。

"谁？"沈螽问。

"ID叫【黑时锦】，昨天梦到过，不过我有点不确定。等下到了空陵希岛，再留意一下吧。"

"嗯。"

"小凯还没有离开神域，魔界钥匙在那个叫【星期天】的孩子身上，记得先把他找到，保护起来。"

"好，你也注意安全。"

"分开行动吧……"

两人一起朝着夜色中的巨大榕树看去，树冠上那些紫萤草依旧在闪烁着光芒，仿佛天上的星光洒落在这棵榕树上。榕树城不再封闭，索道已经成了一种纪念，直梯成了众多人来往的通道。

空陵希岛是一座飘浮在空中的岛屿，而榕树城则是通往神域的大门。最初能够前往空陵希岛的生命大多是拥有巨大翅膀的神族，后来又陆陆续续有许多凶猛强大的鸟类魔族人可以凭借自己的翅膀前往这座岛屿。随着共和时代的到来，神族血脉走向尽头，其他种族的生命陆续通过神族的试炼，以此来获取神级和通往神域的资格。而没有翅膀的他们想要达到空陵希岛这样高的门槛，仅仅依赖神族或魔族的施舍几乎是不可能实现的。

在魔族迁徙的途中那些自认为被群落舍弃的魔族人，得到了神族提供的一个机会。光明之神将神树的种子撒向这片土地，巨大的榕树成了魔族人的栖身之所，他们愿意回馈这位伟大的神明，驿站兴起，这里成了凡人通往神域的必经之路。因此也不难理解魔龙一族迁都的选址为何要靠近空陵希岛了，获得神级的龙域领主亢龙趁这次机会将魔龙一族的口碑一举颠覆。

现在要去魔龙的领域，当然也要经过榕树城了，并非飞行魔法不好用，而是神为他们的懒惰找了一个辅助。只是这样的懒惰服务于所有人，所以

✦ 盛宴 ✦

就没有人会深究为什么。

韩钰回到自己曾经在星宫住过的那间房，他没有电脑，索性准备去扒拉琉辉房间的那台台式电脑。不巧琉辉也是个熬夜党，韩钰只好作罢，准备去看看自己做的其他图纸，顺便为自己的熬夜找个消遣，回到房间就点起了烟，转念一想秦空对他躺床上抽烟这种行为会发疯，于是离开卧室去了连通的阳台上吞云吐雾。

他不怕死地直接坐在了阳台那扶台上，小时候身高只有一米出头，就连从阳台看外面的风景都要踮起脚或者垫上一个小板凳，现在只需要一跃而上就能实现了。真的能看清外面是什么样子的时候，却被香烟熏迷了眼睛。韩钰呼出去的烟，不知道是叹息还是释放着什么情绪。

自从开始玩这个游戏，他就越来越觉得和曾经的自己疏远了，仿佛有些东西要从自己的心里抽离走，也许要责怪自己戒不掉的烟，也许要责怪自己流不出来的眼泪。

总是要后悔一些事情的，毕竟自己还活着。

"嗒嗒嗒……"

周壹从网吧离开就回到了宿舍。天已经完全黑了，宿舍里不喜欢早睡的人会选择躺在床上用电子产品消磨时光，坚持早睡习惯的人会选择老老实实躺在床铺上。周壹属于后者，他戴着小青蛙样式的眼罩躺在床上，只觉得今天床头的闹钟走针的声音仿佛格外清晰响亮。他想要努力平静下来，却越发觉得心中浪潮汹涌，身体仿佛在下坠或是沉入海底……

"找到你了。"

"嗯……"周壹的知觉渐渐恢复，眼前被覆盖的感觉消失了。他尝试睁开眼睛，意外地发现成功了，眼前的景象却熟悉得让他害怕。这里怎么是游戏世界里的景象？还是之前【星期天】被抓去的牢房。周壹感叹，他明明应该是在宿舍里睡觉的。

叫醒自己的人是……

周壹用力眨了眨眼，确定眼前没有眼罩带来的压力后开始陷入长达半分钟的死机状态，仿佛有什么东西在头脑里炸开了花，直接将自己的鼓膜连带着听觉神经一起撕裂，搅碎在他那可能已经只剩下一摊糨糊的脑袋里，发出了抗议的哀号声久久回荡在这个躯壳中。

如果硬要说出他的心情，大概只有用 unbelievable（不可置信）来形容了。

琉月看着眼前【星期天】的神态，还是用之前的手法轻轻拍着他的脸蛋，仿佛指尖有什么让人振作的魔法。

眼前这个少年在琉月的帮助下心情逐渐平复，终于回过神来。现在的【星期天】不如说成是完整的周壹，他没推开琉月或是抵抗连续不断的轻轻拍击，而是认认真真盯着对面这个也许有些慌乱的少女，他突然觉得在这里真好，至少这里的她是摸得到的……

"琉月，你怎么在这个地方？"

"小凯回来一直都没联系到你，就去了首都找我，然后我们就……"

"啧，这地方没信号啊，魔法也用不了，光凭普攻破坏不了这个地方。聊天界面打不开，像是个 bug 一样。辉哥说他也被困住了。"【凯】研究了半天牢房的大门，虽然这个结果还不如不说的好。

周壹经过仔细观察，发现【凯】说话的声音背后确实有几声键盘敲击的声音，不过角色动作不多，敲击键盘的声音也并不激烈，看来只有他自己穿越了。他没办法看到自己角色头顶的 ID 是什么状态，但是从【凯】的反应来看他猜测应该是灰色的，否则【凯】一定会问他为什么这么晚还在打游戏，因为【凯】知道周壹的宿舍会在这个时间断电。

琉月却看得到不一样的地方，【星期天】头顶的 ID 消失了……她现在没有时间去弄明白为什么，只想快点从这个地方离开。

由于周壹比较胆小，他并没有能帮助队友们快点实现"离开"这个愿望，但也同样不会给队友添麻烦。他越害怕的时候心越冰冷，就这样保持着理性和冷静，冷却着他刚刚"爆炸"过的头脑，起身再去观察牢房。

除了隔着铁门相望的【凯】和他身边的琉月，【凯】的牢房里还有一个陌生人，没把脸转过来面对着他们。ID 虽然亮着却完全没有什么想要动弹的意愿，仿佛他根本不想离开一样，ID 的名字叫【菁虹一梦】。周壹再放眼望去，其他的牢房里平均人数明显也有了增长，看来这期间又有很多人被抓进来了。是某些人有意为之了，但是这种瞬间一下子就让原来世界的"法则"全部作废的地方到底是哪里。周壹想不明白，刚刚凯文讲的话在他的脑海里像电流一闪而过的时候，他有了一个猜想。

"会不会这里不是原先的世界？"

"啊？"【凯】的位置本就很靠近【星期天】和琉月所在的牢房，因为好奇就又往这边挪了几分，就差学个缩骨功把脑袋探过来了。一边的【菁虹一梦】似乎也把视线往这边移动了几分，但是仍然没有加入他们的谈话。

"在游戏里做个bug，然后玩家接触到bug，再然后就会被传送到另一个空间里，所以用不了魔法，也联系不到原先那个世界里的人。"周壹说着。

"啊？这是要干什么啊？"【凯】相信这种解释，但是他又不是学计算机专业的，只觉得这种bug就像是针对他们玩家，闲下来时刷过R2O，他也知道有不少玩家接触到了这个像是bug一样的东西然后就来了这个地方。纵使能确定这个世界不是原来那个世界了，可是也和他之前探索牢房的结果一样，说了不如不说。

"这个我就不知道了，最主要的还是现在应该怎么办。"

"怎么办呢……"

"你们身上有没有不属于原来那个世界的东西？"琉月问道。

"嗯？"周壹和【凯】看向琉月的方向。

"既然原来世界的法则在这里无法起作用，那换其他世界的法则试一试啊。"琉月解释说。

"别的世界的东西……"两个少年又一次沉思起来，旁边坐着的【菁虹一梦】似乎想起什么，正准备上前去插句话，却忽然被周壹那轻轻柔柔的声音打断了，"嗯，我可以试一下。"

"啊？"

"只是试一下……"周壹朝着牢房门口走了两步，伸手摸了摸那金属的质感，他回想起了【翠鹀】曾经给自己的东西，本来说是要给【凯】的，但是之前他用那两把钥匙一样的物件变成的东西割破一座光牢救过【翠鹀】。

而这次自己被抓走的时候触碰 bug 的位置好像离自己救【翠鹬】的位置很近，不知道是不是巧合，但还是值得一试的。

周壹下意识地摸了摸自己上衣里缝着的口袋，那两把钥匙果然放在那里，即使是游戏角色也和自己有很大相似性，果然没错……咦？周壹的动作顿了一下，他好像差点忘了自己是穿越进来的了。太害怕的时候会忘了自己到底是在怕什么，想到这里，他心脏那冰冷的温度似乎开始蔓延起来，身体也跟着僵硬起来。

"天天，你怎么了？"琉月这才感觉到不对劲，【星期天】头顶的 ID 她还没有找到合理解释呢。

"啊！我没事……"周壹拍了拍自己的脸，冰凉的手将这样的温度传递到他的大脑，犹如醍醐灌顶，让他看清楚眼前的事情，先帮助自己的队友离开才是最重要的事情。心里越是紧张就越沉稳，就越想着抓紧手中的物件，心情会告诉钥匙成为什么样的武器，继承意志后变得和心灵一样强大。

金黄色的魔光从掌心的钥匙上放射出来，笼罩住【星期天】的身体，让第一视角的周壹有些眩晕。再次恢复视野的清晰度之后周壹依然感受到了手中物件的质感，也许都不需要睁眼确认，那就是一把剪刀……

"这……"【凯】看呆了，周壹什么时候有这么"中二"的武器了，真应该拿给韩钰哥哥去好好研究一番。

周壹算是第一次接触这么大的一把剪刀，这让他有些专注于自己的感官。如果把这把剪刀立起来，也许会比自己还要高一些，但是却没什么重量，说不清是什么材质的。剪刀的手柄很大很粗，中间的洞几乎可以让周壹的手穿过去，不过，周壹的手和他有些瘦小的身材完全不相称，他的手掌很大，手柄最细的部分也正好能够让他紧紧抓牢，但是他没去抓那里，而是摸索到了在手柄并拢的地方，用点力气就可以捏下去的机关，同时手背有新的机关帮助卡住位置，这样"武器"才不会脱手。

将这样巨大的剪刀举到身前去剪断这些铁门，是再好不过了，但是以这样的姿势拿着剪刀，周壹不免觉得别扭，于是他轻轻活动了一下手腕，观察着剪刀的变化，剪刀口一张一合，支点的位置也就成了他视线的对焦点。他微微运用了些技巧，揣测着其中的构造和机关，转动到了某个角度仔细观察，甚至觉得这手感像极了自己攒助学金的那个保险箱。伴随着精细齿轮的咔嚓声，支点松动开来，最后伴随着微弱的紫色魔光亮起，支点真的消失了。现在这把剪刀在周壹的手中变成了两把剑一样的武器，凯文想要大声喊出"双股剑"这个名字，但是看着【星期天】的气场和那专注的神情，硬是把话咽回了肚子。

"琉月，凯文，稍微离远一点。"

"嗯。"琉月点点头，看向了【凯】，两个人一起朝远离铁门的方向移动了一些。

"注意安全。"

"行了，行了，你快开……"

凯文没反应过来，他本来还在和琉月一起移动，因为【星期天】自己没能喊出"双股剑"这个名字，而对【星期天】有些失去耐心了。那个和他同一牢房的家伙不知道什么时候挪到了他的身后，一把按住了他的脑袋，狠狠地压了下去。他的角色摔了个狗啃泥，视角也就跟着疯狂地旋转，因为突如其来的变故嘴里还没骂出声来，琉月的尖叫声和紧接着的一声爆炸声，跟着一道闪光一起将他的视觉和听觉暂停了三秒钟。

【凯】转着视角去看发生了什么，才发现周围的房屋直接被削掉了屋顶，耳边已经是高空传来的风声，至于他头顶的房屋有没有上一层，上一层有没有人，人活不活着之类的问题，估计没有一个能比得上【星期天】的武器怎么这么牛这个问题。再环视一下周围的墙壁，被削掉的高度如果是坐着的话还好，但如果他是像刚刚一样站着的，估计脑袋要被削没了。还好牢房里的大多数人不是躺着睡觉就是坐着休息的，这个时间遇到这个bug，估计也没有太多人会在这里浪费时间。凯文再转视角看了看琉月，她正抱着头坐在地上，脸上那双睁大的眼睛里写满了"惊魂未定"。

"天天……"

周壹怔愣在原地，看着自己手里的这两叶剪刀片，呼吸越来越沉重，眼睛似乎被突如其来的强烈魔光闪到变得模糊不清了。他腾不出手也没有力气去揉眼睛，手中的力量已经无法保证他抓牢武器，脑袋越来越昏，身体的重心也跟着脑袋一起摇晃起来，逐渐偏离了双脚的支撑范围，倒在了地上。

钥匙又恢复了原样，琉月赶紧上前去查看【星期天】的状况，看到了掉在地上的钥匙，她赶紧收回到了自己的口袋里，因为她认出了这东西本来是【翠鹏】委托自己交给凯文的。

琉月一声一声再去呼唤"天天"这个名字，却无论如何也叫不醒他，此时胸前的口袋里，星时罗盘突然变得很烫，像是快要爆炸，她赶紧取了出来，手心感受的温度还是让她有些承受不起，于是就用魔法去托着。她打开怀表看时间，十二点了，可她没有因为系统原因陷入沉睡，这个世界果然不是原来的游戏世界了……

周壹感觉到了飘浮的状态，就像突然从水中浮现出来，摆脱了窒息感，呼吸逐渐缓和平稳下来，身体不再沉重，眼前又有了一些眼罩的触感。他抬起手将眼罩挪开，还摸到了汗水，脸上感觉到了自己手掌冰凉的触感，再去环视周围，深深吸了一口气，是刚刚在宿舍吃的泡面的味道，周壹记得，是酸菜牛肉味的。

琉月和【凯】带着昏迷的【星期天】回到了星宫，【凯】因为时间太晚下线了，琉月把【星期天】安顿回房间后就回自己房间去了。怀表的温度已经让她再也无法忍受了，仿佛是件被幽蓝色烈火烧到发红的玻璃制品，马上就会破碎一般，她小心翼翼地用魔法将怀表运向空中，打开表盖。

沉寂太久的魔力像是洪水猛兽一般喷薄而出，钟表齿轮转动的声音在琉月的耳边那样清晰，景象变得朦胧斑驳，仿佛巨大榕树下叶子交错之间漏下的点点投影，渺小得抓不住却又那样完整，和这份记忆一样清晰得令人心痛……

"周壹在害怕什么？"

耳边是自己稚嫩的童声，琉月知道，自己又要去看曾经的那些记忆了。周壹……琉月眨眨眼去看清眼前的景象和人。幼小的琉月坐在一个小男孩

◆ 盛宴 ◆

355

的身边，两个人并肩坐在大象滑梯的出口上，男孩抱着膝盖，肩膀发抖，伴随着啜泣声。

　　琉月不动声色地朝两个小家伙走近些，想要听听他们的对话。可那个叫周壹的男孩一直没有回答，只是继续哭着。

回归

小琉月伸手轻轻拍着那个男孩的背，皱着眉头嘟着小嘴，等了半天也找不到答案，蜷缩的腿有些发麻，便伸开来活动，眼睛盯着自己的鞋子，忽然像是想到了办法一样，说了一句"周壹等等我哦"，然后就起身跑开钻进了星宫的主楼里。

不消片刻小琉月又跑了出来，左手抓了一卷画纸右手拎着一盒水彩笔，把这两样东西放在滑梯口，立刻抓住男孩的肩膀摇晃起来，说："周壹，周壹，你要是这么不喜欢说话的话，那我就把我害怕的东西画给你看，你也把你害怕的东西画给我看，我们互相交换吧。"

小琉月说完就拿起旁边的纸，在男孩身前晃了晃，纸张和风碰撞发出声响来。男孩也终于抬起眼睛看了看小琉月，鼻子和嘴巴还藏在臂弯里，只露着那双红通通、湿漉漉的眼睛，像是一只受过惊吓的小兔子。

男孩看着小琉月的眼睛，就这样看了许久。小琉月把纸张递近些，似乎被盯着太久有些不好意思，说："很多小朋友来星宫的时候都会有很低落的时候，可能是舍不得离开爸爸妈妈。琉月也没有爸爸，和小朋友们是一样的。"

"……"男孩伸出手来接过那张画纸，手臂张开后，琉月才看清他的脸，和以前那些记忆里的一样，虽然看起来会稚嫩很多，但是琉月还是能找到那个与之匹配的人，甚至不自觉地说出了名字：天天。

"周壹和别的小朋友不一样。"小琉月坐回之前在周壹身边的位置，打开了水彩笔盒的盖子递到了他面前，继续说着，"周壹一直不理我，是因为名字很奇怪吗？我看大家每次叫你名字的时候，你都会发愣来着……"

"因为有时候不知道是在叫我的名字，周壹周一什么的，好像在抱怨明天要上课一样。"

"啊，你终于肯说话了啊。我看看你画了什么。哎？不是说要画害怕的东西吗？怎么画了太阳啊？"

"呃，看到就画出来了……你看。"周壹给手中橘红色彩笔盖上盖子，指了指小琉月的身后。小琉月顺着周壹手中水彩笔的方向看去，橘红色的天空上飘着粉红色和百合灰色的云彩，橘黄色的落日在地平线，像小孩子的告别一样，热烈但透出无人在意的无可奈何。

"真的好漂亮，希望天天都能看到。"小琉月看着那片夕阳，连自己没画几笔的画都忘记了，双手伸向眼前。阳光在他们的脸庞上留下一道剪影，眼睛依然那样明亮，仿佛她伸手是为了将那片梦幻景象抓过来放进两人的眼睛里。风将她膝盖上的画纸卷走，带走了两个小孩子全部的恐惧。

"其实天天都有的，只是今天才遇见你的……"周壹说着。

"那就天天一起来看吧！天天遇见好不好？"小琉月猛然回头，眼睛是被天空染成了的琥珀色，和周壹那金色的短发一样，像是融入了这幅落日图中的景色般，渲染着他们这个年纪所有的美好和幻想的色彩。

周壹看着小琉月的眼睛，之前的话还没有说完，但是他张开的嘴却改了口型，嘴角不自觉地扬起，愣愣地回答着："好。"

"你笑啦！不会害怕了吧。"

"嗯，以后天天都不会害怕了。"

"嗯！哈哈哈……"

两个孩子的笑声回荡在这幅画中，夕阳将滑梯和两个孩子的影子拉得很长很长。也许几年之后还是在这个位置上，他们也会长得和影子一样高，还是这样手拉着手，为了遇到这样的天空，夕阳还是星空都无所谓，只要人还在身边，这样的梦就还是那样美好而灿烂……

笑声越来越远，逐渐让琉月清醒，那是回忆。

周壹会害怕什么？"天天"这个名字是这样来的吗？琉月站在原地，

房间里静得能够听见星时罗盘表针的走动，铭文变淡了，是记忆解封了。琉月捧着怀表，眼中再找不到曾经落日染出的琥珀色，她记得曾经有一个史莱姆朋友——【翠鹬】，告诉过自己，自己不属于这个世界。她曾经以为回忆是这个世界的回忆，她是那个游戏角色成为神级角色以后记录在资料里的一个人物，一组数据……原来是要离开这里吗？这里的人都是谁？到底为什么会有这个星时罗盘？

琉月的手颤抖得越来越厉害，余温还没有散尽的怀表在手心里，心里却觉得它比之前更加烫手，像是从篝火正中心取出的板栗一样，不想再去触碰。脑海里似乎出现了一个黑色的点，不断向周围扩张，直到什么也不想看见什么也不想听见，是那种叫"恐惧"的情绪吗？我在害怕什么？

琉月已经无法控制自己的行为，松开了手，忘记了自己有多大力气朝着什么方向，而后身体再也找不到支点，跌坐在床上，呼吸声越发沉重，她希望现在是十二点，然后自己就能够不用再面对这一切……

她的愿望很快就实现了，怀表落在地上，金属感声音响起时，她昏睡过去，耳边模糊地听见一个男人的声音："别怕，我在。"

……

"《逐梦者》专辑，正式开售。"

在迪莫娱乐公司的记者招待会上，凯文带着他的创作团队一起喊出这句话时，R2O的数字专辑发售界面瞬间爆炸了。R2O的开发商慕容集团很快就能联想到接下来要被挤得水泄不通的地方将会是客服平台和客服电话，还好他们从不缺技术，立刻开始了分散引流，开始调节服务器的工作量。再加上他们预料到国际巨星的热度而提前安排了更多的备用服务器，总算让发售顺利地进行了。

《逐梦者》专辑中，除了凯文负责的主打歌《逐梦者》、金麟的《金麟台上诗》和文森特的《榕树城》，还有萧洛辰的《烈焰蔷薇》与电竞选手施晴依的《太阳雪》。

施晴依是来自紫烟战队的一名女选手，年纪二十出头，外貌属甜美型，很讨喜，声音软糯可爱。她是从音乐学院毕业出来的姑娘，对自己声线的挑战也是极有胆量了。因为要负责游戏世界北部的机械联邦的呈现，所以音乐的风格就大胆地选择了电音，在词曲方面搭配了自己的一些奇思妙想，反倒是让看起来毫无生机的机械联邦有了一些力量与色彩，她仿佛拯救世界的异次元公主一样。

萧洛辰曾被娱乐公司抛弃，现在依靠经营花店和网红自媒体维持着生活，倒是过得一点不像被抛弃的样子，生意风生水起，生活怡然自得。唱功和创造力一点没丢，职业素质和专业水平在那摆着，凯文来了电话她就接下了。凯文不问都知道她图的就是有钱赚，交作品的时候还颇有一番"一手交钱一手交货"的味道。

至于之前猫姐准备介绍的人，凯文没接，她的条件凯文属实无法接受。楚暂言坐在一间猫咖店里，桌上温热咖啡已经渐渐被清晨的湿气冷却，那双猫眼石一样亮的眼睛里反射不出清晰的图像，手上搅拌咖啡的动作很机械，心不在焉，因为凯文拒绝了她的条件……

"啊？为什么啊？"

"她弟弟的事情现在没人敢接，即使想帮忙，公司也不会同意的，更何况她弟弟人缘不好。"凯文坐在候机厅内，嘈杂的人声混杂着他的声音一起从电话里传来。

周壹还能听见他的同事递给凯文一杯什么品种的咖啡，他的周末是没办法回家的，凯文总会承担这个陪伴他的角色，如果问起来原因，凯文只会说"因为天天烤的饼干好吃才会可怜他，才不是因为是朋友"。周壹只会笑笑不说话。凯文这周要开始和其他歌手分别奔走不同的城市去活动。凯文不需要发言，他的经纪人知道他会毫不犹豫地选择H市。

回家是这位追求自由的孩子永远的选择。

"是这样啊。"周壹坐在网吧里，开着游戏，戴着耳机，这个新的周末，在确定了他的哥哥差不多度过危机以后，他决定去享受一下周末。再登录游戏的时候，bug已经修复，所有的人已经回到了正常的游戏里，可是他总是心有余悸，那个梦让他有点害怕。

因为过分真实和险些忘记了自己的名字，他还记得刚刚见到能摸得着的琉月时，他也像曾经的凯文一样想着"如果这场梦是真的就好了"，但是现在的他只希望那是一场梦，时刻都能证明自己还活着，是一件十分踏实的事情……

"啊，金麟姐姐再见。"凯文还没挂电话，身边金麟已经准备去登机了，打了声招呼之后又继续和周壹聊着天，"算了，不提那个家伙了。那天晚上我回了新区准备找琉月玩一会儿的，结果你猜怎么着？"

凯文的认知里，那个【星期天】是灰着 ID 的，应该是人工智能操作的 NPC，所以当然要把这件事当作新鲜事讲一讲。周壹听到这个话题，手上的动作停了下来，放下那一块还没啃完的煎饼，似乎是用了点力气才把那些嚼碎的食物咽下去，他装作什么都不知道的语气问道："怎么了？"

"我遇见 bug 了，当时你不在线，不知道自己的角色多威风，那个武器我问了琉月是不是本来要给我的东西，我就不拿了。如果是天天你拿着这个武器，一定还能发挥它的威力。当时的【星期天】就在牢房里，拿着'双股剑'咻的一下把那房子的顶都给削了，当时和我一个牢房的那个老铁没完没了地向我打听你是谁，但我还是有隐私意识的，一点没透露出去。"凯文讲得眉飞色舞，还好懂得控制音量，墨镜和口罩能保护艺人，但是不一定能保护引人注目的艺人。

周壹有点发抖，手上的游戏操作已经从放慢逐渐变成了停止，飞行魔法愣是没用好，角色直直掉下去，等到他缓过神拼命转视角重新操作的时候，却是有些来不及，东倒西歪半天没稳住身形，红蜻蜓再没支撑住，扑棱着翅膀飞速离开了【星期天】的控制范围。

"诶？"周壹忍不住着急着再用些别的魔法弥补。

"怎么了？"凯文问着。

"啊！"周壹没听见凯文说了什么，这声感叹使他的游戏角色竟然在空中停住了，自己离地面不远，再看看自己身上的状态有个精灵之翼，街道上那个正抬着头看着自己的召唤师应该就是帮助了自己的人吧，【星期天】平稳落地，周壹也操作着角色上前去道谢，"谢谢你。"

"不客气，你就是【星期天】？原来就在对面啊。"对方问的那一句是从游戏耳麦里传来的，后一句陈述竟然是从周壹的头顶上传来的。

"呃……"

周壹顺着这个声音找去，看到一张熟悉的脸。

一个和自己年纪差不多大的少年，正撑着两张电脑桌之间的挡板就这样站在周壹眼前，少年剑眉星目，五官端正，找不出一丝与邪魅相关的气质，看人时也是目不转睛毫不闪避，仿佛从这双眼里就能看见他澄净的内心一样。

"天天，天天，你怎么了？"凯文在电话那头问着。

周壹这才反应过来自己这边电话还没挂，小声对凯文说了一句："遇到熟人了，先挂一下。"

"哦，好。"凯文有点不舍地挂了电话，而后在等飞机的半小时里，他又要煎熬起来了。

周壹将手机放在了一边，本想着站起来打声招呼以示礼貌，却被人摆摆手制止下来，于是压下了自己起身的动作，不过招呼还是要打的："慕容学长，你找我？"

学长的全名叫慕容虹，是大周壹两届的学长，经管学院的，去年就创业成功去忙事业了，学习也没落下。现在游戏上线的 R2O 是他的工作室出品的，说是工作室，倒不如说是借着父辈资产在父辈的公司旁边开了个小工作室，他专业素质到位，想法也很前卫，创业顺理成章。

除了接二连三推出的视频网站和社交平台，慕容虹还开发了很多科技产品，现在正在培养网红带货，这段时间回学校也就是为了物色这样的人选。他和周壹也见过几次面，周壹早就知道这个总是站在演讲台和活动主持位置的学长。

这位学长认不认识自己，周壹还真不知道。事实证明玩资本的人是会准确记住他身边的资源的，比如慕容虹，学生会学习部评优的时候，他清清楚楚记得这个拿足奖学金还经常去宠物医院从事社会实践的学生。

慕容虹回忆了一下之前在游戏里被一个奇怪的粉色头发的游戏玩家封锁消息的时候，觉得很是多余，原来是自己认识的人，那还想这么多做什么，聊正事:"【星期天】,天天,原来就是你啊,你知道自己成了神级角色吗?"

"啊?"周壹惶恐,他可是个佛系玩家,神级角色是打游戏的知名人士用来体现游戏技术的一个门槛,神级任务他连看都没看过,自己怎么突然就成了神级角色了?关键是这一周的时间里他一点也没察觉出来,因为不关心这些东西,也就没去看。学长告诉他点击哪里能够看到自己的神级认证后,周壹手忙脚乱地点开那个标识,神级已经点亮,游戏角色的名字已经显示出来——天邪。

"你真的不知道?"看着周壹的反应,慕容虹眉心短暂地皱了一下。

"啊?我,我知道啊。就是不太想让别人知道,想低调一点来着。"周壹舔了舔嘴唇,露出一个微笑回答着。

慕容虹的眼神很平静,似乎什么都没想,又好像什么都在他的脑海里闪过了。他也回应了一个微笑,说:"原来是这样,想低调啊。那第二件事就不需要做了,我这些天一直在找你,你没刷R2O吧?你的消息盒子应该爆炸了,很多人在游戏世界见证了你的神兵器,有人在求制作方法,有人在邀请你加入战队,这就是我想做的第二件事,既然你想要低调,我就不再问多余的话了。"

"哈哈,谢谢学长谅解。"周壹上线游戏的时间本来就很少,更没有时间刷什么游戏论坛,学长这么提醒他,他就更不想去看了,强颜欢笑地转移话题,"那学长要做的第一件事是什么?"

"第一件事啊?"慕容虹之前笑得有些小的眼睛又重新睁大了起来,网吧天花板上幽暗的光照在他脸上,那双棕黄色的眼睛也同样反射着光,直直地看着周壹,让本就胆小的周壹有些害怕,而后他缓缓开口说,"第一件事我已经有答案了。"

周壹的心像是突然沉入了冰桶里,喉咙卡住一样说不出话来,他刚刚是说谎的,因为他成为神级玩家这件事他真的不知道,他只知道那个奇怪的梦,担心会给自己或琉月带来危险,所以他不能承认。

可越是害怕,他的心就越是冰凉,这份凉意让他保持理性和清醒,在手指颤抖着点了一下鼠标之后,他立刻顺势握紧鼠标,摆出一副准备继续游戏的架势，耸了一下肩膀，一边摇着头一边说："学长说得我更不想去看那个论坛了，我只是想玩个游戏而已。学长呢？在这里等这么久不会就是为了和我偶遇吧？"

"噗，我在这里和一个讨人厌的家伙砍价呢，不提这个人了，既然周壹同学知道了，那我就告诉你吧，我要去经营电竞战队了，本来我想只做一个战队经理，但是战队的核心却一直都找不到。怎么办？我就是个学经管的，打游戏，真的不在行啊。"慕容虹也顺着周壹的台阶下，毕竟心知肚明的事就不需要再挑明了。

周壹看了一眼自己的屏幕，转着视角找了一圈，身边果然站着一个游戏角色【菁虹一梦】，仔细打量了一番后说："学长玩召唤师吗？"

"嗯，从入手游戏开始，我就觉得这个职业最顺手。可能因为我就会当指挥吧。"

"呃……"周壹在心底里默默吐槽了一下这位学长在专业上的不谦虚，但没说出来，顺势就叹口气说，"也许除了召唤兽，还能再召唤一些别的什么呢。"

"嗯？什么意思？"

"召唤兽是从魔界来的魔兽，回应你的召唤，为你做事达到你想要的目的。学长有没有尝试过修改铭文什么的，我就尝试过……"周壹很喜欢画画，魔法铭文什么的他这个佛系玩家也喜欢研究一下，但并不深入，纯粹是为了玩。

"然后召唤出了什么？"慕容虹问。

"嗯，蔷薇花的精灵，她是这么介绍自己的。"

"蔷薇花？游戏世界的世界观里说过，那里没有蔷薇花，更不可能有蔷薇花精灵，而且……怎么会召唤出仙族人？"慕容虹偏着头，说话的语气也不再是那种淡然平缓的感觉了，带着些不可思议。

周壹挠挠头，回答着："真的，不过她没在我这里待多久就走了，或许她是想体现自己很稀有之类的，哈哈哈……"笑容有些尴尬，因为不知道怎么解释，也就顺着对方的意思说了下去，只当自己说的是胡话，他也不是个喜欢抬杠的人。

慕容虹低着头思考了片刻，说："……不，你说的是真的。我的角色是属于彩虹之国虹之谷的，我见过圣湖那些精灵的法阵，只是没有详细研究过，蔷薇精灵我不知道，但是召唤仙族人，或许真的可以尝试一下。"

"啊？"

"等级上限刚刚上升，应该可以研究一下那些新的魔法阵。打不过就叫人，叫的人也打不过，就叫更厉害的人……虽然听起来很无耻，不过能赢就可以。"

周壹听着慕容虹在那里念叨着，生生把"怎么听着这么贱呢"咽回喉咙里去了，虽然他也不知道学长到底是悟了什么，但是敷衍两句"太好了"之类的话，他说得过于熟练，以至于到了让人心疼的地步。

慕容虹道了声谢，虽然不知道在谢什么，但总算是终止了谈话回到机位上开始做自己的事情了，界面里企鹅聊天器上……

【菁虹一梦】：材料我不要了。

【星辰之辉】：诶，怎么了？虹哥缺那点钱吗？

【菁虹一梦】：我找到新方案了，不用高级材料。

【星辰之辉】：嗨哟，真新鲜，讲讲？

【菁虹一梦】：商业机密。那个【星期天】竟然是我的学弟，我刚从他那里得到灵感。

【星辰之辉】：嗯？他懂比武器全面升级更好的方案？

【菁虹一梦】：你猜？

慕容虹当然要玩玄乎的，可琉辉和周壹就算没熟悉到像凯文那样，也还是了解周壹的性格和处事，更知道周壹不可能提出什么厉害的方案，一定是慕容虹这个最擅长头脑风暴的家伙想出来的。慕容虹从学习到创业，前进的每一步都来自他的头脑风暴。他敢大胆地说，被人否决了也会认真考据一番，确定自己是否有能力战胜困难，之后再决定是否放弃那些头脑风暴想出来的点子。再加上他父亲就是从事家电行业的，发明创造想象力什么的，从他小时候坐在爸爸的腿上看图纸猜零件是用来干什么的时候就形成了。

琉辉不知道"前因"，但是熟知"后果"，慕容虹的思维能力是正常人没法比的，所以他也不去纠结自己这生意怎么黄了，开始问起了其他的事情。

【星辰之辉】：你扒拉人家当你队员了吗？他是怎么拒绝你的？

【菁虹一梦】：他不对我胃口。

【星辰之辉】：怎么了？

【菁虹一梦】：他在向我保留一些真实想法，也许是有什么秘密吧，我就不多打扰他了。

坐在电脑桌前的琉辉正苦恼没机会看到慕容大少爷受挫的样子，材料他们又不急着卖，稀有素材在自己手里有什么好担心的？琉辉在电脑前喷喷两声后准备结束对话了，可是慕容虹的最后一句话，让他已经移动到红叉上的鼠标停顿下来，迟迟没有点击下去。

周壹有什么秘密？应该和自己一样吧，毕竟他也在梦里看得真真切切。琉辉最终关掉了聊天界面，仰头看了看头顶上的天花板，仿佛那上面的灯随时会坠落下来一样，影像模糊不清，逐渐在他的眼睛里搅成一摊浑水。

他的睡眠越来越糟糕，因为那天坠入"梦境空间"游戏世界是在没有睡眠辅助器的情况下出现的。他试图用一些方法让自己尽快醒过来，但是动弹不得，于是被禁锢在原地目睹了一切——【星期天】用魔界钥匙幻化的武器切开了这个 bug 空间。

他当然知道周壹的作息，周壹靠着助学金可买不起符合游戏配置的私人电脑，所以梦里遇到的【星期天】绝不会是周壹从上线游戏中出来的。

人群四处逃窜的时候，他远远地看着他最爱的妹妹，那双琥珀一样透亮的眼睛里，温柔的目光让他有些无法自拔。可这样的目光是那样完完全全地投射在【星期天】的身上，琉辉一下就醒过来了，夜晚的黑暗中，他甚至找不到一个可以和自己谈心的影子，顺了口气后，辗转反侧一番，最后还是打开了电脑……

天邪，魔界旅行者，会选择相信人类的魔种，仅此一位，他已然成为了"神",站在游戏世界某个神奇的顶端。

翻看着这个新 boss 的简介资料,琉辉害怕了,他想再找到那个 CAT,想搞清楚那背后是什么样的势力。他点燃了一根香烟,后悔没有留下证据,愤怒自己什么也做不到……

"你又在训练室抽烟。"高晓天的"重拳"打在琉辉的天灵盖上。

"哦,错了。"琉辉赶紧掐了烟头,抬起头赔了个笑脸,而后问,"柠荼呢?"

"还没走,去茶水间了。我先走了,拜拜。"高晓天一边说着一边穿上了自己的春装外套,摆摆手告别。夏天还没完全到,她倒是早就换了到膝盖的短裤,因为比较排斥队服短裙,所以定制队服时就订了男装,裤腿到膝盖,配着那双红白相间的运动鞋,斜挎包在肩上一挎,马尾高高扎着,整个人显得很精神。

"拜拜。"琉辉应了一声,摸了摸自己的外套口袋,确定手机钥匙全都在,准备继续他之前决定的每周末"护送"柠荼的任务。关了电脑之后,琉辉离开了训练室,准备去茶水间找柠荼,刚走进楼道里没几步,就从窗户看到柠荼站在大门口,不一会儿一辆豪车开来了,柠荼就钻进了那辆车里。琉辉记得那个车牌号,是沈矗的。

"……"琉辉沉默着,从口袋里摸出自己的手机,训练时关了静音,看着锁屏上的消息提示,柠荼给他发过消息,琉辉看也懒得看,锁了屏之后再没理会,把手机放回口袋离开了俱乐部。

下机之后的周壹没有回宿舍,朝着宠物医院的方向走着,落日投下的影子陪着他。他和回忆里的那个影子一样高了,可是他的影子也变高了,他也没再和那个叫自己"天天"的女孩子手拉着手看现在的天空,明明是一样的颜色,却像是水彩笔和油画的区别,一个洋溢着甜蜜,另一个写实得找不出一点奇思妙想……

周壹的耳机里传来凯文的声音,S 市到 H 市的飞机确实没要多久,凯文一问周壹手头的事情解决了,立刻打电话过来,像极了和闺密煲电话粥的女孩子,反正凯文每次完成一个阶段的重大工作之后都会这样。周壹倒

盛宴

是对娱乐圈的八卦没什么兴趣,只当是大学生活的调味品罢了。

"所以真是神了,猫姐那个弟弟估计是真的没什么出路了,要是有钱去国外的话也许还有可能。她也好几天没出现在公共场合了,不知道去哪里了,她真的是个很高调的人了,混到这个位置,摔下来也确实挺惨。"凯文念叨着,"不过文森特和她认识我是真的不知道,猫姐以前得罪过那么多人,她还能记得也真是了不起了……"

"这个会忘记吗?"周壹接着话,站在马路边上,等着红灯变绿灯。

"人又不会记得自己踩死过几只蚂蚁。"凯文说着,"文森特当年的舞台事故还没扒清楚呢,当时是找上了那个舞台设计,人家一直都没承认是自己干的。文森特也够倒霉的,医药费都不知道找谁要去,公司也因为合约在试用期没搭理他,他妹妹才去那个暴走俱乐部赚钱,就是楚江认识的那个凯丽啊。"

凯文讲八卦就像是唠家常,当然也是天南地北地唠,毕竟这是他最原始的说话风格,也只有周壹能让他这样自由地说话了。

周壹应着话:"嗯,我知道啊。"

"对了,那个魔界钥匙,我问过【翠鹇】小姐姐了,她说放在你那里也没什么问题的,毕竟天邪已经是神级角色了。你都不知道你那个设定多变态!"凯文突然想起来。

"啊?"周壹不知道凯文说的话其中有什么意思,信号灯变绿,他迈开腿向着马路对面走去。

"人家召唤师都用法杖,一个一个放魔法阵,你倒好,一把剪刀直接把魔界的结界给划开了,然后一群一群地来,坐在魔龙头上那样子跟黑社会老大似的。"凯文说得眉飞色舞,可惜周壹看不到。

周壹听完之后,脚步顿了一下,还好是已经走在人行道上了,不然右转的车都不知道要按多少下喇叭。

神级角色会变成游戏世界的野图 boss,大家当然都知道,但是周壹又没关注自己的,那些抢着打 boss 的战队公会当然是要冲上去的,一周的时间里不知道为了这个 boss 死了多少人,全是因为这个设定。R2O 论坛上当然也少不了骂系统的、骂 boss 的、骂这个 boss 对应的玩家的，只是周壹不看而已。

魔界钥匙，当然是可以打开魔界的结界的钥匙。怪不得那天晚上上线看到【翠鹬】说什么结界，和那群魔龙，还有黑衣人打架来着，天邪只是把结界划开一个口就有这么恐怖的力量，要是把结界打破了……

周壹想想都觉得手心发凉，还好自己不是打电竞的，这种设定要是进了职业比赛，除了 bug，自己还能怎么解释？慕容虹之前对自己的态度也能理解了，就算他人不进电竞圈，武器进去了，估计也要引起轩然大波。

不行，周壹可是立志要当佛系玩家的，他可不想进电竞圈。哪怕是以后上线游戏会不会有一大群人在消息盒子里"轰炸"自己，这个问题他都不想再考虑了，他明明只是为了在繁忙的大学生活中找时间陪一陪那个"琉月"罢了，他想过平凡的生活，天天这样平凡地生活着就好了……

"小凯，我有点害怕了。"

"嗯？怕什么啊？"

"琉月不是那个琉月了，从我第一天上线看见她的时候，我就知道，她不是原来那个。"

"你怎么知道的？因为游戏里是白头发吗？"

"不是啦，如果想知道一个人的灵魂还是应该去看她的眼睛，她的眼睛不是血红色的，应该是好看的琥珀色，就像晴朗天气时的夕阳一样。也许琉月回不来……"周壹那时候多么希望自己没学过画画，这样也就不会对颜色这么敏感，毁了这样的美梦。

"快呸呸呸！"凯文突然打断道，"她会回来的，一定会回来的。她勇敢、坚强，她珍重她的家人就像珍重她自己，她不会害怕这个世界的，即使梦里很美，但是如果我们都只能躺在床上，依赖着睡觉去见她，无法辨别电子声和她的呼唤，触摸到一个虚无的数据，因为这样而让我们无法继续前行，她会很愧疚的。你忘了白陌哥哥的金丝雀吗？还有你被大哥哥接走又跑回来的时候，我们差点被你气到七窍生烟了。她不是你眼里的琉月，而是属于她自己的琉月啊。"

"是……"周壹说着,眼里看着落日,怀念固然美好,只是恐惧的东西似乎因为长大而在改变着,自己也会这样改变着,变成彼此都不认识的样子。周壹正在走神,忽然被身后一个人的惊叹声唤醒。

"哇!你们快看啊!"

当路人们说到"R2O"这个论坛名字的时候,周壹就没再去继续去听他们谈论的话题了,把耳机用力朝耳朵里按了两下后,快步离开了这条街道。

"现在的召唤师boss都这么变态的吗?"路人一边说着,一边点击了论坛的一个视频"争夺野图boss喀斯特,首次乱战",视频总时长两分半,不是因为这个boss打得快,是来打boss的人死得快。

视频是实录的,第一视角就看着视频里乱作一团的光影特效,让人眼花缭乱头晕目眩,拍摄视频的人也是朝着一个方向一直跑,直到脱战,公会好友给自己补着状态,视角还朝着boss的方向转过去,就看见战场上的除了boss喀斯特,还有四个和boss差不多一个级别的小boss,各自以不同的方式发动着攻击。然后就是成片陷入疲惫或濒危状态而倒下的人,进去的人大多是不分敌我了,总之场面相当惨烈。

【Caster】喀斯特,职业是召唤师,而刷新时间也就是周壹离开网吧后的十分钟,对应的角色就是慕容虹的【菁虹一梦】,视频是在周壹听到路人惊叹前的五分钟发出来的。boss刷新得快,公会得到消息很快,挑战失败更快。当然,这些事周壹应该是一无所知。

这时的琉辉又回了星宫这边,电脑shift键的键帽都飞出去了,鼠标和键盘都发烫了,就是这样的操作,还只能依赖消耗来磨boss的血量。其实他们也可以先看boss的介绍再来打的,但是第一个boss,还是先抢了再说吧,这下倒好,陷入危机了。

夏晴奉秦空的"口谕"来给琉辉送水果,在琉辉的房门口待了一会儿,敲过门没什么反应,于是从阳台的滑动门进来。

危机

看着琉辉那个皱着眉咬牙切齿的模样，夏晴忍俊不禁，也有事能让一个懒懒散散的人这样应对，真是太有趣了。

夏晴没出声，往屋内走了一步。

"咔。"

夏晴听到脚下传来一声响，低头一看，竟然是飞出来的键帽。夏晴蹲下身将键帽捡了起来，继续走近些去看琉辉在操作什么，这才看出来，琉辉只是操作变快了，血量控制在一个范围内浮动，而且招架着从四面八方来的各种攻击，有 boss 的、小 boss 的，还有其他公会玩家的。场面虽乱，心境倒是一点没乱。只是这样高节奏的操作，就算琉辉这样的游龄也是要烦躁的。好在琉辉不是个死脑筋，当然也知道退出战局看形势，且战且退之后让治疗给自己补状态，这才有空休息一会儿。

琉辉紧盯着电脑屏幕，想去摸桌上的杯子喝口水，夏晴趁机将水果盘递上去。琉辉的手碰到果盘，吓得一激灵，扭头过来看，对上夏晴那双笑眯眯的眼睛之后，说道：

"哎哟，你啥时候进来的我都不知道，吓死了……"

琉辉说完之后摆了摆手，接过水果盘摆在桌上，将杯子往边上顶了些，正好也是自己最顺手的地方，抓了两瓣苹果切片就塞进嘴里嚼起来，含含糊糊地说了声"谢谢"。

夏晴倒是自觉，从房间角落找了一把椅子过来，摆在琉辉旁边，想观摩他打游戏，说着："歇会儿啊，眼睛不疼吗？"

"还行。"琉辉说着，活动了一下脖子，眨了眨眼睛。他早就做好了打一场恶战的准备，毕竟他们上星期还打了【破魔者】天邪这个boss，一周后又来了个新的召唤师boss，本来召唤师职业就因为操作难度高容错率低，玩的人很少，一下子连着更新两个这么不讲道理的设定的召唤师，琉辉都怀疑这是系统要给召唤师职业正名了。

夏晴笑了笑，说："秦空这两天看了召唤师boss的资料，周壹那个boss的资料你还要不要？"

"我现在更想要喀斯特的资料。"琉辉一点也不客气地说。

夏晴回答："秦书记员早就做完笔记了。"

喀斯特刷新的时间已经过去了半小时，琉辉开始打boss却只有十多分钟，他没法一直保持这样激烈的操作，想要得到敌人资料理所当然，这半小时看完boss的介绍确实还算是厉害的。

"念。"

"唉，打完必须去休息啊，不然以后都别想让他再帮你这种忙。"夏晴叹息着，把之前揣在口袋里的小本本拿出来，这是秦空的精简版手稿，详细的手稿当然是要放在他那边保存的，而且秦空当然知道琉辉是要打过boss又不是要了解boss的生平事迹，拣最重要的说一说就完了，"喀斯特召唤师是虹之谷的主人，首创了可以给仙族人使用的召唤阵，可以召唤队友来作战，召唤出来的队友可以继承他百分之六十的血量和攻击，击杀后小boss会消失，同时喀斯特也会因为队友死去而损失百分之二十的血量，如果喀斯特的队友脱离了喀斯特的召唤阵控制范围就会视为击杀。"

"哦，早说啊。"琉辉说着，又抓了一瓣苹果塞进嘴里，还没嚼两下就开麦和一起打着boss的柠茶说话，"茶茶，额，咳咳……"

不出夏晴所料，琉辉噎到了。夏晴一边拍着琉辉的背，一边想着要怎么才能掩饰自己的嘲笑。

琉辉没注意这些，咳嗽还没完全停下，断断续续地说着："用，咳咳……用击飞打，让他们脱离那个……咳咳咳，魔法阵……"说完这一句话之后，琉辉再也控制不住，弯下腰剧烈地咳嗽起来，头都低到两个膝盖之间去了，脸上憋得通红，耳机被震掉挂在脖子上，狼狈得不像样。

夏晴帮琉辉调整着坐姿，倒是一点没浪费了医学急救知识。没想到琉辉咳嗽刚一停，立马又拉近了座位，脸都快贴到屏幕上去了，戴好了耳麦又立刻投入"战斗"了。

夏晴摇摇头，盯着琉辉看了半天，确定不会有生命危险之后才叹息了一声："不要命了都。"

"嘿嘿……"琉辉当然是听见了的，但是也没否认，手上操作重新开始，还是像之前一样激烈，只是心态不再烦躁，眉头不再紧紧拧在一起了，刚刚休息时安上去的 shift 键键帽也没再松动了。

游戏世界，黑暗阴森的地下城里，律贞正在把玩着手中的一根龙骨制品，是一把匕首，唇角扬起的弧度表达了对做工粗糙的鄙视，但是手上抚摸的轻柔动作倒是诚实地流露着爱意，说："小龙龙果然还是需要我的吧，那就做戏做全套，把那天的参与者也都重新拖回水里来吧。魔龙一族，也该送那些想回'家'的少年们离开了。"

"律贞大人，敖晏那边还需要通知吗？"宝座旁跪着的黑衣少年问道，他头上顶着一个灰色的ID【矢志不渝】，是和【翠鹂】一起潜入魔龙族天牢的那个人，和【忠贞不贰】同样也是沈螽的游戏角色司空夜。

"还是小夜和我一起去好了。"律贞将龙骨匕首插回刀鞘中，放在了宝座的扶手上，起身朝着那少年走去，站在司空夜身前说，"起来吧，上次【翠鹂】那丑丫头和你说了什么？"

司空夜起身却完全没有抬起眼睛，眼帘垂到看不出有没有睁开的程度，回话道："她说……"

"嘘。"律贞将食指放在了司空夜的唇上，打断了他的回答，曼妙的腰身贴得越来越近，"我知道了。"

"唔……"司空夜的唇上是律贞指尖冰凉的触感，像是巧克力的红酒心令人贪恋，当你企图借此微醺放纵，它却迟迟停留在唇瓣上令人清醒。司空夜有些想要抬起的眼帘又很快垂下去，仿佛不肯亵渎对神明的敬畏之心，最终只是回应道，"律贞大人，属下定不辱使命。"

"嗯，小夜是乖孩子呢。"律贞的手收了回来，转身瞬间脸上的笑容荡然无存，瞳眸中闪动着红宝石一般的猩红，杀戮与嗜血融入黑暗的血脉化作为本性自心房中喷薄而出，"很久……没去空陵希岛的土地上看看了，还是穿一双鞋子去吧。"

"……"司空夜抬眼望向律贞的背影，琥珀色的眼睛里倒映着那个小小的身影。

黑色的丝裙将那婀娜的身材勾勒得分外诱人，黑色短发在白皙的肩头上轻轻扫过，隐隐约约仿佛夜幕与白昼缠绵，拥有着柔美线条的双腿上还是那双自下而上逐渐变浅的黑色丝袜，只是小腿上多了一朵黑色玫瑰图案的文身，和今天脖子上多出来的黑色蕾丝颈链倒是搭配。

司空夜伸出手，在空中做了个手势，指尖绽放出紫红色的魔法阵，魔法阵消失之后一双玫红色的高跟鞋便出现在了他的手中，这是他从空间元里取出来的。司空夜重新转至律贞的身前，单膝跪着，控物魔法将椅子送到了律贞的身后，双手捧着鞋子送到了律贞脚边，再次垂下眼来掩藏着供奉神明的虔诚，是对女王的崇敬……

……

琉月今天醒来的时候已经是中午了，她根本不知道自己怎么睡了这么久，不过意外的是公会并没有堆积多少工作给她。所有的成员今天就像是中了什么蛊一样，没有人去做公会任务，借口都统一为"想要做个人任务拿神级"，琉月没再追问任何人，毕竟那是玩家的自由。

可是这些非公众人物的玩家要想拿到神级，并没有那么容易，很多时候是很随缘的，就连现在的职业选手里还有许多没有去做任务的人，比如【将进酒】。

那些属于另一个世界的回忆不断叠加在琉月现在的脑海里，那些曾经以为是潜意识的习惯，现在全部变成了有迹可循的故事。琉月甚至有了想要离开公会的想法，她不知道这里的人还有多少压在心底的故事，每每想起都会觉得身体发冷。

这种感觉不是曾经第一次感受到茶水那烫手温度的疑惑，而是从心底迸发而出的，逐渐漫过一个堤坝化作无边无际的汪洋，将整个身体吞噬进深海，耳膜会听不清声音，声带会无法发出声音，伸出手抓不住任何可以信赖的事物，最终放弃挣扎，自我欺骗地关闭一切视听能力，再不会开口倾吐心中所想。

就像黑夜到来时，带着ID【金钱至上】的秦先生再向自己打招呼的时候，琉月甚至只回答了一声"嗯"。她知道这样说话会很没礼貌，害怕会被讨厌或者说教，但懒得解释和道歉，只是逃离现场，钻进了书房……

直到现在，那个说过要带自己出来散散心的【星期天】和自己走在首都的街道上，琉月都不知道该怎样开口。曾经在夕阳下无话不谈的孩子们被恐惧淹没而沉入了一个噩梦，因为失去了阳光或者其他要素，一切都因为失去了原本的色彩而幻灭成了一触就破的泡沫，就像现在他们头顶的夜空，即便用星星的献礼来包裹住漆黑的夜空，星辰也没有因为找到共鸣而变得璀璨耀眼，一切都那样阴沉而令人烦闷。

再这样下去都快要郁闷死了，不行，必须说点什么才好。

"嗯，天天……"

"嗷——"

琉月刚开口想要说些什么，却被头顶的一声巨响给打断了，紧接着街道上就传来了爆炸声和各式各样的惊呼声。两人相视一眼，还来不及确认周围发生了什么事情，火光已然扑向他们身后的街区。

"快走！"

"怎么……"

琉月还没开口，【星期天】已经拉起她的手跑起来了，看着【星期天】的背影，再无法和回忆里那个曾经不敢跟自己说话的小男孩联系在一起。他变得坚定而冷静，越明白自己内心有多么柔软的人，就越会把躯壳练就得多么坚强。

"是龙，魔龙。"【星期天】说着，拉着琉月离开了主干道，他们待在小胡同里向头顶上看去。巨大的黑色阴影在夜空中留下嚣张的影子，只是今晚的天空没有月亮，否则天狗食月的景象也不过尔尔了。

周壹坠入梦境而来，或许是"神明"知道他想要见到家人的心情有多么迫切，才会连续为他安排这样的"奇迹"，他知道此刻自己的心有多冷，就像舍不得松开琉月的手一样，明明知道没意义，却还是想要去相信，即使心灵和感官都清楚双手为什么颤抖。

琉月看着【星期天】的眼睛，从那双祖母绿一样澄澈的眼睛里可以看到魔龙因为呼吸而反复起伏的胸腔，魔龙喷吐出的火焰化作少年内心的恐惧在黑暗中张狂地起舞，将少年应有的热血吞没，而后跌入无尽的深渊。她小心翼翼地开口道："天天，没事的。"

"呃……"周壹转过头来看向琉月，微微张开的嘴半天没能吐出自己想说的话来，只是那双与自己相视的眼睛似乎在变换着颜色，曾经和新鲜的血液一样鲜艳的红色正在接纳着什么新的颜色，逐渐变得温和而透彻，像是阳光下折射着金色光华的琥珀石，周壹合上了嘴，咽下那口气像是按下了躁动的心脏，手也不再打战了。

"嗷……"魔龙的嘶吼声震耳欲聋，两个紧紧拉着手的孩子也还是忍不住想要去注意头顶。毕竟之前魔龙抓人的事情还没有翻篇，没人知道魔龙 NPC 的 bug 有没有修复，现在又在街区无差别攻击，当然还是要防范一下。

尖叫声在一开始爆发之后逐渐少了许多，但仍然接连不断，火光从天空开始向地面伸出了恶魔一般的手掌，开始有零星房屋起火，而后就是新一轮的尖叫和火焰在空气中爆裂开来的声音，仿佛随着升温升腾而起的恐惧感，在烟火中肆意狂笑。

周壹的心却一反曾经恐惧时的常态，变得像那些火焰一样躁动，再无法冷静思考。

琉月到现在还认为身边这位灰着ID的【星期天】是没有玩家操作的自动NPC，而不是那个灵魂穿越进来的真正属于回忆的周壹，正因如此她才会在之前不想说话，因为说了也没用，而现在她去安慰【星期天】，也只是认为两个人都是属于这个游戏世界的NPC。当"天天"这个称呼说出口时，琉月才会想起来分析一下自己到底是为什么而恐惧，因为想要逃离曾经真正属于自己的那个世界吗？可它在回忆中的样子明明那么美好……

"啊！"

忽然天空中传来一声非常响亮的尖叫，音色让琉月和周壹都感到很熟悉，他们赶紧朝着声源的方向看去，那头巨大的魔龙被三个人包围着，一个一袭红衣的女子，一个长着黑色翅膀的男性，还有一个正在空中显示着击飞状态的……

"小凯？！"琉月忍不住大喊着他的名字。

那一男一女两个人都没有回头来看琉月，而是正在朝着【凯】的方向飞过去。一左一右把【凯】给扶正。琉月想过去看看发生了什么，周壹拉住了她，说："你先看看清楚，那都是亮着 ID 的，应该是要杀怪。"

琉月这才停下来去仔细看，果然三个人都亮着 ID，还都是见过的。女子头上亮着【星雨】的 ID 名，是曾经在榕树城和【将进酒】认识的那个女玩家；另一个男子头上顶着的 ID 名是【风和日丽的一天】，这个琉月也有印象，当时去看了电竞开幕的代言人竞赛时，她看见这个人和【凯】在一个队伍，小凯还告诉过自己那是他的师父。

但是看着看着琉月又觉得刚刚【星期天】的话不对劲儿……【翠鹉】曾经给自己看过真正属于这个世界的 NPC 视角，是看不到 ID 的，那现在这个【星期天】是……

【星雨】将【凯】安顿到地面上去，她可是没有翅膀的侠客职业，确认【凯】开始使用恢复药剂之后，便转身就用"御剑飞行"去天上追逐那头巨龙。

剩下还在天空中的人，依赖各种走位飞行躲闪着巨龙的攻击，巨龙巨大的黑色翅膀上飘落下来的羽毛落向地面，又因为【星雨】飞上来时的气流而在其周身回旋。

【星雨】带着那些本在下坠的黑色羽毛一起飞快地接近，羽毛随之颤抖。【星雨】的剑也逐渐脱离她的脚，曙色光华将剑身包裹，在空中留下长长的魔光拖尾，游戏角色身后的赤红色轻功特效也被那一抹艳丽的身影带出，剑身贴近龙眼。已然脱离御剑模式的【星雨】在空中施法，侠客 30 级中阶技能"赤华·绽",血红色的魔光自剑身开始扩散,在空中划出红色莲花的轮廓。【星雨】处于莲花图案的正中央,赤色光晕将她的红衣照耀得更显明艳夺目,剑之所至皆为红莲业火所灼烧,利刃刺在龙鳞上效果却仿佛是刮痧,血条不见消耗,却将周遭羽毛悉数点燃。【星雨】从火光中滑翔而出,施法结束便后空翻落到不远处的屋顶,接着后续的御剑技能,原本未能刺穿坚硬龙鳞的剑在空中回旋出一个圆圈,而后再次飞向巨龙,竟直直刺向了龙的眼睛。

巨龙因这种刺痛而咆哮,巨大的龙爪在那张可怖的脸上剐蹭,同时飞快地摇晃着头,企图对抗这份威胁着他头颅的剧痛。当长剑被巨龙甩出时,红色火焰点燃的黑色羽毛已然将巨龙包围,巨龙似乎没有反应过来,竟然还昂起头在空中喷吐着火焰。

"Boom!"【风和日丽的一天】轻声模仿了一下爆炸的声音,手上打了一个手势,连带着轻蔑的表情,就像是调笑一般。伴随着爆炸光燃起,震耳欲聋的声音将整个首都都"眷顾"了一遍。他满满自信的模样仿佛按下了那个核弹头的启动指令,眼睛倒映着如彩色流云一般绚烂的景象,赏心悦目。

"哇!师父好厉害!"在地面上看着天空中那美丽"烟花"的【凯】不禁大声呼喊起来,"艺术果然就是爆炸!"

"小凯!"

"琉月姐姐?你怎么在外面呢?"凯文在电脑前转了一圈视角,最终找到了正在向自己跑来的琉月,赶紧凑过去,想要好好和这位很少能有时间见面的姑娘联络一下感情。

"我还想问小凯你怎么在这里呢。"琉月下意识看了一眼身后跟上来的【星期天】,没有回答凯文的问题,而是反过来问道。

凯文没有急着回答,反倒是愣住了。他抬眼去看了看【星期天】,疑惑的眼神又转回到了琉月的身上,手指动作似乎变得僵硬了许多,脑海里刚刚组织好的语言还没来得及说出口,就看着两个前辈那边的战场飞出来一个人形的东西。

本以为会重重砸在地上的人，立刻也做出了反应，身后龙翼展开，衣服半魔半人，脸庞上有血液流过的痕迹，在夜光里闪烁着骇人的鲜红色，似乎是危险的警告。当那双怒目直直逼向琉月的眼睛时，不知是谁的尖叫声已经等不及发出来了。

　　危机逼迫着凯文做出动作防御，可他的手还是僵硬的，耳麦里传来了魔物踏步的声音，紧接着琉月也发出尖叫声。屏幕里的环境浓烟滚滚，凯文看不清楚发生了什么，只能不断地旋转着视角找琉月和那头魔龙的去向。

　　"跳开！"

　　凯文听见了师父大声喊叫的声音，这个语气明显就是平时训练折磨自己练习闪避的口气。凯文立刻做出机械性的反应，操作连成一串，角色的跳跃能力也是与自己氪金的力度相匹配，立刻就从烟雾中抽身出来。

　　"琉月！"凯文朝着自己脱离出来的方向大声喊，可注定是得不到回应的。

　　窒息感将琉月的大脑压迫得一片空白，和恐惧这个旋涡一起将琉月推向绝望的悬崖。琉月的眼睛再不是刚刚那样晶莹透亮的琥珀色，从对上魔龙的双眼开始，已经变成一片猩红。

　　"再过来，我就杀了她！"魔龙已经歇斯底里，将骨质的刀锋抵在琉月的脖子上，眼中本就是赤红的虹膜，又因为脸上的血渍混入了眼睛，和刚刚被利剑刺伤后留下的伤痕一起，促使着红血丝在他的眼中蔓延开来，早已分不清眼睛里混浊不堪的事物到底是什么颜色。

　　"你放开她！"

　　"凯文！"【星雨】厉喝一声，挡在了【凯】前面，早已收回的剑正握在手中。

　　凯文闭上了嘴巴，角色倒退了两步，到了师父身边。屏幕前他却咬着下嘴唇，眉心几乎皱到了一起，键盘上的手不自觉地蜷曲着手指，像是快要将键盘上的键帽抠下来一般。

　　"噗——"一声刀锋刺入血肉的声音从凯文的耳麦中传了出来，凯文心急如焚，使劲巴望着，奈何他的眼睛确实看不清楚。

"呃啊……"直到出现这一声男性痛苦的呻吟声,凯文才终于从原本的提心吊胆转变到疑惑,最后再变成了对眼前景象的惊讶。

在浓雾散去的那一刻,周壹看见了琉月正在被人挟持,心中那种冰凉的感觉再次迸发而出,凉意从胸口开始顶上大脑,最后向全身蔓延直到手心。他甚至对自己的动作毫无意识,当手中出现那把剪刀的两个刀片时,他就知道一切似乎失去了控制,血色蒙蔽了少年的眼睛。

再清醒过来的时候,一把剑插入了那头魔龙的肩胛。伴随着天邪无意识地说了一声"跪下",那位魔龙青年仿佛一瞬间失去了全部的信仰,双膝落在那坚硬而光滑的石板上,瞳眼中再无之前的桀骜,仿佛遇见了神明的救赎一般喊出了一声:"是魔王的力量!哈哈哈哈哈……"

乖戾的笑声回荡在街道上,痴嗔癫狂的状态像是变成了随时可以兴风作浪的孤魂野鬼,【星雨】上前去将这只魔种制伏,并记住了这个青年头顶上灰着的 ID。

周壹也不清楚自己在梦中怎么会做出如此举动,被解救的琉月还跌坐在原地缓着神,呼吸还没平稳,就看着周壹开始摇摇晃晃。琉月自然来不及多想,扑过去接住了昏倒的少年,口中还喊着那个名字:周壹。

"吵死了,吵死了,小丫头,带着那破剪子赶紧离开这里吧。"众人头顶传来了一个女子的说话声,抬头寻了过去,发现一个屋顶上有两个人正一坐一立,坐着的是一位艳丽的女性角色,而身边站着的那位,琉月竟然觉得有些眼熟。

律贞的脸在没有月亮照射的情况下,被阴影衬托出了另一种冷艳,阴暗而优雅的姿态到了她的身上却只剩下了傲慢,手指在空中轻轻滑动了一下,插在那半魔青年身上的剑便被魔法控制着抽了出来,飞溅出的血有些附着在【星雨】的脸上,有些落在了【星期天】的脸上。

凯文又紧张起来,这次换成了师父挡在他前面。他没见过这个女子,没有月光的晚上本来就光源不足,远远看过去根本看不清楚是谁,他只知道很危险,想要赶紧去找琉月和【星期天】。

"好了,臭小子,我的目标不是你的朋友。哎呀,这可如何是好,本来今天还想去拽根儿那边好好聊聊合作报酬的，看来轮不到我演出了呢。小夜，去！"律贞勾勾手指，红宝石一样的眼睛在此刻将全部的杀气吐向了那位魔龙青年，尤其是那一只似乎受过伤的龙角。

司空夜收到命令一跃而出，迅速来到了那位魔种身前，【星雨】却并不想将这位刚刚抓住的家伙拱手让人，正准备上前阻拦，却被律贞用一道红色魔光削断了她的辫子，若不是躲闪及时，估计这一下都要削了她的头，【星雨】再没去接近，毕竟这个游戏角色她又不是不认识，又不是不了解。

律贞直接无视来自【星雨】的气愤或是不服的眼神，撑着下巴眯起眼睛，仿佛在陪着一个叛逆的小娃娃谈心，和颜悦色地问道："说吧，拿了什么不该拿的东西？"

"律贞大人，我没有……"

"小夜。"

"呃……"当司空夜的短刀贴在了那个青年脖子上的时候，原本已有血渍的脸庞开始渗出细细密密的冷汗，他的喉结鼓动了一下，而后开口说，"我没……"

"我讨厌撒谎和背叛。"律贞慵懒的声音轻飘飘的，眼中的猩红仿佛毒蛇一般将强烈的威慑感紧紧压迫在那个人的心脏上，也许反派们的话会多一些，体现他们的心慈手软，但律贞不会。

律贞一个魔法闪现到了青年的身前，左手一把擒住了对方的脖子，魔力运转全部集中到了右手，而后狠狠地击打在了对方的腹腔上。被击飞出去的人只觉得一股血腥味涌上喉头，本就是脆弱的半魔形态，这一记重击之后再没法维持人形，脸部已经变成了魔龙狰狞的模样，血盆大口中喷出的不再是威严满满的火焰，而是深红色的血液和一团血淋淋的东西。

律贞同样无视掉了那个人有多难受，只是用魔法将滚落在地面的那团事物抬高到眼前来，漫不经心地问着："是谁给你的？"

"不……"青年刚刚说完一个否定词，再对上律贞那双红眼睛的时候他崩溃了。刚刚以为得到魔神救赎的他仿佛一下子坠入了地狱，他立刻低下头，跪在地上的样子像极了磕头求饶的受害人，他大声喊出了实话，"【黑时锦】，是【黑时锦】，他说拿到这个就可以外挂通过神级试练，我真的打不过了，我也想拿到公名认证啊！"

最后一声仿佛一个全部梦想破碎一地的青年最后的呐喊，律贞那看着死人的目光终于柔和起来……

这种柔和是从看待死人的嫌恶转变成了看待蝼蚁的轻蔑，她原本准备好的严刑逼供现在终于可以改成一杀了之了。

"等等，你不能杀了他！"【星雨】终于出现了。

"哼，你看看这是什么？"律贞将那件东西丢到了【星雨】跟前。金属质感的东西砸在地面上而后咕噜咕噜滚到了【星雨】的脚边，【星雨】蹲下来看了个清楚，这是有着和方舟武器相同魔力波动的东西。

"反正已经被污染了，拿回去给笨鸟或者那个史莱姆去回收利用吧。还有……"律贞准备离开，但还是要说完这句话再走，"这世上只能有一个方舟，就是我的方舟。"

【星雨】看着那双眼睛，心中充斥着厌恶，怼了一句："黑暗之神，能不能按照约定来？别老在首都里乱晃悠了。"

律贞转身不理会小毛丫头的无力还击，忽然听到身后一声爆炸，在场所有人除了昏迷的【星期天】之外，全都转过身来看向爆炸的地方，原本那个魔龙的位置只剩下一摊血水……

"唔……"琉月有些受不了刺激，她在明白自己不是 AI 的时候就做好了心理承受能力低下的准备了，但还是架不住这样的冲击力。如果不是自己星光符的护盾开得及时，怕是也要和什么都没反应过来的【星雨】一样浑身都是血渍了，目睹这一切果然还是令人难以接受。

"琉月，我们先回星宫。"凯文终于被放行了，他冲过来就扶起了还在地上的两个人，一边拍着琉月的背安慰着，一边将【星期天】背在身上。幸好自己视力不好，这一切都被凯文的眼睛这种滤镜自动打上了绚丽的马赛克。

"哼，果然不该留着他。"律贞低声说道。司空夜递上手帕，律贞接过来擦了擦脸上和手上的血渍，再把脏兮兮的手帕随手丢在了地上，回应了一个微笑后，两个人融入夜色离开了首都……

在现实世界里的一间小黑屋中，公孙锦正在手忙脚乱地调试着各种机器和一台电脑。手术台一样的床上躺着一个青年，他的脸和那位自爆的青年几乎重合，却已经没有了呼吸，惨白的面孔仿佛被噩梦缠绕，直到被勒至死亡他都没有察觉到一分一毫，但是他的两种人生注定都全部结束了。

公孙锦看着那个青年的脸，嘴角的肌肉扬起又被压下，仿佛精神恍惚的病人一样，手上的操作动作还是那样稳健自如，只不过也许是哪个按钮就决定了那个人的生死罢了。云淡风轻的样子和正在玩着俄罗斯方块的心情一样，即使知道自己的方块即将到达顶端，却毫不在乎输赢而随意点着向下的控制键，将接连不断浮上心头的愤恨一起压向心灵这个游戏框的最低端，等待着最终宣布的一声"game over（游戏结束）"，唯独用力搏斗的上下牙齿在有力地宣泄着自己的愤怒。

公孙锦布满血丝的眼睛看向那具冰冷的尸体，微倾着身子从床边的栏杆上取来了一条毛巾，擦了擦手之后将毛巾丢到了尸体的脸上……

或许反派们都知道，杀戮和血腥就是这么遭人嫌恶。

"你，真的要回来吗？"琉月问。

"对啊，星宫还是我的家，没人说公众人物不能加公会的嘛，不过你要提前把公会申请通道关闭掉，不然一定会来好多粉丝什么的，你会怕吗？"凯文说着。

琉月看了看凯文背上的【星期天】，回想着刚刚发生的事情，仰起头看着天空说道："天天来，都不怕。"

"你又跟我玩断句了，你又想起来什么了啊？"

"想起了我和天天总比你学习好的时候……"

"哎呀，想想我的好行不行？"

"可是这是天天的好啊。"

"那就不要对比了行不行？"

"噗……行行行。"

夜色中，孩子们一起走在这条路上，还没到十二点，年轻人会喜欢这样的生活的，当然，只限周末，周壹可不能天天这样。

"又做梦了……"他还在为这样的梦境苦恼吧……

清晨的温度有些低，南方气候潮湿，夏晴身上还披着一件黑色的外套，身上睡衣没有换，穿着拖鞋在公寓一楼的客厅里冲着咖啡，手上还捧着一本介绍梦境是如何形成的书。忽然衣服口袋里传来了电话铃响的声音，他放下刚刚端起的咖啡杯，接通了电话。

"夏晴哥哥……"

"周壹？"

"有点事情想问你。"周壹坐在床头，刚刚刷完牙，嘴里的薄荷味还因为吸气而起到了点提神的效果，可是重重的黑眼圈还是出卖了他昨晚没有睡好的事实。

这个周末，周壹还是去了大哥哥在的宠物医院帮忙，最后很晚才结束工作。因为再去找旅店很难，宿舍也肯定回不去，于是就打电话让室友写了请假条，自己来大哥哥的家里过夜。即便疲劳让他很快就合上了眼，但是很不幸，昨晚的梦让他很快惊醒过来，而后就再没有合上眼睛。

"找我？"夏晴望了一眼厨房里还在和米苏准备着早餐的秦空，而后转身去客厅沙发那边坐下问，"怎么了？"

"你有没有梦到过游戏啊？不是梦到自己打游戏，而是梦到自己进入了那个世界，就像是穿越的那种。"

"哦？"夏晴拿书的手轻轻抖动了一下，眨了眨眼睛，回想着最近秦空正在分析【破魔者】天邪这个野图 boss 的来历，对方这通电话的缘由他已经了然于胸，果然是不方便说秦空的事情吧。

"有吗？"周壹再次问。

夏晴对于某些富有敏锐直觉的孩子并没有什么好感，但从不乏应对策略，他将书放在了茶几上，又若无其事地回去取自己没能拿回来的咖啡，一边说着："对啊，有。"

成长

　　夏晴到了咖啡机面前，却找不到之前放在这儿的那罐砂糖，再向厨房的方向看了看秦空的背影。秦空刚一做出来转身的动作，夏晴就立刻转身去了沙发那边。

　　"那，你有没有发生过不可控的事情？"

　　"比如莫名其妙得到神级吗？"

　　"呃……咳咳……"正喝着水的周壹被这个问题呛到了，手机都被丢到了一边，喷了一地的水，最后猫着腰在那儿咳嗽了半天。

　　"我还是有点特殊手段的。"夏晴瞄了一眼桌上的那本书回答道。

　　"咳咳……你刚才说什么？"周壹拿起手机，咳嗽导致耳膜也不那么灵光了，确实没听清楚电话里夏晴到底说了什么。

　　夏晴正准备重复一遍刚刚自己说的话，但是当秦空从走廊那边探头对他说吃饭了的时候，他还是把原话咽了回去，说："没什么，记住家的样子就够了。"

　　"什么……"周壹还想继续问，但是夏晴已经把电话挂断了。

　　什么意思啊……周壹看着手里的手机，屏幕逐渐变暗，最终自然锁屏。直到门外传来了敲门声和大哥哥叫自己去吃早饭的声音后，周壹才缓过神来，起身拍了拍坐在床上留下的褶皱后离开了这间卧室。

　　"周壹。"

　　周壹打开房门，迎面撞上的是大哥哥的女朋友，还有大哥哥。他奇怪为什么一向不喜欢自己的未来的嫂嫂会来门口主动和他说话，毕竟她可是

◆ 盛宴 ◆

第一次好好地叫自己的名字,没有曾经不友善的语气,而是温和的。这让周壹有些无措,连应该回应人的时候都没反应过来。

"先去吃饭吧,正好我想和你谈谈。"

"哦,哦,好的。"周壹两只手都在袖子里,没人知道他正在抓袖口来掩盖自己的慌张。

他怯怯地跟在姐姐的身后,看着清晨的阳光透过大哥哥这间不大的房子那扇小小的玻璃窗,打在姐姐的身上,尤其是她那染成了浅棕色的头发,在阳光下反射着瀑布一样的亮光,那长长的睫毛就在露出一半的侧颜上,卷曲的弧度和浓密的程度都把这位姐姐独特的魅力介绍给了这缕阳光。阳光欣喜于世间的这份美好,用最温和的光将这位精灵一样的美人留在了周壹的眼睛里。

大哥哥怎么会讨厌这样的女性呢?周壹将手贴在了自己的嘴上,隔着袖子摩挲着下巴。他其实也不讨厌这位姐姐的,只是收养了自己的大哥哥经常照顾自己,导致了两个人在恋爱的时候发生了很多的矛盾。没有哪个年轻漂亮又有点傲气的姑娘会喜欢约会对象在约会中突然退出,因为要去照顾一个养子一样的弟弟,一个人被丢在原地,毫无颜面。

心思细腻的周壹当然明白,所以他总是尽可能地减少麻烦大哥哥的次数。他是个成年人,知道自己总要有面对学习和生活中困难的勇气。需要外界的帮助时可以去星宫找那些哥哥,虽然那些家人离得很远,但是周壹也并不觉得自己的生活有多么艰难。至少周壹知道,那个在单亲家庭长大的大哥哥抚养自己的时候过得艰难多了,自己只是不去给别人的情感生活添麻烦而已,这样的事情都做不到的话,那可真是太不像话了。

"周壹,我和你哥哥准备结婚了。"

"是吗?那很好啊,大哥哥很喜欢你的。"

餐桌上,姐姐主动从伴侣的手中抢过来餐具,递到了周壹手边。周壹刚刚把最后两个盘子摆到餐桌上,手边就被人递来了东西,礼貌接过后还没等他说句谢谢,已然落座的姐姐就开了口。

"这个我当然知道。"姐姐撇着嘴,一边削着苹果,一边继续说,"不过他本来是准备下个月工资到手后就准备和我搬到新的公寓去住的,然后把这间旧房子转给你,让你以后在C市也有个自己的房子。但这不是出了变故嘛!那个臭院长跑路了,我们的新房也泡汤了,但是之前的手续这个笨蛋都进行了一半,就差你签字了,不可能推迟领证,婚也没法推迟结,不知道还能不能在你的房子里住几天。"

"啊?"

周壹用勺子在荷包蛋上划着,听到姐姐说的事之后,抬起头来先是看了看姐姐,又看了看旁边一言不发的大哥哥。荷包蛋里的流心在盘子上晕开了一小块,他还是不能完全消化掉这些信息。

"要有新房子了,你还不开心?真是的,和你哥一样笨笨的。还有啊……"姐姐继续削着苹果,和她那责备似的语气不一样,手上的动作是平稳的,说,"以前对你比较凶,是我的不对。这次你给他和宠物医院都帮了很多忙,我还以为你一直都是曾经那个胆小软弱的小孩子,有时候还觉得他怎么带着你这种累赘什么的……总之是我曾经的看法有偏见,我向你道歉。周壹从一个孩子成长为一个很勇敢很善良又有责任心的男子汉,他很开心,我也很开心,能和这样的周壹做家人什么的,也挺好的。"

说完这段话之后,苹果也削完了,姐姐把苹果切成两半,一半递给了自己的爱人,一半递给了周壹。大哥哥用奇怪的眼神看了她一眼,却又被瞪了回来,毕竟削苹果这个服务一直都是大哥哥做的,今天还要分一半给自己的弟弟,他似乎有些理解这些年女孩被自己放鸽子时候的心情了……

"姐姐,哥哥,这个房子,突然要转给我,应该提前和我说一下啊,而且别说住一段时间了,大哥哥是我很重要的家人,以后姐姐也是,再加上这本来就是大哥哥给我的东西……"

"周壹,你记住了,以后如果有东西是属于你的,不管这个东西是什么来头,你都要勇敢地抓住并且承认它的所有权。与世无争或许会很舒适,但是这样会让人觉得从你这里索取东西是一件轻而易举的事情,他们就会得寸进尺,将你的视为他们的,随意践踏浪费。所以你要答应姐姐,当你遇到坏人的时候,你一定要像那天站在遮雨台上一样勇敢,我记得你以前很怕高的，但是如果你有勇气的话，何必要把软弱当成一种常态呢？我啊，就是怕你和以前一样，性格太软弱，总是受人欺负……"姐姐擦干净水果刀，拿起桌上的筷子开始正式用餐，还不忘对这位新家人进行人生教育。

周壹看着盘子里的那块荷包蛋，贴在盘子上的蛋黄流心已经开始变干了，他再用勺子去刮。白瓷和金属发出了细碎的摩擦声，代替了周壹的回应。姐姐看着周壹也陷入了沉默，三人就这样在沉默中吃完了这顿早餐……

"琉月，琉月，我来给你帮忙吧。"游戏世界里的清晨还能清晰地听到麻雀在枝丫上多嘴，【凯】回到公会后的第一个白天就雀跃地来公会的信箱旁边，果然看到了琉月正在清理信箱里的信件，赶紧凑上前去抢。

这个游戏与其说是用来玩的，不如说是另一个社会，公众人物被游戏认定之后，除了享受名声带来的福利，自然也要解决它们带来的麻烦。金麟没有加公会，角色的设定就是青丘之国的一国公主，游戏技术又确实很厉害，有这样的势力加实力自然也玩得更轻松了。反观文森特，表面上一城之主，实际上是个快递站的站长，每次上线时任务都堆成了山，这些快递里当然不乏寄给他的礼物，不过文森特还是会一一退还。公会玩法对于文森特来说，什么时候有空了再去研究吧。

凯文也有自己的烦恼，他的公会就是星宫，早年那个任务狂魔也是从这里出了名，再回到这个地方对于他和粉丝来讲，都是一件很正常的事情。当然了，前提是粉丝们都以为他是林家的少爷，而不是从一所叫"星宫"的孤儿院里出来的可怜虫，谁又会把游戏公会和五年前那所消失的孤儿院联想到一起呢？

"谢谢你，凯文。"

"嗯？都直接叫名字了吗？秦空哥那边也是？"

"既然想起来了，当然还是这样更亲切一些吧，嗯……不过秦空那边似乎更喜欢我叫他先生，我的回忆却觉得应该叫他'爸爸'。"

"哈哈哈哈哈哈……"凯文刚刚接过琉月手里的一大摞信封，听到琉月愿意和自己多说说话，便放慢了脚步想要听清楚。听到现在的话，凯文完全忘了什么偶像包袱了。笑声就像是嘹亮的鹅叫声，把工作室里还在最后审核通告信的经纪人姐姐吓了一跳。

经纪人姐姐气呼呼地走过来轻轻拍了一下凯文的头，要不是因为现在不是工作时间，她怎么会被凯文的撒娇给迷昏了头，允许了这个孩子想要网游摸鱼的要求？幸好他们有独立的工作室，要是让公司的对家看见了现在这样的凯文，估计明天立马就登上头条，到时候凯文一定会放飞自我，对外界卖一波搞笑青年的人设。好不容易从少年偶像转型过来，经纪人前些年努力经营起来的人设可就全崩塌了。

凯文倒没在乎，继续笑着。因为被拍了一下头，自己也顺势趴到了键盘上，手指不知道按住了哪个按钮，手中抱着的信封直接被抛了起来，散落了一地，人还是一边笑一边坐在地上抽搐，配上那魔性的笑声，还真是让人忍俊不禁。

"你这句话要是让秦空哥知道了，这两天怕是见不到你那温柔的先生了，哈哈哈哈哈……他最讨厌被孤儿院的孩子们叫'爸妈'了，你还没有这段记忆，以后想起来就知道了。哈哈哈哈哈……"凯文一边说着，一边调整着呼吸，尽可能让自己的笑停止下来，毕竟这里还是公司，隔音墙再好也还是要有点分寸，毕竟门随时可能被敲响。

琉月倒是第一次见到凯文这个状态，毕竟凯文也不是任何时候都喜欢这样去表达情绪。或许记忆里有，但是琉月还没想到吧。琉月无奈地蹲下身去捡散落一地的信封，同时问道："天天这个周日没来吗？"

"天天是没办法天天来的。"凯文偷偷饶了下舌。

"噗……"琉月笑着拍拍【凯】的肩膀，继续自己的工作。她倒不是期待凯文上线，而是期待周壹来到这个梦里，至少她相信身边有着和自己最为接近的人。

"咚咚咚……"

凯文的工作室外面传来了敲门声，他知道自己的网游摸鱼时间该结束了，于是和琉月说了一声"要下线了"，也不等琉月回应，就关了游戏界面，藏好了之前找柠茶买来的游戏读卡器。等一切都准备好之后，经纪人才放下心来开了门，门外站着的人是公司的总裁，身后还跟着金麟。

◆ 盛宴 ◆

凯文立刻站了起来，揉了揉自己的脸深吸了一口气，上前将两人请进门。进门时金麟还回头冲着凯文笑了一下，凯文就知道一定是好事，而且还是要和金麟姐姐合作的好事。

"上次的《逐梦者》专辑反响很好，凯文，你和武喆桂都辛苦了。"女总裁落座后，没有多余寒暄，直接引入工作话题，表达了对这次作品成绩的肯定。

迪莫国际娱乐是坐落在S市的一家娱乐公司，也算是当前国内最拿得出手的文娱产业之一，不论走流量路线还是走创作路线，都能在这儿找到一个合适的定位，从没见过两者有打起来的情况。原因也就是这个女总裁——武鸯。不需要什么头衔来特别介绍她，单从她家族的养女，也就是她现在的妹妹武喆桂也足以看出来她的家世背景以及为人，武喆桂就是金麟。

曾经的迪莫并不在她的掌控之下，恰逢流量当道的时代，迪莫也开始有了明星转型的意味，凯文就是这个时期来到迪莫的。当时迪莫的乌烟瘴气，从凯文和周壹聊天的频率也能够得到结论。

凯文是个不喜欢拘束的人，但叛逆并不一定会朝着坏的方向发展，尤其是在那个环境下，他的叛逆使他成了一个注重创作和实力的人。

然而，不幸的是城门失火殃及池鱼，他还是收到了一大波黑粉。迪莫终于迎来了新主人，也就是现在的武鸯，一上来就清晰地把商业化流量明星和艺术路线的团队拆开了。这么做也并不是看低流量，比如属于这个公司的凯文，处在舆论风口浪尖的人遇到了舆论事件自然也有不同的处理方式，因此流量和能力兼备的人更显得难能可贵。

凯文原本是个走流量的家伙，可是自从第一次上荧幕开始展现出天赋，加之有幸遇到了许多好的前辈，就把凯文的演技给提升了起来。流量明星这个名字要不了多久应该就会被甩掉，这不最近又推了专辑，又是蹦出来一个词条叫"全能偶像"，凯文倒是对这些标签没什么概念，毕竟这次的好前辈可是金麟姐姐，数一数二的才女作词人，星宫里又有从事音乐创作的人，他当然也不会太赖。

武鸳是懂得发掘金子的人，即便她自己的演员生涯还没有结束，她也很愿意给公司里的人多争取机会，乐于看见良性竞争的风气。至于张烁金那样要进监狱的人，她也不会拦着。实力和个性一定要区别开，拿捏了一个人的个性也就能掌握这个人的实力……

凯文笑嘻嘻地回答："打游戏这个东西恰好我比较擅长，哈哈……"

又不是给上司戴什么高帽子，也不是在娱乐行业上吹自己的胜利，把成功全归到了运气上，这就是凯文的作风，圆滑的同时又抹掉了不属于小孩子的虚伪，武鸳和这种坦诚的人相处时自然也会轻松下来。

金麟也跟着笑了，和武鸳对视了一眼后，说："现在有一个新的通告要交给你，因为公司是直接指定你的，考虑到合作比较大，鸳姐拿到之后就直接过来了，来问问你的想法。"

"什么什么什么？"凯文刚刚打完游戏之后有些浮肿的眼睛睁得大大的，看看金麟又看看武鸳，头也不自觉地摆动了两下。

武鸳将手中的大文件袋放到了眼前的桌子上，说道："梦空那边准备做一些文娱产品，其中和我的合作除了音乐上的当然还有影视上的，想拍电视剧的时候他们当然还是会先考虑你。最近游戏里的神职越来越多，剧情也就逐渐浮现出来，大家呼声比较高的就是青丘之国的《七雅宗》故事线，现在剧本样本拿来了。《七雅宗》分七个篇章，第一篇他们就计划由你来主演，看看吧。"

凯文看着桌上放着的剧本样本，混沌的大脑终于开始飞速运转起来，最后说："我和经纪人姐姐看一看再决定吧。"

武鸳和金麟又对视了一眼，而后武鸳摇摇头，将那剧本又向前推了推后起身说道："那你就好好考虑吧，我和金麟就先回去工作了。"

"嗯，姐姐们工作愉快。"

"你也是，少摸鱼。"

"嘿嘿……"

工作室的门一关，凯文就一溜烟回自己的座位上，耳麦往脖子上一挂，就去登录游戏了。经纪人正准备给他的头来个暴击，却先听到凯文问道："你

✦ 盛宴 ✦

看一眼角色的名字叫什么？"

"啊？"经纪人小姐姐没反应过来。

"不是游戏里的神级角色吗？游戏里肯定能看见传记，现在看剧本干吗？"凯文说道。

对……对，演的是游戏角色，摆着现成的活灵活现的角色不看，看什么纸质剧本呢？难怪凯文说要看剧本，武鸢就说要离开了，最后还说了一句不要摸鱼，原来就是给他留空间登录游戏啊……

"洛云珩，荧光笔标注的主角，总裁在旁边写了你的名字，应该就是给你的角色。"

"洛云珩……"凯文登录完了游戏，游戏角色出现在出生地里，自言自语重复了一遍角色的名字。

当他准备打开神级角色搜索界面的时候，一个熟悉的声音传到了他的耳麦里："你找洛云珩干什么？"

凯文转了一圈视角，果然看到了【将进酒】，把角色挪近了几分说道："百里哥，洛云珩你认识吗？"

"还算熟。"

"电竞的？"

"嗯？你不认识他？"

"我怎么认识他？"

"他是S市歌剧院的钢琴师，你可别告诉我你没看过歌剧。"百里墨湘说的时候都有点怀疑了，凯文能保持现在这样的演技和创作能力，平时的艺术鉴赏肯定没少做，光是歌剧的票分给秦空或者其他感兴趣的星宫成员就已经很可观了，当然不可能不知道。

"最有名的那个？"

"不然呢？"

"他是罗珺笙？他玩这个？"

"他怎么不能玩这个？"

"我……"凯文的话堵在嘴里半天吐不出来，他已被震惊得说不出话来。

"你找他有事？"百里墨湘问道。

凯文摇摇头说："没有，没有，哪敢找大佬的事啊？我就是去膜拜一下，去哪里能找到他？"

"我们准备去刷他的 boss 呢，要不要一起？"

凯文收到百里墨湘的邀请时脑袋里直接升起了疑问，去游戏里本来想研究角色，结果人家是业界大佬，正准备去膜拜一下，现在又告诉他要去打这个野图 boss，这也太……

凯文被身旁那个看着他一惊一乍半天的经纪人姐姐打回现实，经过一番并不激烈的心理斗争之后，凯文操作角色跟上了【将进酒】。

"所以说啊，你不知道今天我竟然能在游戏里遇见罗珺笙前辈，我真的是太高兴了！你都不知道，我还刷了他对应的那个 boss，要说公众人物还是大气，他看见我之后还过来和我打了声招呼，夸我新出的专辑。哦，你知道吗？我简直是要起飞了！"

周壹正走在回学校的路上，午后的太阳还是金黄色的，阳光比来的那天明媚了许多。耳机里不断传来凯文和他的聊天内容，周壹一边听着，一边体会着今天他刚刚体会到的心情，那是一个前辈在夸赞自己的成长，这值得让任何一个年轻人拥有站立在云端之上与光相遇的幸福感……

"我都想不到我竟然要去演洛云珩，要去演罗珺笙前辈的游戏角色啊！我好激动！"

凯文的经纪人之前看过凯文在游戏里多么矜持多么谦虚地接受了罗珺笙的夸奖，同样她也有幸在下班前看见现在几乎癫狂的凯文，不知道的还以为凯文这是谈恋爱呢。

"我要好好准备试镜，谁都不能从我这里抢走这个角色，哈哈哈……"

"那凯文要好好加油啊。"

"天天呢？你哥哥那边的事情解决了吗？"

"嗯，差不多了……他要结婚了。"

"那你还住宿舍里吗？"

"他把房子给我了……"

◆ 盛宴 ◆

"啊？我的天，那他对你还真是掏心掏肺啊。"

"嗯……他说等到事情都处理完了，可能就和姐姐一起离开C市，去县城里结婚去了。"周壹越说越小声，脚步越来越慢，直到最后停在了路口，左右张望起来往的车辆。

"他们结婚那天如果我回不去，记得给我开个直播啊，我也想见证一下嘛。倒是你啊……"

"我什么啊？"

"你可不许哭鼻子。"

"我当然不会！"

"嘿嘿，我被林叔接走的时候，除了琉月，就只有你哭了吧。"

"啊！好了，那是很小时候的事情了……"

"哈哈哈哈哈，不逗你了，你先好好走路吧，我下班啃剧本了，bye。"

"嗯，再见。"周壹看着道路对面的信号灯，眼神一点点涣散开，信号灯红色的光晕沉入夕阳的温暖怀抱，逐渐染上相同的橘红色，最后沉入冰冷河谷，在雨林中渲染上神秘的宝石绿……

该走了……

周壹回过神来，等待的几秒钟里，他回想着琉月的眼睛，红色的、琥珀色的，还有自己眼睛的……绿色？

是因为我吗？恐惧时的一点希望，明明两个人都很害怕吧。可是就是这样，才有那种美丽的颜色……

夏晴哥哥也没有给自己一个完整的答案，如果待在梦里很危险，那他绝不会沉浸其中，并且一定要将那里唯一吸引自己的琉月带出来，我们都要有面对一切的勇气，凯文是这样说的，他也是这样想的。

夜晚扑灭了绚丽的晚霞，一切色彩被强烈的灯光冲散，黑暗中只有星星还愿意漏下零星光点。

一周又过去了，周壹回到宿舍里，没有学习，而是捧着画板坐在自己的下铺床位上画着素描。

邻桌的室友洗了一颗黄桃，路过周壹身边，用水果刀削下来一块果肉，插在水果刀上递到周壹眼前。

周壹看向了那块桃子，又看向了室友的脸，祖母绿的眼睛眨动了两下，再看了看自己印着铅笔墨色的手，最后张嘴咬住那块桃子，果肉从水果刀上脱离下来，咀嚼了三两下后含含糊糊说了一句："谢谢。"

"诶，周壹画的是谁啊？"室友嘴里的桃子也没完全咽下去，扭着身子找角度看了半天周壹的画，可惜只有一个轮廓，大概能看出来是个人像，而且还是像精灵一样温和柔美的美人，有着长长的头发，还有弧度很微妙的睫毛，并不是正脸照，几乎将脸全部侧了过去，看不到她的眼睛，但仅仅是这样一个轮廓却包含了人们对美好的一切遐想。

周壹拿着铅笔的手并没有停下，依旧平稳地涂涂画画，回答道："家人。"

"你家还有小精灵啊，逗我吗？"

"对啊，我家不仅有小精灵，还有恶龙的公主，还有龙骑士。"

"你还来劲了，你说我要是在你家，我是啥啊？"

"你的话……"

周壹还在思索是大法师还是预言家更贴切的时候，另一个室友已经倒完了洗脚水，拎着那还滴答着水的塑料盆子从自己身旁路过，说了一句："你是个锤子，准备熄灯睡觉。"

"哈哈，看来我会是怕宿舍长的魔法学徒。"这个室友打着哈哈，快速啃完了手里剩下的桃子。

周壹也把画板收起来，给铅笔套上了塑料笔帽，将画纸小心翼翼夹在了专门收画的文件袋里，爬上了自己的床铺……

"天天，你看这个颜色怎么样？"

迷迷糊糊地合了眼，耳边却恍恍惚惚听到了熟悉的声音，周壹试着活动一下身体的某个部位，果然和前几次的感觉一模一样，他又成功来到梦境里了。手指弯曲的弧度应该是抓着画笔，撑着面前的东西坐直身子，摇晃着脑袋想要清醒一些，手掌中清晰感受到纸张的磨砂感，画纸上的人像竟然就是自己刚刚在现实世界中画的那个精灵的侧颜。

至于刚刚和自己说话的声音，他也大概知道是谁，只是看着自己眼前的画有些发愣，一直没有回应对方。

他正坐在星宫公会花园里那个白色小亭子里，那个和自己说话的人是公会里的女角色【米娜】。周壹当然知道这后面是星宫的家人米苏，是如假包换的男孩子，只是米苏变声了，变成了这个软糯的声音，和这个游戏角色放在一起倒是没有什么违和感。背后是暖色的灯光，面前是清冷的月光，倒是把【米娜】可人的面庞照得更加灵动深邃了。

"呃，我觉得……"

"算了，和你一个 NPC 说了你也不懂。"

不等周壹把话说完，米苏已经开始继续自言自语起来。周壹看着这个游戏角色，再看着它头顶亮着的 ID 名字，这才想起来，自己应该是被正在打游戏的米苏当成了离线状态下人机操作的游戏 NPC 了。

周壹有种说不出来的奇怪感觉，如果说曾经有勇气面对梦境和现实的差距是因为沉入梦境会遇到未知的危险，那么现在的感觉让周壹只想要赶紧离开梦境。如果琉月也是这样认为的话，那么琉月也不要停留在这里，一定一定要离开……

毕竟从呱呱落地开始，经历过这么多年而变成了如今的模样，如果全都没被当人看待的话，这一切有什么意义？

纵使记忆中印刻了全部的成长，却只有勇敢的灵魂能够将一切化为不朽。

"灯光是暖色系的，如果想看颜色的话，转一圈在月光下看吧。"周壹认真回答了米苏的问题，虽然在对方的眼中，自己是一个什么也不懂的 NPC，但是真诚是周壹作为一个完整的人，对待家人和朋友的态度。

【米娜】手中的笔停了下来，同样的，电脑面前的米苏手中也停止了操作，他关闭了绘画界面，将视角转向那个灰着 ID 名的【星期天】。米苏那双像波斯猫一样蔚蓝的眼睛里，反射着那个游戏角色的样子，可他的视觉神经还是像交错了一般，将周壹的脸和【星期天】拼到一起，或者说……

"我是谁？"

"米苏。"

"哦?"

"啊!不……不是!"

是灵魂,那本应该是数据化的讨好夸赞变成了诚恳建议,米苏熟悉的灵魂,是灵魂注入了那个游戏角色中。

✦ 盛宴 ✦

邀请

"天天还是不太会撒谎呢。"

游戏里的【米娜】并没有做出什么表情，可周壹还是能感觉到，对方大概在笑。

周壹感到不自在，他干脆放下了手中的画笔，脑海中回荡着犹如钟声的长鸣，谁也不喜欢被别人轻易看穿的感觉，可是就是这个刚刚成年的大学生给他这种感觉。米苏，是个有副业的人……

"米苏明天还要上学的吧，你怎么没睡？"

"我今天早晨看到夏晴哥哥接了你的电话，他似乎不太想让秦空哥哥知道，所以我猜你遇到了和夏晴哥哥一样的麻烦，而且和这个梦境世界有关。"

周壹沉默了，他看着自己面前的画板，画的主题和对象相同，但不再是素描，而是更加细腻的彩色油画。少女的长发在画中展现着鎏金的色彩，头上戴着月桂枝编织的头冠，精灵一样尖尖的耳朵，还有一双透明的冰蓝色的翅膀，随着身后灯火的跳动，翅膀仿佛变成了灯塔下波光粼粼的湖海。

米苏也安静了很久，最后抬头看了看游戏世界里的月亮，他把自己的画拿到了皎洁的月光下，果然和暖色调里呈现的颜色不同，画中粉红色的蔷薇花不再只有可爱，而是披上了清冷孤独的薄纱，米苏将画呈现给身边的【星期天】，说道："你看……"

这幅画夹在了灯火和月光之间，一半被灯光打亮，呈现出温馨的橘黄色；一半被月光照亮，呈现出迷离的白光。

周壹说不出话来，看了那幅画很久很久……

"好了，我要睡觉去了，这些花是要给韩钰哥哥的，估计他还在星宫里和琉月姐姐聊天呢。"【米娜】起身离开座位摘下了画板，朝着星宫的主楼走去。

"嗯，晚安。"周壹说。

"好梦。"米苏带着点玩味的口气说了这一声之后，就离开了白色小亭子。

周壹看着【米娜】远去的背影，沉默了许久，最终也选择收起画板离开小院子进到楼房里去了。打了个呵欠后，他推开了大门，正好碰到了在琉月道别时下线的那两个玩家，一个是【米娜】，一个是【无心者】。

两个人的ID刚刚变灰，周壹就走了进来。琉月转头看向他时，周壹也正好看过去，两个人正好来了个四目相对……

"呃……"

琉月先张开嘴，但仿佛是话到了嘴边又一瞬间被打乱了，最后又咽了回去。她穿着一条礼服长裙的半成品，黑色裙身打底，装饰花边还没有完全缝上，紫色和红色的蔷薇花有些装饰在裙摆之上，有些还没缝到衣服上的花儿都堆在客厅的沙发上，琉月正坐在沙发上，手头上还在捡着散落的花瓣。

玫红色的花瓣被琉月捧在手心里，娇艳的红色衬托着琉月白皙的皮肤，她真像是套上了衣服的瓷娃娃，惊艳无瑕。裙身有很多镂空和蕾丝的设计细节，让原本相貌清纯的女孩多了一些性感，让一切美好都为她静止下来……

"新衣服？"周壹本不忍心打破安静的气氛，但看到琉月的手似乎在颤抖的时候，他还是主动承担了缓和气氛的责任。

琉月垂下眼帘，接着去捡那些花，回答道："嗯，是【无心者】做的，说是等着【米娜】画的蔷薇花呢。"

"原来是用来做这个的……"周壹喃喃道。

"怎么了？"琉月手中的动作停了下来，看着周壹的眼睛。

"没什么，我先去收一下画板。"看着琉月的眼睛，周壹却别开了视线，假装看着自己手中的画板，指了指杂物间楼梯口，说完之后就上楼去了。

琉月坐在原位置上，收拾完了一切之后，也就顺势使出一个魔法将礼服换回了原来的工作装，也准备上楼去休息了。这时候周壹又匆匆下楼来，两个人四目相对……

大厅里的灯光到了楼梯口已经变得昏暗，视线所及也只剩下有些模糊不清的轮廓，周壹眼中的琉月变成了被温暖灯光笼罩着的剪影，好像皮影戏光幕上灵动的小人。两人都想开口，但在同样的停顿后最终合上了嘴巴。

"叮咚——"不知道是谁的移动终端响起了提示音，琉月召唤出了自己的，但很快就将视线转向周壹的方向。周壹也就学着琉月的样子找到自己的移动终端，打开那个小红点，果真和打游戏时的聊天界面很像，消息是一个好友申请。

周壹皱了一下眉，这人是谁啊……

琉月看着周壹的表情，不自觉地想要去看看周壹的移动终端上显示了什么。周壹察觉到琉月的动静，于是干脆把移动终端递了出去，顺势问："这个人和我们公会有什么关系吗？"

琉月仔细看了看屏幕上【奈落四叶】的名字，很快就从数据库词条里找到了这个词，回答道："他是魔龙一族的首领龙域领主亢龙，应该是要加你游戏好友吧，不过我不认识他。"

"不认识他，哦，我知道了。"周壹收回了自己的手，直接拒绝了好友申请，收起了终端后相同的提示音又一次响了起来，再一看还是【奈落四叶】，"啧……"

周壹有些犯难，仿佛那天在网吧和慕容虹见面的场景又一次出现了，琉月却说："哎？怎么发到我这里来了？"

周壹又和刚刚的琉月一样，凑过脑袋去看，发现【奈落四叶】竟然也给琉月发了好友申请。周壹脑袋里立刻闪过了不好的预感，按住琉月的手都有些发颤，说："你不要通过，让我加就好了。"

琉月没点下好友申请通过的按钮，倒是看着周壹另一只同样颤抖的手点下了他那边的好友申请通过键，然后周壹背过身去和对方聊天去了。

看着自己手中的移动终端，琉月总觉得有些奇怪，之前那个自爆的魔龙青年还清清楚楚地在琉月的记忆里，现在龙域领主来找自己，不会是为了那头魔龙吧？

可是当天不管是他们星宫的人还是其他四个人，可都没有要杀掉魔龙的意思，有些人要把那魔龙活捉回去审判，有些人要就地调查一下，至于自己和天邪完全是被动卷入的，根本没有动真格，要怎么和对方解释清楚魔龙是自爆的呢？

【奈落四叶】：你好，我是龙域领主亢龙。

周壹正想要回复消息的手顿了下来，刚刚皱着的眉头现在拧得更紧了。亢龙？会有人叫这个名字？他在终端的屏幕上扫了一眼便找到了问题所在，【奈落四叶】的ID名字是灰色的。

不在线？那怎么还能发送好友申请？难道是因为不在线游戏角色自己操作的？也不大可能啊，这要是玩家上线发现自己加了莫名其妙的好友，这不就成游戏bug了吗？还是说……

【奈落四叶】：我知道你的游戏ID也是灰色的，但你也在，对吧？

【星期天】：找我有什么事情吗？

【奈落四叶】：我现在应该叫你天邪，还是周壹？

【星期天】：……

【奈落四叶】：抱歉，实在好奇，调查了一下慕容虹口中这个神奇的你。我一直以为我是少数人。

【星期天】：不要说莫名其妙的话。

【奈落四叶】：你也可以通过做梦进入这里吗？

【星期天】：……

周壹已经有了删除好友当作没发生过一样的念头了，但是对方很快又接话，让他不得不打消这个念头。

【奈落四叶】：准确来说我不是找你的，是找你们公会的，我怀疑你们公会有很多这样的人。

【星期天】：没有。

周壹朝着琉月的方向看去，撒谎道："那个人的好友申请不要通过，他想找我，逼我进他们的电竞战队。"

"嗯？好的。"琉月看着周壹躲闪开的目光，握着终端的手加大了些力度。今天的【星期天】和往日形成极大的反差，两人每像这样接近一次，琉月就会越发肯定自己的猜想，眼前的天天，不是玩家操作电脑的产物，也不是玩家下线后的NPC，而是有人到这个世界来陪自己了……

是将无知作为挡箭牌贪恋一份快乐，还是去面对未知，和曾经站在一起？

【星期天】：还有其他的事情吗？

【奈落四叶】：放弃辩解了？

【星期天】：……

正当亢龙等待回答的时候，他的终端忽然来了新的提示，律贞发了条语音给亢龙。亢龙皱了皱眉，退出聊天界面，深吸了一口气，再回来重新打开界面，重重按下播放键，手指的指甲盖都变白了，闭着眼听律贞的发言。

"喀斯特都碰壁了，你还是老实点吧，明知道他有魔王的力量，魔龙一族不是更应该收敛一些才对吗？"

轻佻的语气轻轻地飘落在亢龙心上，但是却像冰雹一样砸得他冰冷而刺痛，每个字都散发着浓烈的嘲讽气息，仿佛这句话通过亢龙来解密会得出"你不行"的结论。

亢龙正准备不再理会对方的时候，律贞再次发来了新的语音消息，亢龙撇撇嘴，还是点开来听。

"你是不相信你身边有人遇害了还是不相信我？我不如魔王有说服力吗？"

律贞这次的语气不再是戏谑的，冰雹变成了细雨，洗刷着亢龙心上刚被砸出的伤口。亢龙按下了语音录入键，持续了许久的寂静后，他上划取消了录制，又返回到【星期天】的聊天界面，结果被屏幕上显示的文字彻底堵住了一切发言的思路……

系统提示：对方已将您移除好友列表，无法收到您的消息。

亢龙甩手把终端扔在了一边，长出了口气。他正在龙域领土的领主宫殿中，坐在卧室靠窗的小沙发上，终端被他丢在了面前的玻璃茶几上。

房间里的装潢是古典西式的，壁炉里的火光并没有照亮昏暗的房间，它们和窗外洒进来的清冷月光一起，在亢龙的身躯上呈现出神奇的光影效果。

龙族领域搬到了空陵希群岛其中的一座小岛屿上，亢龙做了很久的准备，因为他太清楚神级的重要性，他必须让魔龙一族跨过这个门槛，但魔龙不属于空陵希岛，这里即将被赋予新的名字：魔龙之都。

他为魔龙一族的未来规划好了蓝图，可这一切必须建立在世人肯定的基础上，他们有实力和勇气。要肃清内部仅仅凭借能打仗和一双眼睛可是不够的。他需要一支容易掌控的外部力量来充当这个"工具人"。魔族的神是特殊的，在他们的眼里，最值得敬重的神不是光明之神，而是来自魔界的魔王，绝对力量的象征。

亢龙的灵魂保持着清醒，墨龙轩有他自己的方法在这里畅游，他向身处Ｃ市的菁虹战队队长慕容虹打听了这位拥有魔王力量的人，现实里的【星期天】对电竞完全没有兴趣，所以想要找到突破点，只好来游戏中。

当他一遍又一遍搜索网络上的视频，观察【星期天】的神级任务资料时，他就越发觉得不对劲，他并没有多少高超的操作技术，而是那个游戏角色有着可以将这份魔王之力发挥到极致的"灵魂"。

于是他开始调查对方身后的公会和朋友。【凯】？不是，虽然两个人走得很近，但是【凯】从来没有过这种状况，倒是总和梦幻战队的剑客秦若止混在一起。【琉月】？从来没上过线，挂着一个公会管理的名字，倒是没怎么见过她战斗，继续观察吧。还有一个……叫【青空】的，探子们说【青鸟】总会在接近午夜的时候去找这个人，他们在窗台上，像是约会一样。亢龙不八卦，就不去研究了。

好友申请倒是把他们都覆盖了，【凯】是直接一键通过，之后就再没有回过消息，估计像大明星的微博一样，私信长年都是关闭的状态。【青空】

和【琉月】都是灰着ID，没有反应，应该是不在线吧。现在好了，【星期天】也不理自己了……

亢龙托着下巴，朝着窗外看去，高空中的云层很稀薄，离月亮很近很近，天空中一切都看得很清楚，寂静的房间里，只剩下亢龙的思绪在起伏着，和壁炉中火焰吞噬薪柴的噼啪声一起在亢龙的脑海中爆炸开来。

恍惚间，天上出现了青绿色的光，亢龙有些不可置信地揉了揉眼睛，那双湛蓝色的龙眼重新睁大，果真是……极光。是神秘而美丽的极光，他在这个世界很久没见到极光了，心中的思绪全部被打乱，起身走向窗台，几乎将半个身子探出去看。

黑色的夜空中，极光在空中变化着形态和颜色，悄无声息却胜过任何绚烂的烟火……

游戏世界里的每一个人都知道，这里的极光会出现在这个世界里的任何地方，知道它很美，却没有人知道这是因为谁的内心悸动。

唯独【青鸟】的心，跳动的心将这个答案一遍一遍在她的脑海中重复着。她今夜还是在这个阳台，从未冷却想要见见青年的心意，只是今天有所不同，此时此刻的她正在被少年拥抱在怀中。【青鸟】无法形容现在的心情，可她知道这个世界的极光是她心动的证明，只因为她背着创世神的名字。

这是夏晴的灵魂，他没想要背负青空这个名字，但是他无法拒绝眼前的女子。若不是住在星宫，秦空会让他保持这样的作息时间，他大概永远无法相信，【青鸟】会成为他离不开梦境的全部美好光影。

终端的提示音响起，但夏晴完全不予理会，就像在夜店里享受纸醉金迷的时候绝不会想起自己的手机里有多少个未接电话。【青鸟】的歌声每晚都会如约而至，他每晚都会以青空的身份获得这场演出的唯一门票，可夏晴知道这个"假证"他用得有多么不甘心。

如若合上眼，便不会看清黑暗和光明的分别；如若堵塞耳朵，便不会听出喧闹和寂静的差异；如若一梦不醒，便也再没有了幸福和伤痛的定义。

"真的一点也想不起来吗？"【青鸟】依旧坐在窗台的护栏上，湛蓝色的双眸中是月亮的倩影，就像深不见底的潭水，汹涌的内心藏于平静的表面下，歌声过后往往都是这样不温不火的问句，就像是在问一个与自己不相干的人一些不相干的回忆。

夏晴沉默着，这样从背后去拥抱【青鸟】的想法已经在他的思想中成了可以攻破一切理性盾牌的利刃，终于在今天站在意识操作的顶端，让他实现了这个美梦，可他却无法回答【青鸟】的问题，就像一开始注定没办法答复对方的心意一样。

"你是蓝天。"

"我不是。"

"我知道你的名字，青空。"

"……我是夏晴。"

夏晴刚刚意识到自己失去理性后似乎吐露了不应该出现在这个世界的实话时，【青鸟】已经挣脱了他的怀抱，恍惚之间夏晴都没能够及时去掩盖。

【青鸟】却已经睁大了眼睛，转身看着他，双手死死抓着他的袖口，嘴唇打着战，几次想要张开却最终还是咬住下唇没有开口，松开手与他拉开了距离，张开翅膀飞在空中，青蓝色的羽翼在月光和极光交错的光线下是那样动人。夏晴仍然垂着头，目光中甚至都能看见那双颤抖的手，指甲几乎是嵌入了皮肤之中，到底是多大的打击，能够让原本配得上一切幸福的女子如此失落，青空到底是谁……

"对不起，或许……或许我真的认错了。"

"柠茶，你在梦里罢了，不必当真。"

"……我不可以有这样的梦，对不起。"

【青鸟】本就温柔的声音，此刻越来越小，仿佛在独自呢喃着，她垂下眼帘，不断地摇着头，说完之后便转身飞入了夜幕……

夏晴看着那个背影，也在转身时将那温和的微笑刻画成了新的面具，这份幸福是注定不会属于自己的，只要短暂享用过就应该知足，可是……

他回到昏暗的房间，不想点灯，更不想合眼，开始了思考。【青空】这张账号卡的 ID 是默认的，他没有修改，而将这张账号卡交给自己的百里墨湘到底在想什么啊？夏晴越想越不明白，最后还是决定离开房间转悠一圈，虽然不知道该去哪里。

离开房间的夏晴来到楼梯口，准备下楼去更开阔的花园里去，却碰上了准备上楼的琉月和【星期天】。【星期天】避开了他的眼睛，和他擦肩而过。

"周壹？"夏晴试探性地叫出了他的名字，他想起了之前周壹的那通电话。

好巧不巧，这个【星期天】还真就是周壹……

周壹停下脚步，转身去看夏晴，很快又回避了视线。琉月也停下来，她的目光在两个人之间转了几个来回，之前那种和周壹一样想说话又说不出来的感觉又重新从心底冒出来。

"夏晴哥哥？"

"你还真是……遇到麻烦了？"夏晴说到一半，朝着琉月的方向看了一眼，然后继续小心翼翼地问着周壹。

"嗯……最近经常会这样，我都不知道该怎么办才好。"周壹垂着头说。

琉月在旁边本来是一言不发的，可是当她听到了"夏晴"这个名字的时候，一阵晕眩感传来，双腿有些支撑不住自己的身体，她偷偷向后退了一步，靠在了身后的墙壁上，试图让自己已经有些混乱的头脑变得清醒一些，果然还是有一些效果的，她的视线逐渐清晰起来，能够重新看清楚眼前的两个人，可是却有所不同了……

不对，这个空间，好像变了。琉月熟悉这种感觉，她摸到了自己口袋里的星时罗盘，灼热的触感证实了她的猜想。她取出怀表，打开表盖，果真又是一道铭文开始若隐若现。

"不要急，我已经联系过哥哥了，先帮它止血。"周壹的面孔变得不再稚嫩，第一次在他的身上绽放出独属于少年的锋芒，不是凌厉的杀气或者戾气，而是一种温和的、能够带给人以希望的光芒。

琉月站在原地，原本【青空】站着的位置上，站着一个看不清面孔的男性，还有……年幼的自己？

小琉月站在那里不停地用手背抹着眼泪。身旁那个男子沉默不语，怀中还抱着一只不停在流血的小动物，也看不清是什么。

或许是第一次看见了记忆中的血，哪怕是在记忆空间里，猩红的颜色总是能破坏和谐的元素，琉月清晰地感觉到自己双手在颤抖，就连呼吸也不只局限于鼻子，冷气会无视正在打战的牙齿然后想方设法渗透到已经无法维持规律鼓动的胸腔，再置换进血液中运输向全身……

周壹拉着那位抱着小动物的人朝着客厅中央走去，那里早就放着打开的医药箱，他平稳而轻柔地将那小动物接到自己怀里，纱布和消毒药物运用得准确无误，动作没有任何迟疑，眉心微微皱着，却让空气中焦虑的情绪逐渐变淡了许多。

"对不起，对不起……"仍在哭泣的小琉月口中不断重复着道歉，虽然声音很小，可琉月听得却很清楚，也许是因为这是自己曾经说的话。

房间外下着雨，并不猛烈，雨点滴滴答答落在窗台上，阴郁的心情蔓延在这座房子里……

"琉月，等哥哥来了以后我们去宠物医院，现在外面下大雨，我不能带你出去。听话。"周壹没有抬起头，认真而严肃，这句话没有友情的温柔，而是长辈对晚辈的一种安排，是必须执行的命令。

"可是，我……"

"再这样，我叫秦空哥哥把你锁在家里了。我知道你在害怕什么，可是如果我们都做到了最大努力，之后的结果不就只能去接受了吗？"周壹的手上很快沾满了血液，细细密密的汗珠挂在他的额头上。若是忘记了他的年龄，大概都会以为那是在手术台上全力救助病人的医生，而不是那个只会画画的怯懦少年。

小琉月没有再说话，哭声也变小了许多。即使身在局外的琉月本人也在记忆中感同身受，她见过这样的周壹，就在破魔剪出现的时候。魔王的力量就是如此强大、霸道、不容拒绝，甚至……充满野性。

"约的车到了，走吧。"秦空推门而入，身上还有从外面带回来的小雨，"琉月，去拿两把雨伞过来。周壹，走了。"

"血止不住了，把医药箱也拿上，抓紧时间。"周壹说话的语气没有秦空的凌厉，明明两人相差五岁的年纪，但成熟稳重的样子毫无差别。

"好。"小琉月不再因无措而迷茫，情绪和气氛会有效地感染其他人，不论其是否理性和独立。

　　那个少年是什么时候成长至此，琉月甚至无法想象，在自己以旁观者的角度审视过往的时候，竟然能够发现如此多的细节。

　　小琉月为周壹撑着伞，秦空也撑着伞，三人离开了房间，雨幕中三人朝着那辆汽车走去。留下那位看不清面孔的人，仍旧在沙发边上，虽然没有看见神态，但看着他慢悠悠坐在沙发上的样子，大约能明白他受到了怎样的冲击……

　　琉月悄悄地靠近过去，试图等待着他的真面目揭晓，可她却听到了男子自言自语道：

　　"对不起，我不该相信人类……"

　　"咦？"琉月不自觉发出了疑惑的声音，或许是因为这话说得过于偏激了。似乎从周壹离开之后，这个世界变得灰暗了许多，客厅里亮着白色的灯光，闪电将乌云撕裂，整个房间都被打亮了。

　　房屋外雷声乍起，琉月朝着窗外看去，清晰地感受到了心脏和脉搏的跳动幅度增加得多么剧烈，头顶发热，意识也变得模糊了，似乎下一秒就会有血液从头顶喷薄而出。

　　"你在怕什么，是它死去了，还是怕你自己？"周壹的声音在耳边响起，琉月却连抬起头的力气也没有了，这次的眩晕再没有支撑点可以给她缓解，她倒在原地，昏了过去。

　　……

　　"现在怎么办，找秦空哥哥吗？"周壹看着忽然昏倒、被两人一起扶到沙发上的琉月，问道。

　　"说起来你可能不信，他要是知道我们能来梦里，明天他就会收走我们的账号卡。"夏晴回答。

　　"可是他如果想知道，我撒谎也没用啊。"

　　"我有用就行了。"

　　"……"周壹沉默了。

他当然不想失去账号卡,他想见到琉月,即便只有每个周末的一点点时间。周壹知道自己的弱点,不论是先前面对慕容虹学长,还是对琉月,他的谎言太容易被看穿了,两人甚至都不乐意去拆穿自己。

米苏本身就是侦探,观察能力是基本素质;秦空作为律师,可以在不同环境或场所中通过观察各种各样的人找到线索,甚至和很多社会名流在一起交流,面对这样的两个人,周壹连谎言都懒得去编造。

他当时选择学兽医专业的本意是尝试,后来才发现,不需要费脑筋预防恶人之心,和没什么心机的动物交流,对他简直太友好了。

夏晴和周壹是两个极端,在医学院里,精神科本身就是他的专业,大学和他同宿舍的另两个同学一个现在是有名的犯罪心理学专家,一个现在是公安法医。四年下来,察言观色聊话术,甚至互相之间用点专业技巧互相做一些损友之间才会做的事,都美其名为"专业知识的复习和巩固",这些东西也逐渐变成了夏晴的一个附加的技能点,他自己又有精神科的一些其他技巧,秦空有时也奈何不了他。

"到十二点就会强制脱离梦境了,不过是以昏睡的模式,琉月应该是遇到了其他的条件让她昏睡过去的。"夏晴像是自言自语。

周壹没去打断,毕竟他连十二点强制脱离梦境这件事,都是刚刚才知道的。

"我试过,如果我处于极度疲惫的状态,我是指心理上的,这种时候到了十二点我就会昏睡。如果我处于精神还很充沛的情况下陷入睡眠的话,就可以依靠一点心理暗示不离开这个梦境。"夏晴继续说着,他坐到了另一个沙发上,和琉月刚刚在回忆里的那个位置一样,"因为我现在比较有时间,也去观察了一下她。自从她想起秦空之后,就开始出现这种不到十二点就开始昏睡的情况,有几次还是我和秦空送她回卧室的,这应该是恢复了疲惫感……"

"恢复,疲惫感?"周壹都不知道这两个词是怎么搭配在一起的,不自觉地就重复了出来。

夏晴朝他看过来,笑了笑继续说:"正常人会有疲惫感,但一开始琉

◆ 盛宴 ◆

月没有，只是在遇到秦空之后逐渐找回来了。同样地，也可以类比凯文。"

"凯文……也是疲惫感吗？"

"不是，以我的观察来看，应该是束缚感。你仔细回忆一下，琉月之前和我们相处都是例行公事一样，但后来是不是也变得小心翼翼的，尤其是对你？"

"对我，确实温和许多，如果不是因为熟络的话，那她上次没有直接问我凯文的去向以及目的，也就能解释得通。明明她和凯文在一起玩的时候会很开心，和我也很熟悉，如果她都想起来了，那系统就不会干预她问'朋友'的去向的。"周壹也开始认真回忆起来了。

夏晴再次看向昏睡的琉月，游戏角色灰紫色的眼睛里闪过一道光："我很好奇，你会有什么样的东西给她，会是温柔的感情吗？"

周壹有些摸不着头脑了，他和琉月有很多记忆，和其他人都一样，但是琉月会记得多少，印象最深的是什么，不论周壹心思多么细腻，也不会猜测出来，他只能从夏晴的话里找出重点。

他好像可以控制自己不离开梦境，那也许同样可以控制自己进入这个梦境，就是因为精神科医学吗？周壹不是个想到就会问出来的人，十二点后会强制离开这个梦境是没错的，他离开梦境有时会醒来，有时仍旧在沉睡。他之前的那通电话就是想问有关梦境的事情，然而现在……

夏晴真的不说话了，他就那样笑眯眯地看着周壹，看得周壹有些发毛，明明那双眼睛的眼型很漂亮，却是灰紫色的，没有光亮，找不到生活该有的气息。周壹对颜色很敏感，这双眼睛是在那天暴雨之后才变成这样的，他注意得到，可什么也做不了。

"你之前是找我问梦境空间的事情吗？"夏晴并不喜欢自说自话，周壹之前电话里应该是还没能解决这件事，否则两人也不会在这里遇见。

周壹点点头，坐在琉月脚边留出的一小块沙发的位置上，偏着头去看琉月的脸，然后又转回目光来，低下头看着自己的手掌，不自觉十指相扣。夏晴明白这是周壹典型的防御姿态，于是他的笑容变淡了许多，说：

"多人进入同一个梦境，大多是因为接受了相同的心理暗示，我们的话，大约是因为接触了这个游戏吧。我本来还很奇怪，我这种请年假一直打游戏的人会接受心理暗示进入这里倒是有可能，但你这个只有周末玩一会儿的人也会进来，倒是让人好奇。我现在倒是想明白了一点，你想得太多了，睡觉都在想，所以会来这里。你担心害怕，因为知道这里有危险，知道她有可能是琉月。可你又不像是秦空，他在研究之后把一切都记在纸上，为了尽快摆脱疲惫感，他有方法让自己尽快放空；可你不行，越接触琉月，你就越担心害怕，是害怕她不像琉月，还是担心她会忽然消失？要消除恐惧吗？那是不是应该先找到恐惧的源头？"

夏晴说得不紧不慢，抬眼看了看大厅的时钟，离十二点已经很近了，他准备用自己的方法留在梦境世界里，先是找到了自己的个人终端，设定了一个梦境里能够准点叫醒自己的闹钟，可一打开终端时，消息提示就映入眼帘……

"【奈落四叶】？"夏晴不自觉念出了这个 ID。周壹听到了这个名字，立刻看向夏晴的方向。可十二点已经到了，他不是夏晴，没有办法继续留在梦中，角色像是着了魔咒，刚刚想要开口说话，却直接昏睡了过去。

夏晴闭上眼睛，晕眩感过后，他的终端响起了【青鸟】的歌声。即便感官清晰，在此时只会带来更强烈的恶心，但他还是没放纵自己昏睡过去，因为他找到了能够给自己带来幸福的歌声……

歌声没有结束，夏晴的假昏睡也并没有持续太久，游戏世界的时间只会停留几秒钟，而后转瞬即逝，仿佛不曾有过这样的停留。他再次睁开眼睛，终端里的歌声依旧，仿佛【青鸟】未曾离开过自己一般。他关掉了闹钟的歌声，开始享受在梦境世界里的畅游。

周壹想要说什么？或许只有【奈落四叶】能够告诉自己答案了。夏晴想着，通过了他的好友验证。夏晴起身朝着公会大楼外走去，即使他仍然不知道自己想要去往何处。可惜，【奈落四叶】的主人不是夏晴，十二点的规定无法逃脱，整个世界都将沉寂，唯独夏晴满载着在梦境中找到希望的期待心情，走在深夜的街道上……

假如有一天，你只能在梦里找到幸福，你会停留在其中享受那些美好吗？

"或许这里是现实，而外面的世界才是梦呢？"

"我可不许你这样想啊，即使生活总是虎头蛇尾，但她不是【青鸟】，你也不是【青空】。"

夏晴似乎将这种自言自语当成了每次到十二点后的一个习惯，寂静会给他创造良好的环境，因为没有人会在意一个梦中的陌生人吧。

雨点开始从空中飘落下来，天空中的极光消失了，或许是因为乌云，或许是因为今晚，有一个女孩的心从悸动到死亡，只因为他的一句话……

帷幕

　　现实世界里，还在赶着审核稿件的南伊在卧室书桌上点着台灯，将自己敲击键盘的声音尽可能降到最低，屏幕亮度也开到了护眼模式，手边的速溶咖啡还在冒着热气，刘海被发箍向后束着，注意力忽然被新的稿件吸引了过去：游戏世界罕见的极光现象。

　　话题下还配着精美的截图，南伊正在看着，忽然听到了客厅有点动静，便起身去开了房门，看见厨房里是穿着睡衣的柠茶，手中拿着玻璃杯，正在喝着水，手边放着一个药瓶。

　　"又失眠了？"南伊想要确认一下。

　　柠茶一直站在原地，把杯子放在桌子上，一只手撑着桌面，没有回话。南伊有点奇怪，但她一向胆大，走过去想看看柠茶的状况，却发现柠茶的肩膀在颤抖，再走近些才发现，柠茶另一只手正在揉着眼睛，不难看出她脸上的泪痕。

　　"怎么了？"南伊再一次问道。

　　"没什么，也许是我看错了。"柠茶摇摇头，说话的声音带着鼻音，但没有啜泣，"你回去睡觉吧，我没事。"

　　"真的没事？"南伊第三次发问。

　　"我没事的，做梦而已，又不是一次两次了。"柠茶继续摇着头，伸出手来扶着南伊的肩膀，嘴角带着笑，一边说着一边把南伊朝着卧室门口推，"回去吧，我没事的。"

　　南伊被推回了自己的卧室，再一扭头，柠茶已经把她的房门关上了，还险些撞到了自己的鼻子，听着柠荼离开的脚步声伴随着另一声关门声，南伊知道柠荼应该是回去睡觉了。至于能不能睡着还有回答自己的"没事"到底是不是谎言，南伊心中早有了答案，但她并不准备做多余的事情，包括那一瓶助眠的药片。有些事情不是想当然地为别人好就能够做出来的，南伊能做的事情只有在柠荼真正遇到困难的时候把她拉回来，而不是堵死她活下去的路。

但愿有一天，你可以不再需要想着任何事情，好好睡一觉吧。南伊想着，回到了座位上喝了一口咖啡，继续她的工作……

H市昨晚下了一场小雨，早晨时才逐渐结束，空气很湿润也很温暖，窗台上挂着雨滴，路面上还有些湿滑，是绵长的春雨的痕迹。

琉辉很早起了床，或者说他根本没睡多久，洗了澡出来。他要先去医院看看琉月，一直让秦空来照看也不是办法，毕竟秦空可没有像夏晴一样请年假的决心和条件，最适合秦空的地方是律所和调查组，而不是琉月的病房。

吹风机开的是冷风，琉辉不喜欢热风在头皮上"开刀"的感觉。他吹干头发之后，没再整理头发，穿了件外套，钥匙扣和手机往口袋里一揣，就出了门。

开车先去医院那边，然后接柠荼一起去俱乐部吧。琉辉一边想着，一边启动了车子，手机连上了车载蓝牙，自动挡还没动，车内就响起了电话铃声。琉辉触碰了液晶屏上的接通键，甚至还没看清楚上面的电话号码，对方一开口他就知道了是谁。

"琉辉，我们战队在H市的团建要结束了，要一起来吃顿饭吗？"

"拽根儿，这种事你找我们领队说啊，我一副队长管啥事儿啊？"琉辉说着放下了手刹，脚下踩着油门，开始控制汽车行驶在道路上。

"她没睡醒，南伊接的电话。"墨龙轩说道，"吃饭是小事，难道你们训练节奏很紧张吗？"

"哎，你说着吃饭的事儿呢，怎么还突然打探起敌情了？还有，你就这么确定我是早起的鸟儿？"琉辉脚下的动作顿了一下，车子在上坡路上也是前后一晃，很快他又调整回来，将车开到了公共道路上，开始正常行驶了。

墨龙轩笑了笑说："你这不是接上电话了吗？怎么？刚起床还是在洗澡啊？"

"啧，行了啊。我要开车，这事儿我到了俱乐部问问柠茶，挂了。"琉辉说完，不等墨龙轩再说话直接挂断电话，开启了手机的驾驶免打扰模式。

柠茶昨晚没睡好，又失眠了？电话都是南伊接的，看来电话的铃声都没能把柠茶叫醒。墨龙轩应该是不准备把"所罗门战队和梦幻战队一起吃饭"这件事给南伊当新闻的，所以才选择了没有说，反过来找自己。琉辉一边想着，一边驾着车朝 H 市内行驶。

C 市的清晨还没有那么亮，早自习结束的周壹正捧着两个奶黄包在食堂里吃，手边还放着一杯豆浆，戴着耳机放着一些英文小调，眼睛朝窗外看向操场，早晨第一节是体育课。太阳从地平线上缓缓升起，阳光照在草地上，有些像波光粼粼的水面，周壹默默记住了这个画面，但此刻他的心中所想全都是昨晚在梦里和夏晴说的话。

"哈……"周壹打了个呵欠，揉了揉眼睛，又活动了一下脖子。他这几天一直没能好好睡觉，除了整晚做梦就是半夜醒来，就像是凯文研究悬疑剧之后好几天都要跑来找他睡觉的需求一样，他太需要一些助眠的外在支援了，看来得和夏晴哥哥再通一次电话了。

"周壹。"宿舍长的声音从身后传来。

周壹回头看去，宿舍长正和一个朋友一起，手里都端着餐盘。宿舍长继续说道："今天有雨，体育课要去体育馆，你没带伞吧？我给你装包里了，你拿一下。"

宿舍长说完微微侧过身子，将斜挎包朝着周壹的方向。周壹微笑着点点头，一边道谢一边放下了手里的早餐，手在自己的衣服上擦了擦，拉开宿舍长斜挎包的拉链，里面放着两把雨伞，一把是宿舍长自己的，另一把是周壹平时挂在衣柜外面的，本来是给下雨天急着出门的室友备用的，但这次却拿到了他自己手里。

"谢谢。"

"不客气。"宿舍长说完,等着周壹拉上了背包的拉链后,和身边的朋友一起找空座位去了。

周壹也转过身去继续吃早餐,隐约还听到了两个人的谈论。

"你室友?"

"嗯,一个善良得有点傻乎乎的小不点。"

……

H市的上空又开始飘起了小雨点,春雨从不会很猛烈,但总是要注意的。

柠荼在小区门口的长椅上坐着,手中还在拨弄着自己的平板电脑。雨点打在了屏幕上,她才抬起头朝天上看看,雨不算大,正当她在背包里摸索了半天没找到雨伞的时候,琉辉的车就到了,柠荼把Pad(平板电脑)锁屏,装回了背包就朝琉辉那边走去。

"不坐前面?"

"不了。"

柠荼开了后车门坐进去。周末离开俱乐部,还有每周一去俱乐部,路线已经被琉辉全包全揽了。琉辉继续开车,像是有意无意地闲聊着:"南伊呢?"

"还在睡觉,她的工作都在下午和晚上。"

"哦。"琉辉点点头,继续说,"拽根儿那边团建结束了,问要不要一起吃个饭。"

"全队?还是只有他?"

"团建,应该是全队吧。"

"嗯,那就一起去吧。百里墨湘呢?你不是这周在星宫吗?你没和他一起出门?"

"他周末又不在星宫待着,我怎么知道?"琉辉回答完,柠荼没再接话,琉辉一时也找不到话题,就又问道,"你刚刚在平板上看什么?"

"拽根儿的武器,他说想改型。"

"狂战士还改型啊?"

"又不是所有人都有方舟这种武器，你可真是站着说话不腰疼。"

"难怪还想请我们吃饭，他给多少钱？"

"钱不钱的不知道，找他们下了很多材料订单，公会压力能减小很多，我们又没有专门带公会的后勤人员，让他们减少聚众刷本的时候正好就可以多去竞技场里招揽人才。就算我们没有交易他也会请吃饭的，毕竟他还是很会处理人际关系的。"

"请吃饭？拽根儿还真豪迈。"琉辉摇了摇头，感叹道。

墨龙轩很会处理人际关系，身上带着属于贵族的独特气质，不是温文尔雅，也不是高傲矜贵，而是一种随和、慷慨和担当。和他很相像的领导人大约就是菁虹战队的慕容虹了，即便是有着同样优渥家境的林耀和墨龙轩的气质也有不同，和柠荼相比就更不必说了。

联盟比赛都快开始了，哪家战队不是活动一结束就赶快回到各自的老家开始训练的？墨龙轩的所罗门就不是，他们还在 H 市优哉游哉地团建，甚至临走时还想着请当地的对手吃顿饭，柠荼当然知道墨龙轩是不会摆鸿门宴的，但是就像魔龙有他们自己的法则一样，所罗门照样有他们自己的套路，柠荼手上拿着武器资料，墨龙轩当然知道生意该怎么做了。

"他那是什么武器？"

"我只是给了几个建议，还得他自己有钱做。"

"这建议这么值钱？"

"哼，你当我的'百科全书'外号是白叫的？"柠荼的语气里带着一点小小的骄傲。

琉辉当然理解，柠荼这么做是因为没有哪个战队会在比赛之前把自己的装备数值给别的队伍看，所以只能买建议，而全联盟上下会跨职业做武器的，只有柠荼和林耀，相比于林耀那种更加执着于枪械武器的，墨龙轩当然会更倾向于找自己更加熟悉的柠荼。

"都是些什么？"

"骨刺、唐刀、重剑，选哪个就看他自己了。"

琉辉在脑海里过了一遍这三种武器：重剑自不必说，狂战士最爱，许

盛宴

417

多不适应高技巧操作的剑客也会选择重剑，攻击力自然显著；骨刺本是刺客类职业很喜欢的，套在手臂上，虽然攻击距离短，但是负重不大又易操作，渐渐就变成了很多非刺客类职业最喜欢的防身武器，是件典型的副武器；唐刀的可操作性就不同了，大多是走青丘之国流派的剑客和侠客会选择的武器，比重剑轻便很多，但打击感和攻击都比花剑和光剑要实在，和墨龙轩的气质倒是相像一些。

墨龙轩会怎么选择，琉辉当然猜不出来，以墨龙轩的经济实力来说，三个一起做都够了，只是战队里会允许一家独大的状态出现吗？哦，还真不是一家独大，琉辉暗自在脑海里抽了自己一嘴巴。所罗门还有姜丰淑这样个人风格突出的队员呢，怎么能叫"一家独大"呢？

"你妹妹那边怎么样？"

"有很多恢复迹象了，手指动过，医院当然很重视，测血糖发现能量消耗也越来越大了，应该是大脑开始有要醒过来的迹象了。"

"那很好啊，让大家继续陪着她就好了。不过如果有人发现开始有睡觉进入梦境的情况，要跟我说，赶紧停下来休息。"

琉辉握着方向盘的手暗暗加大了力度，拇指在方向盘的皮质套边缘扣了起来，撇了一下嘴，又在后视镜里看了一眼柠荼，说："当然了，你有困难也要告诉我。"

柠荼看着窗外的眼睛眨动了一下，小心翼翼地朝着琉辉的后视镜上看了一眼，抱紧了放在腿上的背包，说："嗯，会的。"

之后一路上两人没再继续聊天……

H 市的知名律所内，秦空刚刚到了自己的办公室，把公文包放在了座位上，手中拿着装早点的纸袋子，没等他休息一会儿，手机便响起来。蓝牙耳机里的晨间新闻被打断了，秦空接通了电话，手里拿着早餐走到玻璃窗前，看着窗外的高楼，等电话里的人说话。

"秦律师，之前调查的案件有新的进展了，不过……"这是个听起来有 40 岁的男性的声音。秦空听得出来，是 H 市警局刑警队黑口岸调查组的组长蔡警官。

不过蔡警官说话的语气显得有些犹豫,想来不是什么好的结果,秦空一边拆早餐的包装一边说:"是发现了新案件?"

"发现了新死者……"蔡警官和秦空也打了很长时间的交道,自然对于秦空这种相当犀利的说话风格已经习惯了,当然这个消息确实糟糕透了,"是在H市黑口岸的医疗器械工厂的一名工人失踪了,报案过后的第二个周末,也就是昨天下午五点左右,我们在一座废弃工厂的铁皮房子里,发现死者躺在像手术台一样的床上,表情没有痛苦和挣扎,甚至没有任何伤口和中毒痕迹,法医的检验结果是自然休克。"

"自然休克?"秦空嘴里的食物没来得及咽下去,复读这句话时还有些含含糊糊,这对于一个很注重礼节的律师来说有些失态,于是他迅速将嘴里的食物咽下之后继续问道,"是转交案件,那应该有初步判断了。"

"只发现了一个注射针眼,可血液里并没有发现有毒的药物,只是胰岛素的含量有些高。"

"这名员工是否存在血糖相关的病史?"

"没有,家属确认他生前的身体状况除了有颈椎病,没有更多的既往病史。"

"哼,看来又是相似的手法。"

"是的,超量胰岛素,手段极其残忍,明明是用来治病的东西……现在死者家属还不能处理后事,因为凶手没有找到,他们只能够领到国家的补偿和救助,唉。我们还在继续勘查现场,只发现了一个烧焦了的注射器,别说指纹了,连确定这是用来注射胰岛素的药剂都很难啊。"

"他生前有颈椎病,是工作了几年?"

"经过调查,我们发现了他刚从技工学校毕业不久,属于工厂里的临时工。"

"那怎么有颈椎病的?"

"据死者家属说,他中学时期经常去网吧,沉迷于游戏,这段时间不是有个游戏很火吗?好像就是那个游戏。"

"游戏?梦境空间?"

"对对，我闺女和儿子最近也在玩那个游戏，秦律师也知道？"

秦空的眼睛转了转，吃早点的动作逐渐放缓，最后停了下来，他回忆了一番之后说道："我知道了，上午工作处理完以后，我再去现场了解一下情况。调查辛苦了。"

"没什么，都是分内之事，只是秦律师为什么执着于黑口岸的案件呢？"

"只是分内之事。"秦空说罢，挂断了电话，胡乱地吃完了剩下的早餐，回到座位上，打开工作电脑。他没有柠茶的那种游戏读卡器，不然他现在就想登录游戏问些话的，不过还好他有星宫。

秦空：夏晴，在家的话麻烦登录一下游戏。

夏晴：啊？

秦空：帮我守着柠茶，她一上线就给我打个电话。

夏晴：铁树开花？

秦空：例行公事，要我给你拍一张律师执照吗？

夏晴：好吧，好吧。

韩钰：什么事那么紧张？

米苏：你不会也以为和游戏有关吧？

秦空：米苏知道的话也可以调查一下。

米苏：我有我的调查方向，秦大律师不必操心。

秦空：那就不说了，我先去工作了。

关闭了聊天界面之后，秦空闭上眼，深吸了一口气。

黑口岸调查组是由公安机关、公诉机关以及民间多个侦探律师事务所等相关组织的成员共同组成的，主要针对的就是仍然没有被挖掘出来的H市黑色组织。早期由公孙氏执掌大权时，警方实施过两次剿匪，第一次该组织元气大伤，但仍有残存势力逃出；第二次由阎声作为核心，他也是星宫的孩子，亲自卧底其中，再次清缴，总算是将其连根拔起。

而就在去年九月，公孙氏的旁支领袖公孙锦成功越狱了。不到半年的时间里，精神异常类和药物类案件突然增多了，作为大量医疗器械工厂盘踞的黑口岸，自然成为警方非常重视的地方，即使加大了巡查和安保的力度，还是有类似的案件发生。案件存在疑点，找不到凶手，又令人无法接受"意外"这个说辞，刑警队再次成立了黑口岸调查组。而秦空和米苏能够加入组织，也是因为在第二次清缴中，他们被卷入其中，即使过程并不愉快。

米苏退出聊天界面，把手机锁屏，再次看向眼前的教室黑板，题目已经换成了新的。米苏看完讲师标注的重点后再低头看了一下自己的笔记，拿笔开始解题却发现好难，最后决定还是老老实实等着老师讲解题过程吧。

今天的米苏穿着米色的雪纺衬衫和巧克力色的背带裤，长长的头发梳成低马尾放在背后，光是看身形和衣着，大约没有人会把他当成男孩子。米苏记录下了解题模板之后，老师便开始给时间让他们自己解题了，而米苏只把计算结果填上去就解答完毕了，而后就开始在脑海里做着自己的盘算：夏晴哥哥要去帮秦空哥哥做事，那电话只能打给周壹了，碰碰运气也好，如果没有的话，只能等晚自习结束，自己去网吧登录游戏看看了。

谁能想到破命案要去游戏里啊……

米苏摇摇头继续看笔记，静静等着老师开始讲下一道例题。

当晚目睹魔龙自爆的人中有打游戏的柠荼、凯文、秦若止，周壹当时昏迷了没看到，当然不包括现在不能问话的琉月。凯文最近准备拍摄新剧，游戏登录时间明显缩短了很多，就连目睹魔龙自爆这件事凯文都还没来得及分享。米苏的调查方向是能够做梦进入梦境空间的人，自然会想到他观察出的夏晴和周壹，至于柠荼，已经有秦空去调查了，他就不插手了。

柠荼知道，如果是亮着 ID 的游戏角色则代表着角色由玩家操作，死亡意味着游戏要重新开始；如果是灰着 ID 的游戏角色则意味着玩家下线，游戏角色的死亡就很难再解释。

但是这样莫名其妙在游戏里见证死亡的事情，她见过太多了，就连她自己的角色也死亡过，而且她是在梦中死亡过，既然已经司空见惯，柠荼就没放在心上。

当夏晴联系上了游戏里的【星雨】说秦空有事找她时，柠荼压根儿就没往命案上想，两个人开着麦聊天。

同样在游戏里的百里墨湘并不想走远，他也在星宫的群聊里。他当然知道夏晴找柠荼的原因，于是就操作着角色停留在不远处，当个顺风耳。

"公事？什么公事？"柠荼问着眼前的游戏角色，昨晚的她还在【青鸟】的身上做过梦，将【青空】错认成了"蓝天"，但是还好夏晴似乎不知道【青鸟】也是她。

琉辉远远地看着【将进酒】的站位，不禁也好奇起来，于是他又找了另一个站位，也当起了顺风耳。

夏晴没法详细解释，毕竟他又不是调查组的，只能含糊地说："这个你去问秦空吧，是很重要的事。"

"我知道了，不过我没留他的联系方式，你先给我一下吧。"柠荼虽然没和秦空相处多久，但是她不认为秦空是个喜欢拿"有急事"来开玩笑的人。

"嗯，谢谢你愿意相信我。"

两个人的对话也结束了，夏晴把秦空的电话号码私发给了柠荼之后就离开了，走之前还朝着【星辰之辉】的方向停了一会儿视角。明明只是游戏角色，可是气场却直接逼到了琉辉身边来，琉辉把角色掉头，装作若无其事的样子。

夏晴笑了笑，继续玩自己的游戏。

柠荼拿着自己的手机离开了训练室，正式训练都是在下午，上午基本上都是自由时间，所以除了两个"顺风耳"，都没有人注意到柠荼离开了训练室。琉辉偷偷张望了一圈，正好和同样在张望的百里墨湘来了个四目相对，于是直接把头缩了回去，继续装模作样地玩着游戏。

百里墨湘没有什么想法，只静静地看着门口，直到眼神开始游移起来，最终也起身拿起桌上的水杯离开了训练室，当然了，注意到动静的琉辉抬头就能看见百里墨湘那塑料水杯里还有一大半的水。

"啧。"琉辉没再注意，人都出去一个了，他就不掺和了。

游戏世界里，琉月正和【无心者】坐在星宫的大厅里，现实世界的工作日就是琉月最清闲的时候，因为她会少很多工作，于是就有时间来和同样清闲的【无心者】坐在一起。【无心者】还在兴致勃勃地摆弄着手里那朵由布片做成的蔷薇花，一边摆弄还一边聊天："琉月小姐最近和周壹总是在一起呢。"

"嗯……"

"不用回避了，你应该已经知道他叫周壹了吧。"韩钰正在自己家里的电脑桌前，电脑上开着游戏，显示着纺织模拟器的界面，那朵玫红色的绒布蔷薇花就显示在这个界面里。他的手指在键盘上轻轻敲击着，节奏稳定，就像是缝纫机上的针头，虽然在和身边的人聊着天，但是一点也没有受到干扰。

琉月不知道该怎样接话，即使记忆这本书已经翻到这一页，她也还只认为自己是游戏世界里的一个NPC而已，属于另一个世界的回忆在她的眼里就像是故事，或许游戏世界按照这样的设定来创造了自己呢？这样的未知太多了，琉月没有过相关的指令和程序，她至今仍旧什么也不知道……

韩钰将模拟器里的花缝在衣裙上，表情在逐渐平静，手上的动作逐渐减缓，最终停了下来，他问道："那你还准备回去吗？"

"我不知道，我不知道我到底是谁。"

琉月说着，低下头看着地板。在她看不见的地方，【无心者】手上的钢针轻微地颤抖着，最终或许是兴致到头了，【无心者】收起了那条半成品裙子，转而问了琉月一个完全不相干的问题："琉月，如果你无法像世界设定的一样可以修复数据复活，你怕死吗？"

"即使可以复活，我们也不会想死去的。"琉月抬起头来，语气有些严厉，她想到了那一天爆体而亡的魔龙青年，它灰着ID，明明是一个玩家挂机以后的NPC，是不应该死去的存在，可他就是以一个极具冲击力的姿态，在琉月的眼前死了。琉月无法想象死亡发生在自己身上的场景，她更不希望死亡很快会发生在自己身上，即便这里是一个可以复活的世界。

"嗯，那太好了。"而后两个人的谈话没有再继续下去，韩钰电脑桌上的手机忽然响了起来。韩钰扫了一眼来电显示后接通了电话："秦空？"

"今天中午庭审就结束，方便帮我带一份午饭吗？下午要去的现场周围找不到饭店，外卖送不到那里，我等会儿把地址发给你。"语气之平淡，仿佛从心底里就肯定韩钰一定会答应他一样。他并不想听见韩钰马上答应，因为他知道韩钰一定会提出一些条件来。

"唉，你还真忙，庭审结束直接就要去现场吗？"

"对。"

"我也想去待会儿。"

"……"果然。

"好吧，好吧，我知道了。祝你这次三审胜诉啊。"韩钰赶紧将自己刚刚说的话糊弄过去。

"哦，还有一件事。"

"嗯？"

"委托人说，他想把自己的那条狗送给你。"

"啊？这个我可得考虑一下了，在我们公寓养宠物这件事我还没问过呢。"

"你先想着吧，过几天再做决定也不迟。挂了。"

"行。"韩钰点了点头挂断了电话，放下手机摇头晃脑地念叨着："做饭去了。"

"秦先生遇到什么事情了吗？"琉月忽然发问，让准备摘耳机关电脑的韩钰有些茫然了，他完全忘了琉月还在旁边。

"你很关心吗？因为是秦空吧。他也没什么，就是前段时间帮了我个忙，想听听？"韩钰的脸上恢复了之前那副皮笑肉不笑的表情，不等琉月回答，他就开始自顾自地娓娓道来了，"上周一个老头去饭店买东西，店里不让宠物进去，所以就让我在门口帮他牵一会儿狗绳。"

"结果在支付的时候店员发现有人在偷拍他的支付码，那个小偷转身就跑，店员和那老头都没追上，我就扔掉狗绳上去追。本来我已经把他推翻在地了，准备下一步压制的时候，那条狗不知道怎么就拖着狗绳过来，一口咬了过去，幸亏我以前写文章知道怎么掰开这条狗的嘴，加上那个人还比较机灵，赶紧躲，狗就只咬到了他的腿，可那个人在狗的脸上砍了好多刀，最后都被拉开了，一个送去打疫苗、检查伤口，一个直接送去宠物医院了。"

"反正那个人还挺豪横的,扬言说自己认识媒体,要我和那个老头还有店员一起赔钱,还说自己认识很厉害的大律师,直接把我逗笑了,我还真没见过 H 市有比秦空更厉害的律师。他的律师一看到秦空来了直接就怂了,庭审的时候都忘了词。还有什么媒体,秦空以前有个大学同学,就是专门学网络舆论公关的,还在权威媒体有点关系,他庭审结束以后就在那儿疯狂地刷微博,以为我们完了。好巧不巧,我粉丝把他微博号直接爆了,最后还要我亲自发条微博说不要网络暴力。唉,估计他过几天就要上电视了,毕竟秦大律师的庭审录像在很多名校法学院都有很高的研学价值。我长这么大还没见过秦空遇到什么大难题呢。"

韩钰讲得兴致勃勃,毕竟他二审之后就已经确定相关事故责任,详细的东西都在庭审时还原过了,最后不仅在秦空的辩护下全身而退,还被网友送上一个"见义勇为"的锦旗。只是狗主人和当时没抓住狗绳的店员就难保住了,这才有第三次庭审,毕竟这个世纪已经不是过去随意留下一些冤假错案就闭庭的时候了。

科技发展让小偷不再偷钱包,而是偷拍支付码,法律发展即使会滞后,也不会被甩开太远,而同时在发展的也包括犯罪手法……

"好厉害……"琉月听完之后感叹道,这是她第一次主动问一个玩家的事情后得到了完整的故事,秦空只会说没事,久而久之琉月又回到了自己 NPC 的角度去思考问题了。

"说完了,我做饭去了。"

"嗯,再见。"

外面的世界很可怕吗?如果成为像秦先生一样强大的存在,是不是一点也不可怕了呢?

时间会不动声色拨动看不见的扳机,一切都会成为飞梭上的千丝万缕,一针一线编织进属于回忆的锦绣里。当正午骄阳举过头顶,墨龙轩如愿看见了梦幻战队来到聚餐的饭店,只是并没有看到柠茶。

"兔子呢?"墨龙轩问。

"有点事要处理，没来。"琉辉答着，说完毫不客气地开了桌上一瓶饮料，绕一圈给大家都倒上了。

"这样，那这件事你帮我转告她吧。"

"嗯，你说。"

"我之前认识了一个H市的人，技术不错，本来想把他招进来，就算不做队员，帮忙打点一下公会也可以，只是这几天都没再看见他上线，打电话也是关机状态，想让你们这些H市的帮我留意一下。"

琉辉听着，脑海里涌出了许多不好的预感，瞳孔一点点放大，直到手指传来凉意才发现饮料倒得溢出来了，赶紧把杯子放在桌上，后退了一步，确认饮料没有洒到身上之后，他才恢复了原本轻松的神态，说："我知道了。"

墨龙轩看着琉辉的一切变化，快速地扫了一眼餐桌上的其他人，又看回到琉辉的身上，笑了笑说："嗯，那大家先吃饭吧。"

琉辉也回到自己的座位上，但只有琉辉和墨龙轩两个人知道，他们看彼此的眼神变了……

"这个人……"柠荼到了秦空说的地方，看着死者的照片，陷入了回忆。身旁韩钰拿着饭盒过来碰了一下她的肩膀，柠荼的思绪被打断了，韩钰笑眯眯的眼睛让柠荼会意地点了点头。

韩钰对着那些带着证物来的警察们说："我们来得有点着急，能不能等我们先吃个饭？"

警察也不强人所难，本来柠荼就是被秦律师叫来的，谁都不觉得一个简历上和死者没有半点关联的电竞女选手会知道什么关键线索，于是大家客套了几句就各自散开了。

秦空说的案发现场实在是太偏僻了，柠荼一路上来连面对命案的心理准备都做足了，还在公交车上遇到了送午饭的韩钰。韩钰记忆力极好，看了一眼就拍了拍柠荼的肩膀，聊天从来不会冷场的韩钰很快就和柠荼聊开了。

"怎么了？"

"柠荼小姐姐，线索可不可以先告诉我啊？"

"为什么啊？"

"因为琉月啊，你不想让他们知道吧？也让我过一过推理的瘾，帮你筛选一下该说的信息和不该说的信息吧，怎么样？"韩钰说完，又把手上的饭盒朝着柠荼的方向推了一推，脸上仍然是笑嘻嘻的。饭盒里放着寿司和饭团，生鱼片和乌贼都切得很漂亮，整整齐齐码在一起，饭粒泛着光，让人很有食欲，可是……

"谢谢。"柠荼垂下视线，看着便当盒里的食物说着。韩钰没有回答，毕竟柠荼道谢的目的是什么，他很清楚，只是点点头当作回应。

秦空从现场那边过来看着已经准备吃东西的两个人，摇摇头说："你们到了先给我打个电话啊。"

"不，我也想破案。"

"……"

"我想和小姐姐聊天，可以吗？"

秦空白了一眼，在韩钰带来的方便袋里找到了咖喱盖浇饭，他一向不会在工作时间吃寿司，带来的寿司是给谁吃的很明显，秦空不准备过问，他还是要吃自己的饭，谁让他才是正儿八经的工作人员呢？

"柠荼小姐姐，咱们去那边吃，他是老醋王。"

"哎？"

还没等柠荼反应过来，韩钰就拉着她找别的地方吃饭去了……

恐惧

是因为韩钰多做了午餐吗？柠荼想着，朝秦空的方向看去，秦空正在埋头吃饭，廉价的铁饭盒搭配着他的工作西装，倒让人看不出来他是个高级律师，而是像极了每天楼下为业绩奔波的保险公司业务员社畜。柠荼想到这儿，立刻回过头来问韩钰："你做的寿司不好吃吗？"

"他见过我切鱼，所以有点不喜欢我做的生鱼片吧，可不是因为我做得不好吃，嘿嘿。"韩钰永远都是这样笑着的表情，仿佛在他的眼中，世界没有悲伤和忧郁，但是柠荼无论如何都无法跟着他一起笑出来，甚至连礼貌的微笑都忘了演。回想着那些被镜子效应影响后带着笑容离开的调查人员时，柠荼又看了看秦空，为什么秦空也不会笑呢？

还是因为我明白韩钰笑得很假？

"好了，小姐姐，给我讲讲故事吧，就从凯文回到星宫公会的那个晚上讲起吧。"

柠荼拿着筷子的手顿住了，韩钰假笑的眼睛里，带着看穿一切真相的犀利，毕竟他可是个推理小说家啊……

"我说，但你不要再尝试进入梦境了，好吗？"

"那就要看你的故事是否有趣了。"

神与魔的盛宴在此刻拉开帷幕，神明拉住了黑夜的尾巴，追着真相而去，追着真理而去……

以前是太胆小了，明知道不该做的事情却不敢不去做；后来也还是太胆小了，明知道该做的事情却不敢做了。周壹没能给米苏想要的答案，可是一想到死亡会在梦境中出现，这个夜晚他就无法安眠。自己还该不该去见琉月呢？周壹想着。

越想越出神，当他意识到自己来到梦境的时候，已经来不及了。他不该想那么多的，就像夏晴哥哥说的那样，什么时候他也能变成勇敢而坚定的人呢？

"天天，还是周壹？"

周壹听到了琉月叫自己的名字时还有些发愣，他不知道琉月发生了什么，但是他相信绝不会是坏事，因为现在的结果就是她开始想起自己是谁了。周壹笑了笑，回答："是周壹，也是天天。"

"天天不会撒谎。"

"嗯……呃，你知道秦空哥哥和米苏去哪里了吗？"周壹想起了米苏打来的电话，就问起来，或许游戏里真的有线索，能够帮到秦空，抓住为非作歹的法外狂徒似乎也很重要，虽然他还没做好和杀人犯面对面的准备。

"秦先生是晚上八点上线的，一上线就和【米娜】一起离开公会了。说是要去一趟龙域。"

"龙域？魔龙？"周壹还不知道魔龙的领土被称为龙域，毕竟他很少看游戏论坛，想到之前联系过自己的龙域领主，周壹有种不好的预感。

"是啊。不过……米苏是谁啊？"

"这个以后你就知道了，我现在要去一趟魔龙那边。"

"我也想去，今天的工作结束了，我也想去看看，因为……"琉月想说是因为想要多了解一下外面世界的大家，哪怕是多在一起待一会儿，以家人的身份而不是公会的管理者。可她说不出来，害怕被拒绝，害怕被说成 NPC 什么都不用做，只需要规避风险就够了。

"嗯，那现在就出发吧。"周壹说完，拉上琉月的手，从沙发上起身，面对着琉月有些疑惑的眼睛说，"不用害怕给我们添麻烦，遇到危险的时候一定会有办法的，而且如果你不说想去的话你也许就真的不是我认识的那个琉月了。怎么走，去租借飞船直接飞还是去榕树城走天梯？"

琉月半天说不出话来，明明有千万种担心和忧虑，仿佛在少年与她牵起手的一瞬间，全部烟消云散了。琉月太拘束，因为她一直以为自己是NPC。怎样面对无数的未知，或许细节的方案不重要，玩家在第一次没有看到攻略进入新副本的时候也是这样的心态吧？为什么自己不能够这样去尝试一次，至少自己应该先进入副本，去做一个开荒探险的人，即使筋疲力尽，那些束缚和恐惧也只需要一点点勇气去面对。

明明大家都是家人，想要真正和秦空一样强大或许是幻想，可她应该拥有和凯文一样面对枷锁时的理性以及在被周壹牵起时的温度，先有实力，清晰了解了恐惧的对象，而后便知道什么是无畏……

"用我的折纸，先去榕树城吧，这个时间不方便租借飞船。"琉月回答，现在是现实世界晚上9:30，孩子们写完作业，大人们完成工作，正是每个晚上最惬意的时刻。

"嗯，那就拜托了。"

两个人就手拉着手一起走出了星宫的大楼，星光符纸从琉月指间的魔光中映射出来，魔咒是魔法的启动咒语，纸片在空中回旋组装，最终幻化成想要的形状……

光芒是有偏爱的，即使是光明之神的圣光也是如此，魔龙的领地上就从未迎来过圣光，直到它们冲上了云霄。龙域领土上此刻的造访者，让亢龙没办法拒绝，是光明之神本尊芜晴大人。

众人皆是神明的爱子，神明会以绝对尊贵的姿态站在众人面前，就像此刻的芜晴站在任何一个种族领域都会有的神之祭坛上，她的降临就是一场盛宴，所有人都会在此刻感受光明与希望。所有人都要为这种神圣行使最高级别的跪拜，以表达虔诚与爱戴，这是一条不成文的规定，信徒们要时刻牢记于心。

魔龙一族想要得到神级吗？那就必须臣服于光明，向光明致以最崇高的敬意，因为世界的法则便是如此……

光明的信徒有许多，而光明之神的信徒只有一个，他正在一步一步向芜晴走来，目不斜视，昂首挺胸，仿佛站在他面前的不是神明，而是一个他可以随意审视的平凡人。当众人都在说着"你怎么还不下跪，你在亵渎神明"的时候，他终于走到了芜晴的面前。

似乎是注意到了周边的环境，他屈膝行了一个骑士礼，微微阖眸，颔首低眉，他眼前的"平凡人"在此刻又变成了他至高无上的女神。没有人知道这一切的变化，毕竟从姿态和背影中是看不到眼睛的，只有芜晴看得清楚那双眼睛里一切情感的变化。

只是当时坐在电脑前的秦空，根本想不到他要来给游戏角色做神级任务，他只是想从柠荼这边找到线索破案，魔龙之都成为神域后，想要进入这里的他必须去打通神级任务，他这才是第一次知道了自己游戏角色的名字——羽皓。

光明之神面前的信徒是羽皓，光明之神的信徒仅此一人；光明之神的身侧是司空淮，光明之神的卫军也仅此一人。

至于其余的臣服者，多是需要光明的援助，而绝非以光明为信仰的存在，比如龙域领主亢龙从未信仰过光明，一直期待着有魔王能够代替神级赋予的权利，而魔龙一族也始终以为能够等来魔王降世，光明之神的降临再次将他们拉回了属于这个世界的法则。

柠荼被带到了星宫来，在那座废弃工厂的铁皮房子外面，她给韩钰讲完了有关她和账号卡的故事……

"当时我和百里墨湘一共录入了六组游戏角色，秦空手中的账号卡就是百里墨湘给的，光明之神的唯一信徒羽皓。他的天灵书可以看到一切世界被掩盖的真相，但是游戏里的他无法转述于他人，史书的撰写工作是交由文明之神水兮的。"

"神明的嘴，骗人的鬼。"韩钰的吐槽总是来得很快，但是说完以后又要赶紧收回来。

柠荼倒是没被带偏话题，继续说着："他只能这么做……说远了。魔龙的领土在被送往天空之后便准备改名字，神明称之为'魔龙之都'，魔龙曾经由黑暗之神所统治的地下城来管理，亢龙要做的第一步就是肃清魔龙一族中仍旧以黑暗为信仰的龙。这可并不是一件简单的事情，魔龙是地下城发展速度惊人的一个分支，太多人想要摘下枝头诱人的果实。有的人想要借机摆脱黑暗,有的人想要与魔龙为同盟,因此亢龙不能选择光明之神作为得到神级领域的途径,光明与黑暗的交界处,即是战场,他们不能再走这样危险的道路了,可是魔界一众魔王可没有想要和魔龙继续建交的。"

"为什么?"

"因为魔龙不够强大,魔界的魔族只崇尚强大。"

"这还不强大?"

"如果魔界真的只有魔龙一族这样的水平,你觉得还会有魔界存在吗?"

"这……"

"那天晚上,在梦中爆体而亡的魔龙青年就是被外界力量利用的倒霉鬼。他渴望得到神级,而选择了与那个邪恶的人做了交易。公孙锦就是他们黑口岸调查组最终要找到的那个人,我在之前以【翠鹬】的身份见到了他,魔龙一族想要魔王的力量,而【翠鹬】是在这个世界里唯一活着的魔王。他已经掌握了部分方舟的创建方法,只是他还不能完全参透,毕竟他不是专业的,更不是会偷数据的黑客,能做到在游戏内生成新的元空间这种程度,他也算是下了些功夫,可是他也没想到【星期天】拥有了魔王的力量,是【翠鹬】赋予他的。"

"那个双股剑?"

"什么双股剑,我看到他用过那个武器破魔剪,那是用于打破魔界的结界的,是魔界的钥匙变成的。虽然我也没想到一次给了他两把,因为我开始是想交给凯文的,凯文是双武器角色应该需要,当时公孙锦抓住【翠鹬】的时候,情急之下我就让他用了破魔剪,但是破魔剪割裂空间的能力实在是太强了,又不具备修复性,周壹怎么会想到钥匙这么具有攻击性的呢?"

韩钰突然被问到了,他看着食盒里的鱼子酱寿司,忽然用筷子夹起一块来,放到了甜醋里,说着:"人不可貌相。"而后把寿司放进嘴里咀嚼着,嘴里被食物填满,于是笑容也跟着扭曲,柠荼看着这样的表情,自觉地不再多问关于周壹的事情。

"需要公安部门批准，我就可以让沈螽调查所有参与者的坐标，只是公孙锦似乎每次都在换不同的网吧，我猜他能藏到现在，身份证应该也有不少吧。这次死者的身份证件就不见了，估计他也顺走了，即使有再多的监控，对于一个总是在变装变换身份，反侦察能力极强，上网都要穿着马甲的人来说，想要找到他的位置，需要耗费不少人力吧。"

"先别气馁啊，总有突破口的嘛。你确定那天周壹没看到魔龙爆破的场面吗？"

"是的，但是琉月看见了。"

"呃，那我试着从琉月的方向探索一下。米苏那边的线索如果断了，还可以直接来找我。直接让游戏官方找公孙锦的确可行，但找到的是网吧就没什么意义了吧，都是一些管理不严的小网吧，到时可以顺手惩治一下，不过我们可以换个方法。"

大约很少有人能够理解鬼才的思路，但是如若有一点信任存在的话……

"如果本以为需要魔王之力的公孙锦，看到光明之神出现的话，他会不会有一种幻灭的感觉？"韩钰说着，脸上的笑容再没变化，一直定格在了眯着眼笑的样子。

柠荼的手抖了一下，寿司掉回了食盒里，鱼子酱散落在餐盒的底部，过了半晌才点点头，说："但是这并不会让他急着现身。"

"有个人能让他急着现身。"韩钰朝着他们之前走出来的休息室给了个眼神，那里还有正在吃午饭的秦空，别忘了秦空可是卷入过第二次黑口岸事件的当事人，"如果一个不够，还有米苏不是吗？"

"他们有那么大仇吗？"

"一个一无所有的可怜人，从监狱出来以后，除了复仇，他还会有什么人生理想吗？"

……

米苏没有跟着一起来魔龙之都，他还想去找韩钰对线索，但是秦空来了，他提前打好了神级任务来了。又一个红Ｖ认证，但是这次怎么既不是凯文、金麟的娱乐圈，也不是职业选手的电竞圈，更不是周壹的绘画圈，而是律政圈，这是一个让所有游戏玩家都瞠目结舌，完全没办法把两者想到一起去的存在。怎么？这是游戏公司请的法律顾问吗？看看人设还是光明之神的信徒……

是吧，应该就是吧。

名人的新闻每天都会出现，平凡人大多走马观花，在 R2O 的论坛上更是如此，玩家们要研究的是怎么打这个野图 boss，而不是这背后有什么样的角色。

秦空更不会在乎这些东西，他来这里就是为了引出公孙锦来，可公孙锦没来，反倒是把魔龙一族里不待见光明之神的人全部都给惹怒了，一个个的游戏 ID 全部都是灰色的，像是失去了理智一般径直冲向了光明之神。当然，光明卫军将他们一个个都击败了，而后从他们的体内都找到了疑似方舟的东西，又是毫无悬念的爆体而亡。

柠荼做着梦，流着泪，多少无辜之人消亡于人世，全都是因为一个作恶的因子。在一片血泊之中，她以神明的姿态屹立于神坛，满心慈爱与庄严，但再找不到坚强的理由，如果没有卫军与信徒的作态，她都要忘记自己还是芜晴女神。

沈蟊在电脑前记下了所有死者的游戏 ID，调出了所有的玩家身份信息交给了公安机关，比对出的结果不是在失踪人口名单里，就是这半年以内的死者，甚至还有精神疾病相关的刑事案件的当事人；有 H 市的，也有 H 市之外的。而他们的共同点是都有在 G 市的出行记录，有的人老家是 G 市，有的人居住在 G 市，还有去 G 市旅游过，新思路又摆在了黑口岸调查组的面前。

当一切演出即将落下帷幕时，芜晴要为魔龙的领土赋予新的名讳，神域领土即将建立时，一切黑暗终将在此刻崩塌。

真的有那么大仇吗？不然呢？

一时间天塌地陷，原来魔龙一族赖以生存的领土，一直都是游戏内的虚构空间，他们所期待的神或者魔王，也早就变成了恶人利用他们的信仰来达成目的的虚构幻想，而现在幻想破灭了。光明之神的身影消失在了神坛的中央，卫军与信徒也随之而去，留给魔龙一族的只有不断塌陷的城墙土地，以及孤军奋战的王……

亢龙是想得到有这样一天的，从他们入住地下城开始，他就注定不能选择光明之神的庇护，现在面对这一切的时候，他只能以最快的速度去联系曾经在地下城的老朋友梅格大法师，土系元素法师最强者。只要能够借助她的力量重造国都，一切都还来得及，这是亢龙为自己留下的在最糟糕的情况下可以选择的后路。只是……

还有些不甘心啊。

看着已然混乱的人海，即便是仍有着战胜困难的勇气，也会在混沌中逐渐坍塌。恐惧是潜伏于人心的影子，沉睡时是惹人疼爱的兔子，而当它们抱在一起，就会觉醒为长着獠牙的洪水猛兽，极具破坏性，失去理性、规则和秩序。

"【彩星】，去吧。"黑暗中有一道彩色的流光划过，穿梭于人群，最终飞奔向神坛的方向，神坛的光芒重新点亮，小纸人在风中摇摆着，少女的掌心流出的彩色光环将她笼罩，"契约·交换"。

小纸人消失了，取而代之的白色魔光为神坛周围的人带来了希望，可这次出现的不是神明，而是一袭白色衣裙的少女和一位奇装异服的少年。少年手持着双股剑站在人群之中，棕黄色的兜帽遮住了他的面孔。他面向火光漫天，恐慌的人群不再躁动，大家逐渐放缓了脚步，仿佛有什么能够震慑人心的魔咒一般。

"你尝试去祈祷圣临，我来救助这些倒霉的受害者吧。"少年说着，右手举过头顶，剑指向天空，金黄色的魔光将剑身笼罩，挥剑斩下，剑气冲天过后是震耳欲聋的破碎声，天空上被撕裂的缝隙中，一双翠绿色的眼睛凝视着他。

天邪记得这是什么，魔界的力量，魔界的钥匙能够打开通往魔界的大门，如若魔龙一族还算是魔族，愿意怜悯他们的应当只有魔界的生物。可魔王是没有怜爱之心的，躁动再次点燃，仿佛刚刚静置的爆竹，没有人愿意相信他用神明又一次戏弄他们的把戏，救赎是神明的任务，你怎么能叫魔王来，

✦ 盛宴 ✦

怎么可以……

"如果怜悯不足以构成你现世的原因，那么，我命令你，此刻出现在我的面前！"天邪震声高呼着，声音淹没于人海，却被魔界之匙听得清清楚楚，金黄色的魔光没有黯淡下去，反而变得愈发强烈，天邪将破魔剪重新组合回剪刀的样子，那一刻魔王从他的眼中看到了破坏性，再没能保持住自己该有的高贵，现身而出。

"啊！别再叫了，我知道了。"乍然出现的绿色魔光逐渐收敛，光影褪去后从中飞出了那个星宫所熟悉的身影。

"你……【翠鹮】？"

"知道我是魔王很奇怪吗，破魔者？需要我怎么做？"

"让他们停止破坏。"

"简单！亢龙，我命令你，享用我的魔力，化作龙的姿态，为你所有的子民施以威慑的魔咒！"翠绿色的光环从【翠鹮】周身升腾而起，飞向茫然的龙域领主。魔光盘旋在亢龙周身，能量自心底涌动着，最终以魔化的形式释放出来。巨大的魔龙身躯占据破碎城邦的大广场，龙吟声在天空中回荡着，躁动的人群最终全部平息，此刻没有神没有魔，只有化作魔的王矗立在人海之中。

琉月跪在神坛虔诚祈祷，直至圣光重新降临，而这次出现的人，没有光明之神，只有光明之神的信徒羽皓。正当琉月看着这张属于秦空的脸茫然无措的时候，熟悉的声音已经开始以神的传播方式在这座城池中响起：

"我，光明之神的唯一信徒，以血为墨，证以绝对的正义，启于神明的双目，请愿神明的授意，魔族龙域领主亢龙的神级仍旧有效，其统帅的领土正式获得神域资格，命名为魔龙之都。虔诚跪拜于光明之神的子民，皆享有光明之神的庇护。"

圣洁的白色光华再次降临于神坛，这次以羽皓所在的位置为中心点，白色的光圈开始扩散开来，破碎的一切开始修复，时光在此刻变得温柔宁静，魔王的魔力收回，亢龙恢复了他原本的面貌，人心得以稳定，皆以虔诚的姿态跪拜神明。

琉月本是跪姿，却没有行礼，只是望着羽皓的面容出神。当羽皓的眼睛看向她时，琉月这才如梦初醒，领首跪拜其身后所代表的神明，那是绝对的正义与威严，只留下了亢龙与天邪行骑士礼。神明的唯一信徒，即代表神明。天灵书飞速翻动着书页，曾经在这里爆体而亡的尸体流出的血在此刻被收集起来，血色逐渐加深直至最终化作素墨，在天灵书上撰写着新的历史……

"你要去哪？"羽皓忽然看向了人群中正在悄然移动的史莱姆，凛冽的气息带着神的威严逼向那个并不高大的魔王。

"呃，神的仪式，魔就不参与了。拜拜！"【翠鹉】笑嘻嘻地挥挥手，衣裙腰线上的蝴蝶结迅速变成了翅膀，而后化作了一道光飞向了天上还没有修补的裂缝之中。

神和魔似乎不能相见吧……

天灵书仍旧以魔法维持着运转，新的圣光再次降临，汇聚于羽皓的身上，他再次看向天灵书庄严地宣告："我，光明之神的唯一信徒，以血为墨，以绝对的正义，启于神明的双目，请愿神明的授意，天邪听令。"

"在。"

"与魔王为交，持恶之器，行善之事，愿以神明的圣光洗涤魔的戾气，使天邪神级仍旧有效，特意加封，予以'勇气'的名讳，不予缴械武器的处罚。"

"感谢神明宽恕。"

天邪或许会忘记这是拥有周壹的灵魂而做的一切"丰功伟业"，但是从今往后，不论是周壹还是天邪，大约已经清楚该怎么做了。一切结束后，信徒捧着天灵书再次隐没于圣光之中。周壹谢绝了亢龙想将他们留下表达感谢的要求，但是替琉月接下了魔龙一族的信物——一条缀饰着龙牙的项链，他们说如果未来有想要他们帮忙的地方，可以带着这个信物随意出入龙域来找领主。

"天天怎么会想到帮他们？"

"只是不想看到死太多人罢了。"

"你，不会因为这里是游戏而对生死麻木吗？"

周壹摆弄着手里的龙牙项链，和琉月聊着天，走在首都的街道上，听到琉月的话，他停下了手中的动作，将那条项链放到琉月手中，而后挠了挠头说："我害怕啊。难道琉月不害怕吗？"

"害怕啊……"

"那我去外面的世界等你好吗？这份勇气给你。"

"……外面的世界，为什么都等着我去那里呢？"

"你会慢慢找到答案的。抱歉，我大概知道我给你什么样的回忆了，是恐惧。一开始和我待在一起，我的惶恐似乎也传递给了你，但是还好，走之前我给你留下了些别的东西。"周壹说完指了指琉月手中的龙牙项链，而后笑着合上自己的双手。

琉月能注意到周壹这个习惯性的动作，周壹似乎对自己的手格外在意，即使是在梦里，双手总是合在一起放在身前，说话的时候也总是挡在嘴前，多数男生应该不会像他这样轻声细语地讲话，是的，包括秦先生和凯文。在看到周壹的回忆之后琉月知道了原因，这个少年也有他所热爱与向往的生活，而这个梦里再美好，一些东西也是得不到的，琉月总要学着自己探索发现新的世界，那就……用来自天天的这份勇气吧。

"天都黑了，早点回去吧。"

"嗯，走吧。"

……

"为什么神和魔不能相见。"

"不是神和魔，是我和我。"

天灵书合上，白金色的魔光消逝，整个馆藏室回到了阴暗的状态，秦空坐在电脑前，游戏的文案界面被他关掉了，他看着游戏界面里的阴暗和幻境，脑海中深深刻印着这句话。而后他将手边的笔记本推到了自己的面前，写下了新的笔记：

《神明与信徒的书信》：神明在逃避着遇见自己，可她们终究会在这个世界里，聚到一起。信徒会成为她的眼睛，帮她记住一切属于灰色的东西。

"第二次黑口岸事件的参与者档案宗卷纸质版，帮我寄到律所，谢谢。"

秦空在聊天界面中输入了这句话，发送给了蔡警官，然后他关闭了游戏界面，打开了网购界面，搜索"便携游戏读卡器"。

在客厅睡醒的柠荼看着身边坐着的百里墨湘，又重新合上眼睛，她清楚接下来出现在星宫的次数会越来越频繁，但是没关系，这里还有一个自己信赖的人，不会出事的……

韩钰正在自己的房间摆弄着手里的账号卡，上面写着"无心者"的字样，首版卡的样式，而游戏读卡器里插入的是一张今年的新版账号卡，上面同样有自己的签字——"金"。

他右手的中指按着卡片的一角，卡片立在桌面上，拇指拨动卡片旋转、停下，一次又一次，消磨着时间，眼前的游戏界面里，同样写实的纺织模拟器，这次不再是蔷薇花，而是赤红色的彼岸花。消息盒子里的红点已经出现了许久，他左手支撑着脸，一直盯着那个红点发呆，脸上没有面对他人时的笑意，直到房间外传来敲门声。

韩钰隐藏了游戏界面，收起了自己的游戏账号卡，抬着头朝外面喊了一声："直接进就行。"

房门被缓缓推开，柠荼似乎不太喜欢进入别人的空间，于是一直站在门口，说："我要回去了。"

韩钰的笑容再次出现，这次没有眯起眼，而仅仅是扬起了嘴角说："我送你吧，路上有话和你说，顺便回自己那边的公寓。"

"嗯，那秦空那边……"

"你如果想回去，就趁着他把你按在星宫过夜之前赶紧走。"

"走了，走了。"韩钰锁了电脑屏幕，从读卡器上抽走了游戏账号卡，在柠荼没注意的情况下把两张账号卡叠在一起装回了口袋里，轻轻拉着柠荼的手腕，离开了星宫。

房门虚掩着，两个人离开没过三分钟，房门又传来轻轻的敲击声，推开门的人是夏晴，看到空着的房间，以往从容轻松的表情变得冰冷，眉心皱起，看着已经熄灭的主机提示灯，叹息着关上了门……

游戏世界里，在黑森林联邦，紫色烟雾弥漫在阴暗的沼泽地上，阳光

◆ 盛宴 ◆

再无法穿透黑暗的国度,这里是独属于血族的黑色领域。丛林之中一座开满各色蔷薇的花园里,金发的少年用利刃割断花朵的头颅,削去锋利的刺,留下娇艳欲滴的花朵,送至鼻尖轻嗅,随后收入身边推车上的花束之中。众多蔷薇在花束之中展露着怪诞的微笑,紫雾没能淹没花朵的颜色,而是包裹着香气将爱意藏在了少年的心上。

乌鸦的声音传进少年的耳畔,少年抬眸看向紫雾中的那一抹黑影,直至乌鸦落到了自己的肩头,一封泛黄的信封从肩头滑落下来。他伸出手接住这封信,火漆章是红色六芒星的图案。他带着平静而优雅的微笑拆开信件,血色的瞳孔中闪动着幸福的期望,这应该是自己的弟弟从星宫那边寄来的信件。纸张翻动的声音在指尖轻响,字迹出现在他的眼中,并非熟悉的笔迹和口吻,于是他将视线下移去看落款,那里写着另一个人的名字——青空。

"看来,还是要等到这一天了。惠洛,你能接受吗?"少年自言自语着,开始阅读那份信件上他早已猜到的内容。紫雾飘浮在空气中,信封上并不算秀气的字体上写着收件人的名字——金。

返回市里的公交车上,韩钰和柠茶并肩坐在一起。柠茶靠着窗,双手还抱着刚刚百里墨湘塞到她手上的纸袋子,应该是夜宵。见她显得有些局促,韩钰也没有什么朝柠茶方向继续伸展的动作,笑着说:

"柠茶,真的不记得我了吗?"

"你是……"

"你不会真的以为秦空才是他的复仇对象吧?黑口岸的故事,你还是没办法将它合理化,所以你在努力忘掉,于是你连当时在医院里和你一起渡过难关的我也忘了。公孙锦的仇可还要报到百里墨湘的身上呢,你和他走那么近,真的完全相信他了吗?"

"百里墨湘怎么了?"

"嗯……没怎么。你吃点东西吧,纸袋里是我做的茶果子,抹茶味的,不知道你习不习惯。"

"谢谢你……"柠茶看着韩钰的笑容,两人都陷入了沉默,那个最健谈的韩钰在此刻仿佛也无视了柠茶一切的情绪,只是保持着那样的笑容,没有再开口，直到柠荼拆开那个纸袋子，开始吃里面的点心。点心的味道软糯香甜，但是冰凉凉的，柠荼吃不出一点好心情，总感觉有些奇怪的情绪被咽进了肚子，最终被分解融入血液，进入心房后蔓延全身。

"曾经流过的血和泪，可都是抹不掉的东西，希望在事情发展到最糟糕的情况之前，你能将那些东西合理化吧。否则，仇恨总是会以仇恨的方式传给下一个倒霉鬼的。"

信纸上的话在韩钰脑海中逐渐拼凑出大概，韩钰打了个呵欠。车上的灯光有些昏暗，在他本就不想睁大的蓝色瞳孔中，有随着车厢颠簸而不断晃动着的小小的光斑。

韩钰已经知道自己做错了，可是他想将错就错下去，有那么难吗？很快要到清明节了，该去看看他了，只要夏医生同意的话，但是这段话应该说给柠荼听才对的吧……还有琉月的事情，希望周壹能想明白些，和夏晴沟通解决，尽快渡过危机什么的。那个梦境的世界，他也好想去看看啊，柠荼允许吗？还有之前老爷爷家的那条狗，公寓的房东让不让养呢……

韩钰毫无边际地思考着一个又一个问题，直到目光逐渐涣散，被柠荼发现不对劲，问道："你困了吗？"

"嗯，有一点，可以帮我等一下站点吗？"韩钰点点头，脑袋有些沉重的样子，柠荼以为他的脖子快要断了，赶紧答应了下来。于是韩钰说了一下自己的站点，他是在柠荼之后下车，所以柠荼只能答应在自己下车前叫醒韩钰。

韩钰还是一副无所谓的笑，而后便低下头渐渐合上了眼睛……

柠荼看着自己还没吃完的茶果子，糯米上的抹茶粉很细腻，自己咬过的那一面很光滑，像是专门开店铺的人做出来的一样优秀，可是却一点也感受不到满足的心情，反而越吃越觉得能量在流失，韩钰做这些的时候是在想什么心事吗？柠荼望着韩钰的侧脸想着。

为什么要染这么奇怪的发色呢？一半保留着原本的黑色，一半漂成极为纯净的白色，侧向柠荼的这一面，是黑色的，刘海侧向白发的一面。柠荼还能看见他轻轻闭着的眼睛，好像还是一双很漂亮的蓝色眼睛，只是另一只眼睛总是被刘海挡着。他还很喜欢笑，柠荼却始终无法被这种快乐传染……

柠荼收起了手中的点心，准备回家以后再继续吃，只是静静回想自己接下来要做的事情。同样没有什么逻辑和套路，思维跳脱而混乱，但是刚刚睡过觉的她已经做好了今晚失眠的准备，回到俱乐部的时候也许会有点无聊，去训练吧。

夜色包裹城市的喧嚣，市井的繁华替代城郊的花草树木，路灯的光在两人身上快速流过，是旅途的倒计时，是相逢的时光相册。柠荼一点点回忆着那段尘封的记忆，此刻的她，正如游戏世界里的琉月一样需要勇气，可琉月得到了周壹的鼓励，柠荼怎么办呢？

《盛宴》篇完结。

下一篇《血脉》，敬请期待……